神探
狄仁杰

钱雁秋 著

北方联合出版传媒(集团)股份有限公司

万卷出版有限责任公司

图书在版编目（CIP）数据

神探狄仁杰 . I / 钱雁秋著 . —沈阳：万卷出版有
限责任公司，2024.7

ISBN 978-7-5470-6245-6

Ⅰ.①神… Ⅱ.①钱… Ⅲ.①长篇小说—中国—当代
Ⅳ.①I247.5

中国国家版本馆 CIP 数据核字（2023）第 064773 号

出 品 人：王维良
出版发行：北方联合出版传媒（集团）股份有限公司
　　　　　万卷出版有限责任公司
　　　　　（地址：沈阳市和平区十一纬路29号　邮编：110003）
印 刷 者：辽宁新华印务有限公司
经 销 者：全国新华书店
幅面尺寸：160mm×230mm
字　　数：420千字
印　　张：28.25
出版时间：2024年7月第1版
印刷时间：2024年7月第1次印刷
责任编辑：胡　利
责任校对：张　莹
装帧设计：仙　境
内文制作：张晓丹
ISBN 978-7-5470-6245-6
定　　价：68.00元
联系电话：024-23284090
传　　真：024-23284448

"说俗点儿，是缘分"

——写在前面的话

我小时候不太喜欢学习。这就意味着，要跟同龄的孩子去护城河边儿粘鸡鸟（知了）、捞鱼虫、打弹弓子，或者在大院的沙堆上玩打仗，嘴里喊着"苏修老坏蛋，你睁眼看一看，中华人民共和国，打你个稀巴烂！"之类的顺口溜。我也不爱粘鸡鸟、捞鱼虫、打弹弓子，更不爱玩打仗，所以整天待在家里，拿着仅有的几本小人儿书翻来覆去地看。

眼下还能记清，我常看的书有《英雄小八路》《一条红鲤鱼》《小茂青参军》《地雷战》……还有我爱不释手的《投降派宋江》，这本小人儿书中所画的古代人物是我最喜欢的，来来回回看不够。也许是这个举动被父亲看在眼里吧，大约在我八岁那年（后经父亲证实，不到八岁），父亲把一本书扔在我面前。他对我说："别老看小人儿书了，看点儿正经的吧。"我拿起书来看了看——《史记》，扉页上盖着广播事业局图书馆的菱形图书章，繁体横版。我傻了眼。父亲说："看不懂没关系，查字典认字。看完，我再借后面的。"

所以，后来我查字典特别快，不管是拼音还是部首，别人查一个字，我能查六七个。约莫是查到第四五遍头上，渐渐看懂了，也明白了这本纪传体通史说的是什么。之后就是《汉书》《后汉书》《三国志》，自那时起，奠定了我一生的读书习惯。

第一次看到"狄仁杰"这三个字，大概是在十一岁，在看完《隋书》后，按顺序拿到了《旧唐书》和《新唐书》。《旧唐书》对狄仁杰的记载是碎片式的，大多引用了狄仁杰的奏折，冗长却不翔实，总体来说比较凌乱。因此，对这个名字的印象并不深刻。然而，在阅读欧阳修编纂的《新唐书》，当狄仁杰这个名字再次跃入眼帘时，我的感受发生了奇特的变化。《新唐书》有关狄仁杰的记载，收录在"狄郝朱列传"和宰相世系中。欧阳修利用新收集整理的史料与之前的融入修葺，列排时序，更迭点入，从权善才误斧昭陵柏、王本立怙宠自肆、李冲玄借道妒女祠、张光辅杀良冒功等事件中，狄仁杰对高宗及其臣下严厉的劝谏和批判，再到遭遇来俊臣构陷入狱，认罪判死。

　　一般人到了这个时候，已经没有转圜的余地了，然而，狄仁杰却巧用被单上书申冤。在武则天召见时，他出人意料地没有揭发构陷迫害他的来俊臣，只是轻描淡写地说了几句，这令来俊臣为求自保，不得不放他一马，因而获释出狱。很快狄仁杰被重新起用为彭泽县令、幽州都督、西北道行军大总管，最终总理庙堂成为领班宰相。在高宗、武后云谲波诡的政治云瘴中，画出了一条清晰的轨迹，从一个急功近利、言辞犀利的批评者，几经宦海，在沉浮中磨炼成为老成从容的布局人，乃至于其死后仅仅数年，由他布置上岗的宰相张柬之便逼退武后，还位太子，恢复了被掩埋二十多年的李唐神器，这是一众李唐遗老旧臣舍却性命也未能达到的。他的布局甚至一直影响到开元时期，玄宗朝两位最著名的宰相——姚崇、宋璟，都是狄仁杰布局在宰相班子当中的重臣，同样在关键时刻发挥了决定性作用。

　　对于狄仁杰这个人的善控和布局能力，虽然当时我只有十一岁，却是印象至深，不能忘怀。甚至可以说，那时的印象为二十多年后写"神探狄仁杰"第一部剧本提供了准确的切入点。说得俗点儿，就叫缘分吧。

　　自那以后，我有意识地查阅有关狄仁杰的史料，最为直接的是唐人李邕所著《梁公别传》，内中记录了狄公大量奏章和言辞，然此书已几近失传，所余几篇，大部分收录在《全唐文》中。唐人刘肃所著《唐新语》中所载，与新旧《唐书》几乎相同。《全唐诗》所录狄诗一首《奉和圣制夏日游石淙山》，后又在《两京纪事》及《隋唐两京坊里谱》等书中查到了一些有关狄公的资料。尤其是其与娄师德之间的关系，甚为微妙，其中，武则天的态度更是耐人寻味。应该说，在狄仁杰最为春风得意的时候，女皇帝给他上了深刻的一课，对日后狄仁杰官风的改变起到决定性作用。

荷兰人高罗佩撰写了《大唐狄公案》，这部小说虽然赋予了新的视角，却没有展现出狄仁杰这位布局大师的深邃老辣，甚至连犀利的批评者的形象都没有展现，只是一个会破案的县令，人物刻画颇感不足。

时间来到2002年，一纸休书结束了中央电视台与山西某电视台《狄仁杰断案传奇》的合作，央视领导的指示是——"他做他的，我做我的"。意思就是，要重写狄仁杰断案，暂定名为《武则天四大奇案》。

当时我只是个小字辈，这么大的剧轮不到我来操刀。因此，听到这个消息虽感到振奋，却并没有天降大任的激动和压力。而机会出现在一位老编剧耗时耗力地写了十万字大纲后，大家却一致认为奇案不奇，缺乏悬念，总之一句话，不好看。负责该项目的央视编辑认为，它应该像《西游记后传》那样离奇诡异、悬念丛生。就这样，作为《西游记后传》的编剧，我临危受命。

两大难题摆在我面前：第一，不能重蹈覆辙，将一部传奇悬疑剧写成历史剧；第二，也不能完全胡编乱造，罔顾历史人物和历史真实。经过一番思索，加上对狄仁杰这位历史人物的深刻了解，我选择了"大背景真实，故事主干演绎，细节尊重史实，对白半文半白"的融合法，尤其是对白，给观众和读者留下了深刻印象，我将其称为"现代文言文"。

三天后，一部两万五千字的大纲完成，结果大家都应该猜到了。当央视影视部领导、项目负责人、出品人、制片人看完三十集完成剧本后，被震撼了。他们看到了一位深谋远虑、沉敏多智、老辣善控的布局大师，看到了阴森诡异、纷乱恐怖的气氛烘托下，跌宕起伏、悬念连叠的故事情节，看到了乱如丝麻、纠缠联结的案情和细节，看到了逻辑缜密、从容不迫、环环相扣、细致入微的推理，看到了一部之前从未出现过的新型悬疑推理剧。此剧后，影视剧市场陆续走出了《大宋提刑官》《狄仁杰之通天帝国》《狄仁杰之神都龙王》等优秀的推理悬疑类型影视作品。

说句闲话，《神探狄仁杰》播出后，老同学俞飞鸿约我晚上同去看望马精武、李苒苒两位老师。我到的时候，她和徐克导演已经在那里了。那时，徐导刚刚拍完《七剑下天山》，筹备狄仁杰系列的第一部电影《狄仁杰之通天帝国》。他邀请我做《狄仁杰之通天帝国》的导演（香港摄制组的导演，相当于内地的执行导演）。但因我当时正在写《大宋奇案之狸猫换太子传奇》的剧本，只能婉拒了徐导的好意，但仍然非常感谢他，这是对我，也是对《神探狄仁杰》的认可。

谈到《神探狄仁杰》的播出，实在是令人心惊肉跳。当我得知它竟然与雅典奥运会同时播出时，内心之惨淡无法用语言表达。虽然大家不停地安慰我，只要播得差不多就行了，但我深深知道，没有任何作品能够与奥运会抗衡，播得差不多，谈何容易。令人意想不到的事情发生了，《神探狄仁杰》的收视率竟然破了"1"！千万不要笑，也不要小看这个"1"，当时央视一套黄金段的电视剧，收视率不过是"0.8"。这个"1"给我带来的最直接的收获就是——继续创作"神探狄仁杰"第二部。

顶着巨大的压力，冒着大风雪，我在深冬登上泰山，住进位于绝顶的神憩宾馆。宾馆里除我之外，没有其他客人。而泰山也因连日累月的大雪索道停运，游客无法上山。宾馆领导特意为我留下一名厨师、一名服务员，其他人全部撤到山下。

当我一个人站在南天门，站在天街，站在玉皇顶，站在日观峰，面对空空荡荡的街道；当我眼看恐怖的黑暗吞噬最后一抹晚霞，将所有美丽装进混沌；当我深夜倾听着窗外断树伏草的沉风；当我打开房门，想要走上露台，却发现露台上铺满云雾，明知云下是地面，却迟疑着不敢走上去；当我眼望黑沉沉的群山、晃动的巨树、劈面砸来的雪花，那时才真正明白，黑暗是另一个世界。在这个时候打开电脑，写下的剧本，气氛可想而知……

泰山顶上的一个多月，我完成了"神探狄仁杰"第二部的第一个故事《关河疑影》。有人对我说："你营造气氛的能力是最强的。"那是因为，故事可以编，情节可以编，气氛是编不出来的，必须亲身领受。这就是编剧不但要破万卷书，还要行万里路的道理。

在四部"神探狄仁杰"的写作过程中，感触最深的就是，不能为人物、故事、悬念、气氛所局限，更不能去局限人物、故事、悬念和气氛。当写到第三部、第四部的时候，你会感到才思枯竭，力不从心，感觉想讲的故事都已经讲完，所能使用的悬念和气氛也都用尽，这个时候，恐怕就要拼一拼学问了。不能总在同一个背景、同一个人物上下功夫，否则，越来越枯燥，以至于再也跳不出来……

敦煌，是个神奇的地方，不知为什么，只要到了这里，我的创作思路立时变得敏捷起来。当我再次站在恢宏广袤、精绝千里的戈壁沙漠，望着眼前的沙丘在夕阳下由白转黄，由黄转红，最后恍若血染，感受来自玉门关和阳关传递出的边塞气息，我已经下定决心，边关将是我接下来的创作取向。

虽然武则天时代，突厥问题已经基本得到解决，然"神探狄仁杰"第一部、第二部仍然使用了唐王朝对西突厥以及契丹作战的大背景，且边关问题并不一定就是打仗，很多时候是边境谋略、出使或和亲。比如，唐王玄策出使天竺，遭遇暴乱，他使用大唐的符牒教令，集中了尼泊尔等国的军队两万余人，粉碎叛乱，扶植老国王的儿子登上王位。据记载，天竺南部的某王国僧侣，曾用吸人脑髓的红蝙蝠残酷统治当地人民。由此，又延伸到唐朝末期，严苛的盐政为广大人民带来了苦难……思路很快延展开来，如果朝廷的官盐掌握在歹徒手中，会带来什么样的后果？以上的故事是不是可以用在狄仁杰身上？

稳定边事是历朝宰相班子最重要的工作之一，唐中前期占到百分之五十的工作量，到了宋明占到百分之七十。边事之重由此可知。而食盐在历朝历代的食货中，所占的位置均列前茅，唐中末叶《盐法》规制"私贩食盐一石者，死。……盗刮盐池碱土一斗者，比盐一升。"刮点儿碱土，都相当于贩盐一升，要受重刑，可见盐政在当时的分量。而宰相的另一个职能，就是抓经济促生产，盐政当然是其权所限。于是，几个不属于狄仁杰时代的故事诞生了，却并无违和感。而第三部、第四部的剧本框架，也由此渐渐在脑海中成形。

一次无人区遇险，更坚定了我叙写边关的决心。当时，我们一行十一人陷入"小马迷兔"无人区，只逃出了六个。我率领其余四人夜宿荒原，等待救援。说到"小马迷兔"，大家可能非常陌生，说起彭家木，大部分人就都知道了，那里就是彭家木失踪的地方。

在等待救援的时候，所有人心里忐忑不安，不知离去的同伴能不能回来，自己会不会获救。大家围站在大火堆前，身后的蚊虫密集得像轰炸机群，撞在身体和衣服上，发出噼噼啪啪的声响。一件白色运动服，顷刻之间便被扑上前来的蚊虫染成黑色。没有人说话，大家若有所思。在那个夜里，苍山成黛，篝火如芒，对于心怀恐惧的落难者，不知明天会怎样。当对讲机传来救援者的声音，那时的心情无法用语言形容。而这一刻的经历，也一点不落地写进了第三部、第四部。

得知万卷出版有限责任公司要再版"神探狄仁杰"系列，我非常高兴。文字的魅力在于无限的拓展和无限的气氛转换空间，说简单点儿，同一本书，在和煦的阳光里，享受着无尽的春风阅读，是一种感受，在阴冷苦寒、昏黄幽暗的气氛中阅读，又是另一种感受。它的延伸性和感受力将远远大于影视作品。

我是从事影视工作的，但文字的内涵不是画面可以替代的。很多

"狄迷"问我，小说和电视剧一样吗？这样回答吧：很多场景、气氛，很多人物，我写得出来，却拍不出来。这就是文字的魅力！

希望大家喜欢再版的"神探狄仁杰"系列。

钱雁秋

2022 年 11 月

目　录

第一部　使团喋血记

第一章　突厥客喋血甘南道

大唐王朝自高祖李渊开创基业以来，传至第四代中宗即位，武则天临朝称制。同年，废中宗立睿宗。六年后，武则天索性废睿宗自称圣神皇帝，改国号为周，史称武周，是为公元 690 年。大唐王朝历经贞观之治以后七十多年的休养生息，国势日渐强盛，唯西北边境战事频仍，突厥屡犯中华，掳掠人畜财产。战争给双方，特别是给突厥部落造成了重大损失。至武周年间，突厥内部分裂为以吉利可汗与其弟始毕可汗为首的主和派和以莫度为首的主战派，两派水火不容。后来，主和派势力逐渐占据优势，吉利可汗乃决定向长安派遣一个以其弟为特使的亲善使团，前来长安议和。

突厥使团跋涉数千里，耗时数月，终于抵达长安。宏伟壮丽的长安城一片欢腾：号角连天，鼓声动地，礼炮阵阵；城南门旌幡蔽日，彩旗飘飘，人潮汹涌。通往皇宫的朱雀大街上净水泼街，黄土垫道，左右卫府兵盔明甲亮，旗帜鲜明，拱卫在宽阔的大街两侧。市民们自发地拥到大街两侧观看这盛大的欢迎仪式，众人议论纷纷：

"打了十几年，总算是盼到这天了！""是呀，再也不用充兵到边关去了。真是苍天有眼呀！""哎，我两个弟弟都死在边塞。这仗要是再打，我的两个儿子也保不住了！""听说这次突厥使团进京，就是为了要和朝廷重修旧好，永绝战患。特使就是突厥可汗的兄弟！"

"看，来了！"鼓乐之声大作，一队銮仪卫远远而来。前列飞虎、飞熊、飞彪、飞豹四色军旗，七十二名大汉将军开道，后随五百名左右金吾卫府兵。銮仪卫后，闪出大周的赤旗和突厥国的狼头旗。国旗后，十二卫府兵衣甲鲜明，各依序列徐徐开来。突厥使团在礼部官员和左右骁卫的簇拥之下，缓缓经过朱雀大街，朝着大明宫方向行进。

庄严肃穆的太极殿外，羽林军拱卫在宫门和大殿两侧，长长的通道上空无一人。殿内，大周皇帝武则天头戴平天冠，身着衮龙袍，雄踞于宝座之上；丹陛下分列文武元宿、王公重臣。武则天的目光扫视了一遍殿中群臣，轻轻咳嗽了一声，露出一丝微笑："想不到，众卿的腿竟然如此坚固顽强！"所有的朝臣面面相觑，不知此话是何含义。

武则天笑道："自五鼓入朝到现在，已有两个多时辰，众卿竟还能如此直立，真是令朕自叹不如呀！"众臣这才释然，发出一阵会心的低笑。武则天道："气分清浊，清浊相抵其气方能顺畅。这殿里的气氛太浊了！"宰相张柬之越班奏道："陛下，不知这个'浊'字指的是什么？"张柬之乃当朝重臣，永昌元年以贤良征试，提拔为监察御史，后出任台州、蜀州刺史，现为大周宰相。

武则天笑了笑："两国罢战言和，固然是我天朝之幸，然更是突厥之幸。因此，众卿不必过于凝重，放松些才好。一会儿，突厥使者到来，要让他们看到一团和气，而不是一团凝气。和气自然一切顺畅，而凝气则会令我泱泱大国自暴其弱，令夷狄小看。"张柬之恍然，说道："陛下明鉴。"

武则天伸手摘下头戴的平天冠，交与身边的女官："换软纱帽来。"女官奉命而去。武则天道："已经站了好几个时辰了，朕于心不忍，大家就席地而坐吧！"

众大臣面面相觑，一时不知该如何是好。张柬之笑道："谢陛下隆恩。"说着一撩袍襟，带头坐在了地上。众臣发出一阵笑声，也都随他坐下。霎时间，平素庄重肃穆的重臣、宿将齐刷刷地坐了一地，殿内气氛登时缓和下来。女官拿来软帽，替武则天戴在头上。

武则天笑道："今日之事，只是殿中缺得一人，如有此人在，则气可和，事可遂。众卿可知朕说的是谁吗？"众臣低声猜测着，谁也不敢妄言，只有张柬之露出一丝微笑。武则天也笑道："看来柬之已经知道了。"

"陛下说的是狄仁杰，狄大人。"张柬之道。殿内登时鸦雀无声，众臣面面相觑。武则天叹了口气，点了点头。狄仁杰乃唐朝大臣，以不畏权势著称，历任宁州、豫州刺史等职。武周初期，他任地官侍郎同凤阁鸾台平章事，为奸臣来俊臣诬陷下狱，贬彭泽县令，即东晋时期陶渊明"不为五斗米折腰"的那个差事。

武三思大觉逆耳，说道："狄仁杰重罪逆天，若不是陛下天恩，他早已粉身碎骨了！"武则天看了他一眼，问张柬之："狄怀英还在彭泽县令任上吗？"张柬之答道："正是。臣闻说他施政妥善，劝课农桑，连断大量累年积案，令百姓安居乐业，彭泽百姓为他立了生祠。"武三思鼻子里哼了一声，刚想说什么，武则天打断他："狄仁杰去朝已六年之久，够长了。"

张柬之双眼一亮，刚想说些什么，忽然，殿外黄门官一声高唱："突厥特使始毕可汗已到宫门外，求见陛下！"武则天道："有请突厥特使！"众臣赶忙站起身来，整顿衣冠。

太极殿外，礼炮声声。突厥使团一行在礼部官员和黄门官的导引下，快步走进太极殿。为首的是特使始毕可汗——突厥首领吉利可汗的弟弟。武则天面带微笑对张柬之道："人道始毕可汗相貌英伟，果然名不虚传！"张柬之微笑道："突厥国英才辈出，始毕可汗更是人中龙凤，他被军中誉为'沙漠之鹰'，足见其人才品格啊！"武则天连连点头。

始毕双膝跪倒："末使始毕叩见皇帝陛下！感承陛下盛赞，末使愧不敢当。"武则天微笑道："贵使远来，不必多礼。请起，赐座。"始毕站起身来，值殿官抬上座椅，始毕落座，说道："久闻天朝乃礼仪之邦，今日一见名不虚传。最可叹的是朝中大臣竟连末使的诨号都知道，足见天朝待事之诚、用事之专，令末使既感且佩！"宰相张柬之道："两国连年征战，黎民百姓饱受摧残，今贵使前来和议，此乃顺天应人，诚可敬也！"武则天微笑颔首。

始毕谦恭地起身道："陛下，临行前吉利可汗命末使转告陛下，自今后突厥与天朝永结盟好，再不以兵戎相见！"武则天道："好！请贵使转告吉利可汗，朕将永记此言！"始毕躬身施礼："末使代吉利可汗敬祝两国盟好，永绝兵患！"武则天站起来："此乃天朝之幸，突厥之幸，万民之幸！"始毕双膝跪地，高声唱颂："恭祝皇帝陛下千秋万世，帝业永祚！"众臣齐齐跪倒山呼赞颂："万岁！万岁！万万岁！"

突厥使团抵达长安的当晚，武则天设宴招待使团。两仪殿外鸿胪寺仆役穿梭往来，在掌膳官的催促下将美酒、菜肴流水般地送进两仪殿。盛筵华堂，觥筹交错，一曲歌舞终了，响起一片喝彩声。武则天坐在正中席上，面露微笑。

突厥特使始毕一挥手，随从递过一个包裹。始毕谦恭地对武则天道："陛下，此次末使前来，所备薄礼，已交付礼部承收，只这一件异宝，临行前吉利可汗再三叮嘱要亲自交与陛下。"说完，始毕手托包裹站起来，走到武则天身前，伸手打开包裹，一道霞光从包裹内射出，登时将两仪殿照亮——正是那枚稀世之宝"多宝珠"！

下坐群臣惊讶得发出声来。武则天的眼睛也亮了起来。始毕转动多宝珠，一道道五彩斑斓的射线熠熠生辉，登时令殿中的其他物事黯然失色！武则天点头称赞道："果然是一件异宝！"始毕道："此乃我突厥圣物多宝珠，能在暗夜之中自行发出光亮，奇异之极。此乃吉利可汗挚诚修好之意，请陛下笑纳。"

武则天点了点头，身旁的女官赶忙走下丹陛接过宝珠。武则天道：

"可汗之诚可动天地，朕深为感动。贵使，为示我大周修好之诚，我已下旨将长乐亲王李永之女翌阳郡主嫁与吉利可汗为妻，并随赠美女三十名、珠宝十车、内苑骏马五十匹。"始毕双膝跪倒："谢陛下天恩！"

就在此同时，一匹驿马在荒凉的甘凉官道上飞奔，后面扬起一道烟尘。马上的驿卒终于跌跌撞撞地到达河西道驿站，砰的一声把大门撞开，屋里人惊惶失措地站起来。驿卒身背六百里加急公文，浑身汗透跌进门来，刚想张嘴说话。哇的一声，一口鲜血喷将出来，身体随之倒在地上。屋子里的人一拥而上，扶起驿卒。一名中年男子迅速从驿卒身上摘下公文袋，背在身上，冲出门去，跳上马背，继续向着长安奔去。

长乐亲王府内，一张美丽而冷漠的脸独对妆镜，没有丝毫表情。她慢慢地抬起双手，将珠冠戴在头上。她的手腕上戴着一只硕大的玉镯。一名丫鬟推门进来："郡主，圣旨下，命你立刻移驾！"郡主诡谲地一笑。

深夜时分，长安街上空无一人。秋风摧败，木叶萧萧。随着落叶的沙沙声，街尽头传来一阵脚步声。一队羽林卫簇拥着一顶蓝呢大轿，转过街角飞快地走来。

夜色朦胧，长乐亲王之女翌阳郡主静静地坐在轿子里，微合双目。手腕上的玉镯随大轿的颠簸不停地晃动着。郡主听到唰的一声轻响，猛地睁开双眼，只见一条蝮蛇从轿厢下游了出来，停在她的脚下。她一声惊叫，惊动了羽林卫队长。队长一声大喝："住轿！"轿子停了下来。队长一挥手，众卫士将轿子围了起来，队长快步走到轿前，问道："郡主，怎么了？"

没有回答。队长奇怪地看了看身旁的卫士，刚想说话，忽然扑的一声，一支狼牙箭穿透了他的前胸，队长咧着大嘴，身体慢慢地倒在地上。羽林卫惊惶失措，发出一阵惊叫。说时迟，那时快，街两侧的房顶上十几条黑影疾奔而至，手中的兵器在夜色中寒光闪烁，转眼之间已到眼前。二十多名羽林卫甚至还没有来得及拔出武器，人头就已经飞了出去。接着是一片死寂，几十名羽林卫和八名轿夫尸横街心。十几名蒙面杀手静静地围在轿旁，没有一点声息。

忽听一阵轻微的沙沙声，蝮蛇从轿中爬出来，一条人影落在蓝呢大轿上，所有的蒙面杀手微微躬身致意。轿旁站着一位身着青袍的蒙面人，蝮蛇迅速游到青袍人脚前，青袍人俯身张开宽大的袖口，蝮蛇顺从地爬了进去。青袍人直起腰，缓缓走到大轿旁，伸手从袖管里掏出一块手帕，轻轻擦了擦手，而后将手帕扔掉，又伸手从腰间徐徐拔出佩剑。剑身上刻满了工整的楷书，一看那笔锋之劲、力道之匀，便知一定出自名家之手。剑身两侧泛起一片清冷的寒光，不难看出，这柄宝剑非同寻常。青袍人的手指在剑刃上轻轻一弹，铮的一声响，剑身颤动，发出一阵清越的龙吟，青袍人的眼中泛起一阵杀气。

月光如水，静静地洒在长安城内的一座土窑前。几名卫士手持兵器在门前不停地巡逻。从黑暗中传来一阵沙沙声，一名卫士回过头，只见阴影中游出了一条蝮蛇，卫士一声惊叫："蛇！"忽然他觉得腰间一轻，佩刀已被人从身后拔走，紧接着后心一阵冰凉，他赶忙低头看看自己的胸前，刀尖从前胸透了出来。卫士张大了嘴，向对面的同伴们看去，只见几名同伴的头颅凌空飞起，鲜血四溅，躯体沉重地栽倒在土窑门前。几个蒙面杀手静静地站在尸体前。青袍人慢慢地将刀从这名卫士身上拔了出来，鲜血喷射而出；卫士的喉头发出咯的一声，身体慢慢倒在了地上。青袍人冲杀手们轻轻一挥手，说声"去吧"。杀手们闪电般地溜进了土窑。

窑内灯火通明，四周摆放着各种各样的刑具。一个瘦小的中年人坐在木驴上，两柄钢刀从他的大腿穿出来，他厉声号叫着。对面的条案后，坐着两名身穿千牛卫服色的军官，冷冷地看着中年人。中年人一声大叫喷出一口鲜血，身体沉重地倒在木驴上。行刑官道："将军，人犯晕刑。"一名军官冷笑一声："晕刑。好啊，再加两把刀，把他的脚也钉上！"

此言一出，那晕厥的中年人马上抬起了头。军官站起来走到他身旁，厉声喝道："我再问一遍，那份名单在哪儿？"中年人哽咽道："将军，我真的不知道。"军官冷笑一声："半年了，这些刑具连我都用烦了，你居然还能说出这样的话！你不知道？刘金，我告诉你，皇上的耐心是有限的！"

中年人刘金看了军官一眼道："将军，如果交出名单，我还能活吗？"军官望着他，没有说话。良久，他狞笑道："那就耗吧，总有一天，你会觉得还是死了比较好一些。"刘金忍住剧痛，脸上勉强挤出一点笑容："也许吧。到那时候，我会交出来的。"军官哼了一声："加刑！"

忽然砰的一声巨响，土窑的窗户四散迸飞，几名黑衣人闪电般地跃了进来，寒光闪烁，行刑官和几名卫士登时身首异处。军官大惊，拔出腰间佩刀，一声大吼："你们是什么人？"

窑门打开了，青袍人慢慢地走进来。他从袖管中掏出一条手帕，擦了擦手，而后轻轻拔出腰间的宝剑，眼中泛起一道杀气。军官的手有些颤抖了："你们到底是什么人？"青袍人冷冷地道："动手吧。"

军官喘着粗气。突然他一声大吼，掌中刀幻成一片寒光向青袍人劈来。青袍人悠闲地举起剑，军官如猛虎下山刀刀致命，青袍人的剑嗒的一声粘住了单刀，轻轻抖动着双臂，军官的身体竟然随着青袍人抖动的节奏转动起来，越转越快，像个陀螺。青袍人手中的剑一收一放，军官咯噔一下停止了转动，咽喉处裂开一道小小的伤口。

青袍人悠闲地将剑背到身后。军官的双眼直愣愣地瞪得很大，扑通一声，尸体重重地倒在地上。木驴上的刘金望着眼前发生的一切，惊得目瞪口呆。青袍人转过身来，望着他问道："你是刘金？"刘金道："正是。你是谁？"

青袍人道："就叫我蝮蛇吧。金木兰让我来救你。"刘金的眼睛登时一亮："你们是金木兰的人？"青袍人不置可否，只是"嗯"了一声，说道："名单还在吧？"刘金答道："就在我身上。"青袍人以命令的口气说道："交出来！"刘金张了张嘴，脸上诡谲地一笑："我要先见到金木兰，才会交出名单!"青袍人也不答话，走过去一把抓起刘金，走出窑门，随后命随从放火。顷刻之间，烈焰熊熊，将土窑吞噬。

再说那大明宫里，武则天端坐在龙椅上，下面站着武三思，正向武则天禀报着什么。武则天突然抬起头道："什么，明天就走？"武三思点点头："正是。始毕说吉利可汗急等回报，因此不敢迁延。"武则天徐徐站起身："即使如此，也不必如此匆忙啊。"她若有所思，缓缓踱着步，武三思静静地望着她，大气儿都不敢出。忽然，生性多疑的武则天停住脚步："他们会不会有什么阴谋？"

武三思一愣："这个，我想应该不会吧。否则，他们何必专程前来修好，还献上了部落的圣物。"武则天点点头："我想也不至于。"武三思道："陛下，会不会突厥内部又起内讧，急需始毕回转？而这种事，始毕是绝不会讲出来的。"

武则天回过头，说："嗯，有道理。突厥内乱频仍，自相残杀，这是极有可能的，既然如此，也不必强留了。通知礼部，明晨送他们启程，就不必来辞见了。"武三思应道："是！"

深夜，皇宫门外忽然响起一阵急促的马蹄声，一彪骑兵眨眼间飞驰而至。当先一名军官飞身下马，守门的羽林卫队长躬身叫道："虎将军。"军官点了点头，大步走进宫门。这时，大明宫内红烛高挑，武则天正坐在条案后批阅奏章。一名宦官快步走进来："陛下，右千牛卫中郎将虎敬晖有急事奏禀。"武则天抬起头，说声："叫。"宦官快步出门，不一会儿，千牛卫中郎将虎敬晖飞步奔进殿来："陛下，出事了！"

武则天一愣："敬晖，不要着急，慢慢说。"虎敬晖擦了擦额头上的汗水："今夜土窑失火……"武则天霍地站起来："什么？土窑失火——刘金呢？"虎敬晖禀道："人都烧成焦炭了，无法辨认尸体。"武则天倒抽了一口凉气，缓缓坐了下来，沉思良久，她抬起头问道："你认为这是意外吗？"虎敬晖沉吟片刻，道："臣不敢妄言。"

武则天冷冷地哼了一声："明修栈道，暗渡陈仓！这是逆党的诡计，刘金一定在他们手上！如果让逆党得到那份名单，天下就要大乱了！传旨，封锁四门，任何人不许出城，下令京中诸卫挨户搜查，就是挖地三尺，也要把人给我找出来！"虎敬晖应道："是！"

翌日清晨，长安城还笼罩在漫漫雾气之中，一彪人马徐徐向南门而来，为首的是突厥特使始毕可汗，梁王武三思率礼部官员陪同两侧，中央是翊阳郡主的坐轿和护从卫队，后面是突厥特使卫队和左右卫护从的骡马车队。当他们接近南门时，忽然晨雾中传来一声大喝："站住！"始毕可汗马上勒住马头。武三思吃了一惊，脸登时沉了下来："什么人如此大胆，竟敢对特使大呼小叫？"

马蹄声响，一队千牛卫迎面而来，为首的正是中郎将虎敬晖，他躬身施礼："末将虎敬晖见过大王！"武三思的脸色稍微缓和了一些："虎将军，我奉皇命送突厥特使出城，千牛卫为何阻拦？"虎敬晖道："大王，我奉皇命封锁四门，严查逆党，任何人不得出城！"武三思的脸色马上阴沉下来："虎将军，这是突厥特使始毕可汗，是皇上的贵客！"虎敬晖点点头："要出城可以，所有人员、车辆必须经过千牛卫的检查！"武三思的脸色陡变："什么，检查特使团？你……你疯了！"虎敬晖不阴不阳地说道："不检查也可以，就请梁王进宫请旨。否则，绝不放行！"

平日里不可一世的武三思勃然大怒，使劲哼了一声："虎敬晖，本部念在你是皇家卫率统领的分儿上对你礼敬有加，你竟然不知好歹！两国和议是何等大事，尔竟然私率卫队拦截特使，殊不知国法森严，一旦和议因此破裂，尔百死难赎其罪！"说着，他冲身后卫队一挥手："走！"

虎敬晖根本不买他的账，也沉下脸来，一提马拦在梁王马前，双手托起尚方剑高声道："本将率皇帝亲勋卫队在此守卫，有皇帝亲赐的尚方斩马剑，敢有闯门者，罪同逆党，杀无赦！"话音一落，千牛卫一拥而上，将特使团团包围。武三思的脸色铁青："虎敬晖，你……你好大胆！"

虎敬晖眉毛倒立，犹如怒目金刚，厉声道："除非有皇帝特旨，否则，任何人不许出城!"武三思气得浑身颤抖,身边的始毕可汗问道:"大王,他们在说什么?"武三思装出一副笑脸:"哦,没什么,请可汗在此稍候,我进宫请旨。"说完,一带马,恶狠狠地瞪了虎敬晖一眼,拨马朝宫城奔去。

与此同时,武功县驿站,一匹驿马飞奔而至,驿卒跳下马高声喊道:"快! 快备马!"一名驿兵飞跑着牵来一匹驿马,驿卒二话不说,纵身上马,大声问道:"离长安还有多少路程?"驿兵道:"半日可到!"驿卒一拨马头飞驰而去,马蹄翻飞,扬起一道烟尘。

长安城南门内,始毕仰头看了看天色,脸上露出焦急之色。汗水从他的额头渗了下来。他狠狠一咬牙,冲后面的卫队大声道:"不等了,我们走!"说着,他提马向城门奔来。

虎敬晖唰地拔出腰间佩刀,往空中一举,千牛卫一拥而上,弓箭手张弓搭箭,瞄准了突厥特使团。始毕的脸色骤变:"你竟敢威胁突厥特使!"虎敬晖一声冷笑:"这里是大周地界,请特使阁下遵守大周律法!"

始毕轻蔑地哼了一声:"什么大周律法,我们是使节,不是你们的犯人! 大周律法管不着突厥人!"说着,他一声大吼,卫队向前冲来。虎敬晖一挥佩刀,怒目圆睁,威风凛凛地大声喝道:"敢近马头三尺者,死!"始毕不予理睬,一伙人猛冲过来。虎敬晖大吼一声:"放箭!"顿时箭矢如雨,纷纷落在始毕马前。始毕大惊,赶紧勒住战马。他脸色铁青,大声吼叫道:"我要禀告可汗,发兵雪耻!"

虎敬晖一声冷笑:"我大周十二卫率,兵精将猛,岂惧区区突厥! 和议是给你们的面子,你不要敬酒不吃吃罚酒!"就在双方剑拔弩张的当口,马蹄声响,武三思率人奔回,手握圣旨高声道:"皇上特旨!"虎敬晖躬身道:"臣接旨。"

武三思念道:"着即大开南门,送突厥使团出城。钦此。"虎敬晖唱道:"臣领旨!"武三思将圣旨递过去,阴阳怪气地道:"虎将军,咱们后会有期!"虎敬晖接过圣旨:"有什么招数,大王尽管施展!"虎敬晖拨马回身，大声下令："打开城门，放使团出城！"突厥使团在武三思的护送下，出了南门，来到十里长亭，武三思方与始毕可汗拱手告别。使团大队隆隆远去，扬起一道烟尘。

这日晚，宰相张柬之正坐在中书省判事堂上，突然，中书舍人十万火急地推门进来，叫声"阁老"。张柬之一怔，惊问："怎么了？"中书舍人面色惊慌，赶忙站起身来，哆哆嗦嗦地将刚刚接到的那份加急文书呈了上来："甘南道刚送来的六百里加急文书。"

张柬之接过公文，展开迅速看了一遍，他的脸色陡然大变，倒抽了一口凉气，扑通一声坐在了椅子里。中书舍人颤声道："怎么办？"一滴冷汗缓缓淌过张柬之的面颊，脸部肌肉不停地颤抖。他没有立即回答。中书舍人道："阁老，这件事太大了，是不是先压一压，暂时不要禀告皇帝，否则……"张柬之霍地站起来："进宫面圣！"

再说虎敬晖奉武则天之命，率领千牛卫连夜挨家挨户搜查身上带着一份绝密名单的逃犯刘金。他们停在一家宅院门前，早已等候在那里的里长等人快步迎上。虎敬晖翻身下马，对众卫士厉声吼道："一小队封闭所有出口，任何人不得随便出入！二小队包围院落！"

他回身对面如土色的里长道："尸体在哪儿？"里长吓得浑身颤抖，回道："就……就在院里，将……将军，您……您快进去看看吧！"虎敬晖率人冲进院子，登时被眼前的景象惊呆了。屋里横七竖八地躺满了死尸。突然身后传来一声惊叫，虎敬晖回头，发出叫声的是一名卫士。虎敬晖急忙问："怎么了？"卫士指着地上的一具死尸颤抖着道："将军，这……这个人是羽林卫一小队队正葛通，他们是翌阳郡主的护从！"

虎敬晖不由得倒退两步。身后的校尉道："将军，这儿还有一具女尸！"虎敬晖走到尸体旁，果然，一具女尸横陈屋角，脸被剁得稀烂，已分辨不出本来面目。虎敬晖颤声问那卫士道："你刚说，这些羽林卫是翌阳郡主的护从？"卫士答道："正是。"

虎敬晖两目四下巡视着。忽然，女尸手腕上的一块玉镯吸引了他的目光。他大步走过去，慢慢地从尸体手腕上褪下了玉镯，借着灯光仔细观看，只见玉镯内环赫然刻着四个工整的篆书："内侍监御"。虎敬晖倒抽了一口凉气，缓缓站起身，自言自语道："难道，这具女尸是……是——翌阳郡主……"

再说在那大明宫内，武则天看完那"六百里加急"公文后，抬起头问："突厥使团全部被杀死在戈壁中……那，我们刚刚送走的是谁？"张柬之颤声道："陛下，现在看来，这伙是假冒突厥特使之名，很可能就是杀死使团的凶手。"武则天霍地站起来："什么？！"张柬之倒退两步，双膝跪倒："陛下容禀。"

武则天深深吸了口气，重新坐下，小声道："讲。"张柬之道："公文中说，突厥特使团一行四十六人，以及我甘南道行军大总管麾下一百二十人的护卫队，全部被杀死在戈壁之中，普通的匪帮、马贼，绝没有这样的能力……"

武则天问："什么意思？"张柬之答道："内有策应，外有强援。"武则天猛然抬起头："内奸？"张柬之点点头："公文中讲，使团一行共一百六十六人，只找到了一百六十五具尸体……"武则天双眉一扬："哦？"张柬之道："护卫队队正李元芳失踪。"武则天狠狠一拍桌子："这个逆贼！立刻下旨通缉此贼！命左右卫连夜整装出城，务将假使团统统生擒，勿使一人漏网！"张柬之应道："遵旨。"

话音未落，殿外脚步声响，虎敬晖急匆匆地走进来："陛下，翌阳郡主及其护从卫队全部遇刺身亡，尸体现在宫门外！"武则天一声惊叫，站起身来。张柬之倒抽了一口凉气："什么？"虎敬晖的声音颤抖着："陛下，臣已请长乐亲王前来辨认，可尸体已遭歹人毁容难以辨清，但是尸身上有一件东西证实了翌阳郡主的身份。"

武则天问："什么东西？"虎敬晖双手将玉镯呈到武则天面前，武则天接过来看了看，微微点了点头："不错，这是今年元夕朕赐给翌阳郡主的。怎么回事……这究竟是怎么回事？"她呆呆地站在案前，脑子一片混乱。

张柬之轻声道："陛下，突厥使团被杀，郡主遇刺身亡，一旦吉利可汗得知，战火即将重燃，此事已迫在眉睫！"武则天问："依卿之意呢？"张柬之对曰："整备边事，以防突厥来犯。选得力重臣，迅速侦破此案。"武则天问："谁可当此重任？"张柬之答道："本朝之中只有一人。"武则天慢慢地坐在了椅子上："下旨，召狄仁杰进京！"

江西彭泽县小南村，是一个只有几十户人家的小山村，背靠大山，面对腾水。在一户人家门前，站满了衙役捕快和看热闹的村民。这家的男主人叫周二。狄仁杰走进周二家的堂屋，他那双苍鹰般的眼睛环视着，屋内的一切尽收眼底：墙角边的锄头、地上翻倒的板凳、门前哀号的男人和小女孩、男人脖颈旁的一道抓痕、房梁上悬挂着的女尸、女尸的双脚离地的距离、女尸衣服上的裂缝……这一切闪电般地印入了他的脑海。霎时间，脑海中勾勒出了一幅幅画面，走马灯似的掠过他的眼前：夫妇二人撕扯着，叫骂着，女人狠狠地一把抓在男人的脖子上，男人一声大叫，将女人推了出去。女人坐在地上痛哭着，男人走到墙角拿起绳子猛扑过去，套在女人的脖颈上拼命收紧，女人的舌头吐了出来……女人的尸体躺在地上。男人站在凳子上将绳索穿过房梁，再把绳套套在女尸的脖子上；男人搋动绳索，女尸缓缓升起；女尸悬在梁上，男人一脚蹬翻板凳……

狄仁杰站在屋子中央忖度着这一切。屋中一片寂静，衙役们静静地望着他。狄公轻轻咳嗽了一声，走到桌旁坐下，微笑道："老了，站一会儿就觉得累。"家童狄春赶忙端过一碗水，狄公喝了一口。他的目光落在了门口的男人身上："周二！"男人赶忙回过身，叫声"太爷"。狄公问："你说，你妻赵氏是上吊身亡？"周二答道："正是。我从田里回来，一进家门，她……她已经上吊了！"说着，哭了起来。狄公点点头："哦，是这样。"他站起来，走到周二面前，拍了拍周二："跟我来。"

周二一愣，赶忙站起身。狄公道："我给你讲讲应该怎么犯罪。"周二吓傻了，屋中所有的衙役也都愣住了。狄公拉起周二走到屋中，道："首先，如果我是你，勒死妻子之后，一定会给她换上一套新的衣服。"周二不禁浑身一抖："大人您说什么？"狄公没有理他，接着道："因为，很明显，赵氏身上的衣服是刚刚被撕破的，这就证明死前一定有人与她扭打过。"

　　周二吓得面无人色，强笑道："大人，您……您开玩笑。"狄公笑道："第二，我会把我脖子上的抓痕掩盖起来。"周二下意识地摸了摸脖子上的那道抓痕。狄公道："撕破的衣服和脖子上的抓痕，两下一对，就证明，与她扭打的正是你！"周二脸上的肌肉不由自主地抽搐起来。

　　狄公走到墙角笑道："第三，我会把锄头扔在门口。据你所说，下地回来就发现了妻子上吊，你难道会有时间从容地走进屋里，再将锄头立在墙角？"衙役们徐徐走上来，将周二围在中间。冷汗从周二的额头滚滚而下，他浑身抖得像筛糠，一句话也说不出来。

　　狄公继续说道："第四，我勒死她后绝不会把她吊得那么高。"说着，他走到尸体下，扶起了尸体脚下的板凳，果然，尸体的双脚离板凳竟有一尺多远！

　　衙役们对狄公的分析佩服得五体投地，不由得发出一阵惊呼。狄公微笑道："如果她是上吊自杀，双脚怎么会离板凳那么远？这个距离她是无法把板凳踢翻的。所以这一切只能说明，是你把她勒死后，再把她吊到房梁上的。"

　　周二一声哀叫，瘫倒在地。狄公的脸色沉下来："大胆周二，事到如今你还有何话说？"周二的脸色煞白，双唇发紫，突然一声号叫痛哭起来。狄公喝道："一时不忍，酿成惨祸。将他拿下！"衙役们一拥而上，将周二绳捆索绑。狄公坐在椅子上，轻轻摇了摇头："欲盖弥彰。"

　　衙役头儿走到他面前，跪在地上，磕了个响头。狄公一愣："这是干什么？"衙役头儿道："老爷，我真服了，您是神仙转世！自打您来以后，我们办案就没动过脑子。"狄公哈哈大笑。门外脚步声响，一名捕快飞奔进来，报告："老爷，圣旨到！"狄公一惊："什么？"捕快回道："钦差现在衙门，着您立刻回衙接旨！"

话分两头。再说雪山中，天低云淡，狂风劲吹。一骑顶风而来，艰难地行走在茫茫雪原上。马上的乘客头戴范阳毡笠，朱簪别顶，身着黑色紧身内靠，后背和左右臂上各有几条大裂缝，显见是为利刃所割，鲜血已经凝固；外罩的皂袍已经褴褛不堪，一条条破布被兜山风吹得飘然起舞。这是一位容貌俊朗的青年人，然而，他的脸色却苍白得可怕。从他身上的伤口和他脸上的神情，不难判断此人已经历了数场恶战，几乎到了油尽灯枯的地步。狂风吹来，他的身体在马上不停地晃动，神情委顿之极，似乎随时都有可能坠马，但是在他偶一抬眼之间，双目中放射出的那一点寒芒却仍能摄人心魄。

马蹄踩在深雪里发出一阵咯吱声。蓦地，青年人勒住马头，他似乎听到了什么。远处一道雪线旋风般地向他卷来，突然砰的一声巨响，雪雾中迸出两条人影，一左一右两柄雪钩向青年颈部划来。青年纵身而起，在腾空的一瞬间，两条雪钩落在了马的左右两侧，战马发出一声悲嘶，重重地倒在地上，将青年人颠落在齐腰深的雪地里。用力之下，青年人身上的伤口迸裂，鲜血汨汨流下，洒在雪地上。

两个矮胖子站在面前。青年人吃力地站起来，说道："又是两个想要赏金的！"两个矮胖子发出一阵怪笑："不错。从你一进山，我们哥俩就盯上了你。你是朝廷第一号通缉犯，五万两白银的赏金，谁都会为它拼命！"青年缓缓点了点头："我的脑袋值这么多钱！你们已经不是第一拨了！报个名号吧。"

一人道："雪岭双杰！"说着，两柄雪钩直扑青年胸前，把他的胸膛捅了一条大缝，他的身体落在不远处的雪地里，鲜血缓缓从胸前的伤口渗出。忽然，两个矮胖子觉得自己的下身有些疼痛，低头一看，只见腹部在不知不觉之间被青年的钢刀切开了两条很深的口子，鲜血不住地涌出。砰！砰！雪岭双杰的尸体沉重地倒在雪地里，鲜血染红了白雪。青年喘了口气，收起掌中刀，跪下，双手掬起一捧雪塞进嘴里。突然，他扬起头发出一声绝望的狂叫。

在幽州的群山之中，有一座石洞。轰隆一声，石门徐徐打开，那个在长安城土窑里被酷刑折磨得遍体鳞伤后被人救出的刘金，在一名丫鬟的搀扶下慢慢地走进山洞。刘金停住脚步问道："金木兰在哪儿？"丫鬟冲前面努了努嘴，刘金转过头。一道竹帘徐徐升起，露出了后面交椅上坐着的女人，此人头戴四面蒙纱的斗笠，朱红纱氅、鹿皮快靴。隔着斗笠上的纱幕，看不清她的真实面目。

刘金疑惑地问道："你是金木兰？"女人笑了："怎么，三年不见，连我的声音都听不出了？"刘金苦笑道："这三年，我受了太多的苦，所以，一些事情记得不太清楚了。"女人说道："是啊，当年你我在幽州会面，商谈那份名单的事情，想不到内卫突然出现，将你抓走。为了救你，这三年我可以说是绞尽了脑汁。终于，我等到了这个千载难逢的好机会。"

刘金微微一笑："不如说是为了那份名单更加确切。"女人点了点头："当然，也可以这么说。"刘金道："不错，你是金木兰。"金木兰道："当然，我想三年前，我们有关那份名单的协定，应该还算数吧？"刘金点点头："我答应过你的，就一定会做到。可我有一个问题。"

金木兰问："什么？"刘金答道："我被抓后，幽州的情形怎么样？"金木兰笑了起来："真是个老狐狸，怕我不还你的幽州。放心吧，它和你在的时候一样，而且，比那个时候更加强大。只要交出名单，你马上又可以做回你的幽州刺史。"刘金问："时过三年，我还可以相信你吗？"金木兰道："我们的目的是一致的，否则，当年就不会达成那个协定。我说得对吧？"纱幕后，金木兰的两只眼睛紧紧盯着刘金。

刘金沉默良久，最后点点头："名单就在我身上。"金木兰奇怪道："哦？"刘金道："取墨汁来。"金木兰冲丫鬟摆了摆手，丫鬟赶忙走到书案旁拿起一瓮墨汁。刘金解开上衣，露出上身，身上满是伤痕。金木兰奇怪道："这是干什么？"刘金叫丫鬟把墨汁涂在他的后背上。丫鬟一愣。金木兰道："照办！"丫鬟赶忙将墨汁涂在他的后背之上。令人惊讶的事情发生了：刘金的后背上赫然显出了一行行蝇头小楷！金木兰站起来："好，不愧是越王的高级幕僚！只凭这一手，就足可以惊世骇俗！"

那刘金本是李唐宗室越王李元轨的亲信幕僚，参与越王反叛武则天的军事行动，掌握着参与密谋者的名单。事败后刘金被捕，武则天千方百计地想从他身上得到这份名单，但没有成功。刘金得意扬扬地道："千牛卫对我严刑拷打，可这些笨蛋就是想破了脑袋也想不到，名单就在我背皮上！"金木兰对丫鬟道："春香，马上将名单拓下来！"

深夜，长安大明宫内，武则天把桌案拍得山响，嘴里大骂道："废物！都是废物！"跪着的左卫将领吓得浑身颤抖。武则天怒喝道："几百人的使团，难道会飞上天去？！"

张柬之道："陛下息怒，保重龙体。"武则天喉咙里鄙夷地哼了一声，坐在了椅子上。张柬之劝道："这些歹徒既然策划得如此周密，想来早已将退路留好。依臣之见，这些人出城后肯定会乔装改扮，化整为零，因此，也不能责怪熊将军。"武则天轻蔑地哼了一声："起来！"左卫将领战战兢兢地站起来。武则天道："护送突厥使团的左右卫难道也没有了踪迹？"左卫将领道："肯定是遭遇了歹徒的毒手。"

武则天吼道："活不见人，死不见尸，堂堂朝廷竟被这些逆贼玩弄于股掌之间，要你们这些大臣、将军有什么用！退下！"左卫将军如蒙大赦，赶忙退出大殿。

武则天问张柬之："那个勾结悍匪杀害使团的逆贼李元芳有下落了吗？"张柬之道："已发下海捕文书，尚未见回报。"武则天问："狄仁杰怎么搞的，为什么还没有到？"张柬之赶忙道："圣旨刚刚下达，彭泽县距京城路途遥远，恐怕不会这么快就到。"武则天恨恨道："因循迁延，没一个能替朕解忧！"说着，她站起身，拂袖而去。其实，此时彭泽县令狄仁杰正在通向长安的官道上奔驰呢。钦差卫队拥裹着一辆马车在官道上飞奔着，扬起一道沙墙。

再说那青年逃过了雪地一劫之后，潜入灵州城。城墙上贴着一张海捕文书，图中所绘之人正是雪山上的那位青年。城门旁围着很多看热闹的百姓，众人议论纷纷。"看见了吗，这可是朝廷的头号通缉犯！说是他勾结歹徒杀害突厥使团。""哎，你们看看那赏格：活捉的赏白银十万；杀死的赏五万；给官府报信的赏一万。可真够高的！""得了，别癞蛤蟆想吃天鹅肉了！这种亡命徒谁敢招惹，还没看见人家长什么模样，你的脑袋早就搬家了，还想什么赏银！"

人群中，一个头戴毡笠的人慢慢抬起头来。正是雪岭上的那个青年人。他一看是捉拿自己的告示，连忙抽身挤出人群，地上留下了血迹。不远处两个脚夫模样的人尾随着他，跟着他走进一条小巷，又看着他踯躅着进了一家客栈。一人道："就是他。"另一人点点头："看来伤得不轻，不是为了治伤他也不会到这儿来送死。马上回衙禀告大人，天黑就动手！"第一个说话的人道："也该轮到咱哥俩立功了！赏银不说，这官可得往上升升了，最少闹个游击将军。"另一人得意地笑了。两人赶忙转身回衙门报告去了。

那青年在小客栈里开了一个房间，取来一盆水，紧闭房门，脱去黑衣，用纱布揩拭着身上的伤口。桌上，放着一方湖丝手帕，右下角绣着一条蝮蛇。忽然外面有人敲门，青年立即抬起头，闪电般地抄起了一把钢刀："谁?"门外是店家的声音："客官，您要的衣裳和白药都买来了。"青年松了口气说："放在门口就是了。"

武则天坐在大明宫书案后，听张柬之站立阶下奏事。张柬之奏道："陛下，吏部昨日通报，狄大人已过汜水进入雍州境内，再有几天就可抵达长安。"武则天点点头："好。突厥那边有什么动静吗?"张柬之道："暂时还没有。臣以为，突厥即使开战，也要有一段准备的时间。臣已禀承圣意，命兵部传檄，令甘南道诸军在凉州集结，随时戒备，以防不测。而今，只待圣旨下达便可就近调动关中的左右威卫主力，前赴甘南对突厥作战。"

武则天摆了摆手："不要急。老子云'佳兵不祥'，兵锋到处生灵涂炭，非到万不得已不可轻用。现在，朕就指望狄怀英了。如果他能破此奇案，将元凶绳之以法，也许两国关系还有缓和的余地。"张柬之点点头："陛下明鉴。"

武则天长叹一声，摆了摆手："你去吧。"张柬之向殿外退去。忽然，武则天抬起头来："柬之。"张柬之赶忙收住脚步："是，陛下。"武则天叮嘱道："对那个逆贼李元芳一定要加紧追捕，严令各州县，绝不可轻忽懈怠，否则绝不姑息！"张柬之道："是。臣马上命吏部、刑部再传严令，务使此贼尽快成擒。"武则天点点头。

第二章 探奇案狄公重出山

夜深沉，灵州城里一片死寂。一队身穿官衣的捕快，悄无声息地穿过大街，向青年下榻的小巷奔去，转眼间来到了小客栈门前。两个脚夫冲后面的人挥了挥手，所有捕快蹲下了身。一个脚夫上前轻轻敲了敲门，门吱呀一声开了，店小二轻声道："李头儿，那人已经睡下了。"

脚夫冲后面的捕快一挥手，众人拔刀枪冲进客栈。青年一声大叫，猛地从榻上蹦起来，不停地喘着粗气，眼中充满了惊恐之色。捕快们飞快地冲进院子，向青年下榻的房间奔去。冷不防房檐下寒星一闪，随着暗器尖锐的破空声，冲在最前的两个脚夫突然停住脚步，他们的咽喉处赫然钉着两只转轮镖，不知是从何方投来。

屋内的青年人手握刀柄，两眼紧盯着窗门，严阵以待。他发现外面有一条人影投在窗棂之间。青年冷冷地道："既然来了，就请进吧！"人影轻轻一声："我可不是为了赏金来的，更不想杀你。"青年道："哦，这倒怪了。那么，阁下黄夜造访有何指教？"人影道："给你指条生路！"青年一愣："什么？"人影发出轻松的笑声："你是个聪明人，难道还不明白自己现在的处境？"

青年长长地叹息一声。人影道："天字第一号通缉犯，就算你能躲到天涯海角，仍然逃脱不了被杀的命运。不是吗？自从朝廷发下海捕文书，你这一路上大小十数场恶战，弄得你精疲力竭、遍体鳞伤，否则，你也不会冒着生命危险闯进灵州城来治伤！我的话说得不过分吧？"青年深吸了一口气，没有说话。人影接着道："想活命就去找一个人。"青年问："谁？"人影道："狄仁杰。"青年一愣："狄公？"人影道："不错。他已奉旨回京查察使团被杀案，现已过汜水，不日到达绛帐。现在只有他能救你！"

青年坐起来："他会相信我？"人影笑了："他是朝内有名的神断，仅凭衣着便能断人身份。而且，除他之外，你没有任何别的希望。想活命就尽快找到他！"

青年人犹豫了很久，然后抬起头来："阁下尊姓大名？"窗外没有回答，人影已经不见了。青年一愣，伸手拉开门走出房间。他登时被眼前的景象惊呆了：十几名捕快的尸体呈扇形散躺在屋门前，每个人都是咽喉中剑。四周一片死寂。青年的手有些颤抖了，他咽了口唾沫，慢慢穿过院子，向前走去。只见大门前的正房里亮着油灯，店老板和几名伙计横尸于地。青年倒抽了一口凉气。房顶上传来人影的声音："我是为了救你才杀死他们的，这笔账当然应该记在你的头上，对吗？"

一阵轻微的脚步声从头顶掠过，带着一丝轻轻的笑声渐渐远去，在这静夜之中显得异常阴森。青年站在屋中，凝眉沉思。突然他双眉一扬，两眼大睁，脸上浮起了一丝笑意。他已经下定决心，去投奔狄仁杰。

夜，汜水县城。街道上冷冷清清，秋风萧瑟，吹得地上的落叶飘浮起来。一座大门前悬挂着两个巨大的红灯笼，上书"汜水驿馆"。门前四名卫士在不停地巡视着。在一个房间里，狄仁杰正静静地坐在桌前，翻阅着案情资料。良久，他抬起头，轻声道："真使团遇害，假使团进京，土窑失火，郡主遇刺……"

狄春端着茶走进来："老爷，茶好了。"狄公"嗯"了一声道："你说，这中间有没有必然的联系？"狄春莫名其妙："您说什么？"狄公抬起头，扑哧一声笑了："我这可真是问道于盲了。"狄春笑道："这句话我明白，您是骂我呢。"狄公也笑道："应该说你自己捡骂。"

狄春道："老爷，咱们还得走多少天才能到京城啊？"狄公道："这里已经是汜水县，离京最多还有三四天的路程。"狄春舒了口气："这就好了！天天骑马，我这两条腿都磨起大泡了。"狄公笑道："要不，明天咱们俩换换，我骑马，你坐车。"

狄春一缩脖子："哎哟，您这不是折我的寿吗？不过老爷，话说回来，我自打跟了您还没这么威风过呢。上百人的卫队开道，又敲锣又打鼓，沿路好吃好喝好待承。哪像咱们在彭泽县，天天爬山越岭，吃糠咽菜，看起来还是得当大官呀！"

狄公道："我倒觉得还是吃糠咽菜好，心里安生些。"狄春一愣："那是为什么，放着好日子不想过呀？"狄公叹了口气："朝事纷繁，人际复杂，时间大多消磨在做表面功夫上，倒不如做个县令，离老百姓近些，能多替他们办点实事。"

狄春道："可是老爷，您想过没有，官越大能替老百姓办的事就越多呀！"狄公笑了："嗯，这话说得好！官儿不在大小，只要肯为老百姓办事。你这小家伙，说话越发的有些筋节了。"狄春道："跟您那么多年，多少也得学点儿呀！"狄公笑着拍拍他的脑袋："好了，快去吧，别打搅我的思路。"

狄春笑嘻嘻地走了出去。狄公站起来，来回踱着步，嘴中念念有词。忽然他收住脚步，静静地思索着，而后转身走到桌案前，拿起案头的资料，轻声念道："使团全部罹难，唯护卫队队正李元芳一人只身逃走……"

他又开始踱起步来，嘴里喃喃地道："只身逃走？这个行为太奇怪了！既然是内外勾结，又何必做得如此明显！这不是明显地为我们留下了线索吗？如此周密的计划，难道会犯这么低级的错误?"他站住，仰着头静静地思索着，良久，他轻声道："李元芳，李元芳……"

清晨，暗灰色的云层裹挟着旭日的霞光，混合出一种奇丽的光效。远处洁净的雪山若隐若现；近处低矮的灌木，茫茫戈壁一切都是那么奇幻莫测。一骑在山脚下飞驰，马上乘客正是那位青年，他的嘴里大声吆喝，狂鞭坐骑。

长安御花园。微风习习，吹动一汪碧水。武则天缓缓走在花园中，虽然是阳光明媚，但她的心里却是一片愁云惨雾。身后的内侍轻声道："陛下，前面有石阶，小心脚下。"武则天"嗯"了一声，慢慢地沿石阶走上花园中的亭子。

脚步声响起，一名内侍飞跑而来："皇上，张柬之大人有要事回禀。"武则天站住："叫。"武则天徐徐坐在交亭的长凳上，张柬之快步走到她面前，双膝跪倒："臣张柬之……"武则天摆了摆手："起来说话。"张柬之站起来："陛下，今晨灵州送来六百里加急文书，逆贼李元芳在灵州出现!"

武则天霍地站起来："抓住了吗?"张柬之道："文书说，此贼猖獗之极，昨夜杀死了前去围捕的灵州捕快十九人，失去踪迹。"说着，他从袖中拿出公文呈了上去。武则天接过来很快看了一遍，狠狠将公文摔在地上："废物，一群废物!"

官道上，车轮隆隆，蹄踏如雷，钦差卫队飞驰着。迎面两骑飞奔而来，马上人穿着公差的服色。一人高声喊道："请问这是狄仁杰大人的行驾吗?"卫队长猛勒坐骑，卫队缓缓停下。队长答道："正是! 你们是什么人?"公差道："卑职绛帐县公人，有紧急公文呈递!"

狄公撩开马车的窗帘问车外的狄春道："为什么停下?"狄春道："绛帐县有紧急公文呈递。"狄公道："递上来。"狄春向公差招了招手，公差飞马来到车前，翻身下马，单膝跪地呈上公文："狄大人，这是刑部转发的灵州六百里加急文书，要我县火速递到大人手中!"

狄公接过公文，迅速打开看了一遍，点点头："知道了。"马上吩咐狄春签阁单，打发公人回去。狄公撂下窗帘，轻声道："好一个李元芳，真是胆大包天！我倒想见识见识，你是个什么样的人物！"

山洞中，金木兰凭案而坐，仔细地看着手中的名单。丫鬟春香进来，轻声道："主人，于风回来了。"金木兰抬起头来："哦，叫他进来。"眨眼之间，于风已经站在她的面前，躬身施礼道："主人，我回来了。"金木兰问道："事情办得怎么样？"于风微笑道："主人的计策真是妙绝天下！李元芳听了我的一番话，当天夜里便启程赶往绛帐县去见狄仁杰了。"

金木兰点点头："好。绛帐那边都布置好了吗？"于风道："全部安排就绪，只待二人见面，计划就开始实施。"金木兰"嗯"了一声："你要马上赶到绛帐，这件事一定要做得干净利落，绝不能露出丝毫破绽！"于风道："是，我马上出发。"

金木兰舒了口气："只要这二人一了结，使团被杀案便不了了之，我们就要马上进行下一步行动。哦，对了，你马上派人到长安联络蝮蛇，要他随时将朝廷动静向我们报告。"于风应道："是，我马上去办。"说着，快步走出门去。金木兰的手轻轻按动了书案旁的一个按钮，竹帘徐徐放了下来。

深夜，绛帐驿馆门前，钦差卫队往来巡逻，严密把守。狄公坐在桌案前，手中的毛笔不停地在纸上勾勒着：李元芳——杀突厥使团——逃离现场——又突然在灵州出现——杀捕快——怪！怪！怪！狄公的笔在纸上连写了几个"怪"字，而后缓缓抬起头来凝神思索。狄春端着茶轻手轻脚地走进来，看到狄公的神态，他赶忙轻轻地放下茶杯，转身向外走去。

"狄春！"狄春停住脚步转过身来，笑道："老爷，真对不起，我老是这么不长眼，专挑您想事的时候进来。"狄公笑了："这次，你进来得很是时候。"狄春道："真的？"狄公点了点头，站起身来："我问你，如果你是李元芳，杀死突厥使团后应该怎么办？"狄春一伸舌头："哎哟老爷，小的可不敢杀使团，也没这个能耐！"狄公笑道："我是说'如果'。"

狄春沉吟着。狄公道："不要考虑，就要你直接的思维。"狄春道："那我就找个没人的地方藏起来，让朝廷找不到我。"狄公笑着点点头："对，这是最合乎逻辑的想法。"狄春也笑了："怎么，小的还有说对的时候？"狄公道："你说的是人的第一个反应，当然是正确的。"

他徐徐地踱了起来："可是，这个李元芳呢，他只身逃走，已经将朝廷所有的注意力都集中在他的身上。可为何还不赶快销声匿迹，却硬要跑到灵州做下大案，难道怕官家忽略了他的存在？这样做不合逻辑呀……"

狄春笑道："这个人的脑子肯定有毛病。这不找死吗！"狄公点点头："话糙理不糙，这确实是找死。"狄春道："可不，又没人逼着他去灵州……"狄公突然抬起头看着狄春，狄春吓了一跳，赶忙看了看自己身上："怎……怎么了老爷？"狄公问："你刚刚说什么？"狄春如丈二和尚摸不着头脑："我……我说，又没人逼着他去灵州……"狄公猛地双掌一击："如果说有人不愿意让他藏起来，那会怎么样？"狄春傻了："不……不愿意他藏起来？"

狄公道："不错。"狄春道："可……可为什么？"狄公道："当然是为了转移朝廷的注意力。我们姑且这么说。而今，事情还不明朗，真相到底如何没有人知道。我们只是作这样的假设：使团出事后，朝廷发下海捕文书，作为李元芳肯定是想要藏匿起来。可是有一个幕后主使却将他的行踪通报给各路想领赏金的人马，江湖上的、公门中的，于是各路人马同时追杀。这样，他就是想藏起来也不可能了，只得四处流亡。这个推论是对李元芳目前这种做法唯一合理的解释。"

狄春点点头："理上说是没错，可……可海捕文书上说李元芳就是杀害使团的主犯啊。既然他是主犯，那么一切就是他筹划的，怎么会反过来又遭人追杀？"狄公淡然一笑："他绝不是主犯。"狄春愣住了。

狄公道："如果他是主犯，他的名字就绝不会出现在使团名单中，更不会在使团全军覆没的情况下只身逃走。这样做，无异于把自己树为靶子，供人追杀！"狄春琢磨着狄公的话，许久，才点点头。狄公道："好了，你去吧！"狄春答应着退出门去，伸手带上房门。狄公沉思着，慢慢踱了起来。

驿馆门前，一阵风吹来，地上的落叶轻轻飘了起来。一条黑影闪电般地落在驿馆的围墙上，转瞬间消失在夜色中。一名守门卫士仿佛听到了什么，抬起头来，四下里看着，只见一片落叶被风吹得腾起在空中，他放心了。

狄公仍在房间里不停地踱着步。扑的一声轻响，灯灭了，屋内霎时一片漆黑。狄公奇怪地四下看了看，门窗紧闭，月光透过窗棂静静地铺洒进来，一切都是那么寂静、安详。狄公走到门边，伸出双手想要开门，身后又是扑的一声轻响，狄公回过身，桌案上的风灯竟然自己点亮了。狄公站在门前没有动，一双鹰眼迅速地环视着屋内，他的目光落在了窗户上——刚刚还关闭着的窗户，现在竟然洞开着！狄公快步走到窗前，向外望去，窗外空荡荡没有一丝动静。狄公踌躇着放下窗户，当他再次转过身来时，一个身穿皂袍的年轻人坐在桌前，静静地望着他。此人正是灵州城中的那位青年。

狄公惊呆了："你是谁？"青年笑了笑："都说狄公推理如神，常能以气质衣着断人身份，小可正想见识见识。"狄公道："我想，你深夜来访，总不是想和我玩捉迷藏吧？"青年道："我只想证明一下，狄公真像传说中那么神，还是浪得虚名。"

狄公淡然一笑："我已年逾古稀，早就过了争强好胜的年纪，名声对我来说更是身外之物。而且，我狄怀英是浪得虚名，还是有真才实学，恐怕也不是你一个年轻人一句话就能评说的。"青年笑了："这应该算是巧言令色吧。"

狄公也笑了："随你怎么想。不过，我已经预感到，今天可能会有些收获。为了不浪费时间，我还是决定试一试。"年轻人微笑道："请吧。"

狄公望着他，良久，轻轻咳嗽了一声，俨然是个算命先生："腰杆挺直，腿微分，双手据案，典型的卫军下级军官的坐姿。面容憔悴，脸色苍白，而双颊却有红晕，此乃失血过多所致，这一点，从你双肩渗出的血迹可以得到证明。"青年一怔，赶忙向自己的肩膀看去，果然肩两侧被渗出的鲜血染红了。

狄公继续道："如此深夜，从窗户潜进房中见我，定是不欲被人发现行迹。那么，一个军官，身负重伤，行踪诡秘，还会是谁呢？李元芳，护送突厥使团的卫队长，朝廷第一号通缉犯！"青年惊得目瞪口呆，望着狄公，许久才道："如不是亲眼所见，我真是不敢相信！不错，我正是李元芳。"

狄公点了点头："在这种情况下，竟敢只身前来见我，看来你有些胆色。为什么要杀害突厥使团？"李元芳道："大人真的认为这件事是我干的？"狄公笑了："我怎么认为并不重要，重要的是事实。"李元芳道："事实就是，我并没有勾结歹徒杀害使团！"

狄公笑了："你认为我会相信吗？"李元芳道："别人不会，大人会。"狄公不置可否地笑了笑："即使我相信你，也帮不了你。我只是个彭泽县令。"李元芳道："应该说现在是。"

狄公一惊："哦？什么意思？"李元芳道："大人奉旨回京，不就是为了调查此事吗？"狄公突然抬起头，双眉一扬："你是怎么知道的？"李元芳笑了笑："职业秘密。"狄公道："看来，你今天来，是想给我讲个故事。"李元芳道："不错。"

狄公道："你能肯定我会相信你？"李元芳道："是的。"狄公问："为什么？"李元芳道："就凭大人的头脑和准确的判断。"狄公笑了："这顶高帽儿戴得不错。看来我就是不想听，也得听了。年轻人，是不是可以让老头子坐下来听你讲故事呢？"李元芳赶忙起身："哦，对不起。大人请坐。"狄公缓缓坐在了椅子上："说吧！"

李元芳道："我们是八月十二日从永城出发的。卑职的任务是率领护卫队，保证突厥使团的安全。开始一切都非常顺利，直到八月二十二日夜里，使团宿营甘南道石河川。大约三更时分，我率人查营……"

他勾画了当时发生的图景——

夜，石河川。营地中点着几堆篝火，李元芳率人查夜。突然一支响箭冲天而起，李元芳一惊，抬起头来。轰隆一声巨响，沙地塌陷下去，李元芳一声大喝："不好，有埋伏！"他的身体跃到空中，身后破空声响起，李元芳空中转体，一伸手将来物抄在手中，是一支狼牙大箭！攻击开始了，地面流沙滚动，沙土中进出数十名蒙面杀手，眨眼间，十几名巡夜士兵尸横就地……

李元芳长叹一声："可怕的攻击，是我平生仅见！那些杀手的专业程度，我至今回想起来仍心有余悸。只有短短的一刻钟时间，所有人就都倒下了，卑职保护着始毕可汗杀出重围。就在这个时候，一个可怕的人出现在我面前……"

他向狄公描绘当时的场面——

元芳保护着始毕在沙漠中飞奔，始毕的双手紧紧地抱着一个包裹。新月如钩，前面出现一座废弃的城堡。李元芳高喊："快，进城堡！"二人飞奔着冲了进去。始毕一屁股坐在矮墙旁，大口喘着粗气，脸上满是伤痕："李将军，我们该怎么办？"李元芳道："在这儿躲一躲，天亮再想办法。"

忽然，一条蝮蛇从阴影中游出来，停在始毕的身前。紧接着，身后传来两声轻轻的咳嗽，李元芳猛地转过身，只见一个青袍人站在他身后，静静地望着他。始毕紧紧地抱着包裹，浑身不停地打颤。李元芳冷冷地望着面前的青袍人："你是谁？"

青袍道:"叫我蝮蛇吧!"李元芳问:"你在等我们?"蝮蛇点点头:"是的。"李元芳低声对始毕道:"快走!"

始毕如梦初醒,抱着包裹冲出城堡。蝮蛇没有动,只是望着李元芳。始毕飞跑着,两行鲜血印在沙地上。一阵沉闷的马蹄声响起。始毕惊恐地回过头。一骑从身后飞驰而来,仓啷一声,始毕的头颅飞了出去,怀里的包裹啪的一声落在了地上。一阵大风吹过,把包裹吹开,露出了里面的多宝珠。

城堡里,李元芳与蝮蛇对峙着,二人一动不动。好久,蝮蛇从袖管中抽出一方手帕,轻轻擦了擦手,而后扔在地上。手缓缓拔出了腰间的宝剑。李元芳双手空空,静静地望着他。蝮蛇悠闲地将剑背到身后,轻声道:"动手吧!"李元芳仍然没有动弹。

突然寒光一闪,李元芳的攻击开始了,哧啦一声,蝮蛇的左肩被划开了一道口子,鲜血徐徐渗出。李元芳静静地望着他,手里出现了一柄其薄如纸的轻钢刀。蝮蛇似乎很高兴:"多少年了,我从没遇到过对手。我真的很高兴。"说着,他悠闲地挽了个剑花,剑缓缓向李元芳前胸刺来,李元芳既不挡架也不闪避,掌中刀猛地一颤,直奔蝮蛇咽喉斩来。

忽然,蝮蛇手中那柄慢悠悠的剑闪电般动了起来,仓的一声响,李元芳的刀被剑尖点在了一旁。嚓!李元芳的后背出现了一条长长的口子,鲜血汩汩流出。李元芳飞快地转过身来,蝮蛇已经不见了,静夜中传来一声长笑:"你不错,很不错!"声音越来越远。

一块白色的手帕静静地躺在地上,李元芳走过去把它拾了起来。

李元芳长叹一声:"他是我见过的最可怕的人!"狄公道:"刚才你说

到了那方手帕……"李元芳一愣,继而露出了微笑:"大人的精明谨细真是世间少有,用我言辞中的细节,试探我所说的是真还是假。"狄公也笑了:"话虽不错,但稍稍有一点以小人之心度君子之腹。这方手帕是唯一的证物,我想看看。"

李元芳点点头:"它现在就在卑职身上。"说着,伸手入怀,掏出手帕递了过去。狄公伸手接过来,仔细地看着,手帕是上好的湖州真丝制成,右下角绣着一条小小的蝮蛇。狄公望着手帕沉思了半天,忽然抬起头问道:"他为什么要放你走?"

李元芳道:"我现在明白了,他们是要把串谋杀害突厥使团的罪责嫁祸在我的身上。果然,朝廷下了海捕文书,我本想藏匿起来,待风声过后再向上官说明原委,讨回清白;可想不到的是,就像是有一双眼睛在背后看着我,不管我躲在哪里,那些想领赏格的江湖人物和公门中人就出现在哪里。到今天,卑职已经过大小十数战,身负重伤,无奈之下,今天才来见您。"

狄公双目如电,望着李元芳,忽然扑哧一笑:"不是你想来见我,是他们让你来见我!"

李元芳大吃一惊:"什么意思?"狄公冷笑一声:"你是怎么知道我奉旨回京查案?又是怎么知道我的落脚之处?这些都是朝廷机密,你一个落难之人怎能得知?嗯?"这几句话问得李元芳张口结舌:"我……我……"狄公道:"是有人指引你来的。是谁?"

李元芳大惊失色:"是,是……是这样,几天前,卑职潜入灵州治伤,不想被公门捕快发现……"狄公道:"于是,你在夜里杀死了抓捕你的公门中人……"李元芳道:"捕快不是卑职杀的。"狄公冷冷地道:"哦,那是谁杀的?"李元芳道:"是个奇怪的人,他站在窗外告诉卑职只有找到狄大人才能活命,而后就消失了。卑职出房间一看,捕快的尸体躺了一地,就连店家也被他杀死了。"

狄公那双鹰一般的眼睛直视着李元芳,似乎要看到他内心的每一个角落。李元芳咽了口唾沫，他第一次感到了紧张："卑……卑职所说句句是实。"狄公不置可否，笑了笑道："你用什么武器？"李元芳一愣："卑职用刀。"狄公道："给我看看。"

李元芳赶忙从身后拔出钢刀，递了过去。狄公接过来仔细地看了好一会儿，说道："这把刀跟着你很多年了吧？"李元芳道："是呀，从卑职在凉州服役，它就跟在卑职身边。"狄公点了点头。狄公将刀递给了李元芳。李元芳道："大人还是不相信我？"狄公淡然一笑："灵州传来的文书上说，仵作验尸的结果表明，捕快们是被剑杀死的。"李元芳笑了："大人真乃神人也！"狄公笑了笑："你藏到哪里，那些追杀你的人就会出现在哪里，个中原因你知道吗？"李元芳摇摇头。狄公道："因为，他们不想让你藏起来。也就是说，不管你到哪儿，你一直被人跟踪，当然，到这里也不例外。"李元芳绝望了。

就在此时，院里传来一阵喧哗，紧跟着响起了急促的脚步声。狄公猛地回过头。门外响起了急促的敲门声，有人喊道："狄大人，狄大人！"狄公问："是谁？"门外回答道："大人，京里的千牛卫前来传旨！"狄公不禁一惊，向李元芳一努嘴，李元芳迅速蹿进里屋。狄公走过去打开房门。门前站着四五名千牛卫，正中的首领手托圣旨："请狄大人接旨！"

狄公双膝跪倒："臣狄仁杰接旨。"千牛卫首领展开圣旨读道："京中巨变，朝内惶惶，使团遭戮，逆党猖獗，卿奉前旨北来，鞍马劳顿，朕本应顾念，然则，朝事紧急，无敢因循贻误，着即随千牛卫连夜赴京，不可迁延枉顾。钦此。"

狄公叩下头去："臣领旨谢恩。"他的目光落在了首领的快靴上。首领递过圣旨，狄公伸手接过。首领道："大人，马车已经备好，就在门外。"狄公道："随我同来的钦差和随从卫士们是不是也要一起走？"千牛卫首领道："圣意急迫，就不必等他们了。请大人马上随我们赴京。"狄公点了点头："请贵使稍候，容我略略收拾一下。"千牛卫首领道："我们在外面等您。"

狄公微笑道:"将军是幽州人吧?"首领一愣,赶忙道:"啊,卑职是山东人。"狄公点头:"是这样。"首领向院外走去。狄公关上了房门,李元芳从里屋走了出来。狄公微笑道:"我能信任你吗?"李元芳点了点头。

千牛卫侍立驿馆门前,静静地等待着。一阵急促的脚步声响起,狄公身披斗篷,头戴风帽,快步走出来。千牛卫首领上前打开车门,狄公坐了进去。首领关上门,冲卫士们一挥手,众卫士飞身上马,马蹄声声,车轮挫地,一行人消失在夜色中。

千牛卫骑兵簇拥着马车一路飞奔,冲进了一条僻静的小巷。头前的首领伸手用力一挥,马队停止了前进。首领飞身下马,身后众侍卫也跟着纷纷下马。十几个人将马车团团围住。首领的脸上露出一丝狞笑,接着,闪电般拔出腰间钢刀一声大吼:"动手!"

轿旁的卫士们迅速出手,十几柄钢刀几乎是在同时刺进了轿中。嚓嚓之声不绝于耳。奇怪的是轿内竟然没有任何声响。首领一挥手,卫士们立即住手。他慢慢走到轿旁,小心地挑起轿帘。轿内亮起一点寒光,伴随着嚓的一声响,首领的人头飞了出去,鲜血飙射而出。说时迟,那时快,车厢砰的一声四散崩裂,一条人影凌空飞出,正是李元芳!卫士们大惊失色,一拥而上,将李元芳围在了当中。李元芳的身体飞快地转动着,每次出手都有一名卫士的咽喉被割开,转眼之间,十几名卫士尸横当地。

李元芳钢刀反转,闪电般架在最后一名卫士的脖颈上。卫士的眼中闪烁着恐惧的光芒。这时,小巷的尽头传来一阵马蹄声,狄公催马来到李元芳身旁,翻身下马,走到卫士面前。李元芳望着那名卫士冷冷地道:"要死还是要活?"卫士颤抖着,一言不发。

狄公微笑道:"只问一个问题,说了就放你走。"卫士看了看狄公,又看了看李元芳,慢慢点了点头。狄公问:"你们在县城外埋伏了多少人?"李元芳一愣,目光望向狄公。卫士的面色陡然大变,脸部的肌肉不停地抽搐着。狄公逼问:"这个问题很难回答吗?"

卫士浑身颤抖。忽然他一张嘴，一点寒星，直奔狄公眉心，由于距离过近，狄公根本没有反应。就在这千钧一发之际，李元芳一举刀挡在狄公面前，铛的一声，枣核钉射在刀身上，反弹出去。

那卫士又闪电般地拔出腰间短刀，向狄公腹部刺来。危急之下，李元芳手腕一转，钢刀下劈，随着一声惨叫，卫士握刀的手臂落在地上。他双眼通红，和身向狄公猛扑过来，李元芳反手一刀，卫士的人头激飞出去，在地上不停地翻滚着……

李元芳惊魂方定，问："大人，您没事吧？"狄公反倒非常镇定，他摇了摇头："好凶悍的杀手啊！"李元芳好奇地望着狄公："大人，您怎么看出这些人是假钦差？"狄公笑了笑："说穿了不值一提，宣旨的卫士脚上穿的是快靴。可千牛卫的标准服色应是飞熊服、红中衣，脚下穿虎头攒金靴。这是朝制，不可能更改，这是第一个疑点。第二，宣旨之人明明是幽州口音，可他却矢口否认。第三，皇上并不知道我已到绛帐，更不会宣我连夜进京。"

李元芳惊讶不已："我终于明白了，他们杀死灵州捕快，引我来到这里，就是为了杀死大人，嫁祸给我！"狄公道："这一次，不光是嫁祸，连你也要死！"

李元芳一愣。狄公道："还不明白？他们已在城外设下了埋伏，只要你出城，立刻就遭毒手。这样，一个故事就产生了，李元芳率歹徒假传圣旨杀死办案大臣狄仁杰，在出城时，遭遇仇家袭击身亡。于是，突厥使团被杀案涉案的第一号通缉犯与办案大臣同归于尽，再没有任何人证、物证！此案即成悬案，旁人即使想查，也无从下手，因而就不了了之。"

李元芳咬碎钢牙："好歹毒的计策！"狄公冷笑一声："他们只是算错了一点。"李元芳问是什么，狄公道："他们要对付的是狄仁杰！"李元芳道："大人，是非之地不可久留，我们马上回到馆驿，有卫士们保护，谅他们也不敢造次。"

狄公沉吟着摇摇头："事态发展到这个地步，他们绝不会放我们离开绛帐。这些亡命之徒，定会孤注一掷。回到馆驿，不但你我性命难保，还要连累那些无辜的卫士。"李元芳吃惊："您是说，他们会攻击馆驿？"狄公望着他："事到如今，他们已经暴露，除此之外，他们已经别无善法。"李元芳焦急地问："现在怎么办？"狄公道："金蝉脱壳。"

　　夜，绛帐城外的树林中，猫头鹰发出一阵阵枭啼，令人毛骨悚然。一条黑影如大鸟般从树顶落在了地上，正是于风。他一声口哨，树上飞快地滑下了几十个蒙面人。于风低声问道："李元芳怎么还没来？"身旁一人答道："算时间早就应该来了。"

　　于风浑身一抖，颤声道："会不会出事了？"而后一挥手："跟我来！"说着，于风一伙飞奔入城，来到小巷。迷茫中，展现在他们面前的是十几具假千牛卫的尸身，横七竖八地躺在地上。于风和杀手们静静地望着这般景象。一名杀手问怎么办，于风俯身摸了摸地上的尸体，咬牙切齿地道："绝不能让他们逃走，尤其是狄仁杰，否则，我们的处境就会非常不妙。尸体还是热的，他们跑不远，给我追！"说着，他一挥手，身体鹰一般飞掠出去，身后众杀手迅速跟上，转眼间，消失在夜色中。

　　地上那十几具尸体中，忽然中间的两具蠕动起来。唰的一声，其中的一具飞快地弹起来，月光映在他的脸上，正是李元芳！他伸手扶起身旁的狄公，急促地道："大人，现在怎么办？"狄公深深地吸了口气，定了定神："马上出城！"

　　武则天在武三思和内侍的陪同下，在御花园里漫步。秋风萧瑟，木叶飘零。武则天忽然大发感叹，吸了口气道："夫秋，刑官也。好一派肃杀之象啊！"武三思问："陛下，还在想着突厥特使被杀案？"武则天道："两国修好，来之不易。突厥内部也有两股势力，以始毕可汗为首的主和，以莫度可汗为首的主战。两派明争暗斗，此次吉利听从始毕的建议，派遣始毕前来议和，想不到竟会被害死在石河川。一旦吉利得知此事，莫度派势力立刻就会抬头，两国的前景黯淡呀！"

武三思道："哼，陛下，难道我堂堂天朝，还会怕他小小的突厥不成！"武则天看了他一眼："战火重燃，黎民涂炭，那些企图恢复李唐天下的逆党更会兴风作浪，借机起事，国家再无宁日，这些你都想过没有？亏你还是堂堂的宰相！"

武三思吓得赶忙躬身道："是臣失言。"武三思系武则天之侄，封梁王，参与军政要事，官居宰相。此人嫉贤妒才，结党营私，仗着武则天的权势，作威作福，专事排斥张柬之等直臣，唯对武则天忠心耿耿。武则天看在眼里，对他既爱，又恶，恨铁不成钢。

武则天"哼"了一声，问道："狄仁杰还没到？"武三思道："还没有。"武则天道："这个狄怀英，怎的如此迁延，真是岂有此理！"武三思赶忙道："陛下，臣不明白，为什么非要狄仁杰回来？"

武则天看了他一眼，冷冷地道："要不，朕把此案交给你处理，限期三个月，逾期严惩！"武三思浑身一抖："这……"武则天笑了："你没有这个能力，所以，我不会难为你。前朝的宰相魏百策曾经对太宗皇帝说过一番话：开国之臣，但凡有一技之长，即可用之，可以不考虑其品德；而治世之臣，则要品才兼优方可。狄怀英的才具品格，为世人称颂，这一点是你比不了的。"武三思碰了一鼻子的灰，非常狼狈，尴尬地道："是。"

武则天看了他一眼："你很忠心，这很好，但是你要明白，绝不能妒贤嫉能。你身居宰辅之位，要替国家着想，替朕分忧，不能总是想着结党弄权，清除异己。现在有朕做主，没有人敢动你，然而，朕百年之后，你该怎么办？到了那时，我看你这颗脑袋迟早要搬家。"

几句话说得武三思浑身大汗，连声道："是，是。三思明白。"武则天长叹一声："而今的局势异常紧迫，除狄怀英外，朝中没有任何人可担此重任。"话音刚落，一名常侍从后面快步赶上来，躬身道："陛下，张柬之大人求见。"武则天停下："叫！"

张柬之急步赶来，脸上的表情充满了疑惧和惊慌。武则天笑道："柬之，是不是狄怀英到了？"张柬之躬身道："陛下，出事了！"武则天猛吃一惊："哦？"张柬之道："今晨，绛帐县送来紧急公文报告，昨夜京中千牛卫到绛帐馆驿传旨，带走了狄大人。"

武则天倒抽了一口冷气："朕并不曾命千牛卫前去传旨呀！"轮到张柬之大吃一惊了："什么？千牛卫不是皇上派去的？"武则天道："当然不是！到底怎么回事？"张柬之道："哦，今天清晨，绛帐县衙役发现前去传旨的十几名千牛卫全部被杀，狄大人失踪！"武则天一声惊叫，连退三步，武三思也惊呆了。

再说于风一伙没有找到狄仁杰，回到山洞去见金木兰。金木兰冷冰冰地道："狄仁杰解决了？"于风低下头："属下无能，狄仁杰和李元芳不知去向。"金木兰霍地站起来，气急败坏地吼道："连一个糟老头子和一个身负重伤的废人都对付不了，要你们有什么用！现在，一切都暴露在狄仁杰眼前，嫁祸李元芳更是无从谈起。真是成事不足，败事有余！"于风双膝跪倒："于风知罪，请主人处罚。"

金木兰无可奈何地长叹一声："算了。事已至此，处罚你还有什么用？万幸的是，狄仁杰并不知道我们的身份，现在名单到手，此次出击的任务也可以说圆满完成。立刻下令销毁一切痕迹，所有的人都撤回幽州，没有我的命令绝不能擅自行事！"于风赶忙答应："是。"金木兰道："没有任何痕迹，狄仁杰再能也破不了这个无头公案！"

夜，武则天静静地坐在大明宫内的书案后沉思着。张柬之和虎敬晖快步走进殿来，一见武则天正在沉思，二人赶忙停住脚步，站在门前。武则天抬起头来："柬之，怎么样？"张柬之赶忙上前道："陛下，钦差卫队和羽林军搜查了绛帐县周围一百里的所有镇甸和村落，没有狄大人的下落。"

虎敬晖道："臣遍查千牛卫，昨夜无人出京。看来，那些千牛卫是假的。"武则天不禁摇头叹息："看来，狄怀英已经遇害了。"张柬之也长叹一声:"想不到,狄怀英一代名臣,竟然死于宵小之手!"武则天道:"是朕考虑不周呀,谁能想到这些逆党竟然如此丧心病狂!"张柬之道:"他们连突厥使团都敢假冒,还有什么不敢做呢!"武则天道:"可笑的是,我们竟然连对手是谁都不知道!"

张柬之道:"臣等无能,令陛下殚精竭虑。"武则天叹了口气:"这也不能怪你们。看来,要准备好对突厥作战了!柬之,先下手为强,我们要主动攻击。"张柬之点点头:"事已至此,恐怕也别无善法了。"

武则天沉吟片刻,道:"你立刻拟旨,封左豹韬卫大将军丘神勣为西北道行军大总管,调左右威卫主力前赴凉州,入冬之前展开进攻,务求速战速决。"张柬之道:"是!还有,陛下,三日后赴圆觉寺进香,是不是要改期?"武则天摇摇头:"照旧。我累了,想休息一下。"

与此同时,狄仁杰与李元芳突然出现在长安城土窑废墟上。这里曾是关押刘金的地方,现在已被大火烧成一片残垣断壁。两人静静地站在瓦砾堆中,狄公的一双鹰眼搜索着蛛丝马迹:瓦砾、砖块;坍塌的窑口;砖块上斑驳的血迹。最后,他的目光落在了残瓦下的一丝白点儿。他慢慢走过去,手轻轻搬开残瓦,露出了下面压着的"白点儿"——那是被烧得只剩下一角的白色丝织品。他把它捡了起来。不远处,一双眼睛静静地注视着二人。

狄公回到客店后,把刚捡来的白丝残角放在桌上,随后将蝮蛇用的白丝手帕放在旁边,互相对照:两者的质料竟然一模一样!狄公的脸上露出了微笑。

李元芳进来,回身关上房门。狄公道:"怎么样,有什么消息?"李元芳道:"皇上三日后要到圆觉寺进香。"狄公点点头,指了指桌上的残角和手帕:"看看这个。"李元芳走到桌前仔细比对着,忽然他抬起头来:"两者质料完全一样,都是蝮蛇用过的手帕!"

狄公道:"是的。现在,有几点可以肯定:第一,土窑失火绝不是意外;第二,使团被杀与土窑失火为同一元凶——蝮蛇,因此两案归一……"说着，他走到桌前，提起笔在纸上画着："杀使团——假冒使团进京……"

他停住了手，抬起头道："第一个问题出现了：蝮蛇为什么要甘冒奇险，袭杀使团，而且要冒充进京？"李元芳一愣："一定有目的。"狄公点点头："这一点是肯定的。我们用排除之法，第一种可能性，他们这么做，是为了挑起两国之间的战火。"

李元芳摇摇头："那他们只需要杀死使团就够了，根本不用冒充进京。"狄公点点头："有道理，这一点可以排除了。第二种可能性，为了利益。冒充使团进京可以得到很多的赏赐。"

李元芳又摇摇头："那样的话，他们大可不必放我逃走，更不会杀害郡主、暗杀大人。"狄公点了点头："嗯，这一点也排除了。第三种可能性，利用使团身份为掩护，进入京师，达到其不可告人的目的。"李元芳沉思良久，抬起头来："这是最有道理的假设。"

狄公点了点头："是的。也只有这一种解释是合理的。那么，那个不可告人的目的究竟是什么呢？"李元芳静静地思索着。狄公笑着提起笔，在纸上写下了"攻击土窑"四个字。随后又在纸上写下："杀害使团——假冒进京——攻击土窑……"李元芳连连点头："不错，不错。根据废墟中捡来的蝮蛇手帕推断，攻击土窑是他们此行的最终目的！"

狄公道："于是，第二个问题出现了：土窑里有什么，致使蝮蛇不惜甘冒大险？"李元芳道："肯定是一件对他们非常重要的东西。"狄公道："好，你说是一件东西，这算是一种假设。但是有两个疑问，第一，如果是一件东西的话，他们得到之后离开就是，何必要将土窑烧掉？"李元芳犹豫道："这……也许，他们怕留下痕迹。"

狄公道："嗯，姑且算是一种解释。第二个疑问：千牛卫是皇帝的亲勋卫率，由他们守卫的东西一定与皇帝有关，既然如此，为什么不把这件东西放进宫里，而要放在土窑之中？"李元芳无言对答。他点了点头："有道理。看来，这一点可以排除了。"狄公道："如果他们要找的不是一个物件，又是什么呢？"李元芳沉思着："会不会是一个人？"狄公道："好，又是一种假设。还是那个问题，如果他们要救这个人，救走就是了，为什么要烧掉土窑？"

李元芳挠了挠头。狄公沉思着，良久，抬起头来："只有一种解释，他们要造成意外失火的假象，利用大火将所有尸体焚毁，令查案人员无法辨认尸首，这样，也就无法断定这场大火是意外还是人为。"李元芳一拍大腿："有道理！"

狄公道："好！现在我们把前两个假设综合起来：这些人要利用使团身份达到自己的目的，而这个目的就是要救走土窑里的神秘人物。"

李元芳一拍桌子："这一切就合理了，没有使团身份，他们即使攻击土窑，救人得手，也无法将人带出长安！"狄公点点头："最后一个问题，他们为什么要杀害郡主？"李元芳抓耳挠腮："是呀！"狄公沉吟着，忽然抬起头来："土窑案发，城门四闭。如果说，突厥使团也不能逃过搜查的话，那么在这个使团中，最不可能查到的是谁？"李元芳双眼一亮："郡主！"

狄公点点头："现在可以断定，那个神秘人物就是坐着郡主的官轿出城的。这也就是他们杀害郡主的原因。"李元芳双手一拍："毫无破绽！"狄公长长地舒了口气："终于明白了！"

李元芳由衷地佩服，说道："大人真乃神人也！"狄公微笑道："现在我们可以面圣了。"

圆觉寺，这是一座百年古刹，寺门前，苍松翠柏横卧盘结，林荫蔽日。羽林卫结成队列，内外相连，将寺院围得水泄不通。武则天率张柬之、武三思等重臣，在方丈的陪同下漫步寺中。虎敬晖率千牛备身从旁卫护。一行人谈谈说说，来到了后院方丈的居所。武则天望着眼前这座幽雅的院落，不禁长叹一声。

方丈道："陛下自进寺后，一直愁眉紧锁，想来心中定有愁烦阻塞，难以开颜。"武则天笑了笑没有说话。方丈道："所谓'心'之一字，乃灵台方寸，斜月三星。灵台起火，斜月反背，三星缺一，自然方寸大乱，心中难以顺畅。"武三思赶忙道："皇上主乾坤于掌上，理万民于治下，那是何等圣明，岂能方寸大乱？方丈此言谬矣。"方丈赶忙合十道："是老僧失言。"

武则天笑了笑，缓缓向前走去。突然她停住脚步，耳旁回响着方丈刚刚的几句话："灵台起火，斜月反背，三星缺一……"她的双眼亮了起来。武三思问道："陛下，怎么了？"

武则天一摆手，三思赶忙住嘴。武则天回头对方丈道："灵台起火，斜月反背，三星缺一，那是一个'狄'字。方丈此言不是没有用意的吧？"此言一出，众人都愣住了。方丈笑道："老僧只是随口说出，并没有什么用意。陛下恐怕是心中所思吧，境由心生，一切都在方寸之间。"

武则天闻听此言，似有所感，目光扫视着院落之内。忽然发现左跨院的门紧锁着，她看了方丈一眼："大师，左跨院的门为什么上锁？"方丈道："老僧不敢说。"武则天道："恕你无罪。"方丈乃道："院内有一奇人，名曰立帝货，上知五百年，下知五百年，老僧怕他出去滥言闯祸，因此将其锁在院内。"武则天道："哦？有这样的人，朕倒要见见。"

方丈为难道："这，万一此人得罪陛下，老僧万死难辞其罪。"武则天笑道："公然抗旨，一样是万死难辞其罪。"方丈道："既然陛下这么说，老僧就只得遵旨了。"说着，他走到院门前，掏出钥匙打开了门。

武则天率众人慢慢走了过去。方丈道："陛下，贫僧斗胆请陛下一人进去。"武三思道："老僧不知进退，陛下一人入内，万一出事，谁敢承当！"武则天一挥手，打断了他："好吧，朕就一个人进去。"说罢，武则天在方丈的陪同下缓缓走进院里。小院内幽篁森森，清净雅致。武则天与方丈走在小径中，眼前出现一座禅房，武则天停住脚步。方丈微笑道："此人就在僧房之内。"

武则天点点头，伸手推门走了进去。这是一正二偏的禅房，屋内檀香袅袅。南房内传出一阵木鱼声，武则天缓步走进南房。一个人背对房门而坐。武则天轻轻咳嗽了一声，那人转过身来，双膝跪倒："罪臣狄仁杰叩见陛下，万岁，万万岁！"武则天惊讶得目瞪口呆："怀英，真的是你！"狄公道："臣欺瞒陛下，罪该万死。"武则天上前一步，双手搀起狄公："怀英，快起来。"狄公站起身："陛下龙体清健，是臣之幸，天下之幸，万民之幸。"武则天微笑道："好了，你我之间就不必来这套虚文了。"

她轻轻拍了拍狄公的双手："老家伙，几年不见，可真有些想你呀！"狄公的眼眶湿润了，泪水轻轻滑落。武则天笑道："你可是老了，脸上的皱纹又多了几道。不过，狄怀英就是狄怀英，狡猾的老狐狸。我一直就不相信你真的死了。"狄公也笑了："知臣者陛下也。"

武则天缓缓坐在椅子上，说道："到底是怎么回事？"狄公道："陛下，能不能容臣先问陛下一个问题？"武则天点点头："你问吧。"狄公道："土窑里的那个神秘人物究竟是谁？"武则天一惊，抬起头来："你是怎么知道的？"狄公道："分析。"武则天淡然一笑："只有你说出这两字我能相信。看来，你已经找到了答案。"狄公道："是的。"

武则天道："十年前，以越王李元轨和黄国公李譔为首的逆渠曾在襄阳召开了一个秘密会议，召集李唐的亲王故臣，谋反逆天，参与者竟有一百三十余人。这份名单在李譔记室刘金的手中。"

狄公道："我曾听说过这份名单，名单中的很多人都是在不知情的情况下被越王骗到襄阳的。"武则天点点头："这一点我也知道。可刘金这逆贼却利用这份名单兴风作浪，串联与会之人起兵谋反。起初，很多人不想反，也不敢反，可刘金要挟他们，如不附逆，便将名单送往朝廷，抄家灭门，这些人恐惧之下，只得跟随。"

狄公道："此计狠毒啊！把这些人逼上了绝路，反也死，不反也死，不如孤注一掷。"武则天点了点头："越王之乱被平定后，逆贼刘金侥幸逃脱。他贼心不死，持此名单四处奔波，威逼利诱，又串联了一批逆贼，以徐敬业为首，公然起兵反叛。乱平后，这个刘金竟再次潜逃。"狄公长叹一声："看来这份名单为祸不浅啊。"

武则天道："正是。一年前，一个偶然的机会，刘金在幽州被擒，被秘密押解来京。开始，他被关在天牢之中，我命千牛卫严刑审讯，要他交出名单，然而，此贼甚为强横，抵死不交。而外面的反贼，为得到名单，不惜一切进京营救，两个月之内，竟然有十几拨反贼闯入天牢。鉴于此情，我假意下诏将刘金处死，行刑那天找了个替死鬼砍下脑袋，暗中将刘金秘密转移到长安城内一个不起眼的土窑中，派重兵看守。这样，外面的反贼以为刘金已死，便不再前来。没想到……"

她长叹一声。狄公点了点头："我明白了。陛下，这个假突厥使团就是为了营救刘金而来！"武则天大惊失色："什么？"狄公从怀里拿出一份奏章，双手递了过去："请陛下过目。"

第三章　狄仁杰初探幽州地

正当狄仁杰和武则天在圆觉寺僧房内说着话，院外众大臣开始焦急了。武三思来回踱步，不时抬头向小院里望望。虎敬晖的手已按在刀柄上，一瞥之间，正与张柬之投来的目光相遇，他深吸一口气，冲小院内努了努嘴。张柬之微微摇摇头。

武则天看过奏折，抬起头来："原来是这样！"狄公道："陛下，有一句话，臣不知当讲不当讲？"武则天道："你我之间当讲的固然要讲，不当讲的即使讲了又有何妨？不必顾虑，直言便是。"狄公道："朝中有内奸！"武则天一惊："什么？"狄公道："突厥使团的行程、刘金密藏土窑、臣奉旨回京，都是绝密之事，如果没有奸细，对方怎会得知？"

武则天突然一拍桌子，站起身来："是谁？"狄公道："朝中重臣、宫中的内侍、宫人、女官都有可能。"武则天深吸了一口气，慢慢坐在椅子上。狄公道："因此，我们行事一定要万分小心。也许，奸细就在你我身边。"武则天点点头："怀英，此事已迫在眉睫，一定要尽快破案，严惩凶手！否则，两国战事将起，生灵将遭涂炭。"

狄公的脸上露出了微笑："臣心中已有计算。"接着，他如此这般地把自己的计策说了一遍。武则天点点头，脸色立时多云转晴："好，就按你说的办！"狄公躬身道："谢陛下。臣担保三月之内，定破此案！"武则天微笑道："满朝中只有你狄怀英说出这样的话，我能够相信。"

这时，小院外，武三思突然回过身来大声道："皇上已进内一个时辰，肯定是出事了！"众大臣一惊，目光投向了他。武三思接着道："虎将军，率千牛备身随我进内！"

虎敬晖的目光转向张柬之，张柬之微微点头。虎敬晖马上拔出腰间钢刀，厉声喝道："随我进院！"正在这当口上，院内脚步声起，方丈快步走出来道："皇上有旨，召张柬之大人、虎敬晖将军入内！"众人呆若木鸡。

张柬之、虎敬晖快步走进院来。张柬之一眼看见狄仁杰，停住脚步，惊喜交集，大叫一声："怀英兄！"狄公迎上一步："柬之！"四只大手紧紧地握在了一起。虎敬晖被眼前的景象惊呆了，木立当地。

武则天轻轻咳嗽了一声，张柬之这才猛醒，赶忙躬身道："陛下，请恕臣无状。"武则天点了点头："罢了！柬之，有几件事你要记下：第一，立刻下旨召回西北道行军大总管、左豹韬卫大将军丘神勣，与突厥开战一事，容当后议。"张柬之看了看狄公，狄公微笑着点头。张柬之答应道："臣遵旨。"

武则天道："第二，着吏部拟旨，恢复狄仁杰同凤阁鸾台平章事，加黜陟使，即日赴北都太原代朕祭扫祖祠。"张柬之一愣："陛下，而今形势已迫在眉睫，如果拖延，很可能引发两国战事。当此危急之时，狄公应立刻赶往事发地点——甘南道石河川查察大案，缉拿凶手。此时命他奉旨祭扫北都似有不妥呀！"武则天一摆手："朕意已决，不必再言！"张柬之看着狄公，狄公破颜一笑，右手三指轻轻向下叩了一下。张柬之满腹狐疑，口中只得称"是"。

武则天接着道："第三，传旨刑部，撤销对甘南道游击将军李元芳的追缉，令各地销毁海捕文书。"张柬之目瞪口呆："陛下，李元芳乃涉案重犯呀……"武则天打断他："突厥特使被杀，李元芳有失职之责，却无串谋之罪。朕已与狄卿商议过了，命他在狄卿麾下效力，戴罪立功。"张柬之的惊讶无法用言语形容，他再次看了看狄公，狄公微笑道："这一次，我在绛帐遇袭，正是这个李元芳救了我的老命！"张柬之这才恍然大悟，赶忙躬身道："臣遵旨。"

武则天道："怀英，敬晖在朕身边多年，忠正耿直。日前，他曾率千牛卫拦截假使团，若不是三思进宫请旨，也许我们就能将这一干逆贼拿下了。"狄公一愣："哦？"武则天长叹一声："好了，不说这些了。这次，我把他放在你身边听用。"虎敬晖一愣，他感到很突然。狄公微笑道："臣正求之不得！"

武则天道："敬晖，回京后立刻交割防务，明日即率二百千牛卫随狄卿北上太原，他的安全就交给你了。"虎敬晖还在犹豫："陛下，千牛卫是皇家卫率……"武则天抬起头，看着虎敬晖，虎敬晖赶忙躬身道："臣遵旨。"武则天道："狄卿，即日出发，不可迁延！"狄公答道："是！"

却说幽州城外大柳树村外的空场上，聚集着几百名衣衫褴褛的村民，大家议论纷纷，情绪激动。"这日子是没法过了！""赵四这个狗娘养的，吞了朝廷给咱们的慰抚款，占了咱们的地，还要杀咱们的人！这幽州还有王法没有！""还说什么王法，当官的都是穿他妈一条连裆裤，我看反了他娘的算了！""对！反了！"

突然有个村民喊道："看，赵四来了！"话音未落，一个满面虬髯的壮汉带着二三十名年轻人，押着一个矮胖子快步走到村民面前。村民们一见这个矮胖子，怒吼着涌上去。壮汉双手连挥，高声喊着："乡亲们！乡亲们！"

人群渐渐安静下来。壮汉道："朝廷发放给咱们的慰抚款被当官的吞了！发还给咱们的地被当官的占了！进府城告状的乡亲们被当官的抓了，官府贴出告示，明天就要砍头！咱们怎么办？"村民们异口同声地怒吼："反了！"

壮汉一把将身旁的矮胖子抓了过来："这就是地保赵四，乡亲们你们说该怎么处置他！""打死他！"村民们狂叫着冲上前来，手中的锄头、铁锨雨点儿般落在赵四的身上，这家伙登时脑浆迸裂，倒在血泊中。壮汉高喊着："打进府城，救出被抓的乡亲们！走啊！"

幽州城大牢内，灯火昏暗，巡夜的狱卒来回走动着，皮靴磕地发出一阵阵回响。在一间独立的监房里，墙壁上点着一盏油灯，火苗如豆，地上铺满了稻草，一个浑身满是刑迹、身穿囚服的人面墙而坐，一动不动。长长的头发盖住了他的脸，只有一双眼睛从乱发后透出一阵阵精光。

门外传来一阵杂乱的脚步声，紧跟着铁锁鸣响，监门打开。四个军士涌了进来，为首的队长大声道："李二，站起来，跟我们走！"李二没有动。队长走过来，狠狠地给了他一脚："你他妈听见没有！"李二眼中精光大炽，但瞬间又恢复了常态。他吃力地站起身，向门口走去。队长骂骂咧咧："奶奶的，死到临头还他妈敢耍横！"

李二蹒跚地向前走着，四名军士跟在身后。脚镣拖地，发出一阵刺耳的哗啦声。队长狠狠地推了他一把："你走快点！"李二踉跄了一步，站住，慢慢转过身，两眼死死地盯着队长。队长后退一步，伸手拔出腰间钢刀，胆怯地道："你要干什么？"李二的脸上露出一丝不屑的冷笑，转身继续向前走去。

大牢门前，四名守卫来回巡逻。忽然一阵喊杀声远远传来，守卫们吃了一惊。喊声越来越近，卫士们互相询问："什么声音？"话音未落，街拐角处涌出数百农民，灯球火把汇成一片海洋。农民们高举着锄头、铁锨向牢门猛冲过来。守卫大叫："不好，快关门！"

狱卒们押着李二来到大牢后的刑场。场上，正中矗立着一根木桩，一名刽子手半袒胸膛站在木桩旁。军士们把李二押到木桩旁边。队长向军士一挥手："卸下刑具！"一名军士上前，打开李二的脖锁和手铐、脚镣。另外两人用粗麻绳将李二捆在木桩上。队长狞笑着走到李二身前，伸手拍了拍他的脸："小子，今晚爷爷就送你上黄泉路。恐怕到现在你还不明白，自己为什么死吧？啊！"说完，他幸灾乐祸地哈哈大笑。

李二缓缓抬起头来，这时人们才看清他的面容：这是一张清癯的脸，略带一点儿病容，但双眼却冒出一阵阵寒气。队长调侃道："看来，你只能做个糊涂鬼了！"说着，他冲身旁的刽子手一挥手。

正当刽子手手举大刀要向下砍时，大牢前面突然喊杀声四起，伴随着狱卒临死前的一声声惨叫。队长脸色陡变："不好，有人闯牢！"就在这一瞬间，李二运足了气，浑身一绷，砰的一声竟挣断了捆绑他双手的麻绳！

队长回过头，对刽子手道："快……快动手！"刽子手抡起鬼头刀向李二脖颈斩来。李二的身体猛地向下一挫，鬼头刀从他的头顶掠过，那刽子手本已用尽全身力气，不想竟砍了个空，身体失去重心，嘭地栽倒在地。就在这电光石火的一刹那，李二已闪电般地骑到队长身上，伸手拔出队长腰间钢刀，一道寒光闪过，队长人头落地。剩下的三名军士扭身想跑，李二腾身而起，钢刀飞舞，眨眼间，三名军士的身体重重地倒在地上。行刑的刽子手爬起来，李二飞起一脚，狠狠地踢在他的太阳穴上，刽子手轻轻"哼"了一声，昏死过去。李二身形一纵，像一只大鸟一般横掠出去，飞上了大牢的墙头，转眼间便消失在夜色中。

且说幽州刺史方谦正坐在桌案前批阅公文。外面传来一阵阵喊杀声，方谦抬头谛听。门砰的一声被撞开，一名军官浑身浴血跌进门来："大人，大事不好了，一群乱民攻破大牢，抢走了十几名死囚！"方谦大惊失色，霍地站起来："什么？"军官道："那个奸细李二也趁乱杀死行刑的军士逃走了！"方谦张皇失措，一声大叫，扑通一声跌坐在椅子里。军官喘着大气："现在五城兵马司已出兵弹压……"

方谦站起来，粗暴地打断他，斩钉截铁地命令道："别的先不要管，一定要抓到李二，绝不能让他活着逃出幽州城！"军官说声"是"，立即退出，布置行动去了。

并州府接到朝廷的公文，得知钦差大臣狄仁杰本日到达该州，代皇上祭祀皇陵。太原南门，并州刺史、别驾、太原县令等一众地方军政官吏焦急地等候着。刺史抬头看了看天色，问身边的司马道："狄大人怎么还没有到？"司马摇了摇头："是不是路上耽搁了？"话音未落，身后的别驾道："看，来了！"

远处烟尘滚滚，一队队骑驾护从，高擎"代天祭扫"的大旗飞驰而来。后面，皇家亲勋千牛卫护卫着一驾豪华马车，左右竖立毫髦大纛，上书：钦差大臣"狄"。并州刺史朝身后众官一摆手，快步走到大道中央，垂手恭迎。

一骑马当先驰来，马上人轻纱帽、飞熊服、红中衣、虎头攒金靴，正是京中千牛卫。他勒住马头，从身旁的招文袋中取出一个锦套，高声喊道："并州刺史接旨！"刺史一愣，感到事情有些异常，但他赶忙率众撩袍跪倒。千牛卫展开圣旨，大声念道："边事紧急，祭扫大臣狄仁杰由太原转往幽州，一切往复之需，着并州刺史一体供给。钦此。"刺史叩头道："臣领旨，谢恩！"

千牛卫翻身下马，将圣旨递了过去。刺史丈二和尚摸不着头脑，接过圣旨问道："前日才宣旨命狄大人祭扫，怎么今天就改道幽州了？"千牛卫莫测高深地笑道："大人，您看见我这身衣服了吗？我们千牛卫是伺候皇上的，而今不也成了狄大人的随从了吗？您呢，就别问了。"刺史莫名其妙地点点头。他哪里知道，这是狄仁杰与武则天事先商量好的一个策略——声东击西，即所谓"明修栈道，暗度陈仓"是也。

正说话间，大队来到城门前。马车停下，车门打开。刺史赶忙迎上前去，高声道："并州刺史郝处俊恭迎钦差……"车门打开，走下一人，刺史登时目瞪口呆。此人哪是狄仁杰，却是狄公的书童——狄春！狄春上前一步，将手中的书信递了过去："郝大人，这是我家老爷给您的信。"

刺史接过书信，立即打开读了起来。不题。

再说那幽州城里，因头夜发生了百姓劫狱、李二逃走的大事，城中风声鹤唳，气氛异常紧张。巡逻的骑兵和步兵来往穿梭，街上静悄悄的，几乎没有行人。

北门旁的空场上刑台高搭，十几名老汉和妇女被绑在台上，在毒辣辣的日头暴晒下，神情委顿。五城兵马司的军队将刑台团团包围，任何人不得靠近。北门内，进城的客商和路人排成了长队，等候接受守门军士的盘查。队列中，一名老者摘下头上的草帽，露出了真实面貌。此公不是别人，正是钦差大臣狄仁杰！在他身后，李元芳和虎敬晖一左一右紧紧地护卫在他身旁。

狄公四下观望着。身后的李元芳低声道："怎么查得这么紧，是不是出事了？"狄公"嗯"了一声，没有说话。虎敬晖道："大人，这太冒险了，一旦发生意外，我怎么向皇上交代！"狄公回过头微笑道："只要你把我当成个郎中，不要当作钦差大臣来照顾，一切就会安然无恙。"虎敬晖和李元芳对视一眼，无奈地笑了。这时，守城军士走过来，对狄公道："老头子，你，干什么的？"狄公赶忙赔笑道："走方郎中。"守城军士上下打量了他一番，又看了看身后的李元芳和虎敬晖："这俩人是跟你一起的？"狄公答道："是呀，跟我学医的徒弟。这是我们的官凭路引。"说着，将一应文书递了过去。

守城军士看了一遍，点点头，一伸手，拉下狄公挎着的包袱，由于用力过猛，将狄公带得一个趔趄，李元芳赶忙伸手扶住他。虎敬晖双眉直立，大喝一声："放肆！"军士见他长得人高马大，来势汹汹，吓得浑身一抖："你……你要干什么？"虎敬晖上前一步，伸手将包裹从军士手中夺了回来："你一个小小的军士竟敢对钦……"忽然他想到自己现在的身份，赶忙改口："钦……钦，对我亲爹如此无礼！"李元芳不禁哑然失笑，连狄公也忍不住笑了起来。

虎敬晖这一声大喝惊动了城门旁的卫队。他们在队长的带领下迅速围了上来。队长厉声喝道:"怎么回事?"军士道:"我要检查包裹,他不让查!"队长的目光落在了虎敬晖身上:"你是干什么的?"虎敬晖瞥了他一眼,冷笑道:"就凭你一个小小的队长,也配和我说话?"

队长大怒:"你……你大胆,来人,把他给我拿下!"众军士一拥而上。虎敬晖鄙夷地"哼"了一声,岿然不动:"我倒想看看,你们谁敢上来!"声音不大,可凝重似铁,端的是神威凛凛,威风八面,加上他身材魁梧,兀立如山,众军士竟真的没有一个敢上前的。这时,狄公分开人群走过来:"哎,哎,别动粗,误会,都是误会!"

队长的目光转向了他:"你是干什么的?"狄公赔笑道:"跑江湖的郎中。"队长指着虎敬晖:"他是你什么人?"狄公道:"是我儿子,当过兵,性情粗鲁,长官别跟他一般见识。"说着,他从包袱里掏出十两银子递了过去:"惊动弟兄们,不好意思,长官收下,给弟兄们买包茶叶。"

队长看了他一眼:"嗯,你这老先生倒还有几分知理。罢了。"他一挥手,军士们退了下去。他接过银子,揣进自己的怀里,看了虎敬晖一眼:"以后要好好教训教训你这个儿子。今天要不是看着您老的面子,早把他收监了!"狄公连声道:"是,是。"队长把手一挥:"你们走吧。"

狄公一拉虎敬晖和李元芳,三人快步走进城门。北门内大街,静悄悄的,只有街左的房檐下坐着几个衣衫褴褛的乞丐。狄公三人沿着街左的一排民房快步向前走着,忽然,李元芳扑哧一声笑了出来。虎敬晖四下看了看,纳闷道:"怎么了?"李元芳笑着摇了摇头。狄公也笑道:"他在笑你。"虎敬晖一愣。李元芳道:"虎将军真不愧是皇家卫率的领袖,端的是大将军威风八面!"狄公笑道:"你呀!这不是京城,你现在也不是千牛卫中郎将的身份。你一个江湖郎中的儿子,瞪的什么眼,发的什么威!好端端的害我损了十两银子!"说着,两人哈哈大笑。

李元芳小声对狄公道:"虎将军可比您这位钦差大臣威风多了!"狄公"嘘"了一声,李元芳吐了吐舌头,四下里看了看,幸好周围没有行人,只有房檐下的几个乞丐在晒太阳。虎敬晖不好意思地挠了挠头:"大人，我……嗨，一时气愤难平。"狄公拍了拍他的肩膀，低声道："千万别忘了，我不是钦差大臣，你也不是中郎将军，咱们现在都是平头百姓！"虎敬晖不好意思地点头称是。

在一家房檐下，有一个乞丐缓缓推起头戴的破草帽，正是越狱的李二！他静静地望着狄公，脸上露出诧异之色。忽然身后马蹄声响，一队骑兵飞驰而过，李二赶忙低下头。狄公对二人道："先找间客店安顿下来。"三人正要打听哪里有旅店，忽然一个声音从对面传来："军爷，求求你们，给老头子一口水喝吧！"狄公抬起头看，这才发现街对面搭建的刑台，声音正是从刑台上一位老人嘴里发出的。

一名军官端着一碗水走到老人身边，递了过去，老人的嘴向碗边凑去，军官一点一点把碗向后缩着，老人的头跟着碗不停地向前伸，台下的军士们发出一阵幸灾乐祸的大笑。狄公看着，怒从心来，脸露愠色，他重重地"哼"了一声。台上，那军官猛地抓住老人的头发，向后一推，将碗中的水慢慢洒在地上，老人发出绝望的叫声。狄公愤恨交加，但此时此地，他无能为力。他是一名江湖郎中啊！军官骂道："你们这些反贼，还想喝水！"说着，他狠狠地给了老人一记耳光。

虎敬晖低声骂道："混账！"狄公两眼射出愤怒的火焰，身旁的李元芳低声道："大人息怒，别忘了咱们的身份！"狄公"唉"了一声，无可奈何地叹了口气。他实在不忍再看下去，便对二人道："走吧。找旅馆去！"三人快步离去。房檐下的李二迅速站起身来，尾随着他们。

在幽州刺史府，方谦手拍桌案高声叫骂："混账！饭桶！一群饭桶！"下面站着的几名军官低眉垂手，一言不发。方谦继续骂道："我养你们这些人有什么用！竟然让一群山野农民打破大牢，抢走死囚，这还不说，上千人的官军追了一夜，居然还让这些暴民逃进了深山。你们……你们简直是一群废物！"

一名军官低声嘟囔道："这些人出了城就一哄而散，让我们怎么追！"方谦厉声喝道："你说什么？"那军官一梗脖子道："所谓的暴民不过都是附近的百姓，就因为刺史大人要处死告状的村民，他们才铤而走险，砸狱造反。而且，这些人是一群乌合之众，不是军人，一出城就一哄而散，逃进山里，让我们怎么追！"

方谦暴跳如雷，一把抓起桌上的砚台向军官砸去，军官一闪身，砚台砸在门上。方谦气急败坏地高喊道："来人！"门外的卫士们冲进来。方谦怒吼道："把这厮给我拿下！"卫士们一拥上前将军官按倒在地。军官冷笑道："大人施政不善，激起民变，反而怪到末将身上，末将不服！"

方谦咆哮道："把这厮给我押到大牢之中！"卫士们拖起军官，快步走出门去。方谦余怒未消，冲剩下的军官们歇斯底里地喊道："滚，都给我滚出去！"军官们正巴不得离开，赶忙一溜烟地逃之夭夭。

方谦喘着粗气，重重地坐在了椅子上。外面脚步声响，一个中年人快步走进来。方谦道："益之，你来了。"中年人点点头："大人，刚刚接到的消息，查遍全城，也没找到李二的踪影。"方谦抬起头来，使劲拍了拍额头："怎么办？怎么办？"中年人道："要立刻上报，千万不能延误！"方谦点点头："只能如此了。"

再说狄公与李元芳、虎敬晖找了个客栈安顿下来后，三人在桌前坐下。李元芳茫然地问道："大人，到现在我还是不明白，我们为什么要来幽州？"狄公淡然一笑："当然是为了突厥使团被杀案。"李元芳与虎敬晖对视了一眼，道："可使团被杀是在甘南道的石河川，而甘南道在京城之西，要破案应该去那里才对。幽州在东北，两地相距数千里之遥，跟幽州有什么关系？"

虎敬晖在一旁附和道："元芳说得有理，我们来这儿，好像有点南辕北辙呀。"狄公道："依我看来，甘南道不过是疑兵罢了，是表象，而不是真相。"虎敬晖更是一头雾水："大人这话可真是有些莫测高深了。不瞒您说，朝中所有大臣都认为您会去甘南道，至少应该去勘查一下现场啊。可第一个没想到的是，皇上竟派大人去祭扫北都；第二个没想到的是，您到了太原，竟连城都没进，弃大队飞马转奔幽州。这几天敬晖的脑袋都快想破了，也不明白，大人这是为什么？"

狄公笑了："元芳，还记得绛帐县那个假传圣旨的千牛卫吗？"李元芳点点头："记得……"狄公道："那你就不应该觉得奇怪了。"李元芳歪着脑袋想了一会儿，顿时恍然大悟："哦，当时大人曾经说过，那人说话是幽州口音！"

狄公点点头："是了！不光是他，还有那些追杀我们的蒙面人也是幽州口音。而且，曾经被关在土窑中的那个神秘人物刘金，也是在幽州被擒的。因此，我断定，幽州一定与此案有着千丝万缕的联系。这也就是我要来这儿的原因。"

李元芳徐徐点头。虎敬晖问："既然我们的目的地是幽州，圣旨为什么要我们到太原祭扫？"狄公道："不要小看我们的对手，这些人手眼通天，耳目众多，我们的所有行动都在他们的监控之下。所谓的太原祭扫，不过是一种障眼法，明修栈道，暗渡陈仓，目的是转移他们的视线，使他们措手不及。"

虎敬晖、李元芳这才茅塞顿开。李元芳问道："那下面我们该做什么？"狄公微微一笑，还没来得及开口，外面响起了敲门声。李元芳喊了声："进来。"小二端着脸盆走进来："几位爷，旅途辛劳，洗洗脸，烫烫脚，解解疲乏。"

狄公笑眯眯地道："小二呀，我问你个事儿。城里出了什么事，为何如此戒备森严？"小二惊讶道："怎么客官，您没听说？"狄公摇摇头。小二道："昨天夜里，大柳树村的乱民暴乱，打进了大牢，抢走十几名死囚犯。"狄公与李元芳交换了一下眼色，接着问："方才进城之时，看到北门的刑台上绑着很多老人和妇女，那又是怎么回事？"

小二道："唉，别提了。暴民砸狱以后全都逃进山里，官军一个也没抓着。刺史大人一怒之下，把大柳树村里跑不动的老人和娘们儿都抓起来，绑到刑台上，贴出告示说，三天之内这些暴民不来自首，就要杀掉这些老人和妇女。你们看到绑在刑台上的，就是这些老人和妇女。"

狄公狠狠一拍桌子："岂有此理！"小二叹了口气："造孽呀！"说着，快步走出房间，带上了门。

狄公重重地"哼"了一声："幽州刺史，封疆大吏，不知替天子恩养百姓，竟行欺凌老弱、草菅人命之举，也难怪国事无宁，外寇入侵了！"虎敬晖道："大人，咱们此来乃为朝廷重案，我看这些小事是不是暂且放下，等案破后再行区处。"狄公突然转身，双目如电，盯着虎敬晖："小事？民生之事，乃朝廷一等的大事，我身为幽州都督，遇此不平之事，怎能袖手旁观？"虎敬晖自知失言，赶快道："敬晖无知，大人恕罪。"

狄公长叹一声："你身在军中，不入庙堂，难明其中至理，这也不能怪你。明日，你二人随我到附近乡间去转一转，我要看看这个幽州刺史方谦，究竟把这里弄成了什么样子！"

幽州刺史方谦正在刺史府二堂呆呆地想着近日发生的事情。忽然门被打开，吴益之进来，叫了声"大人"，将手中的公文递了过去："吏部六百里加急！"

方谦接过来，迅速打开看了一遍，登时后退两步。吴益之问道："公文中说什么？"方谦道："狄仁杰被授幽州大都督，总理州内一切军政要务，不日即将到达！"吴益之一愣："什么？狄仁杰，他不是奉旨祭扫北都吗？怎么会突然来咱幽州？！"方谦倒抽了一口凉气："这到底是怎么回事？"吴益之道："狄公当世名臣，精谨过人，大人要做好充分准备。"方谦忧心忡忡地道："幽州暴乱，李二失踪，现在狄仁杰又要来，这可真是雪上加霜啊！"

夜阑人静，客店狄公房间，狄公躺在床上，已经沉沉睡去。突然窗外一道黑影闪过，转眼之间，黑影已经蹑手蹑脚地走到狄公床边。此人正是李二！在另一个房间里，李元芳和虎敬晖几乎同时睁开眼睛。李元芳冲外面努了努嘴，虎敬晖会意地点点头。

正当李二慢慢向狄公伸出手的一刹那，砰的一声巨响，窗户四散进飞，李元芳和虎敬晖飞身而入，两把刀闪电般向李二后背劈来，李二腾身一跃，从二人头顶上掠了过去。李、虎二人倒纵而起，空中转身，双刀直取李二咽喉。只听一阵叮当声，李二手里的刀已被打落在地。虎敬晖一声断喝，掌中刀直奔李二头顶劈来。在万分危急中，李二双脚一蹬墙壁倒飞出去。李元芳手指一按刀上的机簧，刀头带着一条铁链直奔李二咽喉。就在这千钧一发之际，狄公大声喊道："元芳，刀下留人！"李元芳手一抖，刀头从李二的面前飞过，李二闪电般地蹿出窗外。

狄公跑到窗前向外望去，李二踪影全无。李元芳不无遗憾地道："大人，您要是不喊，这一下就结果了他的狗命！"狄公笑了笑："得饶人处且饶人。"李元芳道："可他是杀手啊！"

狄公微微摇了摇头："我看不像。这次咱们的行程是绝对保密的，没有任何人知道。而且，我现在身份已定，再派杀手来行刺，无异于告诉朝廷，杀害突厥使团的贼人就在幽州，我们的对手不会这么愚蠢。"

李元芳和虎敬晖颇不以为然，说道："那，这个人为什么深夜闯店？"狄公问元芳："在绛帐县，你为什么也深夜潜入驿馆？"李元芳一愣："您是说，他来客店是有话要说？"狄公道："现在下结论还为时过早。奇怪的倒是，此人是怎么知道我们来到幽州的！"

大柳树村的白天，村中冷冷清清。狄公与李元芳、虎敬晖三人走在村中的土路上。没有鸡啼犬吠，更没有人声，偌大的村庄死一般的沉寂。狄公三人边走边四下里搜索着，忽然前面的草房外人影一晃，飞快地闪进了房中。狄公道："那儿有人！"

三人加快脚步追了过去，来到草房前。房门大开着，狄公伸手敲了敲门，没有回答。狄公缓缓走进屋去。草房一共两进，外面盘灶，里面住人，里外间只靠一块破布帘相隔。狄公又喊了一声："有人吗？"仍然没有回答。虎敬晖掀开门帘走进去，看了一遍，走了出来："里面没人。"

狄公道："奇怪，明明看见有人进了草房。"李元芳走到灶台前，伸手端起铁锅。"哇"的一声，灶台里面传来了女人的叫声，把李元芳吓了一跳。一个满面黑灰、蓬头垢面的中年妇女爬出灶台连连磕头："军爷饶命！饶命啊！俺家只剩下我和孩子，没有人造反！"

　　狄公赶忙扶起她："别害怕，我们不是军爷。"妇女抬起头来，只见面前站着一位面容和善的长者，她这才放下了心："你……你们不是军爷？"狄公望着她那副可怜的样子，心中一阵酸楚，点了点头："我们是过路的。"妇女这才站起身来："老人家，你们怎么会走到这儿来呀？"狄公道："迷路了，闯到这儿来的。"

　　门帘一掀，一个五六岁的男孩儿跑了出来，妇女赶忙把他拉了过来。狄公拍了拍男孩的脸蛋问道："饿了吧？"男孩点了点头。狄公问那妇女："村中还有多少人？"妇女摇摇头："我也不知道。村里的男人们造反，逃进山里，就把我们这些跑不动的老人、娘儿们和孩子扔下了。昨天晌午，官军来了，见人就抓，我和孩子躲在炕洞里才逃过去。今天，实在饿得受不了，才出来找点东西吃。"

　　狄公的眼圈红了："大嫂，你到各家去看看，还有没有人，把他们都叫出来。"妇女道："那，万一官军再来呢？"狄公道："你们放心，有我呢。"妇女不信："您一个老人家能顶什么用啊？"李元芳道："别看他一个老人家，能顶千军万马！"妇女半信半疑地道："真的？"狄公道："真的。官军只要来，看见我就吓跑了。"妇女恍然大悟："哟，您别是土地爷显灵吧？"

　　狄公一愣，继而笑道："是啊，我就是此处的土地，他们两个是我的随从。我听说你们受难，这才来看看。"妇女赶忙双膝跪倒，连连磕头。狄公赶忙揽起了她："快起来，去找乡亲们吧。"妇女爬起身向外跑去，边跑边喊："土地老爷显灵了，大伙快出来吧！"

　　不一会儿，草房的桌上摆满了各种食物，七八个村民围坐在桌边，狼吞虎咽地吃着。原来，狄公他们是有备而来的。出发前，他们买了许多食物，随车带着。狄公笑吟吟地坐在一旁，看着大家。李元芳和虎敬晖坐在门槛儿上闲聊。一个老人抬起头来道："土地爷，您……您怎么不吃啊？"

狄公笑道："我是神仙，不用吃饭。"老人连连点头。狄公道："老人家，村里只剩了你们几个？"老人长叹一声点了点头。狄公问："能跟我说说，村里人为什么要造反吗？"

老人道："土地爷，不瞒您说，造反的可不光是这大柳树村的。我们附近一共有八个村子，数我们这大柳树人多。两年前，突厥人打破了幽州城，派兵来到我们这儿，把粮食、钱物抢了个精光，最后还要我们跟他们走。起初乡亲们不干，突厥人就动了刀枪，杀了几百号人。乡亲们没辙了，保命要紧呀，只能跟着突厥人往关外走。没承想，官军又打了回来，赶跑了突厥人。本来我们想，这下可好了，能回家了。可谁知道，当官的一见着我们，立刻就瞪了眼，说我们跟着突厥人，是背叛祖宗，是附……附……附啥来着？"

狄公道："附逆。"老人说："对，就是这词儿。就这么着，我们又被关起来了。"狄公道："我记得，朝廷下旨大赦，还给了慰抚款呀。"老人一伸大拇指："嘿，您真是土地爷，什么都知道。您说得一点没错。我们被关了半年，说是朝廷大赦就把我们都放了。"狄公问道："那，慰抚款发放到你们手上了吗？"

老人道："嘿，别提了！我们到县衙门去要，太爷一见就瞪起了眼，说我们跟着突厥人，犯了大罪，不杀头就是好事，还想要钱？说完，就把我们给轰出来了。"狄公气得脸色铁青，喉咙里重重地"哼"了一声。

老人接着道："大伙儿心里憋气，但转念一想不给就不给吧，回家种地算了。八个村儿的人聚在一起，总共还有不到三百人，大家商议着就都到我们大柳树来，相互有个照应。没想到，回到村里，地保赵四告诉我们，地也让县里给没收了！"狄公简直不敢相信："地也没收了？"老人点了点头。李元芳插话："可，凭什么？"

老人道："是呀，当时大伙儿就炸了窝，跟赵四理论，可赵四仗势欺人，带来了县里的土兵，把几个带头的抓起来狠狠地打了一顿。乡亲们不干了，说要到州里告状，就推举了十几个人，请人写了状子，到幽州告状。没想到这位刺史大老爷更狠，话都没让说，撕了状子，抓了人，说是附逆刁民，聚众闹事，要砍头啊！土地爷，官家不让我们活了，没钱，没地，我们吃什么呀，难道说眼瞧着这三百人活活儿饿死？"

狄公摇头长叹："官逼民反啊。老人家，你放心，我一定为你们做主！"老人道："土地爷，有了您这一句话，我们就放心了。"狄公点了点头。忽然一道闪电划过天际，紧接着一声焦雷平地炸响。狄公抬起头望向窗外，喃喃地道："暴风雨就要来了。"

与此同时，刺史府内，方谦在灯下伏案疾书。吴益之快步走进来："大人，车都备好了。"方谦收笔，将信折好，装入封套递了过去："告诉上面，我都知道了，让他们也一切小心。"吴益之点了点头，接过信，快步走出门去。上了马车，直奔城中的天宝银号而去。

这时，天宝银号门前，已经停着十几辆大车，二三十个镖师打扮的人将大车团团围住。一个满脸麻子的中年人站在门前焦急地等待着。远处传来一阵马蹄声，一辆马车飞驰而至。车门打开，一个穿风衣、戴风帽的人走了下来，喊道："马五。"

麻子赶忙迎上前去："老板，您可来了。"那人揭下风帽，正是吴益之。他四下看了看："都准备好了？"马五点点头："就等您了。"吴益之从怀里掏出信，交给了马五："告诉上边，现在风声很紧，一切小心！"马五说了声"明白"，快步走到第一辆大车前，纵身跳了上去。车队起动了。吴益之回身上了自己的马车，向着相反方向驶去。

荒山中，电闪阵阵，雷声滚滚，大雨瓢泼而下。一道道闪电中，隐隐约约地映照出山顶一座破旧的土地庙。庙里，一双眼睛在昏黄的灯光下闪烁着淡蓝色的光芒。李二静静地面墙而坐，木然不动。蓦地，李二双眉一扬，眼中精光大炽。

原来，身后，一条蝮蛇从阴影中游出来，停在李二的身前。闪电划过，将一条人影投在对面的墙壁上。李二没有动。青袍人——蝮蛇站在面前，他的脸上仍是没有一丝表情，漫不经心地说道："深秋竟然有这么大的雷雨，真是四时不正啊。"

李二还是没有吭声，只是深深地吸了口气。蝮蛇道："若不是你自己在幽州现身，想找到你还真不容易！"说着，他缓缓掏出了一块手帕，擦了擦手，轻轻地将手帕扔在地上。李二还是没有动弹，双眼微合，显得非常镇静。蝮蛇慢慢拔出腰悬的宝剑，轻轻笑了一声："你不想站起身来吗？"对方依然没有回答。蝮蛇悠闲地挽了个剑花："动手吧。"

一道闪电猛击下来，伴随着一声闷雷。李二的眼睛突然睁开，精光大炽。攻击开始了，李二几乎没有起身，身形闪电般倒纵出去，在空中猛展，竟然落在了蝮蛇身后。蝮蛇也没有回身，仍然悠闲地一抖手，宝剑背到了身后，铮的一声鸣响。

人影晃动，李二已到蝮蛇面前，顿时金铁交击。李二的刀被对方打断。蝮蛇脸上挂着狞笑："你很厉害。但你一定要死。"说着，右手顺剑直奔李二咽喉。李二当即腾身而起，手中断刀砸向蝮蛇，蝮蛇微一侧身，李二借着这一顿之际，身形闪电一般蹿出庙外，消失在大雨之中。蝮蛇也不追赶，喉咙里发出一阵得意的轻笑。

李二在雨中奔跑着，突然脚下一个踉跄，头一阵发晕，胸口登时翻腾起来。他赶忙稳住身体，靠在山石旁的一棵大树上休息。他觉得非常奇怪，这种现象从没发生过。忽然胸中气血翻涌，"哇"的一声，一口鲜血狂喷出来——黑色的血。李二的眼光渐渐地混浊了，他喘着粗气，慢慢低下头，这才发现，左肩插着一根细如牛毛的钢针。他伸手拔下钢针，针头上闪烁着淡蓝色的光芒。李二的身体不停晃动着。

大雨如注，李二挣扎着向前奔跑着，透过雨幕，他看到不远处隐隐约约闪烁着一些灯火，像是个小镇，也许是个村庄。李二拼命地向前爬着。忽然，身后传来一阵隐隐的马蹄声，在这寂静的雨夜中显得异常诡异。李二猛吃一惊，挣扎着想要爬起来，可双腿就是不听使唤。马蹄声越来越近，李二情急之下，一骨碌滚进了路旁的泥沟里。

十几辆大车飞快地驶过了李二身旁，向着发出光亮的小镇奔去，溅起一片泥浆。李二的视线越来越模糊，渐渐地眼前一片漆黑，雷声、雨声变得非常遥远……

那透着灯光的所在，既不是小镇，也不是村庄，而是一个人工开凿出来的巨大山洞。趁着一道道闪电划过天际，人们可以看到它地处一座高山的半腰。这个山穴，中央是可以并排走两辆马车的石路，两旁插着绵松明柱，延绵好几里地；柱上火把熊熊燃烧，将山穴照得如同白昼。石路两旁遍布打铁炉，上百名铁匠手抡大锤打造着各样的兵器，叮当声在洞穴内回荡，震耳欲聋，将洞外的雨声完全淹没。一群农民模样的役夫像蚂蚁似的来回搬运着，将打造好的兵器放在几辆大车之上。不远处，一队身穿黑衣、手持刀枪的卫兵，监视着役夫和铁匠们的行动。

洞穴内，有一座布置得颇为雅致的石洞，雅号"清香小筑"。室内，正中摆放着一张做工非常考究的八仙桌和一对交椅。一个头戴斗笠、外罩红纱外氅、脚穿鹿皮靴的女子坐在椅子上，看着什么。此人正是曾在绛帐县外的山洞中出现过的那个年轻女子。外面传来了一个男子的声音："金木兰在吗？"

女人抬起头。门声一响，丫鬟春香快步走进来："主人，蝮蛇在外面。"金木兰站起身来："请他进来。"春香回身出去。脚步声响，蝮蛇走了进来。金木兰走到他身前："回来了？"蝮蛇点点头，他总是显得那么悠闲。金木兰问："李二呢？"蝮蛇淡淡地道："中了我的无影针，这时应该已经死了。"金木兰松了口气："这就好。"蝮蛇道："没什么好担心的，你可以轻松一点。"

金木兰叹了口气："狄仁杰为什么放弃甘南，直接来到幽州。难道他发现了什么？可我们行事一直非常隐秘，可以说没有丝毫破绽啊。"蝮蛇道："从没有破绽中找出破绽，这就是狄仁杰的过人之处。"金木兰笑道："能得到你赞扬的人，一定非常了不起。"蝮蛇道："是的。狄公之能，天下仅此一人而已。所以，你们行事一定要加倍小心。"金木兰轻声笑道："你为什么永远那么悠闲？"蝮蛇道："因为没有什么事情让我觉得紧张。"

金木兰道："狄仁杰呢？"蝮蛇道："他也不会。"金木兰问："我呢？"蝮蛇停顿了一下："例外。"金木兰柔声道："在这里还有必要戴着面具吗？"蝮蛇笑道："你不也戴着斗笠吗？"金木兰伸手摘下斗笠，蝮蛇静静地望着她。蝮蛇仍然没有动。金木兰轻声笑道："你永远那么骄傲。"蝮蛇道："也许吧。但在你面前不会。"

金木兰小声道："为什么？"蝮蛇道："你知道。"金木兰扑进了蝮蛇的怀里，轻声道："我想你。"蝮蛇紧紧将她拥在怀里。金木兰柔声道："我手下的人已按照刘金的名单四处联络，恐怕还需要一些时间。"蝮蛇轻轻叹了口气，没有说话。金木兰抬起头："怎么了，怎么不说话？"蝮蛇道："没什么。你想做皇帝？"金木兰道："你不喜欢？"

蝮蛇道："你是个女人！"金木兰一把推开他："武则天不也是个女人？！"蝮蛇又轻轻叹了口气："我倒宁愿和你一起，离群索居，闲云野鹤般地生活。"金木兰道："我知道，你做这一切，都是为了我。"蝮蛇沉默良久，才道："但愿这一切都没有白做，不会付诸东流。"

金木兰道："如果有一天，我事败了，你会抛弃我吗？"蝮蛇答道："不会。"金木兰问："如果我死了呢？"蝮蛇道："除了我，谁也不能杀你。也就是说，想杀你，就要先杀死我。"金木兰娇笑起来："自大鬼。"说着扑进了蝮蛇的怀里。

大柳树村。惊雷滚滚，大雨滂沱。一道闪电在窗前亮起，紧跟着响起了一声炸雷。狄公猛地从炕上坐起身来，大口喘着粗气，良久，才慢慢平静下去。他伸出手，揉了揉肿胀疼痛的额头。房中一片漆黑，他伸手从炕桌上拿起水罐，一道闪电划破黑暗，将屋内照亮。就在这一瞬间，狄公发现水碗里有一些细细的渣滓。闪电过后，屋内又是漆黑一团。狄公放下水罐，拿起了喝水碗，借着窗外闪电发出的光亮看着。良久，他

059

放下水碗，披衣而起，穿上鞋子。忽然，对面发出一阵轻微的沙沙声，狄公的目光一瞥，一条蝮蛇盘在对面，蛇头翘起，正对着狄公，狄公猛吃一惊。蝮蛇唰的一声，很快蹿出门去。狄公长长地舒了口气，轻轻向外屋走去。

外屋，虎敬晖躺在大炕上，已经沉沉睡去。一道闪电亮起，他的身旁空空如也，李元芳不见了。狄公静静地望着，一动不动。又是一道闪电，瞬间的光亮将一条人影投在墙壁上。狄公猛地回过身来。又一道闪电亮起，李元芳站在门前。狄公吃惊地后退了一步。

李元芳道："大人，您找我？"狄公笑了笑："这么晚还出去？"李元芳道："解个手。有事吗？"狄公点了点头。李元芳打着火折，点亮油灯，将被雨水打湿的外衣脱下，放在一旁。狄公在炕边坐下，虎敬晖也闻声醒来："大人，这么晚了还没睡？"

狄公道："睡不着啊。我想这样，明天我和敬晖回到幽州，元芳，你留在这里照顾剩下的乡亲们，绝不能让任何人伤害他们。"李元芳点头："您放心吧。"狄公道："三天后，你护送乡亲们到幽州城。到时候，会有人接你们的。"李元芳道："大人是不是又想到了什么？"狄公笑了笑，没有回答。

第四章　金木兰洞中女皇梦

雨后的清晨，一缕朝阳透过厚厚的云层照射下来，使晦暗的天空登时多了几分颜色。山间小道上，狄公和虎敬晖深一脚浅一脚地行走在泥泞中。虎敬晖停住脚步看了看方向："大人，咱们走错路了。"狄公"哦"了一声，虎敬晖向太阳升起的方向指了指："那边才是东，这条是进山的路啊。"狄公微笑道："为什么要向东走？"

虎敬晖道："大人不是说要回幽州吗？"狄公笑了笑："我改变主意了。难得出来，我要在周围多看看。"虎敬晖踌躇道："我们的大队人马这两天就要到幽州了，如果找不到咱们，恐怕又要生出枝节来。"

狄公拍了拍他的肩膀："放心吧，我已经嘱咐过他们，一路之上要慢慢地走，越慢越好。"虎敬晖笑了："我真是越来越佩服大人了，一切都在你的掌握之中。"狄公摇摇头："现在还不能这么说，幽州这潭水很深呀！"

两人继续艰难地前进着。忽然路边出现一片乱葬岗，白幡飘荡，坟茔连绵。狄公和虎敬晖站在岗上静静地望着眼前的几百座坟茔，脸上露出迷茫之色。虎敬晖道："怎么会有这么多坟茔？"狄公静静地观察着，没有答话。

岗下是一片村庄。半山腰的山穴，一座巨大的石门前重兵把守着，不远处停着十几辆大车。一个满脸麻子的中年人在车前焦急地等待着。此人正是幽州城中天宝银号门前的那个马五。脚步声响，春香快步走来，马五赶忙迎了上去："春香姑娘。"春香将手中的信递了过去："这是金木兰的回信，你收好，回去的路上要小心点儿。"

马五连连点头："姑娘请放心，那我们就走了。"说罢，马五纵身跳上马车，一挥手车队徐徐启动。春香转身要走，一个黑衣人快步奔来，此人正是前面提到想在绛帐县外刺杀狄公的黑衣人首领——于风。他低声对春香道："没找到李二的尸体。"

春香一惊，赶忙道："快去报告金木兰！"于风进得清香小筑，将搜索的结果报告了金木兰。金木兰大吃一惊："什么？"于风赶忙解释道："弟兄们把附近翻了个遍，没有发现李二的尸体！"金木兰没了主意，她惊呆了："这……这怎么可能？"于风道："蝮蛇从来没有失过手，他说的话，应该是可以相信的。"金木兰把脸一沉："既然如此，为什么找不到尸体？！"

于风支吾道："也许，也许……"金木兰怒气冲冲地道："不用'也许'了。除非见到李二的尸体，否则，我谁也不相信！"于风连忙称"是"。金木兰沉吟了片刻，对于风道："如果说他没有死，那么一个身中剧毒的人，最需要的是什么？"

于风不假思索道："药。"金木兰点头："所以，有一点可以肯定，他绝不会待在荒山里等死！这样，通知方谦，让他出动官军挨村挨户地查。派出我们的人，盯住附近所有镇甸上的药铺，绝不能放过任何一点蛛丝马迹！"于风领命，立即出了山洞。不题。

红日高照着岗下村庄，已近晡时，日头偏西。村口，几个老人坐在石头上晒着太阳。狄公和虎敬晖走进村来，向老人打听这是什么地方。老人半睁开眼，回答道："小连子村。"又问狄公："您是干什么的？"

狄公道："哦，我是走方郎中，在山里迷了路。"老人道："我说呢，这地方除了鬼，怎么会有人来！"狄公笑道："老人家说笑了。"老人睁开眼："说笑？你是从岗子上下来的吧？看到那些坟垛了吗？"狄公道："我正觉得奇怪，怎么会有那么多坟茔？"

老人长叹一声："索命的厉鬼呀！哎，不说了，你是不是要借宿啊？"狄公点点头道："正是。"老人一伸手，告诉他沿土路走，左手第三家，姓陆，只有兄妹两个，房子宽敞，要借宿可以去他那儿。狄公谢过老人，二人快步朝村里走去。

陆家的主人陆大有正在堂屋里烧开水。他打开锅盖，将一堆山野菜扔了进去，随手抓起勺子搅和了几下，盖上锅盖，坐在灶旁添了几把柴。忽听外面有人敲门，陆大有跑去开门，见狄公和虎敬晖站在院门前，陆大有一愣："你们找谁？"

狄公赔笑道："我二人在山中迷路，误到此处，天色已晚，想在贵处借宿一宵。"陆大有面有难色："这……"狄公赶紧从怀里掏出两串铜钱递了过去："不敢白住，川资奉上。"

陆大有把钱推了回去："用不着这个，山里人家借个宿是常事。只是……算了，你们进来吧。"说着，他让开身，狄公与虎敬晖走了进来。这是个一正二偏的房子，中间盘灶，两头住人，两边的房门前，都挂着破布帘子。狄公四下打量着，说是家徒四壁那是一点都不夸张，偌大的屋子里只有几张小板凳和一张矮饭桌。陆大有赶忙招呼他们坐下，狄公和虎敬晖坐在了小凳子上。

陆大有问："二位贵姓？"狄公道："我叫怀英。这是我侄子敬晖。小哥尊姓大名啊？"

陆大有道："我叫陆大有。二位是干什么营生的，怎么会走到这深山里来？"狄公笑眯眯地说："我们是走方郎中，为了进山采药……"陆大有像弹簧似的蹦起来："您是郎中？"狄公被他的行动吓了一跳："是呀。"

陆大有刚想张嘴，忽然屋里头传出一声女人的惊叫，门帘一掀，一个十八九岁的女孩子冲出来："哥，不好了，他没气儿了！"陆大有站起来跑进去，狄公和虎敬晖也赶忙跟了进去。

西屋的炕上躺着一个人，满面紫黑，令人惊奇的是，此人正是金木兰命于风四处寻找的李二！他双目紧闭，鼻中和嘴里慢慢淌出一丝黑血。陆大有奔到炕边，摸了摸李二的鼻子，没有呼吸。他转身对狄公道："怀先生，您给看看，他是不是死了？"

狄公赶忙上前，看了看李二的脸色，探探鼻息，最后搭上了腕脉。那女孩急切地问道："怎么样啊？"陆大有道："别喊，这位是郎中先生，能治病。"女孩赶忙闭上嘴。狄公放开手，站起身，翻开李二的眼睛看了看："还有脉搏。"女孩松了口气："先生，您能治吗？"狄公略一沉吟道："此人脸色紫黑，脉象孔涩，像是中了剧毒。"说着，他伸手入怀，掏出一个小布包，打开，里面排满了银针。狄公拿出一根，在李二身上轻轻一刺，银针登时变成墨黑色。

狄公大惊："好厉害的毒啊！"说着，他把银针凑到鼻端闻了闻："味腥臭，是蛇毒。蛇毒怎么会这么厉害？"他不解地摇摇头道："我没有把握，只能试一试。"陆大有道："您就死马当活马治吧。"狄公点点头，脱鞋上炕，将手中银针按次序捻进李二的百会、人中、关元三穴，而后对虎敬晖道："来，帮帮我，把他扶起来。"

虎敬晖和陆大有二人将李二扶坐起来，狄公用银针在其后背扎了长长的一排。最后，他来到李二的正面，说道："就看这一针。这一针见效，他就还有救，否则就是华佗再世也救不了他。"狄公深吸一口气，把手中的银针轻轻地扎进李二的眉心，手指轻轻地捻着。蓦地，李二的胃中发出一阵咕噜咕噜的鸣叫，狄公道："有门儿！快端点儿热水来！"

女孩赶快从外面端进一个木盆。狄公从李二后背拔下几根银针，忽然李二喉头发出"咯"的一声，嘴一张，"哇"地喷出一口黑血。狄公捻动关元穴上的银针，李二一声大叫，连吐几口黑血，脸上紫黑色似乎也有所消退。狄公长长舒了口气："还有救。"说着，将李二后背上的银针拔掉，把他扶躺在炕上："给他擦一擦。"女孩端着木盆走了过来，狄公和虎敬晖退到外屋。

半个时辰以后，李二的呼吸已经逐渐平稳。女孩双手托腮，静静地望着他，脸上露出了一丝甜美的笑容。陆大有盛了三碗野菜，递给狄公和虎敬晖一人一碗，二人伸手接了过来。陆大有很过意不去地道："家里穷，实在没什么别的可吃的，二位就对付着吃吧。"说着，他端起了另一碗走进西屋。虎敬晖看着碗里的野菜，心里纳闷，问狄公这是什么，狄公叹了口气，说这是野菜。

虎敬晖听说，惊讶不已，问狄公："他们就吃这个？"狄公笑了笑："民生多艰啊！敬晖，你是贵胄子弟，久居朝堂，不知生民之苦啊。看到了吧，这就是他们的口粮！"虎敬晖惊讶地点点头："想不到，老百姓竟然吃这个！"狄公端起碗来大口吃了起来。

陆大有走出来，坐在狄公对面。狄公道："大有，你怎么不吃呀？"陆大有道："没事，我不饿。"狄公走到锅前，掀开锅盖，里面只剩下清汤寡水，狄公愣住了。陆大有道："先生，您快吃吧。"狄公没有说话，拿过一只空碗，从自己碗里拨出一大半。虎敬晖也站起来，从自己碗里拨出了一半。陆大有连声道："唉，唉。你们这是干什么？"狄公把碗放到大有手里，大有执意不受。狄公再三坚持，他终于接过碗，拿起筷子，大口吃了起来。狄公和虎敬晖对视一眼，露出了微笑。

狄公问道："大有，屋里那位病人是你的亲戚?"大有一愣，赶忙摇摇头："唉，我只有小凤这么一个妹妹，再没有别的亲人了。您说屋里那个人，其实，我连他是谁都不知道。"狄公道："哦?那这是……"大有道："今儿早晨，本想赶个早儿上山能打点儿什么回来，可走到半道的青石沟子，就看见这个人倒在路边，我一试，还有口气，就把他背回来了。"

狄公点点头。大有道："先生，您可真有本事，愣把个快死的人给救活了。"狄公笑了笑："现在说这话还太早了。明早我开个方子，你找个镇甸去抓药。吃上几服药，看看情况，才敢说是不是能够救活他。"大有似懂非懂地点了点头，低下头把碗里的野菜扒拉进嘴，意犹未尽地敲了敲碗。

狄公问："大有啊，这里是不是年成不好啊?"大有苦笑了一下，一脸无奈地说："先生，不瞒您说，山里人靠山吃饭。大山就是个宝啊，野兽、药材、林子，哪样儿都能换俩钱儿，吃顿饱饭。从前我们靠山这几个村子虽说不上富裕，可也是不愁吃喝，再加上这儿是深山，道路崎岖，几次战祸都没波及到，所以，外人提起都羡慕得很呢!"

狄公道："既然这样，你们的日子怎么过得这么艰难，靠吃野菜度日呀?"大有长叹一声："两年前，官府把山给封了，附近村子任何人都不许上山，抓住就杀。"狄公吃惊道："这是为何?"大有摇摇头："官家的事儿，谁敢多话。一个不留神脑袋就要搬家呀!"

狄公问："那你们靠什么生活?"大有又是苦笑一声："官府以青石沟子为界，山上是绝对不能进去的。山下倒是不禁，可山下只有些野菜、野草，运气好能碰上个兔子、野鸡。这不，就这么饥一顿，饱一顿，凑合着过吧。可没承想，山刚封上，附近又开始闹鬼。"

狄公一头雾水："什么，闹鬼?"大有道："离这儿七十里地有个姚家铺，原来是乱坟岗，谁知道一夜之间就变成了个镇子，镇里有房、有店、有铺子，可就是没人。白天阴森森，鬼影不见，一到晚上就热闹起来。

开始，附近村里的人好奇，成群结伴地去看，可没有一个回来的。人丢了，家里能不着急吗？于是，附近几个村的上百号壮小伙子约好了，带上锄头、木棍、铁锨一起去……"

狄公急切地问："找到人了？"陆大有道："一个也没回来！"虎敬晖浑身一抖："这……这也太邪门了。"大有叹气道："谁说不是呢。直到这会儿，附近村里的人才觉得这镇子不对，告到官府。可官府不管，说我们是庸人自扰，自个儿吓唬自个儿。"

狄公一拍饭桌，怒骂道："该杀！"大有吓了一跳："您说谁该杀？"狄公赶忙掩饰道："啊，啊，没什么，我说当官的该杀。"大有道："谁说不是呢。从那以后，这附近村子里的壮小伙子接二连三地失踪，有的是砍柴的工夫就不见了，有的是三五成群出去办货，就再也没回来。两年多，足有五六百人了。先生，进村前您经过上面的岗子了吧？"

狄公点点头，说看到了。大有道："那就是附近这几个村损失的人口啊，全是壮小伙子！活不见人，死不见尸，只能当他们死了，给立个坟，烧点儿纸，尽点儿人事吧。现在，周围这几个村子已经剩不下几个年轻人了，地没人种，柴没人打，只能就这么凑合活着。"

狄公站起来："我就不相信，这个世上有鬼！"大有赶忙道："哎哟，先生，您小声点儿，千万别把厉鬼招来。您想想，若不是鬼，谁能有这么大能耐？"虎敬晖轻声道："幽冥之事不可尽信，也不可不信啊。"狄公没有作声，陷入了沉思。

第二天一早，狄公将一张药方和五两银子递给陆大有。陆大有看了看药方，挠挠头道："先生，我……我不认识字啊。"狄公笑道："你只要把这药方给店里的伙计，该付多少钱付多少，其他就不用管了。"大有点头。狄公又嘱咐道："快去快回，病人不能等！"大有应了一声，大步走出门去。

西屋，李二静静地躺在炕上，双目紧闭，一动不动。狄公走进来，来到李二身旁，伸手搭了搭他的腕脉，脉象平实，狄公轻轻松了口气，转身向外走去。忽然他又停住脚步，回过身，目光落在了李二左臂之上。衣袖下隐隐露出了一块刺青。狄公伸手撸起李二的衣袖：左小臂上方刺着三个虎头和一只飞鹰。狄公不由得一怔，深深吸了一口气，缓缓放下李二的衣袖。门帘一掀，小凤端着水走进来，一见狄公的脸色异常，登时一惊："先生，他是不是不行了？"狄公赶忙道："哦，不是，我在想别的事。"

虎敬晖在院子里舒展着筋骨。狄公慢慢走出门来，坐在台阶上，静静地思索着。虎敬晖偶一回头，看到狄公，他收回拳脚，走到狄公身旁，低声道："大人，今天我们是不是该走了。"狄公没有说话，两眼出神地望向前方。虎敬晖轻声道："大人，大人。"狄公嘴里喃喃地念叨着："虎头，飞鹰。虎头，飞鹰。"虎敬晖莫名其妙："什么虎头飞鹰？"

狄公这才发现虎敬晖坐在身边，他微笑道："哦，没什么。刚刚你在和我说话？"虎敬晖道："是呀。我说，咱们今天走吗？"狄公道："走，去哪儿？"虎敬晖道："幽州城。"狄公摇摇头："这里的事情还没有办完。"

陆大有下了山，来到小镇上的药铺，向伙计递上药方和银子，伙计接过来，看了一遍药方，说道："等着。"说完，转身走进账房，将药方递给里面的于风："全是解毒药！"

于风接过来看了一遍，猛地抬起头："人呢？"伙计说在外面。于风沉吟片刻，道："把药给他。"陆大有提着一大包药走出门来，身后不远处两个人跟上了他。于风大喜过望，立即返回清香小筑，向主子报告他的发现。

"查到了！"于风对金木兰说，"他现在小连子村村民陆大有家。"金木兰狠狠地一拍桌子："果然没死！"于风自告奋勇道："主人，交给我吧。"金木兰沉吟片刻，摇了摇头。

陆大有回到家里，按狄公吩咐煎好药，狄公和虎敬晖亲自动手给李二喂药。虎敬晖伸手捏住他的颊车穴，李二的嘴张开了，狄公慢慢地将药灌入他嘴里。突然轰隆一声巨响，一众官军狂吼着冲进屋里，狄公一惊，药碗啪的一声，摔得粉碎。

陆大有大声道："你们干什么？"为首的队长走过来，看了看炕上的李二和狄公等人，冷笑一声："你们这群窝藏反贼的刁民！来人，给我拿下！"众军一拥而上。陆大有怒吼道："你们平白无故抓人，还有没有王法！"

队长上前一步，狠狠一拳打在他的脸上，陆大有连退几步，嘴角溢出了鲜血。他一声大吼，翻身而起，向队长扑去，队长飞起一脚踢在他的胸口，伸手拔出钢刀劈头要剁。突然旁边伸过一只大手，死死地抓住了队长握刀的手，正是虎敬晖。队长使劲挣扎，虎敬晖的手竟像是一把钢钳，令他丝毫动弹不得。身旁的军士一齐拔出兵器，冲上前来。虎敬晖一声冷笑，伸手夺下队长手中的钢刀，寒光一闪，刀架在队长的脖子上。霎时间，所有的人一个个都在原地立定。那队长颤抖着道："你……你……你要造反！"虎敬晖一声冷笑："就是造反，也轮不到你这个小丑说话！"

"放开他！"坐在一旁的狄公发话了。虎敬晖不屑地哼了一声，左臂一振，队长的身体像纸鸢般飞了出去，砰的一声撞在墙上。狄公站起来，走到队长跟前道："这位长官，请问，谁是反贼？谁是刁民？"队长爬起来指着炕上的李二："此人就是杀官逃狱的反贼！你们将他窝藏在家，难道不是刁民！"

狄公道："我们半路救人，并不知道他是反贼，长官何以不问青红皂白、是非曲直，冲进门来便要举刀杀人，这是何道理？"队长皮笑肉不笑地说："道理？官军办案还用得着讲道理！来人，给我带走！"

众军一拥而上，将狄公等三人围了起来。虎敬晖双眼一瞪，狄公冲他摆了摆手："且随他们去。我倒想看看，他们是如何的不讲道理。"

队长一挥手，众军上前，绳索齐上将众人捆绑起来。公差押着狄公等人，急急往刺史府请功去了。在幽州刺史府衙里，方谦倒背双手在屋中走来走去。吴益之兴冲冲地推门进来，眉飞色舞："大人，李二抓到了!"方谦大喜:"现在哪里?"吴益之道:"二堂之上。"方谦一挥手:"走!"

二堂上戒备森严。狄公等三人静静地站立着,李二躺在地上。队长缓缓走到虎敬晖面前冷笑一声:"你够狠,啊!竟敢抓着爷爷的手腕!"说着,他扬起手,狠狠地给了虎敬晖一记耳光。虎敬晖怒目圆睁,一声大吼,身旁的军士一拥而上,押住了他。队长调笑道:"你再狠呀!啊,狠不起来了?!"说着,他飞起一脚踢在虎敬晖的小腹上。虎敬晖忍着疼痛,大骂:"小子,你千万记住这一脚。等时候到了,别怪爷爷的刀快!"队长也骂道:"狗杂种,死到临头还敢嘴硬!"说着,他抡起手臂还想打,就在这时,堂外一声高唱:"刺史大人到!"

方谦率吴益之等人快步走进二堂。他看了看狄公等人,又看了看地上躺着的李二,脸上浮现起得意的冷笑。站堂军高喊道:"刺史大人驾到,还不下跪!"狄公不屑地冷笑一声:"一个小小的刺史,安得我跪!"方谦突然收住脚步,走到狄公面前问道:"此人是谁?"队长赶忙过来:"这就是窝藏李二的刁民!"方谦喝道:"窝藏反贼,大逆论处。你死到临头,竟然还敢出言不逊!"

狄公冷冷地道:"死到临头?大人此话说得有点早了。"方谦大怒:"哦?难道你还能逃出我的掌心?"狄公莫测高深地道:"你的掌心有多大?权力有多大?是谁赋予你的权力,让你如此虐待生民,欺压百姓?我等何罪,无端遭受捆绑殴打?你身为刺史,在公堂之上,不问是非曲直,便恶言相加,说什么死到临头,我看你这个官是做到头了!"

方谦气不打一处来,厉声喝道:"好一张如簧的巧嘴啊!等一会儿大刑之下就让你知道,什么叫死到临头!"说着,他大步走到公案后,怒气冲冲地坐了下来,把惊堂木拍得生响:"大胆刁民,见到本官竟然不跪,巧言令色,大言炎炎,本官先定你个蔑视公堂之罪!来人,给我拉下去,重打五十大板!"站堂军一拥而上。

狄公一声怒喝:"谁敢造次?!"这一声吼,端的是神威凛凛,众军一惊之下原地站住。

方谦跳起来怒吼道:"还不上前?!"吴益之看出有些蹊跷,赶忙来到方谦身旁低语几句,方谦喘着粗气,强压怒火,重重地"哼"了一声,坐下,命下站的军士把三人身上的绳索解开,又一摆手,军士们赶忙退去。方谦深吸了一口气:"若不是吴司马替你说情,此时,你早已皮开肉绽了!"

狄公报以一声冷笑。方谦装腔作势地使劲一拍惊堂木:"你叫什么名字?何处人氏?做何营生?到幽州何干?给我如实招来!"狄公冷笑一声,慢条斯理地道:"在下,姓狄名仁杰,并州人氏。官同凤阁鸾台平章事,加黜陟使,兼幽州大都督!奉旨钦差提调幽州一切军政要务!"

堂上顿时鸦雀无声,所有的人都吓得呆若木鸡。冷汗顺着方谦的额头滚滚而下,在他身旁的吴益之双手微微颤抖。方谦眼珠子一转,突然一拍桌子,煞有介事地喝道:"大胆刁民,竟敢冒充钦差,真是罪不容诛!你说自己是狄大人有何凭证?"

狄仁杰冲身旁的虎敬晖一摆手。虎敬晖从怀里掏出一个明黄色绣龙锦套,高举过顶,高声喝道:"幽州刺史方谦接旨!"方谦浑身哆嗦,跟筛糠一般。虎敬晖大喝一声:"幽州刺史何在?见圣旨为何不跪!"

方谦触电般站起来,快步走到虎敬晖面前,双膝跪倒:"臣……臣方谦接旨。"二堂内除狄公与虎敬晖外所有人都跪倒在地。虎敬晖展开圣旨高声读道:"奉天承运,皇帝诏曰:自三皇治世,五帝分伦,帝者以牧养生民为社稷,当体上天好生之德,循加万物。君明则臣举,朝野同心矣。然朕常思二世之倾,隋炀之没,二帝非庸也,然则佞臣在侧,倾帝于狂澜之中。朕思古事而究今朝,吏治整饬国之根本,万民之幸也。幽州者朝之上州,内治生民,而外御诸夷,无能轻觑,吏治尤为重焉。故着同凤阁鸾台平章事,加黜陟使,兼幽州大都督狄仁杰代天巡狩,查察吏治,便宜行事,所至之处如朕躬亲。钦此。"

方谦浑身颤抖,以头触地:"臣领旨谢恩。"虎敬晖将圣旨递过去,冷冷地道:"要看看吗?"方谦连连叩头:"卑职不敢。卑职不知狄大人驾到，狂言造次，望大人恕罪。"狄公一声冷笑，挖苦道："方大人好威风啊，自进公堂后，何尝问起狄某的姓名？"方谦汗如雨下："大人恕罪，卑职罪该万死！"狄公调侃道："罢了，前倨而后恭，思之令人发笑。起来吧。"

方谦这才哆哆嗦嗦地从地上爬起来。陆大有张大了嘴，他怎么也不明白，平日里作威作福的堂堂幽州刺史，为什么会害怕一个郎中。殴打虎敬晖的队长，更是面无人色。狄公道："这位是皇帝亲勋，千牛卫中郎将虎敬晖将军。"方谦道："虎将军，卑职有眼无珠，望将军恕罪。"虎敬晖冷冷地道："殴打钦差，罪该如何？"方谦一愣，抬起头来："罪该凌迟处死，夷灭三族！"

队长双腿发颤，扑通一声跪倒在地，磕头如捣蒜，高声喊道："小人不知将军身份，望将军恕罪！"狄公缓缓走过来："你殴打钦差，虽是死罪，但不知者不怪，尚可开脱。然而，你强横霸道，欺压百姓，草菅人命，却是罪无可逭！方大人，此贼不死不足以平民愤！"方谦双眼一瞪，大吼一声："来人，将此贼拿下！"

众军士一拥而上，将队长绳捆索绑。方谦冲军士使了个眼色，大声道："收押狱中，明日午时明正典刑。"军士们心领神会，拖起队长向门口走去。狄公冷笑一声，冲虎敬晖努了努嘴。

"慢着！"所有人都一惊，回过头看，说话的人正是虎敬晖。他冷冷地道："就不劳方大人动手了！"说着，他慢慢向队长走来，队长浑身颤抖："将……将军饶命！"虎敬晖一伸手，仓啷一声，从队长腰间拔出钢刀："刚刚我还说过，等到了时候，别怪爷爷的刀快！"队长体如筛糠，不停地乱颤。

方谦道："请将军息怒，这公堂之上，似乎不便动刀吧。"说着，他的眼睛转向狄公。狄公笑了笑："敬晖，要不，此贼就交给方大人处置吧。"

虎敬晖哪里肯罢休："不瞒大人说，卑职对方大人并不太相信，现在抓了，也许到晚上就放了，还提什么明正典刑。"方谦的脸色骤变："虎将军，此话可令下官不解了。"虎敬晖冷冷地道："有什么不解的。这等宵小，公然殴打钦差，已是罪该万死，拖出辕门斩首也就是了，还什么明正典刑。方大人难道不是有意为他开脱吗？"

方谦道："这……这话从何说起呀？"虎敬晖把脸一沉："从何说起？就从我这个四品千牛卫中郎将说起！千牛卫是皇帝的贴身卫率，打了千牛卫，就是打皇帝的脸！"这几句话，说得方谦哑口无言，浑身颤抖。公堂内霎时鸦雀无声。虎敬晖厉声问："打了皇帝的脸该怎么样？嗯？"方谦结结巴巴地道："该……该死！"

虎敬晖道："错！是该诛灭九族。其实，我这么做，已经是很客气了。"说着，他慢慢回过头，望着那名队长，寒光一闪。队长一声惨叫倒在血泊中。公堂上一片寂静，所有的人都屏住了呼吸。

狄公义正词严地宣布："从今日起，凡官吏有敢仗势欺人，横行乡里，压榨百姓者，罪同此贼！"公堂上的所有幽州官吏，齐齐跪倒，高叫道："谨遵钧命！"狄公一指地上的李二："此人身犯何罪？"方谦赶忙道："杀官越狱，罪大恶极。"

狄公道："此人暂时寄押在本督下处，待伤愈后，由本督亲自讯问。如果真如大人所说，即可明正典刑。"方谦的脸色大变："这……"狄公鹰一般的双眼，盯着他："这什么？我的话说得不够清楚？"方谦赶忙道："一切全凭大人区处。"

清香小筑。金木兰闻说刺史公堂上发生的事，一声惊叫，跌坐在椅子中。下站的于风双手有些发抖："主人，李二现在落入狄仁杰手中，一旦他开口说话，那一切就都完了！"

金木兰失魂落魄，在屋子里走来走去："狄仁杰怎么会在小连子村，真是不可思议！"于风道："一不做二不休，杀掉狄仁杰，永绝后患！"金木兰道："杀死狄仁杰，就等于告诉朝廷，我们在幽州。那时，武则天会派大兵前来，而我们呢，突厥的外援未到，名单联络也尚未完成，提前起事是死路一条。所以，绝不能杀死他！"

于风翻着白眼，搓着两手："那怎么办？"金木兰深吸一口气："现在只有一个办法——杀人灭口！狄仁杰并不知道李二的真实身份，因此，只要李二一死，他纵有天大的疑惑也是死无对证。"于风道："高。真是条妙计！"金木兰当即下令："通知蝮蛇，无论花多大的代价也要除掉李二！"

夜，都督公馆。李二躺在竹榻上，陆大有将药喂进他的嘴里。狄公不停地在屋里踱步，虎敬晖坐在一旁静静地望着他。忽然，狄公停住脚步，转过身来："当务之急就是，彻查大柳树村民造反和小连子村封山的原因，抓出贪官，替幽州百姓除害！"

虎敬晖道："可，大人，我们是来调查使团被杀案的，这样做，有点本末倒置吧？"狄公道："自古圣贤治世，从来都是以民为本。民有疾苦，而当官的不予理睬，或变本加厉地压榨、盘剥，以酷刑防民之口，这些都是天下大乱的先兆。所以，先断民案才是为官之本。"虎敬晖道："话虽然不错，可是，使团被杀案呢？我们只有三个月的时间。"狄公似乎胸有成竹，非常自信地道："相信我，在这期间，我们会得到意想不到的收获。"

再说幽州城北门空场上，四更时分，万籁无声。大柳树村的父老仍被绑在刑台之上，值哨官军往来巡逻。除了台上的老人们偶尔发出一两声呻吟之外，四周静悄悄的，没有一点动静。忽然一支响箭冲天而起，值哨众军闻声抬起头来。紧接着，北门方向陡地传来一阵惊天动地的喊杀声。官军队长的脸色大变，问怎么回事，身旁的军士都回答说不知道。话音未落，又见北门大街尽头一片火把亮起，一支几百人的队伍高声呐喊着，直奔刑台而来。

狄公、虎敬晖、陆大有突然听到外面人喊马嘶，杀声震天。狄公披衣而起，走出房间，来到院子中，虎敬晖和陆大有已经站在院中。狄公问："出了什么事？"虎敬晖摇摇头说："不知道啊。"

狄公抬头向外望去，北门方向烈火熊熊，将黑沉沉的天际映红。虎敬晖道:"会不会是突厥攻城?"狄公道绝不可能。话音未落,门外传来一阵人喊马嘶,院门砰的一声打开,方谦带同吴益之和几名军官冲进来。方谦气喘吁吁地问:"大人,你没事吧?"

狄公摇摇头,问方谦出了什么事。方谦道:"刚刚接到北门来报,大柳树村的乱民趁夜攻破北门,将刑台上的附逆村党全部救走!"

狄公双眉一扬:"哦,你去过北门了?"方谦一愣:"还……还没有。"狄公冷笑一声:"那你怎么知道是大柳树村的乱民?"方谦道:"大人您想,刑台上那些人都是大柳树村叛逆的乡党,除了这些叛逆,谁会来救他们?"狄公看了他一眼道:"去北门。"

方谦道:"大人,乱民刚刚撤走,官军正在追捕,现在去北门太危险了!"狄公微笑道:"乱事刚起,方大人便迅速赶来,足见勤政之心。大人如此勤谨,狄某身为钦差岂敢怠慢。不用多言,所有人随我到北门。"方谦一愣,连忙说了好几个"是"。

东方现出鱼肚白,空场上尸横遍地,烟尘弥漫。一众官军正在清理现场。狄公率方谦等幽州众官赶到这里。他翻身下马,快步向空场走去,虎敬晖在一旁紧紧护卫。军士们抬着一具具尸体从狄公身旁走过,已烧作焦木的刑台斜倚在一旁。狄公缓缓走到空场中心,一双鹰眼四下里搜索着——地上官军的尸体、尸体身上的衣服;折断的兵器;冒着轻烟的焦木……他收回目光,脸上挂着一丝冷冷的笑意:"好厉害的乱民呀!"方谦恨恨地道:"这些逆党真是胆大包天,我立刻下令官军清剿!"

狄公一挥手,打断了他,快步走到倒塌的刑台旁。几个军士正在清理刑台旁的尸体,狄公道:"把尸身放下。"军士们赶忙放下尸体。狄公走到一个军士的尸体前,四下观察着,只见不远处有一行带血的马蹄印。狄公蹲下身凑到尸体旁,仔细地看着,死去军士的咽喉裂开一条大缝,一看就是利刀所斩。

不远处,方谦神情紧张地望着狄公。狄公掏出一块手帕盖在马蹄印上,轻轻一按,马蹄的轮廓清晰地印在了手帕上,他回手将手帕交给虎敬晖。这时，方谦快步走过来："大人，有一名幸存军士看到了那群乱民。"

狄公抬起头："哦，带过来。"方谦冲身后一挥手，一名军卒跑步过来。狄公上下打量了他一番，问道："叫什么名字？"军卒答道叫王小二。狄公问："今天是你在刑台前值哨？"王小二点点头。狄公问："你都看到了什么？"王小二道："一群乱民手拿刀枪从北门方向杀了过来。"

狄公问有多少人，王小二说大约有三四百人。狄公点点头："都是步行吗？"王小二答"是"。狄公问："你们为什么不抵抗？"王小二道："回钦差大人的话，我们抵抗了，可是寡不敌众，一会儿就被冲散了。"狄公问："只有你一个人活下来？"王小二点点头。狄公的眼中精光大炽："你怎么知道活下来的只有你一个？"王小二一愣："啊，刚才长官对我说的。"

狄公点点头对方谦道："把此人带回府里，有些情况我还要向他了解。"方谦应声"是"。

狄公捶了捶腰，长出了口气："哎，老了，才站了一会儿，就觉得腰酸背疼。"方谦刻意奉承道："大人勤劳国事，也要注意身体才是。"狄公道："多谢大人关怀。咱们回去吧。哦，对了，敬晖。"虎敬晖赶忙过来。狄公道："今天元芳他们要回来，你带人去接一下。"虎敬晖先是一愣，忽而想了起来："哦。大人放心，我马上就去。"

狄公、方谦和吴益之坐在刺史府后堂上，仆役献上茶水。狄公和颜悦色地道："方大人，有件事我想问问你。"方谦道："大人，什么事？"狄公道："大柳树村是幽州哪个县的治下？"方谦回答道："三合县。"

狄公点点头："方大人，你我代天牧狩，当恪尽职责，善抚黎民，这才不负皇帝信托之恩。可在你的治下，民生艰涩，穷苦异常，就以大柳树村来说吧，村民无半尺之地，隔宿之粮，焉能不聚众造反，啸聚山林？"

方谦赶忙解释道："大人这话可是冤枉了卑职，大柳树村的村民一向刁钻顽劣，心怀不轨。突厥破城时，他们举村投靠，助纣为虐，替敌

075

兵引路，残杀我大周百姓。待到官军收复幽州，皇帝大赦天下，对这些人不予追究，这是多大的恩典！然而这些刁民却心怀怨恨，时刻准备造反……"

啪的一声，狄公顿时火起，将茶杯重重地放在了桌上。方谦一惊，赶忙闭嘴。狄公的脸色非常难看："方大人，事情真是像你所说的这样吗？"方谦诚惶诚恐地道："不……不知大人此话何意？"

狄公厉声喝道："明明是你施政不善，纵容贪官污吏，侵吞朝廷所发慰抚款项，强占民田，弄得民不聊生。百姓进城告状，你竟然撕掉状纸，不经堂审，私定死罪，这才激起民变。而你竟不思悔改，将责任推在百姓身上，真是欲加之罪，何患无辞！如今见到本阁，竟然巧言令色，百般诡辩！我问你，你将狄某这个钦差大臣置于何地？将朝廷置于何地？将天子置于何地？"

方谦扑通一声跪倒在地，连连叩头："大人，朝廷所发慰抚款，卑职悉数发到县中，由各县县令负责发放，卑职未敢留下一毫一厘，若有虚言，人神共诛。说到强占民田，私定死罪，更是无稽之谈，若大人查出上述之事有一件属实，卑职情愿以死谢罪！"

狄公冷笑道："如此说来，是本阁冤枉你了？"方谦道："卑职不敢。恐怕是大人误听谗言，信以为真……"砰的一声，狄公拍案而起："这一切都是本阁亲身经历，亲眼所见，你竟还在此大言炎炎，说什么误听谗言，实实地令人齿冷！"

方谦抬起头来大声抗辩："大人所指之罪，卑职无一敢当。既然大人提到大柳树村民，卑职这便着人去将村民请来，当堂对质，真有此事，卑职情愿领罪！"

狄公又是一声冷笑："方大人可真是聪明绝顶啊，现在还提什么大柳树村民。你以为本阁真的不知吗？该村的青壮年都被你逼得落草为寇，剩下些老弱妇孺，也都被你抓来吊在北门的刑台之上。昨天夜里，方大人又为本阁献上了一出村民闯城的闹剧。而今，那些原来吊在北门刑台上的老弱妇孺也不知去向了，真可谓是死无对证啊！"

一番话，说得方谦的脸一阵红一阵白。他梗了梗脖子大声道："大人强加罪名，污指卑职，何曾有一丝一毫的证据！"狄公反唇相讥："你怕我找不出证据？等证据确凿，你就是死路一条！"方谦猛地站起身："卑职不服，我要具折进京，请皇上还卑职一个公道！"狄公耻笑道："公道二字，再也用不到你这等赃官的身上！"

正在这时，堂外脚步声响，虎敬晖奔了进来报告："大人，李元芳带领大柳树村村民现在刺史府外。"方谦猛吃一惊，登时脸如死灰。狄公仔细观察着他的表情，他的嘴唇有些颤抖。"本阁现在就要升堂问案。"狄公道，"看一看你这位刺史大人，是不是像自己标榜的那么清廉！"

刺史府大堂上，三班衙役、公人迅速在公堂列队。大堂左侧的班房中，张老四等七八个大柳树村的幸存者蹲在班房内，听着堂鼓一阵紧似一阵，大家的身体都不禁颤抖起来。一位妇女轻声道："四叔，他们……他们不会杀了咱们吧？"张老四咽了口唾沫："有……有土地爷在呢，应该不会吧。"

正说着，一双脚缓缓走到张老四面前。张老四抬起头来，来人猛地一伸手，捏住张老四的下巴，张老四的嘴只一张，一粒药丸扔进了他的嘴里，手一托，张老四的嘴合上了。手指在他的咽喉处轻轻一敲，张老四下意识地咽了口唾沫，药丸滚进了喉咙。张老四吓得魂不守舍，浑身颤抖着，望着面前的人。一个沙哑的声音响了起来："你刚才吃下的是一粒百毒丸，四个时辰之内，你的内脏就会腐烂充血，会死得惨不忍睹！想活命到公堂上就不要胡说八道，退堂以后，你就会得到解药！"张老四浑身颤抖，瘫软在地。

升堂时间到。三班衙捕高喊肃静。狄公、方谦、吴益之三人快步从后堂走出来。狄公坐在公案之后，方谦和吴益之两旁就座，二人的脸色非常难看。李元芳快步走进来，躬身道："狄大人，大柳树村幸存者，张老四等七人现在班房等候。"狄公点点头："好。带他们上堂！"李元芳转身高喊道:"带大柳树村民上堂!"方谦脸上的肌肉不停地颤抖着。衙役带着张老四等老人、妇女们走了进来。李元芳对村民们低声道:"跪下,叩头。"村民们赶忙双膝跪倒连连叩头。

狄公和颜悦色地道:"起来吧。"村民们站起身来,只有张老四的神情非常紧张。狄公问他:"还认识我吗?"张老四赶忙点点头:"认识。您是土地爷。"堂上众人一愣。狄公笑了:"老人家,我不是土地爷,我是皇帝派来的钦差。"张老四愣住了:"钦差?"狄公点点头:"你叫张老四,对吧?"张老四赶忙道:"是,小老儿张老四。"狄公笑了笑:"今日本钦差升堂问案,就是要替你们讨回公道。你们要实话实说。"张老四道:"是。小老儿一定实话实说。"

狄公的目光瞥向了方谦,一滴冷汗顺着方谦的额头滚落下来。狄公一声冷笑:"张老四,我来问你,一年前,朝廷下发的慰抚款,是否发到了你们的手里?"张老四咽了口唾沫,没有言语。方谦的双手紧张得攥在了一起。

狄公道:"不要害怕,实言就是。"张老四道:"是。慰抚款没有发到小人们手里。"狄公点了点头。方谦狠狠地咽了口唾沫。狄公道:"你们的地是否被官府强占?"张老四道:"是。地保赵四带领县里土兵来说的,我们的地被官家没收了。"

狄公的目光投向方谦,方谦低下头。狄公问:"张老四,上次你说到村中百姓前来告状,刺史不收诉状,私定死罪,这是真的吗?"张老四望着狄公,冷汗直冒,嘴唇颤抖着。狄公道:"回答。"

张老四扑通一声跪倒在地,大声道:"草民该死,上次所说是欺骗钦差大人,实无此事。"狄公突然愣住了,李元芳也惊呆了,他张大了嘴,望着张老四。方谦松了口气,脸上露出一丝笑容。

狄公猛地一拍公案,大喝道:"大胆张老四,这是什么去处。容得你撒谎使奸,给我从实招来!"张老四浑身颤抖着道:"上次是……是小人胡说。这就是实话。"

狄公一声冷笑: "既然如此, 大柳树村的村民为什么造反? 又为什么要闯进幽州大牢?" 张老四道: "他们造反与小人无干, 小人实在不知!" 狄公已经觉察到事情有变, 他的目光从堂上每个人的脸上掠过: 方谦满脸得意; 吴益之面无表情; 李元芳目瞪口呆; 张老四浑身乱颤, 汗如雨下。狄公点了点头: "也罢, 今日堂审到此, 把他们带下去, 要好好招待。"

衙役们大声答应着, 带着张老四等一干村民向堂下走去。狄公抬起头来, 看了方谦一眼: "这件事, 我一定要查个水落石出!" 方谦面露得意之色, 笑了笑: "不做亏心事, 不怕鬼叫门。大人尽管查就是了。"

狄公微笑着站起身来, 意味深长地说: "好啊, 我倒要看一看, 这鬼到底会叫谁的门!" 话音刚落, 后堂传来一阵脚步声, 虎敬晖快步走到狄公面前: "大人, 钦差专属、护从卫队和千牛卫都已到达。" 狄公点了点头: "来得正好!" 方谦赶忙道: "我已经安排好了, 大都督行辕就设在幽州城中的吴园中。" 狄公道: "有劳了。"

第五章　假刺史魂归黄泉路

吴园, 位于幽州都督府的后院。这是一座设计精巧的园林, 门前悬挂着"幽州大都督府"的巨大横匾。钦差卫队已将这里严密地把守起来。

正堂上, 狄春、钦差专属的官员们和几名千牛卫军官在堂中等候狄仁杰进堂议事。门外传来一声高唱: "钦差大人到!" 随着话声, 狄公、虎敬晖、李元芳走进堂来。堂内众官齐齐跪倒: "参见钦差大人!" 狄公笑道: "快起来! 你们来得真是时候, 解了我钦差大人的围了!" 众人一愣, 只有虎敬晖和李元芳相视而笑。

狄春上前叫了声"老爷", 狄公高兴地拍了拍他的头: "来得正好, 有差事给你。" 说着, 他对李元芳道: "元芳, 你带狄春, 持我的尚方宝剑, 立刻赶到三合县, 传唤三合县令即刻到府。" 李元芳躬身道: "是!" 狄公叮嘱道: "记住, 一定要保密!" 李元芳笑道: "大人请放心。" 说着, 二人领命快步走出大堂。

再说方谦、吴益之虽然暂时躲过一劫，然惊魂未定，回刺史府赶快商量对策去了。方谦擦了擦额头上的冷汗，轻声道："可真悬啊，我的衣服都湿透了。"吴益之道："真奇怪，那个张老四为什么要反口？"方谦摇摇头："难道说，有人在暗中帮助我们……"吴益之道："那会是谁呢？"

方谦道："可能是上面派来的人。好了，而今管不了那么多了。狄仁杰给了咱们一个措手不及！看来他早已想到北门的事是我们策划的。"吴益之道："狄仁杰这条老狐狸可真是难斗啊！"方谦道："现在事态万分紧急，你立刻派人赶到三合县，告诉赵传臣，要他守口如瓶。"吴益之道："好，我马上就办！"就在李元芳和狄春打马向三合县飞奔的差不多同时，方谦的衙役也奉命催马狂奔，朝着同一方向前进着。

夜，幽州都督府后堂。李二躺在病榻上，紧闭双目。狄公手搭腕脉，双目微合。虎敬晖、陆大有在旁边静静地站着。良久，狄公睁开眼，微笑道："嗯，看来他的性命无碍了。"虎敬晖、陆大有松了口气。狄公站起来，长长地伸了个懒腰。

虎敬晖道："大人，听说那个大柳树村的老头子在公堂上突然反水？"狄公笑了笑："是呀。我想，这里面一定有文章。"虎敬晖看了狄公一眼，欲言又止。狄公笑道："想说什么，就说吧。"虎敬晖踌躇了一下道："大人，我觉得，今天上午您在二堂之上，似乎是故意激怒方谦，好像……好像有些做戏的味道。"

狄公哈哈大笑，拍着虎敬晖的肩膀道："说得好！想不到虎敬晖一员勇将，竟能有如此细致的观察，真是难得呀。你说得不错，我就是在做戏。"

虎敬晖不解其意，"哦"了一声。狄公微笑道："说句实在话，就是张老四不反水，凭他一个平头老百姓的几句话，也很难给方谦定罪。我们什么都不知道，也没有任何证据，可我偏偏要让他们觉得，我什么都知道，而且成竹在胸。对付这些奸狡多诈的巨贪大恶绝不能用常规的办案手法。要使诈，诈得他们乱了方寸，诈得他们自己动起来。那时候，机会就来了。"

虎敬晖似乎茅塞顿开："原来是这样，大人这是以己之矛，攻己之盾！"狄公道："方谦自以为聪明，竟然跟我玩起了官场的游戏。哼，不要说是他，来俊臣、索元礼、霍献可这些人怎么样，可以说红极一时，权倾朝野，不照样落得粉身碎骨的下场。这种事我见得多了，这种人我对付得更多。看着吧，好戏还在后面！"

话音未落，门外传来一阵急促的脚步声。门开了，李元芳和狄春快步走进来禀道："三合县令赵传臣在前厅等候。"狄公道："来得好，我正等他呢。"赵传臣蓄着山羊胡须，身穿七品朝服，在房中不停地徘徊着，显得心神不定的样子。门开了，狄公走了进来，赵传臣赶忙双膝跪倒："卑职三合县令赵传臣，叩见钦差大人。"

狄公叫他起来。赵传臣站起身来。狄公看了他一眼，冷冷地道："赵传臣，你知罪吗？"

赵传臣猛吃一惊："卑职不知。"狄公冷笑一声："我给你提个醒。一年前，州里转给各县一笔慰抚款，而你并没有转发给百姓。这笔钱到了哪里？"

冷汗从赵传臣的额头滚落下来，他扑通一声跪倒在地，颤抖着道："大人，这笔钱，是……是小人留下了。"狄公双眉一扬："哦，为什么？"赵传臣颤抖着道："大人，卑职贪污巨款，自知罪孽深重，请大人处置。"

狄公望着他，赵传臣低下头，不敢仰视。狄公道："抬起头来。"赵传臣抬起头，狄公那苍鹰一般的眼睛审视着他："贪污朝廷巨款，乃欺君之罪，是要夷三族的，这一点你要想清楚。"赵传臣浑身一抖，但很快就恢复了平静："此事确实是卑职所为。"狄公问："你一人所为？"赵传臣道："正是。"狄公笑了："不要说你一个小小的县令，就是州官、刺史也没有这个能耐！我劝你还是说实话的好！"赵传臣的双手有些发抖了，他轻轻咽了口唾沫："确是卑职一人所为。"

狄公道："有一点你要想清楚，这个罪你是顶不起的。不管你幕后的人许下什么样的诺言，那都是假的。他们既然现在就把你抛出来做替罪羊，还会在乎你一家人的生死吗？"

　　赵传臣突然抬起头来，眼中发出恐惧的光芒。狄公道："你的下场只有一个——那就是，被你的主子杀死灭口！"赵传臣的嘴唇颤抖着。狄公微笑道："不相信？我们可以玩一个游戏。"说着，他朝外面喊了一声："来人。"虎敬晖走了进来，狄公道："安排赵大人在东花园住下，门口派卫士看守，任何人不许接近。"虎敬晖道："是。"狄公笑道："明天自有分晓。"

　　夜，刺史府。方谦在屋中走来走去，犹如笼中困兽。外面传来一阵急促的脚步声，方谦立即站住，回过头看。门开了，吴益之快步走了进来。方谦急切地问道："怎么样？"吴益之道："狄仁杰将赵传臣扣在府中。"

　　方谦猛吃一惊，连退两步："你说，赵传臣不会出卖我们吧？"吴益之沉吟着道："大家坐在一条船上，我们完了，他也跑不了。我想应该不至于吧？！"方谦徐徐摇摇头："如果没有狄仁杰，一切就都好办了，可现在赵传臣落在他的手里，事情就很难说了。"一句话说得吴益之也紧张起来："大人的意思是……"方谦道："明天一早到都督府问安，顺便探探狄仁杰的口风。想不到，姓狄的竟会抓住慰抚款的事不放，真是出人意料。"

　　第二天，方谦和吴益之以给钦差大臣请安之名，来到吴园摸底。虎敬晖将他们引进了正堂。方谦道："虎将军，狄大人这两天实在是太辛苦了，您要劝他多休息才是呀。"虎敬晖道："哦，是吗？我看大人这两天精神还好啊。昨天晚上和一位县令喝酒聊天，谈了个通宵，还时时地发出大笑。"

　　方谦和吴益之脸上的肌肉登时紧绷，二人对视了一眼。虎敬晖道："不过方大人说得也有道理，狄公毕竟是年过古稀了。多谢大人提醒，我一定会劝一劝他。"方谦故作漫不经心的样子，兜着圈子道："是呀。

啊，不知是哪里的县令，竟能和钦差大人聊上一个通宵，恐怕是狄公的故人吧？"虎敬晖大大咧咧地道："谁知道。我是记不住人名的，隐隐约约听人说起，大概是姓赵吧。"

方谦的脚步突然停住了，吴益之赶忙碰了碰他。方谦这才醒过神来，跟着虎敬晖向前走去。三人边走边聊，不觉已经来到了正堂前。虎敬晖道："二位稍候，我进去通报。"说完，推开门走了进去。

就在开门的一瞬间，方谦和吴益之同时看到一个穿七品官服的人快步向里屋走去，大门在他身后立即关上。方谦低声问吴益之："看见了吗？"吴益之微微点头："果然是赵传臣！方大人，情况不妙啊。我看咱们应当赶快离开。"

方谦还未及答话，正堂里传出狄公严厉的声音："为什么不事先通报！"方谦吃了一惊。只听得虎敬晖的声音辩解道："我想，二位大人都是熟人，就直接领他们到正堂了。"狄公重重地"哼"了一声："你真是自作主张。好了，请他们进来！"方谦和吴益之交换了一下眼色。虎敬晖走出来："二位大人，里边请吧。"二人点了点头，迈步走进正堂。狄公站起身来，方谦和吴益之赶忙躬身施礼："卑职等见过大人。"

狄公笑道："二位不必多礼，请坐吧。"狄公亲和的态度，令心怀鬼胎的方、吴二人顿时如坠五里雾中。三人落座后，狄公开言道："昨日公堂之上，本阁忧心民事，言语过激，还要方大人见谅啊。"

方谦不由得一惊，赶忙道："不敢，不敢。大人忧国忧民，义正词严，方谦万分敬佩。昨日堂上强行顶撞还望大人海涵。"狄公笑着一摆手："哎，不提这些了。二位过府是有什么事吧？"方谦道："我二人是来看看，大人还有什么需要。"狄公道："安排得非常周到，让二位费心了。"

仆役奉上香茶。狄公道："二位请用茶，这可是我从江西带来的上好茶叶呀。"方、吴二人端起茶杯喝了一口，异口同声地赞道："果然是好茶！"狄公笑道："方大人，这幽州附近有没有什么名胜、雅所，本阁想要瞻仰一番。"方谦一愣，马上反应过来："啊，有，有啊。改日卑职陪大人同去。"狄公道:"好。就这么说定了。"方谦言归正传:"大人,卑职昨日回府后仔细想过了,慰抚款的事……"

没想到狄公一摆手,满不在乎地道:"哎,今天只论友情,不谈公事。方大人,本阁听说,幽州城里有座狮子楼,专长塞外名菜,哪天是不是引我去品尝一番呀。"

方谦还没醒过味儿来,张口结舌:"啊,这……"吴益之赶忙接过话茬儿,说道:"大人真是博闻,竟连狮子楼这种地方都知道。不错,不错,狮子楼的手扒羊肉,肠血连筋,那可是幽州一绝呀。"

方谦笑了,笑得异常尴尬:"大人有此兴致,卑职随时愿陪。"狄公大笑道:"好啊,你引路,我请客啊。"说完几人大笑起来。方谦站起来:"大人刚刚安顿下来,定有很多事情急等处理,卑职等就此告辞,改日再陪大人尽兴。"狄公一愣:"怎么,这就要走?好歹吃了午饭嘛!"方谦道:"就不叨扰大人了。"狄公道:"也好,那我就不留二位了。敬晖,替我送客。"

方、吴二人施礼后走出门去。狄公向里屋道:"出来吧。"门帘一掀,狄春身穿七品官服笑嘻嘻地走了出来:"怎么样,老爷,我这个县令大人扮得还像吧?"狄公笑道:"嗯,差相仿佛吧。换了衣服,命令千牛卫送赵传臣回三合县。"狄春答应了一声,离去。

原来,狄公料定方、吴二人听说县令被召,必定会来探听口风,于是命狄春穿上七品官服,故意让方、吴远远看到他的身影。这叫作疑兵之计,攻心战术。

方谦和吴益之回到刺史府后,心神不宁,提心吊胆。方谦拧着双手,不停地踱着步。吴益之小声道:"大人,不对呀!"方谦回过头:"姓狄的一定是知道了什么!"吴益之点点头:"昨日态度如此激烈,今天却一团和气,绝口不提慰抚款的事情,不能不令人生疑呀。我看这个赵传臣恐怕是有些靠不住了。"

方谦静静地思索了很久,最后道:"赵传臣是我亲手提拔起来的,要说他这么快就出卖我，我有些不太相信。会不会……"门外响起急促的脚步声，接着是敲门声。吴益之叫了声"进来"，一个面容猥琐的衙役走进来报告道："二位大人刚走没一会儿，赵传臣就出来了，说是要回三合县，有千牛卫护送。"

方谦又是一惊，和吴益之交换了一下眼色。衙役退出后，吴益之道："大人，可以肯定地说赵传臣已经出卖了我们！否则，狄仁杰绝不会放他出府，更不会派千牛卫护送。"方谦咬牙切齿道："吓，赵传臣！"吴益之道："我终于明白了，今天狄仁杰之所以换上一副和颜悦色的面孔，就是为了迷惑我们，让我们不加提防，他好暗中行事。其实，他早已成竹在胸了。"

方谦骂道："这个狡猾的老狐狸！"吴益之道："如果只是那几十万两慰抚银倒也罢了，怕只怕会查出天宝银号，那时候可就一切都完了。"方谦紧张地咽了口唾沫："你说怎么办？"

吴益之咬牙切齿道："无毒不丈夫！"方谦一惊："杀人灭口？"吴益之点点头："做成畏罪自杀之状。"方谦摇摇头："姓狄的不是傻子，赵传臣一死，他一定知道是我们做的手脚。"

吴益之道："那又怎么样？这就叫死无对证。他就是有天大的怀疑，没有证据能动得了你这个堂堂的刺史吗？"方谦狠狠一拍桌子："好，就这么办！"

入夜，狄公正坐在都督府正堂上的书案前，沉思着。外面传来轻轻的敲门声，狄公喊了声"进来"。虎敬晖推门进来："大人，王小二带到了。"

狄公命叫他进来。虎敬晖向门口一招手，一个军士走了进来。此人不是别人，正是北门被袭幸存下来的那个士兵。狄公冷冷地看着他："还认识我吗？"王小二道："认识。钦差大人。"狄公砰地一拍桌子，大喝一声："大胆王小二，你串通逆贼杀死官军，又做假供欺瞒本钦差！而今，有人将你告下，你还有何话说？"王小二扑通一声跪倒在地："大人，小的冤枉！"

狄公冷笑道："好啊，到了酆都去和阎王说吧。来人，拖出去，砍了！"门外卫兵一拥而进，拖起王小二就往外走。王小二吓得魂飞魄散，高声喊道："大人，小的有话说！"狄公"哼"了一声，站起来，走到他身旁："晚了！你以为我不知道，那天北门遇袭乃是城中官军假扮乱民所为？你以为我不知道，那些巡哨的士兵是怎么死的？你以为我不知道，是谁让你撒谎诈供？哼，现在才想起说实话，已经太晚了！"

王小二浑身乱颤："大……大……大人，求求你，小的只是个当兵的，要是不答应他们，那……那就得脑袋搬家呀！"狄公假意沉思了一下："嗯，这几句话说得倒还算在理。把他拉回来！"

卫士们将王小二放在地上。狄公坐在椅子里："也罢，本阁虽然已知详情，但体上天好生之德，而且你又不是元凶巨恶，就听你再说一遍吧。但有一样，只要有一句不实，立即拖出辕门处斩！"

王小二哆里哆嗦道："是，是。"接着将游击将军张勇等人那天夜里假扮乱民杀死官兵之事，从头至尾一五一十地说了一遍。

静夜，三合县县衙门前，千牛卫手持刀枪，严密把守县衙。县衙的走廊上，一名仆役手托茶盘快步向后堂走去，给县太爷送茶。猛地，廊檐上垂下一人，寒光一闪，仆役的咽喉裂开，鲜血狂喷出来，身体向后倒去。那人飞快地落在地上，一伸手接住了将要落地的茶盘。

这时，赵传臣坐在书案后，双手抱头，他的心情异常烦乱，失魂落魄。门轻轻地打开了，仆役走进来："老爷，茶来了。"

赵传臣"嗯"了一声，冲他挥了挥手。仆役赶忙将茶杯放在书案上，退了出去。赵传臣抬起头来，长长地叹了口气，端起茶杯送到嘴边。

嗖的一声，一件东西飞了过来，正打在赵传臣手中的茶杯上，茶杯落地，摔得粉碎。赵传臣吓得魂不附体，抬起头来，一条黑影从房梁上跳了下来，不是别人，正是李元芳！

赵传臣愕然："李……李将军。"李元芳道："看看那杯茶！"赵传臣莫名其妙地低下头，只见洒在地上的茶水发出咝咝的声响，冒起一股白烟，紧跟着，屋内弥漫着一股酸臭的气味。赵传臣惊呆了："是……是……是毒药！"李元芳道："砒霜！要是没有狄大人，你这条命就完了！"

赵传臣浑身颤抖："他们……他们真的要杀人灭口？"随着一声门响，一众千牛卫押着刚刚那名送茶的仆役走进来。队长道："李将军，此人就是投毒的刺客！"赵传臣惊得目瞪口呆。

幽州都督府正堂上，狄公对王小二道："依你所说，游击将军张勇、胡进宝、方洪亮三人率城内官军冒充乱民作乱？"王小二回答"正是"。狄公"嗯"了一声，放下名单，不置可否。王小二向前跪爬两步，叩头道："大人，小的所说句句是实。望大人饶小人一命！"

狄公点了点头："嗯，念在你还有一丝善念的分儿上，本阁就网开一面，不过有个条件。"

王小二道："大人请讲。"狄公道："堂审时，你要上堂做证。"王小二道："是，小人一定做证。"狄公点点头："来人，让他在证词上画押。"虎敬晖将证词拿过去，王小二手蘸印泥，按下了指印，随后卫士将他带出后堂。

狄公迅速站起来，双手托起身后的尚方宝剑，交给了身旁的千牛卫队长："你立刻带十名千牛卫，一百名钦差卫队，带尚方剑，按此名单缉拿张勇、胡进宝和方洪亮到府！有敢反抗者，一概格杀！"队长大声答道："是！"快步走出门去。

狄公的脸上露出了满意的微笑。虎敬晖道："大人，我真是对您佩服得五体投地。您是怎么知道作乱的人是官军假冒？"

狄公笑了笑："当然是现场告诉我的。第一个疑点，是被杀的值哨官军身上的衣服。你想想，如果经过激烈的搏斗，身上一定会染上尘土和血迹，而这些尸体的衣服却很干净。这就说明，他们死之前没有丝毫防备。这样的话，就只有一个解释，杀他们的人一定和他们一样，也是官军，在面对自己弟兄时，他们当然用不着防备。"说着，他从袖子里拿出一方手帕，上面印着一个血红的马蹄印。

狄公道："这就是第二个疑点。通常乱民起事，手中的武器十分简陋，更不会有马匹。而我在现场却发现了很多带血的马蹄印。于是我拓下了一个，命人暗中查对。果然，这个蹄印花正是五城兵马司的骑兵所用！"

狄公喘了口气，接着道："第三，自我到幽州后，城门戌时便已关闭，而事发的时间则是四更时分。你想想，幽州素以城坚兵利而著称，就是突厥精兵也不可能一夜之间攻破城池，更何况是那些只有锄头、铁锨的农民！因此，我断定这一定是一个诡计。"

虎敬晖不解："可，方谦为什么要这么做？"狄公淡然一笑："当然是怕我审讯那些大柳树村的父老，露出他的狐狸尾巴。他心里明白，如今，大柳树村所剩的村民，只有张老四等十几个幸存者和绑在北门刑台上的那些老弱妇孺。张老四等人既然已在公堂上反水，就证明这些人是肯定不敢说实话的。而北门刑台上的那些人就不一样了，他们对方谦恨之入骨，而且，都被判了死刑，一旦得救就会实话实说，因此，方谦才会想出这条诡计。如果我所料不错，那些村民现在应该被关在另一个地方，只待风声一过，方谦就会对他们下毒手。"

虎敬晖骂道："好歹毒的狗官！"狄公道："方谦没想到的是，他这样做是欲盖弥彰。他更没有想到，我早就到过大柳树村，而且，已经从张老四等村民们嘴里得知了造反的缘由。"

虎敬晖叹服："精准的判断！大人之神，天下独一呀！"狄公扑哧一笑："这可让我受宠若惊了。现在只有一件事我还不太明白。"虎敬晖问是什么，狄公道："张老四为什么会在公堂上反水。"虎敬晖道："是呀，我也一直在想这件事。"狄公笑了笑："不用想了，这一点，现在已经不重要了。"虎敬晖点点头。

忽听得门外响起急促的脚步声，陆大有冲进来："大人，不好了，李二的毒又发作了！"狄公猛吃一惊，快步走出门去。李二的脸色又变得紫黑，浑身不停地颤抖，黑色的血浆从鼻中、耳中缓缓淌出来。狄公、虎敬晖、陆大有快步走进来。狄公一个箭步来到李二面前，伸手抓起他的手腕，冷汗顺着狄公的额头滚落下来。虎敬晖和陆大有焦虑地望着他。

良久，狄公放下李二的手，静静地思索着。蓦地，他跳起身来叫道："敬晖，赶快叫卫士把皇上赐给我的雪蟾拿来！"虎敬晖应声，飞跑而去。

狄公喘了口气："大有，取针来！"狄公拿起雪蟾，虎敬晖撬开李二的嘴，狄公将雪蟾放了进去。李二呼吸微弱。狄公长叹一声，摇了摇头："没希望了。"虎敬晖道："这雪蟾也不管用？"狄公苦笑道："雪蟾乃至寒之宝，有去毒化淤的功效，但毕竟不是救命的仙丹。我真不明白，蛇毒怎么会二次发作呢？"

陆大有道："我也觉得奇怪，本来好好的，突然一下子就犯了病，七窍流血。"狄公叹了口气："李二呀，李二，你究竟是什么人，怎的命运如此多舛？真是时也，命也，夫复何言。"

虎敬晖道："大人，您也尽了力了。"狄公点点头："是呀。如果他能过了今晚，也许还有救。"

正说着，门外响起急促的脚步声，李元芳快步走了进来："大人，我回来了！"狄公问怎么样，李元芳道："一切均如大人所料！赵传臣现在东花厅等候。"狄公拍了拍李元芳的肩膀："做得好！走，听听他怎么说！"说着，快步向外走去。

赵传臣置身于东花厅大堂，坐立不安，显得非常紧张。见狄公等三人走进门来，他扑通一声双膝跪倒大声道："大人活命之恩，传臣永世不忘！"说着，一头重重地磕了下去。

狄公笑容可掬地点点头："好，明白就好。起来吧，坐。"赵传臣站起身，坐在狄公对面。狄公道："现在你可以说说了，那笔慰抚款到底是怎么回事？"赵传臣叹了口气："说起这件事真是非常蹊跷，当时一共九个县的县令都接到了州里转来的慰抚款。可事情过后，除我一人以外，剩下的八位县令，不是病死，就是离职。"

狄公双眉一扬："哦，有这等事？！"赵传臣道："所以说，现在知道此事原委的恐怕也只有我一个人了。"狄公点点头："慢慢说，不要着急。"

赵传臣润了润嘴唇："事情的经过是这样的：一年前，朝廷将慰抚款由州里转到了卑职手中。本来卑职要悉数下发，可没想到，就在这时，方大人派人将我叫到幽州，对我说，这笔钱不能发放。我当时非常吃惊，赶忙问他原因，他说这是朝廷的命令，而且命我将这笔钱以我自己的名义存到天……"说到这里，他突然停住，张着嘴愣愣地看着狄公。

狄公一愣："存到哪里？"赵传臣一言不发，只是傻愣愣地望着狄公。狄公感到奇怪，看了看身旁的虎敬晖和李元芳，二人也莫名其妙地往身后看。忽然，狄公站起来："不好，有刺客！"虎敬晖和李元芳已闪电般冲出门去。门外静悄悄的空无一人。狄公来到赵传臣面前。赵传臣的双眼呆呆地看向前方，纹丝不动。狄公抬起头来："他死了！"

刺史府，静夜中传来急促的敲门声，方谦披衣而起，跑到门前，打开门。吴益之冲了进来，一进门，就瘫倒在地："完了，全完了！"方谦急忙问："怎么了？"吴益之道："狄仁杰早有准备，派去的刺客被他们抓住了，现在赵传臣已赶回幽州。我们上了狄仁杰的当了！"

方谦登时面如土色，连退三步。吴益之哭丧着脸，颤声道："还有，狄仁杰下令逮捕张勇、王进宝等三人，北门之事也泄露了！"扑通一声，方谦一屁股坐在了椅子上，半晌无言。吴益之道："大人，我们该怎么办？"

都督府正堂上，狄公端坐书案后，面色阴沉。李元芳率众卫士站在两旁。游击将军张勇跪在堂下接受审讯。张勇终于供出了参与谋反的名单。狄公将手中的名单重重地往桌子上一摔，对李元芳道："想不到方谦的势力竟如此之大，连军队都被他们控制了！"

李元芳吃了一惊："这……这是什么意思？"狄公道："意思就是，如果他们先下手，我们就非常被动了！"

与此同时，在东花厅，虎敬晖会同钦差专属官员正在夜审王进宝、方洪亮二人。王进宝供出了全部实情以及参与谋反的同党的名字。虎敬晖匆匆推门冲进来，将手里的名单递给狄公："这是王进宝供出的方谦逆党名单！"狄公迅速看了一遍，蓦地站起身，大惊道："方谦要反！"

也就在此时，刺史府里，方谦脸色铁青，肌肉抽搐着，一个杀机在他胸中形成。啪的一声，他一拍桌案，霍地站起身来："一不做，二不休！立刻起兵攻打都督府，杀死狄仁杰！"

吴益之大吃一惊："大人，没有上封的指令，绝对不得擅动，否则，你我性命难保！"方谦大不以为然："你以为落到狄仁杰手里就能活命？哼，都什么时候了，还管他上封不上封！你立刻到五城兵马司，下令熊将军立刻出兵，包围都督府！"

半个时辰后，吴益之率领一帮人马在幽州大街上飞奔，转眼间来到兵马司校场。兵马司校场上，金鼓阵阵，号角连声，部队迅速集结。兵马司熊将军和吴益之站在队列前面。吴益之紧张地道："熊将军，一定要快，迟则生变啊！"

熊将军回答得斩钉截铁："大人请放心，今夜，务必取狄仁杰项上人头！"少顷，参将飞马来到熊将军和吴益之面前躬身道："将军，队伍集结完毕！"

熊将军一提马来到队列前面，拔出腰间钢刀，声嘶力竭地喊道："杀进都督府，活捉狄仁杰！"众军发出一阵高呼。

静夜中，传来马蹄的轰鸣，街道在巨响中震颤着。虎敬晖和李元芳率领千牛卫和钦差卫队纵马飞奔，闪电般地驰过街道。钦差卫队快速前进。忽然，虎敬晖猛地勒住马，对赶上来的李元芳道："元芳，再迟恐怕就来不及了。这样吧，我独骑闯营，你随后赶来！"李元芳点点头："一切小心！"虎敬晖一抖丝缰，战马飞一般越过大队，消失在沉沉的夜色中。

就在这时，校场内蹄声响起，紧接着，一点寒星破空而来，砰的一声响，熊将军身体剧烈地一晃。他低下头向自己胸前看去，他的胸膛已被狼牙大箭射穿，半截箭镞突出胸外，鲜血喷涌而出，他失魂落魄地抬起头。一骑马闪电般冲到眼前，寒光一闪，熊将军身首异处，人头飞出四五丈远，鲜血狂喷出来。众军一阵惊呼。

来人正是虎敬晖。一旁的参将这时才如梦方醒，赶快拔出腰间钢刀扑上前来。虎敬晖一声怒吼，手起刀落，将参将斩于马下。战马一声长嘶，人立起来，虎敬晖挥动钢刀厉声怒吼道："众军有敢擅动者——死！"

军士们被这员神威凛凛的虎将震慑住了。吴益之见势不妙，拨马上前喊道："弟兄们，不要听他的……"话还没有说完，虎敬晖的刀已闪电般从他的脖颈掠过。虎敬晖一伸手，竟将吴益之的人头从脖颈上提了起来。众军呼天喊地，乱作一团。

虎敬晖将头颅高举过顶，虎目圆睁，双眉倒竖，厉声吼道："谁敢上前，谁先死！"众军停住了脚步。就在此时，身后蹄声如雷，李元芳率千牛卫和钦差卫队赶到，弓箭手箭在弦上，将兵马司部队团团包围。李元芳大喝一声："方谦、吴益之谋反伏诛。众军放下武器，一概免罪！"

众军士迟疑不决。虎敬晖一提战马跃入众军当中，手起刀落，将一名队长人头砍下。众军大惊失色，纷纷放下兵器。与此同时，北门，值夜官军在不停地巡逻着。突然响起一阵急促的马蹄声，一队钦差卫队飞驰而来，领头的是一名千牛卫。值夜的官军队长赶忙上前："大人，是要出城吗？"

千牛卫一声大喝："给我拿下！"身后卫队一拥而上，将官军队长按倒在地。队长吃惊地道："这……这是干什么？"千牛卫将尚方宝剑举过头顶，大声宣布："钦差大人有令，自今日起，城门防卫由钦差卫队接掌。违令者一概格杀！"官军队长惊得目瞪口呆，一句话也说不出来。千牛卫一声大喝："命北门官军缴械！"钦差卫队一拥而上，缴了他们的武器。

夜，都督府正堂，狄公不停地徘徊着。门外脚步声响，钦差专属的官员走进来报告道："虎将军已接管五城兵马司，幽州四门也掌握在我们手里了！"狄公的脸上露出了喜色："告诉虎敬晖和李元芳，照名单批捕方谦逆党，务求一网打尽！"官员高声答应着，快步走出门去。

不到半个时辰，虎敬晖率领的钦差卫队冲进一座座官府，逮捕了所有应该逮捕的官吏，足足装了四五辆囚车。与此同时，在兵马司衙门，李元芳率钦差卫队押解着十几名兵马司府的将军走出大门。方谦逆党几乎被一网打尽。

再说那刺史府，屋内一片混乱，方谦手忙脚乱地收拾着金银、细软。一条黑影徐徐落在了他的身前。方谦猛然抬起头来，一个黑衣人站在他的面前，正是于风。方谦的瞳孔立刻放大了："我……我……我是万不得已……"于风咬牙切齿地骂道："你这畜生！对上封的命令阳奉阴违，为了一己私利不顾大局，致使多年的苦心经营毁于一旦！"

方谦扑通一声跪倒在地，瑟瑟发抖。他们哪里知道，刺史府外已被虎敬晖率领的卫队严严实实地包围起来，守门军士已被缴械，钦差卫队正长驱直入，向二堂杀来……

忽见一只手轻轻撬开几块灰砖，露出了下面的一个暗门，手轻轻抓住了把手。这时，府外一阵人喊马嘶，卫兵们已经冲到了二堂前，黑影一惊，迅速将几块方砖盖好，纵身飞上二堂的房梁。

虎敬晖带人冲了进来，只见房中一片凌乱，一堆文件在火盆中熊熊燃烧。刺史方谦背对房门而坐，一动不动。虎敬晖大喝一声："方谦，奉钦差大人之命拘你到府！"方谦仍然一动不动。虎敬晖一步上前，一把将他的身体转过来，方谦的头歪向了一旁，嘴角边挂着一缕鲜血，脸上带着诡异的笑容，死状极其恐怖。饶是虎敬晖胆大，也不禁倒退了一步。

夜，都督府后停尸房中，赵传臣的尸体静静地躺在榻上，一名仵作伏在身前仔细地检查着。狄公走进来问怎么样，仵作抬起头来："大人，这位赵大人确实是意外猝死。"狄公一愣："你敢肯定?"仵作道："身上没有任何一点伤痕，也没有中毒的迹象。从瞳孔放大程度来看，没有痛苦挣扎的痕迹，应该属于正常死亡。很可能是旧有痼疾，激动之下，致使心脉骤停。"

狄公走到尸体前，静静地看着。忽然，他似乎想到了什么，赶忙解开赵传臣的发髻，头发披散下来，狄公将手伸进发根轻轻地摸着，许久，他摇了摇头，喃喃地道："难道他真是猝死？"仵作道："这一点，应该可以肯定。"

狄公纳闷道："世上真有这么凑巧的事情。不对，不对。如果是心脉骤停，为什么早不停晚不停，正当他要说出官银下落这个节骨眼时，突然死去。他绝不会是意外死亡，他们不想让我听到什么呢？"仵作听得如坠五里雾中："大人，您说什么？"

狄公没有回答，双眼望着空气出神，刚刚审讯赵传臣的一幕幕景象在眼前飞快地掠过。忽然他抬起头来，双眼死死地盯住仵作。仵作被看得心里有些发毛，强笑道："大人，怎……怎么了？"

狄公从榻旁拿起仵作用的开膛刀递了过去："把他的前胸打开。"仵作吃了一惊："大人，未通过苦主，私自开膛，这可是大忌呀！"狄公命令："动手吧！"仵作接过刀，狠狠一咬牙，一刀划了下去……

都督府后堂。陆大有静静地坐在榻前，望着李二，背后传来一阵轻微的脚步声。大有回过头，狄公走了进来，他的袍襟上沾满了鲜血。陆大有吃了一惊："大人，您怎么了？"狄公摇摇头："没什么。他怎么样？"大有叹了口气："我看不行了，熬不过今晚。"狄公四下看了看："大有，有件事要问你一下。"说着，二人一起来到后堂。

狄公和陆大有站在一旁静静地看着垂死的李二。虎敬晖和李元芳奔了进来，一见眼前的景象，大惊失色。虎敬晖颤声问道："怎么，李二……"狄公轻声道："虽然我不知道他是谁，可我毕竟救活过他，可现在……"泪水从狄公眼中滚落。李元芳长叹一声："大人，您已经尽力了。"

狄公勉强地笑了笑："现在也只有这样安慰自己了。事情办得怎么样？"虎敬晖道："您放心吧，方谦余党已基本肃清。剩下一些，也翻不起大浪。"狄公抬起头问："方谦呢？"虎敬晖咽了口唾沫："服毒自尽。"

狄公深深吸了口气，他的脸色异常严峻："谁能想到，方谦的势力竟会如此之大，幽州可以说已经成了独立王国。这样的事，怎么会发生在王化之下，真是不可思议！"

清晨，幽州大街上，骑兵往来巡逻。步兵严密把守重要街道和路口，城内的气氛异常紧张。都督府公堂上，狄公正襟危坐，虎敬晖、李元芳、陆大有三人站在身旁。下面是幽州各级官吏，大家眼望狄公，显得有些惴惴不安。

狄公道："诸位，方谦、吴益之二贼欺心逆天，压榨百姓、贪污巨款，中饱私囊，幽州四围民生凋敝，变乱频仍。本阁禀皇帝旨意，严加查察。事发之后，二贼不思悔改，竟丧心病狂意图谋反，现已伏诛。自今日起，幽州一切军政要务由本阁负责处置。"

下站群僚发出一阵惊呼。狄公的眼光从各人的脸上掠过，众人脸上有喜有忧。狄公道："凡附逆二贼者，即刻到本阁处言明情况，视情节轻重予以处分。如隐忍不言，被本阁查出，无论轻重，一律重处！"群僚躬身道："谨领钧命。"狄公问："幽州长史何在？"长史赶忙出列："卑职在。"

狄公道："有几件事你要记下。第一，立刻下令各县，废除二贼所在时的一切苛政。官府占田者，要还田于民。封山者，要还山于民。各县令要亲自下到民间，体察民情，每十五日向本阁禀告一次。遇有民生疾苦，就地解决，不必上报。"长史应道："是！"

狄公接着道："第二，大柳树村村民聚众流亡，乃为苛政所逼。尔立刻张榜公告，开脱流民之罪，归还田地，令其复村。"长史应了声"是！"狄公道："再有，该村民不聊生，衣食无周，尔立刻动用府库钱粮，助其重建村落，整平农田。这件事务必办好，本阁还要亲自过问。"长史道："请大人放心，此事卑职立刻去办。"

狄公点点头："第三，复查刑狱。凡被冤狱屈押之人，一概释放。"长史又应了声"是！"狄公道："幽州法曹何在？"幽州法曹赶忙出列："卑职在。"狄公道："灵境县小连子村，人口多有失踪，村民疑为厉鬼作祟。你立即带人查察，即刻回报，不得迁延！"法曹应道"是！"狄公道："我身边有一得力之人，乃是小连子村的村民，对当地非常熟悉，也许可以帮你的忙。大有。"说完，把陆大有叫到面前，吩咐道："你随法曹大人同去。"陆大有躬身道："是。"法曹道："多谢大人指点。"

下站众官不由得连连叹服："小连子村？那是在深山里，怎么狄大人连这都知道。""以后办事一定要加上一百个小心。这位大人可了不得。"

长史道："大人方到幽州，足迹竟已踏遍境内，真是令人既感且佩呀！"狄公道："举凡诸事，以民生为第一。本阁查察官吏不看别的：第一是时刻要有替天子巡牧之心，安抚百姓之举；第二是劝课农桑，水利诸要；第三是刑狱诉讼，晓民以理。三者皆备者，上品。三有其二者，中品。三有其一者，下品。三者俱无者，罢官！"众官齐齐躬身："谨领大人教诲。"

狄公道："从今日起，诸公务当勤劳政事，以民生为本，不可轻玩怠忽。如让本阁查出有人徇私舞弊、漠视民生，王法制裁，绝不姑息！"

再说那些被方谦关押的村民们获得自由后，由张老四带领，来到狄公的公馆中谢恩。扑通一声，张老四双膝跪倒，一个头重重地磕了下去。身后的妇女孩子跪成一片。狄公赶忙扶起了他："老人家，快起来。大家快起来吧。好好回家种地，但盼着今年能是个好年成啊！"

张老四满面羞惭，哭出声来："青天大老爷呀！我……我……我张老四不是个人，我在公堂上反水！可是，我……我也是……"狄公安抚道："好了，不要再说了，赶快回去吧。见到村里流亡的人，劝他们早日回村。"张老四道："您放心，这事儿包在我身上！"狄公点点头道："元芳，送乡亲们出城。"李元芳道："是。"

夜深沉，都督府正堂空无一人。西屋的门紧闭着。紧接着一阵急促的脚步声，虎敬晖推门进来报告："大人，方谦的尸体已经运来了。"狄公点头："没有惊动旁人吧？"虎敬晖笑道："是我亲自去办的，您就放心吧。"狄公拍了拍他的肩膀："走，去看看。"

府后停尸房里，方谦的尸身静静地放在榻上，一名仵作站在一旁。狄公和虎敬晖走进来。狄公看了看尸身问仵作道："死因是什么？"仵作答道："服毒。"狄公问："什么毒？"仵作道："砒霜。"狄公抬起头："砒霜？"仵作道："是呀。他的嘴里残留了一些药渣，正是砒霜未溶开的粉末。还有，方大人身旁的药碗里也残存了一些渣滓，经检查，认定是砒霜无误。"

狄公慢慢走到尸体旁，仔细地看着。只见方谦面色无异，只是嘴角边略略肿起。狄公道："服砒霜而死的人，应该是什么症状？"仵作道："皮肤发青，嘴唇紫黑。另外，骨殖也应该是黑色的。"狄公一指尸体："你看看他的脸色，与常人无异！"

仵作一伸大拇指："您真是大行家，说得一点都没错。我也是觉得奇怪呀，可……可他确实是服砒霜而亡啊！"狄公也纳闷："这可真是怪了，服砒霜而亡，脸上却毫不变色。这是为什么？"虎敬晖道："会不会这种砒霜比较特别呀？！"

狄公笑了，仵作也笑了："将军，这就是一般的砒霜，没什么特别的。"狄公笑道："与其说是砒霜特别，倒不如说是他的皮肤特别还有些道理。"说着，他走到尸体前，伸手抚摸着方谦的脸部，忽然，他的手停住了："不对！"虎敬晖问什么不对，狄公道脸不对。虎敬晖失笑道："脸还能不对？"狄公轻轻地摸着，猛地抬起头来："拿水来。"仵作赶忙将水端了过来。

狄公拿过湿毛巾在方谦的脸上不停地擦着，不一会儿，方谦脸部边缘处竟冒起了一片气泡，看得虎敬晖和仵作不由得发出一阵惊呼。气泡越鼓越大，慢慢地，方谦半张脸的脸皮竟然浮了起来。虎敬晖张大了嘴，目瞪口呆。狄公伸出手，抓住方谦脸上凸起的部分，狠狠一揭，哧啦一声，一层人皮被撕了下来，下面露出一张陌生的脸，嘴唇发紫，脸色青黑。虎敬晖和仵作惊得跳了起来："他……他是谁？"

狄公也惊呆了，他看看手中那层薄薄的人皮，又看看那张陌生的脸，脑海中不停地翻腾着。霎时，停尸房内呼吸之声相闻。愣了半天，仵作才说道："我说他怎么服了砒霜不变色，原来是张假面！"

虎敬晖道："早就听江湖上传闻，有人能用人皮制成面具易容。我一直不相信有这种邪门的事情，想不到今天见到了。"狄公深吸了一口气："他不是方谦，那真方谦到哪里去了？"他回过头看了看虎敬晖："这就是我曾说过的'意外的收获'。立刻带人搜查刺史府！"

第六章　狄仁杰二探神秘道

虎敬晖奉狄公之命，连夜率众卫士搜查刺史府的各个角落。狄公对刚刚发生的一切感到迷茫，百思而不解，故而随后也来到了刺史府现场。卫士们折腾了半天，一无所获，虎敬晖便到公堂上向狄公禀报。此时，狄公正静静地坐在那里沉思着，虎敬晖推门进来，轻声道："都搜遍了，没有。"

狄公"嗯"了一声，没有说话。虎敬晖道："大人，我想，如果此人假冒刺史，那么真刺史一定早就被杀了。"狄公抬起头来："有可能。"虎敬晖道："而且，大人请想，即使真方谦还活着，他们怎么可能将他放在府中？这岂不是太危险了吗？"

狄公点点头："你说的这些，我都想过。但我有一种直觉，这个刺史府里一定有蹊跷。你想，刺史是一方之长，官秩四品，怎么可能被人随随便便地调换，是什么人才有能力做这样的惊天大案？再有，这个假方谦的势力竟发展得如此之大，幽州军政官吏三分之二都附逆于他。这是个什么样的人，怎么会有如此巨大的能量？"虎敬晖点头："有道理。"

狄公接着道："还有，假方谦为什么要甘冒大险，行此奇事？目的是为了控制幽州。可控制幽州又是为了什么？"虎敬晖一惊："他们是不是要起兵造反？"狄公摇摇头："不像啊。凭幽州一州之力想要和朝廷的十二卫抗衡，可以说是以卵击石。"

虎敬晖茫然："那……那是为什么？"狄公道："我就是因为想不出原因，才来到这里看一看，希望能够找出点什么端倪来。"虎敬晖问："那，大人，还继续搜吗？"狄公站起来："今天就到这儿，收队吧。"

都督府花园里，一条黑影闪电般掠过花园向正堂奔来。正堂里黑着灯，黑影飞快地蹿到门前，伏在门上静听着。此人一袭青袍，正是蝮蛇。

房内悄无声息。蝮蛇伸手打开房门，慢慢地走了进去。狄公居住的西屋门紧闭着。蝮蛇蹑手蹑脚走到西屋门前，伸手推开了门，里面摆放着一张紫檀木床和一套茶桌茶凳，除此之外，再没有别的东西。蝮蛇四下巡视一番，缓缓退了出去。就在这时，远处传来了狄公说话的声音。蝮蛇猛吃一惊，飞快地出了正堂，带上房门，消失在夜色中。

正堂外，狄春在前面打着灯笼，狄公在卫士的护从下来到门前。狄春和狄公走进正堂，卫士们站在门前。他俩进得正堂里，狄春将几盏风灯点燃，屋内一片明亮。狄春道："老爷，您每天都到四更天还不休息，身体能顶得住吗？"

狄公笑着拍了一下他的脑袋："小鬼头，是你顶不住吧？"狄春笑了："反正我觉得，您都这么大岁数了，差不多就行了，何必那么拼命呢！"狄公笑道："你呀，就是这张嘴。"说着，他冲狄春使了个眼色，狄春点点头。

狄公拿起桌上的风灯，推开西屋门，突然他停住脚步，眼睛死死地看着事先铺了一层薄薄的草灰的地面，上面果然出现了两个浅浅的脚印。狄公的脸上露出了微笑，朝狄春招招手。狄春跑过来，低头一看，惊喜道："老爷，您这法子还真灵！"狄公"嘘"了一声："拓下鞋样！"狄春点头。

都督府大门前，几匹马飞驰而来，停在府门前。马上人翻身下马，急匆匆地走进府内，正是幽州长史和几名官吏。狄公正在花园里一边

099

漫步，一边凝神静思着。李元芳走来报告："大人，幽州长史和银曹参军在西花厅等候，说是有要事回禀。"狄公点点头道："知道了，说我马上到。"

几分钟后，狄公走进西花厅。长史赶忙迎上："大人，出大事了！"狄公一愣："不要着急，慢慢讲！"长史道："今晨卑职率人验看银库，发现库存几千万两官银竟然不翼而飞了！"狄公一怔："不……不翼而飞？"银曹参军战战兢兢地道："是呀，大人，库存的官银都不见了！"狄公与长史对望了一眼："这……这怎么可能！"

银曹接着道："不光如此，掌管府库的四名掌固也失去了踪迹！"狄公惊呆了。长史继续道："大人，您来之前，府库一直由吴司马亲自掌管，府库中的掌固也是吴大人的心腹充任。每月的明细账目按惯例要通过长史和银曹参军，这一条也被废去，只由刺史大人和司马大人过目即可。"狄公愤愤地道："什么？这……这是明目张胆的贪赃舞弊，尔等为何不上奏朝廷？"

长史道："卑职曾两度给户部去函，反映此事，然而，如泥牛入海，毫无音讯。后来此事被司马大人知道了，威胁卑职，如再上奏就要动用官刑。"狄公道："说方、吴二人盗用府银，这我相信。可是说他们把府库搬空，这……这也太匪夷所思了！守库卫士直属户部，并未附逆。如果方谦等人公然盗取官银，司库官怎能不上报朝廷。"

银曹参军道："这确是怪事一件。"长史附和道："这里面一定有蹊跷！"狄公狠狠地一拍桌子："真是岂有此理！你二人马上组织人马彻查此事，凡与府库有关的人员，一个都不能放过！而且，幽州境内所有银号、钱庄都要查到，一定要找到官银的下落！"长史应了声"是"，退了出去。

府库位于刺史府的东南跨院内，离二堂约有几百米的距离。院门前站满了卫兵。静夜中，只听一声高唱："狄大人到！"卫兵们躬身施礼。狄公、李元芳和虎敬晖二人在幽州银曹和千牛卫的陪同下缓步走进府库的院子。

狄公四下看了看，对身旁几人道："你们看到了，这里守卫如此森严，即使府库的掌固都是内贼，如此大宗的银两也不可能运得出去！"李元芳道："依卑职看来，他们肯定是分批运出的。"狄公道："即使每次只运一箱，门前的卫士也会发现。"银曹道："大人，今天长史突击审讯守库卫士，没有一个人看到过大宗银两出库。"狄公点点头："长史已向我禀报审讯的结果。"李元芳莫名其妙："这可就怪了。"

虎敬晖道："他们会不会以慰抚款或别的什么名义支出银两，实际却暗中将银子运往别处呢？"狄公沉思着点了点头："有这种可能。但这是一种途径，而且，绝不会是主要途径。"李元芳点点头："大人言之有理。"狄公道："真是令人不解。走，进去看看。"

银库的两扇大铁门轰隆一声打开，狄公等人走了进去。银库内空空如也，铁制的官银架空空荡荡。狄公四下看着，整个银库的四围墙壁和地板都是生铁铸成，没有任何缝隙。李元芳摇了摇头："我真是想不出，这些人是怎么把银子运出去的。"

银曹叹了口气："卑职也是想不明白，这银库真可以说得上是铜打铁铸的，如此保险的所在竟会出这样的事，说句实话，卑职真的认为，此非人力所能为呀。"狄公四下里看了一会儿，最后，他摇了摇头道："走吧。"

狄公一行出了银库，银曹指了指不远处的一座房子道："狄大人，请到二堂歇息吧。"狄公点头。忽然，他停住脚步，回头看了看银库，又看了看对面的二堂。银曹奇怪道："大人，怎么了，有什么不对吗？"狄公道："怪哉，二堂应在公堂之侧呀，怎么会建在府库前面？"

银曹苦笑道："大人，实不瞒您说，这是方大人的独创，用回廊将公堂和二堂连接起来。当时，卑职等也觉得非常怪异，这既不合定制，又不合规矩。可时间长了，也就习惯了。"

狄公点头，静静地思索着，所有的人都屏住了呼吸。银曹张了张嘴

101

刚想问什么，被虎敬晖一把拉住，做了个噤声的手势，银曹吓得赶忙后退两步。忽然狄公的眼睛亮了起来。他快步走到府库的院门前，一步一步向前走着，直走到二堂的后山墙下，才停住脚步。

李元芳道："共一百一十五步。"狄公点点头，微微一笑。他猛一挥手："走，进二堂！"狄公率众人走进二堂，他的一双鹰眼四下搜寻着：椅子、茶几、桌案、地上的灰砖……他的目光停在了几块灰砖上。那几块砖比周围的微微高出一些，不仔细看是绝对看不出的。狄公的脸上露出了笑容。众人都将目光投向了他，不知他要做什么。

狄公大步走到那几块灰砖旁，蹲下身仔细地端详着，灰砖缝隙中的土是浮在表面上的，显见曾被人撬起过。这时，一名衙役正好端着茶水走进来，狄公向他招了招手，衙役赶忙走过来，狄公伸手拿起托盘上的茶壶，将壶中的茶水向地上倒去。众人莫名其妙，面面相觑。

只见地上的茶水很快渗进了土里。虎敬晖道："怎么渗得这么快，想是这房子的地基比较松软。"银曹愕然："真是奇哉怪也！"

狄公深深吸了口气，对虎敬晖道："叫几个人来。"虎敬晖一声招呼，门外跑进来几名卫士。狄公道："来，把这几块砖搬开。"卫士一拥而上，七手八脚将砖搬到了一旁。众人不约而同地发出一阵惊呼，灰砖下竟然是一个暗门！

狄公道："原来玄机在这里！二堂与府库离得最近，他们从此处挖掘秘道，直通府库，将银两从府库中搬下秘道，再从这里送出，这样神不知鬼不觉地便将府库盗空。真是高手！"

李元芳道："我下去看看。"狄公拍了拍他的肩膀："一起去！"而后对银曹道："你留在这儿，任何人不听传唤不得入内！"

银曹应了声"是"。李元芳伸手拉开洞门，沿着梯级走了下去。下面一片漆黑，李元芳道："拿个灯笼！"外面的卫士闻声跑进来，递过一个灯笼，李元芳伸手接过，快步往下走去，狄公和虎敬晖随后跟上。

三人下得秘道，李元芳打着灯笼在前面走着，狄公四下里观察。秘道是用实土夯成，空空荡荡。三人慢慢向前走着，不一会儿就走到了尽头，有几层台阶通到上面。李元芳快步登上台阶，顶端是一个铁制的暗门。他伸手推了推，暗门没有动。他想了想，使劲往下一拉，哗的一声，暗门打开了，露出了上面的一层铁板。狄公快步跟了上来。李元芳伸手推了推，铁板纹丝不动。他转身对狄公道："是死的。"

狄公道："绝不可能！"说着，他走过来，四下观察着，突然发现暗门旁有一条突出的铁把手，狄公伸手抓住，向下一压，咔嚓一声，头顶的铁板弹了起来，顿时露出一缕灯光。狄公露出头，向外看去，只见一间空旷的大房子，四面用生铁包裹。狄公轻声道："是银库！"

他走下台阶，回到秘道中，对二人道："现在一切都清楚了，方谦通过秘道，把官银运出刺史府，再转运到别的地方。"

李元芳点点头。狄公沉吟道："那么，他们把官银运到哪里去了呢？"虎敬晖道："这些人行事如此诡秘，肯定用官银去做什么见不得人的勾当了。"狄公道："我们出去吧。"

二人点头，跟随狄公向出口走去。忽然，狄公收住脚步，回过身来，双眼死死地盯着秘道左边的墙壁。李元芳问怎么了，狄公没有答话。他走到墙壁旁伸手敲了敲，墙壁竟然发出一阵扑扑声。狄公用手使劲按了一下，墙壁竟然凹陷进去。李元芳和虎敬晖不约而同地一声惊呼："墙是假的！"

狄公点点头："是的。是用沙网和石子做成的。"说着，他的一双鹰眼搜寻着。假墙的尽头有一凸起处，狄公走过去，伸手一按，咯啦一声响。狄公道："这里有门道！"

话音未落，假墙发出一阵咔啦啦的巨响，李元芳和虎敬晖迅速挡在狄公面前，保护狄公。那假墙壁在轧轧的响声中徐徐打开了，果然是一道门户！狄公三人目瞪口呆地望着眼前的情景。咔嚓一声，墙壁静止了，露出了里面的一间暗室。

李元芳轻声道："大人，让我先进。"说着，他一伸手，将一柄轻钢柳叶刀拿在手里。他举起灯笼，慢慢走进暗室。狄公和虎敬晖紧张地望着他的背影，大气都不敢出。

忽然李元芳发出一声惊呼，狄公和虎敬晖一个箭步蹿了进去。只见李元芳举着灯笼傻呆呆地站在暗室当中，木然不动。狄公问道："怎么了？"李元芳深吸了一口气，向暗室的角落一指："大人，您看！"

狄公接过灯笼举起来，一个人背对门口而坐，一动不动。狄公缓缓走过去，身后的李元芳道："大人小心。"说着，一步跨了过去。虎敬晖也赶忙卫护在狄公身边。

狄公仔细打量着面前这个人，只见此人身穿一袭黄衫，长发披肩，面墙而坐，听到了身后的脚步声，他略略歪了歪头："是不是我的大限到了？"狄公和李、虎同声问道："你是何人？"那人闻言一愣，猛地转过身来，一张熟悉的面孔映入眼帘，不是别人，正是幽州刺史——方谦！李元芳、虎敬晖不禁一声惊叫，狄公沉住气："幽州刺史方大人？"方谦点点头："不错。你是谁？"狄公道："狄仁杰。"方谦大吃一惊："并州狄怀英？"狄公点头："正是。"

方谦双膝跪倒，泪水夺眶而出："卑职总算等到这一天了！狄公，卑职有礼！"狄公伸出双手将他搀扶起来："方大人，为何落到如此地步？"

方谦道："卑职一时不慎，误中歹人奸计，以致沦落阶下数年之久。大人，我……我……"说着，他泣不成声。狄公长叹一声："大人，你受委屈了。"方谦抽咽着道："卑职无能，上负天恩，下愧黎民，令幽州沦入歹徒之手，卑职……卑职罪该万死！"

狄公安慰道："方大人不必悲伤，事情我都知道了。而今本阁忝掌幽州都督，一定会还大人一个清白！"方谦以头触地，直碰得咚咚地响："谢大人！"狄公对李元芳道："元芳，扶方大人起身。"李元芳赶忙伸手扶起方谦，慢慢向洞外走去。虎敬晖仿佛还没醒过味儿来，他结结巴巴地道："他……他是真方谦？"狄公点点头："看来是的。"虎敬晖道："这可真是意想不到！"

狄公等三人将方谦接到都督府暂时安顿下来。稍事休息，狄公便在东花厅设便宴，为方谦压惊。桌上摆满了酒菜，狄公和李元芳坐在桌旁等待着。对面房门一开，狄春和两名仆役快步走了出来。狄公问："方大人呢？"狄春回答说正在更衣。

狄公责骂道："好个刁钻的狄春，你们怎么不伺候方大人更衣？"狄春赶忙辩解："老爷，小的冤枉。是方大人把我们轰出来的。"

狄公一愣："哦，却是为何？"狄春道："他说他不习惯让人伺候，衣服自己穿就行了。"狄公道："是这样。罢了，你去吧。"狄春答应着快步走了出去。李元芳微笑道："看来这位方大人倒是勤俭得很啊。"狄公道："哦，何以见得？"

李元芳道："官居四品的大员，不用仆役伺候，这在朝中的大官里可不多见啊！"狄公笑了笑："单凭这一点，我就自愧不如。"

李元芳自知失言，一句话把狄公也捎上了，便赶忙躬身道："卑职失言，请大人恕罪。"狄公笑着摆了摆手："坐下，坐下。元芳啊，你的话说得没有错，这种事情虽然很小，却能体察为官者的人品、秉性。"李元芳笑了："卑职口无遮拦，把大人也牵连进去了。"狄公笑了起来："这有什么，三人行必有我师，看到不对的地方及时指出来，这才是为我好啊。"

脚步声响，方谦快步从门里走出来，狄公和李元芳站起身。方谦长揖到地："卑职再谢大人救命之恩，再生之德没齿不忘！"狄公微笑道："方大人太客气了，这也是本阁职责所在。来，请坐吧。"

三人落座后，狄公对李元芳使了个眼色，李元芳从怀里掏出了几样东西放在桌上。狄公拿起其中一张发旧的黄色绢书，轻轻展了开来："方大人，这样东西你还认识吧？"方谦一愣，赶忙道："认识，这是卑职的刺史印信。"

狄公点点头，将印信铺在桌上，印信下方是一个大大的朱泥指印。狄公道："这是方大人当年就任幽州刺史时按下的朱泥指印。本阁不是

105

不相信方大人，只因假刺史案后一切都须格外小心，以免节外生枝。"方谦点点头："明白了。"

李元芳递上印泥，方谦将大拇指在印泥中蘸了蘸，按在印信上的朱泥指印旁边。狄公拿起印信，仔细比对了一番，两个指印一模一样。狄公的脸上露出了微笑："果然是丝毫不差。"

方谦也笑道："狄大人真是心细如发呀！倘若这几年中有个像大人这样的上官来检视一下，也就不会有假刺史的事发生了。"狄公收起印信，指了指桌上的菜："略备薄酒，方大人不要见笑。"

方谦道："多谢狄公厚赐，那卑职就恭敬不如从命了。"说着，他拿起筷子狼吞虎咽地吃了起来。狄公和李元芳对视了一眼，笑吟吟地望着他。方谦偶一抬头，发现了二人的目光，赶忙放下筷子，不好意思地道："卑职吃相不雅，令大人见笑了。"

狄公摇摇头："久困地道之中，换了谁也会这样。"方谦长叹一声。狄公道："方大人，你能不能给我讲一讲，你是怎么落入歹人之手的？"方谦点了点头，说道："三年前，我的故人刘金突然来访……"一听刘金的名字，狄公和李元芳登时一怔，二人交换了一下眼色。

方谦继续道："刘金与卑职已十多年没有来往，卑职虽然觉得奇怪，但还是热情地招待了他。入夜，我二人对坐饮酒，他突然对我提起了一件往事。那是十年前，我曾被越王邀请，前往襄阳观花，到达后才知道，越王竟然是要所有与会的人与他共同谋反，卑职当即严词拒绝，回到幽州后绝口不提此事。后越王谋反伏诛，却并未牵连卑职，当时卑职非常庆幸。而此刻，刘金重提往事，令卑职心惊肉跳。他说要我举幽州之兵与天下英雄共同起事，匡复李唐天下，当时卑职又严词拒绝，当晚酒席不欢而散。回到下处，卑职越想越觉得危险，便悄悄前往刘金的下处，让他尽快离开幽州。不想刘金有恃无恐，威胁卑职，如不附逆便要投状上告，揭发卑职参加襄阳大会之事，卑职万分恐慌。正在此时，京中侦骑突然来到，将驿馆包围，捉拿刘金，卑职躲在床下才逃过了这一厄运，而刘金竟然并没有出卖我。第二天凌晨，卑职回到府里，却发现书房中坐着另外一位方谦，卑职万分震惊之下，还未及询问便被埋伏在屋内的歹徒捆绑起来，关在刺史府内的后院。大约半年之后，才被移进了秘道中。"

狄公听罢，缓缓点了点头："原来刘金在幽州被捕前，是和你在一起。"方谦道："正是。"狄公道："方大人，本阁有一事不明。"方谦道："狄公请讲。"狄公道："既然他们已经假冒了你，为何还要将你留下？"方谦道："这卑职就不知道了。想是州事繁复，他们一时之间无法应付，因此还需要咨询卑职。"狄公道："他们曾经向你询问过州内事务？"方谦道："是的。大人，卑职有罪，为了保全性命对他们有问必答。"

狄公"嗯"了一声："这也是人之常情。"方谦叹了口气："大人真是通情达理呀。"狄公点头："方大人好好休息一晚，明日本阁还有一些事情要请教。"方谦道："不敢，卑职定是有问必答。"狄公站起来，和李元芳离席，走出屋子。方谦长长地舒了口气，擦了擦额头上的汗水。

山中，夜深沉，浓雾徐徐腾起，霎时间弥散开来，窄窄的古刹庙门在雾气中若隐若现。一条黑影闪电般地从雾气中冲出来，停在庙门前。此人一袭青袍，正是蝮蛇。古刹正殿上点着青灯。金木兰头戴斗笠，盘膝坐在殿中。门外脚步声响，春香快步走进来："主人，他来了。"

金木兰点了点头。随着话声，蝮蛇快步走进殿内，劈头质问："狄仁杰破了都督府内的秘道，找到了真方谦！你为什么要把真方谦放在那儿，你们是怎么做事的？！"金木兰发出一阵愉快的笑声："你紧张什么，这正是我想看到的结果！"蝮蛇莫名其妙："什么？"金木兰站起身道："也可以说，是我故意安排的。"蝮蛇问："为什么？"金木兰道："你知道这个真方谦是谁吗？"蝮蛇道："方谦就是方谦，还能是谁！"

金木兰摇摇头："不，你错了。他是你的老熟人，听到他的真名，你会惊得跳起来！"蝮蛇道："我从来不会跳起来。"金木兰说出了这个人

107

的名字，蝮蛇霍地从蒲团上跳了起来："是他！"金木兰咯咯咯地笑了起来："我说过，你会跳起来的！"蝮蛇道："你疯了！跟狄仁杰玩儿这种游戏，绝不会有好下场！"金木兰颇不以为然，"哼"了一声："狄仁杰怎么了，这一次我不信他还能查出真相！"蝮蛇道："你在玩儿火！"金木兰道："我不会看着自己苦心经营的幽州毁于一旦！"蝮蛇长叹一声："说吧，要我做什么？"

金木兰道："你要负责与他的联络，以及消息的传递。还有，他的安全。"蝮蛇一愣："安全？"金木兰道："一旦发现他背叛我们，就立即下手除掉他！"

夜，都督府方谦房间。方谦缓缓关上房门，插上门闩，长长出了口气。他轻轻除去外袍，挂在衣架上，从外袍口袋里掏出包东西，而后，他转身走进里屋，关上房门，轻轻撂下床上幔，一头钻了进去。赤裸的后背，一块一尺半长、半尺宽的伤口赫然显露，令人触目惊心。方谦脸部的肌肉抽动着，右手从纸包里抓起一把白色粉末，轻轻撒在伤口上，一阵抽痛，方谦轻轻地叫了一声，冷汗顺着他的额头滚落下来。他喘着粗气，良久，拿起衬衣轻轻套在身上，慢慢地趴在床上。

万籁俱寂，四周一片漆黑。只有都督府正堂里还亮着灯。一条黑影闪电般地掠到正堂前，正是蝮蛇。他伸手轻轻捅开窗纸向里面望去，看到狄公正在屋子里慢慢地踱着。一盏孤灯在明灭间闪烁。狄公的身体很有节奏地晃动着，脚步很慢，却很坚实。他的双目凝神看着前方，静静地思索着。忽然，他停住脚步，仰起头轻声道："方谦、方谦……"

夜渐深，方谦已经睡熟。忽然响起一阵唆唆声，一条蝮蛇很快游进门来，停在方谦床前，身体盘起，高高地翘起了头。方谦仿佛听到了声音，眼睛动了动。蝮蛇嗖的一声蹿到床上，方谦猛地睁开双眼，一个三角蛇头正对着他的双眼，方谦发出一声低低的惊呼。蛇一动不动，静静地望着他。

方谦深吸了一口气，慢慢抬起头来。对面的椅子上坐着一个人，正是蝮蛇！方谦吓得魂不附体，低声问："你是谁？"蝮蛇徐徐站起身，走到他面前："怎么，不认识了？我救过你的命！"方谦仔细地打量着他："啊，是……是你。蝮蛇！"蝮蛇点点头，伸手提起床上的毒蛇放在地上，毒蛇迅速向门口游去。蝮蛇掏出一块白丝手帕轻轻擦了擦手。方谦道："是金木兰让你来和我联系的？"蝮蛇道："正是。"

西厢房的门开了，一名仆役披着衣服走出来，睡眼惺忪，向东厕走去。经过方谦居住的正房门前时，他听得里面有人在低声说话，便停住了脚步。说话声消失了。仆役蹑手蹑脚地向正房门口走去。屋里又传来了低低的说话声，他趴在门边，静静地听着。忽然，脚下传来一阵咝咝声，仆役转过头。一条毒蛇高昂着头，三角眼死死地瞪视着他，舌信飞快地伸缩着。仆役颤抖着慢慢向后退去，毒蛇一动不动。突然仆役脚下一绊，身体失去了平衡，毒蛇一声嘶叫，猛扑过来，死死地咬住了他的咽喉，他发出一声短促的哀叫，身体重重地倒在地上。

正堂上，狄公笔走龙蛇迅速地写着什么。门吱呀一声开了，狄春走进来，轻声道："老爷，您叫我。"狄公点了点头，毛笔一收，拿起书案上的信纸吹了吹，折好放进封套，对狄春道："六百里加急，将此信送到京城，面交张柬之大人。"

狄春答应着，接过信转身跑出门去。第二天清晨，狄春已经身背"幽州六百里加急"的招文袋，策马飞奔在官道上了。

狄公徐徐穿行在都督府花园小径中。远处，十几名仆役在李元芳的指挥下来来往往地忙碌着。狄公觉得奇怪，便停住身形，转身叫道："元芳！"

远处，李元芳回过头："大人，这么早您就起来了。"狄公向他招了招手，李元芳对仆役们吩咐了几句，快步走了过来。狄公问道："元芳，你们在做什么？"李元芳道："哦，是这样，昨晚，东花厅的一名仆役遭蛇咬身亡，今晨管事来报，卑职想这种事还是不要惊动大人为好。这不，卑职正指挥仆役们安放尸身，准备棺椁盛殓。"

狄公点了点头："告诉管事，多给死者的家人一些银两。"李元芳道："是，卑职已经吩咐过了。"狄公"嗯"了一声："你去吧。"李元芳转身离去。

狄公继续向前走去，忽然他停住脚步，回头向李元芳喊道："等等！"李元芳转过身来："大人，还有什么吩咐？"狄公道："你刚才说，是东花厅？"

李元芳道："是呀。那名仆役死在东厕门前，想是夜间如厕遭遇蛇咬。"狄公没有接话，只是自顾自地道："东花厅，方大人住在那儿呀！"李元芳赶忙道："哦，早上卑职已经去问过安了，方大人无恙。"狄公抬起头来："你是说那名仆役是被蛇咬死的？"李元芳道："正是。"狄公沉吟着抬起头："带我去看看尸体。"

仆役的尸身躺在担架上，脸色灰黑，大睁着双眼，咽喉处有三个明显的小洞。狄公缓缓蹲下身，检视着仆役的瞳孔，李元芳在一旁静静地望着。狄公的手指在仆役咽喉的伤口处轻轻地擦着，而后，将手指放在鼻端闻了闻，点点头："是蛇咬，这一点可以肯定。"

李元芳暗暗松了口气，脸上露出了微笑。狄公站起身来："元芳，你是说，他躺在东厕门前。"李元芳："正是。"狄公问："头朝什么方向？"李元芳道："头朝东厕的门。"狄公沉思着。李元芳道："大人，有什么不对吗？"狄公笑了笑："头朝东厕的门就说明，他是未进东厕前被蛇咬死的，对吗？"李元芳点点头："应该是。"

狄公道："这就有些奇怪了。在正常情况下，毒蛇袭人，伤口应该在脚跟、小腿，至多到大腿，因为，蛇无腰，不可能像虎豹、犬类一样高高跃起攻击，所以，通常蛇咬的伤口都比较低。可你看看，这名仆役的伤口竟然在咽喉……"

李元芳点点头："依大人之见……"狄公道："这种情况只有一种解释，那就是，毒蛇盘踞在东厕内的房梁之上，被仆役惊动，自上而下地攻击。"李元芳道："有道理。"狄公笑着摇摇头："没道理！"李元芳一愣：

"却是为何？"

狄公道："如果真是这样，那么这名仆役的尸体应该是倒在东厕内，或受伤后冲出东厕，倒在门前死去，他的头应该冲哪个方向？"李元芳道："东厕之外。"狄公点点头："正是。而且，即使是虎豹、犬类这种大型猛兽，未受训练的情况下也不会咬人咽喉，就更不要说蛇了！"李元芳道："大人的意思是……"

狄公道："幽州地处北地，毒蛇本就很少，即使有也是隐遁深山之中，怎么会跑到都督府来？"他转身问身旁的一名老仆道："以前发生过这种事吗？"老仆摇摇头："回大人的话，从来没有过，我这一辈子，还没见过毒蛇长什么样呢！"狄公道："这就是了。"

李元芳挠了挠头："难道说，是仆役的仇人故意放蛇咬他……"说到这儿，他自己也觉得不对："不像啊！"狄公笑了，拍了拍他的肩膀："现在下结论为时过早，也许这不过是个意外。这样吧，你命卫士立刻行动，在都督府内查找蛇穴。就从东厕查起。"李元芳道："是。"

已是下午时分，长安城内熙来攘往，热闹非凡。一骑马飞驰而来，马上的乘客正是狄春。不一会儿，狄春已经置身于中书省判事堂前。张柬之坐在书案后翻阅着卷宗，一名掌固进来通报："阁老，幽州狄仁杰大人派人送来六百里加急文书，说要亲手交与阁老。"

张柬之点了点头："人呢？"掌固回道现在判事堂外。张柬之命快把狄春请进来。眨眼间，狄春快步走了进来，双膝跪倒："小人狄春，叩见阁老。"张柬之道："起来说话。"狄春站起来，从身后解下招文袋，掏出封套递了过去："这是狄大人给阁老的书信。"

张柬之接过来，拿出信纸，迅速地看了一遍，抬起头道："我知道了。来人！"掌固进来，张柬之吩咐道："拿中书省牒子到吏部，调取幽州刺史方谦的库档。"

都督府正堂上，狄公坐在书案后，李元芳和虎敬晖二人坐在下首汇报着情况。李元芳道："卑职和虎将军率卫士遍查都督府内，别说蛇穴了，连条蚯蚓都没见着。"

虎敬晖道："是呀，末将命人将东厕的房顶拆了下来，也没有找到。"狄公笑眯眯地点点头："好一条神秘的夺命毒蛇呀，一击得手，立刻消失！"虎敬晖道："大人，依末将看，这也许就是个意外。"

李元芳点头附和："卑职也是这么认为。虽然大人的分析很有道理，可自然之中还是有些解释不清的事情。"狄公点了点头："也许吧，此事暂且放下。"正说到这儿，一名卫士进来报告："大人，方谦大人求见。"狄公道："快请。"李、虎二人站起身来告退。方谦走进来，狄公和颜悦色地招呼："方大人，请坐吧。"

方谦跨了一点椅边，坐了下来，后背离椅背足有一尺多远。狄公仔细观察着他："方大人太拘谨了，这里不是中书省，不必坐得如此规矩。"方谦愣了愣，身体赶忙向椅子里面坐了坐，但后背仍然悬在椅背前。

狄公笑了笑："昨夜，本阁已具折将大人的情况申明，发六百里加急送往吏部，待吏部判事后送中书门下勘审，想不日即有回音，大人就可官复原职了。"

方谦连忙躬身道："承阁老费心，卑职感激涕零！"狄公点了点头："幽州之乱方平，地方不稳，民心失散，方大人任重道远啊。"方谦道："阁老宰承天下，政令清明，为世人称道，治国尚游刃有余，更不要说一个小小的幽州了。有您在这里，卑职肩上的担子也就没那么重了，一切全凭阁老区处，卑职只是做好分内的事也就是了。"

狄公淡然一笑："方大人名字中这个'谦'字，取得好，只是过谦了。"方谦笑了："这是卑职的肺腑之言。"狄公点点头："方大人，假刺史案告破后，本阁发现府库中上千万两官银不知去向，大人可听说过此事吗？"

方谦摇摇头："卑职刚出牢笼，还没有人将此事告知卑职。"狄公点点头："你在秘道中关押了三年，对吧？"方谦点点头："正是。"狄公问："在此期间，你听到过秘道中有什么动静吗？"方谦被问糊涂了："动静？"

狄公道:"是呀,比如说,大队人马频繁走动。"

方谦想了想道:"好像没有。也许……大人知道,卑职被囚之处乃是独立的监房,与外界隔绝,可能是卑职没有听到吧。大人的意思是……"狄公摆了摆手:"没什么,只是随便问问。大笔官银失踪,本阁心里着急,想问问你,也许能得到一些蛛丝马迹。"

方谦点点头。狄公端起茶盅喝了口茶,他的眼睛在观察方谦,见方谦偷偷地擦了擦汗。狄公缓缓放下茶杯,微微一笑道:"方大人是不是后背有伤啊?"方谦暗暗一惊,抬起头来:"伤……伤?"狄公道:"是呀,方大人自从坐下之后,后背一直不敢靠上椅背,所以,本阁才有此一问。"

方谦道:"大人的观察可真是细致入微呀!承大人下问,卑职后背无伤。"说着,他赶忙将后背重重地靠在椅背上。狄公注意到在后背挨上椅背的一瞬间,方谦脸部的肌肉抽动了一下。狄公的脸上露出微笑,说道:"无伤就好。"

狄公决定再探秘密地道。他叫了虎敬晖,趁着夜色的掩护来到幽州刺史府二堂外。守门军士问清了他们的身份,赶忙施礼并立即揭开秘道的上盖。二人提着灯笼,拾级而下,来到了秘道中。

虎敬晖不明白狄公的意图,问道:"大人,咱们又来这秘道做什么?"狄公笑了笑,没有说话。他快步走到关押方谦的那座独立的监房,从虎敬晖手中接过灯笼,走了进去。监房中空空荡荡,只有一只盛水的瓦罐和两个破碗。狄公四下看了一圈,转身对虎敬晖道:"敬晖,把监房的门关上。"虎敬晖一愣:"关上?"狄公点点头道:"关上门后,你从银库的出口,穿过秘道走到二堂的出口,脚步尽量重一些。"

虎敬晖不解地点了点头,伸手一按墙壁旁凸出的按钮,门咯吱吱地关上了。狄公慢慢地坐在了秘道的地上。不一会儿,只听见一阵沉重的脚步声从远处走来,越走越近,继而又渐走渐远。狄公笑了,笑得非常开心。

虎敬晖返回,推门进来,问道:"大人,行了吗?"狄公站起身走到他身边，拍了拍他的肩膀道："好，非常好！敬晖，你是员福将！"说着，他快步向秘道外走去。虎敬晖莫名其妙地望着他的背影。

都督府东厢房里，传出一阵怒斥，听声音正是方谦："大胆奴才，是哪个让你随便闯进本官的房里！"狄公和李元芳刚刚跨进院门，听到怒喝之声，狄公一摆手，二人收住了脚步。仆役的声音传了出来："大人，是管事吩咐小的给大人送洗脸水，伺候大人更衣的。"

方谦怒不可遏，叱道："我早就说过，衣服我自己会穿，不用你们这些奴才伺候！真是岂有此理，府中的管事是怎么教训你们这些蠢材的！给我滚出去！"狄公和李元芳交换了一下眼色。

仆役被骂得灰头土脸，走了出来，回手关上房门。一见狄公和李元芳站在院里，他吃了一惊，刚想说话，狄公把手指放在嘴边，轻轻"嘘"了一声，仆役把已到嘴边的话咽进了肚里。狄公向他摆了摆手，仆役快步向西厢房走去。李元芳低声道："大人，还进去吗？"狄公沉吟片刻，一摆手，二人走出小院。

李元芳道："这位方大人的脾气也忒大了，就算是勤俭也用不着这么过分呀。"狄公笑了笑："元芳，让管事的把刚刚那名仆役叫到我房里。"那仆役来到正堂。狄公坐在书案后，看了看他，和颜悦色地道："你不要害怕，我问到什么，实话实说。"

仆役应了声"是"。狄公问："刚才，方大人为什么要申斥你？"仆役叹了口气："大人不问，小的也不敢说，这位方大人实在是太难伺候了。昨天晚上，我和狄总管伺候他穿衣，便被他轰了出来。今天上午，方大人起床后，小的循例进房收拾，不想，方大人劈头盖脸将小的骂了一顿，让小的以后再也不准进他的房间。"

狄公道："这可怪了，说不用人伺候更衣，那也还罢了，怎么收拾床铺他也不让？"仆役道："可不是。晚上，管事的吩咐小的为方大人端水。小的就将情况告诉了管事，不想，管事也将小的骂了一顿，说小的偷懒耍滑，要打板子。小的无奈，只得端着水到正房。小的还留了个心眼，进门前，先敲了敲门，门里没人应声，小的这才端着水进了房里。这不后来的您就都知道了。"狄公点了点头："你受委屈了。"

仆役一咧嘴："得嘞，大人，有您这一句话，就算受点儿委屈也算不了什么。哎，您说这人跟人真不一样啊！就说大人您吧。我们常常私下议论，那么大的官，可从来对我们这些下人不打不骂，和颜悦色，可这位方大人，哎……"

狄公笑了笑："方大人被关在牢中多年，脾气有些急躁，你们就不要怪他了。"仆役道："是。"狄公问道："啊，对了，今晚你进到方大人的房中都看见了什么?"仆役想了想道："小人进去的时候，没有动静，刚刚放下脸盆，方大人便从床上的帐幔里钻出来，把小人臭骂一顿。"狄公问："你是说，他从帐幔里钻出来的?"仆役道："正是。"狄公点点头："是这样。好了，你去吧，不要对人说起我叫你问话的事情。"仆役道："大人放心。"

与此同时，虎敬晖率一队千牛卫在花园中巡逻。忽然身后传来一声惊叫，虎敬晖回过头问道："怎么了?"一名卫士指着花丛里大声道："将军，蛇……蛇!"虎敬晖一个箭步蹿了过去，花圃中一条蝮蛇盘作一团，蛇头高昂，一对三角眼发出阵阵精光。

虎敬晖低声道："大家都别动!"他徐徐拔出腰间的钢刀，嗖的一声，蝮蛇腾空跃起，直向虎敬晖扑来。虎敬晖向旁边跃开一步，一声断喝，钢刀挥动，蝮蛇被斩成两截，身体落在地上，不停地扭曲着。虎敬晖挑起断蛇，急匆匆地去向狄公报告。

狄公一惊，抬起头来："怎么了，敬晖?"虎敬晖一举手里的两截死蛇："找到了!"狄公站起来："在哪里发现的?"虎敬晖道："花园中的花圃里。这厮真是厉害，从花圃中蹿出来咬卑职的咽喉，被卑职一刀斩为两截。"说着，他将蛇放在书案上。

狄公仔细地看着，忽然，他的脑海中闪过一个画面——

深夜，大柳树村的草房里。一道闪电在窗前亮起，紧跟着响起了一声炸雷，狄公猛地从炕上坐起来，大口喘着粗气，良久，才慢慢平静下来。他伸手从炕桌上拿起水罐，外面一道闪电划过，就在这一瞬间，他发现水碗里有一些细细的渣滓。

狄公放下水罐，拿起喝水碗，借着窗外闪电发出的光亮看着。良久，他轻轻吐了口气，放下水碗，披衣下地。忽然对面发出一阵轻微的沙沙声。狄公的目光一瞥，一条蝮蛇盘在对面，蛇头翘起，正对着狄公。狄公猛吃一惊，立刻站住不动，唰的一声，蝮蛇很快地蹿出门去。

外屋。虎敬晖躺在大炕上，已沉沉睡去。一道闪电亮起，他的身旁空空如也，李元芳不见了。又是一道闪电，瞬间的光亮将一条人影投在了墙壁上。狄公猛地回过身来。李元芳站在门前。狄公本能地后退了一步。李元芳问："大人，您找我？"狄公笑了笑："这么晚还出去？"李元芳答道："解个手。有事吗？"

狄公的眼睛亮了起来，他深深地吸了口气，脸上露出了微笑。虎敬晖道："怎么了大人，您是不是想起什么了？"狄公看了他一眼，意味深长地说："看来，我分析得一点儿不错，这不是一条普通的毒蛇！"虎敬晖道："大人的意思是……"狄公道："这条蛇，我曾经见过。"

虎敬晖愣住了："见过？您在哪儿见过？"狄公道："还记得我们夜宿大柳树村那个晚上吗？"虎敬晖点点头："是，我记得。"狄公道："就在那个晚上，我见到了这条毒蛇。"

虎敬晖"哦"了一声。狄公伸手入怀掏出了一样东西，轻轻展开，正是蝮蛇常用的那块湖丝手帕，右下角绣着一条小蛇。虎敬晖猛吃一惊："您是说……"狄公点点头，莫测高深地微微一笑："看来，蝮蛇离我们不远了。"

第七章　连环杀蝮蛇露端倪

黑夜，一条黑影掠进了幽州城外古刹的山门。正殿上，金木兰盘膝坐在青灯下。脚步声响，蝮蛇快步走了进来。金木兰回过头来问："怎么样？"蝮蛇反问："什么怎么样？你是问我怎么样，还是问他怎么样？"金木兰站起来，笑道："一个大男人，这么小心眼。你好端端地站在我面前，还能怎么样。我问的当然是他。"

蝮蛇轻轻咳嗽了一声："他很好。狄仁杰并没有起疑。"他们嘴里的"他"，指方谦。金木兰长出了一口气："这就好。看来，一切都很顺利。"蝮蛇轻轻叹了口气："狄仁杰可能在怀疑我。"金木兰一惊："什么？"

蝮蛇道："昨天夜里，我的毒蛇咬死了一名在窗外偷听我们说话的仆役，我怕狄仁杰起疑，今晚便将蛇放在花圃中，故意让卫士看到，可是想不到，姓狄的直接就联想到了我。这个人的头脑太可怕了！"金木兰紧张地道："他有什么表示吗？"蝮蛇摇摇头："那倒没有。"

金木兰松了口气："那你紧张什么？"蝮蛇道："你不了解他，此人从来喜怒不形于色，当他表示出来的时候，那就说明，你的末日到了！"金木兰颇不以为然，轻蔑地"哼"了一声："我就不信他有你说的那么神！"蝮蛇叹了口气。金木兰犹豫了片刻："现在怎么办？"

蝮蛇道："还能怎么办，当然要回到他身边。"金木兰道："这样吧，你和方谦的联络暂时中断，以免节外生枝，令狄仁杰对他产生怀疑。"蝮蛇看了她一眼："你还是在关心自己的计划。"金木兰搂住了他："我当然关心你。"

深夜，都督府内一片寂静。突然有人高喊着："走水了！"东花厅方向烈焰升腾起来，火光将小院映红。方谦从正房中冲出来，管事的飞步迎上来："大人，偏房走水，请您移驾！"方谦点点头，在管事和卫士的簇拥下匆匆走出小院。一条黑影从门外溜进方谦的房间，来到方谦床前。

117

他正是那名挨骂的仆役。

狄公闻得外面人声嘈杂，快步从正堂里走出来，问虎敬晖和李元芳出了什么事。虎敬晖道："东花厅偏房走水，救火队正在灭火。"狄公道："又是东花厅，真是奇哉怪也！怎么方大人刚住进来，就频频出事？你们二人马上率卫士将东花厅围起来，一定要保护好方大人。"虎、李二人道了声"是"，转身执行任务去了。狄公脸上露出莫测高深的微笑，转身对里面道："出来吧。"

那名仆役从里面走了出来。狄公问："有什么发现？"仆役道："别的倒没什么，只是帐幔内药气极重，而且，小人在方大人窗上发现了一些白色粉末。"说着，将手里的一个小纸包递了过去。狄公伸手接过，打了开来，纸包里撒着一些白色的粉末，狄公凑到鼻端闻了闻道："这是治刀伤的白药……"他感到迷惘："他为什么要用白药呢？为什么怕别人看见？"

翌日晨，幽州城静静的街口传来一阵急促的马蹄声。一匹马飞驰而来，眨眼便停在了都督府大门前。狄春翻身下马，跌跌撞撞地冲进府门，立即面见狄公。

狄公站在门前，急促地问道："怎么样？"狄春摘下随身的招文袋，拿出库档双手呈上："老爷，库档取到！"狄公很高兴："好，辛苦你了，到后面休息。"

狄公迅速打开档案看了一遍，轻声道："原来是他！"他合上库档，脸上顿时浮起一丝微笑。与此同时，方谦正坐在花园的石桌旁凝思着。身后脚步声响起，李元芳走过来："方大人，狄大人请您到东花厅等候，他马上就到。"方谦微笑道："哦，不知是什么事情，如此急切？"李元芳道："听说是吏部的回文经中书门下批回，方大人今天就可以复职了。"方谦脸上顿时云开雾散："好，我马上去！"

方谦来到东花厅院子里，坐在石桌旁品茶，李元芳站在一旁相陪。外面一声高唱："狄大人到！"方谦赶忙放下茶杯，站起身来。狄公、虎敬晖快步走了进来。方谦道："狄大人。"狄公微笑着点了点头："方大人睡得可好啊?"方谦道："承狄大人照顾,睡得非常好。"狄公在椅子上徐徐坐下："从京城回来以后,还不太适应吧?"方谦猛吃一惊,李元芳和虎敬晖也不禁一愣。

狄公的双眼逼视着方谦。方谦脸上挤出了一丝尴尬的笑意："大……大人说什么?京城?"狄公道："是啊。京城。"方谦道："大人玩笑了。"狄公仰天大笑道："玩笑,恐怕是你跟自己开了个玩笑吧!"在场的人都惊得呆若木鸡。

狄公道："敬晖,恐怕到现在你还不知道坐在你面前的这位方大人是谁吧?"虎敬晖诧异地摇了摇头。狄公道："他,是你的老朋友!"方谦的嘴唇开始有些颤抖了。虎敬晖如丈二金刚,摸不着头脑："大人这话是什么意思?"狄公笑道："怎么,还不明白?他就是长安城土窑之中,你审了一年之久的刘金!"

虎敬晖一声惊叫："什么?"方谦惊得霍地从椅子上弹了起来。虎敬晖结结巴巴地道："他……他是刘金?"狄公道："怎么,不认识他了?"虎敬晖道："大人,您搞错了,他不是刘金。刘金的样子就是化成灰卑职也认得!"

狄公摇了摇头："敬晖啊,敬晖,亏你一个堂堂千牛卫将军,竟被这等宵小欺骗了数年之久!"虎敬晖彻底傻了。方谦望着二人,但立刻恢复了镇定："大人,您说,我是刘金?"狄公微笑道："不是吗?"方谦道:"卑职幽州刺史方谦。"狄公嘿嘿冷笑："不错,你同时也是方谦!"方谦猛地抬起头来,没有吭声。

狄公对虎敬晖道："敬晖,模样认不出来,难道连声音也分辨不出吗?"虎敬晖一愣。狄公问方谦："怎么,方大人,不敢说话了!"方谦咽了口唾沫,强作镇静："如果这是大人的幽默,卑职以为,这样的幽默太过分了!"

狄公反唇相讥:"幽默?我看,幽默的是你吧!"李元芳问道:"大人,他……他又是个假刺史?"狄公笑着摇摇头:"不，他是真的。"李元芳越发糊涂了:"真……真的?……"方谦以守为攻，讽刺道:"狄大人的想象力可真丰富啊！一句话就把卑职说成了逆贼刘金。"

忽然，虎敬晖张大了嘴:"是，是，这声音确实耳熟。大人，他……他……"狄公道:"他就是刘金！世上根本没有方谦这个人，所谓的幽州刺史方谦就是刘金！"方谦冷笑道:"不知大人说卑职是刘金有何证据?"狄公嘿嘿一笑:"你怕我找不出证据吗?"

他缓缓站起来，走到方谦面前望着他。忽然他一伸手，使劲扯下了方谦的外衣，将他的身体转了过来——后背上一块一尺见方的大伤口，前胸、两肋赫然布满了密密的鞭痕和刀伤……虎敬晖惊呆了:"这……这是我们千牛卫的七星鞭和肋排刀留下的疤痕！"

到这时，方谦浑身颤抖起来。虎敬晖慢慢走到他面前，猛地一把扯开刘金的裤管，赫然露出了大腿上的两个碗口大的疤痕，刘金登时面如死灰。

虎敬晖一声惊叫，连退两步:"真的是你！真的是你！大人，他，就是刘金！这伤口是我们千牛卫所用的木驴留下的疤痕，绝不会错！"方谦一声哀叫瘫在凳子上。虎敬晖一伸手抓住了他的头发，一把拉了起来，恨恨地道:"你这逆贼！脸换了，身上的皮换不了吧?！我们的七星鞭和肋排刀给你打上的印子换不了吧?！"

黄豆大的冷汗从刘金的脸上滚滚而下。狄公微笑道:"敬晖，你说错了。现在这张脸，才是刘金的真面目！"虎敬晖一下子愣住了:"什么?"狄公道:"你审了他三年，竟然没有发现他一直戴着人皮面具吗?"

虎敬晖茫然。方谦反倒镇静了，他深吸了一口气，笑了:"狄公之神，真是令人叹为观止。不错，我就是刘金，也是方谦。"李元芳完全傻了:"你……你是土窑里的那个刘金?！"方谦点点头:"不错。不知狄大人是怎么看出破绽的?"

狄公笑了笑:"其实，开始我并没有看出什么破绽，只是觉得你的出现有些偶然，但这一点点疑虑很快就打消了。当晚我在东花厅设宴，你拒绝仆役为你更衣，当时元芳说你很勤俭，我却觉得此事有些蹊跷。而真正引起我怀疑的，是接下来的对话。你对我的问话对答如流，不假思索，似乎早就做好了准备。试想，一个在山洞中单独关押了三年之久的人，说话会这么利落？头脑会这么清晰？"

方谦无可奈何地长叹一声。狄公继续道："然而，这种怀疑只是一种隐约之间的东西，并没有任何佐证。于是，当晚我派狄春连夜赶往京城去调你的库档，意在查察你的出身，有助于判断你的行为逻辑。这本是例行调查，可就在当天晚上，你们犯了一个致命的错误，那就是毒蛇杀人。"方谦点了点头："我知道，当时我就觉得事情不妙。"

狄公道："是的，这件事令我隐隐感到你的身份非同小可，肯定隐藏了一个巨大的秘密。而恰在此时，我想到了蝮蛇这个人物，此人行凶有一系列的仪式，比如毒蛇开道，还有杀人后留下的湖丝手帕。联想起京城土窑废墟中他曾留下的那一点点手帕的残片，一个结论已在我脑海中渐渐形成——蝮蛇，很有可能在暗中与你联络。"

李元芳和虎敬晖交换了一下眼色，目光中流露出钦佩之色。狄公道："而接下来，你就犯了第二个致命的错误。"方谦问："哦？是什么？"狄公笑了笑："还记得，我曾问你的一番话吗？"方谦道："记得。你问我知不知道府库中的上千万两官银的去向，我说还不曾听说此事。"

"对。"狄公道，"我问你在秘道中关押的三年期间，听到过秘道中有什么动静没有，比如说大队人马频繁走动之类，你回答说没有，因为你关押在一个独立的监房，与外界隔绝。你是这样说的吗？"方谦点头道："是。我记得。"

狄公道："我问这番话，就是要证实你是否曾在秘道中关押过三年之久。假方谦通过秘道将几千万两官银盗走，这定非一日之功，可以肯定他的人会时常在银库与二堂之间的秘道中穿梭、搬运，而你，竟说没有听到任何声响。于是，当天夜里，我和敬晖二访秘道。我把自己关在你待过的屋子里，叫敬晖在走廊里重重地走路。他的脚步声我听得清清楚楚！"

方谦的脑袋耷拉下去，哑口无言。狄公道："你们想一想，敬晖一人的脚步声都能听得如此明显，就更不要说那伙搬运银两的歹徒们了！而这位在秘道中关押了三年之久的方大人竟然说没有听到过任何声响。这时，我已经确定，你根本没有被关押在秘道中，是假刺史案告破后才钻进去的，你这样做一定有不可告人的目的。"

虎敬晖恍然大悟："我说您为什么要再进秘道，原来为了这个！"狄公对方谦道："当天我还有一个发现，那就是你的后背一定有伤，你不让仆役进房就是怕仆役们看到你的伤口。为了印证我的判断，我昨夜命人在东花厅偏房放了一把火……"

虎敬晖惊讶不已："怎么，火是大人下令放的？"狄公点点头："正是。火起后方大人移驾，仆役才能进屋替我搜集证据。"方谦叹了口气："真是防不胜防啊！"狄公道："是的，我从你的床上得到了一些白药，从而印证了我的判断。而当天夜里，你们又犯了第三个致命的错误。"李元芳道："那条蛇。"

狄公点点头："不错，这是欲盖弥彰。而敬晖将蛇拿到我的面前，我一下就认出了它是我曾见过的那条毒蛇，它一直盘旋在我们周围。这就说明，那个神秘的蝮蛇一直在我们的周围。而这件蠢事更加暴露了蝮蛇与方谦的关系。就是从那一刻起，我感到方谦很可能有另外一重身份。"

方谦听了狄公的一番分析，不得不服输。他轻轻摇了摇头，苦笑道："我怎么会选择与狄仁杰作对呢？你太可怕了，真是太可怕了！"

狄公笑了笑："今天早晨，狄春带来了吏部库档。我细查之下，惊奇地发现，你竟然曾在越州做过县令，后又调到越王府中做了一年的长史，一年后，你因病告假回乡。提到越王，我马上想到了刘金。终于，土窑中的刘金和眼前的方谦渐渐合成了一个人。蝮蛇劫土窑，救刘金，真方谦出现，蝮蛇与你暗中联络，这一切都顺理成章。于是我明白了，当年，你根本没有告假回乡，而是阴潜在越王府中做了越王的贴身记室。"方谦抬起头来，又叹了口气，无可奈何地摇了摇头。

狄公继续道："你将方谦之名隐去，又用回了你的原名刘金，并参与了越王之乱。明白了这一层，一切便都豁然开朗。比对库档，回想起我们第一次谈话，你当时所说的话便漏洞百出了！"方谦似乎还没有反应过来，问："什么漏洞？"狄公道："你说十年前，越王请你参加了襄阳大会，是吧？"方谦道："不错。"

狄公道："据吏部记载，十年前，你只不过是个小小的越州县令。而襄阳大会的与会者都是手握一方军政大权的元老重臣、开国郡公，最起码也要是刺史、司马，而你竟然说越王请你参会，真是令人发笑！"方谦咬了咬牙："不错。"

狄公道："但是，你却知道襄阳大会的情形。如果说有一个没有资格参加襄阳会议的人，却能说出会议的情景，这个人会是谁呢？当然是你——刘金。因为，你是越王的记室、幕僚，也是越王逆党中唯一幸存之人，掌握了所有与会者的名单。这也就是皇上千方百计要抓住你的原因。也正是通过这一点，我最终断定你就是刘金！"方谦一声无可奈何的长叹："想不到我精心编造的一番说辞，到你那里竟然如此不堪一击！"

狄公继续道："想清楚了这一点，一切就都顺理成章了。越王死后，你利用自己的关系和那份名单，四处活动，得到了这个幽州刺史的位子，为你继续谋反创建了一个基地。在这期间，你一直没有停止活动，四处笼络心怀不轨的人，罗织在你麾下。但你却不敢用自己的真面目示人，当然也不敢在刺史府进行这些勾当，于是，你每次外出活动，都要戴上假面。三年前，在一次活动中，被朝廷的侦骑发现，将你擒获，送往京城。在这种情况下，就必须要有一个人替代你刺史的位子，而且，还不能被朝廷发现，于是，你们的人想出了这个以假替真的办法。我说得不错吧？"方谦闭上了眼睛。

狄公道:"为了救你出来,你们的人策划了刺杀突厥使团、冒名进京这个惊天之举。这样,你带着名单,跟着使团,堂而皇之地走出京城。"方谦又是长叹一声。

虎敬晖踏上一步:"名单在哪儿?"方谦冷笑一声:"你在京城没有得到,在幽州也别想得到!"虎敬晖大怒,飞起一脚将方谦踢得飞了出去。狄公赶忙制止:"敬晖!"虎敬晖强压怒火:"大人,皇上之所以派我前来,就是为了找回名单。"狄公道:"名单已经不在他的身上了。"

虎敬晖愣住了。狄公道:"你审了他那么长时间,难道就没有发现,那份名单刺在他的后背之上吗?"虎敬晖一声惊叫:"您是说,他后背的伤口是……"

狄公道:"不错,他的主子得到名单后,便将附在他身上的这份原件毁掉,并让他继续接任幽州刺史。可没想到,还没有等到他上任,我们就迅速破获了幽州逆党,这令他们措手不及。而他们又不甘心放弃幽州这块经营多年的基地,于是便派真方谦潜回秘道,因为他们知道早晚有一天,我会发现这个秘密所在,真方谦便会出现在我面前。这位真刺史因为饱受屈辱,我一定会助他官复原职,这样,幽州又再一次落到他们的手中。真是个如意算盘!方谦,我说得不错吧?"

方谦抬起头:"不错!"他彻底为狄公的一番精辟分析所折服。狄公道:"你的主子是谁?"方谦道:"狄大人,你杀了我吧。"虎敬晖嘴里一声怒骂,踏步上前,狄公赶忙制止。他拍了拍手,门外走进几个卫士。狄公道:"先将他押到隔壁房间。"

卫士们答应着,拉起刘金走出去。虎敬晖埋怨道:"大人对他太客气了!这个狗杂种!"狄公笑了:"敬晖啊,你不应该生气,你没发现在不知不觉当中突厥使团遇害案已经浮出水面了吗?"虎敬晖一愣,立刻明白过来,他狠狠一拍额头:"对啊!我怎么把这事给忘了!"李元芳也笑了:"大人,还记得咱们二人在京城客店中的那番分析吗?"

狄公点了点头。元芳道:"当时,大人仅凭蝮蛇留下的一块手帕,层层递进，用排除之法得出一个结论：假使团进京的目的就是为了要救出土窑中的神秘人物——刘金。事隔旬月，大人的预言便在这里被丝毫不差地印证了！"

虎敬晖目瞪口呆，问道："怎么，一个月以前，大人就知道了？"李元芳点头："现在看来一切都清楚了，这个刘金就是使团案的元凶巨恶。他派遣杀手在甘南道截杀使团，化装进京，神不知鬼不觉地将自己救出，再以使团身份为掩护，逃过层层盘查，逃出京城……"

虎敬晖接过话道："本来，刘金的如意算盘是将大人引到甘南道，让我们陷在误区中，无法破案。可他们做梦也没有想到，大人竟看破表象，直奔幽州，叫他们措手不及。几个小小的纰漏，竟令他们满盘皆输！"

李元芳长长出了口气："想不到，一个如此离奇复杂的案件，竟在一月之内便真相大白！"虎敬晖由衷地赞叹："狄公真乃神人也！"狄公笑了："听你们这样分析，似乎我们可以结案了。"虎敬晖道："就是结不了案，也差不多了。"狄公摇摇头："还差得远呢！"

虎敬晖和李元芳愣住了。狄公道："问几个小小的问题。第一，方谦的主子是谁？可断定他就是幕后主使。第二，那份名单在哪儿？第三个问题，我要问问元芳……"李元芳道："大人请讲。"狄公道："自从我们到了幽州，那个在甘南道和京城时时出没的蝮蛇，就再也没直接露过面。我们只是通过他的蛇来判断其存在，而他那块带有标识意义的白手帕也再没有出现过。你认为这正常吗？"李元芳张口结舌，不知所对。

狄公道："蝮蛇是涉案的第一号凶犯，杀使团、刺郡主、救刘金、烧土窑，都是由此人一手策划和执行。可偏偏到了幽州，我们查处方谦，清扫逆党，真的触及到了此案的核心，他怎会不跳出来？"李元芳冥思苦索，良久，点了点头："有道理。"

狄公道："最后一个问题，府库中的大笔官银到了哪里？"虎敬晖和

125

李元芳都摇摇头。狄公道:"长史和银曹查遍了城中数十家银号、钱庄,没有一家走过数额如此巨大的款项。那么,这几千万两银子不翼而飞,你们不觉得奇怪吗?"

二人瞠目结舌,抓耳挠腮,不知如何对答。虎敬晖泄气地道:"我还以为快完了呢。"李元芳笑了:"虎兄不要泄气,这是黎明前的黑暗了。"狄公笑道:"嗯,元芳这话说得好啊。我们找到了刘金,离真相也就不远了。元芳,我把刘金交给你看管,你要不错眼珠地盯着他,绝不能有任何差错!"李元芳道:"请大人放心!"

夜,城外古刹正殿。金木兰一声惊叫,瘫坐在蒲团上。蝮蛇长叹一声:"我曾经说过,你在玩儿火,可你不听我的劝告!"金木兰颤抖着道:"刘金都说了什么?"蝮蛇道:"现在还没有开口。"

金木兰松了一口气:"这就好。"她慢慢站起身,拉住蝮蛇的手柔声道:"现在怎么办?"蝮蛇摇摇头:"我不知道。一次次失败,令狄仁杰离真相越来越近了!"金木兰长叹一声。蝮蛇抬起头来:"木兰,我们放弃吧,现在洗手还来得及。"金木兰吃惊地抬起头:"你说什么?"蝮蛇道:"我说放弃。"

金木兰把脸一沉:"你疯了!我苦心经营的计划,眼看就要成功,你却要我放弃!你……你……"蝮蛇慢慢转过身,向门口走去。金木兰抬起头:"你要回去?"蝮蛇点点头:"回去除掉刘金。"金木兰道:"你……你……我全靠你了!"蝮蛇深吸了一口气:"如果我死了,你答应我放弃这个计划。"金木兰没有说话。蝮蛇有些不耐烦了:"我在等你回答。""好,我答应!"听了金木兰的承诺,蝮蛇大步走出门去。

夜,幽州城。夜色如墨,街上静悄悄的,空无一人。都督府后堂上,刘金在里屋焦躁地走来走去。门声一响,李元芳走进来。他看了刘金一眼,低声喝道:"你给我老实点。坐下!"

刘金冷冷地一笑,坐了下来。这时,一条黑影闪电般掠过花园,向后堂奔去。假山后露出了一双眼睛,正是虎敬晖!狄公坐在正堂上的书案前，静静地沉思着。狄春冲进来："老爷，他来了！"狄公点点头，站起身来。

后堂里，李元芳坐在桌前，一阵风吹来，门忽悠一下开了个缝子，李元芳警觉地站起来，拔出轻钢柳叶刀。他慢慢走到门前，突然，他一声惨叫，身体重重地跌倒在地，左手捂住肩头。里屋的刘金闻声大惊，赶忙跑出来，也是一声惨叫跌倒在地。

就在此时，门外大乱起来，卫士们高声喊着："抓刺客！"后堂外，一名青袍人被虎敬晖率众卫士团团围在中央，此人正是蝮蛇。蝮蛇的长剑闪电般伸缩着，几名卫士中剑倒地。虎敬晖大吼一声，手握钢刀猛扑过去，刀光霍霍，身影穿梭，伴随着一阵急促的金铁交击声，二人战在一处。

狄公在狄春和众卫士的簇拥下，来到了堂前。虎敬晖与蝮蛇激战方酣，二人纵横腾跃，刀剑相交。身旁众卫士吼道："大家齐上，宰了这个龟孙子！"几十名卫士一拥而上，刀枪齐下，蝮蛇登时身中数刀，倒在地上。

虎敬晖一步上前，大喝道："抓活的！"卫士们一拥上前，将蝮蛇绳捆索绑按倒在地。蝮蛇喉头忽然"咯"的一声，双眼翻白，口吐黑血，气绝身亡。虎敬晖一愣："怎么死了？"

狄公快步走了过来，一伸手摘下了蝮蛇的面具，面具下是一张清癯而陌生的脸。狄公抬起头来，一声惊叫："不好！"说着，火速冲进后堂，只见李元芳和刘金一前一后，躺在后堂门前。二人都是脸色漆黑，鼻孔、嘴角和耳中淌出黑血。狄公站在门前，静静地望着。

身后的虎敬晖等人一拥而进，见此情景大吃一惊。虎敬晖猛扑过去，抱起李元芳喊道："元芳！元芳！"狄公道："不要动他。"虎敬晖赶忙把他放下。

狄公蹲下身，仔细地验看着。李元芳的左肩插着一根细如牛毛的钢针，狄公拔下针，在鼻端闻了闻，轻轻叹了口气。他又走到刘金身

127

前，只见刘金的咽喉处插着一根钢针，狄公伸手探了探鼻息，早已断气了。他缓缓摇了摇头："还是逃脱不了被灭口的下场！早知如此，何必当初呢？"

虎敬晖急道："大人，元芳怕是不行了！"狄公站起来："狄春，取针来，马上施救！"

后院停尸房里，蝮蛇的尸体静静地躺在榻上，门声一响，一条黑影蹿了进来。在月光的照射下，人们看清了，正是狄春。他快步走到死尸的脚前，从怀里掏出一张鞋样似的东西，不停地比画着。原来，这张鞋样，就是那天有人在狄公房间里草木灰上留下的脚印！

李元芳一声大叫连吐两口黑血。狄公长出了一口气："行了，不碍事了。明天开始，照方煎药，几天后就应该有所好转。"虎敬晖松了口气："大人，他不会像李二一样毒伤复发吧？"狄公苦笑了一下："生死有命，难说啊！"

虎敬晖道："好毒的暗器呀！真没想到，这家伙这么快，刚看到他出现在后堂门前，他就已经对里面的人下手了。"狄公点点头："元芳所中之毒和那个李二所中的毒竟然是一模一样，这个刺客到底是谁呢？"一名卫士走过来，将一件东西递上："大人，这是刚刚在刺客身上发现的。"

狄公伸手接过，竟是一块白色的湖丝手帕，左下角绣着一条小小的蝮蛇。狄公一惊，而后伸手入怀，掏出了一块一模一样的手帕。狄公比对了一下："这个刺客就是蝮蛇。"

虎敬晖惊讶不已："他……他就是蝮蛇？"狄公点头："湖丝手帕就是他的标识。"虎敬晖道："看来刘金对他们真的很重要，否则，绝不会牺牲蝮蛇来行此灭口之事。"狄公轻声道："这些人已经坐不住了。看来，我们离真相不远了！"他的口气令人莫测高深。

狄公正在正堂上与长史说话。狄公夸奖道："嗯，几件事办得不错，深合我心。"长史道："大人爱民之意，令幽州群僚深为感动，卑职也是打心眼里佩服。"狄公笑道："大人言重了。"话音未落，虎敬晖兴冲冲地奔进来:"大人,大柳树村流民已全部归田,现在张老四的带领下在大门前叩谢大人活命之恩!"狄公站起来:"当真!"说着,匆匆出了大堂,往大门走去。

张老四率领三四百村民跪在都督府门前。张老四一见狄公,大声呼叫道:"这就是咱们的救命恩人狄使君,大家磕头啊!"众村民高声喊着:"青天大人在上,请受小民叩拜!"狄公心情异常激动,大声道:"乡亲们,都请起吧!请起!"

村民们连连叩头,这才起身。狄公道:"前些日子,官家失政,让乡亲们受苦了!狄某在此给大家赔罪!"说着,他一揖到地。

村民们喊道:"我们聚众造反,是大人给我们开罪!应该是我们给大人赔罪!"村民们又纷纷跪下。狄公热泪盈眶,高声喊道:"起来!起来!大家请起!感谢乡亲们对狄某的深情厚谊。这一切都是皇上赐予,乡亲们归田后如有什么困难之处,尽管来找狄某。但凡狄仁杰力之所及,一定竭尽全力!""谢大人!"众人高呼。张老四喊道:"狄大人公务忙,咱们这就走吧!等明年秋天请狄大人来大柳树做客!"狄公抱拳过顶喊道:"多谢!多谢!"

村民们欢笑着慢慢散去。张老四走到狄公跟前,看了看狄公身旁的虎敬晖,似乎想说什么,可欲言又止,顿时泪水盈眶。他轻声道:"大人,我走了。您……您可要多加小心啊!"

狄公一怔,双目电一般望向张老四的双眼,张老四眼露惧色,慢慢低下头去。狄公抓起他的手,轻轻拍了拍:"放心吧,老人家,我会的。"张老四跪地,给狄公磕了个头,转身随众村民离去。狄公望着他的背影陷入了沉思。长史道:"多少年了,没看到这种景象。真是令人血脉偾张啊!"虎敬晖由衷地道:"大人这官当得才像个官呀!"

狄公笑了笑:"老百姓的要求并不高,只要有地种,有饭吃。我们这些当官的如果连这都做不到,那就趁早摘下这顶乌纱帽。"长史连连点头。

阳光照着小连子山，苍翠的群山巍峨耸立。川底下有个地势隐蔽的小山坳，四周用圆木围了起来。山壁下开着四五个洞穴，入口都用巨石堵住，水不停地从洞穴中流出。几个村民领着陆大有和法曹来到了这里。

陆大有抽了抽鼻子道："怎的如此恶臭？"法曹道："是呀，这味道是从哪里来的？"一个村民道，前几天，县衙张榜小连子山开禁。他和村里的几个年轻人上山打猎，发现了这里。当时只是闻到一阵阵恶臭，却不知是从哪儿散发出的。法曹问这洞穴是做什么用的，村民摇摇头说不知道。陆大有道："官府封山之前，这条路我常走，没有这些洞穴呀。"

法曹点点头，走到洞穴旁，恶臭加剧了。法曹捂住鼻子，干呕了两声道："好像就是从这里发出的。"陆大有道："大人，是不是把石头打开看看。"法曹说人手不够啊。一个村民道："我回村叫人！"说着，他火速进村去了。不一会儿，几十个村民赶来。

轰隆一声巨响，洞口巨石被村民们合力搬开，哗的一声，一股浊水奔涌而出，水势急猛，竟像山洪暴发一般。忽然有人喊道："看，尸体！"果然，水中夹带着几具尸体泄出洞外。随着水势加急，尸体越来越多。法曹惊得目瞪口呆。小连子村村前的空场上，摆满了尸体，附近的村民们跪在自家亲人的尸身前哭得呼天抢地，声震四野。法曹显然是被眼前的景象惊呆了。

陆大有低声道："死的这些人，都是近两年附近村子失踪的乡亲们。唉，真惨啊！"法曹道："你不是说，人口都是在鬼镇失踪的吗？"大有点点头："是啊。我也不明白，他们怎么会死在这里呢？"法曹道："大有，此事非同小可，你马上赶回幽州向狄大人禀报！"大有道："是！"

黄昏，都督府正堂上，虎敬晖走进来报告："大人，陆大有回来了。"狄公命快叫他进来。

陆大有快步走进来，狄公惊讶地问道："大有，怎么这么晚赶回来？是不是村里出什么事了？"大有点点头："大人，失踪的村民找到了很多。"狄公一喜："哦？在哪里？"大有道："小连子山里。找到时都已经死了，一个活口都没有!"狄公的心登时沉了下去。

陆大有将他们发现的情况简单地说了一遍。狄公惊讶不已,问道:"你是说乡亲们的尸体被人封在洞穴中?"陆大有点点头:"真惨啊,有很多尸体都泡烂了,辨不出模样来。"狄公狠狠一拍桌子:"刽子手!"虎敬晖问道:"大有,这洞穴是干什么用的?"

大有摇摇头:"不知道啊。以前没有,算时间应该是封山后才出现的。洞穴有五六个之多,很深。水放干之后,我拿着火把进去看过,里面支着很多木架子。"狄公道:"看来,这就是官府封山的原因。"陆大有点点头:"我也是这么想。"

狄公站起来:"明日一早启程,前往小连子村。敬晖,这里的事务你先替我处理一下。"

虎敬晖道:"大人,我还是和您一起去吧,皇上把您的安全交给我,万一有个闪失,我没法交代。"

狄公拍了拍他的肩膀:"你放心吧,我把卫队带走。幽州之乱初平,使团案刚露端倪,刘金就被刺杀,而元芳身受重伤,幽州城并不平静啊!若不是民案紧急,我是绝不会离开的。这副重担我就交给你了,你要诸事小心!"虎敬晖郑重地道:"大人,您放心吧。"

狄公点了点头:"你们去吧。"虎敬晖和陆大有走出门去。狄公在椅子上坐下,长长出了口气。良久,他站起身来,快步走进西屋,关上了房门。

都督府后堂,李元芳静静地躺在竹榻上,脸色紫黑,狄春在一旁照料。狄公缓缓走进来,轻声问怎么样,狄春道伤势稳定,没有复发。狄公点点头,冲狄春招了招手,狄春走到身前,狄公伏在他耳畔低语了几句,狄春一愣,继而点了点头道:"我马上去。"说完,他快步走出门去。

桌上点着风灯,李元芳静静地躺在病榻上,一阵微风吹过,将风灯的火苗吹得闪烁起来。李元芳突然睁开双眼,纵身跃了起来,刚刚还是个毒伤入里的重伤号,此刻竟像没事人一样!他四下看了看,快步走到

131

桌边，吹灭灯火，回手插上了门，一个箭步蹿到后窗前，伸手打开窗户，飞身跃了出去。

正堂外，一条黑影闪电般伏在正堂西屋的后窗下，狄公没有觉察。他走到床前，弯下腰，伸手从床板下拉出一个副屉，屉上躺着一个人——李二。他脸上的黑气已经消退了许多。狄公从怀里掏出银针，捻在李二头顶的百会穴上。窗外，一双眼睛静静地看着。

翌日，都督府门前，卫队列队完毕，静静地等候着。陆大有骑在马上，看了看天色。狄公和虎敬晖从门里快步走出来，与虎敬晖道别，而后狄公钻进轿内。队长一声："起轿！"卫队开动。

城外古刹门前，青松虬结，遮天蔽日。五六个脚夫横七竖八地躺在庙前纳凉。从他们紧张的眼神和藏在衣下的双手不难看出，这些人是身怀绝技的江湖杀手。

正殿上，金木兰望着蝮蛇笑道："你是最棒的，在那种情况下，没有人能够杀死刘金，可你却做到了！"蝮蛇长叹一声："刘金死了，可李二还活着！"他的脸色阴沉着。金木兰猛地后退一步："什么？"蝮蛇道："昨晚我见到了他！"金木兰颤抖着道："李二必须死！否则，我们就会失去外援。这一点你比谁都清楚！"蝮蛇道："幸好狄仁杰已离开幽州，这正是我最好的机会。放心吧，我不会让你失望。"

夜色深沉，都督府花园内，卫队在往来巡视，虎敬晖快步走了过来，叮嘱队长："一定要多加小心，现在的都督府是是非之地。让弟兄们把眼睛给我睁大了，一刻也不许松懈！"队长道："是！大家多加小心！"卫队高声答应着。虎敬晖点了点头，快步朝后堂走去。

李元芳静静地躺在病榻上，一动不动。狄春将他扶坐起来，把碗里的药灌进他的嘴里。虎敬晖走进来，帮助狄春将李元芳放在榻上，低声问道："怎么样了？"

狄春摇了摇头："还是那样。老爷说，这几服吃下去再看结果吧。"虎敬晖又叹了口气，点了点头。狄春站起身道："我也该去正堂看看了。

虎将军，咱们走吧。"说完，二人走了出去，轻轻掩上了房门。李元芳立即睁开了眼睛。

静夜，都督府的小房。一柄刻满古文的剑，缓缓插进鞘内。人影凑到灯前，呼的一声吹灭了油灯，闪电般掠出小屋，掠过花丛。迎面，一队巡夜卫士走过来，黑影一猫腰隐在花丛中。卫士穿过花丛、假山，继续向前面走去。黑影一张身，如大鸟一般飞掠而起，直向正堂扑去。

正堂内黑着灯，空无一人。那人影咔的一声，打开了后窗，闪电般地蹿了进去，回手关上窗户。来者正是蝮蛇。那个已经被卫兵杀死的原来是假蝮蛇。这才是真蝮蛇！他站定，四下看了看，慢慢向西屋走来。西屋的门上挂着铜锁，蝮蛇捏住锁芯轻轻一较力，咔的一声，锁打开了，蝮蛇推门走了进去。

西屋窗上拉着帘子，屋里可以说是伸手不见五指。蝮蛇在黑暗中静立了几秒钟，等眼睛适应了黑暗，这才缓缓向大床走来。他弯下腰，一伸手，将床板下附着的副屉拽了出来，李二躺在上面。蝮蛇从怀里掏出火折，轻轻一打，嚓的一声，火折发出一道亮光。

猛地，屉上的李二睁开双眼，双掌齐出，砰的一声，重重地击在蝮蛇的胸前，咔嚓一声，蝮蛇的肋骨被击断，身体如纸鸢一般飞了出去，重重地撞在墙壁上。

第八章　狄仁杰义释虎敬晖

却说蝮蛇趁着黑夜潜入西屋，拉出副屉，正要对李二下毒手，李二猛地睁开双眼，双掌齐出，将蝮蛇的肋骨击断，重重地撞在墙壁上。李二不慌不忙地走到蝮蛇面前，借着月光，人们看到，此人哪里是李二，正是李元芳！

他望着倒在墙壁旁喘气的蝮蛇冷冷地道："没想到吧，老朋友！"蝮蛇笑了："没想到。"扑的一声，灯亮了，狄公缓缓从帐幔后走了出来。

蝮蛇的眼中露出极度恐惧的光芒。

狄公走到他面前："现在让我们看看你的真面目吧！"说着，他伸手轻轻揭下蝮蛇的面具——虎敬晖！狄公长叹一声，痛心地道："果然是你！"虎敬晖十分尴尬地笑了笑："是的。"

狄公道："我曾怀疑过元芳，怀疑过大有，甚至怀疑过李二。可我从没有怀疑过你！"

虎敬晖道："是吗？那可真是我的荣幸了。"狄公道："为什么？你为什么要做这等大逆之事？皇上对你天高地厚之恩，你三十五岁便已做到了千牛卫中郎将，正四品下的官秩。我不明白，你是为了什么？"

虎敬晖笑了："大人知道我为什么姓虎吗？"狄公一愣，和李元芳对视了一眼，徐徐摇了摇头。虎敬晖道："其实，我并不姓虎，而是姓蝮。"狄公惊得连退两步："你……你是王皇后的后人？"

虎敬晖点点头："是的，我是皇后的侄子。三十五年前，武则天构陷皇后，王姓一族十五岁以上的男丁尽被诛灭。我爹、叔叔都被车裂而死。当时，我刚刚满月，武则天便赐以蝮为姓，发配我和家人到了岭南。我十岁时，姑姑、姐姐死于瘟疫，从那时起，我一个人在世上漂流，讨饭、苦力，样样都干过……"

狄公同情地摇摇头，重重地叹了口气："后来，你怎么会进了千牛卫，并当上了首领？"

虎敬晖喘了口气，接着道："后来，突厥犯边，朝廷征兵，我应征入伍，改蝮姓为虎。因我作战勇猛，屡立战功，积功升至检校豹韬卫将军。后武则天南苑阅兵，称我勇武过人，将我擢升至千牛卫中郎将。"狄公长长地出了口气："原来是这样！"

虎敬晖接着道："您说皇上待我天高地厚之恩？我恨不得食其肉，寝其皮，为死去的亲人报仇！"狄公徐徐摇了摇头，长叹一声："元芳，扶他起来。"

李元芳赶忙过去，将虎敬晖扶到了凳子上。虎敬晖道："大人，您是我一生中最钦佩的人。死在您的手里，敬晖毫无怨言。只是，临死前，我想知道，您是怎么想到我是蝮蛇的？"

狄公长叹一声："还记得在大柳树村那个雷电交加的晚上吗？"虎敬晖点头。狄公道："我被雷声惊醒，从炕上坐起来，伸手从炕桌上拿起水罐，一道闪电发出一阵短促的光亮，我发现水碗里有一些细细的渣滓。我又拿起喝水碗，借着窗外闪电发出的光亮看着……"

李元芳好奇地问道："那水碗里的渣滓是什么？"狄公道："蒙汗药！当时，只有我们三个。我不能确定到底你们当中的哪一个给我下了药，于是，我悄悄走到外屋。敬晖躺在床上，而元芳却不在房间。于是，我怀疑是元芳。"元芳笑道："原来我还被大人怀疑过！"

虎敬晖道："那么，大人是从什么时候开始怀疑我的？"狄公道："真正让我对你起疑的，是赵传臣的死。"虎敬晖一愣。狄公道："还记得吧。当时，赵传臣正说到那一千多万两银子的下落的紧要关节，却一命呜呼，这不能不令人起疑。然而查遍尸体，却无丝毫伤痕。最后，我命令仵作割开了赵传臣的前胸，找到了这枚钢针。"说着，他从袖子里拿出一个小盒，里面装着一枚细如牛毛的钢针："这是你的暗器吧？"

虎敬晖点头。狄公道："这枚钢针钉在赵传臣的心脏内，方向偏左。于是我细细地回想当晚我们几人站的位置……"李元芳好奇地问："那跟这钢针有什么关系？"

狄公道："关系重大。当时我坐在椅子里，赵传臣坐在我对面。虎敬晖站在我身后，李元芳则站在我身旁，斜对虎敬晖。我与赵传臣说话。如果元芳有动作，我一定会看见。只有在我身后的敬晖，有可能发射暗器。"虎敬晖点点头："您说得一点都不错。我的暗器就绑在胸前，射伤李二的也是这东西，名字叫'无影针'。"说着，他伸手解开衣服露出了里面的无影针。李元芳立时飞步上前，挡在狄公面前。

虎敬晖笑了笑："放心吧，我是不会对大人下手的。"他将暗器解下，放在桌子上。狄公长叹一声："然而，这些只不过是我的分析，并无证据。

于是我告诉自己，也许有另外一种可能，比如说，蝮蛇潜伏在屋外偷听，当我们说到紧要处，他突然从窗外暗施杀手，干掉了赵传臣。虽然我知道这种可能微乎其微，但仍然在说服自己……"

他喘了口气，声音有些哽咽："你知道吗，在我内心深处，把你和元芳当作儿子看待。我实在不希望那个歹毒冷血的杀手蝮蛇会是你们当中的一个。"

李元芳长叹一声。虎敬晖低下了头。狄公深吸一口气，继续道："然而，事实就是事实，永远也不可能更改。两天后李二所中剧毒再次发作……"虎敬晖不胜惊愕："您怎么就怀疑是我做的手脚呢？"

狄公道："那天，我进去看李二，惊讶地发现他满脸紫黑躺在床上。我让大有仔细回忆一下刚才李二毒发前有谁来过。大有答道狄春和虎将军。我一愣，起了疑心。"

虎敬晖长叹一声。狄公道："从那时起，我就将目标锁定在你的身上。然而，为了看清你的下一步行动，我并没有惊动你。前天夜里，发生了毒蛇伤人之事，你为怕我怀疑到你，亲手杀死了自己豢养多年的毒蛇。殊不知这一举动更加暴露了你的身份，也彻底暴露了刘金的身份。我想，收网的时候到了。但是，我心里还抱有一丝幻想，也许这一切并不是你做的，因为，我毕竟没有直接的证据。于是，前天夜里我找来了一位关键的证人。"狄公将他与张老四谈话的场面描绘了一番——

夜，都督府后堂。狄春带着一个穿风帽的人走进来。那人揭下头戴的风帽，正是大柳树村的张老四。张老四坐在狄公对面。狄公问："到底是谁威胁了你，致使你在公堂反水？"张老四十分紧张："大……大人，我……我……我不能说！"狄公点头："我知道，你怕他继续加害于你。"张老四点头："像他那样的人要想害死草民，就像捻死一个蚂蚁！"

狄公道："我能理解。前些日子，幽州内乱，形势紧张，

136

我没有能力保护你的安全，因此我一直隐忍不言，从来没有向你询问过。可现在安定了，你再也不用害怕任何人。你相信我说的话吗?"

张老四突然抬起头，望着狄公，嘴唇不住地颤抖着。狄公和蔼地望着他。张老四把牙一咬："您的话，我都信。那个威胁我的人，就是您身边的那位大将军!"

狄公问："虎敬晖?"张老四浑身一抖："就是他! 所以，前天和您告别的时候，我对您说要小心!"狄公的眼圈湿润了："我听懂了。老四，你能不能把当时的情形和我说说。"

狄公深为遗憾地说道："与张老四的一番交谈，令我彻底打消了对你的幻想。于是，我和元芳定下了一条捕蛇计。首先，我们料定，你一定会前去刺杀刘金，于是……"

他向虎敬晖勾勒了当时的画面——

夜，后堂。门忽悠一下开了，李元芳快步走过去。忽然一点寒星扑面而来，李元芳猛一错身躲过了这一下。而与此同时，刘金也中针倒地。李元芳起身看了看刘金，已经气绝。他赶忙从怀里掏出药丸放入自己嘴里，再拿出一根针刺在自己的左肩上，倒在地上。

狄公道："其实，元芳的脸之所以发黑，是因为吃了我配制的犀角颠茄丸。"虎敬晖苦笑道："可笑我还在为这次巧妙的刺杀而得意。"

狄公道："第二，我知道，你每天晚上都在监视我的动静，于是前天夜里，我故意让你看到李二。等你走后，元芳来到我这里，我二人便定下计策诱你上钩。只有一点，我还不太明白。"虎敬晖问："是什么?"狄公道："在小连子村陆大有家，你看到了李二，为什么不在那时下手?"

137

虎敬晖笑了笑："因为，我把随身的武器都放在了别的地方。而且，在那个小环境里，只有四个人，任何一个小的手脚都会引起注意，即使我带了毒针，也不会选择在那里动手。"

狄公点点头，长叹一声："假蝮蛇死后，我还抱有一线希望，希望是我们错怪了你。于是我派狄春拿着在我房间里采集到的你的鞋样前去比对。但我失望了！"

虎敬晖慢慢地低下头，轻声道："从前，我曾经认为自己是最聪明的。可现在我明白了，我错了。栽在大人手里，敬晖心服口服。"狄公问道："敬晖，我该怎么处置你？"虎敬晖道："大人，我想告诉您的是，这件事的始末缘由敬晖都清清楚楚，但是，如果您想从我嘴里得到真相，是绝对不可能的！所以，我劝您还是尽早杀了我为好。"

狄公道："我不会逼你的。"虎敬晖动情地道："谢大人。"狄公站起来，缓缓踱着。良久，他收住脚步："如果我现在杀了你，那是名不正，言不顺。可如果我将你押解回京，皇上定会将你千刀万剐，让你受尽折磨。你助纣为虐，公然与朝廷作对，虽罪该万死，但其情可悯。你……走吧。"

虎敬晖简直不相信自己的耳朵："大……大人说什么？"李元芳愕然："大人，这……这怎么行？"狄公笑了笑："今天，我之所以没召卫士前来，就是留下了一个退步。但是，敬晖，我要你答应我一件事。"虎敬晖的惊讶已难以用言语表说："什……什么事？"

狄公道："你走后，绝不能再协助歹徒兴风作浪，更不可滥杀无辜，祸害百姓。"虎敬晖低下了头，轻声道："我答应。"狄公点点头："就冲这三个字，我放你走。我知道，你是条血性汉子，希望你惜言如金。"虎敬晖抬起头："您真的要放我走？"

狄公长叹一声："你我共事一场，我没有什么可送给你的。只想告诉你一句话：世上有很多比报仇更值得做的事情。你去吧！"

泪水滚过虎敬晖的面颊，他强忍着疼痛，跪倒在地，重重地磕了三个响头："大人，您……珍重！"说着，他站起身来，怅怅地走出门去。狄公长叹一声，徐徐地在凳子上坐下。

李元芳还没回过神来："大……大人，就这么放他走了？"狄公抬起头来："杀了他有用吗？"李元芳愣住了。狄公道："一定要学会尊重你的对手。这是最重要的。"李元芳点了点头："也许，您说得对。但愿他能够体谅您的一片苦心，今后好好做人。"狄公笑了笑："李二呢？"李元芳道："其实，他早就醒了。一句话都不说，好像对我们颇有些戒惧。"狄公沉吟着："这个李二究竟是什么人呢？"

夜，城外古刹，一个人在雾气中慢慢地走出来，他的身体晃动着，扑通一声摔倒在门前。阴影中迅速蹿出几个黑衣人，其中一人惊叫道："是蝮蛇！快去告诉主人！"说着，七手八脚地把他抬到大殿。于风等人赶快围上来。

金木兰紧张地问："怎么了？"于风道："蝮蛇受伤了。"金木兰蹲下身轻轻晃了晃虎敬晖："醒醒，醒醒啊！"虎敬晖慢慢睁开眼睛。金木兰急促地问道："怎么样？李二死了吗？"

虎敬晖道："我失手了。狄公放我回来。"金木兰猛吃一惊，腾的一下站起来，厉声道："你怎么能回到这儿来？他们万一跟踪你怎么办？"

虎敬晖笑了笑，闭上双眼。金木兰紧张地道："快，在周围查看一下，有没有尾巴！"

于风冲身旁的人一挥手，众人冲了出去。殿里只剩下金木兰和虎敬晖。金木兰蹲下身："到底是怎么回事？"虎敬晖摇摇头："没什么。我们不是狄仁杰的对手，放弃吧！"金木兰惊呆了："你，狄仁杰给你喝了什么迷魂汤了，竟然说出这样的话！放弃？你忘了家仇了？你忘了是谁杀死你的父母了？你……你简直是疯了！"

虎敬晖冷笑道："你所做的这一切，并不是想替我报仇，也不是要恢复李唐的天下。你要做第二个武则天！木兰，我们陷得太深了，不择手段，不问是非，祸害百姓，出卖国家，会……会遭人唾骂的！"他说得很慢，一字一顿。

金木兰一伸手，狠狠地给了他一个耳光："你这个没骨头的东西！今天这番话，你早就想说了吧？哼，我就知道你是个靠不住的男人。算我看错了你！你让我放弃，休想！我绝不会看着多少年的努力付之东流！你知道吗，我已经用那份名单联络了几十家同道，大家答应一同举事，现在就等突厥那边的外援一到，我就要举起义旗。到那时，这幽云十六州就是我的了！"虎敬晖平静地笑了笑："阿兰，狄公这一关，你就过不去！"

金木兰霍地站起来："你以为我真的怕他吗？你以为我真的不敢杀他吗？把我逼得无路可走，我会杀死狄仁杰，提前举事，攻陷幽州，等待外援到来！"她已近乎疯狂，不能自制了："我不会让任何人坏了我的大事！谁也不行！"

虎敬晖长叹一声，闭上了眼睛。金木兰突然跪在地上，一把抓住虎敬晖的手："阿晖，阿晖，我在世上只有你这么一个亲人了，别抛弃我好吗？别抛弃我。求求你，待在我身边，答应我。我需要你！"

虎敬晖缓缓睁开眼睛，他望着金木兰，泪水湿润了眼眶。金木兰轻轻靠在虎敬晖身边，轻声道："答应我啊！我只有你这么一个依靠。没有你，我什么也做不成！"虎敬晖轻轻叹了一声："我会留在你身边，可再不会替你做事。"金木兰笑了："好，只要你在我身边就成。"

白天，都督府后堂外，卫队里三层外三层地将后堂团团包围，连房顶上也布置了岗哨。李二躺在后堂的床上，静静地望着桌前的风灯出神。门吱呀一声打开了，狄公和李元芳走了进来。李二看了二人一眼，马上合上双眼。

狄公走到他身旁徐徐坐下："和你说话很不容易，因为，虽然我三次救了你的命，可到现在为止，我还不知道你是谁。"李二慢慢睁开眼睛。狄公道："听这里的刺史方谦说，你杀官越狱，这是怎么回事？"李二望着狄公，还是一声不吭，眼神中充满着警觉。狄公笑了笑："你不要害怕，我只是想帮助你，因此必须要搞清你的身份。"

李二还是缄口不答。李元芳不耐烦了，大声道："你这个人真是不知好歹，狄大人几次救了你的性命，你竟然如此托大！知道不知道，要是没有狄大人，你早在小连子村的时候就已经见阎王了！"

李二吃了一惊，身体微微向后缩了缩。狄公赶忙制止："元芳！"李元芳"哼"了一声，背转身去。狄公无可奈何地道："好吧，既然你不想说，我也不勉强，等你想说了让人来告诉我。"

李二大睁着双眼，纹丝不动。狄公站起身来对李元芳道："咱们走吧。"说着，二人走出门去。李二长长地出了口气。

李元芳气愤地说："这个李二，真真的不知好歹！早知如此，我们何必为他如此卖命！"

狄公抬起头来："元芳，你感觉到没有，他好像听不大懂我们说话。"李元芳一愣："啊？这怎么可能，他既不是南蛮，也不是北狄，怎么会听不懂我们说话。我看，这厮一定是方谦的同党，惧怕大人审讯，因此装聋作哑。"

狄公笑了："既然如此，方谦和蝮蛇为什么要追杀他？"李元芳道："定是利益冲突致使他们反目为敌。"狄公摇摇头："没那么简单。方谦、蝮蛇都是使团被杀案的重要案犯，而两条线同时指到了李二身上，就说明此人在本案中的位置举足轻重。"李元芳点了点头："有道理。"狄公拍了拍他的肩膀："别着急。你没发现案情已经逐渐清晰了吗？"

李元芳一愣，继而沉思起来，良久，点了点头："您这么一说，好像还真是的。当刘金暴露以后，我认为他就是使团遇害案的元凶巨恶。可刘金被杀，蝮蛇出现，这就证明他们的背后还有一只黑手。"狄公点点头道："说得不错。来，坐一会儿。"说着，他坐在了一块假山石上，李元芳在他旁边坐下。

狄公道："元芳啊，蝮蛇的暴露已经令我们离真相很近了。我现在可以断言，使团遇害案，是由一个庞大的组织在暗中操控的。而假方谦、

141

刘金、蝮蛇则是这个组织中的重要人物。这个组织利用幽州作为基地，暗行谋反之举，这需要大量的人力、物力和财力的支持，而方谦等人所做的就是向组织输送钱粮，利用刺史的位置提供一切便利条件。这也就解释了这些人贪污慰抚款、偷运府库官银等一切行为。"

李元芳猛地一拍大腿："对呀！我怎么没想到这一层！"狄公道："所以，当务之急，就是摸清李二的身份和他在本案中所担当的角色。这一点，是至关重要的。"李元芳点点头。

都督府正堂上，狄公召集幽州长史、别驾、典史和一众军官分坐两排议事。狄公踞案而坐："今天，请众位大人来，是要询问一件事情。"长史道："大人请讲，卑职等一定知无不言。"狄公点了点头："李二这个人，诸位听说过吗？"

众官一愣，面面相觑，一个个摇摇头。狄公道："此人曾被关押在大牢之中，后杀官越狱，逃亡江湖。"下坐的典史一拍额头："哦，大人说的是那个奸细？"狄公愣住了："奸细？"

典史道："正是。此人化装成生意人潜进城来，守城官军盘查询问，他却装聋作哑，连比带画，门军觉得可疑，便将他扣了下来，交与卑职。卑职令人严刑讯问，此人竟一声不出。然而在他的行囊中卑职却发现了一些写着突厥文字的羊皮书信。因此，卑职怀疑他是突厥派来的奸细，于是上报了刺史，刺史下令将他押入大牢。"

狄公和身旁的李元芳交换了一个眼色，说道："那些书信呢？"典史答道："被刺史大人调走了。"狄公失望地轻轻一拍桌子："那么，他是怎样越狱逃走的？"

典史道："九月二十三日，也就是抓住奸细的第三天，刺史大人突然下令，将他处以极刑。而恰在此时，发生民变，此人就趁乱逃走了。变乱后，卑职曾问过刺史大人，可他却说，此人已死，命我将他的名字从犯人籍中除去。"

狄公点了点头："是这样。回去后将此事查察清楚，详细奏报。"典史答道："是。"

清香小筑。桌上点着风灯，虎敬晖躺在床上紧闭双目，时不时叹口气。外屋，金木兰犹如笼中困兽一般，来回徘徊。于风站在对面，连大气都不敢喘。金木兰忽然停住脚步，厉声道："一定要除掉李二。一定要除掉他！"于风连说了几个"是"。金木兰转过身来，大声吼道："什么'是，是'？你说怎么才能除掉他？"

于风吓得连退两步："主人，蝮蛇暴露后，现在狄仁杰身旁已没有我们的人了。而且，都督府周围重兵把守，就是想混进府内也是万分艰难，更不要说行刺了。"

金木兰道："李二不死就意味着我们将失去外援。失去外援就意味着失败，这个道理你明白吗？啊，明白吗？！狄仁杰在一步步逼近，而我们却束手无策！难道就这样坐以待毙？！"

于风嗫嚅着。金木兰喘了口气道："好了，你马上撒出人手，严密监视狄仁杰的一举一动。我要想一个万全之策。这次，绝不能再失手。"于风答应着转身走了出去，洞门轰然关闭。金木兰走到虎敬晖的床边坐下，轻声道："阿晖，我该怎么办？"虎敬晖睁开眼睛："放弃吧，现在洗手还来得及！"金木兰静静地望着他："你真的想让我放弃？难道几年的辛劳就这样毁于一旦？"

虎敬晖叹了口气："阿兰，你现在毫无屏障可依，事实上已经直接暴露在狄公面前，再不放弃就要身败名裂，死无葬身之地了！"金木兰大怒，霍地站起来："不，我绝不放弃！就是身败名裂，我也要做最后一搏，否则，我就是死也不会瞑目的！"

虎敬晖道："可现在你已经没有搏的资本了。真假方谦被破，我也暴露，现在小连子山中的矿场也被发现，以狄公过人的聪明和超强的判断能力，想要找到这里，可以说不费吹灰之力。到那时，你会死无葬身之地的！"

金木兰咬牙切齿地嚷道："我要刺死狄仁杰和李二，提前起事，攻占幽州！现在到了孤注一掷的时候了。只有置之死地，才有生存的机会！"

都督府花园里，狄公在花丛中缓缓地踱着步，李元芳跟在身后。忽然，狄公站住，说道："从典史的话里不难听出，刚刚抓住李二时，假方谦并没把他当作什么重要人物，因此，只是把他作为奸细，关在大牢之中。那么，是什么促使方谦突然改变态度，而急于要杀死他呢？"李元芳道："那些羊皮书信。"狄公翘起大拇指："正是。仅凭这一点就可以证明，李二的身份一定非常特殊，否则，他们不会穷追不舍。"

李元芳点点头："可惜，那些书信再也找不到了。"狄公道："李二是个谜呀！"李元芳道："让您这么一说，我的好奇心也起来了，您说就凭他个李二能是什么人物呢？"狄公忽然抬起头来道："元芳，你是不是会讲突厥话？"

李元芳一愣："您怎么知道？"狄公笑了："如果你不会讲突厥话，甘南道大总管是不会派你去做突厥使团卫队长的。"李元芳一伸大拇指："服了！不错，我会说，而且说得还很不错。"

狄公点了点头。正在此时，狄春跑过来："老爷，幽州典史在正堂等候，说有急事回禀。"

狄公和李元芳快步来到正堂，典史赶忙站起身来，对狄公道："大人，回衙后我仔细查看了库存的所有证物。有一枚戒指是逮捕李二时在他身上搜出来的，刺史大人调取证物时，把它落下了，因此留了下来。"

狄公双眉一扬："哦？在哪里？"典史从怀里掏出一个小布包递了过来。狄公伸手接过，迅速打开，里面放着一枚硕大的金铜合铸戒指，上面刻着一个复杂的图案——三个虎头和一只飞鹰。一见此图案，狄公的眼睛登时亮了起来。他抬起头，重重地拍了拍典史的肩膀："做得好，做得好啊！"

典史受宠若惊，谢道："承大人夸奖。"狄公道："你先下去，本阁定有重赏。"典史施礼后退出。狄公将戒指递给了李元芳："看看这个图案，你是不是认识?"李元芳接过戒指只看了一眼,登时惊得目瞪口呆。

当晚,都督府后堂。李二在屋中来回踱着,目光充满了焦虑之色。忽然,窗外传来一声轻呼:"大人。"竟是突厥语!李二一惊,快步走到窗前,伸手打开窗户,见狄公和李元芳站在窗外,李二呆住了。狄公笑了笑:"看来,我们可以好好谈谈了。"

李二轻轻叹了口气,慢慢地关上了窗户。狄公和李元芳推门走进来。当啷一声,一件东西扔在桌上,李二抬头一看,正是那枚戒指!他大吃一惊,伸手抓了起来。

狄公问:"你到底是谁?"李元芳用突厥语翻译过去。李二长叹一声:"不用费事了,我会讲汉话!"竟是一口标准的长安口音!把狄公和李元芳怔住了。李二道:"我既然落到你们手中,开刀便是,不必多说了。"狄公和颜悦色地道:"我并不想杀你。"

李二笑了笑:"那是因为你不知道我是谁。"李元芳道:"如果这枚戒指属于你,那么,你就应该是突厥国的吉利可汗。"李二不由得大吃一惊,抬起头来:"你……"李元芳笑了笑:"三个虎头是突厥可汗卫下最精锐的三个虎师。一只飞鹰凌驾其上,象征着突厥可汗崇高的地位。我说得对吗?"

李二惊讶得嘴都合不拢。良久,他长叹一声,点点头:"是的。我就是吉利。"狄公的脸上露出了微笑。李元芳赶忙道:"这位狄大人是朝廷的钦差大臣……"吉利点了点头:"我知道。"轮到狄公大吃一惊了:"你知道?"吉利点点头:"是的。你微服进幽州时,我听到了你们的对话。"

狄公的脑海中猛地闪现出一个画面:深夜,幽州客店中。狄公睡在床上,李二站在床前,缓缓伸出手。砰的一声巨响,窗户撞开,李元芳和虎敬晖飞身而入……

狄公的眼睛亮了起来:"那个夜闯客店的人就是你?"李二点点头。狄公站起来,躬身施礼道:"大周皇帝驾下,幽州大都督,同凤阁鸾台平章事狄仁杰见过可汗陛下。时差境误,不能全礼,望可汗恕在下不恭之罪！"

吉利一怔："你……你是狄仁杰？"狄公道："正是在下。"吉利赶忙起身，伸手相搀："宰相大人免礼，狄公之名，我早有耳闻。想不到钦差大臣竟会是狄仁杰。"

狄公微笑道："我明白了，那天可汗夤夜来到客店，是有话要对我说。"吉利点点头："是的。可还没等我叫醒大人，侍卫便已经到了。"狄公点头："看来，这是个误会，他们以为可汗是杀手。"

吉利望着二人，心中仍有疑虑："二位，你们和幽州刺史不是一路的吧？"狄公笑了："可汗可能还不知道，在下刚刚处置了幽州刺史方谦，消灭了逆党，现在，可汗已经安全了。"

吉利这才长长地舒了口气："是这样！狄大人，能不能送我进京，面见大周天子？"狄公道："当然可以，就是可汗不提，在下也会如此行事。但在下有一事不明，想在可汗面前请教。"

吉利破颜一笑道："我知道大人要问什么。我堂堂突厥可汗，怎么会一人流落幽州，是吗？"狄公点了点头："正是。"吉利长叹一声："说来话长啊。在我讲述之前，能不能先问一个问题？"狄公道："可汗请讲。"吉利道："我突厥议和使团现在何处？"

狄公面色大变，长叹了一声："不瞒可汗，一个月前，使团在甘南道的石河川全体遇害。这位就是当时护送使团的卫队长李将军，也是这次惨祸中唯一的幸存者。"吉利缓缓点了点头："早在意料之中。连我都难逃毒手，就更不用说始毕了。"

他的反应大出狄公和李元芳的意料。狄公道："可汗，此话怎讲？"吉利道："大人对突厥的情况可能也略知一二。在我突厥内部一直存在着两派，一派以舍弟始毕为首，乃主和派。另一派，以我的叔叔莫度为首，为主战派。两派势力水火不容。"狄公点点头："在下曾耳闻此事。"

吉利道："因为我和始毕的母亲是大唐太宗皇帝赐婚的汉城公主，因此，莫度一直视我兄弟为眼中钉，欲除之而后快。当年，我继承父位成为吉利可汗时，他就百般阻挠，甚至不惜刀兵相见。然而，虎师全力拥戴，这才使他的阴谋无法得逞。"狄公道："这件事，在下也曾听闻。"

吉利点了点头："此次，我采纳了始毕的建议，与大周议和。本想莫度会极力反对，可没想到，他却一反常态极力赞成。当时。我觉得非常奇怪，但不久后，我就全明白了。原来，莫度正在筹划着一场政变。我震惊之余急忙部署，不料莫度却提早下手，在我出猎时突然发难，我措手不及，只身逃走。由于我在突厥国内势力很大，三个虎师更是效忠于我，莫度不敢公布真相，便编出一套谎言，诬指始毕联合大周汉人将我刺死。这一来，国内一片大哗，各军统领纷纷请战，为我报仇。这正中了莫度的下怀，他一面积极备战，一面暗中派出部将四处追杀，一定要将我置于死地。我几次想潜回国内，都被莫度的人发现、追杀。万般无奈之下，我只得暗进幽州，想要经幽州进长安，面见大周天子，借兵回突厥平灭叛乱。"

狄公点点头："这不失为一个妙策良方。"吉利道："是呀。只要我能够在国内露面，莫度等人的阴谋便不攻自溃。只是，目前莫度逆党封锁边境，不要说我回到国内，只要一出大周国境，就会立遭不测。于是，我打定主意先进幽州。可是……"狄公道："可汗刚进城门，便被逮捕。"

吉利长叹一声："是的。当时，有一个官员审讯我，说我是奸细。我怕泄露行踪，一直缄口不言。我想，只要行囊中那些证明我身份的国书、文件和戒指被发现，幽州刺史就知道我是谁了。当时两国正在议和，我料定刺史一定会以礼相待，送我入京。可是，令我震惊的事情发生了，两天后，幽州刺史竟下令将我处死……从那以后我突然发现，自己竟像在国内一样被人追杀，这令我百思不得其解。"

狄公长长地出了口气："明白了！全明白了！"吉利惘然："大人指的是什么？"狄公的脸上浮现出胜利的微笑："可汗，在下奉旨到幽州正是为了调查突厥使团遇害一案！"吉利一惊："哦？有什么进展？"狄公道："到现在为止，一切疑团都已经解开了。"

他转身冲李元芳道："假方谦、刘金、蝮蛇，以及他们背后的那个庞大的组织，与突厥逆党莫度内外勾结。莫度利用他们除掉始毕可汗和突厥议和使团。而他们以莫度为外援，以名单联络各处逆党，盘踞幽州，积极筹备，只等莫度大军一到，里应外合，内外并举，大周天下就陷入战乱之中，而他们就乱中夺权。好一个如意算盘！"

李元芳到此时才彻底明白。他连拍额头："哦，哦，现在一切都连起来了！当假方谦得知吉利可汗的身份后，立刻上报，而他的上司也已经接到了莫度的通知。于是，一场追杀李二的行动就开始了！"

狄公站起身来，微笑道："现在已经可以这样说，突厥使团遇害案已真相大白。当务之急，就是尽速破获这个邪恶的组织，助可汗回国。否则，一旦两国发生战事，生灵涂炭，后果不堪设想啊！"吉利点点头："狄公所言极是。"

狄公站起身，沉吟片刻，对李元芳道："我立刻具表，你派千牛卫六百里加急送进京内，请朝廷许我就近调动大军。可汗，为了您的安全，您要暂时委屈一下，化装后扮作在下的随从。"吉利站起身来："全凭狄公安排。"

夜，清香小筑。于风站在金木兰对面低声道："一切都已照您的吩咐安排妥当了。"

金木兰点了点头："你马上率精干之士，兵分两路，一路分头通知名单上的盟友，让他们闻风而动。另一路，由你亲自率领，即刻前往突厥，将我的计划告知莫度可汗，请他率大军提前叩关。再有，今后幽州城中的联络地点改在天宝银号。"于风应道："是。"金木兰强调道："成败就在此一举！"

都督府正堂，狄公、大有、李元芳和吉利站在地图前。陆大有伸手指着地图道："这是小连子村。洞穴应该就在这个位置上。"狄公抬起头来，若有所思地道："是时候了，我们也该下去走走了。"李元芳道："我去通知卫队。什么时候出发？"狄公笑了："现在就出发。只有我们四个人。”

不久，狄公的官轿在卫队护从下出了都督府正门，向大街走去。不远处，墙角后有两个人对视了一眼，其中一人道：“跟上。”另一人戴上斗笠跟踪而去。与此同时，一辆带篷子的送菜车缓缓驶出都督府的后门。车里，狄公又穿上了走方郎中的衣服；吉利脸上满是胡碴，身穿青条长袍。李元芳和陆大有坐在他们对面。

李元芳笑道：“大人这副打扮让我想起了刚进幽州之时。”狄公微微一笑，点点头：“那时候，我们给了假方谦一个措手不及。现在，我这个走方郎中，要再给这些祸害百姓的恶贼一点儿颜色看看。”大有笑了起来：“小连子村的乡亲们把眼睛都望穿了，就盼着您这个青天大老爷能早些到达。”

狄公道：“绝不能让乡亲们知道，也绝不能惊动任何人！这一次的行动要绝对保密！”

山中的夜，静得可怕，静得让人可以听到心跳的声音。几条人影出现在小连子山的山坳里，正是狄公、李元芳、陆大有和吉利。大有一指前面不远处的围栏道：“大人，就是那儿。”

狄公命大有点亮火把。大有晃亮火折，点着了手中的火把，周围登时大放光明。狄公一挥手，四人走进围栏，来到了山壁上的洞穴旁。

五六个巨大的石洞就像是怪兽张开的血盆大口，随时要将人吞噬。狄公接过火把，四下里看了看道：“走，进洞里看看！”

李元芳道：“大人，我走在前面。”说着，李元芳走在最前面，狄公和吉利夹在当中，大有走在最后。四人低着身子慢慢地向前走着。洞中零星地立着几根木桩，而大多数都已横七竖八地倒在地上。洞穴很深，两旁的石壁上是人工开凿过的痕迹。狄公停住脚步，站在石壁旁仔细地看着，而后伸出手去摸了摸。李元芳问：“大人，怎么了？”狄公摇摇头：“走吧。”

四人继续朝前走，不远处，有一个高高的石头堆，它的顶部几乎碰到了洞顶。狄公走到石堆旁停住脚步，弯腰捡起一块石头，仔细地看了看，说道："这是个铁石矿。"

吉利问什么是铁石矿，有什么用，狄公道："我做户部侍郎时曾接触过。这些石头中含有很多铁质，经过大火淬炼可以炼成铁块。中华与突厥两国和好时，边境互市，贵国的商人用马匹换取我国的铁器。"吉利点点头说："明白了。"

李元芳忽然叫道："我明白了，村民们为什么会死在这儿。"狄公道："元芳说得很对，他们利用鬼镇为掩护，抓捕附近的村民充当苦役，送到这里开凿铁矿，冶炼成铁，打造兵器甲仗，为起兵谋反做准备。而假方谦则利用官府的名义，发下封山令，任何人不许入内。几天前，假方谦逆党被破，我撤销封山令，他们来不及转移，即用巨石堵住洞口，引水灌窑，杀人灭口！"陆大有这才恍然大悟："啊，原来是这么回事！"

狄公咬牙切齿地道："这群杀人不眨眼的禽兽！不将他们绳之以法，我狄仁杰有何面目见幽州父老！看来，所有症结所在，就是这个鬼镇！"

狄公和李元芳决定夜探鬼镇。小镇矗立在坟岗上，四周闪烁着点点磷火。镇上所有的房子都没有门，当然也没有人，更没有任何声响，使这座谣传中的厉鬼之家显得更加凄厉、恐怖。一阵寒风平地而起，遥远的山巅划过一道闪电。两个人影出现在鬼镇的街头。狄公徐徐地走着，一双鹰一般的眼睛四下搜索着。李元芳的手里拿着一柄钢刀。

又是一道闪电，紧接着传来一阵轰隆隆的雷声。狄公抬起头道："要下雨了。"狄公朝街旁的一间房子指了指，二人快步走了进去。屋内一片漆黑。外面，雨已经哗啦啦地下了起来。一道闪电亮起，二人发现，门前的八仙桌上，竟摆着一碗热气腾腾的开水。

李元芳一摆掌中钢刀："大人，小心！"又是一道闪电，将屋子照亮。狄公抬起头来，墙上竟然钉着一个人，龇牙咧嘴，满面鲜血。狄公一声惊叫，李元芳问道："大人，怎么了？"狄公一指墙壁："你看！"李元芳迅速打着火折，举了起来，墙上空无一物。狄公惊呆了。

又是一声焦雷，紧跟着亮起一道闪电，一个人影投在了墙壁之上。李元芳一声大叫："大人闪开！"声到人到，马上将狄公一把推到一旁。

说时迟，那时快，破空之声连连，寒星数点直奔李元芳咽喉而来。李元芳纵身而起，暗器从脚下掠过，钉在对面的墙上。李元芳闪电般回过身来，门口空无一人。狄公问是谁，李元芳说没看见。狄公道："元芳，马上离开房间！"说着，二人快步走出屋去，重新来到街上。

大雨如注，伴随着一阵阵惊雷闪电，狄公和李元芳顷刻之间便被淋得浑身透湿。二人抬起头来，登时被眼前的景象惊呆了，刚刚还漆黑一片，没有丝毫光亮的鬼镇，此刻竟然灯火通明，每一个房间都亮了起来。而且，每一个房间门前的八仙桌旁，都坐着四条黑衣汉子，静静地望着狄公他们。

一道闪电亮起，街口出现了一个头戴斗笠的人，静静地站在雨幕中。一个声音喊道："我早就料到，你一定会来这儿送死的！"狄公抹了一把脸上的雨水："来这儿是肯定的，送死倒不见得。"那人道："哦，是吗？杀了他！"

房间里的几十名杀手慢慢走出来，从四面八方将狄公和李元芳团团围住，一拥而上。李元芳一声怒喝，掌中刀幻成一片寒雾，带着雨水和雷电，发出一阵嚓嚓声。顷刻间，鲜血四溅，人影飞动，杀手倒下了五六个。然而，剩下的人却如潮水一般拥上来。李元芳左支右绌，险象环生，他大声喊道："大人，快进屋！"

狄公一个箭步蹿进旁边的屋中，李元芳钢刀连斩，砍翻了几名杀手，也跟了进去。杀手们狂喊着向屋中扑来，李元芳把住门口，殊死抵抗。就在这危急时刻，只听镇外传来三声炮响，紧接着，蹄声如雷，杀声震天。众杀手大惊失色，停止了进攻，向镇外望去。一队骑兵冲破雨雾，旋风般杀进镇来，为首的正是吉利可汗。

杀手们惊呼道："官军！"话音未落，骑兵已闪电般扑到近前，寒光霍霍，惨叫连连，杀手们顷刻间便倒下了一片。其余的四散奔逃，向镇外冲去。又是一声炮响，埋伏在镇外的陆大有率领步兵，猛冲进来，迎头截击。杀手们登时星落云散，被官军分割包围。

李元芳手持钢刀站在门前，狄公站在屋中静静地观察着。陆大有率几名官军冲了进来，报告道："奸敌过半，其余全部缴械投降！吉利可汗正率官军搜查余党。"狄公点点头："立刻下令，命众军仔细搜查鬼镇！"大有应声："是！"

天色渐渐发亮。屋中，狄公和吉利对面而坐，二人在说着什么。吉利连连点头："有道理。也就是说，此案还没有完。"狄公微笑着点点头。李元芳飞奔进来，大声道："大人，您快来看看！"狄公一愣，和吉利交换了一个眼色，站起身快步走出门去，跟着元芳走进了街左房间。

屋子的山墙竟然从中间一分为二，两边打开，露出里面一条宽阔的通道，不知通向哪里。狄公一进屋，登时被眼前的景象吓呆了。李元芳道："刚刚我们搜查这个房间，不知触动了哪个机关。这扇墙竟然自己打开了。"狄公走到山墙旁，四下看了看，又看了看里面的通道："这条通道通往哪里？"大有说没有大人命令，不敢擅闯。狄公一挥手："走！"说着，大步走进通道。

通道非常宽阔，里面点着松明柱，一片光亮。大有道："看这个宽度，恐怕马车也跑得下。"狄公收住脚步，回过头来："嗯，有道理。"

前面出现了一座巨大的石门，门紧紧地关闭着。陆大有上前使劲推了推，厚厚的石门纹丝不动。狄公道："这两扇石门一定是靠机关启动的。大家找一找。"

众人分散开来，四下寻找。狄公站在门前，一双鹰眼四下搜寻着。良久，他叹了口气："别找了。"众人一愣。狄公道："这扇门只能从里面开启，除非使用火药，那也要多次才能炸开。况且，我们手头并无火药。"李元芳道："一定还有别的路。"

狄公道："即使有别的路，也一定是只能从里面开启，这个地方的设计就是进可攻，退可守，一旦门户关闭，从外面就无法打开。"陆大有急道："那可怎么办。眼看着找到了敌人的巢穴，可又进不去！"狄公的眼睛亮了："昨夜，我们遇到袭击，那些杀手从哪里钻出来的？"

李元芳一愣。狄公道："他们绝不可能是早就藏在屋里，如果是那样，我们一定会发现的。"李元芳道："您的意思是……"狄公脸上现出了微笑："鬼镇所有房屋的下面，都有通道，那些杀手能够如此迅速地出现，就说明了这一点。"

李元芳狠狠一拍双手："对呀。我怎么就没想到！"狄公道："大有说得很对，这条路是马车走的。在作战中，它的宽度和长度都能容纳大部队进攻，因此，这两扇石门特别厚重。"

李元芳沉思着："我明白了，您是说一定还有供单兵进出的通道。"狄公点点头："否则，如果每一个人进出就要开启这么重的石门，岂不费事，而且，容易暴露。还记得昨天咱们遇袭的那间房子吗？"李元芳道："对，就从那间房子下手！"

长安城大明宫。武则天看罢狄春六百里加急送来的奏章，脸上露出了微笑："事情竟然是这样，简直令人难以想象！真是难为狄怀英了。"张柬之道："陛下，是否答应狄公的请求。"

武则天站起身来，缓缓走了几步，顿住身形道："答应他！这是个与突厥讲和的绝好时机，既消除了使团遇害带来的不良后果，又可令吉利感恩戴德，更使我大周占尽先机。狄怀英此事处理得恰到好处！你立刻拟旨，封狄怀英为河北道行军大总管，王怀贞为副大总管，就近调动府兵，协助吉利收复突厥。"张柬之道："陛下明断。臣这就下去拟旨。"

再回到鬼镇来。轰隆一声巨响，镶嵌在墙内的小暗门被军士们用巨木撞开。狄公一挥手，李元芳、陆大有和军士们鱼贯而入。狄公、吉利率众军士在门前静静地等候。机关咔嚓一声响，石门轰然打开，李元芳从里面快步走出："进来吧！山穴里没有人！"

狄公走进去，身后众军一拥而入。巨大的山穴，里面有一条能同时容纳两辆马车并行的宽阔石路。路两旁分布着密集的冶铁炉和打造作坊。狄公倒抽了一口凉气,轻声道:"好大的一座山穴呀!"李元芳道:"刚才我们过来的时候,发现那边有几座石门。左面还有一条小路,不知通到哪里。"狄公点点头,大声道:"众军听着,仔细搜索,绝不能有任何遗漏!"众军轰然答应。几名队长各率本部,分散搜查。

清香小筑内,金木兰头戴斗笠静静地坐在椅子上,岿然不动。轰隆一声,洞门打开,狄公率众一拥而进。李元芳一声大吼:"给我拿下!"众军猛扑上前,不想,金木兰的身体一触之下,竟然软倒在椅中。狄公走过来,伸手摘下了她头戴的斗笠。斗笠下是一张熟悉的脸——丫鬟春香。狄公轻轻托起春香的脸仔细看了看,轻声道:"服毒。"

啪的一声,一件东西从春香手中掉出来,狄公低头一看,是一串钥匙。陆大有率军士来到石门前,一挥手,"打开洞门!"十几名军士跑过去,用力齐推,洞门吱呀呀地打开了。大有率人冲了进去。眼前的情景令他目瞪口呆:洞内用木栏割成一座座监房,监房内挤满了人,都是农民打扮,衣衫褴褛,戴着手铐、脚镣。

洞内没有一丝声响,所有的人都胆怯地望着陆大有和军士们。忽然寂静中传来了一个微弱的声音:"狗子。"陆大有猛吃一惊回过头。左手一个监房内,一个满脸胡须的人正望着他。陆大有走过去:"你是谁?"那人道:"你是小连子村的狗子吗?"陆大有道:"是。"那人顿时号啕大哭起来:"狗子,我是二旺啊!"陆大有惊得连退两步:"二……二旺!你……你怎么变成这样了!"二旺哭道:"狗子,这些年,我们过的不是人的日子呀!"登时,洞内响起了一片哭声。陆大有问:"这些人……"二旺道,他们都是附近的乡亲们。陆大有高声喊道:"把监房打开!"

与此同时,李元芳率领着一批人马,冲进银库。众人打开箱盖,露出了码放得整整齐齐的几百锭官银。狄公拿起一锭银子,看了看底部,上面刻着一个"官"字。狄公转过身,环视着这座巨大的洞室,里面摆满了大大小小上百个银箱。狄公微笑道:"这就是府库中失窃的官银。"

"大人,这儿还有个门!"狄公回过头,一名军士打开了一扇石门,狄公和李元芳走过去。门里黑漆漆的。李元芳接过身后军士的火把，走了进去。忽然他发出一声惊叫，狄公一个箭步冲了进去。李元芳站在屋中，指指角落："大人您看，这是什么？"

狄公接过火把走过去，眼前赫然出现了突厥使团的服装、马鞍、饰物和兵器，高高堆起，像一座小山一样。旁边放着几只箱子。狄公走到箱子前面伸手打开，里面珠光宝气，堆满了各式珍玩。李元芳轻声道："这恐怕就是皇帝赏赐之物吧。"狄公伸手拿起了一颗东珠在火把下照了照，只见上面刻着"内侍监"三个字。狄公点点头："正是。"

"你们是什么人？"一个冰冷的女声从身后传来。狄公和李元芳猛吃一惊，飞快地扭过身来，身后的阴暗处坐着一个女人，看不清脸，一双眸子在黑暗中闪闪发光。李元芳的刀已闪电般架在了女人的脖子上。女人冷冷地道："把刀拿开。"声音中充满了不容违抗的威严。

李元芳不禁收回了钢刀。狄公走到她面前："你是什么人？"女人道："这是我问你的问题。"语气非常傲慢。狄公笑了笑："狄仁杰。"

女人猛地站起身来，李元芳一惊，手腕疾翻，钢刀再一次架在她的脖子上。扑通一声，女人跪在地上："伯父大人在上，受小女一拜！"说着，她轻轻叩下头去。狄公登时惊呆了，举起火把向她的脸照去，一张美丽的脸。狄公惊奇地道："你……你怎么如此面熟？"

女人道："长乐亲王之女，李青霞。"狄公忽然想了起来："啊呀，我说怎么如此面熟，原来是翌阳郡主！"继而，他又吃惊地喊了出来："你……你不是遇刺身亡了吗？"李元芳更是目瞪口呆。郡主长叹一声："一言难尽。"狄公赶忙将她扶起："快起来，快起来。这到底是怎么回事？"

郡主道："京城中，我奉旨移驾，不想在天街遭到袭击。他们杀死了所有羽林卫和我的婢女，将我捆绑后塞进轿内。第二天竟又在轿内塞进一个男人。就这样，我昏昏沉沉地在轿中待了十几天，再一下轿，就是这座山洞了。"

狄公长叹一声："看来这些歹徒是拿你当作护身符。"郡主道："到现在我也不明白究竟发生了什么事。"狄公道："先离开这里，回去后我详细告诉你。元芳，扶郡主出去。"李元芳赶忙上前搀起郡主，郡主一把甩掉他的手："我自己能走。"说着，大步走出门去。

李元芳无奈地摇摇头道："大人，郡主还活着，那死的是谁?"狄公道："死的是谁，我不知道。但有一点可以肯定，她就是翌阳郡主。她父亲长乐郡王与我有一点交情，几年前我曾在府里见过她，那时，她才十几岁。想不到，搜查山穴竟找到了已死的郡主，这也算是意外的收获吧。"

脚步声响，陆大有冲进来："大人，附近村子失踪的乡亲们都找到了!"狄公紧张地问道："死的还是活的?"大有笑道："活的!"狄公破颜一笑："太好了!"

第九章　金木兰魂断女皇梦

狄公大破鬼镇的消息不胫而走，附近的村民闻讯从四面八方赶来，往日阴气森森的鬼镇，今天竟比集市还要热闹，街道上摩肩接踵，人头攒动。父子相认的，夫妻团聚的，哭声、笑声，汇聚成一片海洋。忽然有人喊道："狄大人来了!"村民们呼啦一下向街中心拥去，要向狄公当面叩头谢恩!

忽然陆大有率一众军士快步走到街心。村民们高声问："狄大人呢?我们要见狄大人!"大有挥了挥手："乡亲们，狄大人有紧急公务，已返回幽州!"村民们发出一阵失望的喊声。大有道："狄大人让我转告大家，幽州官吏腐败，又有奸人为害，让大家吃苦了!但皇上一直惦记着咱们，她老人家已经下旨豁免我们三年赋税，并且发放慰抚款!"众百姓齐声高喊："万岁!万万岁!"

原来，武则天的圣旨到，送旨使者千牛卫正在幽州都督府正堂等候狄仁杰前来接旨。狄公和吉利走了进来。使者一见吉利，踌躇道："皇上密旨，只准大人一人接旨。"狄公便请吉利先到西屋稍候。

千牛卫将一个赤色绣龙锦套递过来："狄大人接旨。"狄公赶忙下跪叩头，伸手接过锦套，拿出圣旨迅速地看了一遍，脸上露出欣喜之色："太好了。皇上真是英明。贵使辛苦了，就请到东花厅休息。"

使者告退后，吉利走出来，急煎煎地问："大人，怎么样？"狄公道："皇上已准我所奏，王怀贞将军已屯兵彰化，就等陛下一到立刻发兵。陛下恐怕要即刻启程。相聚匆匆，你我又要分手了。"

吉利的嘴唇有些颤抖。他一把抓住狄公的手："狄大人，大恩不言谢。吉利在此，以我先人之名发誓，今生今世绝不与中华为敌。若违此誓，人神共弃！"说着，他伸手摘下那枚戒指放在狄公手中："突厥男儿说话，一向是掷地有声。这枚戒指送与大人，从今日起，凡突厥国中任何人见大人如见吉利！"狄公紧握吉利的双手，动情地道："陛下，人老多情，但愿臣有生之年还能见到陛下。"吉利郑重地点点头："会的，会的。"狄公立即派遣卫队送吉利前往彰化。

深夜，山穴内银库前，几十辆马车排成了一条长队。众军将一箱箱官银搬上大车，记室清点并逐一登记上账，李元芳站在一旁监督。忽然，身后传来一声轻轻的咳嗽，李元芳回过头来，见郡主站在他的身后。

李元芳一愣，赶忙躬身施礼："郡主，这么晚了还没休息？"郡主"嗯"了一声，说道："出来走走。"李元芳吩咐身旁军士道："给郡主搬一张椅子来。"军士答应着飞跑而去。郡主看了李元芳一眼："你叫什么名字？"李元芳道："卑职李元芳。"郡主道："什么职务？"李元芳道："原甘南道游击将军。"郡主皱了皱眉头："原游击将军。那现在呢？"

李元芳道："戴罪之身。"郡主看了他一眼："何罪？"李元芳道："失职之罪。"这时，军士将椅子搬来。李元芳赶忙道："郡主请坐。"郡主点点头，坐了下来："哼，我被关押了整整一个月，现在竟还让我留在这里，真是岂有此理！狄大人呢，我要见他！"李元芳道："狄大人回幽州了。"

郡主道:"他倒乖巧,跑回幽州享福去了,把我留在这鬼地方受罪!"李元芳道:"郡主,狄大人可是兢兢业业的好官啊。他回幽州绝不是为了享福,肯定是有什么紧急事务要处理。"

郡主笑了:"你倒是他的知己。我们什么时候回去?"李元芳道:"明日一早动身。"郡主道:"罢了,且再忍耐一时吧。"说着,她站起身,对身后的几名卫兵道:"走吧。"几人向清香小筑走去。

夜,都督府正堂。狄公端起茶杯,浅浅地啜了一口,对狄春道:"有几件事,你要记下。"狄春道:"老爷请吩咐。"狄公道:"第一,李二的事,对任何人都不准说起。第二,后堂仍然要重兵把守,要给人造成一种李二仍在的感觉。第三,立刻将东花厅打扫出来,翌阳郡主明天就到。"狄春应了个"是",快步走了出去。

狄公端起茶杯喝了一口,陷入了沉思。忽然,窗外传来啪的一声轻响,狄公猛地抬起头,四周又没有了声音。狄公站起身走到门前,打开门,只见门柱上插着一柄匕首,上面穿着一张字条,写着:"小心!"狄公的眼睛望着那黑沉沉的夜色。他在思索。

次日,时近中午,天宝银号门前冷冷清清,两个伙计坐在板凳上,边晒太阳边聊天。忽然,什么东西遮住了斜洒下来的阳光,伙计抬起头来,三个头戴斗笠、身穿青布裤褂的人逆光而站,静静地望着他们。伙计赶忙起身:"三位爷,你们有事吗?"为首的一人道:"马老板在吗?"伙计先是一愣,随后点点头:"你们是……"

领头的低声道:"金木兰要我们来取钱。"伙计赶忙道:"三位里边请。我们老板正等着您呢。"三人快步走进银号。两个伙计赶忙将凳子搬进屋里,四下看了看,挂上"中闭"的牌子,迅速关上门。

刚走进银号正房的三个青衣人,正是于风和两个随从。门帘一掀,银号老板麻子马五快步走出来,叫声:"于将军。"于风点了点头,坐在椅子上。马五道:"您不是到突厥那边去了吗,这么快就回来了?"

于风道:"那边的事已经办妥了。莫度大军的前锋,将于五日后抵达幽州。所以，五日之内，我们的弟兄将陆续潜进城中，你这边准备得怎么样了？"马五道："将军放心，粮草、马匹、车辆、住宿都已准备就绪，就等着弟兄们来了。"

于风满意地点点头："好。从今天起，关闭天宝银号。这里将成为临时中军，等候突厥大军一到，里应外合攻陷幽州！哼，狄仁杰这只老狐狸就是做梦也想不到，我们已经暗伏在他的身边。"麻子马五面露奸笑，美滋滋地道："五天之后，这里就是咱们的天下了！"于风吩咐手下："你马上派人给金木兰送信，告知她一切情况。"

与此同时，都督府正堂上，幽州长史正向狄公汇报彻查全城银号的最新结果。狄公抬起头来问："天宝银号？"坐在对面的长史点点头："正是。自从大人下令暗查幽州城内所有银号、钱庄以来，卑职不敢懈怠，会同银曹、法曹、粮曹、工曹等八个衙门共同对城内的二十一家银号、钱庄进行了调查，在账面上都没有发现问题。但是，前日，粮曹参军找到卑职，说最近天宝银号支出大笔银两，分别从城中十八家粮栈购进了大批粮食，还盘下了西关的一个仓库。卑职觉得此事非同寻常，因此，特地来向大人回禀。"

狄公问："这个天宝银号有多少人？"长史道："连老板带伙计不过三十余人。"狄公道："那就说明他们囤积粮食并非自用。一个银号要这么多粮食做什么？"长史道："卑职就是觉得奇怪，才将此事回禀大人。"狄公点点头："好，做得好呀！如果所有官吏都像大人一般兢兢业业，天下安得不治？"长史道："大人过奖。"

狄公微笑道："这件事不可放松，要继续追查。"长史道："请大人放心。那，卑职就告退了。"狄公点点头，长史起身快步向门口走去。"等等。"狄公又想起了什么。长史停住脚步，道："大人还有什么吩咐？"狄公沉吟着抬起头道："天宝银号的事情你们就不用管了，我会责成有司继续追查。"

长史一愣，赶忙道："是。"狄公站起来道："从现在起，你就是幽州

159

代理刺史，全权处理一切政务。"长史喜上眉梢，假意谦虚一番："大人，卑职能力有限，恐怕难当此重任。"狄公微笑道："用人不疑，你就不必推辞了。事情结束后，我会向皇上保举你为幽州刺史。"

长史大喜过望，赶忙双膝跪倒，激动得声音都有些发抖："谢大人栽培！"狄公道："起来，起来。快到收网的时候了，我恐怕要多拿出些精力来应付。你去吧。"

长史答应着，退出门去。狄公皱着眉头，不住地自言自语："天宝银号，天宝银号。"突然他的脑海里闪现出一个清晰的画面：那天在东花厅夜审赵传臣时，当赵传臣说到"命我将这笔钱以我自己的名义存到天……"时，就遭到了毒手，一命呜呼。

狄公心里豁然开朗："天宝银号！"他狠狠一拍桌子，兴奋地自言自语道："明白了！原来虎敬晖就是不想让我听到'天宝银号'这四个字，才对赵传臣痛下毒手！狄春！"

狄春迅速走进来，叫了声"老爷"。狄公抑制不住内心的兴奋，大声道："我终于明白了是谁将官银运出城外，正是这个天宝银号！"

狄春听得如坠五里雾中："老爷，什么天宝银号，您是不是让我去取钱呀？"狄公哈哈大笑，狠狠地给了他一个脑瓢："驴唇不对马嘴！"狄春也笑了。狄公道："你马上找几个人，化装监视天宝银号，只要有动静立刻回禀。"狄春应了声"是"，火速出门。不题。

门外脚步声响起，李元芳快步走进来："大人，我回来了。"狄公笑道："一路辛苦。官银安顿好了吗？"李元芳道："已交司库官和银曹验收。"狄公道："办得不错。郡主怎么样？"

李元芳直摇头叹气："这位姑奶奶可真是难伺候，横挑鼻子竖挑眼，令人无所适从。"

狄公笑道："她为人所掳关在山洞里，整整一个月不见天日，心中郁闷也是可以理解的。"李元芳笑道："是。现在郡主已下榻东花厅。"狄公道："走，去看看。"说着，二人来到东花厅。郡主坐在正堂中，四下

160

里环顾着："嗯，这儿还像个样子。"

婢女端上茶来，郡主喝了一口问道："怎么不见狄大人？"话音未落，门外卫士高声唱道："狄大人到！"郡主笑眯眯地叫了声"伯父"。狄公笑道："青霞，这里还满意吗？"

郡主道："至少比那个山洞里强多了。"狄公不禁莞尔。郡主也意识到此话不妥，赶忙捂住了嘴，笑道："我这个人就是不会说话，伯父，您可别介意呀。"

狄公笑道："我一个古稀之人，怎么会在乎小孩子的几句戏言。"郡主正色道："自从小女在山穴被救，还没谢过伯父大人的救命之恩呢。"说着，她盈盈跪倒，深深一拜。

狄公赶忙道："哎哟，快起来，快起来。老头子可当不起郡主这等大礼。"

郡主笑着站了起来："伯父，我们什么时候回京城啊？"狄公道："这……我还有一些事情没有办完。等办完后，我亲自将你送回长安交到你父亲的手里。"郡主噘了噘嘴："那，好吧。"她用眼角瞟了李元芳一下，笑道："伯父，还有一件事想要求您，又怕您不答应。"

狄公笑道："你已经这么说了，我就是想不答应，也不好意思了。说吧，什么事？"郡主道："我想将这个李元芳留在身边听用，您看行吗？"狄公愣住了。李元芳大惊失色："郡主，我……我……"郡主的脸沉了下来："你什么？你不愿意伺候我，是吗？"李元芳尴尬地道："当……当然不是，只不过……"狄公一摆手，打断了他，笑道："好，就这样吧。从现在起，元芳留在你这里。"

花园里，狄公在花丛假山间大步地走着，忽然发现身后有人。他赶忙停住脚步回过头瞧，不远处，李元芳不紧不慢地跟随着他。

狄公道："哎，元芳，你怎么又跟出来了。"李元芳皱着眉头，说道："大人，能不能还是让我留在您身边啊。"狄公笑了："你呀，保护郡主，责任重大。你怎么也耍起小孩子脾气来了。"李元芳道："可大人，她……

她太难伺候了！"

狄公拍了拍他的肩膀："元芳啊，案子已经到了最后关头，但并没有结束。现在什么事情都有可能发生，我之所以让你待在郡主身边，就是为了要你保障她的安全。"李元芳道："可，她待在都督府，怎么会不安全？"

狄公语重心长地道："元芳，十几年前，皇上靠佞臣诬告，以各种借口残杀了大批李姓王公，能活到现在的，只有寥寥数人。翌阳郡主就是其中的一个。这一次，她惨遭匪徒绑架，却奇迹般地活了下来，这不能不说是李唐之幸啊。我们绝不能让她再出意外。你要知道，你保护的是李姓宗嗣，维护的是李唐神器！"

李元芳这才明白了狄公的良苦用心。他点点头，郑重地道："大人，您不用说了，我这就回去！"狄公点点头，脸上露出了微笑。

深夜，都督府东花厅外厢房内一片漆黑。李元芳盘膝而坐。忽然，他睁开眼睛，外面传来一点细微的响动。李元芳纵身而起，像狸猫一般，悄没声儿地冲出门去。门外，一条黑影闪电般向后花园奔去。李元芳纵身而起，追了上去。

黑影飞奔着，转过一道假山，李元芳冲过去，那黑影静静地站在花丛旁不动。李元芳缓步走过去，那黑影慢慢转过身来。李元芳一声惊呼："虎将军！"那黑影正是虎敬晖。他微笑着点了点头："元芳兄，别来无恙啊。"

李元芳惊诧至极，微微点了点头。虎敬晖长叹一声："我今天来，就是想提醒你，一定要保护好大人的安全！"李元芳一怔："将军，能不能把话说得明白些？"虎敬晖苦笑一下："我言尽于此。你千万小心！"说着，他纵身而起，即刻消失在苍茫的夜色中。

李元芳站在园中，木然不动，静静地思索着虎敬晖的话。此时，狄公在正堂上不停地踱着步。李元芳轻轻地走了进来。狄公抬起头："元芳，你怎么来了？"李元芳道："刚才我见到虎敬晖了。"狄公一愣："哦。他来干什么?"元芳道:"他只说了一句话,让我一定要保护好您的安全。"

狄公茫然:"我的安全?"元芳点了点头。狄公沉思着,良久,抬起头来:"也许,他知道了什么。"元芳道:"大人,下午您说案子已到尾声,却并没有结束,这是什么意思?"狄公淡然一笑:"你认为此案已经结束了吗?"元芳道:"嗯,我想应该是吧。官军连破鬼镇和山穴,找到了突厥使团的衣物、御赐珠宝、大笔官银,救出了郡主和失踪的百姓,女匪首金木兰也畏罪自杀……"

狄公抬起头:"金木兰?"元芳道:"哦,昨天您离开鬼镇以后,我和大有审讯俘虏,他们认出戴斗笠的女人,就是他们的首领,名叫金木兰。"

狄公点了点头:"金木兰!问题就出在这个金木兰的身上!"元芳一愣:"哦?"狄公道:"你没有发现吗,洞穴里那具女尸身材瘦小单薄,斗笠和衣服穿在她的身上,都显得很不合体。这是第一个疑点。第二,一个如此庞大的组织,怎么会只有那么几十名杀手。第三,在洞穴里,我们找到很多证物,但只缺少了一样。"

元芳问:"哪一样?"狄公道:"你想一想。"元芳沉吟片刻,摇了摇头。狄公道:"兵器。"元芳道:"兵器?"他还没有反应过来。

狄公道:"是的。他们开采铁石矿,就是为了冶铁铸兵。如果我们真的已经将他们一网打尽,那么,在洞穴中应该会发现大量的库存兵器,可现在却一件也没有。这说明什么?"

元芳道:"说明,他们的大队人马已携带兵器转移了。"

狄公拍了拍他的肩膀:"非常准确!"元芳道:"可,他们为什么要这么做?"狄公道:"因为,他们很了解我的分析和推理能力,只要有一点线索,就会勾连往复,寻根溯源,直到找到答案。小连子山矿场暴露,失踪村民的尸体出现,他们就料到了,我一定会联想到鬼镇。鬼镇一破,山穴也就保不住了。这就是他们撤走的原因。"

元芳点了点头:"如果是这样,当不就让这些逆贼白白地逃走了?"

163

狄公微笑道："你忽略了一个问题。那就是，他们与突厥的莫度可汗联合是为了什么？"元芳道："当然是为了起兵谋反。"狄公点点头："所以，他们一定不会走远。因为，他们志在幽州。这就是我所说的已近尾声，但并未结束。"李元芳这才明白过来："原来是这样！"

狄公道："现在的情况更加错综复杂，我们不知道他们下面的行动步骤，不知道他们的兵力配备，更不知道他们的具体计划。但有一点，我已经感觉到了，他们一定很快就会动手。他们再也拖不起了。这就是孤注一掷。"

李元芳吃惊地道："动手？怎……怎么动手？"狄公摇摇头："不知道。目前，河北道十万大军随吉利可汗回国平叛，附近已无兵可调。上表朝廷增派军队，最少要等两个月，远水不解近渴呀！现在其实是危机重重，敌暗我明，因此，什么情况都有可能发生。可不管发生什么情况，你都要保证郡主的安全。"

李元芳这才彻底明白了，他深吸一口气："如此说来，我们的处境很危险。"狄公道："可以这么说。但我相信自己的能力，一定会找出他们的破绽。"李元芳坚定地点了点头："我也相信。"狄公道："可是，我们的时间不多了！"

天宝银号门前挂起了关张的牌子。不远处的墙角后，转过一个人，他轻轻推起头上的破草帽，正是狄春。几个穿便衣的人快步来到银号门前，敲了敲门，门开了，几人迅速走了进去。这一切，都让狄春看在了眼里。

银号的正房内，于风正在给属下布置任务。麻子马五跑进来："于将军，出去联络的弟兄已经到了。"于风吩咐道："让他们进来。"脚步声响，那几个穿便衣的人快步走了进来："将军，我们回来了。"于风问："怎么样？"一人道："辋川那边联络好了，只要突厥大军一到，幽州举起反旗，他们立刻响应。"另一人道："河东那边也已经说妥了，一切没有问题。"剩下一人道："剑南苗人也表示支持我们。"

于风狠狠地一拍桌子："好！现在还有几路没有回报？"马五道："应该只剩下一路了。"于风的脸上浮起了得意的笑容："万事俱备。明日子夜，就是我们胜利之时！"

都督府正堂。狄公坐在书案后写着什么。狄春跑进来："老爷，从昨晚到今天上午，天宝银号来了十几拨人，每一拨都是两三个。"狄公道："看来，银号的生意兴隆啊。"狄春道："可银号门上却挂着关张的牌子。"狄公双眉一扬："哦？看来有文章。"

正在这时，一名卫士推门而入："大柳树村村民张老四等人求见。"狄公一愣："哦？快请他们进来。"卫士转身出去。狄公道："狄春，你马上回去，继续监视。如果银号的人外出，就派人跟上。"狄春道："是。"话音刚落，张老四和几个壮年快步走了进来，双膝跪倒："大人！"狄公赶忙将他们揽起来："老人家，快起来！大家快起来。"

张老四道："是这么回事儿，昨天晚上我们家来了两个借宿的客人。黄昏时分，我端着一盘玉米饼走进院子，忽然听得两人在低声讲话，一个道：'只要咱们拿下幽州，突厥大军一到，陇右道肯定是闻风而起，这一点绝对错不了。'另一人道：'别想得太美了，那个狄仁杰可不是好对付的。就凭他一个人，撵得咱们这一大拨子人到处乱窜。'我一听他们说起突厥，还敢骂大人，知道这两个王八不是好鸟。于是等这二人睡得像死猪一般的时候，我带着几个村里的壮年悄悄走进西屋，猛扑过去，把那俩小子给捆起来了。"

狄公惊喜交集："老人家，太谢谢你了。这两个人可能正是我需要的。你们可真是雪中送炭呀！"张老四笑道："您是我们大柳树的大恩人呀，这俩小子敢骂您，那我们还饶得了他！"狄公笑了："人在什么地方？"张老四道："就在门口。"

转眼，被大柳树村村民捉住的那两名送信人已经跪在堂上。狄公双目如电："如此说来，你们的联络地点就是天宝银号？"一人道："正是。于风在那里等我们。"狄公道："你们共有多少人马，准备何时动手？"那两人将他们知道的情况和盘托出。狄公心中大喜。

夜，天宝银号正房，一张幽州城地图摊在桌上，桌旁围着十几个人。于风手指地图道："今夜子时，我们兵分三路。第一路是飞虎队，悄悄潜入大牢，将关在狱中的游击将军张勇、王进宝、方洪亮等人救出，让他们统领西关的弟兄们直奔兵马司校场，除掉值日官，控制守城军。你们放心，官军中有我们的内线。"

桌旁的几个人点点头："放心吧，万无一失。我们马上去准备。"说着，他们快步走出去。于风接着道："第二路飞彪队，负责夺取幽州城北门，夺门成功后，点信炮为号。北门巡值官军只有不到一百人，应该不是问题吧？"几名首领表示："没问题。我们这就去准备。"说着，转身走出门去。

于风继续道："第三路由我率领飞豹队，埋伏在都督府周围。信号一起，立刻杀进府内，消灭千牛卫和钦差卫队。其余各队，听北门信炮，信炮响后，立刻占领刺史府衙门和粮库，并在全城放起火来，造成大乱的声势。大家都明白了吗？"众人齐声答道："明白了！"

他们哪里知道，天宝银号外，狄春率人正在暗处紧紧地盯着他们呢！狄春轻声问道："已经走了几拨了？"身后一人道："两拨，都派人跟上了。"

正在此时，门声一响，几个人走了出来，立刻分道扬镳，消失在街头。狄春道："跟上。"身后几个身穿乞丐服的小伙子迅速跑了出去。

都督府东花厅郡主房内，传出一阵乒乒乓乓的巨响和郡主的抽泣声。几名卫士站在门前，探头探脑地向里面张望着。李元芳赶忙走过来，低声问道："怎么了？"卫士摇摇头："不知道啊，突然就犯病了。"李元芳走到门前问："郡主，您不要紧吧？"砰的一声，一件东西砸在门上。里面郡主喊道："滚！"

李元芳吃了一惊，赶忙冲卫士们挥了挥手，大家向院外走去。忽然轰的一声门开了，郡主站在门前，满面泪痕。李元芳回过头，干笑道："郡

166

主，您接着砸。卑职等马上就走。"郡主望着他："你进来。"

李元芳愣了一下，走进房中。屋中一片狼藉，连下脚的地方都没有。李元芳踩着瓷器碎片走了进来："郡主，是谁惹您生这么大的气呀？"郡主也不回答，一指凳子，用命令的口气道："坐吧。"李元芳道："卑职不敢。"郡主道："让你坐你就坐！"

李元芳坐下来。郡主走到面前，望着他，轻声道："我好看吗？"李元芳一愣，郡主一把搂住了他。李元芳从凳子上弹起来，推开她："郡……郡主，您……您这是怎么了？"郡主脸罩寒霜："你过来。"李元芳道："卑职告退了。"说完转身往外走。郡主一声大喝道："我让你过来！"李元芳置之不理，一脸的不屑，转身大步走出门去，砰的一声关上了门。李元芳侧耳听了听，房中没有了动静。他长长出了口气，纳闷地摇摇头，转身离去。

再说狄春回到都督府，急忙向狄公报告侦察的结果。狄春喝了口水道："他们一共出去了三拨人，可我们一拨也没跟住，全丢了。"狄公叹口气道："难为你了，下去歇着吧。"狄春站起身走出门去。

狄公对身旁的长史道："现在当务之急是，要弄清他们行动的具体时间和细节。我们已经没有时间暗中调查了。擒贼先擒王，立刻下令抓捕天宝银号中的于风等人，从他们嘴里得知详细情况。"长史踌躇道："一旦动手，势必会惊动隐藏在城中的其他敌人，万一打草惊蛇，令大批逆党逃走，可就得不偿失了。"

狄公沉吟片刻，笑道："兵不厌诈。你马上回去，命令兵马司关闭四门，衙门下达禁市令和净街令，就说突厥大军已到附近，所有买卖店铺一律关张，行人归家，有违令者一律按奸细论处！"长史猛地一拍桌子："妙计呀！先净街，后拿贼，消息就不会走漏出去！卑职马上去办。"

不一会儿，十几名守城军士推动厚厚的城门，咣当一声把北门关闭。街上，官军纵马飞驰，高声喊喝："突厥大军已到城外，所有买卖店铺一律关张，行人归家，有违令者按奸细论处！"

街上一阵骚动。街两旁店铺纷纷上板关张，行人匆匆离开街道。官军的巡逻队来往穿梭着，经过天宝银号门前时，一个伙计慌里慌张地关上大门。马五问道："怎么了？"伙计道："衙门下了禁市令和净街令，说是突厥大军已在附近。"

马五一惊："这才第三天啊，不是说好了五日后到达吗？"身旁的伙计紧张地道："五爷，下了净街令，城中的弟兄们联络就中断了！"马五沉吟道："这倒不是问题，行动时间已经确定，本来也不需要再次联络。奇怪的是，突厥人怎么会这么快就到了呢？"

就在此时，猛然间，地面颤动起来，远处烟尘四起，马蹄如雷，大队人马向天宝银号奔来。马五道："不好，他们一定是发现了我们的踪迹！要马上设法通知于将军，取消今晚的行动！"话音未落，前面传来轰隆一声巨响，马五大惊："怎么回事？"

说时迟，那时快，大队官军已经呐喊着冲了进来，将屋中所有的人全部按倒在地，马五纵身而起，撞破窗棂飞进院中。院内，几十名弓箭手一声大喝，满引雕弓，对准了他。马五吓得六神无主。狄公在卫士们的簇拥下站在门前，静静地望着他。

夜，都督府花园里，郡主在花丛中漫步，身旁几名婢女随侍。李元芳站在远处警惕地看着这边。郡主的眼神不经意地瞟了过来，李元芳赶忙低下头。

"元芳。"身后传来狄公的声音，李元芳扭过头："大人，您回来了。"狄公点点头，低声道："刚刚得到的消息，他们将在今晚子时动手。"李元芳大惊失色："今晚子时？还有不到一个时辰了！"

狄公点点头："杀手们已分散在城中各个角落，只待时候一到，便立刻发起攻击。"李元芳倒抽了一口冷气："那，怎么办？"狄公的脸上露出了微笑："放心吧，都准备好了。"这时，远处的郡主看到了狄公，快步走过来，叫了声"伯父"。狄公微笑着点了点头："青霞，这两天还好吧？"

郡主点点头："怎么了，看你们两个神秘兮兮的样子，说什么呢？"狄公道："哦，没什么，说点闲话。"郡主笑道："我怎么觉得今天所有的人都那么怪呀。"狄公对李元芳道："一会儿，请郡主到我房中，我有话说。"元芳点了点头。狄公快步向正堂走去。

逆党们已经做好了一切准备，就等子时行动了。静夜，在一个大屋子里，坐满了黑衣人，于风盘膝坐在窗前。外面传来一阵梆铃声，于风的双眼猛地睁开了。于风亲自率领的这批黑衣人，担负着攻打都督府邸的任务。

负责劫狱的一队黑衣人飞速来到大牢的墙下，在夜色的掩护下，顺着城根儿飞快地向北门奔去。远处出现了巡哨的官军士兵。首领一挥手，黑衣人停住脚步，迅速贴在城墙上。

大牢敌楼上，两名官军静静地站着，一动不动。黑衣人嗖嗖两支狼牙大箭，洞穿了官军的前胸，两名军士应声倒地，一声不吭。黑衣人哪里知道，是两个草人！一伙黑衣人飞快地跃出阴影，将带索挠钩扔上高墙，拉动绳索，迅速地攀了上去，冲进大牢院子。院内空无一人，一片死寂。首领猛地停住脚步："不对。有埋伏！快撤！"话音未落，轰的一声，周围伏兵四起。敌楼上弓箭手瞄准了下面的黑衣人。

负责夺取北门的逆党，化了装悄悄潜到城门跟前。守城军士发现动静，一声大喝："什么人？"夜色中走出了几十个身穿官军服色的人，前面的军官答道："自己人，查夜的！"守城军士迎上来，冷不防军官闪电般拔出腰刀，狠狠刺进了军士的前胸。身后的人一拥而上，转眼间，便将北门前错愕万分的官军砍翻在地。军官冲黑暗中猛一挥手，城墙下隐藏的黑衣人迅速向城楼上冲去。

假官军和黑衣人迅速冲上了城楼，城上竟然空无一人，既无守城官军，又无巡哨军士。四下一片静悄悄的。首领轻声道："怎么这么静？"身后的假军官猛地一声大吼："中计了！"突然急促的梆铃响起。紧接着，刺耳的破空声响成一片，狼牙箭如飞蝗一般向黑衣人射来。霎时间，城楼上响起一片惨叫声，黑衣人一片片倒下。轰隆一声，信炮冲天而起。寂静的幽州城登时喧嚣起来，马蹄声、喊杀声惊天动地。子时到了！

都督府正堂上，狄公在不停地徘徊着。郡主坐在椅子上东张西望。李元芳站在门前，紧张地倾听着外面的动静。郡主看了看两人的表情："你们怎么了？"狄公停住了脚步："啊，没什么。"郡主道："伯父，您不是说有话要跟我说吗？"狄公笑了笑："不急。不急。"

门哗的一声打开了，狄公冲出门外，郡主和李元芳随后跟出。外面，杀声震天，烈火熊熊。狄公的脸上露出了微笑。郡主惊诧地问道："怎么了？是不是突厥人打进来了？！"

狄公摇摇头道："当然不是。你进屋去，这里不安全。"郡主任性地道："我不，我就要在这儿！"狄公无奈地摇摇头。李元芳低声问道："大人，来势不小啊。"狄公笑了笑："怕的是他们不来。"元芳莫名其妙。

此时，都督府外，火光冲天，于风率黑衣人呐喊着向都督府冲来了！守门的卫士被冲散。于风高喊道："弟兄们，杀进都督府！"黑衣人狂叫着冲进门去。闻讯赶来的钦差卫队且战且走。

郡主惊叫道："你们听，好像是大门方向，有喊杀声？"李元芳的脸色大变："大人，都督府遭到攻击，咱们是不是赶快离开？"狄公的脸色非常严峻，冷笑一声："果然来了！"

就在这时，狄春带着几名卫士跑过来："老爷，叛军已攻破府门，杀到第一进院子了！"狄公点点头："知道了。告诉卫队顶住！"狄春说了声"是"，带领卫士飞跑而去。

郡主惊慌地道："伯父，我们怎么办？快跑吧！"狄公淡然一笑："元芳，陪郡主到屋里去。"元芳道："是。郡主，请吧。"郡主一梗脖子："我不去，伯父在哪儿，我就在哪儿！"

喊杀声越来越近，嗖的一声，一支流矢直奔郡主而来，李元芳一把推开郡主，箭钉在门框上。郡主吓得花容失色，浑身颤抖。狄公却仍然静静地站在门前，一动不动。李元芳催促道："郡主，请进屋吧。"郡主大声喊道："我说了不走，就不走！"说话间，喊杀之声又近了许多，已隐隐能够看到火光。

狄春浑身浴血飞跑而来："老爷，叛军已过花园了！"狄公斩钉截铁地命令道："严令卫队死守！一步也不许退！"狄春答道："是！"飞跑而去。

李元芳道："大人，钦差卫队的战斗力很强啊，怎么今天这么一会儿工夫就让敌人攻到了花园？"狄公道："我把钦差卫队调到城中平乱，这里只留下了两个小队。"李元芳倒抽一口凉气："是这样！大人，我去帮忙。"狄公摇摇头："你的责任是保护郡主。"

郡主猛然一挺胸膛："我不需要保护！本郡主是太宗的子孙，李姓一脉，生要生得堂堂，死也要死得硬气！"狄公的脸上露出了赞许的微笑："好一个太宗的子孙！也罢，元芳，你马上前去，把这里的卫士都带走！一定要顶住！"

李元芳点点头："放心吧！"说着，他纵身而起，高声喊道："弟兄们，守住花园，护卫大人和郡主！"卫士们一声呐喊向花园冲去。

战斗进行得异常惨烈，卫士们在长官的率领下与敌人进行着殊死搏斗。于风所率黑衣人虽然人数占优势，但钦差卫队乃是精锐中的精英，虽处劣势，却丝毫不乱方寸，结成严密的防守队形，且战且退。于风双眼通红，声嘶力竭地狂叫道："弟兄们，给我杀！杀呀！"黑衣人们高声叫喊着猛冲上前。

突然，花园后面传来一阵呐喊，李元芳率援兵赶到，众卫士精神大振，一个反冲锋将敌人压了回去。李元芳掌中的钢刀如同鬼魅一般，眨眼之间，几名黑衣人身首异处。于风一声怒吼飞身上前，李元芳身形一错，钢刀卷起一片寒雾，随着一声惨叫，于风的左臂被砍落在地。黑衣人见此，锐气大挫，扭头向外跑。于风一声狂叫，寒光连闪，将几名逃跑的黑衣人砍倒在地。黑衣人无奈之下，硬着头皮掉头向卫队冲来。李元芳怒吼一声，率卫队兜头迎上，双方又陷入了混战之中。

却说正堂上，狄公静静地站着。身旁的郡主紧张地望着花园方向，

171

她的手缓缓从袖口里伸了出来，手上拿着一柄匕首。狄公专心地望着前方，一动不动。郡主轻声道："如果他们攻破防线，我就自杀！"说着，她举起了手中的匕首。狄公笑道："放心吧，我不会让太宗的子孙这样死掉！"

郡主望着狄公，渐渐地脸上露出了一丝狞笑："如果太宗的子孙想让你死掉呢？"狄公猛地一惊，回过头来。郡主举起匕首一声大喝："死吧！"寒光一闪直奔狄公胸前……说时迟，那时快，一条人影从空而降，落在了狄公和郡主之间。扑的一声，匕首狠狠刺进了来人的前胸……郡主发出了撕心裂肺的叫声。狄公睁开眼睛。只见虎敬晖站在二人中间，静静地望着对面的郡主。狄公惊得目瞪口呆。

突然，郡主发出一声歇斯底里的狂叫，拔出匕首在虎敬晖身上拼命地刺着，鲜血飞溅。狄公一声大喝："住手！"郡主停住了手，脸上喷满了鲜血，显得异常狰狞可怕，像个魔鬼。

扑通，虎敬晖的身体沉重地栽倒在地上，鲜血奔涌出来。狄公一步上前，抱起他："敬晖！"虎敬晖双目紧闭。"行了，别喊了。"郡主冰冷的声音响了起来，"他死了。"

狄公猛地抬起头，眼中噙着泪水，一字一顿地道："你——就——是——金——木——兰！"郡主狞笑着走过来："不错，伯父大人，没想到吧？郡主李青霞才是真正的金木兰！"狄公深吸了一口气："我终于明白了，你们杀死使团冒充进京，不光是为了劫土窑、救刘金，最主要的目的是要把你带出长安！"

郡主道："一点儿也不错！你知道，身为郡主，行动受到极大的限制，我控制幽州的局面，全靠虎敬晖和于风。有几次，我偷偷潜出王府赶到幽州处理急务，回来后险些被父亲得知。而且，武则天对我李姓皇族一向引为大敌，我家周围有内卫常年监视，行动非常不便。这一切，都不利于我开展计划，推翻武逆，因此，我早就想脱离牢笼，以谋大事，只是苦于没有机会。"

狄公道："推翻武逆？你是太子的人？"郡主冷笑一声："太子？"她一脸的不屑："他算什么东西！懦弱无能，卑躬屈膝！"狄公叱道："太子虽然软弱，至少还没有像你一样卖国投敌，辱没先皇！"

郡主口出狂言："你懂什么，这叫借外力御内敌！我是李姓子孙，从来都是以推翻武逆为己任。虽然当时我已控制了幽州，可苦于势单力孤，难与武逆对抗，因此，刘金身上的那份名单对我来说至关重要。"

狄公道："为了这份名单，你可真是煞费苦心啊。"郡主道："自从刘金在幽州被俘，这三年来，我绞尽脑汁，联络各种势力营救刘金。一年前，我曾策划了一次营救，可长安城戒备森严，我的人刚刚潜入城内便被南衙禁军逮捕，多亏虎敬晖替我杀人灭口。从那以后，我便不敢轻举妄动了。就在我焦急彷徨之际，圣旨到了，武则天将我嫁给突厥可汗为妻。我立刻通过朝中的关系了解到，她将与突厥议和，这正是个千载难逢的好机会，既可以救出刘金，又可以助我脱离牢笼。于是，我冒险潜出长安，赶到突厥，秘密会见了吉利可汗的叔叔莫度。我二人一拍即合，这才定下了这个计划。"

狄公点点头："两个月后，假使团进京，蝮蛇在御街袭击行驾，找个替身代你而死，于是，翌阳郡主就此消失，你李青霞便可以在外面毫无顾忌地指挥这个巨大的阴谋。"

郡主一阵冷笑："狄仁杰呀狄仁杰，你聪明一世，最后竟栽到了一个'李'字上。试想，如果我不是太宗的子孙李青霞，而是别的什么人，你恐怕早就猜到我是金木兰了。"

狄公的眼中闪烁着愤怒的光芒："你还有脸提起太宗皇帝！我真想不到，李姓子孙竟会勾结突厥败类，充当卖国贼的角色！"郡主大言不惭地道："你更想不到，我这个李姓子孙要做第二个女皇帝！谁敢阻拦，我就要他死！"

狄公愣住了。郡主缓缓蹲下身，望着虎敬晖柔声道："其实，昨天晚上，我抱那个李元芳是为了气你的。我不想和你争吵，可你却总让我放弃。我为什么要放弃？你为什么就不能帮我？你为什么要保护我们的敌人？！为什么？！"

她狠狠地踢了虎敬晖一脚，歇斯底里地大喊大叫："你竟敢背叛我，你这个该死的杂种！杂种！！"狄公一声怒喝："你给我住手！"郡主慢慢抬起头来，冷冷地道："他是我的爱人，连他我都会杀死，你想想，我该怎么对付你！"说着，她举起了刀："死吧！"寒光一闪，郡主挥刀向狄公猛刺而来。

虎敬晖突然睁开眼睛，使出最后的一点气力，双掌齐出，重重地击在郡主前胸，郡主一声惨叫，身体飞了出去，砰的一声落在地上。

都督府门前蹄声如雷。幽州长史率钦差卫队剿灭了叛匪后火速赶回总督府邸，保护狄公等人。

此时，花园中的卫队只剩下十几个人，在黑衣人的冲击下向后缓缓地退却着。李元芳浑身是血，钢刀飞动，四周血肉横飞。长史率领钦差卫队大声呐喊着冲进花园，骑兵登时将黑衣人冲散。于风见势不妙，转身向外逃去，李元芳飞身而起，挡在了他的身前："哪里走？"于风一声狂叫猛扑过来，做困兽斗。元芳挥刀，寒光一闪，于风握刀的右臂也掉在了地上。李元芳一字一顿地道："这是为了那些被杀的突厥使节！"

于风双眼通红，已近乎疯狂，他一跃而起，以头为武器向李元芳撞来，李元芳一声大吼，寒光卷起，于风的人头箭也似的飞了出去，无头的躯体晃动着，重重地摔倒在地。李元芳冷冷地道："这是为了始毕可汗！"

正堂门前，狄公抱着虎敬晖坐在地上。不远处，郡主不停地挣扎着、咒骂着。狄公看了看怀里的虎敬晖，轻声道："敬晖，谢谢你。"虎敬晖笑了："你知道吗，其实，我一直把您当成父亲。我不会允许别人杀死我的父亲，即使是我的爱人也不行！"

泪水滚过狄公的面颊。虎敬晖道："我从没想过，闭上眼后，那边的世界会是什么样子。但愿别再有仇恨……"他的头一歪，一缕鲜血从嘴角渗出。

"敬晖!"泪水涌出了狄公的眼窝。虎敬晖的眼睛睁得大大的，似乎还有很多话要说。狄公伸出手合上了他的双眼。轰隆一声巨响，一颗信炮从北门方向升了起来，在夜空中炸开。狄公抬起头来。流散的火药划过天际，在夜空中拉出了长长的拖尾。

狄公用双手拔出虎敬晖的宝剑，仔细一看，剑身镌刻着秀丽的行书，而剑刃则闪烁着清冷的寒芒。狄公长叹一声，将剑插入匣中。身旁的李元芳轻声道:"真是把好剑。"

狄公将剑递给李元芳，郑重地道:"我把它送给你。"元芳伸手接了过来。狄公眼含热泪，轻声道:"记住他吧!"李元芳点点头:"从今日起，卑职弃刀用剑，来纪念这位……好朋友。"

夜深沉，都督府东花厅正房，一杯酒摆在郡主面前。郡主静静地望着，过了许久，她慢慢端起杯来一饮而尽。啪的一声，酒杯摔得粉碎。郡主发出一阵疯狂的笑声，猛地，她的身体抽搐起来，鲜血从嘴角渗出，身体沉重地倒在地上。

门外，狄公静静地看着眼前的一幕，不禁发出长长的叹息。他转过身缓缓向外走去。李元芳轻声问道:"大人，为什么要这么做?"狄公长叹一声:"如果她不死，就会连累自己的父兄和一大批李姓王公，甚至连太子都有可能受到牵连。皇上正愁没有机会除掉他们!"李元芳这才恍然大悟，点头道:"大人为李姓宗嗣真是呕心沥血呀!"

狄公又长叹一声，慢慢地摇了摇头。几天后，长安城大明宫，武则天坐在书案后。太师张柬之等人站在阶下。黄门官高声朗读着狄仁杰派人送来的奏章:

臣狄仁杰叩上:

突厥使团遇害一案发于九月十五日，结于十月二十日。逆渠金木兰、刘金、蝮蛇、方谦、吴益之、于风、马五及幽州附

175

逆官吏七十五人皆已伏诛。今幽州归治，大案结陈。此乃陛下圣服教化，育民之德也。

原甘南道游击将军李元芳，虽遭冤陷，然忠勇不屈，身冒百死，助臣击破逆党，厥功甚伟。臣请封为检校鹰扬卫中郎将，正四品上，赐留用微臣身旁。

翌阳郡主李青霞，沦落歹徒之手，然贞操节烈，不辱国体，服毒以抗暴。臣请谥为贞烈郡主。

千牛卫中郎将虎敬晖，身先士卒，屡建奇功，厥功至伟，为救微臣遭歹人毒手，不幸身亡，臣痛惜之至。请谥为一等忠勇伯。

突厥国可汗吉利，上表叩谢陛下复国大恩，并上疏请和，意亲身赴阙朝拜，与天朝永结盟好。此事前表已具，今不再详陈。

臣身在幽州，仰望朝阙，冀能尽早面圣，幸甚之至。

上陈诸事，请圣上阅批。

臣狄仁杰再拜顿首。

黄门官念毕，看了武则天一眼。武则天双眼看着窗外，沉思着。张柬之轻轻咳嗽了一声："陛下，陛下。"武则天猛醒过来："啊？完了？"黄门官道："是。"张柬之道："不知狄公所奏之事，陛下以为如何？"

武则天长长出了口气："如此悬疑奇案，狄怀英竟旬月便已告破。真是神乎其能啊！"

张柬之道："最可贵的，是他能救出吉利可汗，助其平叛复国，使一触即发的战争消弭于无形，又令吉利俯拜于天朝阙下，真可以说是不战屈人之兵啊！"武则天连连点头。

张柬之接着道："还有，狄公在幽州，养民生息，裁核苛政，宣传教化，使王化被于万民，这实在是可敬可佩呀！"武则天微笑道："狄卿

176

所奏，不必交吏部及兵部核查。照准便是。"张柬之应声："是。"

又过了数日，长安城举行盛大的仪式，欢迎突厥吉利可汗来京议和。雄壮威武的十二卫一列列开过，闪出了突厥的狼头旗和大周的赤色旗。旗下，突厥吉利可汗坐在马上，与狄公牵手而行。两旁围观的百姓发出一阵阵欢呼。太极殿上，武则天与吉利向天盟誓两国和好，永结同盟。朝臣山呼万岁。

当天黄昏，武则天与狄公缓缓走在御花园的林荫小径上。生性多疑的武则天看了狄公一眼："名单呢？"狄公笑了笑："随匪首金木兰一同被焚。"武则天问："你看到了？"狄公道："微臣亲眼所见。"

武则天看了狄公一眼，未置可否。二人徐徐向前走着，忽然武则天站住："虎敬晖和李青霞到底是怎么死的？"狄公道："臣在表中都已具奏过了。"武则天望着狄公，良久，脸上露出了笑容，那是会心的笑，慢慢地，她大笑起来。狄公也笑了。笑声在御花园上空回荡。

当夜，在长安公馆房间，狄公长叹一声，一只手拿着武则天问的那份名单，扔进了火盆里，顷刻之间，便燃烧起来。元芳吃惊地道："大人，这名单不交给皇上？"狄公道："那又将是一场血雨腥风。还是烧了干净！"

李元芳点点头："大人，卑职至今仍有一事不明？"狄公问："什么事？"李元芳道："翌阳郡主身为皇室贵胄，行为受到很多约束，她怎么能够组织起一支如此庞大的叛党队伍？"狄公仰天长叹一声："这个问题我曾不止一次地想过，但现在已随郡主的死成了永久的谜团。永久的谜呀！"火盆中，那名单已经燃成了灰烬……

第二部 蓝衫记

第一章 湖州县惊爆连环杀

湖州县衙内，师爷推开二堂的大门，快步走进来，县令曾泰站起身来，急切地问道："怎么样？"师爷手托公文道："州里的行文到了，消息确实。黜置使狄仁杰大人将于三日内到达湖州。"曾泰接过公文，吩咐师爷立刻下去布置，准备迎接。狄仁杰只用了短短一个月时间侦破了突厥使团遇害的特大案件后，武则天大悦，任命狄仁杰为江南道黜陟使，以钦差大臣身份前往江南访察吏治民情。四品鹰扬卫中郎将李元芳伴随左右。

正是初春时节，晴空万里，大地复苏，地处江南的湖州郊外，早已是一片早春气象，树木新绿，百花飘香。几只蜜蜂不停在花丛中飞舞。一位老蜂农调制好一碗蜂蜜水，端起碗来，对对面的一位教书先生模样的长者笑道："来，先生，尝尝鲜。"

此人正是狄仁杰。他接过碗，轻轻地啜了一口，分几次将蜜水咽下，而后将碗递给身旁的李元芳。李元芳接过碗，咕嘟一大口，喝下了半碗。狄公扑哧一笑："元芳啊，品蜜不能这样，你这叫喝水。"李元芳笑了："我哪懂那么多，只知道甜。"

狄公乐得呵呵大笑。蜂农也笑了，他问道："先生，咱这蜜还不错吧？"狄公笑眯眯地说道："凡蜜者，六分甜，四分香，滑而润者为上品。七分甜，三分香，滑而腻者为中品。甜而不香，腻而不滑者为下品。老人家，不瞒您说，您这蜜顶多算得上是下品。"老蜂农一伸大拇指："大行家！"狄公笑着摆摆手："您老过奖了。"老蜂农叹了口气道："蜂儿无暗香不飞，无奇香便无好蜜呀！"

话音未落，只听轰的一声巨响，三人吓了一跳，赶忙扭头看去，蜂群犹如一大块乌云一般，向正西方直飞而去。狄公不禁一愣。老蜂农也感到十分诧异，惊呼道："这……这是怎么回事？"狄公道："蜜蜂如此结群而起，是非常少见的。"蜂农道："是呀，从来没遇到过这种情形。"

狄公望着蜜蜂飞去的方向问道："西边是什么地方？"老蜂农回答："是……是刘家庄。"狄公道："肯定是庄内有大花圃，这才把蜂儿招去。"蜂农摇摇头："不可能，刘家庄离此十多里地，就是有再大的花圃，蜂儿也不可能嗅到。这可真是奇怪了！"

却说刘家庄门前悬灯结彩，大张喜字，喜棚高搭。棚内摆着十几张大桌，桌上摆满了丰盛的菜肴，许多农民模样的人围在桌边大吃大喝，高声聊天。周围，几副响器热热闹闹地吹打着。仆人们站在门前，向乞丐施舍喜钱。

狄公和李元芳来到门前。李元芳道："这儿就是刘家庄。"狄公笑道："这就叫来早不如来巧，人家正办喜事，又是午饭时间，也许咱们俩还能打上一顿秋风。"李元芳笑了："那卑职就跟着大人沾光了。"

狄公连连点头："这个光沾得，沾得呀。既不破费，又能饱餐一饭，真是人间美事。"

李元芳被逗得哈哈大笑。狄公快步走到喜棚旁的大桌上，拿出自己的名帖递了过去，仆人看了看："哦，您是并州来的教书先生？"

狄公点了点头："正是。在下怀英。"仆人请狄公留个名儿，然后到喜棚里吃饭去。

狄公对仆人道:"尊介,借笔墨一用。"仆人连忙拿过笔墨和红纸。狄公接过笔,略一沉吟,在纸上写下了一副对联:"亢龙成姻,姻姻出自西院红花;危燕谐缘,缘缘往与南楼青主。"写毕,他把笔一投,笑道:"尊介,麻烦你把对联送进去,交与你家主人。"

仆人一愣:"这……"狄公马上拿出一两纹银递了过去:"不成敬意。"仆人见了银子登时眉开眼笑,伸手接了过来,毕恭毕敬地说:"请您稍等。"说完,跑进院门。李元芳低声问道:"大人,您写了什么?"狄公神秘地一笑:"一会儿你就知道了。"

话音未落,门里传来一阵脚步声,一位年轻公子急忙走出来,问:"哪位是并州的怀先生?"狄公:"在下便是。"那位公子望着狄公,心里有些怀疑,问道:"先生真的是从并州来的?"狄公点了点头。公子问:"不知我庄内之事?"狄公又点了点头。公子好奇地问:"那您怎么能写出这样一副对联?"狄公微微一笑:"不过凭双目和头脑耳。"

公子道:"不敢请教。所谓亢龙成姻,先生是在暗示这桩婚事乃是家父娶亲……"狄公点点头:"从你门前的布置就可以看出,绝不是年轻人办喜事。"

公子问为什么。狄公答道:"过于简单,甚至有点漫不经心。这相比起刘家如此巨大的家业来说甚不相称。因此,可以断定是老人续弦或是再娶。因此,在下用了二十八宿中的'亢龙'这两个字。"

公子伸出大拇指:"高!那么,'姻姻出自西院红花',所谓'西院'者,先生指的是青楼吧?"狄公微笑道:"何以见得?"公子道:"因为,青楼的大门是冲西开的;所谓'红花'者,也是对青楼女子的形容。先生是在暗示,家父娶了一位青楼女子。"

狄公点头:"不错。婚事过于简单,这就说明娶亲之人有些含羞带愧,遮遮掩掩,那么只有一个原因——娶了一位青楼女子过门,因此,不欲张扬。"

公子越发钦佩了,不住地点头:"下联是'危燕谐缘,缘缘往于南楼青主'。先生用了二十八宿中的'危月燕'，取其字面之意，是说燕子做巢于危楼之上，朝不保夕，这是对青楼女子处境的形容；而'南楼青主'，则是指的做官之人。您是在暗示，这个青楼女子得到一个奇缘，嫁给了一位做官之人。"

狄公答道："公子所言正是。从庄子的排场来说，令尊绝不是一般的土财主，可以肯定是一位归田的官宦。青楼女子能嫁入官宦人家，可以算是个奇缘了吧。"

公子望着狄公，佩服得五体投地："先生真乃神人也！如不是亲眼所见，传林绝难相信，世上竟有这样的人！"说着，他双膝跪倒，纳头便拜："小可刘传林，仰慕前辈高才，请受我一拜！"站在一旁的李元芳目瞪口呆，静静地看着眼前这一幕。狄公对他悄悄挤了一下眼，赶忙搀起公子："公子请起，不敢当。"

刘传林站起身："先生这副对联写得真是绝了。用了二十八宿中的'亢金龙'和'危月燕'，又用'西院红花'对'南楼青主'，工整对仗，既道出了隐情，又含蓄谐趣。传林钦佩之至！"狄公笑道："公子过奖了。"

刘传林长叹一声："家母辞世多年，家父一直未娶。直到几天前，他老人家才告诉我，要娶一位青楼女子……"说着，他的眼圈有些红了，轻轻抽了抽鼻子。狄公看了他一眼，略觉奇怪："公子，怎么了？"刘传林勉强笑了笑道："哦，没什么。请先生到前厅，传林要亲自奉膳。"

日光照耀着阳澄湖，水面波光粼粼，几条渔船在湖心荡漾，渔夫们高声吆喝着，拽动渔网。砰的一声，渔网破水而出，登时水花飞溅。渔夫们一阵惊呼。原来，网里躺着一具身绑大石的死尸！尸体被湖水泡得膨胀起来，面目狰狞，形状可怖。渔夫们吓得魂不附体，面面相觑。

与此同时，小阳村张春家的后院里布满了捕快、班头。一具尸体被人从土里拖了出来。尸体发出一阵阵恶臭，捕快们赶忙掩住鼻子。张春母子站在门前，目瞪口呆地望着眼前的一幕。张母惊恐万状，喊道："春儿，你……你杀人了？"

张春浑身颤抖着道："娘，我没有啊！"他猛地转过头问捕快："我说各位爷，这……这是怎么回事？！"捕快班头瞪了他一眼："你问谁呢？自己杀了人，问我是怎么回事？要不是地保闻见味儿，报了官，你小子现在还坐家里美呢。跟我演戏！"

张春扑通一声跪倒在地，带着哭音喊道："赵头儿，我没杀人！这人不是我杀的！"赵头儿冷笑一声："你没杀人？那这人是自己钻到土里憋死的？少废话，给我带走！"

衙役们如狼似虎一拥上前，将张春按倒在地。张母见状一声惨叫，猛扑过来，一把抱住赵头儿的腿哭道："老爷，我就这么一个儿子！你们把他带走了，我可怎么活呀！"赵头儿道："老太太，你儿子杀了人，这我可没办法。有话您到衙门说去！走！"衙役们将张春押出大门。张母痛哭着摔倒在地。

再说那刘家庄，狄公、李元芳在刘传林的陪同下走进内院，经过一座月亮拱门，便进入了花园之中。只见园中回廊曲折，花丛遍布，汉白玉拱桥横架在一条溪水之上，碧水环流，穿越于太湖石之间，真是清幽静谧，极尽典雅。

狄公不禁点头赞道："此园着实有几分颜色，造园之人胸中有些丘壑呀！"刘传林笑道："先生过奖了。这园子是学生设计的。"狄公微笑道："后生可畏呀。不瞒公子，其实，在下二人是追随蜂群而来的。"刘公子一愣，马上明白过来："哦，对了。上午园中确实是飞来了一大群蜜蜂，差点把人蜇伤。"狄公道："想必，府中定有大花圃吧？"刘公子点点头："有是有，可从没来过那么多蜜蜂。真是怪事一件。"狄公道："我也是觉得奇怪，这才想到府中看看。"

正说到这儿，一名管家飞跑而至，在刘传林耳旁低语了几句，刘传林点了点头，转过身来抱歉地道："怀先生，实在对不起，有一些急事要处理，让我的管家刘大先陪二位转转，我马上就来。"狄公赶忙道："公

182

子请便。"刘传林急急忙忙地向花厅奔去。刘大一伸手笑道:"二位老爷,请跟我来。"狄公点点头,跟李元芳一道随刘大向前走去。

湖州县衙公堂上,一具泡得发白的尸体横躺在公堂之上。县令曾泰和师爷蹲在一旁细细地察看,身后站着那几个发现尸体的渔夫和捕快班头。曾泰抬起头道:"被人用绳索勒死以后,才沉尸湖底的。"

捕快班头点点头。曾泰伸手轻轻摸了摸尸体的衣服:"这衣服是缫丝制成,看来死者是北方人。"身旁的师爷低声道:"太爷,狄大人马上要到湖州,在这个时候出了人命案,对咱们不利呀!"曾泰看了他一眼,没有说话。师爷道:"一定要尽快破案。"曾泰点了点头,眼睛转向渔夫们:"最近,你们村里有什么异常情况吗?"

船老大想了想:"倒是没有。"忽然身旁的一个渔民说道:"哎,对了,前两天王五那小子不是说过吗,有个外地客人雇了他的船,从镇江一直到湖州。这小子吹牛说,那个外地人给了他三十两银子。"曾泰抬起头:"哦?有这等事?"船老大一拍脑门:"对了,是有这么回事。这两天,王五也不出船了,天天在镇上和一帮无赖赌钱喝酒。"

曾泰站起来,对捕快道:"立刻扣住王五,搜查他的住处!要快!"正说着,门砰的一声被推开,曾泰一惊,转过身来。赵头儿满头大汗,气喘吁吁地站在门前禀道:"太爷!"曾泰道:"怎么了,慌慌张张的?"

赵头儿道:"今午接小阳村地保报案,该村村民张春家后院发出阵阵恶臭。小的率人赶到,掘开张春家后院浮土,发现一具尸体!"曾泰一惊:"哦?又是一具尸体!"师爷倒抽了一口凉气。

阳澄镇赌坊里,昏暗的光线下,一群赌徒围着桌子呼么喝六,高声喊叫着。轰隆一声,十几名捕快破门而入,赌徒们见状大惊,一个小个子跳起身向窗户奔去。一名捕快迅速将他按倒在地。他高声喊道:"你们干什么?凭什么抓我!"捕快头儿走到他面前,狠狠地给他一个嘴巴:"你是王五不是?"小个子应道"是"。捕快头儿一挥手:"给我带走!"

与此同时,在刘家庄花园里,狄公和李元芳在刘大的引领下穿行在花丛中。前面出现了一座假山，四周没有了路。狄公一愣。刘大赶忙一伸手，指向假山旁的石洞："二位，这边请。"狄公看了他一眼笑道："你还是个左撇子。"刘大笑道："哟，您老这眼睛可真厉害！没错，多少年养成的臭毛病。"

狄公笑了。三人穿过石洞，眼前豁然开朗，一个巨大的花圃出现在面前。蜜蜂聚在花丛中，经久不散。狄公快步走了过去，仔细查看。刘大道："老爷，看来您也是个懂花儿的。"狄公淡然一笑："略知一二吧。"刘大笑道："您能报出这圃中每一种花儿的名字吗？"狄公看了看："差不多吧。"刘大笑道："您要是能报全了，小的就真服了您了。"

狄公欣然允诺："好，那我就试一试。这是芍药，这是牡丹，后面的是月季、玫瑰、青菊、栀子、杜鹃、鹤望兰，嗯，居然还有茶花，真是不容易呀……"忽然，他停住了嘴，目光落在了几丛淡蓝色的花朵上。

刘大露出得意的微笑："老爷，这是什么花儿，您认得吗？"狄公的眼中露出了诧异之色："这里怎么会有这种花，可真是奇哉怪也！"李元芳问道："这是什么花？"狄公思索着，没有回答。刘大得意地笑道："老爷，不知道就不知道吧，就连这附近的养花大名家肖先生也叫不出名字来，没什么丢人的。"狄公抬起头来笑了笑："这是那兰提花，难怪蜜蜂会结群而至。"刘大的得意之色登时凝固在脸上，张口结舌："您……您怎么知道？"

狄公笑了笑："《难经》中载，那兰提花色淡蓝，朵小，实可入药，其花奇香有加，可以算得上是花中极品。"元芳拍了拍刘大的肩膀笑道："怎么样？想要难住怀先生，不是件容易的事吧！"刘大钦佩地一竖大拇指："服了！"狄公笑了笑："奇怪。"李元芳问什么奇怪。狄公道："此花应该是产于天竺，乃天竺大僧和贵胄们的宠物，非常难得。而且，此花极难侍弄，要养活都很不容易，更何况是如此盛开了。"刘大道："这是我们新夫人带来的。"狄公点了点头："哦，原来如此。"

正在此时，一阵微风吹过，隐隐传来一阵啼哭声。狄公一惊，抬起头来，只见不远处太湖石旁的大柳树下，一位美貌少妇坐在石凳上抽咽着，面前站着一位年过花甲的老人。老人满面怒容，大声说着什么。声音顺风飘了过来。狄公和李元芳对视了一眼。那边，老人偶一扭头，正看到了狄公他们三人。他似乎吃了一惊，大步走了过来。

刘大一见老人走来，非常紧张："坏了。"狄公赶忙问道："这位老翁是……"刘大道："这位就是本家的刘员外。坐着的就是新过门的夫人。"话音未落，刘员外大步走到三人面前，满面怒容，看了看狄公和李元芳，问刘大道："这二人是从何而来？"刘大赶忙道："是公子的朋友，来看看咱家的花圃。"

刘员外怒骂道："你这狗头真是欠打！既是公子的朋友，在前厅也就是了，为什么要引他们到花园中来？"刘大委屈地道："是公子让我……"啪的一记耳光，抽在了刘大的脸上。刘员外怒不可遏，歇斯底里地大叫："公子，公子！我还没死呢！"

狄公赶忙上前一步道："员外息怒，我二人不过是仰慕刘家花园之名，特来看看，别无他意。"刘员外鼻子重重地"哼"了一声："府内不便，二位这就请吧。"说完，他大踏步地往回走去。李元芳非常气愤："你家员外真是不通情理，我二人不过是进来看看便遭这等抢白！"刘大捂着脸嘟囔道："这老头子今天这是怎么了？真他妈邪门！"狄公赶忙道："既然主人不乐，那我二人就此告辞了。"说着，对李元芳使了个眼色，二人快步朝外走去，出了庄门。

"二位，请留步！"刘传林从后面跑过来。狄公收住脚步。刘传林惊诧地道："怎么，二位要走？"狄公笑了笑："还有些事情，就此告辞。"刘传林道："花厅已备好酒席，怎么也要用过饭后再走啊。"狄公微笑道："就不打扰了，咱们后会有期。公子留步。"说着，二人快步离去。刘传林愣在当地，不知所以。

狄公和李元芳走在庄外的土路上。李元芳扑哧一声笑了出来。狄公回过头问道："笑什么？"李元芳笑道："本以为能打个秋风，蹭顿好吃的。

没想到，好吃的没吃成，倒遭了一顿好抢白。您这宰相大人，也算是颜面扫地了吧。"

狄公被这几句话逗得哈哈大笑："有道理。果然是颜面扫地！看来，我二人只得到乡间小铺去填饱肚子了。"李元芳笑道："这个客一定由卑职来请。"狄公也笑道："你是想花小钱，下次占我的大便宜。"李元芳笑道："大人说得一点不错。"

狄公道："好，我问一个问题，只要你能回答，就你请。回答不出，就我请。"李元芳道："大人请讲。"狄公道："这个刘员外为何怒气冲冲？"李元芳愣住了。他静静地思索着，良久，犹豫道："难道，大人又看出了什么端倪不成？"狄公微笑道："答不出来了吧？"李元芳点点头。狄公道："因为，他和夫人吵架了。"李元芳愣住了。狄公哈哈大笑，快步向前走去。李元芳道："这么大人，为了顿饭还使诈，真是的！"说完，他也不禁笑了出来。

湖州县公堂上，啪的一声，惊堂木重重地拍在公案上。曾泰环视了一下堂中的三班衙捕和堂下围观的百姓，最后，他的目光落在了下跪的张春身上。他轻轻咳嗽了一声："下跪何人？"张春回道："小人小阳村村民张春。"曾泰问道："今午，捕快在你家后院发现一具男尸，这是怎么回事？"张春浑身颤抖道："小……小人不知。"

曾泰把眼珠子一瞪："大胆！尸体在你家后院发现，你竟然推说不知，分明是谎言抵赖！来人！堂棍伺候！"行刑衙役手持水火棍踏上一步。曾泰的目光紧紧地盯着张春。冷汗从张春的额头滚滚而下，他跪爬两步："大……大人，是这样，此人头天傍晚曾在小人家借宿，第二天天不亮就走了。"

曾泰点了点头："此人姓甚名谁？哪里人氏？"张春答道："说是姓吴，京城长安人氏。"

曾泰抬起头，目光像通了电一般，盯住张春："你说，他天不亮就走了？"张春赶忙道"是"。曾泰冷笑一声："那就是卯时了。"张春道：

"正是，正是。"曾泰问："他是朝哪个方向走的？"张春不假思索地道："向东。"

曾泰发出一阵冷笑："好，说得好！依你所说，此人是卯时离开你家，向东而去。"张春道："是。"曾泰问："你家所住的小阳村在县城西边，离县城不到十里的路程，我说得不错吧？"张春又说了个"正是"。曾泰道："好，那么，此人向东走，就是往县城而来。"张春答道："正是，那人告诉小人，他正是要到县城去办事。"

曾泰发出一阵冷笑。堂下衙役和围观百姓都惊住了，张春更是张口结舌。曾泰一拍桌子："好你个大胆的刁民！县城城门每日辰时开放，而从你家到县城连小半个时辰都用不了，你竟然说此人卯时就从你家出发，难道他要站在县城门前，等上一个时辰？"张春傻了。曾泰继续道："还有，既然此人已走，为何尸体却埋在你家的后院？"张春拼命磕头："太爷，定是有人栽害小人。太爷明察呀！"

曾泰一阵冷笑："我来问你，你母亲王氏耳不聋、眼不花，整日待在家中，如果真有人将尸体埋在你家后院，她会听不见吗？"张春连喊冤枉，大声叫道："请太爷做主！小人冤枉！"

曾泰把公案拍得生响，怒喝道："大胆张春！分明是你见财起意，杀死借宿之人，而今，事实俱在竟还敢巧言抵赖。来人哪，堂棍伺候！"仓啷一声，四条堂棍戳在地上，衙役们虎视眈眈地望着张春。曾泰脸罩寒霜，冷冷地道："怎么样？"张春浑身不停地颤抖着，他抬起头来，满面泪痕："太爷，人真不是小人所杀……"曾泰大喝一声："动刑！"

傍晚。县城的一家小饭铺内，食客们呼幺喝六，大声叫喊。狄公和李元芳坐在靠近门边的一张桌旁，边吃面条边闲聊着。李元芳笑道："您这位黜陟使大人打算什么时候才露出庐山真面目啊？"

狄公笑道："不急，不急啊。所谓黜陟使，就是要查看各州县官吏的政绩，赏善罚恶。倘若我们摆出仪仗，盛服来此，就很难看到此地官吏的真实面目。还是这样好啊，既能查看民俗民风，又能查察吏治，还可以吃上这碗可口的阳春面。"

李元芳笑了起来："这碗面对卑职来说，并不可口。"狄公笑道："你是凉州人，吃不惯南方食物，这也难怪。"李元芳道："中午大人请卑职吃臊子面，晚上卑职请大人吃阳春面。看来，以后和大人出来，吃面是肯定的了。哎，狄春的话真是说得很对呀。"

狄公好奇，笑问："这小厮说我什么？"李元芳道："他说，要想占上大人的便宜真的是十分的不容易。"狄公听罢不由得哈哈大笑。李元芳也笑道："既然沾不上大人这个黜陟使的光，那卑职是不是可以申请下顿饭不再吃面了。"狄公连连点头："好，好。下顿一定不再吃面。"

李元芳哈哈大笑起来。狄公伸手端过李元芳的碗道："左右你也吃不惯，便分我一些吧。"李元芳笑道："没占到大人的便宜，大人倒是占尽了卑职的便宜。我这亏吃大啦！"狄公大笑："哎呀，再要一碗又吃不完，咱俩分分岂不节省些。"李元芳笑着将碗里的面拨进狄公的碗里。狄公津津有味地吃了起来。

李元芳道："大人，这次，皇上封大人为黜陟使巡察江南各州县，又将我擢升为正四品鹰扬郎将，据我看，一来是为了整饬吏治，二来也是为了酬功。"狄公抬起头："酬功？"李元芳点点头："正是。幽州一案大人费尽心力，披肝沥胆，鬓边已平添了许多白发，圣上之所以派大人到江南巡察，就是想让您好好休息休息。"

狄公笑了："好个李元芳，居然把圣上的心思猜了个五成。"李元芳一愣："只五成？"狄公点点头。李元芳问："那还有五成……"狄公放下筷子，长长叹了口气："我们临行之前，御史李昭德因上书谏事，触犯天颜，被皇帝处死，这件事，你知道吧？"李元芳道："我听说了，却不知原委。"

狄公点了点头："而今，朝内很多大臣纷纷上折，恳请皇帝将大位传与太子，复李唐神器，李昭德就是其中之一。皇上心内不快，却又无法明言，因此，以其他事为由处死了李昭德，杀一儆百，以缄众人之口。"

李元芳还是不明白："是这样。可这跟您有什么关系？"

狄公道："这些上书的大臣，有很多是我的学生，像张柬之、郝处俊、姚崇、宋景。皇上担心，一旦他们找到我，要我牵头上书，我会很难处置。因此，她想了这个办法，一来是让我休养，二来是躲开是非的旋涡，这是皇上的苦心啊。"李元芳这才恍然大悟。

狄公叹道："这些大臣冒死上谏，忠心可表，这也还罢了。可他们恰恰忽略了一件事。"李元芳问："什么事？"狄公道："太子。"李元芳愕然："太子？啊，大人是担心皇上会迁怒于太子？"

狄公点点头："正是，皇上这个人我了解，城府极深，一旦她心中怀恨，不动声色，就能置人于死地。而太子又是软弱无能的人……"李元芳叹了口气："大人，既然事已如此，您也别再多想了，到湖州就好好休养生息，不要辜负了皇上的一番苦心。"

狄公点点头："是啊，湖州物阜民丰，人杰地灵，加之景色秀美，气候宜人，倒是个休养的好所在。"李元芳道："湖州是不错，只是这里的人有些刁钻。"狄公一愣，继而笑了起来："你还记着上午那件事。"

李元芳也笑了："那个老头也忒不通情理，想起来令人气愤！"狄公道："好了，我们闯进人家家里，还不许别人发发脾气？再说，那位刘公子不是拳拳之意，以礼相待吗？"李元芳点点头："那倒是，那位刘公子真是个不错的年轻人。"

正说到这里，街上忽然乱了起来，传来一阵阵高声喝喊："闪开！闪开！"狄公和李元芳一愣，举目向外看去。只见一队衙役押解着一个披枷戴锁的犯人穿过大街向县衙走去。这个犯人正是阳澄镇赌坊内的王五，他嘴里高喊着："冤枉！冤枉啊！你们凭什么抓我！凭什么！"

黄昏时分，湖州县公堂上，张春被打得皮开肉绽，昏死过去。一盆凉水兜头泼下，张春悠悠醒转，他的后背鲜血淋漓，两旁衙役手持水火棍，恶狠狠地瞪着他。堂下，围观百姓议论纷纷："这小子可真够能挺的，打成这样还不承认。""就是。尸体从他们家后院里挖出来，还能是谁杀的？要是我呀，就认了，免得皮肉受苦。"

　　狄公和李元芳挤进人群，来到堂下。二人交换了一下眼色，向公堂中望去。公案后，曾泰冷冷地道："张春，你还不招认吗？"张春道："大人，小的已经说过了，人不是小人杀的，小人冤枉！"师爷道："太爷，这厮一身顽皮赖骨，不动大刑，难以撬开他的嘴呀！"曾泰大喝一声："张春，你再不认罪，可就不要怪本官无情了！"张春道："太爷，草民无罪可认。"曾泰大怒，狠狠一拍公案："大刑伺候！"

　　仓啷啷一声响，一副夹棍扔在了地上。张春浑身颤抖。狄公站在堂下看着，不禁微微摇了摇头。正在此时，堂下脚步声响，围观人群闪开，捕快头儿飞奔上堂："大人，案犯王五带到！"曾泰点了点头："押在班房候审。"捕快答应着跑了出去。

　　曾泰看了看地上的张春，脸上露出一丝冷笑："怎么样，想好了吗？本官劝你认罪服法，将杀人经过从实道来，免得皮肉受苦！"张春抬起头来，颤声道："太爷，草民不曾杀人，这就是实话。"

　　曾泰勃然大怒，一把抓起签筒里的刑签，可转念一想，又慢慢地放了下来。堂下的狄公脸上露出了一丝微笑。曾泰平静了一下情绪，将刑签插回签筒："也罢。张春，本官念在上天有好生之德，今日且放你一马。来人，把他押下去，明日再审。"衙役们拖起张春向堂下走去。

　　曾泰轻轻咳嗽了一声："退堂！"师爷问道："太爷，王五不审了？"曾泰道："天色已晚，明日再审。"说罢站起身来，快步向屏风后面走去。堂下，狄公对身旁的李元芳低声道："走吧。"二人转身挤出人群。

　　刘家庄正堂内人影晃动，传出了一阵阵女人的哭声，时而夹杂着刘员外的咆哮："孽障！真是孽障！"一名仆人趴在窗根下偷听着。

　　刘传林这时在自己的房间里不停地踱着，显得心烦意乱。啪的一声，一块石头击破窗纸飞进屋里。刘传林一怔，俯身捡起石块。石块上绑着一张纸条。刘传林赶忙解下纸条，迅速地看了一遍，而后慢慢抬起头来，深深吸了口气。

夜色渐深，花房里漆黑一片，阒然无声。吱呀一声。门轻轻打开了，刘传林闪身进入花房，回手把门关上。黑暗中传来一个女声："你来了。"刘传林站在门前，小声道："来了。你不是跟我说过，不要再纠缠你吗？现在为什么又要见我？"

女声道："传林，我觉得这几天你的情绪很不稳定，你是不是想把我们的事告诉你父亲。"

刘传林没有说话，泪水在眼眶里转动。女声长叹道："我知道你对我的感情，可事已至此，再说什么也没有用了……"刘传林抬起头："当然，对你来说当然是没有用了！"女声道："传林，对不起。"

泪水从刘传林的眼中滚落下来："自从在庄内见到你，你一直对我冷若冰霜，形同陌路。今天你轻描淡写地对我说了声'对不起'……我不明白，我做错了什么让你这样对待我？你知道，当我匆匆赶回州城的家里，发现你不见了，我有多着急吗？我到处打听你的下落，到处找你。可当我回到庄里却发现，你已经变成了……你为什么要这么做？"

女声道："现在不是解释的时候，总有一天，我会把真相告诉你，可你要答应我一件事。"刘传林问："什么事？"女声道："不要把我们俩的事情告诉你父亲，否则，你会遇到危险。"刘传林叹了口气："你在威胁我！"女声道："你能答应我吗？"刘传林的双手痛苦地捂住脸，轻轻抽咽起来。女声长长地叹了口气："我知道你爱我，我也爱你……"

刘传林突然喊起来："不，你骗我！一切都是谎话，你是个可怕的女人！我不知道你为什么要这么做，可你一定有目的！我要让父亲提防你，不要上了你的当！"说着，他转身冲出去。黑暗中传来了女人长长的叹息。刘员外独自坐在堂前的石桌旁出神。一阵微风吹过，他缓缓抬起头来，眼中竟然噙着泪水。他轻轻拉了拉身披的外衣，叹了口气。

花园小径上，刘传林在拼命奔跑着，突然他停住脚步，抬起头来。一双可怕的眼睛从小径旁的太湖石后露出来，一只手慢慢地拔出一柄匕首。刘传林没有发现任何动静，接着向前走去。那黑影从太湖石后蹿出来，飞快地跟上去，接近他的后背时，匕首高高举起，正要落下，忽然一只手在空中擎住了匕首。黑影一愣，猛地回过头。前面的刘传林停住了脚步，回过头来看看，但他什么也没有发现，身后空无一人。他继续快步向前走去。

那个黑影低声道："你这样优柔寡断会坏了大事！"那个女声又响了起来："在这里杀人，就是打草惊蛇，只会暴露我们的身份和行踪！而且，这件事是我对不起他。但愿他父亲能够将他赶出刘家庄，我们的目的就达到了，而不是杀死他！"

刘员外依旧呆呆地坐在正堂上。刘传林走进来，停在离父亲几丈远的地方。刘员外回过头，父子二人对视着。良久，刘员外道："传林，有事吗？"刘传林犹豫着。刘员外站起身来，眼光非常冷漠："你有什么要和我说的？"刘传林笑了笑："啊，没……没有，我是看看您是不是已经休息了，最近您太累了。"刘员外长叹一声："是心累。"刘传林低声道："那，孩儿先回去了，您早点儿休息吧。"

刘员外没有说话，也没有动弹。刘传林转身，向来路走去。"你真的没有什么要说的？"刘员外见他吞吞吐吐突然问。刘传林站住，良久才道："没有。"刘员外道："传林，明天一早，你陪为父去登翠屏山吧。"刘传林应了声"是"，大步离去。刘员外的眼中蕴着泪水。

湖州县馆驿门前，挂着两个大红灯笼，上书"湖州馆驿"。门前，前来投宿的各色人等进进出出，络绎不绝。狄公就下榻在这里。他和李元芳刚看完县太爷审堂回来。狄公进了自己的房间，擦了把脸，把面巾挂在盆架上。

李元芳道："大人，您觉得这位曾县令怎么样？"狄公笑了笑："我们刚到湖州，很多情况还不了解，不好妄下断言。但是，从今天审案来看，这个曾泰倒不是个刚愎自用、任性使气之人。"李元芳道："哦，大人从哪里看出来的？"

狄公微笑道："尸体是在张春家后院发现的，虽然没有其他佐证，可仅凭这一点，一般的堂官就已经可以定案了。然而，曾泰却没有妄动大刑，强逼犯人画供。这一点说起来简单，可要做起来却并不容易。面对熬刑不认的案犯，最重要的就是要能够压制自己的怒火，这样才能令自己保持清醒的头脑。一旦被犯人激怒，判断就会出现偏差。单凭这一点说，这个曾泰还算得上是个有头脑的人。"李元芳点点头："还真是的，从始至终，曾泰始终没有动用大刑。"狄公笑了笑："明天一早，曾泰肯定还要升堂问案，咱们再去看一看。"

第二天，湖州县衙外，堂鼓声声，衙门里传来一阵阵威武之声。爱看热闹的湖州百姓从四面八方奔来，将门前围了个水泄不通。狄公在李元芳的陪同下，挤进人群，向公堂外走去。

县令曾泰双目向下环视了一周，拿起惊堂木，重重地拍了下去："带张春！"衙役们押着张春快步上堂。张春跪倒在公案前："草民张春叩见太爷。"曾泰点了点头："张春，昨日你在堂上熬刑诡辩，拒不认罪，本官上体天恩，免尔重刑，是想给你些时间好好想想。今日堂上，你如果再谎言欺诈，妄图脱罪，那就休怪本官无情了！"

张春向前跪爬两步，泪流满面："太爷，人是草民杀的！草民认罪！"此言一出，曾泰不禁一愣："你说什么？"张春抽泣着道："太爷，草民认罪，绝不反悔！"曾泰深吸了一口气。堂下围观百姓登时七嘴八舌地议论开来："昨天打成那样都死挺，怎么今儿早上，还没动棍子就承认了？""这小子的脑袋肯定是坏了！"狄公和李元芳对视了一眼。

曾泰道："张春，你昨日熬刑死辩不肯认罪，为何今日一早口风突转，竟然自承杀人？"

张春连连叩头："太爷，昨日，小人在公堂之上死挺熬刑，是想浑水摸鱼，逃脱王法治罪，可回去后想了一晚上，事实俱在，堂上证物确凿，苦熬也无法脱身，只能多受些皮肉之苦。因此，小人决心认罪，绝不反悔！"

曾泰心存疑惑，望着他："本官问你，你为何杀人？"张春道："只因见那位长安客人包裹中多带银两，因此，见财起意。"曾泰点了点头："你是怎么知道他的包袱中带有银两？"张春愣住了，随后支吾道："我……我，啊，是这样，小人趁他睡熟打开了他的包裹，发现了银子。"曾泰的眼睛忽然一亮："哦？你说说，他的包袱中除了银两，还有什么物事？"张春张口结舌，语无伦次："这个，啊……啊，太……太爷，小人匆忙之间没……没有看清。"狄公的脸上露出了笑容，缓缓点了点头。

曾泰望着跪着的张春，一字一顿地道："张春，你要想清楚，杀人是要抵命的！"张春痛哭失声："小人一念之差，铸成大错，情愿抵命！"曾泰深吸了一口气："好吧。你说说你是如何将他杀死的？"张春抽咽着道："趁夜晚间，暗入他的房间，用菜刀将他砍死。"

曾泰不置可否，"嗯"了一声。他身旁的师爷道："太爷，既然张春已自认罪行，那就让他画供吧。"曾泰沉吟不语。他在思索。堂下，狄公和李元芳交换了一下眼色。

曾泰抬起头来，对师爷道："这里面有蹊跷，不要急着结案，回去后我要好好想想。"师爷愣住了。曾泰对衙役道："且将张春押进牢中，本官要再详查一番。"狄公的脸上浮起了一丝赞许的微笑。李元芳也松了一口气。

张春却赶忙道："太爷，人是我杀的，请太爷马上定罪吧！"曾泰皱了皱眉头，一摆手："带下去！"衙役们拉起张春走下堂去。狄公对李元芳道："看来，这位父母官大人还不算糊涂。"李元芳会意地笑了。

曾泰清了清嗓子："带王五！"衙役们押着王五走上堂来。曾泰刚想张嘴说话，王五扑通一声跪倒在地，连连叩头："太爷，是小人杀死了那位雇船的客人！小人认罪！认罪呀！"

听了这突如其来的招供，曾泰登时一愣。狄公和李元芳也愣住了。狄公对元芳低声道："今日的堂审倒是有些趣味，值得一看！"曾泰灵机一动，喝道："王五，你昨日拘捕到衙，还未过堂，你怎么知道本官要讯问你杀人之事？"王五哑口无言，转着眼珠子，愣了好久才道："小……

小人杀了人，昨日被捕快们抓到，想来就是为了这件事情。"

曾泰讥讽道："你倒是老实。那位雇船的客人姓甚名谁？哪里人氏？"王五道："姓吴，长安人氏。"曾泰一愣，自言自语道："也姓吴？也是长安人？"王五听了莫名其妙："太爷说什么？"曾泰道："啊，没什么。你是怎样将他杀死的？"王五道："船到岸后，小人用帆绳将他勒死，而后，绑上巨石沉入湖底。"

曾泰没有说话。一旁的师爷道："太爷，王五所述与仵作验尸结果相符，我看可以定案了吧？"曾泰不以为然，一摆手："退堂。"师爷一愣，很是尴尬。

堂下，狄公的脸上露出了满意的笑容，他看了看身旁的李元芳道："两个姓吴的长安人，同时被杀死在湖州，此案耐人寻味呀！"

曾泰徐徐踱着步。师爷道："太爷，既然张春、王五已经认罪，我看就可以定案了吧。"曾泰收住脚步，轻轻摇了摇头："不急，不急。这里面有蹊跷。"师爷提醒他道："太爷，不要忘了，狄阁老马上就要到了！"

曾泰紧咬嘴唇，沉思良久道："这样，我带几名捕快马上赶到张春居住的小阳村，你另率一班衙役前往王五所住的阳澄镇。咱们双管齐下，彻底搜查现场，看看还有没有别的蛛丝马迹。"师爷坚持道："犯人已经认罪，还有这个必要吗？"曾泰不耐烦了，摆了摆手："不必多说了，马上出发！"

蔚蓝的天空飘着几片浮云，阳光暖洋洋地洒落在刘家庄。花圃旁，几只蜜蜂在花丛中嗡嗡飞舞采蜜。花园小径上，两个人慢慢走来，走在前面的是一位美貌少妇，她就是刘家庄新夫人——莹玉，她的身后跟着一名丫鬟。

莹玉缓缓抬起头，微笑道："今天的天气可真好啊。"丫鬟应道："是呀，夫人，这个季节很少有这么晴的天。"莹玉点点头："哎，对了，老爷和公子呢，怎么没有看到他们？"丫鬟答道："一早就出庄了。"莹玉站住："哦，做什么去了？"她有些吃惊。

丫鬟答道:"听家人说,老爷让公子陪他去爬翠屏山。"莹玉问:"爬翠屏山?"丫鬟点点头。莹玉沉吟着,似乎有些不安。丫鬟一愣:"怎么了,夫人?"莹玉道:"啊,没什么,没什么。想到了一些别的事情,你去吧,我不用你伺候。"丫鬟犹豫着。莹玉道:"去吧,我想一个人安静安静。"丫鬟点头离去。莹玉站在原地,沉吟着。忽然,她抬起头来,眼中流露出惊疑之色。

翠屏山中,树木葱茏,鸟语花香。狭窄的山道上,三个人缓缓走上来。刘大走在最前面,刘员外夹在中间,公子刘传林走在最后。太阳洒落下来,走在中间的刘员外已是汗流浃背,气喘如牛。刘传林搀扶着他,道:"爹,歇一会儿再走吧。"

刘员外摆了摆手:"传林呀,你走在我前面,我在后面慢慢走就是了。"刘传林道:"这怎么行,山道这么窄,万一一个失足,连搀扶的人也没有。您还是歇一会儿吧。"

刘员外非常固执:"哎呀,我说行就行!快,你到我前面去,实在不行,我会叫你们的。"刘传林见老爷子动了气,只得服从。他从员外身旁挤过去,走到中间。刘大在前面,正向山道上走去。忽然身后传来一声凄厉的惨叫,刘大猛回头。又是一声惨叫,这是刘员外的声音。刘大转身向来路奔去。

小阳村张春家门前,一只手敲响了大门。门吱呀一声开了,张母露出头来,见是生人,惊问:"你……你找谁?"狄公站在门外,面带微笑道:"请问这是张春的家吗?"张母点头:"是啊。"狄公道:"我是县里的县尉,特为张春的案子而来。"

张母一愣,双膝跪倒连连磕头道:"大人,我儿子没有杀人,没有杀人啊!"狄公赶忙将她搀扶起来:"老人家,先让我四处看看,好吗?"张母赶忙道:"好,好啊。"狄公进了后院,站在土坑旁,一双锐利的鹰眼四下里查看着。张母道:"县里的衙役老爷就是在这儿挖出的尸体。"狄公蹲下身,用手扒拉着坑边的黄土。良久,他点了点头:"咱们进屋看看吧。"

说着，狄公跟着张母走进正房。这是一明两暗的房子，中间是一个灶台。狄公问："老人家，那位借宿的客人住在哪间房中？"张母伸手指了指左手那间："家里没有多余的房子，春儿便把自己的房腾出来让客人住下了。"

狄公快步走了进去，用手掀起床上的芦席，露出了下面的竹制床屉，床屉上隐隐能够看到一些暗红色的血迹。狄公抬头搜寻，忽然，竹床上方的墙壁上露出的一块布角吸引了他的目光。他伸手搬过一张板凳，踩着凳子伸手抓住布角向下一拉，哗啦一声，一个沉甸甸的包袱掉了下来。狄公赶忙拾起，一看，包袱上染满血迹。狄公马上把它打开，里面是一把带血的菜刀和两锭五十两大银。狄公拿起菜刀仔细地看：刀身的血迹已干，刀柄处印着一个血手印。狄公静静地思索着。

忽然，外面响起了捕快们的喊叫和急促的脚步声。狄公抬起头来，只见曾泰率一众捕快走进院中，后面跟着许多爱看热闹的村民。狄公脸上露出了高兴的微笑。张母从正房里走了出来，一见这阵势，登时吓得呆若木鸡。

一名捕快道："老太太，这位是县太爷，还不赶快磕头！"张母跪倒叩头："大老爷，您……您来了。"曾泰点了点头："老人家请起吧。我来是要再次勘查现场。"

张母一愣："大老爷，已经有一位县尉老爷在屋里查看了。"曾泰一愣："什么？县尉？"张母道："是呀，他说他是县尉老爷，是为我儿子的案子来的。"曾泰冲捕快们一挥手，众人一拥而入，砰的一声推开房门。狄公坐在凳子上，面带微笑，望着他们。

曾泰脸罩寒霜，厉声喝问："你是何人？"狄公笑了笑道："闲人。"曾泰喝道："闲人？无名无姓的闲人？"狄公道："在下怀英。"曾泰叱责道："你假冒官差，到此何干？"狄公回道："只为县令无能，在下这才来管管闲事。"一名捕快喝道："放肆！你知道站在你面前的是什么人吗？"狄公摇摇头。捕快道:"这位就是湖州县令曾大人!"狄公赶忙点头:"失敬了。"

曾泰问:"你手里拿的是什么?"狄公指了指墙上的破洞:"刚在墙洞中发现的一个带血的包袱,里面是一把菜刀和两锭大银。"说着,他将包袱递了过来。曾泰伸手接过,交在捕快手里,发出一阵冷笑:"好一个大胆狂徒啊!竟然私冒上官,私人现场,私取罪证,我看你定是张春同党。来人,给我拿下!"捕快们一拥而上,抓住了狄公。狄公微笑着,并不挣扎。曾泰一摆手:"搜身。"

狄公笑道:"不必了。"说着,伸手入怀,掏出了一件东西,递给捕快。这是几两碎银和一张名帖。捕快将名帖递给曾泰,曾泰打开来看了看,又是一声冷笑:"原来是位教书先生。"说着,他拿起那个包袱道:"带血的包袱,杀人的菜刀,两锭赃银。物证俱在,看来本官此来,不但坐实了张春杀人之罪,还抓到了他的同伙!"

狄公微笑道:"何以见得?"曾泰道:"分析。"狄公道:"哦,在下倒想听听。"曾泰站起身来边走边道:"一位长安客人在张春家借宿,张春看出他的包袱沉重,于是夜间潜入房内,打开包袱,发现了银两。而张春一人不敢动手,于是便找来了你。你二人共同杀死借宿之人,当夜将尸体掩埋在院中,将凶器和赃银放入包袱,藏在墙洞里面,打算风声过后再来私分银两。想不到,张春事败被抓,而你在外蛰伏待机,看到张春并未将你供出,于是你便冒充官差,以查案为由,进入张家,想要私吞银两。想不到天网恢恢,疏而不漏,竟叫本官撞见,也真算得上是天意了!"

太爷一口气说出了这大套的推理,狄公不由得点头:"合理!精彩!只有一点在下不明白。"曾泰问:"哦?是什么?"狄公道:"第一,如此重要的证物大人竟然没有发现?据此可见,大人查案是何等的粗糙;第二,刚刚大人说过,我们杀人后,当夜掩埋了尸体。那为什么埋尸的土坑中挖出的黄土没有丝毫血迹?"曾泰被问得哑口无言,愣在那里。

狄公道:"看来,这一点太爷又忽略了。"他摇了摇头:"身为一县之长，遇人命大案竟如此轻率，真是令人齿冷啊！由此也就可以想见太爷的无能了。"

曾泰的脸色陡变，他霍地站起来："大胆狂徒，事到如今竟还敢在此巧言令色！看你这等不慌不忙的样子，定是杀人惯犯，还不知身上背负了多少血案！本官要以此为引，追查到底！"狄公微笑道："那样最好！"曾泰大喝一声："给我带走！"

第二章　狄仁杰微服平冤狱

狄仁杰被公差押到县城土牢。吭啷一声，牢门打开，狱吏将他一把推了进去，锁上牢门，转身离去。蜷缩在墙角的张春和王五抬起头来看新来的人。狄公在他们对面坐下，仔细观察着二人，只见二人神情委顿，灰头土脸。

狄公道："二位，看你们的面色可不太好啊！"王五本是个泼皮，喉咙里"哼"了一声，没好气地回道："你面色好！面色好不也关进来了？"狄公破颜一笑："在下是个算命先生，只因说中了县太爷的痛处，才被关进牢中。要不要我为你们算算呀？"

张春苦笑了一下道："先生，别拿我们开心了，命都快没了，还算什么命啊！"狄公道："哦，却是为何？"王五道："你不是能算吗？算算吧！"狄公笑了，看了看二人："嗯，眉心黑气沉郁，面色无光，你们犯的是人命大案！"

张春、王五一怔，抬起头来。狄公看了看张春道："你有七十老母在堂，无妻小。"张春一惊："你……你怎么知道？"狄公一笑："把手伸过来。"

张春不由自主地伸出手，狄公煞有介事地看了一番，故作惊讶道："哎呀，这脉象可凶得很啊，弄不好会丢掉性命！"张春的泪水泉涌而下："先生，丢掉性命是肯定的事了。行了，您也别算了。"狄公摇摇头："不

199

见得。"

张春一愣。狄公仔细看着他的手："此脉虽凶，却是个老树新芽之象。"张春连忙问道："什么叫老树新芽？"狄公卖起关子来，摇摇头："不可说，不可说。"说着，把张春的手放下。张春一把抓住他："先生，求求你，给我说说吧！"狄公为难地道："这……天机不可泄露啊！"张春道："我求您了。"

狄公故作为难，把手一摊，说道："那，也罢，狱中相逢也算是有缘，我就破一次例。所谓老树新芽，就是说，你虽然摊上了人命官司，可你却没有杀人……"张春抓住狄公的手："对，对，您说得全对！"狄公缓缓闭上眼，静静地坐着，装出一副若有所思的模样。张春急了："先生，您继续说呀！"

狄公没有理他，沉默了许久，做思索状，而后才慢条斯理地说道："一位客人到你家借宿，夜里被人杀死，你没敢报官，便将尸体埋在自家的后院中，可想不到被官差发现……"张春浑身颤抖着，上下牙碰得咯咯直响。王五咧大了嘴，瞪着双眼。狄公道："此事你虽有过犯，却不必认罪。可是，却有人暗中威胁你，强迫你承认杀人罪行……"张春一声惨叫，身体蜷缩在墙角，不住地颤抖。

狄公睁开眼睛："怎么，我说对了？"张春已抖成一团："对，对，对，先生，您真是活……活神仙！"狄公看了看王五，王五吓得屁滚尿流，下身被尿水洇湿了。蓦地，张春扑到狄公面前，连连磕头："活神仙，求您救救我们！"王五也跪了下来："求您了，您老真是神仙下凡！"

狄公道："要救你们不是不可以，但必须通过本方土地转达到五显灵官那里，再由他们替你们申冤。这就是我说的老树新芽。"张春道："活神仙，求您别嫌麻烦，无论如何要救救我们！"狄公叹了口气："你们这种口气，还让我说什么呢。哎，谁让我遇上了呢？救人一命，胜造七级浮屠。好吧，但有一点，你们必须把事情原原本本地说出来，一个字都不许隐瞒，否则，我帮不了你们。"

张春把那天发生的事情描述了一遍——

客人借宿的第二天上午，张春家东屋。客人还在炕上睡着，全身包裹在被子里。张春掀开门帘进来，笑道："先生，已经快午时了，您该起来了。"没有回答。张春走到近前："先生，先生。"仍然没有回答。张春一愣，偶一低头，发现床上有一缕已经凝固的血迹。张春大惊失色，一伸手掀开被子，只见里面的人双眼翻白，咽喉上开了一条口子，早已死去多时。

张春长叹一声："我本想报官，但怕报官后自己难脱干系，因此，就将尸体草草掩埋，以为这样就能躲过这一难……"狄公缓缓点头："是这样。那，他随身所带的包袱呢？"

张春一愣："他来借宿时确实是带着包袱，可他死后就再也没见。而且，家里还丢了一把菜刀。老娘问起，我不敢实说，只能推说是丢了，又出去买了一把新的给她。现在那把新菜刀还在家中。"狄公点点头。

静夜，曾泰和师爷坐在县衙二堂上，桌子上放着一个包袱。曾泰把它打开来看，里面是几件随身的衣物和一百两银子。师爷道："大人，这是在王五的船里搜到的。"曾泰点点头："好。现在可以定罪了。"师爷道："看起来，张春和王五并无冤情。"

曾泰点点头，微笑道："今日之行颇有斩获，不但定了张春、王五的罪，最难得的是抓到了那个漏网之鱼怀英。此人伙同张春杀人，今日被本官抓到，竟然气定神闲，不慌不忙，由此看来，这厮定是一名在逃的惯犯。"

师爷喜得眉飞色舞，乘机恭维道："在狄大人到来之前，一日之内勘破两宗命案，大人真乃神人也！"曾泰听得顺耳，得意地笑了："明日堂审，将张春、王五定罪收监。至于那个怀英，等到狄大人来后再审。"师爷巴结道："大人高明，请狄大人看看咱们的能耐。"

两人一唱一和，谈得非常投机。正在此时，堂外传来一阵急促的脚步声，县丞推门进来："太爷，州里紧急公文，说黜置使狄仁杰大人已经到湖州！"曾泰触电般弹起来："什么？狄大人已到湖州！"

话音未落，一名捕快快步进来："太爷，门外有一个人自称是四品鹰扬卫中郎将，叫李元芳，要见太爷。"曾泰一愣："什么？"捕快将手中的象牙腰牌和文牒递过去，曾泰赶忙接过来，看了看腰牌，上面大篆刻着八个字："鹰扬卫中郎将正四品上"。他又迅速打开文牒，只见牒上加盖着大大的玉玺。曾泰浑身一抖，大声道："赶快出迎！"他小跑着冲出二堂。

夜色朦胧，李元芳正静静地站在二堂门前。曾泰率众衙属冲出门来，倒身下拜："卑职不知将军到此，有失迎逄，望将军恕罪！"李元芳很客气地道："贵县请起。"曾泰诚惶诚恐地问狄大人是否确实已经到达湖州，李元芳道："大人轻车简从，微服而来，已到三天了。"

曾泰的身体微微颤抖起来："那……那，李将军，大人现在何处？"李元芳道："今早我与狄大人分头办事。傍晚，我回到馆驿，发现狄大人并未回来，这才前来寻找。"曾泰吓得面如土色，说话也不太利索了："卑……卑职也未曾见到狄阁老啊！"

李元芳道："狄大人化名怀英，用的身份是教书先生。请贵县马上知会衙属，立刻查找！"

曾泰吓傻了："怀……怀英？教书先生？"李元芳道："正是。"曾泰从怀里掏出那张名帖，颤抖着递了过去："李将军请看一看，这……这是不是狄阁老的东西？"李元芳接过来看了看，蓦地抬起头："这正是大人的名帖，你是从哪里得到的？"

此时，狄公正津津有味地听王五讲述他的故事。王五长长叹了口气："先生，若说张春冤枉，那小人就是更加冤枉啊！那位雇船的长安客到了湖州便下了船，给了我三十两银子。从那以后，我就再也没见过他……当时衙役来抓我，我还以为是为了几天前与别人打架的事情。当时我将人打伤，便跑回了家中，衙役们将我抓进牢里，小人还想，大不了赔些钱也就是了。可没想到，到了四更时分……"

说着，他勾画了当时发生的一幅图景——

深夜，牢中一片寂静。张春和王五躺在干草上，已经沉沉睡去。一条黑影落在他们的身上。张春突然睁开眼睛，一个全身黑衣的蒙面人站在面前，静静地望着二人。张春伸手捅了捅身旁的王五。王五猛地坐起来："怎……怎么了？"话刚出口，他也看到了蒙面人。他吃惊地张大了嘴，颤抖着道："你……你是谁？"

蒙面人冷冷地道："张春、王五，是吧？"二人点点头。蒙面人道："两条路供你们选择：第一，自承杀人，你们会死，但是，你们的父母妻小可以活；第二，被释放出狱，那么，你们两个，再加上你们的父母和妻小就都得死，而且会死得很惨！"

张春、王五吓得魂不附体，一句话也说不出来。蒙面人道："不相信吗？"话音未落，一道寒光闪过，墙角边发出吱的一声，张春、王五扭头，见一只老鼠被铁蒺藜钉在墙角。张春、王五浑身颤抖。蒙面人走到二人面前，慢慢地蹲下身，伸出手拍了拍二人的面颊，轻声道："相信我，我说得出，做得到！"

张春吓得上下牙碰得咯咯作响，王五吓得屁滚尿流，屁股下湿了一摊。

王五剧烈地颤抖着，语无伦次："然后，他……他……他……"他说不下去了。狄公问："他怎么样？"张春道："我来说吧。说完那些话后，他告诉我们第二天在公堂之上该如何认罪，并且让我们重复了一番，这才离开。"狄公点点头。王五泪流满面，道："这时候，小人才明白了，原来是要我们替人顶罪。"说着，他痛哭起来。

狄公眼中冒着火焰，一字一顿地说："你们放心，遇到这种事情，我绝不会袖手旁观！"忽然外面传来一阵嘈杂的脚步声，曾泰、李元芳率湖州县合属官吏飞奔而来。曾泰扑通一声跪倒在牢门前，以头触地，磕得砰砰响："卑职罪该万死，罪该万死！"

张春、王五吓得连连后缩。狄公站起身来，笑道："贵县请起吧。"曾泰只管磕头："卑职有眼无珠，胆大妄为！求阁老责罚！"李元芳沉着脸，冷冷地道："还不将牢门打开！"曾泰一激灵，这才醒悟过来，回头冲身后的狱吏大声道："混账，傻站着干什么，还不打开牢门！"

狱吏如梦方醒，以最快的速度打开了牢房的大门。狄公不紧不慢地走了出来。李元芳低声道："大人，您还好吧？"狄公笑道："好，好极了！"曾泰还在叩头。狄公看了他一眼，微笑道："好了，好了。贵县请起吧，我不但不会责罚你，还要感谢你呢！"曾泰茫然，他不相信自己的耳朵。

李元芳道："大人让起，还不赶快起来。当着满牢罪犯，成何体统！"曾泰这才哆哆嗦嗦地从地上爬起来。狄公笑道："若不是贵县帮忙，我怎么能够进到狱中，又怎么能够见到张春、王五？"曾泰一脸的尴尬，脸上勉强挤出了一点笑容。

当天夜间，狄公、元芳、县令、师爷在二堂上研究案情。狄公放下了带血的包裹，看了看曾泰道："依贵县说来，此案是证据确凿？"曾泰赶忙躬身道："正是。"狄公又看了看另一个包袱："贵县就凭这两个包袱，便能定张春、王五杀人之罪？"

曾泰一愣，抬起头来："回大人的话，死者尸体、银两以及杀人凶器都是从张春家搜出的。另一个包袱中的银两和衣物，均是从王五船中所得。"李元芳点了点头："大人，卑职奉命前往阳澄镇王五家，到时，捕快们正在搜索，这个包袱确实是从王五船中搜出的。"狄公点点头。

曾泰道："阁老，卑职也曾怀疑过二人有冤情。可是现在，人证、物证俱在，二人又承认杀人罪行……"狄公站起来，伸了个懒腰："老了，多坐一会儿便腰酸背疼。"曾泰一愣，停住了嘴。狄公淡然一笑："贵县可真是言辞凿凿啊！"曾泰道："卑职不敢，只是述说实情。"

狄公点了点头："贵县是不是再辛苦一下，陪本阁去仵作间看一看死者的尸体。"说完，众人一齐来到仵作间。两具男尸躺在芦席上，仵作已在一旁伺候。狄公来到两具尸体旁仔细地察看，良久，他抬起头来，静静地思索着。曾泰站在一旁望着狄公，脸色非常紧张。李元芳站在曾泰身旁，目不转睛地观察着曾泰脸部的表情。

狄公轻轻咳嗽了一声，问仵作道："验尸结果是什么？"仵作道："回大人的话，张春家后院男尸是颈部一处刀伤，没有中毒迹象。湖中男尸是被勒死后，绑上石头沉入湖底的，也没有中毒的迹象。据两具尸体的腐烂程度推断，应该都是死于十天之前。"

狄公点点头，对曾泰道："尸体身上发现了什么？"曾泰答道："什么也没有。"狄公道："那么，在张春家灶间发现的包袱里面，除了菜刀和银子以外，还有没有其他的东西？"曾泰答道："没有。"狄公点头道："把证物呈上。"

曾泰连忙从身后的衙役手中拿过在张春家搜出的证物，递了过去。狄公接过菜刀看了看，刀身上染满了血迹，刀柄上是一个大大的血手印。狄公的脸上露出一丝微笑，将刀递到李元芳手中："元芳，你看看这把菜刀有什么特殊之处？"

李元芳接过菜刀，仔细察看。曾泰道："阁老，您看出了什么？"狄公道："从表面上看，人应该是张春所杀。"曾泰松了口气，脸上出现了笑容："看来，阁老也认同卑职的看法。"

李元芳拿着菜刀翻来覆去地看了半天，对狄公道："大人，这柄菜刀没有什么特殊之处。"曾泰微笑道："请阁老回二堂休息吧。"狄公摇摇头："死者身着缫丝所制衣物，从质料和款式上判断，应该是北方人氏。"曾泰赶忙道："这一点卑职也想到了。"狄公道："那你想到没有，一个外地人出门在外怎能不带官凭路引和身份文书？"一句话把曾泰问得哑口

205

无声。

狄公道:"你刚说过,在张春家发现的包袱中除菜刀和银两外没有其他物事,那么只有一个可能性,张春杀人后,将死者行李中的官凭路引和身份文书取走销毁。那么,他既然有时间销毁文书,为何会蠢到将凶器和赃银留在家中的墙里,让捕快们找到?"曾泰张口结舌,无法回答。

狄公道:"还有,今日查看张春家,本阁发现,埋尸的土坑里没有一丝血迹,贵县认为这正常吗?"曾泰道:"这,也许是尸体血迹已干。"狄公道:"在一般情况下,血迹凝固要两三个时辰。如果真的是张春杀人,你想他会不会蠢到两三个时辰以后再去掩埋尸体。换了你会这么做吗?"曾泰无言对答,支吾着道:"那,阁老之意……"

狄公道:"只有一种解释,那就是张春清早起来,发现借宿人已死,他怕自己难脱干系,慌张之下将尸体掩埋。"曾泰茅塞顿开:"啊,是,是呀,此时尸体身上的鲜血已干,所以,埋尸坑中才没有血迹!"

狄公点头。这时,李元芳忽然抬起头问:"贵县有没有注意到死者喉部的伤口?"曾泰一愣:"伤口?"李元芳点点头:"是的。请贵县仔细看看,一刀致命,常人绝不可能做到!"

狄公道:"不错。这才是关键!普通的罪犯用刀杀人,死者身上往往会有数个乃至数十个刀口,这是因为,他们不是专业杀手,一刀之后不能肯定被害人已死,因而,再连斩数刀以保安全。而且,又何况杀人的凶器竟然是一把普通的菜刀!"

说着,他举起手里的菜刀,手指轻轻在刀刃上擦了擦:"这么钝的刀竟然能够一刀致命,这正常吗?"李元芳道:"大人,卑职可以断定,行凶之人是一位高手。"曾泰愕然:"高……高手?是什么意思?"李元芳道:"意思就是,职业杀手。"曾泰犹豫道:"不……不会吧?"

李元芳走到尸体旁道:"贵县请看,伤口止及喉骨,只有一寸来长,就已经致人死命,而且,用的是一把锈钝的菜刀,你明白这需要什么样的力道吗？"

曾泰摇摇头。李元芳道："只要用的力道稍大，就会将人头砍下。力道稍小，则不能将人杀死，身上就一定还有第二个刀口。不要说是一把菜刀啊，就是给你一把锋利的宝刀，你也不可能把力道拿捏得如此恰到好处。就凭这一手，便可以断定，凶手定是江湖上顶尖的人物。"曾泰咽了口唾沫，徐徐点头。

狄公道："贵县，依你看这个张春会不会是职业杀手？"曾泰面如死灰，连忙摇头："张春世代居于此地，恐……恐怕不会是职业杀手。"狄公道："这就对了。最后，这把菜刀上的血手印你注意了吗？"曾泰更加莫名其妙："这……这手印有什么不对吗？"狄公笑了："贵县没有发现，这是一只左手吗？"

曾泰傻了，他连忙接过菜刀，仔细地看了半天，才抬起头，颤声道："是，阁老说得是。"狄公的脸色沉了下来："而张春是用右手的，我说的对吗？"曾泰点头。狄公正色道："仅张春一案，便有如此众多的疑点，贵县居然振振有辞，说什么证据确凿？要不要本阁将王五的案子也说给你听听？"

曾泰身不由己地颤抖起来："卑……卑职糊涂。"狄公的脸色变得非常严峻："曾泰，尔为一方父母，代天巡牧，遇人命大案竟如此草率，仓促定罪，这岂不是要草菅人命吗！"曾泰扑通一声跪倒在地，连忙道："卑职糊涂！卑职糊涂！"

狄公道："今天在小阳村，我之所以激怒你，就是为了让你把我投入狱中。果然，我见到了张春、王五。细谈之下，他们道出了隐情，这二人是被一个蒙面人以家人生命相要挟，才自承杀人重罪的！"曾泰惊得语无伦次，结结巴巴地问："蒙……蒙面人？"李元芳道："大人，看来此案不简单啊！"狄公点点头，对曾泰道："好了，贵县起来吧，看在你勤劳公事、遇事沉着的分儿上，这次就免予处分了。"

曾泰原以为罢官无疑，一听免予处分，如蒙大赦，大喜过望，脸色也好看了些。李元芳笑着拍了拍他的肩膀："从你第一次堂审，大人就在堂下观察，你的一言一行，都在他老人家的心里。"曾泰赶忙躬身道："卑职惭愧。"

狄公走到尸体前看了看，对李元芳道："欲盖弥彰。凶手定是要掩盖死者的身份，这才取走死者身上的文书，嫁祸给张春、王五，想将此案弄成一个普通案件。这中间一定有阴谋。"

李元芳点点头。狄公走到两具尸身之间看了看，喃喃地道："两个同姓的长安人，同到湖州办事，又同穿着缯丝衣物，同时在十天前被杀……"李元芳惊异道："大人是说，这二者之间有关联？"狄公摇了摇头："现在还不好说啊。"他转向曾泰："曾泰，你马上将张春、王五及其家人，秘密转到我下榻的馆驿中。元芳，你立刻传召钦差卫队进驻馆驿，对这两家人要严加保护！"李元芳应道"是"。

狄公道："明日贴出告示，就说此案已结，张春、王五当堂定成死罪，押往州城，等候秋决。"曾泰道："卑职遵命。"狄公叮嘱道："记住，这件事要绝对保密！"

平日热闹非常的湖州馆驿，而今戒备森严，钦差卫队的卫士们在大门前往来巡逻。大门上方的红灯笼已赫然改成书有"江南道黜陟使狄"字样的白色大官灯。

静夜中响起了一阵急促的马蹄声，一匹马飞驰而来，停在馆驿门前。马上人身背公文袋，纵身而下，正是狄春。他急促地问道："老爷在吧？"卫士点点头："在正房中和李将军说话。"

狄春快步走进门去。进了狄公房间，赶忙打开公文袋，拿出里面的公函，交给狄公。狄公接过公文，静静地看着。看毕，狄公缓缓放下公函，喃喃地道："这可真是奇哉怪也！"

李元芳问道："大人，您说什么？"狄公拍了拍桌上的公函道："太子卫属下辖的崇文馆掌院学士吴孝杰与校书郎许世德持械斗殴，同时死在许府。"李元芳一惊："持械斗殴？"狄公点了点头道："两位文官竟会斗殴

208

而死，你说奇怪不奇怪？"

狄春道："此事现已传遍京城。圣谕传下，着内侍省、太子内坊局会同宗正府立刻调查。"狄公深深吸了口气："更奇怪的是，吴孝杰与许世德是莫逆之交，二人何以会互相残杀，喋血许府，真是令人不可思议。"狄春道："京中有传闻，说二人是为了一个青楼女子，不惜反目成仇的。"

狄公似乎没有听见，他徐徐站起来，对李元芳道："昨晚闲谈的时候我们还提到了太子，现在就出事了。太子的处境不妙啊！"李元芳倒抽了一口凉气："您的意思是说，这是皇上……"他不敢再往下说了。狄公不停地徘徊着，他已陷入了沉思中。李元芳和狄春在一旁伺候，大气儿也不敢出，生怕打断他的思路。

忽然，狄公站住，回过身来道："一日之内竟接连听闻三个姓吴的废命，你们不觉得有些蹊跷吗？"李元芳一愣："三个姓吴的？"狄公道："湖州的两名死者和崇文馆学士吴孝杰。而且，三个人都是京城长安人氏。"

李元芳一惊："您的意思是，这二者之间有着某种关联？"狄公沉思着，徐徐摇了摇头："我并没有这么说。而且，现在缺少证据，下结论为时尚早。"李元芳和狄春互望了一眼，点点头。

狄公道："我们还是着眼于湖州的这两宗命案。两名吴姓死者都是长安人氏，又都身穿缯丝所制的衣物。我们来做这样一个分析：一般情况下，长安城中，哪一类人比较喜欢穿缯丝衣物？"李元芳和狄春对视了一眼，不约而同地笑了。狄公道："嗯，笑什么？"

李元芳道："大人，您可能没有发现，狄春就穿着一件缯丝外衣。"狄公定睛一看，不禁笑了出来："果真是。"李元芳笑道："狄春现在是狄府的大总管。府内所有执事总管都穿这种质料的衣物。"狄春笑道："不光是咱们狄府，京城中除了太子内坊之外，所有官宦人家的管家几乎无一例外。"

狄公点了点头："嗯。还有呢？"狄春想了想："那可太多了。"狄公道："只限于长安城中。"狄春一拍脑门："对了，这个范围就小多了。嗯，长安城里喜穿这类衣物的还有绸缎庄、茶庄、钱庄、银号、饭店、酒肆的老板、生意人，各衙门里的师爷、执事，管账先生，各府的帮闲教师，各镖局里的镖师，各坊的里长……基本上也就这么多了。"

狄公沉吟着："好，几乎囊括了各个行业。"李元芳笑道："现在可以用排除法了。"狄公抬起头来，哈哈大笑："知我者，李元芳也！看来，我这一套断案经验，你已是了如指掌。也罢，就听听你说吧。"

李元芳犹豫了片刻道："首先可以排除的是镖师，因为一般情况下，镖师护镖绝不可能单独行动。"狄公点点头："嗯，有道理。"李元芳接着道："师爷也可以排除。因为，两位死者都是小衣短打，师爷是不会穿成这样的。"

狄公又点了点头："而且，死者的包袱中除了衣物、银两之外，连一本书也看不见，这可不是做师爷的样子呀。"李元芳道："要说是老板、生意人、管账先生，似乎也不太对。"狄公道："嗯，说说看。"

李元芳道："第一，穿着打扮不像；第二，如果是大老板，身旁定会有小厮随侍；第三，假设是小生意人来做买卖，那么两位死者都姓吴，都是长安人，目的地又都是湖州。如果说他们是一家人，来湖州是为同一宗生意，却为何要一走水路，一走旱路？这一点对于生意人来说是绝对说不过去的。如果说他们素不相识，那么，两个同姓、同地的生意人，同时来到湖州，同时被杀，又同时被嫁祸，这种巧合的概率，几乎可以说是零。"

狄公连连点头。李元芳继续道："第四，从常理推断，杀死生意人和管账先生，主要目的就是图财。可现在，这两位死者身上的银两并没有丢失，真正的凶手用那些银子嫁祸了张春和王五。因此，现在看来，不论上述的哪一点，都可以排除这二人是生意人的身份，或者说，他们至少不是来湖州做生意的。至于各坊里长，那就更谈不上了。"

狄公听罢，高兴地大笑："好个李元芳，你现在到大理寺去做个司刑少卿应该已经不是问题了！"李元芳笑了："如此看来，恐怕只有官宦人家的管家、仆役的身份还可以沾得上边儿，从穿着打扮到二人同姓，都极像是这一类人。"

狄春笑道："不错，咱们狄府不就有狄安、狄福、狄贵这些仆人吗？"狄公点点头："好，我们姑且说他们是长安城中吴府的管家，那么，他们来湖州是找谁呢？"李元芳被问住了："这……"

狄公微笑道："官门讲的是门当户对，当官的仆役绝不会来找一位普通百姓。因此，只有两种可能，第一，这位当官的家在湖州；第二，他有朋友居于此地，因此，才派仆人前来探望或是送些重要物事。"

话音未落，外面响起了一阵脚步声。狄公笑道："来了。"曾泰的声音响了起来："卑职曾泰告进。"狄公道："贵县请进。"门声一响，曾泰走了进来："阁老，您嘱托卑职的事情已经查清了，湖州境内做过京官的只有一位。"

狄公道："哦。哪一位？"曾泰道："西郊外刘家庄的主人——刘查礼。曾任兵部司农郎，十年前因事辞官归田。"狄公的脸上露出了微笑："果真是他！"

李元芳恍然大悟："大人，看来您早已想到这两位死者的身份了。"狄公点了点头："这也只不过是推断而已。贵县，明日前去刘家庄。"曾泰应道："是。"

刘家庄，庄外高挑招魂幡；庄门前的喜棚改成了丧棚，僧道两班人马坐在棚内，吹吹打打，超度亡魂。仆役们身穿孝服，在门前撒着纸钱。突然庄里乱了起来，一群身穿孝服的家人、仆役在刘员外的带领下冲出门来。管家刘大高声喊道："别奏乐了！都停下！钦差大人到了！"刘员外赶快脱下孝服，扔在一旁。刘大向前一指："员外，来了！"

远远地，钦差卫队和仪仗开了过来。刘员外一挥手，所有人齐刷刷地跪倒在地。一顶蓝呢官轿停在门前，轿帘一打，曾泰走了下来，一看眼前的情景，脸色登时大变。眨眼间，狄公的钦差大轿也在卫队的护从下到了门前。李元芳打开轿帘，狄公走了下来。李元芳低声道："大人，情形有点不对呀。"

狄公一抬头，正好看到门前的招魂幡，登时一怔。刘员外高呼道："草民刘查礼率全庄人众，恭迎钦差大人！"

曾泰的脸色一沉："大胆刘查礼，竟敢如此不敬，身着孝服迎接钦差大人，难道不知国法森严吗？"刘查礼连连叩头："草民知罪。事起突然，不及准备，望钦差大人恕罪！"

曾泰"哼"了一声，还想说什么，狄公向他摆了摆手，缓缓走到刘员外面前："刘司农起来说话吧。"刘员外连连叩头，站起身来。忽然身后的刘大发出一声惊叫，指着狄公道："你……你不是怀先生吗？"曾泰和钦差卫队队长同时一声怒吼："放肆！"刘大吓得一屁股坐在了地上。

刘员外扑通一声跪倒在地，连连磕头："家人无知，请大人恕罪。"狄公朝曾泰和卫队长挥了挥手："不要搞得这么紧张嘛。好了，起来吧。"刘员外站起来。狄公微笑道："刘大说得没错呀，我就是前日到庄中看过花园的那个怀先生。怎么，员外不认识了？"

刘员外抬起头来，这才看清了狄公的面容。他吓得浑身一抖，冷汗霎时从额头流出来。李元芳笑道："当时，员外将我二人轰出庄子，还记得吧？"扑通一声，刘员外第三次跪倒在地，不停地磕头："草民不知大人身份，胆大胡为，冒犯天颜，望大人恕草民万死之罪！"

狄公瞪了李元芳一眼，低声道："开玩笑也不分个场合！"李元芳吐了吐舌头。狄公赶忙伸手相搀："好了，好了。刘司农请起，不知者不怪。是我二人打扰了你。"刘员外哆哆嗦嗦地站起来。狄公道："员外，怎么没见公子呀？"

刘员外嘴唇颤抖着，泪水滚滚而下，他抽咽着道："小……小儿传林不幸身亡！"狄公登时一惊，后退了一步。身旁的李元芳更是发出一声惊呼："什么，刘公子死了？"刘员外慢慢跪倒在地，失声痛哭。

曾泰皱了皱眉头道："钦差大人在此，如此号哭，成何体统？亏你还是做过官的！"狄公道："好了，老年丧子，人之大痛，可以原谅。"他扶起了刘员外："这是什么时候的事情？"刘员外抽泣道："昨天早晨。"狄公道："昨天早晨？"刘员外点点头："我父子同登庄后的翠屏山，传林不幸失足，跌落悬崖身亡！"

　　狄公和李元芳对望了一眼，李元芳脸呈狐疑之色。狄公长叹一声："想不到，两日前还殷殷待客的刘公子，此时竟已作古，真是皇天不佑英才呀！刘司农，人既已死，你就节哀顺变吧。"刘员外跪倒在地："谢钦差大人慰抚。"

　　曾泰道："钦差大人爱慕你家花园，准备在此小住几日。你立刻去准备吧。"刘员外道："钦差大人光降寒舍，是草民三世修来的福分，只是庄里举丧，不知大人是否嫌忌？"狄公叹了口气："无妨。公子与我虽只一面之缘，可本阁爱惜他的才具为人，我们也算得上是忘年之交了。而今，公子作古，本阁也该祭奠祭奠。"说罢，让刘员外领他到后院灵堂上。狄公手捧三炷香插进了香炉。刘员外率家人全体跪倒叩头还礼，高声喊道："谢钦差大人！"

　　狄公点了点头，他那一双锐利的鹰眼在四下里搜寻着：楠木棺椁、青玉神龛、招魂幡、纸人、纸马、纸钱、悲痛的家人……霎时间，这一切尽收眼底。他点了点头道："都起来吧。"众人平身。

　　刘员外指着身旁的一位美貌少妇道："大人，这是草民之妻，方氏莹玉。"狄公点点头。莹玉的双眼红肿，她赶忙过来，盈盈下拜："大人万福。"狄公说声"罢了"。刘员外对狄公道："大人，一切都已安排妥当，请大人前往花园休息。"

　　众人进得花园。狄公、李元芳和刘员外走在前面，曾泰和卫队、衙役跟在后边，一行人穿行在亭台廊榭之间。狄公对李元芳使了个眼色，李元芳心领神会，点了点头，故作漫不经心地问刘员外："员外在京城还有什么朋友吗？"

刘员外一愣，赶忙道："有是有啊，可多年不曾往来，都已经疏远了。"李元芳点点头："俗话说，三年不上门，当亲也不亲。"刘员外道："是呀。"李元芳笑了笑道："临来湖州之前，朝中的一位大人曾对我说起过与员外相熟，让我代为打听。"刘员外一怔："哦？不知是哪一位？"李元芳道："姓吴。"刘员外的神色立刻紧张起来："姓吴？"李元芳点头："是啊。员外还有印象吗？"刘员外赶忙摇头："没有。草民从不认识姓吴的官员。"李元芳点点头："是这样。"

狄公在一旁静静地观察着刘员外的表情变化，此时忽然说道："他叫吴孝杰，太子卫属崇文馆的掌院学士。"此话来得如此突然，以致刘员外来不及思考防范，他顺口道："吴孝杰？他不是已经死了吗？"狄公双眉一扬："哦，刘司农的消息倒是灵通得很！吴学士的死讯，本阁也是昨天晚上才知道的。看来，刘司农是早已得知了。"

刘员外面色陡变，连忙辩解道："哦，是……是京中来人带来的消息。草民并不认识这位吴大人。怎么，他说认识草民？"狄公道："是呀。也许是他记错了吧。哎，元芳，你看那处假山，像不像是一只仙鹤？"李元芳忙道："还真是很像。"刘员外暗暗地松了口气，伸手擦了擦额头上的冷汗。

刘家后园，一片荒颓破败的景象，怪树斜倚，蒿草丛生。一座斑驳破落的两层小楼矗立在夜色朦胧之中。

静夜里，传来一阵沙沙的脚步声，一条黑影来到小楼前。楼门紧闭着，黑影走到门前。不是别人，正是刘员外。他轻轻在门上拍了三下，又敲了敲门框，门吱呀一声，自己打开了。刘员外警惕地四下里看了看，没有人，便闪身进入。门咔嚓一声关上了。他哪里知道，在不远处的一株大树后，一双眼睛正静静地望着这一幕呢！

小楼里漆黑一片，只有一点点月光透过破损的窗纸洒进来。刘员外摸黑走到南墙旁，伸手拍了两下，墙壁竟然翻转开来，露出了里面的一间暗室。暗室内隐隐透出一点亮光。他快步走了进去，墙壁重新合上。

刘家正堂现在已经暂时改成了钦差行辕，门前站着几名卫士。狄公正静静地坐在书案后沉思着。李元芳端着茶推门进来，将茶杯放在狄公面前。

狄公抬起头来微笑道："让你这个正四品鹰扬卫中郎将给我端茶，我可是不敢当啊。"李元芳笑道："我怕仆役们打断您的思路。"狄公点点头："今天下午，我只是诈了刘查礼一下，他马上就露出了破绽。"李元芳问："大人，您说，他会不会与吴孝杰有什么关系？"

狄公摇摇头："这一点现在还不能肯定。但是，至少我们已经明白了，他与京城的联系非常密切。而且，可以断定，那两个吴姓仆人一定是来找他的。"李元芳点点头。狄公微笑道："看来，这刘府的水不浅呀！"李元芳道："要不要直接讯问刘查礼？"

狄公摇摇头："现在还不是时候。在幽州，我们对假方谦之所以使用诈术，那是因为大家都是官场上的人，而我们官高权大，又有皇帝坐镇，对方从心里发虚，生怕我们抓到把柄，因此，自己先动了起来。可这次不会，我们不能无缘无故地审讯平民，更不能随意搜查民宅，这就要求，一切都要用证据说话。"

李元芳点点头："有道理。我们确实是无凭无证，即使是两个死者的身份，也是靠推理判断出来的，没有丝毫佐证。讯问起来，姓刘的大可以推诿不认。"狄公站起身来："可现在，我们有了一个非常好的机会。"李元芳道："刘公子的死。"狄公点点头："不错。我现在就可以断言，刘传林绝非意外死亡！"

李元芳道："如果我们没见过刘公子，那也就罢了。可是偏偏我们曾在一起相处。现在回想起他的样子，让我相信他是失足坠崖，这实在令人难以接受。"狄公道："是呀，一个身强力壮的年轻人，与老父同时登山，老人无恙，而他却莫名其妙地跌落悬崖下身亡，这正常吗？"李元芳缓缓点头："这里面一定有文章。"狄公道："我已经叫卫士传唤刘大，一会儿，听听他怎么说。"

不一会儿，刘大便出现在正堂上。狄公望着他，问道："刘大，你家公子到底是怎么死的？"刘大长叹一声："唉，别提了。昨天早晨，老爷也不知道想起了什么，非要公子陪他去爬翠屏山。大约辰牌时分，我们三个就从庄里出发了。"狄公问："你也去了？"

刘大答道："是呀，小人也去了。唉，真是倒霉。刚过了一道梁，就听老爷发出一声惨叫，小人赶忙跑回去，但公子已经不见了踪影，老爷昏倒在地。叫了半天，他老人家才醒过来，说是公子失足跌落悬崖了。"

狄公沉吟着，点了点头："是这样。"刘大很是悲痛："唉，可怜我家公子，年纪轻轻……"狄公问道："你家老爷经常爬山吗？"刘大向外看了看，小声道："还爬山呢，平常连路都懒得走。"狄公和李元芳对视了一眼，问道："公子的尸体现在棺椁之中？"刘大道："是呀。可怜摔得血肉模糊，连模样都辨不出来了。"狄公叹了口气："翠屏山在什么方向？"刘大答道："正东。"狄公点点头："刘大，明日一早，你带我到翠屏山，我要亲自凭吊一番。"

夜阑人静，灵堂中，烛光在风中摇曳，棺木横放在灵堂西头。神龛下，守灵人坐在蒲团上打盹儿。忽然灵堂中传来一阵嘎嘎声。守灵者猛吃一惊，睁开双眼。只听嘎嘎之声不绝于耳。他赶忙站起来，四下里寻找着，目光落在了西头的棺木上，只见棺盖不停地晃动着，发出怪声。守灵人一声惊叫，扑通跪倒在地。

怪声停止了，守灵人慢慢抬起头来，周围再没任何响动，一片寂静。堂外传来一阵脚步声，新夫人莹玉走进来。一见堂中情景，她登时愣住了。

清晨，翠屏山中朝霞满天，百鸟争鸣，空气清新。狭窄的山道上，狄公、李元芳在刘大的带领下慢慢向上走着。刘大气喘吁吁，不停地伸手揩拭额头上的汗水。

身后的狄公笑道:"刘大,才走了这么一会儿就累了?"刘大回身苦笑道:"大人不知,昨晚,府中出了点儿事,小人一直盯到天亮都没有合眼,故此有些疲惫。"狄公问道:"哦,出了什么事?"刘大吞吞吐吐道:"也……也没什么,是一点儿家事。"狄公一见刘大的脸色,心中登时起疑,故意沉下脸来道:"刘大,你不会是有意欺瞒本阁吧?!"

刘大吓了一跳,赶忙道:"小人不敢。是……是……"他四下里看了看,一拍大腿:"哎,我对您说了,您可要替我保密。"狄公点点头。刘大低声道:"昨天夜里,公子灵堂闹鬼。"狄公一惊,与李元芳对视了一眼。李元芳问道:"怎么闹鬼?"刘大叹了口气:"守灵人听到棺材里咯咯作响。"狄公没有继续追问。他思索着。

灵堂上,刘员外站在公子的灵位前,手持三炷香,低声祷告,而后将香插入香炉中,转过身来,长叹一声。莹玉道:"老爷不必烦恼,这世上哪里有鬼?当时,妾身也在灵堂中,怎么就没有听到任何声响,定是守灵人庸人自扰。"刘员外深深吸了口气,没有说话。

狄公等三人缓缓爬上了梁头。刘大伸手向前一指:"大人,前面那道梁头就是公子坠崖的地方。"狄公点了点头,和李元芳一道加快脚步,走到梁头上。梁头上的路非常窄,只能容一人行走。一阵风吹来,雾气散尽,狄公敞开外衣,深深地吸了口气,道:"好一阵风啊。"

李元芳四下看着。刘大指着路旁的悬崖道:"大人您看,公子就是从这儿摔下去的。"狄公走过来,向下看了看,果然下面是万丈深渊,从这里掉下去,绝无生还之理。他叹了口气道:"刘大,你把当时的情况给我说一说。"

刘大说声"是",把当时的情景描述了一遍——

刘大走在最前面,刘传林走在中间,刘员外落在最后,三人爬上了梁头。刘大喊道:"老爷,公子,转过这道梁就进到山里头了!"刘传林点点头,回身扶住气喘吁吁的刘员外:"爹,

217

您没事吧?"刘员外喘着粗气道:"累……累了。"刘大喊道:"我先到前面探探路,你们慢慢走。小心点儿,这道窄!"

刘传林扶着员外慢慢走着。刘大转过山弯向前跑去,突然身后传来一声惊叫,紧接着是碎石的哗哗声以及刘员外的惨叫之声。刘大转身跑回去。只见刘员外横躺在山道中,公子已经不见了踪影。刘大大惊,赶忙上前扶起员外,连声喊叫:"老爷!老爷!"

员外悠悠醒来。刘大问道:"公子呢?"刘员外猛地坐起身,带着哭音大声喊着:"快……快找公子!公子掉到山下去了!"

刘大长叹一声:"当时把小人吓得魂儿都没了。"狄公道:"也就是说,你并没有看到公子坠崖?"刘大点点头。狄公问道:"后来呢?"刘大道:"我扶起老爷就往山下跑……"

他又把当时的情况描述了一番——

悬崖下,刘传林的尸体静静地躺在乱石堆中。刘大扶着刘员外走近,刘员外一声大叫,扑到公子的尸身上痛哭起来。刘大吓得目瞪口呆。忽然,员外喉咙发出咯的一声,昏死过去。刘大抱住员外大声喊叫。

刘大抹了把脸:"真惨哪,公子摔得血肉模糊,不成人形。员外哭得无法起身。小人无奈,只得将员外留下,自己跑回庄里招来人手,将公子的尸身抬回庄去。"

狄公点点头:"如此看来,你家公子也不是个孝悌子弟。"刘大一愣:"大人何出此言呀。公子孝名远播,这是尽人皆知的事情。"狄公道:"山陡路狭,刘员外已年过花甲,怎能让父亲走在最后,而自己却走在中间呢?"

218

刘大笑道："大人有所不知，开始上山的时候，小人走在最前面开路，员外走在中间，公子走在最后。爬到半山，员外汗流浃背，气喘如牛，公子搀扶着他，劝他歇一会儿再走。可员外不依，叫公子走在他前面，他在后面慢慢跟着。公子说这不行，万一一个失足连搀扶的人都没有。员外非常固执，说万一有事，他会叫公子的。这样，公子只好走在他前面。"狄公听了刘大的解释，点了点头："啊，是这样。我说呢。"说着，他对李元芳使了个眼色。

李元芳拉住刘大道："走，你陪我到前面看看。"刘大点头，二人快步转过山梁向山里走去。狄公站在梁头上，一双鹰眼迅速地搜寻着：山石、树木……他的目光忽然停在了崖边的一株矮树上。狄公走过去，只见矮树的两根枝干折断了，露出了白茬儿，一看便知是刚刚折断的，断枝耷拉在崖下。狄公蹲下身，攀住树枝，探身向下望去，下面约一人高的地方，有一块凸出的岩石，约莫有三四尺方圆。狄公的双眼仔细地在岩石上搜索着，忽然，乱草中的一点闪光引起了他的注意，他拨开树枝极力想看清楚是什么东西，但总是隐隐约约看不分明。

他双手攀住矮树的主干，背过身，双腿一点一点地向崖下错着。慢慢地，他的身体全部伸直了，却离那块凸出的岩石还有两脚高的距离。狄公一咬牙，双手一松，整个人坠了下去，落在岩石上，身体一晃，险些滚下悬崖。

他探头向下看了看，下面是万丈深渊，他一点一点地把身体撤回来，背靠在山壁上长长地喘口气，随后伸手拨开乱草，一串水晶佛珠手串映入了他的眼帘，狄公拾了起来。上面刻着几个字："赠夫传林"。狄公愣住了。

忽然，上面传来了李元芳焦急的喊声："大人，大人！"狄公应道："我在这儿！"李元芳和刘大从上面探出头来。元芳道："哎呀，您……您怎么跑到那儿去了？"狄公笑道："下来看看。"李元芳道："您坐着别动，我带您上来。"他身形一展，犹如大鸟展翅一般向山崖下落去，把狄公和

219

刘大吓得一声惊叫。李元芳的身体在空中一收，唰的一声落在了狄公站脚的岩石上。狄公责备道："哎哟，我下来都没受那么大的惊。"

李元芳笑道："大人，走吧。"说着，背起狄公纵身一跃，三下两下，便爬了上来。刘大赶忙伸手把狄公从李元芳的背上扶下来，夸道："哎哟，李将军，我们公子要有您这两下子，就不至于摔死了。"

狄公笑道："天下人要都有他这两下子，就谁都不那么容易死了。"刘大笑了起来："狄大人，您老人家可真叫有意思，那么大的官儿，可一点儿也没架子。"狄公掸了掸身上的尘土，问道："刘大，你们家公子娶亲了吗？"刘大答道："还没有，可上门说亲的不少。"狄公点点头："走，到悬崖下看看。"

悬崖下，砾石堆中布满了一片片血迹。狄公等三人走过来。刘大道："您看，这儿还有血呢。"狄公四下观察着。一阵风吹来，将一块碎片扬到空中，又慢慢地飘落了下来。狄公把这一切看在眼里。他回头看了看，那边刘大正给李元芳讲着抬刘传林尸体的过程。狄公于是快步走到碎片旁，定睛一看，是一块猩红色的丝绸碎片。狄公弯腰将碎片捡起，放进了衣袖中。

再说那县令曾泰在正堂中焦急地等候着狄公。他不停地踱着步，向外看着。门声一响，狄公和李元芳走了进来，曾泰赶忙迎上前来："阁老，您可回来了。"狄公问："曾县令，有事吗？"曾泰道："是这样。今天早晨，县衙捕快来报，说是停尸间丢了一具尸体。"

狄公愣住了："尸体不见了？"曾泰点了点头："卑职觉得此事非同寻常，特来禀报。"狄公道："湖州之事，可真是愈演愈奇呀！好了，本阁知道了，这件事不要对外人说起。"曾泰应道："卑职明白。这就告退了。"

狄公点点头，曾泰快步走出门去。狄公微笑着望着他的背影。李元芳道："大人好像很欣赏他？"狄公点点头："是个不错的官儿，就是缺乏经验。"正在此时，一名卫士走进来："大人，刘员外前来问安。"狄公和李元芳对视一眼，说道："请他进来。"

不一会儿工夫，刘员外走了进来，双膝跪倒："参见阁老。"狄公道："刘司农年迈，今后就不必行此大礼了。快起，请坐。"刘员外站起身来，坐在椅子上："不知阁老还住得习惯否？"狄公点点头道："非常好。"

刘员外道："阁老还有什么别的需要，尽管吩咐下来，草民一定竭尽全力！"狄公道："一切都很周到。府内大丧，本阁前来搅扰已是于心不安了。"刘员外忙道："阁老能光临寒舍，是草民三生有幸！"

狄公道："今日在刘大陪同下登上翠屏山，山路崎岖陡峭，看来公子真的是失足而死。真是可惜呀！"刘员外低声抽咽起来。狄公长叹一声："人死已然，司农不必过于悲伤。"刘员外擦了擦眼泪："谨领大人教诲。那草民就告辞了。"狄公点点头："注意休息。"

刘员外道："谢大人。"他说是"告辞"，可并没有走的意思。他好像突然想起什么似的："哦，对了，那天大人提起吴孝杰，回去后草民仔细想了想，十几年前草民在京为官时，确实曾经与他有过几面之缘。"狄公道："哦，也就是说吴大人并未记错。"刘员外道："是草民一时糊涂。草民告退。"说着，他转身走出门去。

狄公和李元芳相视而笑。李元芳轻声道："这就叫欲盖弥彰。"狄公点点头："这位刘员外有些意思。"李元芳微笑道："大人今天登翠屏山，有收获吗？"狄公微笑道："不可说，不可说。"

夜色如墨，已是三更时分，刘家庄一片寂静。两条人影飞快地掠过花园，向灵堂方向奔去。灵堂内停放着刘公子的棺椁，守灵人打着盹，堂上的香烛在微风中摇曳。突然扑扑几声轻响，堂中的十几支蜡烛竟同时熄灭，把守灵人惊醒。他睁开眼睛，佛堂内一片漆黑，他吓得魂不附体。

第三章　狄仁杰智断杀子案

却说那天深夜，刘公子灵堂内突然扑扑几声轻响，堂中的十几支蜡烛竟同时熄灭，把守灵人吓得魂不守舍。他慢慢回过神来，颤抖着站起来，打着火折，重新点燃了蜡烛。谁知又是扑的一声，刚刚点燃的蜡烛竟然再一次熄灭！守灵人扑通一声跪倒在灵前，叩头不止，嘴里不住地祷告："公子，小人知道你死得冤屈，可那不干小人的事，千万不要惊坏了小人！"又听扑的一声，蜡烛竟又自己亮了起来！守灵人一声大叫，一阵晕眩，砰的一声，栽倒在地。

灵堂外人影一闪，走进来两个人，正是狄公和李元芳。狄公问道："这守灵人不要紧吧？"李元芳笑道："放心吧，用的是麻药，两三个时辰内便会自己醒来。"

狄公点点头，四下里看了看。李元芳回手关上了灵堂的大门。狄公走到棺椁前，李元芳伸手推开棺盖，刘公子的尸体静静地躺在里面，他穿着一件猩红色的丝质胡服。狄公轻轻拿起他的左手，果然，衣袖上缺了一块！狄公从怀里拿出在悬崖下拾到的丝绸残片，放在衣袖的缺口上一比试，竟是严丝合缝！

李元芳不胜惊诧，轻轻叫道："是被人扯下来的！"狄公点点头道："把棺盖推开。"李元芳将棺盖完全打开。刘传林的脸上盖着一块帕子。狄公上前，一伸手将帕子揭开。他惊得连退两步，一旁的李元芳赶快捂住嘴。狄公摇摇头："真像刘大所说，已经没有了模样。"

李元芳道："肯定是头冲下摔下来的。"狄公点点头："一般坠崖之人大多是横摔而死，像这样头冲下摔下悬崖的真是少而又少呀！"李元芳轻声道："真惨。"狄公将帕子重新盖在刘传林的脸上，静静地看着他的双手。忽然，他仿佛发现了什么，拉起刘传林的右臂，撸下衣服看了看。又到另一侧，拉起左臂，撸下衣服看了看。他陷入了沉思。

李元芳问："大人，怎么了？"狄公摇摇头，喃喃地道："这并不能说明什么问题。"李元芳如丈二和尚摸不着头脑："您说什么？"狄公抬起头来："哦，没什么，咱们走吧。"

李元芳点点头，双臂一用力，合上了棺盖。二人走出灵堂。狄公回

222

到正堂上，闭目冥想，一组组画面飞快地掠过他的脑海，猛地，他睁开双眼，破颜一笑。

李元芳道："每次看到您这种神情，我就知道，您已经找到答案了。"狄公道："应该说是吧。但是，气氛营造得还不够。这个案子，没有气氛就不能达到我们预期的效果。"李元芳问："大人所说的气氛是……"狄公微笑道："你还要做一件事。"

与此同时，刘员外躺在床上，辗转不能入眠。突然，他一声大叫，从床上坐起来，双手捂住脸，轻轻叫了声："传林。"泪水从指缝间溢出来。夫人莹玉坐起身，将衣服披在他的身上："怎么，又想儿子了？"刘员外哭出声来。莹玉道："后悔了？来不及了！"

刘员外突然停止哭泣，回过头，望着莹玉。莹玉笑了笑："干吗这么看着我？我又没杀你儿子！"刘员外浑身颤抖着。忽听外面响起了恐怖叫喊声："闹鬼了！闹鬼了！公子显灵啦！"那个守灵人疯狂地边跑边喊，庄里顿时大乱起来。刘员外正坐在床上发呆，莹玉端着一杯茶走过来，放在他的手里。

突然门外响起砰砰砰的敲门声，刘员外和莹玉吃了一惊。员外冲到门前，打开门，守灵人扑通一声摔了进来："老爷，公子又在灵堂显灵了！"刘员外闻言，吓得魂不附体，连退数步。莹玉一步上前，狠狠地给了守灵人一个耳光："放屁！什么闹鬼，胡说八道！"守灵人大声喊道："是……是小人亲眼所见！"刘员外倒抽了一口凉气，跌坐在椅子里。

清晨，狄公在李元芳和随侍卫士的陪同下在刘家花园中漫步。狄公故作漫不经心的样子，一边走一边四下观察着，只见花园周围，刘府仆佣端着各样祭品往来穿梭，几名管家在一旁低声催促。不一会儿，一队手持法器的僧侣快步向灵堂奔去。

狄公和李元芳交换了一个眼色，会意地一笑。李元芳向远处努了努嘴，狄公回头，看到刘大带领一班道士正小跑着向灵堂方向而去。狄公对身后的卫士道："去把刘大给我叫来。"卫士答应着飞跑而去。李元芳低声道:"看来起作用了!"狄公微笑着:"还不够。再加码,一定要让他们坚信此事我们才有机会。"李元芳点头。

不一会儿,卫士带着刘大回来。狄公点了点头:"刘大,一大清早这府里在忙乱什么?"刘大答道:"啊,是这样,公子今早下葬。"狄公愣住了:"这么仓促,头七还没过呀!"刘大苦笑道:"是……是呀。可这是老爷吩咐的。"狄公点了点头:"让你家员外到正堂见我。"

刘员外坐在自己房间的椅子里,脸色惨白,愣愣地发呆。莹玉从里屋走出来,看了看刘员外:"还在想闹鬼的事?"

刘员外看了她一眼,没有说话。莹玉冷笑一声:"我就不相信这世上有鬼。多半是那个守灵人庸人自扰,疑神疑鬼,危言耸听。"刘员外叹了口气:"不管是真是假,先让传林入土为安吧。"莹玉扑哧一笑:"我看是你有些不安吧?"刘员外蓦地抬起头:"什么意思?"莹玉笑道:"没什么,随便说说。"

门外脚步声响,刘大快步走进来:"老爷,狄大人请您过去。"刘员外一怔,赶忙起身走出门去。莹玉脸上露出一丝冷笑。狄公坐在书案后看书,李元芳引着刘员外走进来:"大人,刘员外到了。"狄公招呼道:"哦,坐吧。"

刘员外在椅子上坐下。狄公问道:"听刘大说,公子今天就要下葬?"刘员外点了点头:"是啊。"狄公关切地道:"停灵最少要过三七才可下葬,这是规矩。现在头七未过,是不是……有些仓促。"刘员外咽了口唾沫:"大人说的是,只是现在天气渐暖,怕尸体腐坏……"狄公点点头:"是这样。"他看了刘员外一眼,欲言又止。

刘员外问:"大人,您有什么话要吩咐草民吗?"狄公长叹一声:"没什么。不知这两日刘司农睡眠如何?"刘员外一愣:"啊,很……很好啊。"狄公点点头:"那就好,那就好。"

刘员外望着狄公那副莫测高深的样子,一种不祥的感觉升上心头。他轻声问道:"怎么,大人的睡眠……"狄公看了李元芳一眼:"啊,啊,很好，很好啊。"刘员外回头看了看李元芳："大人，您是不是有什么话要说？"狄公轻轻咳嗽了一下，对李元芳道："元芳，你先出去吧。"李元芳应了声"是"，转身走出屋去，顺手把门带上。

狄公长叹一声道："真是不知该如何说出口，我身为江南黜陟使，钦差大臣，按理说不应该说出这种话来，可是……"刘员外脸色陡变，嘴唇微颤，说道："您是不是想说，小儿传林的鬼……鬼魂作祟……"

狄公猛地站起来："你……你怎么知道？"刘员外面如死灰："果然是！果然是……"狄公缓缓坐下，轻声道："这两天，公子接连托梦，说他为人所害，要我替他做主。"

刘员外一声惊叫，霍地站起来："什么？有人害他！是谁？"狄公摇摇头："他没有明说。接连两天了，他每晚在我梦中出现，只是说这两句话。哎！"刘员外点了点头，慢慢坐了下来。李元芳在门外听得，捂住嘴巴轻轻笑了出来。

刘员外长叹一声："大人，实不相瞒，草民之所以决定头七未过便要下葬，就是因为传林的鬼魂作祟，搅得阖府不安。"

狄公点点头："刘司农，你可能听说过一些我的为人，我是从来不相信这些神鬼之说的。可是，这一次……哎，早下葬也好，大家心安。"刘员外点头。

更深人静，灵堂中空无一人，只有十几支红烛在燃烧着，发出噼啪的响声。灵堂外人影一闪，刘员外悄悄走进来，顺手关上门，走到公子的神龛前，拿起三炷香，点着后插入香炉，而后双膝跪倒在蒲团上低声地念念有词。吱呀一声，门开了一条小缝，刘员外猛地睁开眼睛，他的嘴唇有些颤抖，头轻轻动了动，却没敢回过去。

一阵阴风从门缝中吹进来，堂上红烛登时摇曳恍惚。刘员外浑身哆嗦，冷汗滚滚而下，轻声道："传……传林，是……是你吗？"

没有声音。扑扑扑几声轻响，堂中的蜡烛同时熄灭，刘员外一声惨叫摔倒在地，堂中死一般寂静，只有刘员外簌簌的颤抖声。月光静静地洒落进来，刘员外抬起头来，向神龛望去，突然发出一声长长的哀号。原来，供桌上多了一串水晶佛珠手串和一块猩红色的丝绸碎片。水晶手串在月光下发出一阵阵亮光。刘员外已吓得灵魂出窍，哀叫着："传林！传林！别怪爹爹！"静夜中传来一声冷笑，刘员外大叫一声，登时昏厥过去……

刘员外在似醒非醒、似梦非梦之中慢慢睁开双眼，一阵阴风拂面而过，他打了个寒战，惊恐地四下看着。他惊奇地发现，自己竟置身于一座万丈悬崖之上，脚下是深不见底的山谷，抬起头来，头上竟是一条狭窄的小路。冷月清光照射在路面上，刘员外只觉得这个地方非常眼熟。此处，正是狄公发现佛珠手串的那块岩石，上面便是公子坠崖之处。刘员外脸色惨绿，体如筛糠，发出一声绝望的惨叫。空谷回音，引来一阵阵凄惨的枭啼。

风吹过，刘员外的牙齿上下打架，发出一阵咯咯声。忽然，上方的小路上传来一阵沙沙的脚步声，刘员外惊恐地抬起头来，山道上走来三个人，令人感到万分恐怖的是，这三个竟然都有头无脸，头部的前后都长满了头发。一人在前快走，最后一人挽扶着中间的一个人，看距离和位置，正是刘家三人同登翠屏山时的形状。前面的是刘大，中间的是员外，挽扶的是刘公子。刘员外张大了嘴，浑身剧抖，不停地喘气。

只见上面三人走上梁头，刘大向前跑去，转过了山弯。后面二人站在山道中歇息，刘员外贴在石壁上，冲后面的公子挥了挥手，公子从员外身前挤过，就在二人擦肩而过的一刹那，员外猛地把公子的身子向外一推……

公子的身体不停晃动，眼看身体就要摔下山崖，可就在这时，公子猛地一伸脚，踩在了伸出崖外的那棵矮树上，咔嚓一声，矮树的枝干断了两根，耷拉下来。员外一步上前，再一次伸出双手狠狠地向外推公子，公子猛一伸手，抓住了员外的左手腕，员外大惊，右手用力撕扯着公子的手，哧啦一声，公子的衣袖被员外扯去了一块，而公子仍然死死地抓着他的手。员外的身体被公子拽得向崖边冲去，情急之下，他大叫一声，左手猛力回抽，终于挣脱了公子的手。公子手腕上戴的水晶珠串飞落下去。员外重重地坐倒在地，公子的身体飞快地向悬崖下坠去。

啪的一声，手串落在岩石上刘员外的身旁。刘员外老泪纵横，大哭着喊了一声："传林！"忽然他抬起头来，一切都消失了，没有人，没有声音，只有他痛哭的回声。许久，刘员外慢慢地站起来，转过头，一张满是头发的脸出现在他眼前。只见这张"脸"，左手举着一张供词，右手托着印泥。刘员外明白了，他轻声道："你是冥司的无常？""脸"一动不动。

刘员外叹了口气，伸出手指，蘸了蘸印泥，按在了纸上。他轻声问道："我儿子在那边，还好吗？"没有回答。远处传来一阵凄厉的尖笑，一个声音若有若无地喊道："爹、爹……"

刘员外蓦地回头，四下里黑沉沉的，什么也看不见。当他再回过头来时，身旁的"无常"已经不见了踪影。忽然，刘员外只觉脑海里一阵晕眩，身体缓缓地倒在地上。

许久许久，刘员外徐徐睁开双眼。灿烂的阳光垂直地照射在他脸上，他赶忙伸出手，挡住了光线，回过头来，四周都是熟悉的景物——神龛、香烛、蒲团……他又躺在了灵堂中。刘员外长出一口气，轻声道："回来了，回来了。"他翻身坐起，忽听门外响起一阵急促的脚步声。刘大带人冲了进来，大喊一声："老爷！"

刘员外一把拉住他的手："刘大！"刘大急切地问："老爷，这几天您上哪儿去了？"刘员外一愣："几天？"刘大道："是呀，您都失踪三天了，家里人到处找您！"刘员外莫名其妙："三天，我怎么觉得只是一个晚上啊！"刘大道："您快回去吧，夫人正着急呢。"

刘员外点点头，快步向外走去，走到门前，忽然停住："哦，对了，狄大人问起我没有？"刘大笑道："还狄大人呢，狄大人昨天就回湖州了！"刘员外松了一口气。

湖州馆驿。狄公喝了一口茶，对下站的曾泰道："曾县令，立刻发拘票，锁拿谋害刘传林的凶手刘查礼到案！"曾泰愣住了："什……什么？锁拿刘查礼？"

　　狄公点点头，放下茶杯。曾泰茫然："可……可刘传林是自己失足坠崖而死的，为什么要锁拿他的父亲？"狄公笑了笑："现在来不及解释那么多，我只告诉你一句话，证据确凿。你立刻去办！"曾泰看了李元芳一眼，李元芳点了点头。曾泰一脑袋雾水，无奈之下只得躬身道："是。"

　　湖州县衙内，堂鼓敲得震天价响，一阵紧似一阵。钦差卫队将衙属团团包围，县衙大门外围满了附近的百姓，大家探头探脑地往里看着，议论纷纷："听说把刘家庄的刘员外给抓了，那可是有钱人哪！""不光是有钱，人家还在京里当过大官呢。咱们这县太爷还真有点儿胆子！""哎，哪是县太爷抓的呀？是人家钦差大臣！你没看见门口站岗的都不是咱们县里的土兵了吗？""为什么抓人呀？""我有个亲戚在衙门里当差，听说是刘员外把自己儿子给杀了。""啊？虎毒还不食子呢！这种人该杀！"

　　开堂了，三班衙役、钦差卫属站立公堂两厢，高喊："威武！"狄公与曾泰二人走上公堂，狄公坐在公案之后，曾泰坐在他的身旁。狄公威严地扫视了一眼堂下的众官，拿起惊堂木，轻轻拍了一下，沉声道："带刘查礼。"

　　衙役高声答"是"，转身快步下堂。曾泰轻声道："阁老，刘查礼曾任京中五品大员，如果我们证据不足，无法将他绳之以法。他可就抓住咱们的把柄了。万一告到御史那里……"

　　狄公笑了，低声道："曾泰呀，为官、断案之道都是一般，不可顺向行走，必须要逆鳞而上，方为高手。否则，你永远只能是个七品县令！"几句话说得曾泰满面羞惭，哑口无言。

　　衙役带刘员外上堂。狄公冷冷地道："刘司农，别来无恙啊。"刘员外道："不知大人拘唤草民到堂有何训教？"狄公道："司农何必明知故问。"刘员外一愣："大人此话怎讲，草民不明白。"

狄公一阵冷笑："刘查礼，你曾为兵部五品，也算是朝廷大员，无凭无据本阁也不会拘你到此。至于原因，只有你我心里最清楚，我劝你知情达理，实话实说！"刘员外的脸色骤变，但马上又恢复了镇静："草民还是不明白大人的意思。"啪的一声，狄公一拍惊堂木大喝一声："阴司之事你该明白了吧！"

这句话对旁人来说并不要紧，但对刘查礼却不啻是个晴天霹雳。他惊得连退三步，浑身颤抖，像羊角风突然发作。曾泰愣住了，他看看刘查礼，又看看狄公，如坠五里雾中。

狄公冷笑一声："怎么，还要我说？你可真是不见棺材不落泪呀！"说着，他袍袖一展，啪的一声，一样东西甩落在刘员外面前。刘员外低头一看，登时一声惨叫，跪倒在地。正是那副水晶手串！堂上所有人都惊呆了。

狄公向身旁一挥手，李元芳拿着一纸供词快步走到刘查礼面前展开。刘查礼又是一声哀叫，整个身体簌簌发抖，缩成一团。

狄公道："刘查礼，三日之内，本阁竟接到公子刘传林三次托梦，梦中说有人陷害于他。昨日子时，阴司判官来到本阁下处，将你的供词和证物交在本阁手中，要本阁替阴司主持阳间公道！你，还有何话说！"

一番话说完，众人尽皆目瞪口呆，曾泰更是张大着嘴，望着狄公，一句话也说不出来。刘查礼战战兢兢地抬起头来："是，是我亲手将儿子推下了悬崖！"哗的一声，站堂官们发出一阵惊呼，曾泰更是惊得从椅子上弹了起来："什么？真的是你谋害亲生儿子？"

刘查礼眼望狄公，泪流满面："狄大人，看在查礼曾尽心伺候大人的分儿上，只求大人让我速死，除此之外，别无所求。"

狄公长叹一声，缓缓摇了摇头："刘司农，你能不能告诉我，这，是为什么？"刘查礼苦笑道："大人就别再问了，草民签供就是，只求速死！"狄公点点头："好，我不逼你。什么时候你想说了，就让狱吏来通

229

知我。"他挥了挥手："将人犯羁押。退堂!"说罢,狄公站起身来,向后堂走去。站堂官们一齐躬身："恭送大人!"

曾泰瞠目结舌,坐在椅子上,竟忘记了起身,一旁的师爷捅了捅他,他这才猛醒过来,触电似的跳起身,向后堂跑去。衙役递过毛巾,狄公擦了把脸,对李元芳道："怎么样,觉得该结案了吗?"李元芳沉吟着道:"动机呢,刘查礼的动机是什么? 俗话道'虎毒不食子',是什么促使他下这种毒手?"狄公点点头:"是啊,这也是我在想的问题。"

曾泰冲进后堂,双膝跪倒,连磕三个响头:"阁老在上,请受卑职一拜!"狄公赶忙扶起他来:"这是干什么?"曾泰道:"阁老竟连阴司都能审,真是当世奇人!"狄公和李元芳互相对视了一下,突然爆发出一阵大笑。这一下把曾泰笑蒙了:"阁老,为何发笑?"狄公笑道:"太平盛世,朗朗乾坤,哪里来的阴司!"

曾泰糊涂了:"刚刚公堂之上,阁老所说……"狄公笑道:"假的!"曾泰越发糊涂了:"那阁老是从何处得到的证物,又是如何拿到的供词?"狄公笑道:"坐吧。"曾泰带着一脑袋的疑窦在狄公对面坐下。狄公道:"断案的方式是多种多样的,但最关键的一点就是要有清醒的头脑和敏锐的观察力,要透过表象看到案情的实质。"

李元芳道:"从第一天得知刘传林的死讯,大人就断言内中定有蹊跷。"狄公笑道:"于是,第二天我以登山为由勘察了现场,发现了落在草窠里的手串和悬崖下的衣袖残片。试想,一个自己坠崖的人怎么会将手腕上戴的念珠掉在崖上,又怎么可能扯碎自己的衣袖? 当时我就断定,刘传林之死绝不是意外。而凶手只有一个,就是他的父亲刘查礼。"曾泰徐徐点了点头。

狄公道:"肯定了这一点之后,我本想直接提审刘员外,但想到这两件证物并不是有力证据,刘查礼在公堂之上大可诡辩不认。于是我想到了一个利用气氛断案的办法。"曾泰对此闻所未闻,又惊又疑,好奇心大发:"这……这气氛断案是怎么回事?"

原来，刘员外谋杀儿子后，精神恍惚，夜不能寐。那天深夜，他只身来到灵堂。李元芳在暗处略施小技，扑的一声将蜡烛突然熄灭。刘员外一惊，依稀看到供桌上突然出现了公子的水晶手串，在月光下发出一阵阵亮光。刘员外吓得上气不接下气，哀叫着："传林！传林！别怪爹爹！"这时静夜中响起了一声冷笑，刘员外以为是儿子显灵，大叫一声，登时晕厥过去。

狄公、李元芳和七八个卫士快步从灵堂后走出来。李元芳用麻药针轻轻刺进了刘员外的百会穴。狄公一挥手，卫士们抬起刘员外，快步走出门去，趁夜色掩护将刘查礼运出庄外，放在一处农家院看管。第二天夜里，将他带到翠屏山上的梁头，就是刘公子坠崖之处。李元芳站在梁头下凸出的岩石上，上面的卫士们将刘员外的身体用绳索慢慢拉拽放到岩石上。李元芳解开绳索，从怀里拿出一银针，刺进刘员外的百会穴，刘员外轻轻哼了一声。众人快步离去。而后，元芳和两个卫士扮成鬼怪的模样，演出了刘员外谋害儿子的一幕。

狄公道："至此，刘查礼对阴司审案已深信不疑。当天夜里，我们将他送回了刘家庄。几个时辰后，也就是第三天清晨，他就发现自己又躺在了灵堂内。"

曾泰长长地出了口气："原来是这样。可，大人，您是怎样得知谋杀时的情景，而且竟然丝毫不差，让刘查礼这个当事之人都看不出破绽呢？"狄公笑道："那不过是依靠推理。"

曾泰一愣："推理？"狄公点点头："是的。首先，我在勘察现场时发现，梁头小路旁伸到外面的一棵矮树被人踩断了两根枝干，露出了新茬儿，这就证明，刘公子在摔下悬崖之前一定是踩到过这棵小树。那么，他的脚为什么会踏到悬崖之外呢？可以肯定是外力的作用，而能够做这件事的人只有刘员外。于是我做了这样一个推理——"

梁头小路上，刘员外背靠石壁对刘传林道："传林，还是

你到前面走，我有些累了，在后面慢慢跟随。"刘传林道："爹，山路太窄，您自己走行吗？"刘员外点点头："放心吧，我没事。"

于是刘传林侧着身从刘员外身前挤过去，就在二人擦肩而过的一瞬间，刘员外猛地伸出双手把公子狠狠一推，公子登时站立不稳，脚下一个趔趄，踏到了小路外，正正地踩在矮树上，咔嚓一声，树杈折断。

狄公道："我反复测试和考证了我的推理，认为是唯一的可能性。"曾泰一边听一边不住地点头赞叹。狄公道："而后要解决的，就是水晶手串和衣袖的碎片。于是第二个推理产生了。在刘员外的大力推搡下，刘公子并没有摔下悬崖，矮树托住了他的脚。刘员外想将他推下悬崖，而公子却抓住了他的手腕。刘员外用手拉扯公子的手，结果却撕下了公子的一截衣袖。公子的身体悬于崖外，手死死地抓住刘员外，刘员外情急之下狠命将公子的手甩脱，由于用力过猛，那副手串从公子的手腕上激飞而起，落在了草窠里。也是这一下，断送了公子的性命……刘公子的尸体躺在乱石堆中，刘员外哭得上气不接下气，瘫倒在地。刘大无可奈何地道：'老爷，您先在这儿看着公子的尸体，我回庄子叫人。'说完，转身飞奔而去。刘员外从怀里掏出碎片，扔在乱石之间。"

狄公微笑道："经过反复的推理论证，一切都变得合理、清晰，于是才有了后面的取证行动。"曾泰赞叹不绝："如此曲折复杂的案情，阁老说起来竟能如此谈笑风生，真是令人叹为观止！"

李元芳道："说起来容易，做起来可是艰难无比！不要说要拥有绝对清晰的头脑和超强的推理能力，就是敢用气氛断案这种办法来取证，就要有非凡的魄力和想象力。"曾泰连连点头："阁老真乃神人也！"

狄公笑道："世上没有神人，多年的办案经验令我总结出'三断'。"曾泰问："不知是哪三断？"狄公道："判断、推断和果断。"曾泰仔细地体味着狄公的话。狄公道："现在此案虽然已破，但实际上有一个问题仍然没有解决，而这个问题才是本案的关键。"李元芳点头："是啊。"曾泰问："什么问题？"狄公道："是什么驱使刘查礼做出这种悖逆人伦的事情？在这件事的背后还有没有隐情？"

夜，刘家庄正堂上，夫人莹玉绣着花绷。外面传来低低的敲门声，莹玉抬起头喊了声"进来"。刘大推门进来，躬身叫了声："夫人，我回来了。"莹玉问："情况怎么样？"刘大道："过了一堂，老爷承认他亲手害死了公子！"

啪的一声，绣花绷落在地上。莹玉大惊失色，站起来："什么？你说什么？！"刘大道："是啊。真是想不到，那天登山时，老爷趁公子不备，将他推下了悬崖。"

莹玉故作惊讶道："老……老爷为什么要做这种事？"刘大望着莹玉，话里有话地道："难道，夫人不知道？"莹玉双眉一扬："什么意思？"刘大赶忙后退一步："没什么，小人只是随便问问。"莹玉鼻子里"哼"了一声："好了，你去吧。"刘大说声"是"，转身走出门去。莹玉轻轻叹了口气。

与此同时，湖州馆驿正房里，狄公正闭目凝思着，李元芳和曾泰紧张地望着他，连大气儿都不敢出。狄公的脑海中闪电般掠过一组组画面：

——白天。刘家花园。莹玉坐在大柳树下哭泣，刘员外站在一旁，怒容满面，怒吼着。

——夜晚，公子灵堂。守灵人扑通一声跪倒在灵前，叩头不止，嘴里不住地祷告："公子，小人知道你死得冤屈，可那不干小人的事，千万不要惊坏了小人！"

狄公忽然睁开眼睛："明天，再访刘家庄！"李元芳和曾泰对视了一眼。

刘府花园，夜色如墨，暗月无光。几条黑影闪电般掠过亭台、花丛，奔到一块太湖石前，站住。一行人均是黑色夜行装，背插单刀。其中一人学了两声水鸭子叫。太湖石后人影一闪，一个黑衣蒙面人快步走出来，低声道："后园里那座二层小楼。门上三下，门框两下！"夜行人答道："明白！"他一挥手，一行人向后园飞奔而去。

二层小楼静静地立在朦胧夜色之中。夜行人在楼前停住了脚步。为首者走到大门前，伸手在门上敲了三下，在门框上敲了两下。没有动静。他觉得有些奇怪，又照原样敲了一遍。

"咔！"头顶上传来一点响动，他赶忙抬起头。砰的一声，屋檐下寒光爆闪，直奔他前胸而来。他猛吃一惊，纵身向后跃去，已经来不及了，三支狼牙箭洞穿了他的前胸。尸体无声地倒在地上。所有的人都吓蒙了。

吱呀一声，双扇大门同时打开，里面漆黑一团，夜行人迟疑着。一人轻声道："门开了！"另一人一咬牙："走，进去！"几人伸手拉出背后的夜行刀，纵身蹿进房中。楼中空无一物，夜行人四下观察着。

突然轰隆一声从身后传来，众人一惊回过头，双扇大门竟自动关闭了。"不好，中计了！""快撤！"话音未落，小楼两旁发出一阵咔喇喇的怪响。夜行人吃惊地向两旁看去，两片巨大的铜网缓缓向中央合拢，铜网上挂满了锋锐的利器，只要网片合在一起，这些夜行人肯定就是粉身碎骨。

一人惊呼道："弟兄们，上房梁！"夜行人纵身而起，跃上了房梁，大家不停地喘息着。忽然下面传来一声惨叫，众人惊恐地向下望去，一个没来得及蹿上房梁的夜行人，已被铜网中利器将前胸后背全部穿透。夜行人倒抽了一口冷气。

就在大家庆幸自己逃脱厄运之时，房梁上仓啷一声，竖起一片白花花的立刀。众人一惊，低头向脚下看去，所有的人双脚都已被利刃穿透。由于速度过快，大家竟来不及反应，直到此时，才发出一片惨叫。又是仓啷一声，立刀回到了房梁内，夜行人再也站立不稳，身体倒栽下来，落入铜网之中。地上鲜血横流，夜行人的尸体倒卧在血泊中。又听轰隆一声，地面蓦地塌落下去，尸体掉进了下面的洞穴中。

第二天，钦差卫队将刘家庄团团包围。曾泰率衙役们仔细搜索着刘公子的卧室，李元芳率钦差卫属仔细搜索着刘员外的卧室。忽然，他的

234

目光落在了墙角边的一个小坛子上。他走过去，抱起坛子，揭开盖，登时满室生香，原来是一坛蜂蜜。一旁的卫士笑道："李将军，这蜂蜜可真香啊。"李元芳笑了笑，盖上盖子，将小坛子放回原处。

刘家庄正堂上，狄公坐在书案后，莹玉坐在下首。狄公微笑道："例行搜检，让夫人受惊了。"莹玉长叹一声："真想不到，他竟会做出这种伤天害理的事情来！哎，我真是命苦啊，刚刚过门丈夫就被抓进了衙门，往后的日子，可怎么过呀！"说着，她轻声抽咽起来。

狄公道："夫人也不必过于悲哀，这种事情谁也想不到。有一件事想问问夫人。"莹玉道："大人请讲。"狄公问："刘家父子的关系到底如何？"莹玉踌躇了片刻道："嗯，妾身刚刚过门，不敢妄加评说，以我看来，他们父子二人的关系似乎非常融洽。我怎么也想不明白，老爷为什么要对公子下毒手。大人，这，会不会……会不会是个误会？"

狄公笑了笑："这个世上没有真正的误会，一切都是有原因的。"莹玉点点头。狄公道："有句闲话，不知当讲不当讲。"莹玉道："大人请讲，但凡妾身所知，一定知无不言。"狄公道："我第一天到府上来，看到夫人坐在花园里哭泣，刘员外则站在一旁，似乎非常恼怒……"

莹玉道："哦，大人说的是那天。哎，是这么回事，大人可能不知道，妾身本是青楼女子，老爷是个死要面子的人，他娶我回来一直是遮遮掩掩，不欲人知，甚至连公子都瞒着，以至于阖府上下，竟不知妾身为何人。而成婚之时又极尽简单，妾身心中不快，因此与老爷发生了一些口角。"

狄公点点头："原来是这样。以你看来，公子为人如何？"莹玉道："别的不太了解，只是听下人们说起过，公子是个非常正直的人。"狄公点点头。门声一响，李元芳走了进来。莹玉赶忙起身："大人，那妾身就告退了。"狄公微笑着点点头。莹玉走出门去。

狄公问："怎么样？"李元芳道："并没有发现什么可疑的物事。您和夫人谈话有何收获？"狄公笑了笑："她是个不简单的女人，一番盘问下来，竟然是滴水不漏，没有丝毫破绽。"李元芳道："也许，她并不知情。"狄公道："有这种可能。但是我所指的并不是她知情与否，而是她的态度。"

李元芳不解："态度？"狄公点了点头："是的。在一般情况下，女子见官之后，不是羞臊得口不能言，就是吓得浑身发抖。而此女面对本官，竟镇定如恒，来言去语，理路清晰，而且，回答问题几乎是不假思索。这难道不奇怪吗？"

李元芳道："大人，您曾说过，她是个青楼女子，这种人大多是能言善辩，巧舌如簧，是不能用普通女人的标准来衡量的。"

狄公点点头："你说得很有道理。但不管是如何能言善辩之人，在回答问题的时候总应该有一个思考的过程，这一点，你承认吗？"李元芳点了点头："是的。"狄公道："可她没有，似乎是早已想到了我会问这些问题，因此，有备而来。"李元芳一愣："您的意思是……"

狄公一摆手："不要过早下结论。我们还有很多事情没有搞清楚。走吧，陪我到花园去走走。"

曾泰率一众衙役经过后园门前，只见园门紧闭，一把锈迹斑驳的铁锁挂在门上。曾泰问身旁的刘大："这是什么地方？"刘大赶忙答道："回太爷的话，这是座早就废弃的园子，从没有人住过，平常也没人进去。"

曾泰点点头，一挥手带领衙役们向花园走去。狄公正在花园内，一边沉思，一边缓缓地向前踱着，李元芳跟在身后。一只蜜蜂从眼前飞过，狄公收住脚步，眼前闪过一丝亮光，但转眼又消失了。狄公静静地站着，嘴里喃喃地道："蜜蜂……"

身后的李元芳道："哦，对了，大人，刚刚搜查刘查礼房间时，还发现了一小坛蜂蜜。"狄公回过身："哦？"李元芳道："非常之香，不知道里面加了什么东西。"

狄公沉思着徐徐点了点头。脚步声杂沓，曾泰率衙役们走了过来，轻轻叫了声"阁老"。狄公回过头："哦，曾县令。怎么样，有什么收获？"

曾泰道："卑职搜查了刘传林的房间，并未发现任何可疑之物，只是在他的床底下发现了一张名帖。"说着，他将名帖递了过来。

狄公伸手接过，打开一看，只见正中用楷体写着"玉花轩"三个字，旁边绘满了各色花卉，名帖散发出一阵阵香气。狄公凑近鼻子闻了闻道："这名帖倒也奇怪，像是个茶楼的名字，可茶楼却为何要印名帖？"

曾泰道："我已问过捕快和衙役，所有的人都说湖州城里没有这么一个地方。"狄公点点头道："非常好。虽然我现在还说不出这张名帖对本案有何用处，但是，越小的东西，越能说明问题，因为，人往往都会忽略小东西而犯大错误。"曾泰道："这就是大人'三断'中的第一点：判断。"

狄公微笑着点头："哦，对了。那个守灵人找到了吗？"曾泰道："找到了，他本是刘家庄的花匠叫蒋老四。我已让人把他扣了起来。"

狄公决定连夜审问蒋老四，命曾泰着人立即将他叫来。不一刻，蒋老四传到。静夜中的刘家庄显得异常沉寂。狄公坐在正堂上的书案后，冷冷地看着下跪的守灵人蒋老四："听清楚，本阁只问一遍。你家老爷与公子究竟有什么矛盾？"

蒋老四浑身一抖，赶忙道："大人，小人是庄里的花匠，怎么会知道主人们的事？"

狄公点了点头，站起身来，对身旁的李元芳低声道："把他交到阴司判官的手里，让刘公子自己查问吧。"李元芳点点头："我马上办。"蒋老四显然听到了这句话，身体不由得颤抖起来，缩作一团。李元芳走过来，一把拉起他道："走吧！"

蒋老四哆嗦着道："大……大……大人带小人去哪里？"李元芳道："到了你就知道了。"蒋老四大叫一声，挣脱了李元芳的手："不，小人不去！"李元芳冷笑一声："不去？判官传你，还由得你不去？！"蒋老四一声惊叫坐倒在地。

狄公冷冷地道："本来，我想救你一命，谁知道你不识好歹，既然

237

你想死，那我也没办法。好吧，你不想去，没关系，在这儿也是一样。元芳，烧符，请判官。"

蒋老四吓得跪爬几步，一把抱住狄公的腿："大人！我说，我全说！"狄公看了他一眼："你肯说了？"蒋老四点点头："小……小人要说出来，您是不是就……就能保小人活命？"

狄公点点头："本来你阳寿未尽，只是你家刘公子在阴司告下阴状，说你在他的灵前曾经说过'小人知道公子冤死，可那不干我的事，公子千万不要惊吓小人！'你可曾说过这话？"

蒋老四一声惊叫，坐倒在地："大……大人是怎……怎么知道的？"狄公笑了笑："你问得太多了，一句话，到底说不说？"蒋老四此时早已吓得魂不附体："我说，我说。那天，小人在花园中侍弄花草，无意中听到老爷与夫人在大柳树下说话……"

莹玉轻声抽泣着道："从我一过门，公子就几次调戏我。前天，他把我骗到房中，欲行奸污之事，我拼死挣扎才逃了出来。我对你说，可你总不相信，今天亲眼所见，该相信了吧。"说着，她哭出了声。

刘员外咬牙切齿地道："这个禽兽不如、乱伦犯上的逆子，竟然在花园里就要……我……我……"莹玉抬起头："你怎么样？你还能怎么样，他是你儿子。刚过门就这样，以后的日子可怎么过呀！"

刘员外猛地一拍树干，大声道："这等逆子有不如无！我……我要杀了他，免得此事传扬出去，败坏我刘家的门风！"莹玉哭着道："你胡说什么，你怎么能杀自己的儿子！"

刘员外吼道："我没有这样的儿子！"他一扭头，忽然发现了对面花圃旁的狄公等人。

狄公和李元芳对视了一眼，脸上露出了惊诧的表情。蒋老四道："两天后，公子就死了。小人心想这件事一定与老爷有关，所以才在灵前说出那番话。"

狄公问道："听说你家公子乃是出了名的君子，怎么会做这等败坏人伦之事？"蒋老四道："小人也不相信。但夫人说是老爷亲眼看到的，也不知老爷看到了什么。"狄公缓缓点了点头，陷入了沉思。

第四章　刘家庄狄公布疑阵

更深夜静，湖州县街道万籁无声，只有值夜土兵敲击的梆铃声。突然，一阵急促的马蹄声和车轮碾地声传来，一辆马车飞驰着穿过街道，划破了宁静的夜空。

县衙土牢的监房里，油灯如豆，刘员外坐在铺满干草的床上，望着那一点点火苗出神。走廊里传来一阵脚步声，声音越来越近，不一会儿，来到监房门前。刘员外慢慢回过头，见一个身穿黑色套头斗篷的男人站在门前。刘员外顿时一惊："你……你是谁？"

啪的一声，风帽掀开，正是狄仁杰。刘员外惊呼："狄大人！"狄公徐徐点点头："怎么样，想好了没有？难道，真的不想说点儿什么？"刘员外抬起头，张了张嘴，欲言又止，最终还是低下了头。狄公道："好吧。还是我来问吧。你在花园里看到了什么？"

刘员外一惊，抬起头来："我……我不明白大人的意思。"狄公摇摇头："刘查礼呀刘查礼，可怜你这个死要面子的人呀，兀自在此巧言诡辩，你怕什么？怕丑事传扬出去令你刘家颜面扫地是吗？"刘员外惊讶地望着狄公，良久，叹了口气道："大人，反正草民左右也是个死，就别再把家丑抖搂出来了。求大人放草民一马，别再逼问了。"

狄公道："你的夫人莹玉已对本阁和盘托出。本阁只是要找你证实一下她所说的是真还是假。"这几句话把刘员外彻底吓傻了，他张口结舌:"什……什么?"狄公道:"是的。她告诉本阁,自她过门后,公子曾屡次调戏她。她对你言讲,可你却总是不信,于是……""大人!"刘员外一声大叫,哭出声来:"大人,求您,别……别说了!"狄公长叹一声:"这种人伦惨变,也难怪你要下毒手。刘查礼,你明不明白,我这是在救你。"

刘员外抬起头来。狄公道:"如果你能证实公子调戏继母,那么,按本朝律法,你则罪不至死。"刘员外扑通一声跪倒在地,哭出声来。

与此同时,刘家庄莹玉房间传出"啊"的一声尖叫,莹玉猛地从床上坐起身来,惊恐地四下看着,四周一片寂静。莹玉舒了口气,伸手揩去额头上的汗水,两眼直愣愣地望着空中,静静地思索着。忽然,她的眼睛一亮,迅速起身下床,穿好衣服走出门去。

花园里,一条人影快步向狄公居住的正堂走来。值夜卫士一声断喝:"什么人?""是我。"莹玉从黑暗中走出来。卫士道:"哦,是夫人。有事吗?"莹玉道:"请问狄大人在吗?"卫士道:"大人已经睡下,有什么事明天再说吧。"莹玉迟疑了一下道:"是非常要紧的事情。"

卫士正在为难之时,李元芳走过来,问道:"怎么了?"卫士道:"李将军,夫人说有急事要见大人。"莹玉道:"是呀,能不能烦劳将军唤醒大人,妾身有隐情回禀。"李元芳踌躇道:"夫人,你知道狄大人睡眠不多,一旦睡着,我等轻易不敢叫醒。你,还是明天再来吧。"莹玉轻叹一声,点了点头,转身离去。

土牢中,狄公与刘员外对面而坐。刘员外长叹一声:"同样的话,莹玉对我说了很多次,可是我始终不信。传林是举人,又是附近闻名的正人君子,怎么会做这等禽兽不如之事?"

狄公点点头。刘员外道:"可我错了,我的儿子……"泪水在他的眼眶里不停地转着。狄公问:"你到底看到了什么?"刘员外擦了擦眼泪:"就是您第一次来府那天早晨,莹玉对我说,让我在花园的大柳树后等着,她要让我看一出好戏……"

他把他当时看到的一幕描绘了一番——

白天。花园大柳树后，刘员外探出头来，向远处望着。大花圃前，莹玉在慢慢地踱着。不一会儿，公子快步走过来，四下看了看，走到莹玉身旁，二人说了几句话，公子忽然伸手将莹玉搂住，而后，竟然伸手将莹玉的外衣脱去，远远地扔了出去。莹玉失声大叫，拼命挣扎着。刘员外在树后目瞪口呆地看着这一切，身体不停地抖动。

狄公沉吟着道："也就是说，你没听见他们在说些什么。"刘员外痛苦地捂着脸："有这些还不够吗？"狄公道："光天化日之下，公然在花园中调戏继母，你不觉得这种事太匪夷所思了吗？"

刘员外抬起头来："谁说不是呢。可这一切，确是我亲眼所见啊！家门不幸，出了这种孽障。我本欲将此事诉诸公堂，可又怕传扬出去，刘家在湖州难以立足。想要置之不理，可莹玉刚刚过门，公子就已经如此纠缠，来日方长，以后还不一定要闹出什么样的事情来。万般无奈之下，便想出了这样一条毒计。"狄公点了点头，陷入了沉思。

次日，莹玉快步向正堂走来，正和李元芳照了个对面。她赶忙施礼道："将军万福。"李元芳微笑道："夫人不必多礼，你是要见大人吧？"莹玉点点头。李元芳道："我马上给你通报。"说着，快步走进正堂。"大人，夫人要见您。您看……"狄公点点头："请她进来。"

李元芳犹豫道："大人，您可是一宿没睡呀！"狄公微笑道："无妨。刚听完了刘员外的，再听听她的，趁热打铁。"李元芳点点头，喊了一声："有请夫人！"莹玉走进来，叫了声"大人"。狄公道："夫人请坐。不知何事，如此紧要呀？"莹玉轻声道："日前，妾身对大人撒了谎。"

狄公双眉一扬："哦？"莹玉长叹一声："妾身虽为青楼女子，但也懂得一些礼义廉耻，那天大人问起的，正是妾身羞于启齿之事，因此……"

241

狄公点了点头，微笑道："今天怎么想起要说实话了？"莹玉道："老爷身陷囹圄，妾身于心不忍，也顾不得那么多颜面了，干脆对大人实话实说吧。"

狄公点点头："好，你说吧。"莹玉道："大人，妾身嫁入刘家，到今日为止才整整十天。可就是这十天之内，公子刘传林竟然数十次要非礼妾身。"狄公问："哦？有这等事？"莹玉点头："那是我刚进门的第一天夜里，老爷吃醉了酒……"她把当时发生的事情绘声绘色地描绘了一遍——

莹玉和公子搀扶着刘员外走进正房，将员外放在里屋的床上，刘员外立刻鼾声如雷。公子在身旁静静地望着她。莹玉回过头来，奇怪地道："公子，怎……怎么了？"公子没有说话，突然伸手拉住她的手，放在嘴边吻了一下。莹玉一声惊叫抽回了手："你……你要干什么？"公子一把将莹玉搂进了怀中，狂吻着。

莹玉拼命挣扎，低声喊道："你……你放手，放手啊。小心吵醒老爷！"公子道："他醒不了。"说着，手慢慢滑向莹玉的腰间，轻轻一拉，外裙登时脱落。公子将莹玉抱起，快步走到外屋，关上房门，将莹玉放在桌上，整个人压在了莹玉身上，不停地亲吻。莹玉发出撕心裂肺的尖叫，公子一惊，莹玉趁机将他推开，跳起身来跑进里屋，闩上了房门。

公子在外面叫"开门"，莹玉道："你……你快走！"公子隔着门道："我就不信，你喜欢一个糟老头子。只要你还在刘家，早晚是我的人！"说完，脚步声渐渐远去。

莹玉低声抽泣着。狄公沉吟着，不知该说什么好。莹玉擦了擦眼角的泪水，接着讲她的故事："从那天以后，这样的事情发生过几十次。我

242

忍无可忍，只得对老爷言讲，可老爷不信，于是发生了下面的一幕——"

　　白天，莹玉正在花圃前踱步，刘员外躲在远处的大柳树后，露出头来。公子快步走过来，四下看了看，而后走到莹玉身旁："你在和我玩游戏，是吗?"莹玉看了他一眼，没有说话。公子冷笑一声道："如果你想吊我的胃口，那就错了，我对女人从来都是速战速决!"莹玉冷冷地道："我不想再说了，请你走开。"公子冷笑一声："你不过是个妓院里的婊子，别装得像贞节烈女一般!实话告诉你，老头子活不了几年，这个家早晚是我的，到那时候，你还不是照样得上我的床?"

　　莹玉扭过身喊道："你马上走。要不我喊人了!"公子冷笑一声："喊人，好啊。喊吧，你信不信，我在这儿就可以把你脱个精光。"莹玉一惊，扭身想跑，公子一把揽住了她的腰，伸手脱去她的外衣，远远地扔出去。莹玉拼命挣扎着，厉声尖叫。公子狠狠地一把将她推开："你等着吧，早晚有一天，我会让你心甘情愿地服侍我。"说完，他转身离去。

　　莹玉叹了口气："老爷目睹了这一幕，终于相信了妾身的话。他非常生气，说一定要杀了这个逆子。听他说出这种话，妾身一直心惊肉跳。果然，两天后，公子就坠崖而死。"狄公"哦"了一声，点了点头。

　　莹玉道："大人，老爷虽然触犯律法，杀人获罪，但像公子这种荒淫无度、好色乱伦之徒难道不应该惩治吗?老爷不过是怕家丑传扬出去，才用了自己的办法下手除去祸害。妾身以为，此事虽然错了，但却是其情可悯、其行可原。望大人详查!"

　　狄公连连点头："嗯，好一个利口女子呀，说得有几分道理!这样吧，你先回去，你说的话，本阁会好好想一想。"莹玉离座施礼："谢大人。"狄公一伸手："元芳，替我送客。"李元芳将莹玉送出门去。狄公缓缓站起身，不停地踱着。李元芳回来，狄公停住脚步："你觉得怎么样？"李元芳道："不像在撒谎。"

狄公沉吟着道："你马上去，查出刘员外成婚当天值夜的仆人，问他三件事：第一，那天晚上，员外是不是喝醉了？第二，是不是公子和莹玉扶他进屋的？第三，听没听到莹玉发出的尖叫？"李元芳点头："我马上去。"说完，快步走出门去。

狄公在正堂上慢慢地踱着步，两眼眯成了一条缝，思索着。不一刻，李元芳推门进来，叫声"大人"。狄公回过头来问："怎么样？"

李元芳叹了一口气："莹玉没有撒谎。那天夜里员外大醉，是公子和莹玉将他扶回房间。外面值夜的仆人和丫鬟确实听到了一声尖叫。过了一会儿，公子开门走出来，对他们说就当什么也没听见，第二天还赏了银子。"狄公轻声道："难道，刘传林真是这样的人？"李元芳道："画龙画虎难画骨，知人知面不知心呀！"狄公沉思着。李元芳道："大人，现在可以结案了吧。"

"结案？"狄公摇了摇头，"为时尚早！"他又在屋里踱了起来。忽然，眼睛一亮："对，结案！走，回湖州！"狄公再次来到刘查礼的牢房，告诉他将放他回去。刘员外听说，吃惊地抬起头来："什么，放草民回去？"狄公点点头："正是。是夫人的一番话，令本阁深受感动。"

刘员外一愣："夫人？"狄公点头："是呀，你的亲生儿子不肖，想不到这位新夫人倒是深明大义。我已和曾县令商量过了，你虽行为过激，杀害了亲子，但念你其情可悯、其行可原，又念在你年事已高，就不做处分了。"刘员外的泪水滚滚而下，叩头道："谢二位大人！"曾泰道："还是回去谢谢你的夫人吧。"刘员外连连道："是，是。"

狄公微笑道："刘司农，你一个退隐官宦是怎样和夫人这位青楼女子结成鸾凤的呢？"刘员外道："哎，说来惭愧，完全是巧遇。"曾泰笑道："我也觉得好奇，司农不妨讲来听听。"

刘员外为难地看了看周围的衙役。曾泰一挥手："你们出去吧，这里不用伺候。"衙役们答应着退了出去。狄公一指旁边的椅子道:"坐吧,坐下讲。"

刘员外告罪后坐了下来,说道:"是这么回事,月前,草民前往府城办事。事情办完后,几个朋友约我到湖上赏月……"

一艘小艇在湖心荡漾,刘员外和几个朋友围坐桌前,边赏月边闲谈、饮酒。红泥炉上煮着青梅酒,发出一阵阵甜香。一位朋友笑道:"只可惜缺些管弦丝竹啊。"话音未落,水面上传来一阵琴声和低唱,声音婉转缥缈,若隐若现,在静夜的湖面上弥散着,显得异常神秘、优美。刘员外一愣,问道:"这声音是哪里来的,莫非湖中有仙?"一个朋友道:"怪哉,走,去看看。"

几个人走上船头向远处望去,只见水雾迢迢中,一条大船时隐时现。刘员外轻轻击了一掌,兴奋道:"想不到我刘查礼已过花甲之年,竟能遇到仙女!"一个朋友道:"早听说湖中有仙,不想今日得见。"

微风吹过,雾气散开了一些。只见大船四周用红纱帐围裹,船内点着蜡烛,一个窈窕身影映在红纱之上,身形微动,拨弄琴弦。刘员外不禁看得如痴如醉,低声道:"湖仙下凡。"

朋友点点头,对船夫低声道:"把船摇过去,看个究竟。"船夫抡起竹篙,撑动小舟,转眼间便驶到大船前面。刘员外拱手道:"在下湖州刘查礼,敢问船上是哪位仙子?"

琴声停止了,红纱一掀,一个小丫鬟走出来,抿嘴笑道:"这位官人,您说什么?"刘员外道:"船上是哪位仙子弹琴?"丫鬟笑道:"船上并无仙子,是一位姐姐。"刘员外道:"姐姐?"丫鬟笑了:"你的亲姐姐。"说着,她咯咯地笑起来。

刘员外尴尬地道:"姑娘取笑了。"只听红纱帐内传来一个

245

柔弱的声音："小红，别耍贫嘴，请官人上船。"话音刚落，跳板搭上，刘员外走上船来，小红挑起纱帘，刘员外走了进去。"仙子"抬起头来，正是莹玉。刘员外登时被她的美貌倾倒。

狄公扑哧一笑："好一段浪漫奇缘呀！"曾泰和李元芳抚掌大笑起来。刘员外老脸一红，说道："她就是莹玉。后来我才知道，她原来是府城玉花轩中的歌伶，卖艺不卖身。"狄公的眉头一扬："玉花轩？"刘员外点点头："正是，大人知道？"狄公摇摇头，笑道："只是觉得名字很好听。"

刘员外道："后来，草民回到湖州，心中怎么也放不下她，最终还是下定决心，将她娶回家来。"狄公点点头："是这样。"曾泰好奇地道："那……"

忽然脚步声响，一名衙役奔了进来："阁老，太爷，刘夫人亲自来接员外了。"狄公微笑道："好一个夫妻情深呀，刘司农这就请吧。"

一辆马车停在衙门前，莹玉站在车外焦急地等候着。刘员外快步走出，大叫一声："夫人！"莹玉赶忙迎上去："老爷！"二人相视无言。刘员外上了车，回刘家庄去了。

二堂上，狄公轻轻一拍桌子，对李元芳和曾泰道："立刻分头行事！"

刘员外回到庄上，走进卧室。他感动得拉住莹玉的手道："夫人，我真不知道该怎么感谢你。是你救了我的命啊！"莹玉道："瞧您说的。俗话说，夫妇一体，还说这些干什么。"

刘员外长叹一声，拉住莹玉的手放在胸口道："玉儿，从今以后，你就是刘家庄的女主人了。"说着，他从腰间解下一串钥匙递了过去："这是庄内所有门户和账房的钥匙，你把它收好。"莹玉接过钥匙，泪水盈盈地道："谢谢老爷信任。"

刘员外轻轻拍了拍她的脸："玉儿，可你记住，这个庄子里只有一个地方你绝对不能进。"

莹玉抬起头："哪里？"刘员外道："就是后园中的那个两层小楼。"莹玉纳闷："为什么，那个小楼有什么奇怪?"刘员外笑了笑："以后我会告诉你的。"莹玉笑道："你不用告诉我，你说不能进，我不进就是了。"

刘员外笑了。莹玉道："哦，对了，说起后园我想起来了，前天夜里，后园中传来一阵阵惨叫声。第二天我问刘大，他说后园经常闹鬼。"刘员外一惊："哦?"

湖州城里，玉花轩的金字牌匾高悬楼上。门前，狄公与曾泰交换了一下眼色。一个看门的走出来，点头哈腰地招呼道："二位，想玩玩儿?"

狄公点了点头："是啊。"看门的喊道："妈妈，来客人了。"老鸨从里面跑出来："哎哟，二位客官，来得可真早啊，里边请吧!"狄公笑眯眯地道："妈妈，我们想向你打听个人。"

老鸨一听，脸色登时阴沉下来："哦，二位是找人啊!"狄公点了点头。老鸨一声怒喝："老七，你给我滚过来!"那个看门的快步跑过来，老鸨骂道："你他妈一天到晚灌黄汤灌昏了头了你! 把个找人的也让到堂子里来!"老七急道："他们说是来玩儿的。哎，我说你们……"

狄公把一锭五十两的大银在老鸨面前高高举起，静静地望看她。老鸨登时眉开眼笑，一把将银子抓过来，回身给了老七的屁股一脚："你他妈真是个废物，人家老爷来找人你还往大堂子里让。还不开个雅间，让我们好好说话!"

老七嘟囔道："他妈见钱眼开，拿老子出气。好嘞!"说着，快步跑了进去。老鸨满脸赔笑道："二位，跟我来吧。"

说着，三人进了雅间。老鸨听狄公询问莹玉，连忙道："您说的这个莹玉，是一年前来到我们堂子的。因她长得金贵，客人们都非常喜欢她，堂子的生意也一下子火爆起来，有很多客人专为听她唱俩小曲儿，大老远的赶到这里……"

狄公打断了她："你可知道，她是从哪里来的?"老鸨摇摇头："这可就不知道了。堂子里的规矩就是不问前身，只管眼下。"狄公点了点头:

247

"你继续说吧。"

老鸨道："本来，莹玉是卖艺不卖身。可八九个月前，来了一个叫贾明的公子，人长得漂亮，出手也阔绰，一见莹玉就爱得神魂颠倒，在堂子里泡了两个月，把个莹玉也弄得五迷三道，二人成天同吃同住，如胶似漆。"狄公和曾泰对视了一眼。

老鸨继续道："大约在半年前吧，这位贾公子花大价钱替莹玉赎了身。当时，堂子里的姐妹们都说莹玉有福气。可谁承想，一个月以前，莹玉突然回来了，说那位贾公子不要她了，她无处栖身。我见她可怜，便又收留了她。这不，十几天以前，一位从湖州来的刘员外看上了她，又替她赎了身，把她娶回家中。"狄公和曾泰交换了一下眼色："如此说来，刘员外替她赎身之前，她还跟过一位贾公子。"老鸨道："是呀，二人就在城里居住。堂子里的姐妹还碰到过她。"

二人回到客栈。狄公在房中踱着步，沉思着。曾泰使劲地拍着脑门道："越来越复杂了，怎么又多了个贾公子，真是奇哉怪也！"狄公喃喃地道："贾明……贾明。"忽然，他的眼睛亮了起来，回过身："曾泰，明天一早你拿我的名帖通知州刺史，要州衙所有执事捕快全体出动，遍查全城，一定要找到这个姓贾的！"

刘家庄庄内空无一人，四周静悄悄的。一条黑影快步走来，停在后园门前，正是刘员外。他四下里看了看，随后打开门前锈锁，快步走了进去，来到二层小楼门前，在门上轻敲三下，门框上敲了两下，大门自动开启，刘员外闪身而入。过了一会儿，刘员外从小屋子里出来，回手锁上了后园的门，快步离去。身后不远处，一双眼睛静静地望着他，露出了一丝诧异的神色，正是李元芳。

深夜，莹玉早已睡熟。刘员外忽然睁开眼睛，轻轻叫了声："玉儿，玉儿。"莹玉哼了一声，翻了个身。刘员外慢慢坐起身来，下地穿好衣服，蹑手蹑脚地走出卧房，回手关上了门。

刘员外走到外屋的八仙桌旁，踩着椅子爬到桌上，伸出手在墙壁上摸索着。不一会儿，手停住了，在墙上轻轻一按，咔的一声轻响，墙壁上弹出了一个暗门。刘员外警惕地回头向里屋看了看，里面没有丝毫动静。他迅速打开暗门，里面放着一个油布包裹，刘员外伸手拿了出来，打开，里面是一本绢制古籍——《蓝衫记》。

与此同时，在州城客栈里，狄公双目微闭，进入了冥想状态，一组组画面从他眼前掠过。

> 白天，刘家花园中，曾泰报告道："阁老，卑职率人搜查了刘传林的房间，并未发现什么可疑之处，只是在刘传林的床下找到了一张名帖。"说着，他将名帖递了过来。狄公伸手接过，定睛一看，名帖正中楷书三个大字："玉花轩"。

狄公睁开双眼，伸手抓起桌上的毛笔，在纸上不停地画着。州城内长街巷，州衙兵马司的官军将整条巷子团团包围。一顶青呢官轿在一座小院门前停下，轿帘一掀，狄公快步走了下来，向院里走去。曾泰正与州刺史说着什么。狄公走进来，曾泰赶忙介绍道："大人，这位就是狄阁老。"

刺史倒身下拜："卑职叩见阁老，请恕卑职失迎之罪！"狄公赶忙将他搀了起来，微笑道："大人免礼。此次本阁微服来访，一切礼数从简。"刺史站起身来："今晨，曾县令传来阁老口谕，卑职便派出了州衙中所有官役全城盘查，果然，这个院子的主人王小大，曾将西跨院租给一个叫贾明的人。"

狄公点了点头："有劳大人。这位王小大现在何处？"刺史回身吩咐道："叫王小大。"

不一刻，王小大在衙役的带领下奔来，双膝跪倒。狄公道："起来说话。"王小大站起来。狄公问道："听说你曾将西跨院租给了一个叫贾明的人？"王小大回道："正是。"狄公道："只有这贾明一个人吗？"王小

249

大道："不，不，还有一位美貌的女子，是贾公子的妻子方氏。"曾泰一愣："方氏？"狄公道："就是莹玉。"曾泰这才明白过来。狄公对王小大道："带我去院子里看看。"

王小大应了一声"是"，立即带他们到西跨院正房。门吱呀一声打开，狄公、刺史和曾泰走了进去。房内窗明几净，书案上摆着一摞书籍。狄公缓步走过去，拿起一本，翻开，只见扉页上刻着一个闲章。

狄公对曾泰道："将这些书打包，带回湖州。"曾泰应道"是"。狄公问王小大道："他们夫妇二人在此住了多长时间？"王小大答道："将近半年。那位贾公子可能是个做生意的，经常跑外，家中只有他的妻子方氏常在。"

狄公问道："你经常能见到她吗？"王小大摇摇头："这个方氏脾气非常古怪，凡人不理，我们虽然住得很近，可她从不来串门，深居简出。住了这半年，我一共才见过她两回。"

狄公点点头，四下看了看："看这屋中的情形，似乎这个贾公子还住在这里呀。"王小大叹了口气："要说这个贾公子真是个可怜人。"狄公一愣："却是为何？"

王小大道："一个月前，贾公子从外地回来，就发现他的妻子竟然不告而别。"狄公双眉一扬："失踪了？"

王小大道："正是。他心急如焚，跑来问我，可小人也很长时间没有见到她了。情急之下，贾公子四处寻找，小人也帮着他东跑西颠满城打听，最后，还是没有找到。"狄公问："你的意思是，方氏是自己失踪的，并不是贾公子抛弃了她？"王小大回道："当然不是。"

狄公与曾泰彼此交换了一下眼色。王小大道："贾公子是个重感情的人，方氏失踪后，他可是着实地伤心了一阵子。"狄公点了点头："明白了。"他回过头来对刺史道："派人将这间房子看管起来，任何人不得进出！"刺史躬身答道："遵命。"

刘家庄外，刘员外和莹玉带领众家人在门前迎候狄仁杰。刘员外焦急地东张西望。莹玉道:"狄大人怎么还没有来?"刘员外道:"是呀,按说州城离这儿还不到一百里地,早该到了。"

话音未落,身后脚步声响,刘大急匆匆地奔出来,叫道:"老爷,夫人,狄大人已经在花园中了!"刘员外和莹玉不由得吃了一惊,急忙赶到花园。狄公正站在花圃前静静地思索着。曾泰坐在旁边的一块太湖石上,见刘员外、莹玉和刘大率家人急急赶来,赶忙起身迎过去。

刘员外道:"太爷,狄大人怎么没走正门啊?"曾泰赶忙"嘘"了一声:"轻点儿!狄大人说不想惊动你们,这才从后门进来。你们就不用在此伺候了,赶快命家人将正堂打扫出来!"

刘员外连声答"是"。就在此时,远处的狄公抬起头道:"刘司农,请你过来一下!"

刘员外赶忙跑过去:"大人。"狄公道:"让其他人都回去吧,我有些话要和你单独说。"刘员外应声"是",回头对莹玉和众家人挥了挥手,大家散了开去。

刘员外道:"大人,有话就请吩咐吧。"狄公沉吟着道:"上次你说,看到公子调戏夫人之处,是这里吗?"刘员外一愣,赶忙道:"大人,此案既然已结,您就不用再劳神了。"狄公一摆手:"回答问题。"

刘员外赶忙道:"是。"他看了看花圃,又量了一下四周的距离道:"应该是再往东一些。"狄公点点头,向东走了几步:"是在这儿吗?"刘员外点点头:"差不多了。大人,草民不明白,既已结案,为何还要……"狄公打断他:"当时,你在何处?"刘员外一指远处的大柳树:"草民就在那株柳树背后。"狄公点点头,向曾泰招了招手,曾泰跑过来:"大人。"狄公道:"你和刘司农站在这里。"

二人站到狄公的位置上。狄公问道:"当时,公子和夫人是在这个位置吧?"刘员外点头。狄公快步向大柳树走去。刘员外莫名其妙地望着狄公的背影,问曾泰道:"曾大人,狄公这是要做什么?"曾泰笑了:"我也蒙在鼓里。"

狄公快步走到大柳树下，闪到树后，向对面望去，只见花圃前的曾泰和刘员外离他非常遥远。狄公松了口气。忽然"嗡"的一声，一只小蜜蜂从他眼前飞了过去。狄公登时一愣，似乎在重重的迷雾中现出了一丝灵光，却又无法把它抓住。他站在原地静静地思索起来。曾泰和刘员外站在花圃前，一动也不敢动，眼巴巴地望着狄公。

刘员外苦笑道："狄大人在想什么？"曾泰道："我要知道就好了。"刘员外道："太爷，我能不能动动。"曾泰道："最好别。"远处的那株大柳树下，狄公仰头向天，静静地出神。夕阳西下，狄公仍然站在大柳树下，木然不动。

刘员外哭丧着脸："曾大人，我……我实在是站不住了。"曾泰苦笑道："我又何尝不是呀！"刘员外央求道："能不能跟狄大人说一说，哪怕坐一会儿再站也行啊。"曾泰为难地看了看狄公："再忍耐一下吧，应该是快了。"刘员外点点头："我真佩服狄大人的两条腿。"

狄公的眼睛突然一亮，但马上又摇摇头，轻轻叹了口气。他偶一回头，发现花圃前的曾泰和刘员外仍然一动不动地站着，他不禁笑了出来，快步向花圃走去。

曾泰兴奋地道："大人过来了。"刘员外回过头："哎哟，这可好了。"狄公快步走过来，连连道歉："对不起，对不起。只顾凝思，把二位给忘了。"曾泰和刘员外对视一眼，大笑起来。狄公也笑了。

刘员外问道："大人，您又想到了什么？"狄公摇摇头："惭愧，仍是一团迷雾。"刘员外心里纳闷，道："大人，我不明白，这个案子不是已经了结了吗？"狄公笑了笑，拍拍他的肩膀："事情没有那么简单。但你放心，我一定会还你一个公道。"刘员外愣住了。狄公道："你去吧，对任何人都不要说起这件事。"刘员外点了点头，转身离去。

正堂里亮着灯，两名卫士站在门前。李元芳和曾泰边说话边快步走来。曾泰道："一出花园，他老人家就一头扎进房子里，不吃不喝，两个多时辰了。"

李元芳道："这就说明，他马上要找到答案了。"曾泰道："光听我说了，你那边怎么样？"李元芳笑道："两个字：热闹。"曾泰不解："哦，热闹？有意思。"

两人说着话已来到正堂门前，李元芳向门前的卫士点了点头，轻轻推开门，跟曾泰一起蹑手蹑脚地走了进去。狄公坐在椅子上，双目紧闭，已经进入了冥想的状态。曾泰张嘴想要说话，被李元芳一把捂了回去。曾泰一惊，猛回头。李元芳冲他使劲摇摇头，指了指旁边的椅子，二人轻轻坐了下来。

狄公紧闭着双眼静静地思索着，脑海中出现了几个画面：

——春光明媚，湖州郊外。蜂群腾空而起，向正西方飞去。老蜂农吃惊地喊道："哎，这是怎么回事？"狄公道："蜜蜂如此结群而起，是非常少见的事情。"蜂农也道："从没有过这种事。"狄公问："正西方是什么地方？"蜂农道："刘家庄。"

——刘家花园。一丛淡蓝色的小花。狄公惊奇道："这里怎么会有这种花？"管家刘大微笑道："先生知道这种花叫什么名字吗？"狄公道："那兰提花。"刘大惊讶不已。

——刘家花园。狄公站在花圃前，一只蜜蜂飞过，他一愣，喃喃地道："蜜蜂……"身后李元芳道："哦，对了，刚才搜查刘员外房间，发现了一坛蜂蜜，非常香，不知里面放了什么？"

狄公睁开眼睛，脸上露出了微笑，他轻轻吁了口气道："原来是这样！"李元芳笑道："看来这一次，是可以结案了。"狄公一抬头，这才发现了曾泰和李元芳。他笑着站起身："你们是什么时候进来的？"

李元芳笑道："已有半个时辰了。看来您已经找到了答案。"狄公点点头："元芳，上一次，你奉命搜查刘家，曾在员外房中发现了一坛蜂蜜，是吗?"李元芳道:"正是,我记得卑职曾对大人说起过。"狄公站起身来:"是的,是的。明天一早,你去找刘员外,就说我要一些蜂蜜。"李元芳一愣:"要……要蜂蜜?"狄公点点头:"明天,我要演一出好戏。"

第五章　刘查礼携宝图潜逃

清晨,朝霞放射着灿烂的光芒,天高云淡,晴空朗朗。钦差卫队将刘家花园的各个进口把住,卫队长大声吆喝:"众军听着,刘家庄一应家人、仆役严禁入内!有敢擅入者,罪同刺驾!""是!"众军发出虎狼般的吼声。

狄公静静地站在花圃前,几只蜜蜂在花间嗡嗡飞舞。李元芳引着刘员外快步走来,叫声"大人",狄公回头应道"来了"。李元芳从怀里拿出一个小瓶:"这是您要的蜂蜜。"狄公点点头,伸手接过。刘员外看了看四周紧张的气氛,心里惴惴不安:"大人,不知召草民前来有何训教。"

狄公笑道:"你不用紧张,我是请你来看戏的。"刘员外一愣:"看……看戏?"狄公点点头:"是的。刘司农,现在,我和元芳所处的位置就是当时公子与莹玉所站之处吧?"刘员外又是一愣,不知所措地点了点头。

狄公道:"好。"他向身旁的曾泰招招手,曾泰手提一个竹篓快步走过来。狄公问道:"准备好了吗?"曾泰递过竹篓:"大人,按您的吩咐,全部准备齐了。"狄公道:"你陪着刘司农到大柳树后观看。"曾泰一伸手对刘员外道:"请吧。"刘员外一头雾水,随曾泰向大柳树走去。

李元芳挠了挠头皮:"大人,不瞒您说,到现在为止,我也是莫名其妙。你要那个竹篓,总不会是变戏法吧。那么您到底要干什么呢?"狄公呵呵一笑:"你马上就会明白的。"

他抬起头来,见刘员外和曾泰已经躲到了大柳树后。狄公站在花圃前,从装蜂蜜的小瓷瓶里倒出了一些蜂蜜洒向花丛间,而后,又倒出一些,涂抹在自己的衣服上。李元芳看着莫名其妙。又见狄公将小瓶揣进怀里，将竹篓扣在自己的头上。李元芳不禁哑然失笑："大人，您这是演什么戏呀？"

刘员外望着远处的狄公，奇怪地问道："太爷，狄大人这是做什么？"曾泰摇了摇头："我想，大人此举必有深意。"刘员外纳闷地摇了摇头："狄大人做事可真是出人意料啊。"

花圃前，狄公和李元芳面对面地站着。李元芳笑道："大人的样子真像是取蜜的蜂农。"

话音未落，传来一阵嗡嗡声，几只蜜蜂飞了过来。狄公"嘘"了一下："别说话。来了！"李元芳四下看着："谁来了？"说话间，那几只蜜蜂已经落在了狄公的身上。李元芳一惊："哎哟，大人，您身上落上蜜蜂了！"狄公道："别动！"

忽然间，一阵巨大的嗡嗡声越来越近，李元芳一惊，抬头一看，百十只蜜蜂几乎同时向狄公冲来，刹那间落在他的身上。李元芳惊叫一声，一把拉过狄公，替他扑打身上的蜜蜂。

大柳树下，刘员外张大了嘴，吃惊地望着花圃前的二人，只见李元芳在狄公身上不停地摸着、抓着，此时的情景和他所看到公子调戏莹玉那一幕竟然是惊人的相似！他禁不住一声惊呼，从大柳树后慢慢地走出来。曾泰也愣住了，目瞪口呆地看着。

花圃前，李元芳替狄公扑打着身上的蜜蜂，可那蜜蜂非但不散，而且越聚越多。他惊慌地叫道："大人！赶快脱衣服！"说着，伸手替狄公解开外衣。

此时，刘员外已走到花圃旁。他的惊骇已到了极点，脑海里闪现着当时的画面——公子伸手飞快地解开莹玉的外衣。李元芳脱下狄公的外衣，使劲扔了出去，蜜蜂嗡的一声向那件衣服跟踪而去。刘员外的脑海里又闪过当时的一幅画面——刘传林脱下莹玉的外衣远远地扔出去。泪水从刘员外眼中滚滚而下，他缓缓跪倒在地。

狄公伸出手，轻轻地摘下头上的竹篓，问李元芳："现在明白了吗？"

李元芳恍然大悟，徐徐点头："原来是这样！"狄公从怀里掏出那个小瓷瓶："这里面的花蜜为什么这么香？"

李元芳摇摇头。狄公道："因为，这是那兰提花酿成之蜜。"李元芳愣住了。狄公走到花圃前，摘下一朵那兰提花道："此花是天竺之宝，以此花酿成的花蜜，其香暗远幽长，可将十数里内的蜜蜂招来。元芳，还记得那天我们正与蜂农闲谈，蜂群突然向刘家庄方向飞去吗？"

李元芳点头道："记得。"狄公道："正是莹玉使用了这种花蜜，才将蜂群引来！"李元芳心里豁然开朗："为了栽害刘公子？"狄公点点头，叹道："可怜刘公子自己竟然是丝毫不知，便糊里糊涂地做了崖下之鬼！"李元芳气得咬牙切齿："这个歹毒的女人！"

刘员外在一旁听着狄公的这番分析，犹如五雷轰顶。狄公慢慢走到他面前，问道："你那天看到的是这样的景象吗？"刘员外抬起头来，泪流满面，颤抖着道："是，一模一样！"

狄公长长叹了口气："刘公子其实是在为莹玉拍去身上的蜜蜂，但在你藏身的位置看来，却像是搂抱。蜜蜂越聚越多，公子只能帮她脱下外衣远远地扔出去，这就是你看到的公子调戏夫人的场面！"刘员外仰起头，歇斯底里地大叫："天啊！天啊！"

狄公深深地吸一口气："你的新夫人莹玉，对我们撒了一个弥天大谎！"刘员外双眼充血，嘴唇咬出了鲜血，徐徐站起来，咬着牙大叫："莹玉，这个贱人！我要宰了她！"说着，他跳起身来向园外冲去。李元芳一把拽住了他。狄公道："不要激动，事情还不止这样。"

刘员外又是一惊："什么？"狄公道："这件事情的始末因果非常复杂，一两句话是说不清的，而且，有一些事情我还要问一问你。走，到正堂说话。"

在此同时，莹玉坐在椅子里出神，外面有人敲门，莹玉叫了声"进来"。门开了，刘大走进来，叫声"夫人"。莹玉急煎煎地问："怎么样，探听明白了吗？狄大人叫老爷去，到底有什么事情？"刘大摇摇头："他们在花园里。可花园被钦差卫队严密把守，任何人不许进入，小人走到门口被卫士挡回来了。"莹玉徐徐点了点头："知道了，你去吧。"

刘大转身走出门去。莹玉迅速站起来，跳上桌子，打开墙上的暗格，从里面拿出了那本《蓝衫记》。狄公在刘家正堂上徐徐踱着步，李元芳、曾泰和刘员外坐在椅子上，刘员外轻声啜泣着。狄公长叹一声："人伦惨变啊！"刘员外抬起头来："大人，这一切都是为了什么？"

狄公笑了笑："原因恐怕只有一个人可以解释。"刘员外问："谁？"狄公道："你。"刘员外吓得心惊肉跳："我？"狄公点点头："这样吧，我来讲个故事，听完以后你就会明白我的话了。"说着，他从怀里掏出一张画像递给曾泰和李元芳："你们看看，这个人是谁？"

李元芳接过画像，登时一愣："这……这不是刘公子吗？"曾泰一把抢过画像，刘员外也凑了过来："这……这是传林呀，大人，这是……"狄公笑了笑，对曾泰和李元芳道："刘传林就是贾明贾公子，也正是他在玉花轩替莹玉赎了身。"

李元芳和曾泰面面相觑："什么，是他！"狄公道："是的。昨天早上，曾泰到刺史府下帖的同时，我又去了一趟玉花轩。"接着，把当时的情景简单地给大家描述了一遍——

> 老鸨手拿一张画像仔细地端详，狄公坐在对面，仔细地察看她的脸色。看了半天，老鸨点了点头："对，就是他。这就是那位贾公子。您别说，画得还真有点儿像。"狄公的脸上露出一丝微笑。

刘员外一头雾水，目瞪口呆，问道："大人，你们说的是什么？什么贾明？什么替莹玉赎身？"狄公道："还是从头说起吧。八九个月以前，刘公子化名贾明，来到州城中的妓院玉花轩，爱上了堂中的歌伶莹玉。两个月后，他替莹玉赎身，二人私自结为夫妻。"

刘员外越听越糊涂，越听越惊讶："什……什么？传林和莹玉结……结为夫妻？"狄公点点头："正是。这一点，我们手中有一样证物可以证明。"说着，他从袖子里拿出在翠屏山发现的那副水晶手串，递给元芳："看看，上面刻的是什么字？"

李元芳接过来，仔细看着，忽然道："这儿有字。"曾泰忙问刻的什么，李元芳轻声念了出来："赠夫传林。"曾泰不禁张大了嘴，望着刘员外。刘员外一把抓过手串看了看，倒抽了一口凉气。

狄公道："这副手串就是莹玉送给刘传林的。"他转过头问李元芳："还记得吧，那天我们同刘大一起探翠屏山时，我曾经问刘大公子娶亲没有，刘大说还没有，可上门说亲的不少。"李元芳点点头说记得。

狄公回头对刘员外道："当时我就觉得非常奇怪，刘传林没有成婚，怎么手串上会刻着'赠夫'的字样。"刘员外咽了口唾沫："那……那后来呢？"

狄公道："二人私下成婚后，刘公子因莹玉出身低微不敢将她带回家中，于是二人在州城中租房居住。"刘员外惊得从椅子上蹦起来："什么，他们……他们俩曾经租房同住？"狄公道："是的。二人同居达半年之久！"刘员外张大了嘴，慢慢地坐了下来。

狄公道："一个月以前，刘传林回到州城，发现莹玉不见了。而此时，莹玉则悄悄溜回了玉花轩，对老鸨谎称是贾公子抛弃了她，自己无处居住，老鸨便再一次将她收留。这样，她就为勾引刘员外上钩做好了准备。"

刘员外张口结舌："勾……勾引我？"狄公道："正是。一个月前，你果然来到湖州，就出现了赏月遇仙那一幕。而后你替莹玉赎了身，将她娶回家中。而此时，刘公子却万分焦急地四处寻找莹玉的下落不着，万般无奈之下，他只得回到家中……"

刘员外忽然一拍座椅："不错，不错。那天传林确实是有些反常！"接着，他给大家描述了当时的情景——

庄门前大张喜字，高搭喜棚。刘公子从外面回来，纳闷地四下看着。刘大跑过来："公子您回来啦。"刘公子问："家中谁要娶亲?"刘大惊讶地反问："怎么，您还不知道?"刘公子摇摇头。刘大道："老爷娶了一位新夫人，已经过门了。"

刘公子吃了一惊："哦? 这是什么时候的事?"刘大道昨天新娘子就到了。刘公子走进门，刘员外笑呵呵地站起来："传林，你回来了。"公子纳头便拜："儿不孝，不知父亲大喜，回来迟了!"刘员外笑着把他扶起来："好了，好了。父子之间，何须这许多客套，这次续弦，我也是不欲张扬。"刘传林笑道："不知父亲娶的是哪家的女子?"

刘员外神情有些不自在："是……是个青楼女子。"刘传林一愣，继而笑道："这有什么关系，以孩儿看来，青楼女子也没有什么不好。"刘员外道："哦? 你是这么想?"刘传林道："当然。等您的喜事结束后，我还有一件事想对您说。"

刘员外道："好，你来见见继母吧。"说着，他从后面喊了一声："玉儿!"门帘轻启，莹玉走了出来。刘传林一见之下，登时如五雷轰顶，呆呆地愣在当地。莹玉的表情非常冷漠："这位就是公子吧?"刘员外笑道："正是。传林，你怎么了?"

刘传林猛醒过来："啊，啊，没……没什么。见过母亲。"说着，他徐徐跪了下去。

听了刘员外的描绘，狄公点头道："是的。当刘传林发现自己的妻子竟然成为继母时，他那种惊诧是可想而知的。"

刘员外点点头。李元芳不解："可是，莹玉到底为什么要这么做呢?"狄公道："这正是问题的关键所在!"曾泰道："会不会是因为刘传林没能给她应有的名分，或者是外面又有了别的女人，莹玉以这种方式来报复?"

狄公道："可以算作是一种假设。但是，你想过没有，设这样一个圈套需要多么大的人力、物力才能办到。一个青楼女子，是否有这样的能力？"曾泰被问住了。刘员外似有所感地抬起头来。

　　李元芳点点头："大人说得对。设这个圈套，首先是要事先知道刘员外何时要来湖州；而后，是要精心安排刘员外到湖心赏月。"狄公对刘员外道："刘司农不妨想一想，这里面有没有什么蹊跷？"刘员外沉思着，慢慢地点了点头："是的，本来，当天办完事情我就要离开，可是一个朋友非要拉我到湖心赏月。"

　　狄公点点头："这就对了。大家再想一想，布置那样一条花船，是一个普通青楼女子能够办得到的吗？"刘员外点点头："是的，是的。现在一说，当时之事确实非常偶然。"

　　狄公望着刘员外，一字一顿地道："于是，我们有了这样一个问题：莹玉为什么要做这样的事情？她到底要在你们父子身上得到什么？"

　　刘员外皱着眉头沉思起来。狄公、李元芳和曾泰静静地望着他。猛地，刘员外的眼睛亮了起来，仿佛已经找到了答案。狄公双眉一扬："你想到了什么？"

　　刘员外一惊，立时察觉到自己失态，赶忙掩饰："啊，啊，没……没什么，草民真是想不出，莹玉为什么要这么做。"狄公双目如电，望着刘员外："是吗，真的想不起来？"刘员外道："是啊，我想，会不会是为了草民的家产。"狄公冷笑了一声："你真的这么想吗？"刘员外咳嗽了一声："除此之外，草民也想不到别的了。"

　　狄公点点头："不管她是为何而来，总之，此人所图不浅，否则，她绝不会下那么大的气力！"

　　刘员外伸手擦了擦额头上的汗水："是的。这个贱人！"狄公看了他一眼："刘司农，你这就回去吧，对今天上午的事要守口如瓶，绝不可打草惊蛇。"刘员外应道："是，草民明白。"说着，他快步走出门去。

　　李元芳道："刚刚他双眼一亮，明明是已经想到了什么。"狄公道：

"刘家庄的戏是越唱角儿越多，越来越热闹！"李元芳笑了。曾泰问道："大人，那，我们现在该怎么办？"

狄公道："我们现在要做的，就是离开刘家庄。"曾泰觉得不可思议："现在离开，不是时候吧！"狄公微笑道："正是时候。"曾泰问："为什么？"

狄公道："刚刚你们看到刘查礼的表情了，我们走后，他一定会有所动作。而莹玉也是一样，她的目的还没有达到，不是吗？只要我们待在这儿，刘家庄永远是一潭死水。可一旦我们离开，这里立刻就会沸腾起来。"几句话说得曾泰心里豁然开朗。狄公微笑道："元芳，就把你留下看戏吧。"李元芳大笑："荣幸之至。"

第二天，刘员外率全家叩头恭送狄公一行。狄公道："不须行此大礼，我还会回来的。"

刘员外抬起头，狄公向他挤了一下眼，刘员外会心地笑了："这是草民之幸，湖州之幸。请大人放心，草民已谨记大人的教诲，绝不会……"他看了看身边的家人，压低声音道："打草惊蛇。"狄公点点头，转身上轿。李元芳一声高喊："起轿！"钦差卫队缓缓开动。

深夜，刘员外站在自己房间的八仙桌上，伸手触墙，忽然墙上的暗格啪的一声弹了出来，刘员外迅速把它打开，里面的《蓝衫记》不见了踪影！刘员外的脸色登时大变，他深深地吸了口气，关上暗格，跳下八仙桌。

房门吱呀一声打开了，莹玉走进来，她看了刘员外一眼，没有说话，径自向里屋走去。刘员外没有回身，冷冷地问道："书呢？"莹玉收住脚步："什么书？"刘员外霍地转过身来："你心里清楚！"莹玉冷冷地道："不错，我是很清楚，一切我都很清楚！"刘员外道："直到今天我才明白，你来刘家庄的目的！"莹玉反唇相讥："是吗？也就是说你我心照不宣了！"

刘员外慢慢走到墙旁，一伸手，摘下了挂在墙上的宝剑，仓啷一声拔了出来。莹玉冷冷地看着他。刘员外走到她身前，举起剑对准了她的

261

咽喉："你到底是谁?"莹玉反问："你说呢?"刘员外望着她,许久,轻轻叹了口气:"我不管你是谁。把书交出来,我就放你走,否则我宰了你!"

莹玉发出一阵大笑:"宰了我? 好啊,动手吧! 狄仁杰刚刚离开,只要我一死,他马上就会回来!"刘员外傻了眼,他的手有些发抖了。

莹玉冷笑道:"好好想一想,千万别冲动!"刘员外咬牙切齿地道:"你别逼人太甚!"

莹玉大声道:"是你在逼我!"说着,右手一伸,夺过宝剑。仓啷一声,扔在地上。刘员外望着她,忽然笑了起来:"你以为狄仁杰会放了你? 他已经知道了你的一切!"莹玉道:"一切,不见得吧! 至少你是什么样的人,他还并不知道。"刘员外脸色一变,快步走出门去。莹玉发出一阵嘿嘿的冷笑。

刘员外趁着漆黑夜色的掩护,走进后园,来到了二层小楼门前,伸手在门上轻敲三下,门框两下,门自动开启,刘员外闪身而入。小楼中暗室里,一个二十五六岁的年轻人,静静地坐着,一动不动。暗墙吱呀呀地打开了,刘员外慢慢地走进来。年轻人看了他一眼,转过头去。

刘员外笑了笑:"何必如此敌意呢? 你把东西交出来,我是不会亏待你的。况且,你我还有主仆之情啊!"年轻人冷笑一声:"是吗,如果真的有主仆之情,我还会在这儿吗?"刘员外道:"那完全是因为你的固执。"年轻人道:"你不用妄想了,我永远也不会交出那本书!"

与此同时,莹玉独自坐在自己的房间里,桌上摆着《蓝衫记》,她用一柄匕首轻轻挑断了书的连线,再用手将扉页缓缓拉起,露出了内藏的一张绢图。莹玉脸上露出得意的微笑,伸手将绢图展开,登时傻了眼。原来这幅绢图竟是一块白绢,上面一无所有! 莹玉狠狠一拍桌子,骂道:"老狐狸!"她站起身来,在屋中不停地踱着,良久,忽然快步走出门去。

夜阑人静,只有报更的家人提铃喝号。忽然远处传来一阵轻微的沙沙声。家人一愣,向声音发出的方向望去,冷不防太湖石后飞出一只手,砰的一声,重重地打在他的太阳穴上,报更人"哼"了一声,软倒在地。

一条黑影从太湖石后转出来。此人一身暗红色的匝巾箭袖，身披红斗篷，不是别人，正是莹玉。她抬起头来，黑暗中奔出十几个夜行人，飞快地来到她身旁。为首者低声道："小姐，我们来了。"莹玉轻声道："不能再等了，狄仁杰已经发现了我的身份，今晚攻击小楼，救出人后立刻撤退！"

为首者踌躇道："小楼内机关重重，怎么能够进去？上次派来的弟兄可无一生还啊！"莹玉咬了咬牙："只能再试一试。这次无论如何要成功！"后园里静悄悄的，莹玉率十几个夜行人闪电般掠了进来，迅速向小楼奔去。莹玉一声低喝："站住！"大家停住脚步。莹玉轻声道："门前有机关！"

说着，她缓缓走到门前，伸出手，在门上轻轻敲了三下，又在门框上轻敲两下。吱嘎一声，门开了。莹玉一惊，登时退了一步，她没有想到楼门如此轻易地开启。她上下看了看，确定机关没有启动，这才伸手将门推开，飞身蹿了进去，身后的十几名夜行人鱼贯而入。楼门咔嚓一声关闭了，后园中又恢复了寂静。

不远处的一棵大树上，李元芳静静地望着眼前的一切。小楼内空空荡荡，莹玉和夜行人静静地观察着。突然一阵轰鸣从地下传来，把莹玉吓了一跳。

李元芳听到小楼里传出来的一阵阵轰鸣，大吃一惊，身形一展，如大鸟一般从树上落在了后园里，飞快地向小楼奔去。他静静地听着。忽然，吱呀一声，楼门打开了。李元芳没有动，全身之力凝聚在右手上，一双鹰眼四下搜寻着。没有人影，也没有丝毫动静。李元芳慢慢向楼门走去，进了小楼。

月光如水，洒落在地上，小楼内没有人迹，也没有打斗过的痕迹，刚刚进来的莹玉那十几个人，竟像是瞬间蒸发了。李元芳不知所措，轻轻咳嗽了一声。忽然背后咔嚓一声，李元芳闪电般转过身来，楼门关闭了。就在此时，小楼两旁发出一阵咔喇喇的怪响。李元芳惊回头，只见两片巨大的铜网徐徐向中央合拢，铜网上挂满了锋锐的利器，在月光下闪烁着点点寒芒。

李元芳四下里观察了一下，然后纵身一跃蹿上房梁。就在他身形尚未站稳之时，耳旁传来一下轻微的咔咔声，李元芳一惊，再次高高跃起在空中。与此同时，房梁上发出仓啷一声巨响，竖起一片白花花的立刀。若不是他反应奇快，双脚已被洞穿！

李元芳的身体向铜网中落去。眼看两片铜网就要合拢，如果被裹在里边，定然是粉身碎骨。好个李元芳，临危不乱！眼看身体就要落进网中，宝剑挥出，在铜网的上檐儿轻轻一点，嗒的一声，剑身弯曲。李元芳的身体就凭借这一点之力弹了起来，直向房梁飞去。在这千钧一发之际，李元芳挥剑猛扫房梁上的立刀，乌光一闪，立刀被宝剑斩断，纷纷向下坠去，而李元芳的身体，也在这电光石火的一刹那落在了房梁上。他的目光一扫，发现两片铜网是在两根钢绳的牵引下移动的，而两根钢绳则分别穿过东西两座山墙通出楼外，另有机关启动。李元芳深吸了一口气。

李元芳趁他身下的两片铜网合拢之时，纵身而下，闪电般掠向西面的墙壁，双脚在墙上一点，身体借力高飞，掌中宝剑向拉拽铜网的钢绳斩去。嘭的一声闷响，钢绳裂开了一道缝子。

轰鸣之声又起，两片铜网退回来，直逼李元芳。李元芳再次纵身而起，双脚在墙壁上一蹬，掌中剑猛劈钢绳。又是一声闷响，钢绳一根根断裂开来，但仍然没有完全断开。眼见铜网就要贴到他身上，李元芳腾空飞起，掌中剑又一次劈向钢绳。一声巨响，钢绳终于完全断裂，铜网失去了支撑和牵引之力，哗啦啦地瘫倒在地。

李元芳的双脚在空中使劲一蹬墙壁，身体横飞出去，落在了空地上。他长长地出了口气，低头一看，脚上的虎头靴被铜网上的利刃割开了几条长长的口子。

李元芳再看看掌中的宝剑，剑刃在月光下闪烁着寒芒。这正是虎敬晖留下的随身宝剑——幽兰，剑身上刻满行云流水般的行书《兰亭序》。由于大力劈砍，剑刃上出现了几个缺口，李元芳痛惜地抚摸着宝剑，轻轻叹了口气。

忽然，他觉得脚下一阵震颤，也来不及多想，身体腾空跃起，哗的一声，脚下翻板启动，露出了下面的洞穴。李元芳惊讶之下，头顶上响起一阵恶风，一个蒙面人从房梁上向他直扑而来，掌中刀划起一道寒光，斩向他的咽喉。李元芳一声怒喝，幽兰剑闪电般地刺出。随着一声惨叫，蒙面人的身体倒翻出去，嘭的一声摔倒在地。而李元芳再也无从借力，身体向洞穴中哗啦啦地坠落下去。在翻板重新盖上之前，李元芳用尽全身力气，将腰带上的铜环拽下，使劲掷向洞外，铜环落在地上不停地向前翻滚，终于倒在了墙角处。

刘员外躺在床上，已静静地睡去。忽然一条黑影落在了他的身上。刘员外猛地睁开眼睛，一把刀已经架在了他的脖子上。

与此同时，狄公坐在馆驿自己的房间里，长长地叹了口气。一旁的曾泰道："大人，您的脸色可不太好啊，是不是昨晚没有睡好？"狄公摇摇头："昨晚做了个很奇怪的梦。"

曾泰道："哦？是噩梦吗？"狄公点点头："我梦见元芳浑身鲜血站在我面前。"曾泰笑道："想不到大名鼎鼎、断案如神的狄大人也会被噩梦困扰。"狄公笑了笑："梦从心头起，所有的梦都是心中所想。"曾泰道："哦？大人的意思是……"狄公轻轻叹了口气："我总觉得，这个案子像个无底的黑洞，会将所有人都吸进洞中。"

曾泰愣住了："大人有什么根据吗？"狄公摇头："那倒没有，只是有一点隐隐的危险感。哦，对了，连日忙碌，张春和王五怎么样？"

曾泰笑道："我将他们全家安排在馆驿后堂，既宽敞又安全。大人，他们两个一直要叩谢您这位算命先生的救命之恩呢。"狄公笑了："左右也是无事，将他们唤来。"曾泰应声"是"，起身走出门去。狄公站起身，在堂中踱了起来。门外脚步声响，一名卫士急匆匆地飞奔进来："大人，刘家庄的管家刘大现在大门外,说是有大事发生!"狄公双眉一扬:"哦?叫他进来。"

卫士转身奔出,与迎面而来的曾泰、张春和王五打了个照面。曾泰三人走进堂里,张春、王五立即倒身下拜:"草民叩见钦差大人,谢大人活命之恩!"狄公笑了:"起来,起来。"

二人站起身来。狄公道:"你二人暂且到西房坐一坐,我有一些事情要处理。等我处理完后,咱们好好儿聊上一聊。"二人应了声"是",进西屋回避。狄公告诉曾泰说刘大来了。曾泰道:"哦,看来刘家庄有动静了!"狄公点点头:"且听他说些什么。"

门外脚步声响,刘大飞奔进来,扑通一声跪倒在地:"狄大人,太爷,大事不好了!"狄公一愣:"刘大,不要着急,有话慢慢说。"刘大平静了一下自己的情绪,说道:"今天早晨,我到老爷的房间,发……发现老爷被人杀了!"

狄公大吃一惊。曾泰霍地站起来:"你说什么?"刘大道:"我家老爷被人杀了,头都给砍下来了,只剩了一具无头的尸体!"曾泰倒吸一口凉气,啪的一声坐在了椅子里。

狄公问:"夫人莹玉呢?"刘大道:"哦,对了,夫人也不见了!"狄公惊问:"不见了?"刘大道:"正是,不见了。小人找遍了庄内也没有发现夫人的影子!"曾泰被吓得傻愣愣的,他咽了口唾沫,眼睛直望着狄公。狄公点了点头:"我知道了。曾大人,你马上与刘大到刘家庄,保护好现场,本阁随后就到。"

曾泰应了声"是",站起身快步向堂外走去,刘大磕了个头,随他走了出去。狄公深深地吸了一口气,缓缓站起身来,走进西屋,只见张春和王五蜷缩在角落里。狄公登时一愣。再一瞥,只见王五的身下竟然洇湿了一片,尿水从他的裤管里流出来。

第六章　李元芳独破虎狼穴

　　刘员外被杀案发生后，刘家庄全庄戒严，衙役和土兵把守庄门和各处通道，气氛非常紧张。刘员外的无头尸身躺在床上，四周染满了血迹。狄公缓缓走过来，曾泰和刘大紧跟在身后。狄公的一双鹰眼在四下搜寻着：掀开的被子、染满鲜血的帐幔、黑黝黝的双手……

　　狄公沉思着，良久，他慢慢抬起头来，吩咐身后的衙役："将尸体抬到花房，命仵作前来验尸。"衙役们答应着快步走过来，抬起刘员外的尸体往外走。曾泰轻声道："阁老，您看，这究竟是怎么回事？"狄公反问："你看呢？"曾泰道："只有一种解释。莹玉得知事情败露，杀人灭口，逃之夭夭。"狄公道："既然事情已经败露，还有什么必要杀人灭口，这岂不是多此一举？"

　　曾泰一愣："您的意思，不是莹玉干的？"狄公拍了拍他的肩膀："现在下结论为时过早。哎，对了，元芳呢？"曾泰道："到现在为止还没有出现。"狄公一怔："不应该啊！"曾泰道："也许是发现了什么，追查去了。"狄公点点头："有可能。或许他能够给我们带来更大的惊奇。走，先到莹玉的房间看看。"

　　二人走进莹玉房间。狄公用手掀开褥子，一本书映入眼帘——《蓝衫记》。狄公拿起书，仔细看着。书本上的连线已被剪断。他拿起扉页，轻轻一提，整本书立刻展开，变成了一张空白的绢图。狄公惊讶不已。曾泰在一旁道："这样的书倒也奇怪。"

　　狄公翻来覆去地看着手中的这张绢图，前后上下没有一个字、一幅画，干干净净。狄公不解地摇了摇头，将绢图合上——又变成了那本《蓝衫记》。狄公抬起头，环视了一下整个屋子。屋中非常整洁，床上摆着莹玉常穿的那套衣裙，那也是叠得整整齐齐。他沉吟了片刻，说道："看来，莹玉并没有打算逃之夭夭。"曾泰也点点头："是呀，看她屋中的情景确实不像。"

狄公道："刘查礼被杀，莹玉失踪。想不到，刘家庄的戏竟是这样一种唱法，真是出人意料！难道说，除了莹玉，这庄内还有另外一股势力？"曾泰惊得瞪大了眼睛："另外一股势力？"狄公道："要马上找到李元芳！"

刘家庄后园小楼下的洞穴中，一点亮光由远而近慢悠悠地移动着，正是李元芳。他举着火折四下里照着，黑漆漆的洞穴曲折盘旋，不知何处才是尽头。他继续慢慢地向前走去。突然，眼前豁然开朗，李元芳正处身在一座圆形石室之中。他将火折高高举起，四下里照着，不由得吓了一跳：地上躺着十几具尸体，所有尸身的前胸和后背插满了三角形的铁蒺藜，地上污血横流。李元芳倒抽了一口气，蹲下身子仔细地辨认。看死者的衣着打扮，正是昨晚随莹玉闯楼的那些夜行人，然而莹玉却并不在其内。

李元芳站起来，举着火折，继续缓缓向前走去。忽然他的脚下一软，似乎是踩到了什么东西。他低头一看，地面上碎石裂开，露出了下面的一块木板。他刚想抬脚，目光突然落在了死尸身上的铁蒺藜上。他顿时明白了：铁蒺藜是从木板下射出来的！他的脚狠狠地踩住木板，迅速将火折咬在嘴里，伸手脱下外罩的大氅，身体向上猛地一纵，高高拔起。而木板砰的一声弹了起来，一篷铁蒺藜从地下疾射而出，从四面八方直奔李元芳！

李元芳身体在空中一个翻身，手中大氅凌空一兜，将迎面而来的几只铁蒺藜裹在了衣服里，身体向后弹去，迅速落在地上。接着，他的右手猛地一抄，三只迎面飞来的铁蒺藜被他夹在指缝当中。铁蒺藜在火折的映照下发出一片淡蓝色的光芒，李元芳将暗器狠狠掷了出去，轻声骂道："好歹毒的暗器！"

他喘了口大气，伸手揩去额头上的汗水，静静地望着铺满碎石的地面。忽然，他的眼睛亮了，迅速弯下腰捡起一块三角砾石，右臂一振，石块疾飞而出，砸在不远处的地面上，砰的一声，木板弹起，又是一丛铁蒺藜疾射而出，打在四面的岩壁上，发出一阵当当声。

李元芳发现，圆形石室的地面上有一排十几个一尺见方的小石坑，每块石头都能引发一丛铁蒺藜。于是他纵身而起，踩着一个个石坑走出了圆形石室。

与此同时，刘家庄正堂上，狄公焦急地来回踱着。曾泰急匆匆地推门进来，叫了声"大人"！狄公问："怎么样，找到了吗？"曾泰摇了摇头："查遍了周围，也没找到李将军的踪迹！"狄公问："他留下什么记号没有？"曾泰摇摇头。狄公倒抽了一口凉气："不好，一定是出事了！"曾泰不禁一惊："出……出事了？"

狄公紧张地思索了好久。忽然，他抬起头来斩钉截铁地道："他绝没有离开刘家庄！马上下令钦差卫队和衙役全庄搜查，一定要找到他！"

顷刻之间，刘家庄内，钦差卫队和衙役对每一个房间展开了大搜查。狄公、曾泰率随从大步走进后园中，来到二层小楼前。小楼破旧斑驳，楼门上挂着一把生了锈的铁锁。狄公看了刘大一眼："开门！"刘大苦着脸道："小人没有钥匙呀。"狄公一挥手："把门砸开！"

衙役们一拥而上，三下五除二将铁锁砸开，推开大门。狄公、曾泰走进小楼。小楼内空空荡荡，没有任何摆设。狄公静静地观察着，光秃秃的四面墙壁，有楼梯通往二层。刘大道："大人，后园久已荒废，这座小楼里更是从没有人住过……"

曾泰一声低喝："多嘴！还不退下！"刘大吃了一惊，赶忙退到一旁。

狄公仍在观察着，似乎没有听到两人的说话。曾泰走到他身旁轻声问道："大人，您想到了什么？"狄公道："还记得吗，三天前，我们从州城回到刘家庄，元芳曾经说起，刘员外深夜从后园出来。"曾泰双眼一亮："对，我记得！"

狄公道："我想这一次元芳必定是发现了什么，而且，一定与这座小楼有关。"曾泰道："那，李将军……"狄公轻轻"嘘"了一声，朝身后一招手，刘大赶忙跑过来："大人，您有什么吩咐？"狄公问道："这座小楼是干什么用的？"

刘大苦笑道："大人，小人刚刚不是说了吗，这座后园早已荒废，从没有人进来过。您也看见了，小人虽是刘家庄的管家，可就是没有这里的钥匙。"

狄公慢慢走到小楼中央，一双鹰眼仔细地观察着：墙壁、房梁、地面飞快地从眼前掠过。他的脸上露出一丝冷笑，转头对刘大道："依你说这座小楼荒废已久？"刘大赶忙道："是呀。"狄公问："从没有人打扫过？"刘大笑道："当然没有，小人连这儿的钥匙都没有，如何打扫？"狄公冷笑一声："你敢肯定？"刘大道："大人，您的意思是……"狄公道："墙壁、地面一尘不染，房梁、窗口也没有一点蛛网，这像是荒废已久吗？"

刘大被问得哑口无言，赶忙朝四下看了看，吞吞吐吐地说道："是……是呀。您说得还……还真对！"狄公笑了笑，拍了拍刘大的肩膀，刘大疼得一龇牙，强笑道："大……大人，这楼是有点儿古怪。"狄公对曾泰道："命令衙役、捕快仔细搜查！"曾泰应道："是！"

狄公徐徐向前走着。忽然他的目光被墙角边的一样东西吸引住，他快步走过去。一个铜环静静地躺在墙角，狄公俯身拾了起来。曾泰问道："大人，这是什么？"狄公长长地舒了口气，脸上露出了微笑："这是元芳腰带上的铜饰。"曾泰一惊："您怎么知道？"狄公道："本朝四品武官，共分四级——正四品上下和从四品上下，着便装一律以铜环饰腰。"曾泰这才恍然大悟。

狄公沉吟道："他肯定是发现了什么，追踪来此，没想到中了埋伏……"曾泰吃惊地道："中了谁的埋伏？谁有这么大的胆子，竟敢袭击朝廷的四品武官？"狄公道："这正是关键所在！是莹玉？还是……"猛地，他的眼前闪过刚刚勘察现场时的画面：掀开的被子、溅满鲜血的帐幔、黑黝黝的双手……狄公狠狠一拍脑门："哎呀！原来是这样！走，去花房！"

刘员外的无头尸体躺在花房里的地上，仵作正在一旁验尸。狄公、曾泰和刘大走进来。狄公走到尸体旁，一把抓起尸体的右手，仔细察看，发现指甲缝中渍满了黑泥。狄公深深地吸了口气问："刘大。"刘大赶忙走过来："大人。"狄公问："昨晚，正房值夜的仆佣听到什么声音了吗？"刘大道："哦，早上太爷已经问过了，值夜的人什么也没听到。"

狄公点了点头，放下尸体的手，直起腰："你出去吧。"刘大答应着退出花房。狄公重重地"哼"了一声："老狐狸！"曾泰问道："大人，您说的是谁？"

狄公镇定了一下情绪，说道："刚刚勘察现场时我就觉得很奇怪，死者是刘查礼，这一点大家都很清楚。就算莹玉要杀人灭口，又何必将人头斩下带走，这是不合情理的事情。"

曾泰仔细地琢磨着狄公的话，徐徐点头："您的意思是，凶手不是莹玉……"狄公并没有直接回答："还记得现场的情形吧？"曾泰点了点头。狄公道："尸体躺在床上，被子是掀开的，这种情况只有一个解释，那就是，死者在临死前发现了凶手，这才会掀开被子试图逃命。"曾泰点头："被子会不会是凶手掀开的呢？"

狄公说不可能，曾泰问为什么。狄公道："如果你要斩人头颅，用得着把被子掀起来吗？"曾泰笑了："卑职愚钝。"狄公道："既然刘查礼有时间掀开被子，准备逃命，怎么会没有时间发出呼救之声？"曾泰道："也许是用人没听见。"

狄公道："不可能！刘查礼的房间与用人房只有一墙之隔，大声呼救怎么会听不见？"曾泰问："那，您说是为什么？"狄公道："只有一个解释，那就是，他将另一个人的尸体放在了床上，匆忙离开，来不及把被子盖上。"曾泰蒙了："什……什么另一个人？卑职糊涂了。"

狄公大步走到尸体身旁，抓起尸体的右手："死者的双手黝黑，指甲缝中渍满了黑泥，这样一双手，绝对不会属于刘查礼那样一位养尊处优的员外！"曾泰终于明白了，发出一声惊叫："您是说，这……这尸体不是刘查礼？！"狄公斩钉截铁地道："绝对不是！"

再说李元芳在洞中摸索着前进，前面出现了一个拐角，他加快脚步，转了过去。眼前的岩壁凹陷进去，外面用木栅栏围起，像是一座监房，栅栏门用铁链和铜锁锁住。监房中，一个身披大红斗篷、头戴大红匝巾的女子，面墙而卧。看打扮正是莹玉！

李元芳走到监房前轻声问道："是莹玉夫人吗？"没有回答。那人木然不动。李元芳四下观察了一下，周围没有任何声响。他右手一抖，宝剑在手，将铁链斩断，打开监门走了进去。那人依然一动不动。李元芳走到她身旁，缓缓蹲下，轻声道："莹玉夫人，是我，李元芳。"

没有回答。李元芳伸出手，轻轻扳动她的身体，就在身体转过来的一刹那，李元芳看清了，那是一张男子的面孔！"莹玉"闪电般弹起来，寒光一闪，直奔李元芳咽喉斩来。扑的一声，火折熄灭。危急之中，李元芳一个铁板桥躺下，躲过了这势在必中的一刀。

"莹玉"手腕一抖，寒光再起，直奔他面门划来。这一下已经是躲无可躲，避无可避！万分危急之中，李元芳猛地一拧腰，身体竟然平平地向左移开了两尺。铛的一声，那人的刀狠狠地劈在地上，击起一串火星。

就在这瞬间，李元芳的身体已经闪电般地弹起来。与此同时，"莹玉"的刀也到了眼前。李元芳微一扭身，夹手夺过"莹玉"掌中的钢刀，寒光一闪，"莹玉"的头颅嗖的一声飞了出去，霎时间鲜血四溅。

黑暗中传来一阵掌声，又听嚓的一声轻响，火把点亮。李元芳惊呆了，十几名弓箭手不知何时出现在监房外，弯弓搭箭对准他的前胸。

一个人从黑暗中走出来——刘查礼！他拍着手，以嘲弄的口吻道："真是好功夫。"李元芳登时傻了："是你？！"刘员外微笑道："李将军，没想到吧！"李元芳道："其实，我早该想到了。小楼中竟有如此厉害的机关，除了兵部司农郎，谁还能造得出来？"

刘员外点点头，笑道："多谢你的夸奖。其实，我也很佩服你，孤身一人，闯过铁蒺藜阵，竟然是毫发无伤，可以算是高手中的高手了！"

李元芳问："你到底在搞什么阴谋？"刘员外嘲弄道："你没必要知道那么多。你只要明白，自己马上就要死去，这就够了。"李元芳冷笑一声："那就要看你有没有这个能耐了。"刘员外道："这么近的距离，面对着十几支狼牙箭，我实在想不出，你怎么能够活命！"李元芳道："如果我死在刘家庄，你该如何对狄大人交代？"

刘员外哈哈大笑："事到如今，就忘了你的狄大人吧！他刚刚看到了我的尸体，因此，不论发生什么事，他也不会联系到我这个死人身上。"李元芳愣住了。刘员外笑道："再说，你以为，自己现在还在刘家庄吗？"李元芳问："你说什么？"刘员外冷冷一笑："你早已走出刘家庄了，现在你的站脚之处，是翠屏山的山腹！"

李元芳这才恍然大悟："我明白了，楼下的秘道通到庄外。我说怎么走了那么长时间。"刘员外笑了："这就对了。我当然不会让你死在刘家庄。几天后，你的尸体会出现在翠屏山中，与刘家庄毫无关系。这个答案你满意了吧。"李元芳笑了笑道："你能不能对我这个快要死的人说句实话。刘家庄到底有什么秘密？"

刘员外道："我只能告诉你，狄仁杰自作聪明，以为能够对付我。可他错了，我比他聪明十倍！他一辈子也不会知道刘家庄的秘密！好了，就说到这儿吧，你该上路了。"说着，他一挥手，弓箭手上前一步。

刘员外幸灾乐祸地微笑道："再见了，李将军！"李元芳冷笑一声道："还是让我先送你上路吧！"话音未落，李元芳右手猛地一振，掌中钢刀发出咔嚓一声裂响，刀头折断，落了下来，他的脚闪电般踢在刀头之上，刀头直奔刘员外飞来。刘员外一声惊叫，急忙闪避，已经来不及，刀头扑的一声插进了他的左肩，他一声惨叫跌倒在地。

弓箭手大吃一惊，就在这电光石火的一刹那，李元芳右手一振，刀柄飞了出去，将火把击灭。刹那间，洞中一片漆黑，刘员外声嘶力竭地喊道："放箭！"黑暗中，弓弦声、大箭破空声响成一片。轰隆一声巨响，伴随着一声清越的龙吟，一切声响都中止了。寂静。死一般的寂静。

嚓，洞中再一次亮了起来。李元芳手中拿着火折，他的身体已站在监房外，木栅栏被撞得粉碎，离他不远处倒卧着十几名弓箭手的尸体。李元芳拾起地上的火把，点燃，四下照着。刘员外不见了。他走到刘员外倒地之处仔细地寻找着，一行血迹向洞穴深处延伸，李元芳抬起头来。

刘家庄花房，曾泰吃惊地道："您是说，所有这一切都是刘员外干的。"狄公道："不错。袭击李元芳的人就是他或是他的手下。"曾泰问："可，他为什么要这样做？好像没有道理吧。"狄公笑了笑："还记得我们最后一次谈话吧。"

正房。狄公望着刘员外，一字一顿地道："莹玉到底要在你们父子身上得到什么？"

刘员外沉思着。狄公、李元芳和曾泰静静地望着他。突然刘员外的眼睛亮了起来。狄公双眉一扬："你想到了什么？"

刘员外一惊，立时察觉到自己失态，赶忙道："啊，啊。没……没什么，草民真是想不出，莹玉为什么要这么做。"狄公双目如电，望着刘员外："是吗，真的想不起来？"刘员外神色慌张，言语支支吾吾，躲躲闪闪。

狄公道："刘查礼无意之中在我面前露出了马脚。他知道我绝不会善罢甘休，于是便想以假死逃避我的追查，又可以嫁祸给莹玉，可以说是一举两得。他们之所以要斩去头颅，就是为了让我们无法辨认死者的身份。"

曾泰颇有些不以为然，道："大人，虽然您的分析很有道理，但卑职还是不相信刘查礼会有这么大的胆子。"狄公道："你早晚会明白的。"曾泰道："那依您所说，既然刘查礼想以假死逃避追查，又为什么要袭击李将军?"狄公道:"这还不明白吗?他没想到我把元芳留在了这里。元芳定是看到了什么,这才迫使刘查礼不得不对他痛下杀手!"

狄公长叹一声:"看来,元芳凶多吉少啊。"曾泰道:"恕卑职多言,这是不是有些太匪夷所思了。"狄公拍了拍他的肩膀:"当真相大白之后,你就会觉得一切都顺理成章了。"曾泰苦笑了一下:"也许是卑职愚钝。"狄公道:"刘家庄定然隐藏着一个巨大的阴谋!"

湖州县城。十几匹骏马在街上飞奔着,领头之人正是狄春。他嘴里高声喊喝:"闪!闪!"行人四散闪避。马队飞驰而过,顷刻到了狄公馆驿,狄春勒住马缰,身后的马队纷纷停住。狄春翻身下马,问门前的卫士道:"老爷在吗?"卫士笑道:"是小狄春啊,大人到郊外的刘家庄去了。"

狄春一愣,回身快步走到一匹马前。马上人身穿黑色套头斗篷,看不清面容。狄春轻声说了句什么,马上人点点头。狄春飞身上马,一声吆喝,马队绝尘而去。

狄公正在刘家庄正堂上,吩咐刘大立刻将刘家庄中所有的家人、仆佣全部带到东厢跨院。刘大大声答应着,转身跑出正堂,冷不防肩膀撞在门框上,他疼得"哎哟"一声,扶着肩膀跑出门去。

狄公对曾泰道:"曾泰,命令衙役捕快和钦差卫队严加搜查,每一寸土、每一间房都要挖地敲砖,详加验看,尤其是后园的那座小楼!不论发现什么,立刻回报!"曾泰应道:"是!"说着,快步走了出去。

狄公长舒了口气。忽然,他的目光被地上的一点东西吸引了,他赶忙站起来,快步走过去。地上洒着一滴鲜血。狄公愣住了,缓缓蹲下身,用手指蘸了蘸,血色鲜红黏稠。狄公站起来,静静地思索着。

洞穴里,李元芳发现地上有一串血迹,他举起火把,循迹四下寻找着。血迹到一堵石壁为止,再也没有向周围延伸的痕迹。李元芳伸手敲了敲石壁,石壁是死的。他茫然地四下看着,周围都是黑黢黢的岩石,没有丝毫可疑之处。李元芳高举火把,忽然发现,岩壁上方约四五尺的

275

地方，隐隐泛起一点暗红色，李元芳赶忙将火把凑了过去，竟是一个血手印！他马上反应过来，刘查礼是从这里逃走的。

李元芳用手在那地方向上使劲一推，哗啦一声巨响，一条长长的软梯从岩壁上方的山缝中落下来。李元芳将火把插进岩石缝里，顺着软梯向上攀去。

李元芳猫着腰，举着火折走在一条狭窄的岩缝中，转过一道小弯，前面出现了一个大拐角。李元芳转过拐角，眼前顿时豁然开朗，强烈的阳光将他的眼睛晃得一片昏花，他赶忙举手挡在眼前。他四下打量着，发现自己正处身于一个岩石围成的水池旁，池中碧水荡漾。他抬起头来，上面是一个拳头大小的井口，离水面约有十几丈高，井口处立着一部辘轳，井绳上隐约挂着一个水桶。

李元芳明白了，自己正在一个水井之中。他四下看了看，两旁的井壁光滑平整，如果不是依靠上面的辘轳放下能够盛人的竹筐，凭自己之力休想上得去。他双手捧起池水喝了一口。忽然他想到了什么，立即跳起来抽身向回走去，来到弓箭手的尸体旁，弯腰捡起一张硬弓，拿在手里拉了两下，而后将弓放在一旁，俯身解下尸体身上的衣服，把它们撕成一条条布条。然后在地上坐下，双手搓起绳子来。不一刻，布绳已有二三丈长。他继续搓着。

狄公坐在书案后沉思着，一组组画面从眼前飞快地掠过。门开了，曾泰手拿一团纱布，走了进来："大人！"狄公抬起头。曾泰将手里的纱布往前一递："您看看这个。"

狄公接过来，展开，是一团带血的绷带，绷带上血迹已干。狄公的眼睛亮了："在哪里找到的？"曾泰道："捕快在庄子后边的垃圾坑中翻出来的。"狄公站起来，静静地思索着。良久，他深吸了一口气："我们忽略了一个重要人物。"曾泰问是谁，狄公的目光移向纱布，没有回答。

几名捕快在花园里掘地搜索，忽然铁锨咯噔一声停住了。捕快赵头儿对身旁的弟兄们道："哎，这儿有点儿怪。"说着，他迅速铲几锨土，扬在一旁，低头一看，土里埋着一个带血的布包。赵头儿伸手将布包拿起来，打开，露出一颗血淋淋的人头！面目狰狞恐怖，脖颈旁血迹未干。赵头儿大声惊叫："快去请县令大人！"

不一会儿，狄公便快速赶到了花园。曾泰赶忙迎上去，狄公问："怎么样？"曾泰道："在花园里发现了一颗人头！"狄公快步走了过去。人头摆放在地上。狄公拿起人头，走到刘员外那具无头尸体旁，将头安在尸身的脖颈处，竟然严丝合缝！曾泰惊诧得目瞪口呆，现场的所有人不禁发出一阵惊呼。

狄公马上吩咐将刘大叫来。转眼之间，刘大来到花房，一见尸体，突然一声惊叫："这是庄里的花匠，蒋老四。怎么，他……他……"狄公望着曾泰："现在你还觉得匪夷所思吗？"

曾泰转着眼珠子："大人，卑职服了！刘查礼果真没死。"狄公笑笑，说道："他想玩儿火，好，我就帮他把火点燃起来！"说着，他冲曾泰招招手，曾泰赶忙过来，狄公在他耳旁低语了几句，曾泰先是一愣，继而点点头道："卑职马上去办。"说完，快步走出门去。

狄公吩咐刘大："你立刻去安排，今晚，所有家人仆佣都在东厢跨院安歇，任何人不许在庄内走动，只留你一人伺候。"刘大应了声"是"，转身向外走去。狄公望着他的背影，脸上露出一丝莫测高深的微笑。

钦差卫队团团包围着刘家的后院。曾泰带着两个衙役快步走到门前，对守门的卫士低语了几句，卫士点点头，曾泰走进院中。马槽里拴着数十匹马，卫士们围在一辆青布顶篷的大车前。曾泰走过来，伸手指了指大车，卫士点点头。曾泰上前，揭开车帘，里面坐着的竟是张春和王五。

一名卫士带着刘大快步走到正堂门前，向里面一指："进去吧，狄大人正等着你呢。"刘大赔笑道："有劳了。"说着，轻轻推开门走了进去。

正堂内一片漆黑。刘大叫了一声"大人"。没有回答。刘大又叫了一声："狄大人！"屋内毫无声息。刘大奇怪地四下看了看，刚要转身出门，猛地黑暗中寒光一闪，一柄夜行刀直奔他胸前刺来。刘大一惊，本能地腾身而起，躲开了这一致命的攻击。身体刚刚落地，背后风声又起，刘大身体闪电般旋转一圈，飞起一脚将背后偷袭者的钢刀踢飞。说时迟，那时快，门前的刺客又到了眼前，掌中刀直奔刘大咽喉斩来。刘大身体一侧，伸出右手在刺客的手腕上轻轻一带，刀已到了他的手里，反手一刀向刺客劈来。突然他想到了什么，刀停在空中，脸色登时大变。

黑暗中响起了一阵掌声。扑的一声轻响，屋中亮了起来。狄公和曾泰缓缓走出来。刘大登时脸色煞白。轰隆一声，门开了，十几名卫士手持刀枪一拥而入，将刘大团团包围。那两名刺客伸手摘下了蒙面黑巾，正是钦差卫队的正副队长。

狄公道："真是好功夫啊！我怎么就会忽略了你这位高手呢。"刘大咽了口唾沫，把刀往地上一扔，故作镇静地道："大人，小的不懂您的意思。"狄公道："是吗。我让你见两个人。"说着，他冲里面一挥手，张春和王五走出来。刘大吓得登时面无人色。狄公问："认识吧？"刘大摇摇头："小的不认识这两个人。"

狄公冷笑一声："死到临头还要嘴硬！张春、王五，你们说一说吧。"张春恐惧地望着刘大道："大人，这声音绝不会错，就是他！"王五也道："就是他！小人到死也忘不了这个声音！"刘大的手开始发抖了。张春道："就是他戴着黑面具，在县城牢房中威胁我和王五，要我二人画供认罪。"

众人屏息听着。张春含着泪接着道："就这样，为了家人的性命，我们俩只得替人顶罪！"王五轻轻抽泣起来。刘大冷笑一声："真是一派胡言！大人，这二人明明是栽害小人！"狄公问："为什么？他们为什么要栽害你？你刚刚说过，并不认识他们！"刘大张口结舌，说不出话来。狄公"哼"了一声："怎么，说不出来了？哼，若不是一个偶然的机会，我还不会怀疑到你。"

接着，他把今天早晨刘大到县衙报案时张春、王五的反应说了一遍。当时张春、王五正在正堂，狄公叫他们进里屋回避。刘大走后，狄公发

278

现两人吓得躲在角落里发抖。询问之下，他们才说，刚刚那个声音，就是在牢中威胁他们的那个蒙面人。

狄公道："于是，我马上联想到了一件事，那是我第一次到刘家庄，公子刘传林命你陪我和元芳观看花园。"

刘家庄花园。狄公、李元芳二人在刘大的引领下穿行在花园中，前面出现了一座假山，四周没有了路。刘大一伸手，指向了假山旁的石洞："二位，这边请。"狄公看了他一眼笑道："你还是个左撇子。"刘大笑道："哟，您老这眼睛可真厉害！没错，多少年养成的臭毛病。"

狄公道："你是个左撇子。"刘大道："不错，那又怎么样？"曾泰这才恍然大悟道："啊，张春家发现的那把菜刀上，就是一个左手的血手印！是你，是你杀了借宿的客人！"刘大的脸色变了："请问县令大人，你有什么证据？难道就光凭张春、王五的一番话，就凭一个血手印，定小人之罪？"

狄公冷笑一声，厉声叱责道："你是刘查礼的帮凶。就是你，杀死了那两个京城来的仆佣，嫁祸给张春、王五！也是你，昨天夜里袭击了李元芳！同样是你，杀死了花匠蒋老四，用他的尸体冒充刘查礼，企图混淆视听，将本阁引上歧途！我问你，刘查礼现在何处？"

刘大道："俗话说捉奸捉双，拿贼拿赃！大人这全是凭空臆想，何曾有半点证据？"狄公又是一声嗤笑："一个仆役，竟会有如此高强的身手，这难道不是证据吗？"刘大抗辩道："小人自幼练武，这难道也犯法？"狄公道："好一张巧嘴！"说着，狄公一伸手，曾泰马上递过那团纱布。刘大的脸色骤变。

狄公道："认得这个吧。我问过庄里的用人，这团纱布，就是从你的房间里扔出来的。而且，今天我在小楼中拍了一下你的肩膀，你竟然疼得龇牙咧嘴。下午，我在这正堂里发现了一滴鲜血，那个位置正是你站过的。要不要脱衣验伤啊？"

猛地，刘大一跃而起，向窗外撞去。身周的卫士早有准备，一拥而上，刀枪齐下，将他砍翻在地，房中登时鲜血四溅。狄公高喊道："刀下留人！"卫士们停住手，将刘大拉起，几把刀架在他的脖子上。刘大前胸和后背上的刀口汩汩地流着鲜血，他大口喘着气。

狄公缓缓走到他面前："我劝你老老实实回答我的问题，免得皮肉受苦。刘查礼现在躲在哪里？"刘大看了狄公一眼："你永远也找不到他！"狄公冷冷一笑："这个世上，还没有我狄仁杰找不到的人！我再问你，李元芳在哪儿？！"刘大脱口而出："他死了。"

狄公冷笑一声道："就凭你这两下子，还杀不了他！"说着他一伸手，撕开刘大的外衣，登时露出了里面缠裹着的绷带。狄公的脸上露出了鄙夷的笑容："哼，如果我所料不错，你身上的这些伤口就是李元芳给你留下的礼物吧？你这个奸诈之徒，如果不是使用诡计，是绝对对付不了李元芳的！我再问一遍，他在哪儿？！"

刘大徐徐闭上双眼。蓦地，狄公触电般倒退了一步，他的嘴唇有些颤抖了。曾泰奇怪地问道："大人，怎么了？"狄公的眼睛死死地盯着刘大的左肩。左肩上有一块小小的梅花刺青。顿时，往昔的一些画面闪入狄公的脑海：

——几个身穿千牛卫服色的人将狄公按倒在地，其中一人的左臂上文着一朵梅花刺青；

——狄公的身上遍体鳞伤，一个赤膊大汉手持皮鞭在狠狠地抽打着他。那大汉左肩文着一朵梅花刺青；

——一个身穿官服的人指着狄公咆哮着："狄仁杰，我告诉你，不牵出杨执柔，你就是死路一条！"此人的左手腕上文着一朵梅花刺青。

狄公浑身一抖，抬起头来，颤声问道："你是谁？你究竟是什么人？"刘大看了看自己的左肩，脸上露出一丝狞笑："怎么，认出来了？看来，你也是进过例竟门的。识相点马上离开刘家庄，否则，你会死无葬身之地！"狄公大喝一声，一挥手："把他押下去！"

李元芳置身于深井之中。他向上看去，小小的井口处漆黑一团。李元芳从洞穴里钻出来，左手持弓箭，右手将一大捆绳索扔在地上，把绳头绑在箭尾，开弓搭箭，瞄准了井口轳辘上的那只水桶，嗖的一声，狼牙箭带着绳索疾飞而出。井台上砰的一声，狼牙箭洞穿了水桶的底部。远处，两个值夜的黑衣人听到声音，同时回过头："什么声音？"二人四下寻找着。

李元芳在井底拉动绳索，上面的水桶在狼牙箭和绳索的带动下迅速降下来。井上，轳辘把不停地转动着，发出吱吱嘎嘎的轻响。两名值夜的黑衣人回过头来，一眼看到了转动着的轳辘。一人道："嘿，真邪了，这轳辘成精了？怎么自己转起来了。"另一人道："走，过去看看。"

水桶很快降到了井底，李元芳伸手抓住，抬头向上看去，井口处漆黑一片，隐隐传来了说话声。井台上，轳辘上的绳索已经放到尽头，两个黑衣人伸着脖子向下看着。一人道："什么也看不见啊！"另一人道："行了，别看了，肯定是轳辘松了，水桶自己掉下去的，绞上来吧。"

说着，他们中的一人绞动轳辘把，不知不觉地把李元芳慢慢提上来。绞轳辘的黑衣人奇怪道："哎，怎……怎么这么沉呢？过来帮忙！"

另一人赶忙跑过来，嘴里骂骂咧咧："真他妈废物，连个水桶也绞不上来。"二人一起使劲。那人道："嘿，是够沉的，什么东西呀？"另一人道："能有什么呀，肯定是轳辘坏了。一会儿，让人来修修。绞个水桶都这么费劲，要是有人上来，还不累死！"

李元芳抓着井绳，身体迅速上升。井台上，轳辘发出咔哒一声。一个黑衣人道："到了。"另一人走到井台旁伸出手，想要去抓水桶。猛地一只手从下面伸上来，一把抓住了他的手，狠狠一拉，黑衣人大叫一声，身体向井下栽去，而与此同时，李元芳从井里腾空而起。另一个黑衣人还没回过神来，一只大脚已经踢在了他的脸上，那人"哼"了一声，重重地栽倒在地。

吱呀一声，对面房子的门开了，一个人站在门口问道："喊什么？"李元芳道："没什么，他摔了个跟头！"那人道："小心点，笨蛋！"说着，又砰的一声关上了门。

李元芳长长地出了口气，抬起头来，四下里观察着。

第七章　唐太子湖州陷敌手

夜漆黑，伸手不见五指。李元芳正处身在一座农家院落中，围着院子的石头房子里，隐隐透出灯火。李元芳一猫腰，蹿到正中的一间房外，用舌尖舔破窗纸，向里面望去。房中，一个人背向窗户而坐，一只手在桌案上轻轻敲击着，手腕处文着一朵梅花刺青。坐在他对面的是刘查礼，他的一条胳膊吊挂在胸前。他惭愧地道："本想杀了他，没想到这个李元芳竟然如此了得……"

那人摆了摆手："好了，这件事不要再说了。李元芳已经是瓮中之鳖，不足为虑。现在最要紧的是狄仁杰。刘大的消息还没送来？"刘查礼道："是呀，可能是狄仁杰看得太紧吧。"

那人点点头冷笑一声："哼，姓狄的离答案越来越近，可他没有意识到，他自己离危险也越来越近！刘公，李规手中的那一本书怎么样了？"

刘查礼叹了口气："这个李规真是冥顽不灵，一年多来我用尽了方法，可他就是不开口。"那人"哼"了一声道："跟他爹一样！现在不能再来硬的，要想个办法。"窗外，李元芳沉吟了片刻，朝另一间房子奔去，来到窗下，透过窗棂间的缝隙向里面望去。他登时愣住了！

房内，莹玉浑身五花大绑，坐在墙角，神情委顿，面容憔悴。门前坐着一个负责看守的黑衣人。黑衣人目不转睛地望着莹玉，一双眼睛色眯眯地上下打量着她。莹玉厌恶地扭过头去，黑衣人嬉皮笑脸地说道:"怎么,害羞了?"莹玉没有理他。黑衣人站起身,插上房门,向莹玉走来。莹玉吃了一惊:"你要干什么?"黑衣人淫笑道:"跟你玩玩儿。"说着,手轻轻地抚摸着莹玉的脸,嘴慢慢凑了过去。莹玉使劲躲避:"你……你滚开!"黑衣人突然一把抱住了莹玉。

就在这时,门前传来咔的一声轻响,黑衣人并没有在意,还在纠缠莹玉。一条人影落在他的身上。黑衣人一惊,立刻住手,转过身来。李元芳站在他身后。黑衣人猛吃一惊:"你是谁?"话音未落,一柄短剑向李元芳的咽喉刺来。李元芳的剑一挥,一道乌光闪过,黑衣人的头颅飞了出去,鲜血四溅。莹玉发出一声惊叫。李元芳收起了剑微笑道:"还认识我吗?"这时,莹玉才认出了李元芳,她万分惊奇,低声喊道:"是你!"李元芳点点头。就在此时,外面传来一声高喊:"不好!快来人,值夜的弟兄被杀了!"

刘家庄门前,静夜中响起了一阵急促的马蹄声,十几匹马飞奔而来。守门卫士一声大喝:"什么人?""是我,狄春!"话到马到,狄春飞身下马,身后的骑士们纷纷将马勒住。卫士松了口气:"是狄春呀。"狄春问:"大人在吗?"卫士道:"现在正堂。"

狄春冲马上的骑士们一挥手,众人跳下马来,为首穿套头斗篷的人快步向庄里走去。守门卫士一愣,赶忙伸手拦住他。只听身后一声低喝道:"放肆!"卫士吃了一惊。狄春赶忙过来,在卫士耳旁低语了几句,卫士狐疑地望着黑斗篷,点了点头。

狄公坐在书案后出神,门吱呀一声打开了,曾泰轻轻地走了进来,低声道:"大人。"狄公没有动。曾泰又喊道:"大人。"狄公浑身一抖,回过头:"啊,是你呀。坐吧。"

曾泰坐下来,看了看狄公的脸色,小心翼翼地道:"大人,您怎么了?"狄公抹了把脸:"啊,没什么,想起了一些往事。"曾泰担心地道:"您的脸色似乎不太好。"狄公长叹一声:"真想不到,在这里居然又见到了那朵梅花!"曾泰问:"什么梅花?"狄公摆了摆手:"不提它了。刘大呢?"

曾泰道："已押在西跨院，由钦差卫队看守。"狄公点点头："明日一早提审，很多事情还要着落在他的身上。"曾泰点点头。

忽然门外响起一阵急促的脚步声，狄春推开守门的卫士，闯了进来，喊道："老爷！"狄公一愣："狄春，你怎么来了？"狄春快步走到狄公面前，附耳低语了几句。狄公猛吃一惊："你说什么？"狄春道："就在门外！"

转眼间，一个身穿黑色套头斗篷的人已经站在面前。啪的一声，风帽揭开，露出了一张略带病容的年轻的脸。狄公的脸色登时变了，对身旁的曾泰道："你马上到门外去，任何人都不许进来！"曾泰点点头，快步走出门去，回手关上了房门。

黑斗篷缓缓走过来。狄公双膝跪倒，叩下头去："臣狄仁杰叩见太子殿下！"那来人正是太子李显。他上前两步，伸手挽起狄公："阁老请起。"狄公站起身来，惊讶不已："殿下，您怎么跑到湖州来了？万一让武三思等人得知，那可就大祸临头了！"太子长叹一声："一言难尽啊！形格势禁，我不得不来呀。"狄公四下看了看道："咱们到里面说话吧。"

太子点了点头，跟着狄公走进里屋。狄公道："殿下，您为什么要冒险来到湖州？"太子叹了口气："一言难尽啊！阁老还记得十年前那场内乱吗？"狄公道："殿下说的是越王之乱？"太子点点头："是的。阁老还记得越王的结局吗？"

狄公点头："当然记得！城破之时，越王服毒自尽，他的小儿子李规和女婿裴守德自缢身亡。"太子叹了口气："李规并没有死！"狄公惊得目瞪口呆："什么？！"太子点了点头："李规手下的一名幕僚与他形容相仿，自愿替主赴死，这样，李规便趁乱潜出城去，流落江湖。两年前，他化装成道士闯进太子宫……"

太子向狄公讲述了那惊心动魄的一幕——

白天，太子宫内。卫士们押着化装成道士的李规走进殿内。

太子和近身侍卫正急匆匆地从内殿走出，一名卫士上前禀道：
"殿下，此人装疯卖傻在太子宫门前大呼宫内有鬼，手持桃木
剑硬闯宫门，被卑职等拿下。"

太子道："哦？有这等事？"他走过来，对那人道："抬起头
来。"那人抬起头，太子一惊："你……你怎么如此面熟？"那人
笑道："太子可还记得江南之事吗？"太子浑身一颤："你是……"
那人道："李规。"太子倒抽了一口凉气，脱口喊道："是你！"
此话一出口，他立刻察觉不妥，赶忙对卫士们道："啊，这个
出家人是我的旧友，你们去吧。"

卫士们赶忙放开李规，退到殿外。太子一把抓住李规，惊
异地道："你……你没死？"李规点点头："罪臣之所以冒死前来，
就是有事要回禀殿下。"太子对近身卫士道："守住宫门，任何
人也不许进来！"

狄公听完这个故事，问道："李规说了些什么？"太子道："他说，越
王李贞在起兵之前，曾临水自鉴，奇怪的是水中的倒影竟然没有头颅。
当时越王非常恐惧，自知仓促起兵，定然败事，于是，便留下了一笔巨
额财宝和甲仗物资，藏于湖州的翠屏山中。"

狄公一惊："翠屏山，就是刘家庄后的这个翠屏山？"太子点点头：
"是的。"狄公倒抽了一口冷气，话说到这里，他已经明白了几分。太子
道："越王将藏宝图一分为三，分别藏在了三本《蓝衫记》中……"

他向狄公详细描述了这段旧事——

白天，越王府，三本《蓝衫记》摆在桌上，李规、吴孝杰
和刘查礼三人站在桌前。越王长叹一声："你们三个是我最信
任的，所以这副重担要由你们挑起来。跪下！"三人跪倒在地。
越王道："你们共同发誓，绝不背叛大唐天下，绝不助纣为虐，

285

同心辅佐太子复位！"三人跟着越王念完誓词，最后同声道：
"若违此誓，人神共弃！"

越王点了点头道："这三本《蓝衫记》中，藏着一幅藏宝图。
我之所以将它一分为三，是要令你们各有制约。这笔财宝、物
资只能供太子起事，恢复李唐天下之用，绝不能用作他图。因
此，只有你们三人并到，三本书同时打开，藏宝图才能现身。
我希望，这一刻，就是太子起事之时。"李规道："父亲请放心！"
吴孝杰和刘查礼同声道："卑职等宁死也要保全此图！"

越王点点头："我死后，你们三人要立即分散。查礼率人
在翠屏山附近建造一座村落，守护这笔财宝，为今后起事留下
一个根基。孝杰和李规潜入京城，伺机到太子身边，一定要说
服太子，起事复唐。到时候，你们三书并到，取出藏宝图，复
我李唐神器！"三人热泪盈眶，高声发誓："以血复唐，绝不苟
且偷生！"

狄公听罢，缓缓点了点头："于是刘查礼便奉越王旨意来到了湖州，
建起了这座刘家庄；而吴孝杰则进入了太子殿下的崇文馆，做了掌院
学士。"

太子点点头："是的。李规冒死到京城见我，就是要说服我起兵复唐。
可是阁老，你知道，我虽然是皇帝的亲生儿子，可她从没相信过我，她
一直认为我的身上流着太宗皇帝的血液。现在除了我和李旦，李姓皇子
已被她诛杀殆尽，我怎么敢轻举妄动！"

狄公长叹一声，点了点头："太子说得是。以子反母，大违纲常，
即使能够恢复李唐神器，也难令天下之人心服。"太子道："是呀，我就
是这样对李规讲的。可他却非常固执，请来了吴孝杰，共同劝说我。"

深夜，太子书房。吴孝杰轻轻摇了摇头："现在起兵不是

286

时机。"太子脸上露出了微笑。而李规惊讶地道："孝杰兄，却是为何？"吴孝杰道："而今人心思定，一旦战火燃起，百姓必然痛恶，非但大事难成，还会陷太子于死地。"太子道："孝杰所言深合我心。"

李规愤然道："孝杰，你忘了我们是怎样在我爹面前发下的誓言？！"吴孝杰道："我当然没有忘。可你想到没有，各路诸侯畏惧武逆的势力，是不会响应我们的！"李规道："只要太子出面，振臂一呼，凡是太宗子孙、李唐旧臣，都会毫不犹豫地支持我们！"

吴孝杰道："十年前，越王起兵前曾与诸王约定，共举义旗，可最后呢，几乎是无人响应，这才致使越王殿下起兵二十日便兵败薄城！还有你大哥琅琊王李冲殿下，结局也是如此！前车之鉴，怎能不引以为戒？"李规怒道："你们是被武逆吓破了胆！"

太子一拍桌子："李规，你太过分了！"李规深吸一口气，缓缓坐在了椅子上。吴孝杰道："当年，越王殿下留书时曾经说过，要我们三个共同辅佐太子起事。而今，孝杰认为事起仓促，不可冒险为之，因此，我手中的《蓝衫记》不能献出！"

李规长叹一声："难道太宗皇帝留下的基业，就这样断送在我们这些不肖子孙的手中？！"说着，泪水夺眶而出。

太子听了此言，大为不悦，站起来："难道说，只有你一个人是太宗皇帝的子孙？真是岂有此理！而今，我的处境岌岌可危，无力拯救李唐天下，你要是觉得我懦弱无能，尽可另投明主！"说完，太子拂袖而去。

太子讲完这段往事，长叹一声："只因我这一句话，李规负气而走。怨我呀！"狄公道："殿下也不必太自责了，您的话本来也没有什么错误。"

太子点点头："话是这么说，可自从李规走后，我这心里一下七上八下。过了几日，我将吴孝杰找来，问他李规最有可能到哪里去，孝杰说有可能到湖州找刘查礼。于是，大约一年前，我派出了贴身侍婢小红和三十名卫士化装前去寻找李规。"

狄公双眉一扬："小红?"太子道："是呀。这个丫头从小习武，聪明伶俐，对我又非常忠心。"狄公问道："这个小红是一年前来到湖州的?"太子道："正是。可谁料想，她这一去竟是杳无音信，不知是死是活。"狄公徐徐点了点头，轻声道："明白了，原来她是太子的人．我说她怎么会有那兰提花!"太子一愣："阁老说什么?"

狄公道："啊，没什么。殿下，您继续说吧。"太子点头道："本来这件事已令我非常烦心，谁料想，前些日子东宫又出了事。"狄公道："殿下说的是许世德和吴孝杰斗殴身亡的事情吧。"太子叹了口气："本来，皇帝就想除掉我而后快，只是我行事谨慎小心，没有把柄落在她的手上。这一次，可是祸到临头了!"

狄公一惊："怎么?武三思又兴风作浪?"太子点头："是呀，这种事肯定少不了他。内坊局会同宗正府严查之下，发现吴孝杰竟然曾是越王的幕僚。这个身份一暴露，矛头直接指向了我。皇帝把我召进宫严辞训斥，说我用人不察，问我是不是心怀叵测，将我吓出了一身冷汗。唉，回宫后，我忽然想到李规，一旦让梅花内卫查出李规的事情，那我可真是百口莫辩，死路一条了!"

狄公浑身一抖，颤声问道："怎么，梅花内卫也介入此事了?"太子苦笑着："皇帝现在可倚仗的也就是这些左臂上刺着梅花的孽畜了，除了他们，谁还会像狗一样四处乱嗅!"

狄公点了点头。太子长叹道："我就是想不通，吴孝杰和许世德是刎颈之交，是什么事情竟令这样一对好朋友反目成仇，互杀身亡?真是令人百思不得其解!"

狄公道："殿下，您仔细回忆一下，吴孝杰死前，有什么不寻常的举动吗?"太子想了想:"哎,不是阁老问起,我还真忘了。孝杰死前五六天,曾经秘密地来找我。"

　　　太子书房。太子坐在书案后,吴孝杰从袖子里拿出了那本《蓝衫记》,双手呈了上来。太子皱了皱眉:"这是干什么?"

　　　吴孝杰道:"太子,这几天我发现情形有些不对。"太子一惊:"哦,什么意思?"吴孝杰道:"似乎有人盯上了我!"太子问:"是内卫吗?"吴孝杰道:"也许吧。我想把这本书暂时存到太子这里。"太子赶忙道:"不可,不可。孝杰,你听我一言,立刻将此书焚毁,免生后患,也绝了李规的念头!"

　　　吴孝杰沉思良久,才道:"既然殿下这么说,那我回去后就将此书焚毁。"

　　狄公听罢,点了点头:"看来,他已有预感。"太子点点头。狄公道:"哦,殿下,校书郎许世德是何时到崇文馆任职的?"太子想了想,摇摇头:"这我可想不起来了。"

　　狄公点点头,问道:"您这次来的目的是什么?"太子道:"哦,是这样。两个月前,我忽然接到一封奇怪的书信,署名'刘传林',信中写道:'李规有难,速来湖州相救。切切。'"

　　狄公惊呆了:"刘传林?您说的是刘传林?"太子点头:"正是。哦,信我带来了。"说着,他伸手入怀。拿出那封信递了过来。狄公赶忙接过拆开看了一遍,点了点头:"不错,正是这个刘传林!"太子问:"怎么,阁老,这个人您认识?"

　　狄公点点头:"他就是刘查礼的儿子!"太子道:"哦?难道,他知道李规的下落?"狄公沉思着,没有立即回答。

　　太子又道:"否则,他为什么要给我送这样一封信?"狄公抬起头来:"殿下,您继续说吧。"太子点点头:"接到这封信后,我马上派出了两个卫士前来湖州查访小红和李规的下落，可仍是泥牛入海，毫无音信。而今，京城内风传我勾结逆党，意图谋反，皇帝更是三天两头将我叫进宫内训诫。我心下忐忑不安，不知李规、小红他们究竟如何。正好，这两天皇帝出巡，我借机跑到湖州看看，也可把情况向阁老和盘托出，请你帮我寻找。"

狄公的眼睛忽然一亮："殿下，你派出的那两名卫士是不是姓吴，扮作了京城仆役的模样?"太子道："是呀！是我让卫士假扮成吴孝杰家人的模样，前去刘家庄探听消息。我想，第一，吴孝杰与刘查礼是生死之交，吴府家人到来，刘查礼会据实相告。第二，即使卫士落入内卫之手，他们只称自己是吴府的人，也牵连不到我身上。怎么，这两个人，阁老见过?"

狄公点头："是的。他们已在二十多天前便遇害身亡了！"太子惊讶得瞠目结舌。狄公道："您的那位贴身侍婢小红，极有可能是刘查礼的新夫人莹玉，她也在昨天夜里和我的卫士长李元芳一同失踪。"太子愕然："什么?"狄公长叹一声，对太子道："刘家庄是个可怕的深渊，您绝不能留在这里！今天我已在庄中查到了梅花内卫的踪迹。"

太子一声惊叫，从椅子上站起来："梅花内卫? 在这儿?"狄公点点头："所以，为了殿下的安全，您必须立刻返回京城！"

深夜，翠屏山中。两条人影在山道上飞奔着，正是李元芳和莹玉。身后，灯球火把亮成一片，杀手们紧追不舍。前面出现了一片树林。莹玉焦急地喊道："他们追上来了，怎么办?"李元芳道："进树林！"二人冲进树林。后面，火把越来越近，数十名黑衣杀手飞快地来到树林边，停住了脚步。人群分成几拨，刘查礼和一个穿紫袍戴面具的人走出来。

刘查礼紧张地道："他们肯定是进树林了！"紫袍人点点头，对杀手们道："给我仔细搜，一旦发现，格杀勿论，绝不能让他们跑了！"杀手们高声答应，举着火把向树林里走去。刘查礼颤声道："要是让他们回到刘家庄，那可就大事不妙了！"

紫袍人气愤地"哼"了一声:"都是你坏了大事,竟然把李元芳带到了这里,真是成事不足,败事有余!"刘查礼道:"谁能想到,他……他竟然能找到出口!"紫袍人道:"好了,现在再说这些还有什么用!绝不能让他们逃出翠屏山!"说着,他一伸手拔出腰间的佩刀,轻手轻脚地走进树林去。

　　杀手们手持火把在林中搜索。一棵大树上,一双眼睛静静地望着下面,正是莹玉。树下,一个杀手举着火把,缓缓走了过来。莹玉屏住呼吸。杀手举着火把四下照着,忽然,眼前一花,一柄剑架在他的脖子上。杀手惊呆了,立刻站停不动。李元芳从树后转出来,轻声命令道:"熄灭火把!"

　　树上,莹玉静静地看着。忽然,她眼神一闪,伸出手去,撅下一根树枝,朝树下扔去。啪的一声,虽然很轻,但是周围的几个杀手都听到了,他们同时转过身喊道:"在那儿!"话音未落,莹玉藏身的那棵大树后跳起一个人影,向树林外飞跑而去,看衣着正是李元芳。

　　杀手们一声大叫:"追!"众人腾身而起,向李元芳追去。转眼间跑出了树林。树上的莹玉笑了。她双手抱着树干,飞快地滑了下来,轻笑道:"傻瓜。"

　　"这个评语不是给你自己的吧?"莹玉猛吃一惊,回过头来,只见紫袍人站在身后,静静地望着她。莹玉眼珠急转,腾身而起,突然觉得脖颈处一阵冰凉,一把刀横在她的咽喉处。莹玉傻了眼。

　　树林外,李元芳跌跌撞撞地跑着,身后一群杀手紧追不舍。转眼间便已追了上来。跑在最前面的一名杀手一抖手,一支蛇形镖疾射而出,正钉在李元芳的腿上,李元芳发出一声闷哼,重重栽倒在地。杀手们一拥而上,乱刀齐下,登时鲜血四溅。突然一个杀手发出一声惊叫:"他不是李元芳!"众人马上住手。

　　只见此人嘴里塞着布,双手被捆在身后,外面穿着李元芳的大氅。他瞪着惊恐的双眼,望着面前的伙伴们。

杀手一把拿下了他的塞嘴布，问道："李元芳呢？"同伴道："在……在树林里。"杀手气愤地问："那你跑什么？"同伴道："他说我要是停下，就……就用暗器杀我！"杀手狠狠地给了他一个嘴巴："混蛋！上当了，回去！"

　　这时，在树林里，莹玉走在前面，紫袍人用刀架在她的脖子上。二人慢慢地向树林外走去。忽然扑的一声轻响，莹玉双腿一软，扑通跪倒在地，紫袍人的刀下立刻闪了个空。他大吃一惊。说时迟，那时快，身后一阵寒风，紫袍人猛地转过身来，幽兰剑已到咽喉，紫袍人单刀一立挡在咽喉前。忽觉左胸一凉，剑尖已刺进了他的皮肤。但紫袍人反应奇快，身形疾退，刺啦一声，紫袍被割开，鲜血从左胸涌出。李元芳一把拉起莹玉向树林的尽头跑去。

　　这时，杀手们已掉头赶回树林。紫袍人捂着伤口狂吼着："追，追！给我宰了他们！"

　　李元芳拉着莹玉在树林飞奔着，身后杀手们狂吼着追上来。眼见树林已到尽头，李元芳忽然一把拽住莹玉停住脚步。原来，眼前是一道悬崖，崖下就是翠屏河！莹玉不知所措："怎……怎么办？"李元芳回头看看，杀手们迅速逼近来。他猛地一咬牙："跳！"莹玉傻了："什么？"

　　李元芳大喝一声："跳下去！"说着，他一把拉住莹玉，纵身跳了下去，下面传来扑通的声音。杀手们冲到崖边，紫袍人和刘查礼也追了过来。一个杀手道："他们跳下去了！"紫袍人恨恨道："又让他们跑了！"刘查礼怯生生地看了他一眼道："下面是翠屏河，直通到刘家庄外。"

　　紫袍人对身旁的杀手道："立刻命人沿河搜索，活要见人，死要见尸！"杀手答应着，率人快步离去。紫袍人喘了口气道："看来，翠屏山是待不住了，立刻转移！"

　　刘家庄。夜风送寒，庄门前备着十几匹马，太子的卫士们静立等待。太子紧紧握住狄公的手："阁老，一切都仰仗你了！"狄公点头："殿下请放心，我一定竭尽全力！"太子飞身上马，狄公长揖到地："一路保重！"

太子一拱手，戴上风帽，战马一声长嘶，绝尘而去。狄公望着太子的卫队消失在视线中，轻轻舒了口气，转身对狄春道："提刘大！"

刘家庄正堂，钦差卫队押着刘大走进屋中。狄公轻轻咳嗽了一声道："松绑。"卫士将刘大的绑绳松开。狄公指了指下面的椅子："坐吧。"刘大坐下来。狄公对卫士们道："你们在外面伺候。"众卫士赶忙退出正堂，关上了房门。

狄公道："刘大，现在只有你我二人在此，就不必兜圈子了吧。你们内卫到刘家庄来做什么？"刘大道："狄公身为朝中宰辅，应该明白，除了皇上没有任何人有权讯问内卫。"

狄公点点头："不错。但是，有什么可以证明你的内卫身份呢？是有官凭文书还是有人肯于出面证实？难道，仅凭你左肩的那一点梅花？"

刘大被问得哑口无言，半晌才道："这还不够吗？"狄公笑了笑："说够也够，说不够也不够。"刘大问："什么意思？"狄公道："意思就是，一切主动权都在我的手中。我说你是内卫，你就是。我说你不是，你就不是。我完全可以装糊涂不认账，把你当作普通杀人犯来定罪，三日内你就会被处斩。这一点，你相信吗？"

刘大一时语塞，半晌才道："皇上是不会放过你的！"狄公笑了："你们内卫平日里权势熏天，可这一次，却偷偷摸摸化装潜伏，这就说明，皇帝并不希望旁人得知此事。因此，一旦日后皇上问起此事，我只要推说不知，她老人家就只能是哑巴吃黄连。而你呢，白死！"刘大的脸色顿时煞白。

狄公问："怎么样，想清楚了吗？"刘大忐忑不安，深深吸一口气："你想知道什么？"狄公道："全部计划！"刘大道："我只能告诉你，湖州县在一年前已经被内卫全部监控！"狄公暗暗一惊："全部监控？为什么？"刘大道："当然有原因。湖州县到处都有我们的人！因此，我奉劝大人一句，内卫经办的案子，大人最好不要插手，否则会引火烧身！"

狄公问："你们的目的是针对太子的吧？"刘大一惊，抬起头来："你怎么知道?"狄公道:"我知道的,远比你想象的要多得多!"刘大望着狄公,眼中充满狐疑之色,他轻轻咳嗽了一声:"你说得很对。既然大人知道这个,那就应该明白这件事情是谁授意的?"狄公咽了口唾沫:"皇上。"

刘大点点头:"是的。我还是那句话,为了自己的安全,大人应该马上放弃调查。"狄公问:"置太子于不顾?"刘大笑了:"太子已经完了!"狄公一惊:"你说什么?"刘大道:"好了,我已经说得够多了。再说下去,即使你肯放我,皇上也不会放过我。"

夜深沉,狄公还在正堂焦虑地踱着步。门打开了,狄春冲进来:"老爷,您叫我!"狄公急促地道:"湖州县已被内卫全部监控,万一太子不慎落入他们的手中,就大事不妙了。你立刻骑马去追,请他马上返回!"狄春应了声"是",立即行动。

却说此时,太子李显率卫队正在官道上飞奔着。忽然道旁飞出一支响箭,刹那间,官道上出现了数十条绊马索,坐骑发出一声悲嘶滚翻在地,马上的太子和卫士们倒撞下来。太子翻身站起,大声喊道:"怎么回事?"话音未落,道旁长草中冲出数十名黑衣人,蜂拥而上,将太子和卫士按倒在地,绳捆索绑。

刘家庄正堂。曾泰急匆匆推门进来,劈头就问:"大人,是您下的令释放刘大?"狄公点了点头。曾泰张大了嘴:"可……可,为什么? 刘大是杀人重犯呀!"狄公道:"我只是让刘大回到自己的房间,在刘家庄中可以自由活动。"

曾泰不解地道:"这是何意呀?"狄公道:"我正要吩咐你做这件事情。你马上率人,严密监视刘大的一举一动。我想,他是不会老老实实地待在自己房中的。"曾泰恍然大悟:"大人的意思是,顺藤摸瓜!"狄公道:"现在,我们只有这一条线索了。"

当晚,刘大回到自己的房间,关上房门,飞快地凑到窗前,透过窗棂间的缝隙向外看去,见屋外不远处的墙角旁有几条人影闪动,刘大的脸上浮起一丝冷笑。他走到床边,躺了下来。

翠屏山中的小院中，扑啦啦一声响，一只鸽子落在了井台上。一名值夜的黑衣人赶快走过来，抓住鸽子，从它的腿上解下一个小小的竹筒。石头房中，紫袍人来回踱着，显得非常烦躁。门吱呀一声打开，刘查礼走进来，将手中的小竹筒递过去："二队传来的书信。"紫袍人接过竹筒，从里面抽出一个纸卷，展开，迅速看了一遍，猛地抬起头道："这可真是意想不到！"

刘查礼问："什么事？"紫袍人将纸条递过去，陷入了沉思。刘查礼接过来，看了一遍，微笑道："看来，我们又有文章可做了！"

紫袍人没有说话，良久，他抬起头来，双眼死死地盯住刘查礼。刘查礼叫他看得浑身不自在，干笑道："怎……怎么了？"紫袍人问："你刚刚说什么来着？"刘查礼一愣，赶忙道："我说，咱们又有文章可做了。"

紫袍人点点头："这话说得非常好，我确实是又有文章可做了。我刚才想到了一个完美的计划。"刘查礼道："哦？"紫袍人道："而这个计划要用你来做。"刘查礼愣住了："我……我来做？"紫袍人仰天大笑，笑得很开心："是的。就像一服完美的药方，需要一个更加完美的药引，你就是这个药引，确切地说，你的尸体就是一个非常完美的药引！"

刘查礼吃了一惊，继而干笑了两声："你……你真会开玩笑。"紫袍人的声音顿时变得冷若冰霜："我从不开玩笑！"刘查礼吓得心惊肉跳："你……你……你说真的？"紫袍人没有说话，双目如电，冷冷地望着刘查礼。刘查礼颤抖着道："你……你说过，要……要和我平分那些财宝。"

紫袍人道："是的，我说过，可现在我改主意了。"刘查礼绝望地道："没有了我，你怎么能得到《蓝衫记》？怎么能抓住李规？还有，吴孝杰……"

突然寒光一闪，一柄钢刀刺进了刘查礼的胸前，刘查礼张大了嘴，双眼突出，死死地瞪着紫袍人。他到死也不相信，自己竟会像一条狗一样被人宰掉。

紫袍人冷冷地道："是的，一年前，你确实很有用。可现在，你已经完全失去存在的意义了。留着你，只会败事！"说着，他击了两下掌。一名黑衣人应声走进来，一见屋中情形，大吃一惊。紫袍人道："把李规带到这儿来，我要和他谈一谈。"

不一会儿，李规被押了进来。他一眼看到躺在血泊中的刘查礼，登时大惊失色。紫袍人指了指对面的椅子道："坐吧。"李规缓缓坐下，轻蔑地道："刘查礼是你杀的?"紫袍人点点头："你的心里一定很高兴吧?"李规冷冷地道："让这条狗这么轻易地死掉，真是太便宜他了。你为什么要杀死他?"

紫袍人耸了耸肩："因为，刚刚我改变了主意。"李规双眉一扬："哦?我倒想听听。"紫袍人用手轻轻动了动脸上的面具："你要什么样的条件，才肯交出那本《蓝衫记》?"李规冷笑一声："除非你肯起兵反武！"紫袍人笑了："真是血气方刚。你父亲败得还不够惨吗?"

李规愤然道："你是奸险小人，当然不懂'气节'这两个字的含义。我的身上流着太宗皇帝的血液，除非武氏还我大唐神器，否则，李姓子孙会前赴后继！"紫袍人点了点头："如果我告诉你，我可以帮你说服太子起兵，你相信吗?"

李规一愣，继而发出一阵大笑："真是天大的笑话！"紫袍人静静地望着他，没有说话。李规收住了笑声，望着紫袍人，紫袍人仍然没有说话。李规咽了口唾沫："你说真的?"紫袍人道："你已经看到了，我杀了刘查礼。而且，我恐怕也没有必要对一个阶下囚撒谎吧。"李规犹豫了片刻，摇了摇头："我不相信梅花内卫会反武复唐。"

紫袍人笑了："我既不想反武，也没兴趣复唐，我帮你当然是有条件的。"李规问："哦，什么条件?"紫袍人两手一摊："钱！"李规一愣："钱?"紫袍人站起来："你们这些公子王孙从来也不会有钱的概念。即使像你这种亡命之子，仍是锦衣玉食，越王给你留下了无穷的财富。可我呢，梅花内卫，不管多大的官，听到这四个字，都会浑身颤抖。可你知道吗，像我这样的内卫首领，薪俸是多少?"

李规摇摇头。紫袍人道："月俸两石米。为了这两石，我要替皇上卖命，依靠嗅觉，像猎狗一样四处钻营打探，就为了博得主子的一笑。"

他指了指面具："看到这个东西了吗？在我的记忆里，摘掉它的时间只有一年半。我厌倦了这种生活，也厌倦了做奴仆和鹰爪，所以，我要钱，我对别的都没有兴趣，如果你能给我大笔的金钱，我就可以帮你。"

李规望着他道："怎么帮我？"紫袍人道："我会引太子卫队到这里来，救你出去，杀光所有的知情人，而后，我们分道扬镳。"李规问："你要多少钱？"紫袍人道："黄金十万两。"

李规道："这个价钱可不低呀！"紫袍人道："这笔钱买了两个最值钱的人的性命——你和太子！"李规"哦？"了一声。紫袍人道："你还不明白，一旦我把你交给皇上，你肯定是死路一条，而太子也难脱干系，皇上正想废了他！"

李规陷入了沉思。紫袍人道："好好考虑考虑吧。"说着，他向门外走去。李规抬起头问道："我该相信你吗？"紫袍人耸了耸肩膀："随你的便。可有一点，你必须明白，这是你最后的一次机会。相信我，你马上就可以见到太子，共商大计，而我带着十万两黄金消失。这样的结果是世上多了一个反贼和一个富翁。皆大欢喜！"李规脑子里激烈地斗争着，良久，他抬起头："除非，我先见到太子。"紫袍人道："我会表示诚意的。"

第八章　武则天惊现湖州城

李元芳拉着莹玉从悬崖上纵身跳进了翠屏河，摆脱了杀手们的追捕，而后躲进一个山洞，点着篝火取暖烤衣服。莹玉坐在火旁，眼睛不时地瞟着洞口的李元芳。李元芳背对她坐在洞口，木然不动。

莹玉问："你的衣服都是湿的，不冷啊。"李元芳没有回答。莹玉笑了："一个大男人这么小心眼，我不就跟你开了个玩笑，扔了根树枝嘛。"

李元芳仍然未予理睬。莹玉道:"好了,我的衣服干了,你来烤吧。"李元芳冷冷地说:"不劳挂心,我的衣服已经干了。"

莹玉吃惊地道:"什么?已经干了,不可能。"说着,她站起来走到李元芳身旁,伸手去摸李元芳的衣服。突然她双指一抖,点向李元芳后背。李元芳竟像背后长眼一般,手掌一张,护住了穴道。莹玉一见此计不成,腾身而起,向洞外跃去。一声龙吟,幽兰点在她的咽喉,莹玉赶忙收住脚步。她"哼"了一声道:"你的反应还挺快。"

李元芳绷着脸道:"对你这种恩将仇报的人,不得不多留个心眼。"莹玉不屑地道:"你们这种男人真没意思,就知道欺负弱女子。"说着,她走回洞里,又坐到了火堆旁。李元芳收起了剑,仍然一动不动地坐着。莹玉瞪了他一眼,忽然笑道:"哎,听说你还是个四品鹰扬郎将啊。"

李元芳不予置理。莹玉没话找话,问道:"这么年轻,就做这么大的官,心里很美吧?"李元芳没好气地道:"省点儿力气吧!"莹玉道:"我知道,你想带我回刘家庄,见狄仁杰。"李元芳道:"你还想回刘家庄,别做梦了!那些杀手已经埋伏在翠屏河的四周,只要我们一出现就会被乱刀分尸!"

莹玉不信:"你怎么知道?"李元芳道:"傻瓜都应该能想到!"莹玉道:"你说谁是傻瓜?"李元芳冷笑一声:"当然是说那些自作聪明的人。"莹玉道:"我怎么自作聪明?"

李元芳道:"你在树林里如果不扔那根树枝,就不会暴露自己的藏身所在。那个杀手被我制住,穿上了我的外衣跑出树林,已经吸引了所有人的注意,我们有足够的时间逃走。可是你却偏偏认为出卖了我自己就会安全。怎么样,河水的滋味不错吧?"

莹玉的脸唰地红了:"不错,我是想甩开你,我还有事情要办!"李元芳道:"是吗?那你就去忙吧!"莹玉道:"你不跟着我?"李元芳道:"就当我不存在吧。"莹玉站起身,气愤地道:"废话,你在身边,我怎么能当你不存在!"

李元芳赌气道："那就随便你了！"莹玉道："你为什么要跟着我？"李元芳道："因为你是犯人。"莹玉愣住了："我为什么是犯人？"李元芳道："你自己心里清楚。"莹玉冷笑一声："你知道个屁！"说着，她赌气地坐在了石头上。

与此同时，刘大一声惊叫，猛地从床上坐起来，额头上渗满了细细的汗珠。四周一片寂静，他深深吸了口气。

笃笃笃，东山墙内响起了一阵轻微的敲击声，刘大一惊，赶忙翻身坐起，快步走到山墙旁。敲击之声再起，刘大跑到窗前，向外望了望，无人，而后走到山墙旁，抽出一块灰砖，按动里面的机关。只听咔的一声轻响，山墙缓缓地打开了，透出了里面的一丝灯光。刘大闪身而入。山墙徐徐合上。

夜已深，狄仁杰昏昏睡去。一个无底的深渊，狄公飞快地向下坠去，他伸出双手，拼命地叫喊。轰的一声，他的身体落进了火山的熔岩中……他大叫一声，蓦地从床上弹起来。原来是个梦。他大口喘着粗气，惊恐地四下望着。

他披衣起床，走进花园散步。寒风吹过，他浑身一抖，凉爽的空气令他的头脑清醒了很多。他深深吸了口气，喃喃地问自己："刘传林为什么要给太子送信？他和李规到底是什么关系？"

忽听轰隆一声响，狄公只觉得脚下一阵震颤，不禁一愣。就在此时，曾泰率几名衙役从他身后飞跑而来，高喊着："大人！大人！"狄公赶忙迎上去："怎么了？"曾泰道："后园小楼中传出一阵巨响，不知出了什么事情，您快去看看吧！"

狄公拔脚向后园奔去。后园中站满了卫士和衙役。狄公和曾泰冲进门来，轰隆声已经停止，四周又恢复了寂静。狄公走到小楼前。门虚掩着，狄公伸手轻轻一推，吱呀一声，门开了。身后的曾泰一挥手，衙役们一拥上前，抢在狄公前面，打开门冲了进去。狄公缓缓走进楼中。

楼里的情景令众人目瞪口呆，毛骨悚然：两片镶满利刃的铜网已经合在一起，中间夹着一个人——刘大！此时的刘大已经血肉模糊，瞪着两只眼珠子，望着上方，煞是可怕。狄公走过去，仔细看着。

曾泰颤声道："是……是刘大。"狄公点点头："是的。可怜的家伙。"曾泰道："他不是在自己房中吗，怎……怎么会在这儿？"狄公抬起头来："是呀，他怎么会来到后园？监视刘大的人呢？"曾泰道："在他的房间外面。"狄公道："马上叫他们到这儿来！"

一名衙役大声答应着飞跑而去。曾泰四下看了看道："这……这铜网好生厉害呀！"狄公道："这是机关。"曾泰一愣："什么叫机关？"

狄公道："是一种由机簧和消息控制的杀人埋伏，事先没有任何征兆，一旦触动机关，杀机便立刻来到。元芳恐怕就是中了这里的埋伏。"

曾泰大惊："那，李将军不会……"他看了一眼刘大的尸体，声音有些颤抖了。狄公没有说话，目光四下里搜索着。脚步声响，衙役带着几名监视刘大房间的卫士快步走了进来。

狄公问道："刘大出门了吗？"一名卫士摇摇头："自从进屋后，连灯都没点，一点动静也没有。"狄公的脸沉了下来："你敢保证吗？"卫士道："卑职几人连眼都不敢眨一下，绝对敢保证！"狄公点点头："走，到刘大的房中看看。"

狄公、曾泰率人推门走进刘大的房间。狄公的一双鹰眼把房间扫了一遍，目光最后落在了东山墙上。狄公快步走过去，墙上的一块灰砖凸出了一点儿。狄公伸出手，抓住灰砖向外一抽，砖块从墙内拔了出来，露出了里面的按钮。狄公轻轻一按，咔的一声轻响，墙壁打开了。曾泰和衙役们发出一声惊叫。狄公闪身走了进去。

通道非常狭窄，两旁点着长明灯。狄公快步向前走着，曾泰率衙役紧随其后。众人连拐了几个弯儿，眼前豁然开朗。墙壁上出现了一个暗室，里面放着一张床；暗室左边有一个小门。狄公走过去，打开门，里面是各种机关的控制掣，用松木制成。狄公上前仔细地看着。

曾泰问道："大人，这是什么？"狄公道："是控制机关的消息掣。"说着，他伸手扳动了一个木柄，外面传来吱呀呀一阵响，狄公和曾泰赶忙冲了出来。只见暗室的南墙徐徐打开，狄公和曾泰对视一眼，走了出去。众人惊呆了，发现自己已经置身在后园的小楼中。

狄公轻轻舒了口气："明白了。这里的机关是由刘大及其手下一手控制的，所以，他的房间才会直通到小楼。一旦有人闯入，他立刻启动机关，陷闯入者于死地。"

曾泰道："我说前天咱们到小楼搜查，怎么没有碰到机关，原来是有人控制的。可是大人，有两个问题：第一，刘大跑到这里来干什么？第二，既然机关都是由他控制，他又怎么会死在自己控制的机关之下？"

狄公一拍他的肩膀："问得好。看来，你有长进了！"曾泰得意地笑了："跟大人这么多天，怎么也得学两手啊。"狄公赞赏地点点头，四下里观察着。忽然他双手一拍："这小楼里还有门道！"他转身对一名衙役道："你到消息室去，把所有的消息扳掣全部打开！"

衙役答应着向消息室跑去。不一会儿，只听咔嚓一声巨响，两片铜网慢慢分开，刘大的尸体摔在了地上。接着又是一声巨响从房顶上传来，众人一惊抬起头，只见房梁上竖起了一片白花花的利刃。狄公倒抽了一口凉气："好厉害！"

话音未落，小楼西侧又传来轰隆一声，地面裂开了一个大窟窿。狄公一挥手，众人快步走过去，只见地面上的翻板向下打开，露出了漆黑的洞穴，这正是李元芳落下的地方。

狄公冲身后的衙役招了招手道："拿灯笼来！"衙役赶忙递过灯笼，狄公向下照着，下面很深，黑黝黝的什么也看不清。狄公回过头看了看方向，脸上出现了一丝微笑。

曾泰问："大人，您看出什么了？"狄公道："元芳没有死。"曾泰道："哦，您怎么知道？"

狄公道："从我们发现铜环的位置来判断，李元芳定是在身体落入洞中之时，将铜环掷出的。铜环滚落后，才会倒在西墙根下。而且，如

301

果他被铜网击中，那么，他抛出的那枚铜环之上一定会沾有血迹。"

曾泰点点头。狄公一边演示，一边说道："李元芳躲过了铜网的攻击，身体落在了这个位置。刘大从房梁上突施杀手，却反被李元芳刺伤。就在此时，脚下的翻板打开了，元芳在毫无防备之下落入洞中，在翻板关闭前，掷出了那枚铜环。"

曾泰眨巴着眼，佩服得五体投地："精确！这也能够解释刘大身上的伤口。"狄公点点头："看来，文章就在这个洞穴里。"曾泰问："哦，何以见得？"狄公道："搬梯子来，我们下去看看！"

翠屏河畔的山洞中，第一缕朝阳照射进来，照在莹玉的脸上。她徐徐睁开眼睛。洞口，李元芳依旧一动不动地坐着。莹玉悄悄爬起身来，蹑手蹑脚地走到李元芳身后站住，李元芳没有任何反应。莹玉轻轻抬起脚想从他身边绕出山洞。李元芳咳嗽一声。莹玉一惊，悻悻地走回洞里。李元芳站起身，深深地吸了口气，舒展了一下身姿。

莹玉看了他一眼道："李大将军，您是不是给咱指条明路，怎么才能逃出翠屏山？"李元芳问："想逃出去？"莹玉道："那当然了！"李元芳道："你手里有刀，自己抹脖子吧。"

莹玉愣住了："你……你这是什么意思？"李元芳道："你说话能不能动动脑子？此时此刻，他们肯定埋伏在河岸周围，想逃走只有死路一条，那还不如自杀痛快！"莹玉道："好了好了，别再斗嘴了，我服了还不行。你说该怎么办吧。"

李元芳看了她一眼，沉吟良久，摇了摇头："事到如今，我也没有办法。"莹玉心急如焚："我求求你，想想办法吧，我真的有急事！"李元芳道："什么急事？"莹玉紧咬着嘴唇，一字一顿道："你能帮我吗？"李元芳道："那要看是什么事情。跟你这样的人相处，凡事要多长个心眼。"

莹玉的泪水在眼圈中打转："我这样的人怎么了？"李元芳道："怎么了？自己做的事情，自己不知道？你为了不可告人的目的潜入刘家庄，用诡计诱使刘员外杀害亲生儿子，这样的人难道不该提防吗？"

莹玉大声道："你和狄仁杰一样，就会凭自己的错误判断品评别人！"李元芳一声冷笑："哦，那我倒想听听你对自己的正确判断！"莹玉道："我……我……"李元芳道："怎么，说不出来？是根本就没什么可说吧！"莹玉大声道："我到刘家庄是替太子殿下办事，我问心无愧！"

李元芳当即一愣："你说什么？"莹玉一咬牙："看在你还算是个好人的分儿上，我就告诉你吧。我的真名叫小红，是太子殿下的贴身侍婢……"李元芳彻底惊呆了："原来是这样！"莹玉道："当然。"

李元芳霍然站起身："一定要把这个情况尽快告诉狄大人。否则，就来不及了！"莹玉踌躇道："狄大人能帮这个忙吗？"李元芳道："你还不了解狄大人，为了太子的事情，他连命都能豁出去。"

莹玉用怀疑的眼光望着元芳："真的？"李元芳道："当然是真的！看来，我们是误会你了。"莹玉笑道："这也不能怪你们。其实，我还是挺佩服狄大人的，竟能破了我的蜜蜂计，真是不得了呀！"李元芳道："我们要尽快离开这里！"莹玉道："你不是说杀手埋伏在四周，走不了吗？"李元芳微笑道："那也要想想办法。"

与此同时，狄公率众人走在小楼下的洞穴里，转眼来到一个圆形石室。石室中横七竖八地倒躺着十多具尸体，地上散落着上百枚铁蒺藜，石室正中有一排方形石坑。狄公一挥手，众人立即收住脚步。他仔细地观察着。

曾泰问道："大人，怎么了？"狄公关照大家："这里有机关，大家小心些。踩着中央的小石坑走，千万不要走到两旁去！"说着，他自己踏着石坑快步走出石室，曾泰等人赶忙跟上。

翠屏山中小院里站满了钦差卫队和衙役捕快。两名卫士摇动轳辘，一个巨大的竹筐升到井口，狄公和曾泰坐在里面。卫士们赶忙上前，扶住竹筐将狄公和曾泰搀了出来。二人快步走到院中，观察着这个院落。院子非常宽敞，四周是一圈石头垒成的房子。

303

狄公道："看来，这就是他们的老巢了。"曾泰点了点头。狄公命令："立刻搜索！"众人一声答应，向石头房中奔去。狄公道："现在明白了吗，刘大为何要到小楼中去？"

曾泰摇摇头，他依然没有弄明白。狄公道："我的推断是这样的：当他们得知刘大落入我们的手中，就起了杀人灭口之心。可是庄中戒备森严，无法下手，而且，刘大武功很高，想杀他不是一件容易的事情。于是，他的上司派了个黑衣杀手坐着竹筐，下到井里，通过我们刚才经过的重重机关和暗道，来到庄园里刘大的房间底下，打开翻板从洞穴中蹿上来，再打开小楼暗室，在东山墙敲击几下。刘大闻得信号，便抽开墙上灰砖，打开暗墙，闪身进入秘道。那人通知刘大，上边命令他赶快从秘道逃出刘家庄。刘大站在翻板旁，那人启动机关。两片铜网迅速合拢，刘大发现情况不妙，在万般无奈之下，纵身跃上房梁，仓啷一声，房梁上的立刀被激发了，刘大的双脚被洞穿，惨叫着跌到了铜网中。就这样，一条走狗的性命结束了。"

曾泰道："大人，他们为了杀死一个刘大而暴露了庄中所有的机关消息，也暴露了老营的所在，值得吗？"狄公道："如果刘大的嘴被我们撬开，暴露的就不光是机关和老营，而是整个计划，你说值得不值得？"曾泰叹服道："有道理。"狄公道："我们遇到了一个非常厉害的对手，我们的每一步，他们似乎都事先知道，因此，他们提前作出部署。"

曾泰道："您说的这个对手是谁？刘查礼？"狄公摇头："不，他在这出戏里只是个小角色，很小的角色。我们的对手是一个狡诈异常的高手，他令我感到困惑，感到不知所措。难道，他真的没有破绽……"狄公停顿了一下，接着道："我不相信！凡是假的总有破绽，只是我们还没有找到。"话音刚落，一名卫士飞跑而来："大人，在屋里发现了几样东西，您来看看！"

狄公和曾泰快步向石头房子走去。桌上扔着一件紫袍和一张人皮面具，四周散乱地放着几只箱子。狄公走到桌旁，伸手拿起那张人皮面具。

那面具是一张似笑非笑的脸，狄公静静地看着，轻声道："他为什么要留下这个？"

翠屏河岸边，两根大木头漂浮在岸边。李元芳将手中的芦苇递给莹玉："抓住木头的下端，用苇管呼吸，千万不要露出头来！运气好的话，中午之前就能漂出翠屏山。"莹玉点点头。

翠屏河激流奔跃，水声潺潺；河岸两侧是一人多高的芦苇荡，风吹来，芦苇不停地摇摆，发出一阵阵沙沙声。在芦苇摇摆的瞬间，露出了藏身其中的杀手，他们静静地盯着河面，一动不动。

远远的河面上出现了两个小黑点儿。芦苇荡中的杀手头目轻声道："来了。准备！"杀手们慢慢拔出钢刀。河面上的黑点越来越近，转眼间在水流的带动下奔到近前——是两根粗大的圆木，芦苇荡中的杀手松了口气。

圆木迅速顺水漂流而下，水面上，两根苇管不停地冒着气泡。当第一根圆木漂过了杀手们的眼前时，杀手头目突然眼睛一亮，猛地从芦苇中腾身而起，大喝一声："截住那根圆木！"

霎时间，几把挠钩伸出，搭住第二根圆木，把它拉到岸旁。头目转动着圆木仔细看，下面没有人。不远处的芦苇荡旁，苇管伸出水面，冒着气泡。

河水已奔出了翠屏山，水面开阔，水势也渐渐缓和下来。两根圆木顺水漂流而下。水面上忽然喷起一片水花，一个人从圆木下钻了出来，大口喘着粗气，正是莹玉。她伸手拔去嘴上的苇管，回过头来。

远处，另外一根圆木正缓缓地漂过来，没有李元芳的影子，莹玉一惊，轻轻喊道："李将军，李将军。"没有回答。圆木漂到近前，莹玉猛扑过去，转动圆木。下面没有人，李元芳不见了。莹玉吓傻了。

远处，一个黑衣人沿着河岸飞奔而来。芦苇荡中的头目站起身来道："是自己人！"黑衣人奔到头目跟前，大声道："上面有令，所有的人立刻撤回！"头目一愣："那李元芳呢？"黑衣人道："不要管他了，计划有变。"

头目点点头，冲众人一挥手，杀手们迅速撤出芦苇荡。

哗的一声，一个人从芦苇荡旁的水中冒了出来，正是李元芳。他喘着粗气，抹了一把脸上的水珠，向远处望去。杀手们的身影越来越远。李元芳沉吟片刻，飞身跳上岸来，尾随一众杀手而去。

刘家庄正堂，门砰的一声被撞开，狄春跌跌撞撞地冲了进来。狄公猛吃一惊，抬起头来，只见狄春满面泥水，气喘吁吁地说道："太……太子失踪！"

狄公站起身来，惊叫道："什么？！"他的手微微颤抖着，缓缓地踱着步，喃喃地道："他们怎么会知道太子来到湖州？"突然他站住，眼睛亮了起来："是他！"

门吱呀一声打开，曾泰走进来："大人，您找我？"狄公点了点头："没什么事，想找你随便聊聊。坐吧。"曾泰坐在了椅子上。狄公显得很随便："你是哪一年的进士？"曾泰道："神龙元年，殿试第一名。"狄公惊讶道："哦，状元。"

曾泰叹了口气："状元有什么用。只因朝中无人，做了近十年县令，说来惭愧呀。"狄公点点头："是呀，这也难怪。所以，你就投靠了梅花内卫。"曾泰吓了一跳，站起身来："什……什么？"

狄公冷笑一声："不是吗？你就是内卫！"说着，狄公一步上前，一把撩开曾泰的左边衣袖，手臂上赫然刺着一朵梅花！曾泰惊得呆若木鸡，一句话也说不出来。狄公拍了拍他的肩膀道："别那么紧张，坐吧。"曾泰浑身颤抖，脸色铁青，慢慢地在椅子上坐下。

狄公道："我一直觉得很奇怪，为什么对手总是预先知道我们的行动。比如说，昨晚，我夜审刘大；凌晨的时候，刘大就被害身亡。也是昨晚，太子来到湖州，深夜返回，便失踪在官道上。对手怎么会这么快就得到消息，采取行动？而这些都是最高机密，连我的贴身卫士都不知道。知情人只有两个——你和狄春。"

曾泰的嘴唇不停地颤抖："大……大人，卑职……"狄公摆了摆手：

"你不用解释。我知道你并不是实务内卫，是他们发展的外围，对吧？"曾泰战战兢兢地点点头。

狄公道："昨天夜里，你把太子来到湖州和我夜审刘大的信息传给你的上封，而后得到上面的指令除掉刘大。可，你是手无缚鸡之力的一介书生，怎么是刘大的对手？于是你得到了许可，利用秘道中的机关杀死刘大！"曾泰哭丧着脸，颤声着承认："是的。"

狄公道："因此，那个扳动机关、置刘大于死地的人并不是从秘道中进来的，那个人就是你！"接着，狄公将当时发生的场面大致勾勒了一番——

夜，东山墙响起了敲击声，刘大走过去，抽开墙上灰砖，打开暗墙，闪身走了进去。曾泰站在秘道中，刘大猛吃一惊。曾泰撩开左衣袖，露出了左臂上的梅花。刘大的脸上露出了微笑："想不到，太爷也是我们的人！"

曾泰道："没时间多说了。上面有令，让你通过后园小楼下的秘道逃出刘家庄。我帮你开启机关，然后再关闭。"刘大道："太好了。狄仁杰就是想破脑袋也想不到，我竟然会不翼而飞。"二人沿着秘道向小楼走去。

暗室打开了，刘大对曾泰道："左边第三个就是翻板的消息，向后一扳就可以了。"说着，他走到翻板旁等待。曾泰点头，快步走进消息室，扳动第一个机关。一声巨响，两片铜网迅速合拢来，刘大大惊失色，冲暗室里喊道："错了！赶快停下！"但暗室咔嚓一声关闭了。万般无奈之下，刘大纵身而起，跃上房梁。仓啷一声，房梁上的立刀被激发了，刘大的双脚被洞穿，惨叫着跌到了铜网中。

狄公问："我的推断对吗？"曾泰双手捂住脸，泪水从指缝中流出来，他轻声抽泣着。狄公叹了一声，非常惋惜地说："一个堂堂状元，竟会沦落为一条走狗！曾泰呀，曾泰，你让我说什么好呢！"

曾泰扑通一声跪倒在地，痛哭失声："卑职自从左臂上印上了这朵梅花，心中便时时感到羞耻。但已上贼船，无可奈何！他们答应我，事成后调我到大州充任司马……大人，卑职陷害太子，愧对大唐，羞见朝中列公，更是辜负了大人的教诲！事到如今，卑职别无他求，只求速死！"

狄公叹了口气，扶起他来："我无权将你处死，你执行的是内卫条例。我虽身为宰相，却无权过问内卫之事。可现在你出卖太子，令他落入内卫之手，你知道吗，这就相当于毁掉了大唐的天下呀！一旦皇上得知，废黜太子，就可能立武三思为嗣。到那个时候，李姓复唐无望，你就成了大唐朝最大的罪人！"

曾泰痛心疾首："卑职该死！一念之差，铸成大错！"狄公长叹一声，摇了摇头："曾泰，有句话，我想问问你。"曾泰抬起一双泪眼。狄公道："你真的想做一辈子内卫？"

曾泰摇摇头："卑职是欲罢不能啊！"他的嘴唇颤抖着，哭得很伤心。狄公点点头："我明白你的苦衷。来，坐下，慢慢说。"曾泰点点头，擦了擦脸上的泪水，在椅子上坐下。

狄公道："而今，皇上已年逾古稀，你想到没有，一旦她老人家御龙宾天，你们这些梅花内卫该怎么办？"曾泰抬起头来，惶惶不知所措。狄公道："我现在就可以告诉你，朝中大臣对你们这些人深恶痛绝，恨不得食肉寝皮，一旦你们失去了皇帝的荫庇，下场就是粉身碎骨！"

曾泰浑身颤抖。狄公道："我明白，你加入内卫并不是真心的，是为了在仕途上能更上一层楼。可曾泰，你走错了路啊！"曾泰点头："大人，请您给卑职指一条明路。就是叫卑职以死赎罪，卑职也绝无怨言！"狄公点点头道："你的上封是谁？"

曾泰摇摇头："我是一年半以前才迁到湖州任县令的，任务是配合

308

实务内卫监控湖州，一旦有需要，会有人向我传达指令。因此，我并没有接触到核心机密。"狄公点头："这点我想到了。"曾泰道："大人，今天中午，我接到消息，他们已经撤出翠屏山，回到湖州县城中。"

狄公双眉一扬："哦？"狄公徐徐踱着："一定要救出太子。否则，我们会成为千古罪人！"曾泰一咬牙："大人，您说吧，我该做什么！"狄公站定："从现在起，你就当作什么也没有发生过，照常与他们联系。你的任务就是，摸清他们在湖州城中的落脚点。"曾泰点头："大人放心，我一定竭尽全力！"

门外响起急促的敲击声，狄公喊了声："进来！"狄春走进来，身后跟着一个人。狄公一愣。狄春闪开身道："老爷，您看看这是谁？"后面的人伸手摘下帽子——莹玉！狄公愕然，脱口喊道："是你！"莹玉马上将李元芳安然无恙的消息告诉狄公，狄公张大了嘴："什么，他还活着？这是真的？"莹玉点点头："千真万确！"

狄公狠狠一拍桌子："太好了！莹玉，你做得好啊！真不枉了太子对你的一番信任！"莹玉笑道："我叫小红。"狄公也笑了，转过头对曾泰道："曾泰，我们马上行动，天黑之前，赶回湖州县城！"

湖州城门前人流涌动，叫卖之声不绝于耳，县城虽小，却是热闹非凡。一名行脚装束的男子轻轻推起头上的斗笠，正是李元芳。他的双眼紧紧地盯着前面的几个人。只见那几人耳语几句，分散开来。

李元芳略一沉吟，跟住了两个人，向城西而去。前面两人走得很快，还不时地回头观望。李元芳藏在一堵矮墙后，探出头来望着二人。只见两个人一抹脚，拐进了一个胡同。李元芳飞步跟上，向胡同里瞥了一眼。那巷子很深，只有一个朱漆大门，像是个大户人家。李元芳快步走过来。

街上灯火阑珊，人来人往。那家朱漆大户的院子里，站着巡哨的黑衣人，正房中亮着灯。房顶上一条黑影掠过，迅速来到正房顶上，此人正是李元芳。他轻轻揭开两片房瓦，向下望去。

房子正中坐着一个女人，身旁站着卫士和仆佣，一个身穿紫袍的男人跪在地上说着什么。那女人偶一转脸，李元芳惊得险些喊出声来。此人不是别人，正是武周皇帝武则天！

只听那紫袍男人道："陛下，一切都查清了。太子李显与越王逆子李规，旧部刘查礼、吴孝杰等人一直暗中来往，策划谋逆之事。"武则天道："确实吗？"紫袍人答道："千真万确。今夜子时，他们要在县城中的御碑巷会面。请陛下统率羽林卫御驾亲往，抓捕逆贼。"

武则天狠狠一拍椅子站起来："这个逆子！我怎能容他！"紫袍人道："还有，狄仁杰似乎也牵涉到逆案当中。"武则天一愣："哦？"紫袍人道："太子来到湖州的第一件事，就是到刘家庄去见狄仁杰。"武则天愕然，良久，她摇了摇头："不会的。狄怀英志虑忠纯，对朕忠心耿耿，绝不会参与谋逆。也许……"她深深吸了口气："此事以后再说。"紫袍人道："是。那我先去准备一下。"武则天点点头。

李元芳听罢这一席话，冷汗顺着额头涔涔而下。他略一沉吟，将瓦片盖好，纵身而起，消失在茫茫的夜色中。

此时，狄公在驿馆的房间里不停地踱着，显得焦虑不安。他轻声道："曾泰怎么还不回来？"莹玉道："大人，太子该不会出什么危险吧？"狄公停住脚步："我想现在应该还不至于。莹玉，你要做好准备，一旦我救出太子，你们马上返回京城！"莹玉点了点头。

门外脚步声响起，曾泰快步走进来，低声道："大人，我刚刚和他们取得联系，今夜将在湖州城中的御碑巷落脚。上封的指令是，不管今晚发生什么事，都不要出来！"狄公双掌一击："好！立刻集合卫队，包围御碑巷！"

时间已是深夜，御碑巷一片漆黑，风轻轻掀起了地上的落叶，飘洒在空中。朱漆大户院子的正房上点着灯，太子李显坐在桌旁，他的脸色惨白，双手不停地颤抖。身旁的紫袍人伸手动了动脸上的面具，冷冷地道："该说的话，都记住了吧？"

太子深吸一口气，点了点头。紫袍人道："好，只要你肯合作，我

310

保证你不会有事，皇上什么也不会知道。"太子咽了口唾沫。紫袍人继续道："但是，如果你说错了话，那就不要怪我不讲情面。明白吗？"太子道："明白。"紫袍人点了点头。

就在此时，门外响起了脚步声，紫袍人道："来了。"门打开了，几个黑衣人带着李规走进来。李规一见太子，激动地喊道："殿下！"太子颤巍巍地站起身来："李规，你受委屈了。"泪水滚过李规的面颊："殿下，是我太任性了。没想到，刘查礼竟会出卖我！"太子长叹一声，点点头。

李规抬起头对紫袍人道："你真的把太子请来了。"紫袍人道："我说过的话，就一定算数。希望你也能够惜言如金。"李规点点头："我会的。"紫袍人道："这就好。"太子对紫袍人道："你们到门外伺候吧。"

紫袍人说了声"是"，冲屋内的黑衣人一摆手，众人快步走出去，带上了房门。太子缓缓坐在椅子上道："那本《蓝衫记》现在何处？"李规道："我把书交给了刘查礼的儿子刘传林了。"太子一愣："刘传林？"

李规笑道："殿下，刘传林和刘查礼不同，他是个非常正直的人。我到湖州后，与这位刘公子交情甚好。有一天，他深夜来见我，让我赶快逃走，说是内卫来到刘家庄要抓我。我见势不妙，便将书交给刘传林，藏在他房间桌底的第六块灰砖之下……"

太子的嘴唇颤抖着，泪水充盈眼眶。李规一怔："殿下，您怎么了？"太子道："李规，别怪我。"李规愣住了，他不明就里。忽然紫袍人破门而入，得意地笑道："李规，你终于还是说出了书的下落！"李规看看紫袍人，又看看太子，一时竟不明白是怎么回事。

太子道："我落入了他们的手里，是……是他逼我这么做的！"李规一声惊叫，登时瘫倒在地。就在这时，门外传来一阵呐喊，太子吃了一惊向外看去。紫袍人微笑道："来了。"说着，他吹灭了风灯，屋中登时一片漆黑。

钦差卫队在狄公和曾泰的率领下冲进院中，卫士们如下山猛虎，顷刻间，十几名守卫的黑衣人便身首异处。狄公高声喊着："冲进房中，救出太子！"卫士们高举火把，踹开房门，一拥而入。狄公和曾泰也快步冲了进去。

屋内，太子坐在桌前，簌簌发抖，李规站在他身旁，二人惊恐地望着门外。狄公大叫一声："殿下！"太子猛地站起身来，喊道："阁老！你可来了！"说着扑了过来。狄公赶忙伸手揽住了他："殿下，您还好吧。"

太子连连点头："我没事。哦，忘了给你介绍，这位就是越王的次子，李规。"狄公赶忙躬身道："殿下。"李规长长地舒了口气道："大人来得可真是时候！"忽然，一旁的曾泰道："大人，不对呀！"狄公一愣："怎么了？"曾泰道："您看，这屋里的人，怎么都死了？是谁杀的？"

狄公猛吃一惊，举目四顾，果然屋里躺着几具黑衣人的尸体。紫袍人静静地躺在角落里，头上戴着一个似笑非笑的面具。这个面具与狄公在翠屏山小院中发现的那个一模一样。狄公问太子："殿下，劫持您的人，是这个紫袍人吗？"太子点头："就是他！"狄公问道："这屋里的人是谁杀的？"

太子茫然地摇了摇头："外面一乱，屋里的灯就灭了。我只听得几声惨叫，而后就没有了声音。再之后，您就带人冲进来了。"

狄公慢慢走到紫袍人身旁，一伸手，摘下了他的面具，曾泰惊叫道："刘查礼！"刘查礼的尸体静静地躺在地上，双目圆睁。狄公看了看对面的墙壁，又看了看地上，再检查了一下他胸前的刀口，抬起头道："他是死在别处的。"

曾泰愕然："什么？"狄公道："伤口的血迹已经凝固，地上也没有鲜血。太子殿下，您真的看清了，劫持您的人是他？"太子道："他一直戴着面具，我从没见过他的真面目。"

狄公倒吸一口凉气。这时，李规快步走过来，看了看道："不可能，绝对不可能！"狄公道："什么不可能？"李规道："刘查礼前天夜里就死了！"狄公问道："你怎么知道？"李规道："我亲眼看见他倒在血泊中，胸前插着一柄钢刀。"

狄公一头雾水。忽然他惊叫一声："不好！我们中计了！曾泰，马上保护太子殿下离开！"

话音未落，院外传来一阵呐喊。狄公猛吃一惊，回头看去。一名卫士飞奔进来报告："大人，皇上驾到！"屋中所有的人都傻了。狄公结结巴巴地道："什……什么？"卫士道："羽林卫将小院团团包围，皇帝就在院外！"狄公的嘴唇颤抖着道："皇上，怎……怎么会在这里？"

院外传来一阵呼叫："院内的逆党听着，圣上在此，尽速出来投降！否则，羽林卫攻进院中，玉石俱焚！"太子一声惊叫，跌坐在椅子里，浑身颤抖着道："完……完了！全完了！"狄公跌足叹道："真是一条毒计啊！殿下，我们上当了！"曾泰急道："大人，现在怎么办？"

狄公咽了口唾沫："如果让皇帝看到李规与太子在一起，那太子殿下就百口莫辩了。"李规大声道："狄大人，您不用说了，祸是因我而起，我一人承担，一定要保住太子殿下！"

狄公眼含热泪，点了点头："我答应你，一定竭尽全力！"李规俯身拾起一柄钢刀。太子惊呼："李规，你要干什么？"

李规仰头大笑，视死如归："生亦何欢，死亦何苦。太子殿下，我去了！"说罢，横刀自刎。太子失声痛哭。狄公双膝跪倒高声道："送李规殿下！"屋中众人跪倒在地。

第九章　狄仁杰冒死救太子

湖州城御碑巷，灯球火把将街道照得如同白昼。羽林卫弓箭手，张弓搭箭对准朱漆大院的大门。武则天端坐软椅之中，面带一丝冷笑，静静地望着院内的动静。

羽林卫大将军快步走上前来道："陛下，是不是命羽林卫开始攻击！"武则天笑了笑："别着急，再等一等，李显我了解，他一定会出来的。"

话音未落，院门吱呀一声打开，一个人快步走过来，正是狄仁杰！

武则天的脸色陡变。只听弓箭手高喊道:"站住!再往前走放箭了!"武则天冷冰冰地道:"让他过来。"

弓箭手们让出道路,狄公快步走过来,双膝跪倒,叩下头去:"臣狄仁杰叩见陛下,万岁,万万岁!"武则天望着他,阴阳怪气地说道:"怀英,你在这里做什么?不会也参与李显的逆谋吧?"狄公深吸一口气道:"臣不敢。陛下,臣是听说太子和越王逆党李规、刘查礼在此密谋造反,特地率兵前来擒拿的!"

武则天冷笑一声:"擒拿?我看不是吧!狄仁杰,在朕的面前就不必耍这一套把戏了!刚才内卫密奏你参与谋反,朕还不信,现在亲眼看到,你竟然还在巧言诡辩!"狄公笑了笑道:"内卫之言,也未必可信吧。"

"你放肆!"积压在武则天胸中的怒火终于爆发出来。她拍着椅子扶手怒吼道:"狄仁杰,事到如今,你还在巧言令色!明明是你与太子秘密勾结,与越王逆党李规、刘查礼在此策划谋反,竟还说什么派兵擒拿,真是可笑之极!你以为朕可欺不成!"

狄公也豁出去了,他微笑道:"陛下说臣参与谋反,不知有何凭证?"武则天皮笑肉不笑地说道:"就凭你走出这扇门,就是大逆之罪!还要什么凭证!狄仁杰呀,狄仁杰,朕待你有如腹心,委你江南道黜置大使之职,想不到,你竟然与逆党勾结,密谋反叛,真是狼子野心,罪不容诛!来人,将这反贼拿下!"

在场的千牛卫一拥而上,将狄公按倒在地。狄公高声道:"陛下,能不能容臣也说几句!"

武则天深深地吸了口气,只见狄公气定神闲,脸上一点也没有紧张之色,她的心中也有些拿不准了。她平静了一下内心的怒火,重重地"哼"了一声,挥了挥手:"放开他!"千牛卫放开狄公。武则天道:"你还有何话说?"狄公微笑道:"陛下要治臣之罪,总要先到小院中看一看,臣到底是怎样参与了谋逆。"武则天冷笑一声:"好啊,我正要进去看看。"

小院中,太子焦急地踱着步,曾泰等人忐忑不安地等待着。忽然,门外传来一声高唱："皇帝驾到！"太子一惊，赶忙跪倒在地。院中的曾泰和所有钦差卫队，呼啦一声跪了一大片。

武则天和狄公在卫士的陪同下，快步走进来。一进门，她就被眼前的情景惊呆了：地上躺着十几具黑衣人的尸体，血流遍地。钦差卫队的卫士、县衙的衙役跪在地上迎接圣驾。武则天看了狄公一眼，狄公的脸上挂着微笑。太子颤声道："臣李显叩见陛下。"

武则天斜了他一眼，从鼻孔里"哼"了一声，阴阳怪气道："太子也在这里，看来朕真是来对了。"太子浑身颤抖。武则天道："好了，起来吧。"

太子哆里哆嗦地站起来。武则天看了看地上的尸体道："这是怎么回事？"狄公道："陛下，臣听说太子与叛党李规和刘查礼谋逆，就立刻率钦差卫队赶来。这些穿黑衣的人，都是太子手下的逆党，被钦差卫队诛杀在院里。"

太子猛吃一惊，抬起头来，望着狄公。狄公神态自若。武则天疑惑地看了他一眼："哦？"狄公道："陛下，钦差卫队是皇帝的亲军，臣还不至于笨到带着钦差卫队前来参与谋逆啊！"武则天看了看他，脸色稍有缓和。

狄公一指曾泰："这位曾泰大人，是湖州县令，也是一位内卫。请陛下问问他，臣是不是参与了谋反？"武则天看了曾泰一眼："你是内卫？"曾泰道："是。微臣是一年半前奉卫府之令右迁湖州县令的，任务就是配合实务内卫监控湖州。"

武则天点点头："起来说话。"曾泰站起身来。武则天问："到底是怎么回事？"曾泰赶忙道："今晚，臣得到消息，有逆党在御碑巷会面，狄大人闻知，率兵前来擒拿。"太子失魂落魄地望着曾泰，一句话也说不出来。武则天道："如此说来，你们真的是来擒拿逆党的。"曾泰道："是。"

武则天看了狄公一眼，脸色渐渐缓和下来："怀英，你为何不早说？"狄公笑道："是臣言语不详，请陛下恕罪。"武则天也笑了，她看了看正

315

房道："进去看看。"说着，快步走了进去，身后狄公、太子等人随他走进屋中。正房内，刘查礼的尸体躺在角落，李规的尸体躺在门前，一旁还散落着几具黑衣人的尸身。

武则天道："这二人是谁？"狄公道："这位是越王的次子李规，那个便是曾任越王卫队长的刘查礼。"武则天咬牙切齿道："这两个逆贼！"她猛地回过头来，目光直逼太子："李显，你秘密潜来湖州，连夜与逆魁聚首，到底是何居心！"太子扑通一声跪倒在地："陛下，容禀……"

武则天冷笑一声："不用说了，你的血管里流的是李家的血液，我这个外姓，恐怕早就成了你的眼中钉了吧！"太子连连叩头："臣不敢！"武则天冷笑道："身为太子，私离京城，就凭这一点，我就可以废了你！更不要说你竟然勾结逆党，密谋反叛。我看，你是想学一学章怀太子。怀英，还记得章怀太子是怎么死的吗？"狄公道："是，臣记得。是陛下赐死的。"

武则天"哼"了一声，目光望向李显。太子浑身抖成一团，上下牙关不停地击打着。武则天喝声"来人！"一名千牛卫快步走上，武则天道："请太子移驾。"千牛卫道："太子，请吧。"李显哆里哆嗦地站起身来，随千牛卫走出门去。武则天又不屑地"哼"了一声道："这个逆子，真是罪不容诛！"

狄公看了看地上的尸体道："真可惜，两个人都死了，否则，说不定还能从他们口中套出些什么。"武则天点点头，问道："他们是怎么死的？"狄公道："恐怕是太子杀人灭口吧。"

武则天看了看房中的情形道："怀英，你们进来的时候屋里是什么样子？"狄公道："就是现在这样。"武则天迟疑道："你是说这个屋里的人都是太子杀的？"狄公道："应该是吧。"

武则天面露怀疑之色："太子一个人杀了这么多人？"狄公道："臣不曾亲眼所见。进门时，灯是黑的。灯亮后发现太子坐在桌旁，其他人都已经被杀死了。"

武则天沉思着，良久，她徐徐摇了摇头："我了解李显，说他心怀怨怼，甚至是暗中谋叛，这我都相信。但是，他自幼柔弱，说他亲手杀了这些人，绝不可能！"狄公沉默不言。她看了狄公一眼道："太子虽身犯大逆重罪，但尔等也不要落井下石，把所有罪名都推到他的身上！"

狄公故作委屈道："臣冤枉，臣进门时真是这个样子。若说人不是太子杀的，屋中定有旁人。可所有卫队都看到了，屋中只有太子一人呀。"武则天想了想："好了，人是谁杀的并不重要，重要的是侦破太子逆党，这才是大事一件！这些年，我一直怀疑李显心中怨恨，意图谋反，今天果然是印证了我的疑虑。"

湖州县衙变成了临时行宫，门外羽林卫严密把守。公堂上，武则天坐在公案后，一名千牛卫跪在下面。武则天和颜悦色地道："嗯，这件事办得不错，朕有封赏。"

那名千牛卫道："谢陛下隆恩！臣有一事，想乞求陛下。"听他说话的声音，正是那个紫袍人。武则天道："你说吧。"紫袍人道："此案从两年前开始，到今日结束，整整两年时间，臣从未回家看过。因此，想在皇上驾前告假，回乡探望。"武则天道："此乃人之常情，有何不可。准你两月假期，明日便可起行。"紫袍人叩下头去："谢陛下天恩！"

狄公回到馆驿，在房间里不停地徘徊着；曾泰急得六神无主，不住地搓着双手，轻声嘟囔着："怎么办？怎么办？"莹玉急道："二位大人，你们倒是说话呀，到底怎么了？"狄公停住脚步，长叹一声："是我无能，中了对方的圈套！"莹玉惊呆了："什么？圈套？！"

狄公道："我现在终于明白了，他之所以劫持太子，就是为了让皇帝亲眼看到太子与逆党在一起，从而达到栽害太子的最终目的。"

曾泰道："可是他为什么要陷害太子？难道是皇上授意的？"狄公摇头："绝不是。皇上虽然有所怀疑，但绝不会授意内卫构陷太子，他们一定还有不可告人的目的！当时事态万分紧急，来不及仔细询问情况，我想，这中间定有隐情。现在李规自刎，太子羁押，恐怕很难再搞清

317

楚了。"

曾泰点了点头。莹玉急得泪水在眼中打转："你们说了半天,太子呢,太子怎么办?"

狄公长叹一声："现在的形势万分凶险!如果我们找不到有力的证据证明太子的清白,不但太子性命难保,这李唐天下恐怕也要就此终结!"

莹玉"哇"的一声哭了出来："大人,您……您一定要救救太子呀!"

狄公深吸一口气道："今天在现场,我之所以故意出卖太子,有两个原因:第一,皇上生性多疑,如果你把所有责任都推到太子身上,她反倒会不相信,这就为我们后面营救太子埋下了伏笔;第二,如果我强行替太子辩解,那么后果就是,不但太子难逃干系,连我也会被抓进大牢。这样,外面就没有了能替太子辩解申冤的人。这也正中了对手的下怀。现在,我们留下了,太子就还有救!亡羊补牢,为时未晚。我就不相信这中间没有破绽!"

"大人说得对极了!"窗外传来一个熟悉的声音,所有的人都吃了一惊,扭头向窗外看去。一声轻响,窗户开启,一个人飘了进来——李元芳!

狄公一声大叫："元芳!"李元芳双膝跪倒："大人,我回来了!"狄公赶忙把他搀起来："好,好啊!回来得正是时候!"

李元芳道："我听到了皇上与紫袍人的密谋。可当时我并不知道大人已回到湖州,想再去刘家庄告知大人已经来不及了,因此我决定单独行动,夜闯御碑巷,伺机救出太子……"接着,他把后来发生的事情描述了一遍——

李元芳伏在屋顶上,轻轻揭去几片瓦,低头向房间里看着。

屋内,紫袍人发出一阵得意的大笑:"李规,你终于还是说出了书的下落!"

318

李规看看紫袍人，又看了看太子，一时竟不明白是怎么回事。太子哭道："李规，别怪我。我落入了他们的手里，是……是他逼我这么做的！"李规一声惊叫，登时瘫倒在地。就在这时，门外传来一阵呐喊。原来是钦差卫队猛攻进来。

狄公听完，惊呼道："当时，你在场？"李元芳点了点头。狄公道："也就是说，当时屋中的情形你都看到了？"李元芳道："是的。"狄公道："太子说，院内杀声一起，屋里的灯就黑了。"李元芳道："是的，太子并没有说谎。"他把当时现场发生的事情描绘了一番——

小院正房里，扑的一声，灯灭了。紫袍人闪电般地拔出钢刀，转眼之间，便将屋内的黑衣人全部砍死。

李元芳正想下去营救太子，只见紫袍人迅速拉开墙角边的一张布单，露出了里面的一具死尸——正是身穿紫袍、头戴面具的刘查礼！就在这一愕之间，紫袍人飞身从窗户蹿了出去。眨眼间，狄公率人接踵而来，但晚了一步。李元芳一见狄公到来，略一沉吟，转身向紫袍人追去……

李元芳道："本来我想，既然大人来了，太子就安全了。可谁想到，太子还是没有逃脱被陷害的厄运！"狄公道："后来呢？"李元芳道："我追踪紫袍人到了城西头的悦来老店……"接着，把看到的事情描绘了一番——

紫袍人奔到客栈外，四下看了看，周围一片寂静，没有任何声响。他纵身一跃，飞快地掠进客店的院中。他进了房间，锁上门，除下人皮面具和紫袍，扔在一个大铁盆里，迅速换上了一身千牛卫的衣服。

李元芳从房檐上倒挂下来，舔破窗纸向里面望去。紫袍人将外衣的纽扣系好，而后走到床下，拿出一个包裹，伸手打开，里面放着两本《蓝衫记》。紫袍人拔出匕首，挑断连线，取出了两本书内藏的图绢，将书扔进铁盆中，顺手拿起油灯将铁盆中的面具、紫袍和《蓝衫记》点燃，霎时间，火焰熊熊而起。

狄公听着，不住地点头。李元芳道："本来，我想冲进房中，将其捕获，可又怕打草惊蛇，于是便先回到了这里向大人禀报。"

狄公站起来，长长地出了口气，走到李元芳身前，倒身下拜。李元芳吓得跳了起来，一把扶起狄公："大人，您这是干什么？"狄公道："元芳，这一拜你一定要受。这是替大唐天下、替太宗皇帝、替先帝感谢你挽狂澜于危急之中，救唐室于覆巢之下！"

众人都傻了，李元芳更是目瞪口呆。狄公深深地叩下头去，李元芳赶忙扶起他："大人，好了，好了。"狄公这才站起身来。

元芳看了看周围的人道："大人，实不相瞒，到现在为止，我还不明白，我怎么力挽狂澜？"曾泰和莹玉道："我们也不明白。"狄公道："这个紫袍人为什么要栽害太子？"大家面面相觑，摇着头。

狄公道："为了《蓝衫记》中的藏宝图！""藏宝图？"众人摸不着头脑，凝眉苦思。狄公点点头："是的，三本《蓝衫记》中藏着一份藏宝图，这份图牵涉到一笔巨大财富的所在，那笔财富是越王留下的。"李元芳这才明白："我说那个紫袍人怎么从书中取出了图纸。"

狄公道："是的。他从吴孝杰手中得到了一本，在刘查礼手中得到了第二本，而第三本呢，在李规手中。这个李规是复唐的狂热分子，既不是吴孝杰，也不是刘查礼，他不怕威胁，不吃利诱，简直是个铜豌豆。只有一个人能令他开口，你们知道是谁吗？"曾泰明白了，脱口而出道："太子！"

狄公点点头："正是。只有见到太子，他才会说出该书的下落。于

320

是紫袍人便策划了这个阴谋，劫持太子，诱李规吐露实情。而后将太子、李规以及刘查礼的尸体统统让皇上发现，这样，他既对皇上交了差，又得到了书中的宝图！"曾泰恍然大悟："您是说他要私吞宝藏！"

狄公道："这正是他栽害太子的原因。对他来说，太子并不重要，财宝才是最重要的。而皇上关心的，只是太子对她是否忠心。紫袍人正是利用了人的心理，做下了这个精巧的圈套：皇上得到太子谋反的真凭实据，而他得到财宝。这就叫各得其所。"

曾泰道："难道，皇上不知财宝之事？"狄公道："当然不知。这种事情怎么能让皇上知道！"曾泰道："可……可我们都知道啊。一旦大人进宫说出《蓝衫记》内藏宝图之事，他不就完了吗？"

狄公笑着拍了拍曾泰的肩膀："你还是太年轻了。现在，皇上是什么话都听不进去的，什么蓝衫记，什么藏宝图，说了只能令她觉得你是要为太子开脱罪责，那么，你马上就会得到一个逆党同谋的罪名！今天你们都看到了，我不是险些就变成刀下之鬼吗？"

曾泰心里豁然开朗，使劲点头。狄公叹了口气："身为天子，竟然当着所有的卫士，说出了章怀太子那样的话，可以想见，她心中的愤怒已经无法言喻。在这种情况下，任何人替太子说情都是死路一条。"李元芳和曾泰都点点头。

狄公道："而紫袍人非常了解皇上，也早就看到了这一点，于是，他大胆地隐瞒了宝藏之事，只待皇上离开湖州，便立刻行动，取出财宝，改头换面，逍遥法外！"李元芳倒吸了一口冷气："好一条滴水不漏的妙计！"狄公冷笑一声："天网恢恢，疏而不漏。他恰恰忽略了一个最关键的人物！"

……

号角声声，金鼓动地，旌幡林立，彩旗飘摆，羽林卫护从着皇帝的御驾出湖州城北门。狄公、曾泰率钦差卫队、湖州县衙官吏以及湖州百姓跪伏道旁，高声喊道："微臣等恭送圣驾！万岁，万岁，万万岁！"

武则天的皇辇缓缓驶过，后面是太子卫率和太子銮驾。太子脸色惨白，双眼望着空气发呆。武则天脸色阴沉，坐在辇中沉思着。

刘家庄人去楼空，一片凄清景象。庄院大门上贴着内卫的封条。月光散落下来，更增添了几分萧条之色。一条人影飞快地掠进院子里，向花园奔去，不一刻便来到公子刘传林的房外。他四下看了看，静夜中，万籁无声。人影打开门，闪了进去。

屋中一片灰尘，门前结了蛛网。人影回手关上门，来到正堂的桌旁，蹲下身，数着地上的灰砖，数到第六块时，他拔出匕首，轻轻一撬，将灰砖掀起，下面放着一个油布小包。人影迅速打开包，露出了里面的《蓝衫记》。他用匕首挑断连线，轻轻一拉扉页，一幅地图出现在眼前。他长长地吁了口气。

突然，里屋传来扑的一声轻响，人影猛吃一惊，抬起头来。里屋的灯亮了。人影飞快地抓起桌上的地图放进怀里，从容地拔出背后的钢刀，一步步向里屋的门走去。门紧闭着，人影一伸手把它推开，顿时吓得呆若木鸡！桌旁坐着一个人，静静地望着他——正是狄仁杰！

人影发出一声惊叫："是你！"狄公笑了笑："是的。没想到吧？"那人扭身闪电般向外纵去，忽然，眼前一花，一个人挡住了他的去路——李元芳！那人一声大喝，寒光一闪，单刀直奔李元芳的咽喉划来。李元芳一声冷笑，耳轮中只听一声龙吟，那人的单刀向上直飞而起，插在了房梁上。

随着一声声惨叫，那人的前胸被李元芳的幽兰刺出了十几个窟窿，鲜血不停地涌出。他浑身颤抖着。狄公缓步走到他的面前，冷冷地道："现在该让我们看看你的真面目了吧！"说着，他伸手撕下了那人脸上的蒙面黑纱。此人不是别人，正是本书开头提到过的那位早已死去的崇文馆校书郎许世德！狄公发出一阵冷笑："果然是你！"

许世德深深吸了一口气："是的。狄大人，在下内卫府五品千牛备身许世德。"狄公点点头："你就是整个事件的元凶首恶。许大人没想到会落在我手里吧？"许世德苦笑了一下："是的，真想不到，竟会功亏一篑！你是怎么知道我会来到这里？"

狄公道："因为，最后的一本《蓝衫记》藏在这儿！"许世德不由得大吃一惊："你怎么知道？"狄公笑了："你忽略了一个最关键的人物！"许世德问："谁？"狄公道："李规在出事儿之前，把书交给了谁？"许世德道："刘传林。"

狄公点点头，轻轻地击了三下掌。门开了，一个人走了进来——正是早已死去的刘传林！许世德登时目瞪口呆，发出一声惊叫："你……你没死！"刘传林道："是的，我没死！"

狄公淡然一笑："就是这样一个小小的疏忽，断送了你的整个计划。你发不成财了！"

许世德惊得呆若木鸡。狄公道："不明白？还是让我们从头说起吧。两年前，李规潜入京城找到太子，想让太子起兵，被太子严词拒绝。他一怒之下，离开了太子府，恰恰被你所率领的内卫发现，于是你上报皇上。皇上命你严加监视，于是，你便跟踪李规来到了湖州刘家庄。一天晚上，你趁着夜色的掩护，伏在正堂的窗下，偷听李规和刘员外低声讲话……"

许世德打断狄公："不错，是那么回事儿。"狄公接着道："趁刘查礼送李规的时候，你潜入正堂，灭掉灯。刘查礼送客回来，发现屋内一片漆黑，奇怪地道：'哎，怎么灯灭了。'突然，你砰的一声把门关上，出现在刘查礼面前。刘查礼大吃一惊，问你是谁。你慢慢举起手中的象牙腰牌：'认得这个吗？'刘查礼借着月光仔细一看，登时脸色大变，浑身颤抖道：'你，你是内卫？！'"许世德道："对，你说得不错。"

狄公道："刘查礼贪生怕死，供出了李规和吴孝杰的关系，以及越王留下的宝藏。从那一刻起，你动了贪心，于是一个嫁祸太子、攫取宝藏的阴谋在你心中萌生了。你先逼刘查礼交出他手中的那本《蓝衫记》，而后，又命他引诱李规交书。不想李规却没有中计，无奈之下，你只得下令刘查礼将李规扣押。你们没有想到的是，你们的密谋被公子刘传林听见了。"

　　刘传林当即叩开了李规的房间，急促地道："殿下，大事不好了。我爹投靠了朝中的内卫，庄子已被他们团团围住，马上要来抓你！"李规猛吃一惊，他沉吟片刻道："传林，有件东西我要交给你。"

　　刘传林道："殿下，你说吧。"李规快步走到床下，从床板和被褥间拿出了一个油布包，递给刘传林："这件东西关乎李唐国运，你一定要收好！"刘传林接过那个包，郑重地点点头。

　　狄公道："你们扣押了李规，翻天覆地满屋子搜，也没有找到那本《蓝衫记》。于是，你命令刘查礼严刑拷问李规，而你呢，则回到京城密报皇上……"

　　许世德无可奈何地摇摇头："想不到，什么都在你的掌握之中！"狄公继续说道："你报告皇上，太子肯定与越王旧逆有着极大的关联。皇上惊愕之余，问你有没有证据，你说如果要得到真凭实据，还要详加查察。于是你乘机提出两个条件：第一，你能够卧底到太子身旁；第二，要内卫全部监控湖州。皇上同意了你的要求。"许世德不胜惊讶地望着狄公。

　　狄公接着道："于是你便以校书郎的身份混到太子崇文馆，刻意与吴孝杰接近。许世德，你何尝是去查太子谋逆之事，你这一切，目的都是为了得到越王的藏宝图！"

　　许世德供认不讳："不错。这就是我的唯一目的，而太子对我来说，不过是个蒙骗皇上的障眼法。"

　　狄公道："然而，你没料到的是，吴孝杰是个非常谨慎的人，一年多下来，竟没透露半点口风。而此时，皇上催问你太子之事查得怎样，

324

你无法交代，于是便设了一个骗局。"

> 吴孝杰在街上行走，忽然觉得身后有人跟踪，他回过头，只见两个不三不四的人正指着他耳语着。他吃了一惊，赶忙加快脚步。身后的两人随后跟来。当晚，吴孝杰从梦中醒来，窗外人影一闪。吴孝杰大吃一惊，翻身下地，打开门，门外空无一人。吴孝杰陷入了沉思。

狄公道："你用诈术使吴孝杰感到威胁就在身旁，惊恐之下，他便想到托朋友将《蓝衫记》带到湖州刘家庄。由于白天怕被人跟踪，他便与那位朋友约好深夜在长安城中的曲江池见面。然而，等待他的却是你的手下——刘大。"

狄公将当时发生的一幕描绘了一番——

> 小艇来到竹亭旁，吴孝杰将船固定在楼旁，一个箭步跳上台阶，快步走进竹亭中，叫道："李全。"亭中的黑衣人轻轻咳嗽了一声："东西带来了？"吴孝杰听着他的声音，起了疑心："你的声音不对，为什么这么沙哑？"
>
> 黑衣人猛回头，脸上挂着狞笑，正是刘大！吴孝杰惊呼道："你不是李全！"刘大一抖手，寒光一闪，一柄匕首刺进了吴孝杰的腹部，吴孝杰双眼一瞪，身体徐徐歪倒在地。
>
> 刘大蹲下身，从吴孝杰怀里掏出了一本薄薄的绢书——《蓝衫记》。

许世德惊讶不已，叹了口气道："不错。你好像什么都知道！"狄公继续道："然而，你最了解吴孝杰的为人，你知道，他绝不会带真书去见李全。因此，你只命刘大刺伤吴孝杰。果然如你所料，吴孝杰重伤之下爬了回来，临终前将那本藏有宝图的《蓝衫记》托付给你，让你送到湖州刘家庄。这样，你的手中就已经有了两本《蓝衫记》，所缺的就是李规手中的那一本。你在临行前，故布迷局，做成了你与吴孝杰互杀身亡的假象，目的就是为了让宗正府介入进来，查出吴孝杰的真实身份，从而将矛头引向太子。"

许世德供认不讳："不错。"狄公道："你到湖州之时，内卫已经将这里全部监控，你则是肆无忌惮地行事。直到我来到湖州巡查，逐步解开谜团。至于刘传林为什么没有死，原因很简单，是莹玉救了他。"

许世德莫名其妙："莹玉？"狄公道："是的。莹玉使用蜜蜂计，故意让刘查礼看到，其实只是想让刘查礼将儿子赶出刘家庄，好让刘传林不要再纠缠于她。可没想到，刘查礼生性阴鸷歹毒，竟起了杀子之心，趁爬翠屏山之机，将传林推下悬崖。莹玉察觉到刘查礼要对公子下毒手，于是命卫士们尾随而去，赶到翠屏山，可是他们来晚了，惨剧已经发生。然而，刘传林却并没有死……"接着，他把当时发生的情景简单地说了一遍——

　　公子的身体向悬崖下摔去，他的身体先落到了崖下的平台处，而后滚翻落崖，中间阻得一阻，减缓了下落之力。同时，他的双手在悬崖壁上拼命地抓着，咔的一声，他抓住了崖旁伸出的一棵小矮树，身体登时停住，这时，离崖底还有三四丈距离。矮树不堪重负，咔嚓折断，他的身体向崖下坠去，摔在了乱石堆里，登时鲜血四溅。

狄公转身问刘传林："公子，我说得没错吧。"刘传林点点头："丝毫无误。"

狄公道："刘查礼虽然阴鸷狠毒，但传林毕竟是他的亲生儿子，他赶到崖下悲痛欲绝，却忘了看一看公子是不是已经死了。而此事与构陷

326

太子无关，是中间横生出的一个枝节。因此，刘大也不知情，看到传林血肉模糊，二人就都以为公子已死，于是找人将'尸体'抬回庄内，用棺椁盛殓起来，放在灵堂。这样，就有了第一次灵堂闹鬼事件——"

　　灵堂中烛光在风中摇曳。棺木横放在灵堂西头。守灵人坐在蒲团上打盹儿。忽然，他听到嘎嘎之声，棺盖不停地晃动着，守灵人一声惊叫跪倒在地。这时，莹玉从外边走了进来，她一见堂中情形登时愣住了。

　　狄公道："莹玉出于对刘传林的愧疚，深夜率人来到灵堂，用药迷翻了守灵人，打开棺盖，发现刘传林还有呼吸，双手在昏迷中不停地摆动——这就是棺椁发出响声的原因。于是，莹玉将他偷偷救了出来，换上了另外一具尸体。第二天，曾泰便得到捕快的堂报，县衙停尸间发生盗尸案。其实是莹玉的手下人趁夜来到县衙停尸间，盗走了一具尸体，替换了刘公子。这就是事情的整个经过。"许世德恍然大悟："原来是这样。"

　　狄公道："而你的失误就在这一点上。你自以为除了太子殿下，再没有人知道书的下落。可你错了，刘传林还活着，这使你功亏一篑。其实，就整件事来说，太子是最大的受害人。"

　　许世德笑了笑："一点儿不错。反正皇上一直不信任太子，早就想废了他，我不过是顺水推舟，帮助皇上遂了这个心愿罢了。本来，我的计划是逼迫李规说出《蓝衫记》的下落，而后，由内卫写成一篇供词，让李规签字画押。只要这份东西到了皇上手里，太子就完蛋了。这样，我得到越王留下的财宝，而皇上得到太子谋反的证据，这就叫各得其所。可没有想到，太子竟然自投罗网来到了湖州……"

　　狄公"哼"了一声："那是我写信请他来的。因为那时我已经发现，所有的矛头都指向了他。可没想到，消息走漏，令太子落入你手。而你

327

正苦于找不到办法令李规开口，太子落网你肯定是喜出望外，于是便设下这个绝妙的圈套：绑架太子殿下，诱使李规说出《蓝衫记》的下落。而后，故意把你们的落脚点告诉曾泰，将我也牵扯进去。螳螂捕蝉，黄雀在后。当我们进入小院后，你趁乱脱身，而皇上早已得到了你的通知，率羽林卫赶到，于是便正好看到了所谓谋逆的那一幕。好毒的计策呀！可你做梦也没想到吧，当你觉得万事大吉的时候，我会在这里恭候着你！"

许世德满不在乎地道："那又怎么样？皇上已经回京，听不到这番话了。你的分析再精到，推理再准确，也救不了太子的性命！"

狄公道："你难道就不怕我把你的这番言语上奏？"许世德冷笑道："看来，你还是不太了解皇上！她现在什么也听不进去，一心只要废掉太子，立武三思为嗣。如果你不知好歹，将此言上奏，一定会得到一个太子同党的罪名。所以，听我好言相劝，多一事不如少一事。"狄公沉默了。

许世德道："大人，你现在抓到了我，又有什么用呢？你虽身为宰相，却无权处置内卫，所以，你只能把我放了。"狄公深吸了一口气："我可以杀了你。在这里杀死你，没有人会知道。"许世德笑道："人做事一定要有目的。您现在杀我有什么用呢，既不能救太子的命，也不能挽回局面！"

狄公长叹一声。许世德道："我有一个好提议。"狄公抬起头，"哦"了一声，显示出很感兴趣。许世德道："藏宝图现在我的手中，这笔财宝，我们二一添作五，今天在场的人人有份。拿到钱后，我也不会再去替皇上卖那个不值钱的命，您帮我做一个假案，就说我在回乡途中饮酒过度，溺水身亡，这样，我改头换面，隐匿民间。您还做您的宰相，而我呢，做我的富翁，从此再不见面。"

"真是个绝妙好计！"一个声音从身后传来，紧接着门外响起一阵杂乱的脚步声和羽林卫的高声呼叫："包围房间！弓箭手准备！"许世德猛吃一惊，回过头来。一个人缓缓走进屋里，正是武则天！

许世德张大着嘴，浑身颤抖着，像羊角风突然发作，猛地，双腿一软跪倒在地。狄公冷冷地望着他。武则天脸色铁青，点了点头："许世德，你说得好，说得好啊！"许世德上下牙关不停地打架，咯咯直响。

武则天道："若不是狄怀英力请我留下看一出好戏，我怎能知道内卫中竟然有你这样的败类！你为中饱私囊，巧言令色，构陷太子，竟拿着朕对你的信任，当作实现阴谋的筹码！像你这样的人，我该怎么赏赐，嗯？！"

许世德抬起头，跪爬两步，大声道："陛下，陛下，臣一念之差，铸成大错，求陛下饶了臣的狗命！陛下！"武则天冷冷地道："来人，将这条狗拉到庄外，五马分尸。尸体扔进山中喂狼！"卫士们高声答应，一拥而上，架起许世德。狄公道："慢！"卫士们收住脚步。

狄公大步走过去，从许世德怀中掏出了那本《蓝衫记》，而后朝卫士一挥手，卫士拖起许世德快步走出门去，门外传来许世德凄厉的惨叫。狄公双手将书呈上，武则天接过来看了看，交给了身旁的女官。她看了狄公一眼道："怀英，刚才你们说的，我都听到了。你竟私自写信给太子，这是重罪。你是朝中老臣，连这点也不明白？"狄公道："臣甘愿领罪，请陛下重处。"

武则天长叹一声："好了。看在你破案有功的分儿上，此事就不必追究了。用许世德的话说，咱们君臣二一添作五，我不赏，也不罚，就这样吧。"狄公赶忙道："谢皇恩。那太子呢？"

武则天道："嗯，看来李显确实是被冤枉了。但他私离京城，也是大过一件，由你口头宣旨，罚他布衣素食，闭门思过，无旨意不得外出！"狄公笑了："是。"

武则天看了看周围的人道："关于这件事情，你们要守口如瓶。一旦传扬出去，今日在场之人都难脱干系！"狄公躬身道："是。"武则天深吸了一口气，重重地吐了出来，快步走出门去。屋内众人如释重负，个个脸上露出了笑容。

第一缕朝阳洒在刘家庄门前，狄公率李元芳、曾泰、刘传林、莹玉等人走出来。狄公长长伸了个懒腰道："回去要好好睡上一觉！"李元芳道："大人，太子真是您写信请来的？"狄公一愣，和曾泰交换了一下眼色，发出一阵大笑。李元芳也笑了："这个问题，问得有点蠢。"

狄公道："是啊，如果我不这样说，太子的罪过就大了，擅离京城，私会外臣，仅凭这一点就可以把太子废了。"曾泰道："大人，在许世德身上，只搜出了一本《蓝衫记》，那另外两本呢？"狄公深吸了一口气："这又是一个永远的谜团！"

第三部　滴血雄鹰

第一章　滥杀伐武氏缠噩梦

　　洛阳城，北依邙山，南对伊阙，西有瀍水缓缓流过，城中洛水纵贯。大山大河令这个城市具备了一朝帝都应有的河汉之象，因此它被隋唐两代定为东都，武则天篡唐嗣建大周后，更名为神都。

　　惊雷闪电，摇撼着大地。漫漫雨幕笼罩着这座雄伟的都城。夜，上阳宫提象门，雨箭密集地射在宫内的青石地面上，发出巨大的哗哗声。一盏灯笼由远而近，内班宿卫们冒雨巡查各处宫门。宫内早已下灯，一片漆黑，只有提象门西侧的一座殿宇中，隐隐透出一点闪烁不定的灯火。

　　一名年轻侍卫手指殿宇大声道："队长，看，那边有灯火！"队长顺着手指的方向望去，不由得轻轻叹了口气道："上阳宫又闹鬼了！"年轻侍卫道："我们过去看看吧！"

　　队长扭过头来，抹了一把脸上的雨水，大声呵斥道："你不要命了！那是上阳宫内的绝对禁地——宝成殿，任何人私自踏进宝成殿基石一步，杀无赦！"年轻侍卫吐了吐舌头。队长回头冲身后的侍卫们大声道："向东巡行！"

　　宝成殿的大门吱呀一声打开，一阵急雨飘进来。雷声滚过，闪电在

331

门前亮起，一张女人的脸映入眼帘。这本是一张雍容富贵的脸，但眼角和嘴角却挂着一丝丝血迹，脸上毫无表情，双眼直视前方，在这凄厉的雨夜中显得异常恐怖。又是一道闪电亮起。女人缓缓飘进殿中，令人感到毛骨悚然的是，此人竟然没有双臂！

殿内高烧红烛，低垂帐幔。令人纳闷的是，殿内的摆设竟然完全是传统家庭的格局：一张低矮条几放在丹陛上，后面铺着两张榻席。丹陛下，分左右陈设两排条几，后面也都铺着榻席。条几上碗筷齐备，似乎是一家人正准备用饭。殿正中挂着一副横匾，上书："勇冠三军"。

下排的最末一张榻席上坐着一个人，她慢慢地端起空碗，举着筷子笑道："父亲、母亲、二位兄长、姐姐，大家别客气，吃呀！"一声惊雷响起，此人回过头来，竟是大周皇帝武则天！她长长地叹了口气："好大的雨呀！"

"好大的雨呀！"殿内传出了另外一个女人的声音！武则天大惊失色，猛回头，向声音发出的方向看去。没有人。

武则天慢慢地回过头来。一道闪电亮起，面前站着一个人。正是殿门外那个无臂女人，她的双眼直愣愣地望着远方，木然不动。武则天吓得魂不附体，一声撕心裂肺的惨叫，晕倒在地。武则天被抬进寝宫。几名宫女和宦官吓得手忙脚乱，不停地摇晃着她的身体，大声喊叫着："皇上！皇上！您醒一醒，醒一醒啊！"

"啊"的一声大叫，武则天猛地从床上弹起来。宫女、宦官赶忙退到一旁。武则天惊恐地问道："朕在哪儿？"一名宫女赶忙道："陛下是在寝宫中。"武则天长长地舒了口气，浑身不停地颤抖着："朕这是怎么了？"那名宫女道："陛下又做噩梦了吧？"

武则天咽了口唾沫道："春香，你是说，朕在做梦？"春香点了点头："是的。刚才陛下一直大叫'有鬼！'，奴婢等这才斗胆将陛下唤醒。"武则天深吸一口气："又是一个噩梦！可，这梦为什么如此清晰？为什么，为什么？"她伸手擦了擦额头上的冷汗，无力地靠在床头，对春香等人道：

"好了，你们下去吧。"春香道："陛下，要不要请太医来看看？"武则天略一沉吟，点了点头："叫风春来。"

雨越下越大。狄府，狄春端着茶，打着油纸伞，快步向正堂走去。"狄春。"狄春站住，李元芳赶了上来。狄春笑道："将军，是你呀！还没休息？"李元芳道："睡不着啊。想去和大人聊聊。好了，你去歇着吧，我给大人送茶。"狄春点了点头，将托盘交在李元芳的手中。

狄府书房里，桌案上堆满了各州的公文，狄仁杰静静地看着，良久，他轻轻敲了下桌子道："怪哉！"李元芳推门进来，将茶放在狄公面前道："大人，请用茶。"狄公道："狄春，李将军睡了吗？"李元芳笑道："卑职还不曾睡！"

狄公一愣，抬起头来，这才发现，站在面前的正是李元芳。他笑了起来："是你呀！"李元芳也笑道："卑职冒昧，不请自来。"狄公道："好，来得好，我正要让狄春去叫你呢。坐吧。"李元芳在椅子上坐下，叹了口气道："这雨一下就是十几天，真是恼人啊！"

狄公拿起桌上的几份公文递过去："这是剑南道益州、陇右道鄯州、河东道蒲州送来的公文。你看一看。"李元芳一愣："大人，此乃阁批公文，卑职看是否妥当？"狄公道："无妨。"李元芳拿过公文看了一遍，抬起头来："滴血雄鹰？"

狄公点点头："剑南、陇右、河东三道，远隔千里，竟然同时发生如此恶性的凶杀案。死了七八十条人命，却没有人看到凶手。除了这只滴血雄鹰，各地官府在勘查现场时，没有发现任何有力的线索。这中间的缘由耐人寻味呀！"

李元芳道："公文中说，所有凶案中的死者都是没有身份户籍的流人，这是怎么回事？"狄公道："内中定有蹊跷。是什么令这些流人聚到一起？又是什么原因致使他们惨遭屠杀？这只滴血雄鹰到底代表了什么？"

武则天靠坐在床上，额头渗满细细的汗珠。太医风春来在为她诊脉，武则天看了他一眼问道："脉象有何不妥？"风春来道："并无怪异。只是皇上身体虚弱，心胆疲累，应当好好调养。"武则天皱了皱眉道："你要说实话才好！"

风春来赶忙道："陛下三脉虽弱，却未显疾象，只是龙体羸弱，心神不定而已。"武则天问："哦，那朕为何会噩梦连连？"风春来吞吞吐吐地道："这……俗话说梦由心起，也许……"武则天"哼"了一声："什么梦由心起，你明明是无能诊朕之疾，这才以言语搪塞于朕！"风春来吓得赶忙站起身，跪倒在地："微臣万死不敢搪塞陛下。"

话音未落，风春来身前传来啪的一声响。武则天吓了一跳，低头看去，一个青玉制成的翠蟾不知从何处落在了地上。一见此物，武则天登时脸色大变，体如筛糠，她颤抖着道："此物从何而来？"风春来一愣："微臣不知。"武则天道："呈上来。"

风春来赶忙拾起地上的翠蟾递过去，武则天伸手接过，翻过来看了一眼，一声惨叫，将翠蟾扔在地上："大……大胆风春来！竟敢带此逆物进宫，阴谋惊吓于朕，真是罪不容诛！"风春来吓得魂不附体，连忙解释道："陛下，此物并非臣带进宫来！"武则天跳起身来，歇斯底里地大喊道："来人，来人哪！"

殿门大开，侍卫们闪电般冲进殿内。武则天脸如死灰，指着风春来歇斯底里地喊道："把这逆贼拖出去，乱刀分尸！分尸！"侍卫一拥而上，拖起风春来往外便走。风春来哀叫道："陛下，臣冤枉！"武则天口中不停"嗬嗬"怪叫，浑身颤抖，好似羊角风突然发作。她紧紧地抓住被角，缩成一团。

在洛阳县通往神都的官道上，一辆马车在飞奔着。大雨如注，前座的车夫挥动长鞭不停地吆喝，两匹马奋蹄狂奔，溅起一片水花。车厢里坐着一位黄衫青年，他微合双目靠在座椅上凝思。静夜中只听到马蹄翻飞和车轮轧在泥地上发出的阵阵哗哗声。青年人的手指动了动，睁开眼睛，脸上的神色非常凝重。他徐徐伸手入怀，掏出一面象牙腰牌，腰牌上刻着"内卫"二字。

官道旁的麦地里，四只马蹄在原地不停地踏着步，马鼻喷出一道道白气。一双穿着虎头镔铁甲的脚慢慢地走到马旁，脚踏进蹬中，双脚轻轻一磕马肚，战马发出一声长嘶。

忽然，车厢外响起一声金铁撞击的声音，青年人一怔。两匹马仍在飞奔着，一溜鲜血滴在马背上。青年啪的一声撩开车帘，一道闪电亮起在头顶，他发现驾车的马夫脖颈上已经没有了头颅，鲜血奔涌而出。青年人大惊失色，不禁发出一声尖叫。车外响起了悠闲的马蹄声。青年人张大了嘴，浑身颤抖着，他被眼前的情景惊呆了……

仓啷！车厢外又一次传来了金铁的撞击声。青年人一咬牙，不顾一切地跳出车厢，没命地向远处的麦田奔去……青年人在麦地里拼命地奔跑着。突然一个人出现在他眼前，青年人一声惊叫，抬起头来，闪电亮起，原来是一个护田的稻草人！草人的头用南瓜做成，刻着五官，身上披着一件草编的蓑衣，栩栩如生。闪电在空中不停地亮起。青年人长长地出了口气，慢慢地蹲下身。

仓！身后传来一声金属的撞击声。青年人浑身一抖，回过头来，登时瞳孔放大，嘴张得大大的却喊不出声来。寒光一闪，鲜血溅在稻草人的蓑衣上。

上阳宫提象门外，大雨瓢泼，一道道闪电不停地亮起，雷声轰鸣，震人心魄，似乎在这样的雨夜中，什么事情都有可能发生。一点灯火由远而近，迅速来到提象门前。原来是一队卫士和一顶花呢大轿。

守门的卫兵问道："是太平公主殿下吗？"一名卫士答道："正是。听说皇帝身体违和，殿下特来问安。"话音未落，远处传来一阵撕心裂肺的呼喊："冤枉！臣冤枉！"一队内班宿卫拖着太医风春来向提象门奔来。风春来泪流满面，不停地高声呼叫，转眼间，已奔到宫门前。为首的队长一见公主大轿，赶忙一摆手，内班宿卫们将风春来拉到一旁，为公主让开道路。

万分绝望的风春来一眼看到太平公主的官轿，就像是抓到了一根救命稻草。他高声喊道："公主殿下，救命啊！"花呢大轿内传来一个威严的声音："是何人呼救？"内班宿卫首领赶忙上前一步，躬身答道："回公主的话，是太医风春来。"侍者微微掀开轿帘，太平公主惊诧地问："你们要拉太医到哪里去？"首领回道："皇上有旨，将风春来乱刀分尸。"

太平公主一惊："却是为何？"首领回道："卑职不知，只是遵旨而行。"太平公主沉吟了片刻道："先将风春来羁押在此，我立刻进宫面圣！"首领为难地道："这……公主，这可是皇上的严旨呀！"公主把脸一沉，冷笑一声："是吗？那好吧，你现就将风春来拖出去分尸。放轿帘，起轿！"首领见势不妙，赶忙上前一步道："公主息怒，卑职遵命就是！"公主道："这才是了。尔等在此听候消息。"

突然，远处传来一阵急促的呼喊："刀下留人！刀下留人！"众人吃了一惊，抬起头来。一名内侍飞奔而至，气喘吁吁地对内班首领道："风春来还没杀吧？"首领摇了摇头："怎么了？"内侍道："皇上不行了，快请风太医回去看看！"太平公主猛吃一惊："你说什么？"

寝宫内，武则天双眼翻白，口吐白沫，浑身抽搐，躺在床上不停地捯气，她的手里死死地抓着那只翠蟾。春香和内侍宦官围在一旁，焦急万分，却束手无策。殿门打开了，太平公主带着风春来迅速走进殿内。风春来浑身上下被大雨淋得透湿，不停地打着寒战。春香迎上去，满眼含泪地道："公主，您来了。皇上她……"

太平公主快步走到龙榻前，抓住武则天的手，轻轻喊道："皇上，皇上！娘！"武则天的身体不停地抽搐着，嘴里发出含混不清的声音。太平公主回过身，焦急地喊道："风太医，还不上前替皇上诊病！"

风春来哆里哆嗦地走上前，颤抖着拿起武则天的手腕，三根手指轻轻按了下去。武则天忽然双眼睁开，一把抓住风春来的手腕，狂叫道："是鬼！是鬼！"风春来大吃一惊，赶忙后退一步，但手腕却被武则天死死地抓住，指甲深深地嵌进肉里。

武则天两眼布满血丝，疯狂地喊着："贱人，我要你死！我要你死！"风春来惊叫道："公主！公主！"太平公主赶忙扑上前来，抱起武则天轻声喊道："娘，娘……"武则天的手指慢慢地松开了，她的双眼呆呆地望着公主："你……你是李贤吗？"

太平公主不由得一愣。她刚想说什么，武则天的身体忽然弹了起来，双手死死地掐住太平公主的脖颈，厉声喊道："李贤，你也要害我，你这逆子！我要把你碎尸万段！"她的双手不停地用力，太平公主痛得大声呼救。风春来、春香等人一拥上前，费尽力气才扒开了武则天的手，将太平公主拉下床来。武则天狂叫着猛扑过来，众人七手八脚地将她按在了床上。

风春来颤声道："公主，怎么办？"太平公主惊魂未定，吓得没了主意："我……我怎么知道？你是太医，快想办法救皇上！"风春来一咬牙，从怀里掏出一个银盒："皇上处于癫狂之中，看样子是惊吓过度所致。如果任其发展，定会激毁心脉，不治而亡。要想让皇上安静下来，必须用针。"太平公主急道："那你还等什么？"

风春来打开银盒，取出一枚银针，眼望公主道："公主殿下，众位，恕春来不敬，要将此针灸入皇上头顶的百会穴之中，一旦皇上苏醒，降下罪来，请众位一力承当！"公主道："不必疑虑，救驾事大，如有不敬之罪，我一人承当！"

风春来点了点头，快步走到武则天身前，将银针徐徐刺入了百会穴中，他不停地捻着，观察着皇上的反应。果然，武则天不再挣扎，渐渐地安静下来了。众人这才长长地出了口气。风春来的脸上也显出一丝喜色，对身旁的春香道："见效了！赶快拿雪蟾粉化水喂皇上服下！"

春香快步向殿外跑去。太平公主问道："太医，怎么样？"风春来徐徐摇了摇头："殿下，这一针只是暂时抑制发病，恐怕还要找个根治之法，否则，皇上难过今晚。"

太平公主道:"马上将所有太医全部召来,大家一起想办法!"风春来摇摇头:"太医院中恐怕无人能医此疾。"太平公主急道:"那怎么办?"风春来道:"我想到一个人,也许他有办法。"太平公主道:"都什么时候了,你还在慢条斯理!说,是谁?"风春来道:"狄国老。"太平公主一愣:"狄仁杰?"风春来点了点头。

太平公主问:"狄公会治病?"风春来道:"狄国老自幼熟读医书药传,深谙诊病之道,尤其对医治各种疑难杂症、毒学诡术,更是颇有心得。以前,我二人曾多次切磋,臣对他的学识见地也是万分钦佩。"太平公主点点头:"现在也没有别的办法,姑且一试吧!"

此时,狄公正在书房里跟李元芳谈论滴血雄鹰的事。他徐徐地踱着步。李元芳道:"如果能到案发现场看一看,或许能找到一些蛛丝马迹。"狄公停住脚步,长叹一声:"这恐怕是不可能了。循朝例,我虽身为宰相,却不能随意干涉外官办案。"李元芳点了点头。狄公道:"凭直觉,此事又是本朝的一大奇案!"话音未落,门打开了,狄春冲进来:"老爷,宫中内侍现在正在等候,说皇上病重,请老爷火速进宫诊病!"

狄公马上命人为他准备车马。武则天不停地抽搐着,嘴里叽里咕噜地说着什么。太平公主坐在一旁,焦虑地望着她,风春来在殿中不停地踱着步,气氛异常紧张。

忽然武则天大叫一声,身体直挺挺地弹起来,而后重重地落在床上。公主大惊。风春来赶忙奔过来,伸出手探了探武则天的鼻息,颤抖着道:"呼吸已经非常微弱了,就怕皇上已经油尽灯干。"

太平公主焦急地问:"狄仁杰怎么还不来!"话音未落,殿门打开,狄公急急走进殿来。太平公主和风春来迎了上去:"国老!"狄公点点头:"情况我都知道了。"说着,他走到武则天床前,伸手搭上腕脉。太平公主和风春来紧张地望着他。

狄公抬起头来:"三脉迟孔涩结,乃气血不畅,胸中凝阻,以致倒生昏乱。"风春来道:"似此怎生奈何?"

狄公站起身道："以针灸打开皇上胸塞，再以凉药导引，则此疾可痊。"太平公主道："国老是说，皇上有救?"狄公微笑道："当然，此疾乃惊恐忧思之症，本不是什么大病。"太平公主舒了口气："这就好了。那就请国老尽快医治吧!"狄公点点头道："取针来。"

　　风春来递上银盒，狄公取出金针，从武则天眉心的天中穴一路施针，一直刺到了腹部的关元穴。而后回过头道："谁可为皇上度气?"公主道："我来吧。"狄公点点头，以金针刺入武则天的颊车穴，武则天的嘴缓缓张开，公主俯在她身前嘴对嘴将气度入她的口中。狄公轻轻捻动胸前和腹部的金针，不一会儿，只听武则天胸口传出咕的一声响。狄公脸上一喜："好，有门!"

　　他轻轻捻动关元穴上的金针，不一刻，只听武则天胸腹之间不停地发出一阵阵鸣响。狄公迅速将胸腹间所有金针拔下，而后，捻动眉心天中穴上金针。"哇"的一声，武则天一张嘴，喷出一口黑血。太平公主大惊："怎……怎么吐血了!"风春来道："公主稍安，这就是皇上的病根，这口黑血吐出，皇上才算是有救了。"

　　太平公主半信半疑地点点头。狄公拿起手帕轻轻擦了擦武则天嘴角的鲜血，起下眉心的金针道："好了，皇上已经无碍了。我想。再过一会儿，她就会醒来的。"

　　梁王府正堂上，一名内侍焦急地徘徊着。门开了，武三思快步走来。内侍赶忙迎上去："梁王。"武三思道："力士，出什么事了?"内侍道："皇上病危!"武三思猛吃一惊，"哦"了一声。内侍道："我看皇上就是能过了这一关，恐怕也挺不了多久了。梁王要为今后做好打算!"武三思抬头思索……

　　与此同时，太子宫内，太子李显接到武则天病危的报告，霍地从椅子上站起来："什么?"幕僚道："消息绝对可靠!"李显深深地吸了口气："太突然了! 怎么会这样?"幕僚道："皇上已过古稀之年，这种事本没有什么值得奇怪的。倒是太子殿下要为今后做好打算!"

339

李显抬起头问:"什么意思?"幕僚道:"武三思一直垂涎皇位,欲置殿下于死地而后快。这个时候,要谨防他暗下毒手啊!"李显陷入了沉思。

武则天神态安详地躺在床上,狄公坐在一旁静静地望着她。忽然,他的目光落在武则天枕旁的一件东西上,正是那只差点儿要了风春来性命的翠蟾!狄公伸出手,轻轻拿起翠蟾看了看,而后翻了过来,只见翠蟾的底部赫然刻着几个字:"给太子贤。"狄公登时惊呆了。

"这是我亲手赐给李贤的。"狄公一惊,抬起头来,武则天正望着他。狄公赶忙放下翠蟾,站起身来:"陛下,恕微臣不敬。"武则天摇了摇头:"坐吧。"狄公这才放心地坐了下来:"太平公主一直在陛下身旁伺候,刚刚臣才请她到偏殿略事休息。"

武则天长叹一声,点点头:"难为她了。怀英,又是你救了朕的命。"狄公道:"臣不敢贪功。太医风春来厥功甚伟,没有他在陛下百会穴上下的一针,恐怕臣也无能为力。"武则天点点头:"是我冤枉他了。风春来现在何处?"狄公道:"已赶到太医院下方,为陛下煎药。"武则天长叹一声,没有说话,伸手拿起了那只翠蟾。

狄公道:"臣听内侍说,这只翠蟾是风春来带入宫中的?"武则天苦笑着,摇了摇头:"李贤死去已十多年了,当时风春来还不在京中,他怎么会有此物?"狄公道:"臣也觉得奇怪。那么,此物怎么会出现在宫内?"武则天道:"是鬼,是鬼呀!"

狄公迟疑道:"鬼?"武则天点点头:"李贤的鬼魂,他不肯放过我!几个月了,我几乎时时为恶鬼所缠,恐怕这就是冥间的信号吧。朕也将不久于人世了。"

狄公笑了笑:"臣还记得,太宗朝时,宫中也曾传闻闹鬼,这才有了秦叔宝、尉迟敬德二公守门一事。当时,尉迟敬德曾说过一句话:'创立江山,杀人无数,岂有鬼哉!'太宗皇帝大加赞赏。那是何等的豪气!而今,陛下身为君上,堂堂天子,竟会去信这些鬼怪邪说,这恐怕会令天下齿冷啊。"

武则天道："如果不是阴鬼作祟，这只翠蟾怎么会出现在我的面前？而且，昨天夜里，我做了一个非常奇怪的梦，应该说，不像是梦，竟像是真实发生的事情，可我醒来时，自己却躺在床上！"狄公问："哦，什么梦？"

武则天道："我看见蟒氏那个贱人出现在我面前。"狄公道："陛下说的是王皇后？"武则天点点头："是的，她没有双臂，站在我面前，一言不发……"她的身体又开始颤抖起来。

狄公道："常言道梦由心生，皇上恐怕是忧思过度，故生异梦吧？"武则天摇摇头："我知道，那绝不单单是一个梦，那是幽冥鬼怪在向我讨命。"狄公微微摇了摇头。

武则天道："怀英，你好像从来不相信有幽冥之事。"狄公道："以臣愚见，那都是妄人讹传，不足为信。"武则天叹了口气："记得我处死皇后蟒氏和淑妃枭氏之后，连续几年，梦中皆出现蟒、枭二人浑身沥血、长发披面站在朕的面前，向朕索命。"她将梦中的画面描绘了一遍：

——深夜，长安武则天寝宫，暗夜无光。殿门缓缓打开，一只猫飞快地跑进来。武则天静静地睡在床上，忽然殿内传来了一阵猫叫，她睁开眼，坐起身来，只见一双晶亮的眸子在黑暗中发出淡绿色的光芒，竟像是人的眼睛。武则天惊问："谁？"黑暗中传来一声猫叫。武则天刚松了口气，忽然嗖的一声，那猫竟闪电般蹿上床，向武则天扑来，武则天一声惊叫，倒在了床上。猫掉头跳下床向外跑去，武则天翻身下地。那猫飞快地跑出殿门，武则天犹豫了片刻，随后追去。

——夜，御花园中，惨雾腾腾，浓雾中传来一阵阵猫叫。武则天一边走一边惊恐地四下里张望，面前出现了一堵矮墙，猫蹲在墙边静静地看着她。武则天慢慢走过去，突然那猫一声哀叫，转眼不见了踪影。武则天大吃一惊。四周死一般寂静，没有了猫叫，也没有任何声音。武则天回过头，一张恐怖的脸出现在她眼前，正是萧淑妃！她张着嘴，露着两个长长的獠牙向武则天扑来。武则天一声惨叫，转身想跑，又是一张脸出现在她面前——王皇后！她脸色惨白，嘴角挂着鲜血，轻声道："武媚，你为什么这样对我？"说着，她张大了嘴，露出一排白森森的獠牙。

武则天长叹一声："连续几年，我都做同样的梦！也正是这个原因，我才下令宫中任何人不许养猫；也正是这个原因，我才下决心离开长安，久居神都！这些都是私言，不足为外人道也。如果真如你所说是妄人讹传，朕怎么会连续几年都做同样的梦？"

狄公沉吟片刻，踌躇道："陛下，可恕臣直言否？"武则天点点头："现在并无外人在场，你我就如朋友一般，但讲无妨。"狄公道："当年的事情，臣也听说过一些。陛下精于权谋，当年王皇后和萧淑妃之所以获罪，恐怕与陛下的谋略是分不开的吧。"

武则天突然把头一抬。狄公赶忙道："微臣失言。"武则天叹了口气，点了点头："你说吧。"狄公道："陛下虽是一代明君，但毕竟是女人，就心性而言，与世上女人恐怕也别无二致。当年杀死王、萧二人所用的手法可以说是残酷之极。臣听说，陛下下令将二人手足斩下，手接在足上，而足接在手上，又将二人放入酒缸之内，慢慢炮制而死。如此死法，可谓极尽凄惨之能事！二人身死魂灭，不足为怪，然陛下心中难道真的能够平静如常吗？"武则天收回目光，长叹一声。

狄公继续道："当时二人的死状陛下是亲眼看到的，可以说是触目惊心，就像臣在断案中也遇到过一些死状很惨的人。对死人来说，身既已死，一切便都消失了，但对看到死者的生人来说，却会产生一种想法：'此人死得这样惨，会不会阴魂不散，前来寻仇？'这样，白日既有所思，夜间便有所梦，醒后回味便证实了先前的想法，认为是鬼魂托梦作祟。因此，臣在断案中也经常利用人们的这种心理，所谓的审阴司、审鬼魂，其实都是无稽之谈，不过是一种心理战术而已。我想陛下之所以噩梦频频，也不过如此而已，再加上陛下女人心性，更易相信鬼怪之事，这才令陛下不能平静。"

狄公娓娓道来，一番话说得武则天不禁点头诚服："也许你说得有点道理。但是，翠蟾之事又怎么解释？这只翠蟾是我亲自赐给章怀太子李贤的。他死后我又亲自收回，锁在上阳宫中，可今晚，怎么会到了这里？"

狄公点点头："这确实是奇事一件，但也不能说明就是鬼魂作祟。难道就没有可能是人做的？"武则天双眉一扬："人？谁？"狄公道："臣不敢妄加推论。只是凭着多年断案的经验，觉得此事定有佞人从中为怪，利用陛下畏神惧鬼的女人心性，达到自己不可告人的目的。"

武则天长叹一声："你不信鬼神，我不怪你。但你说有佞人作怪，也不过是凭空臆断而已。"狄公笑了笑，没有说话。

武则天接着说："刚刚你说到了女人心性，我还会有什么女人心性？从进宫的那天起，我就不再是女人，一生都在政治的旋涡中挣扎。见到的听到的是死亡、背叛和杀戮。我没有退路，只能一步步向前走。最后我走到了尽头，即位登基，做了皇帝，再也没有人在我之上。可恰恰是从那一刻起，我真正失去了一切：家庭、孩子、亲情，一无所有！有的只是反叛、奉承和不停的操劳。"

狄公望着武则天，这番话竟不像是从这位铁腕女人嘴里说出的，倒是肺腑之言！武则天长叹一声："其实，在我向着目标前进的路上，已经失去了很多。但那时，我至少还有目标，那是我奋不顾身想要达到的。当真正达到了，我觉得兴奋、激动，毕竟我是第一位女君主！我觉得自己了不起，我傲视一切，天下在我脚下，群臣在我脚下！可现在我却觉得非常茫然，我不明白在万人之上，做了皇帝让我得到了什么？"狄公道：

"陛下得到的是天下。"

武则天苦笑一声："你错了，我得到的只有仇恨和敌人！"狄公愕然。武则天继续道："儿子变成了我的敌人，兄弟姐妹变成了敌人，从前的朋友变成了敌人。我不得不把他们从我的视线中一一清除出去，这样，我就一无所有了！"

狄公道："如果说陛下杀燕王李忠，是因为他乃萧妃之后，为陛下所不能容，可我到现在也不明白，陛下为什么要杀孝敬皇帝李弘和章怀太子李贤，他们可都是您的亲生儿子呀！"

武则天笑了笑："杀李弘是因他私自为李忠收尸，我怀疑他心怀叵测。"狄公问："就为这个？"武则天点点头："杀李贤的原因更简单，他误信人言，认为我不是他的生身之母，于是起了忧惧之心，写下了一首诗。"

大明宫中，武则天手里拿着一首诗："种瓜黄台下，瓜熟子离离；一摘使瓜好，二摘使瓜稀；三摘犹为可，四摘抱蔓归。"武则天发出一阵冷笑："好一个'三摘犹为可，四摘抱蔓归'呀！我的好儿子！"

内卫道："据说，章怀太子经常对身边的人说，陛下绝不会放过他，早晚会死在您的手里。"武则天重重地一拍桌子："这个逆子，要他何用！叫丘神勣来见我！"丘神勣接旨后，立即到章怀太子府，进正堂传旨。

李贤惴惴不安地徘徊着，丘神勣走进来，大声道："李贤接旨！"李贤双膝跪倒。丘神勣从怀里掏出了那首诗，狞笑着递了过去："皇上让我把这个交给你。"李贤接过一看，登时大惊失色。等他抬起头，丘神勣已经不知去向。突然一条绳索从后面套在他的脖子上，迅速收紧……

狄公听了武则天的叙述，不禁暗暗倒抽一口冷气："章怀太子是这样死的？"武则天点头，一滴泪水流过了她的面颊。狄公长叹一声："孝敬皇帝和章怀太子都是仁孝温和、礼义良善的谦谦君子，如此无辜被杀，实在令人痛心。"说着，他的眼中蕴满了泪水。

武则天的嘴唇颤抖着，轻声道："冤鬼呀。"狄公没有说话。武则天看了他一眼："怀英，如果有一天我死了，你会怎样评价我？"狄公一怔，不知该怎么回答。武则天道："但说无妨。"狄公沉吟片刻，咬了咬牙："功过参半。"武则天点点头："恐怕满朝之内，也只有你敢这样说。"狄公道："对坐无君臣。臣只当是朋友之间交谈。"

武则天点点头："你知道，我会怎么评价自己？"狄公摇摇头。武则天道："如果为自己立碑，那么，我会立一座无字之碑。"狄公目瞪口呆。武则天徐徐坐起身来："我要做一场大法事，来超度这些亡魂。"

第二章　滴血雄鹰惊现十州

彤云密布，天色阴沉，大地笼罩在一片晦暗之中。官道旁边的麦地里，护田的稻草人静静地站在麦地中央，它的蓑衣上溅满了鲜血。黄衫青年的尸体横卧在田埂旁，头颅和左臂已被人砍去。

一双脚停在尸体旁，一位身穿正五品京县县令官服的中年人蹲下身。此人不是别人，正是我们非常熟悉的、曾任湖州县令的曾泰！他仔细地检视着死者的伤口，身旁的县尉递过一样东西："大人，这是在死者身上搜出的身份文牒。"

曾泰伸手接过，只见文牒的外皮已被雨水泡得字迹模糊，分辨不清。他伸手打开，只见里面模模糊糊地用蝇头小楷写着几行字："江小郎，隋大业七年生人，河南县江家庄人氏。"

曾泰深吸了一口气，合上文牒，缓缓站起身来。麦田两侧，三班衙役捕快在县丞的带领下有条不紊地勘察现场，搜取证物。曾泰静静地思索着。脚步声响起，一名班头火速奔到他身后，急促地道："大人，距此一里之外的官道旁，发现了一辆马车和车夫的无头尸体！"

曾泰道："走，去看看！"说着，向麦田外走去。衙役捕快已将马车团团围住。曾泰和那名班头匆匆走来。只见马车的前座上坐着一具无头尸身，也是左臂被斩去，右手中紧紧地握着赶车的长鞭。曾泰四下里观察着，周围没有别的痕迹。他伸手撩起车帘，踏上马车。他愣住了：车厢的内壁上，用鲜血绘着一只雄鹰！

狄公从宫中回来，走进书房，长长地叹了一口气，坐在椅子里。李元芳问道："大人，皇上的病不要紧吧？"狄公笑了笑："皇上无病。"李元芳一愣："无病？那为何深更半夜召大人进宫？"

狄公笑了笑："皇上早年杀伐过重，以致被噩梦缠身，这本不是什么重病。然而，令人感到蹊跷的是，已故章怀太子李贤的遗物——青玉翠蟾，竟在昨夜无缘无故地出现在皇上面前，这才致她惊惧过度，心智失常，引发昏乱之症。"

李元芳不胜惊讶："章怀太子已经死去十多年了，他的遗物怎么会突然出现在宫中？"狄公点点头："是呀，怪就怪在这里！"李元芳只觉得脊梁沟一阵发麻，轻声道："难道，难道是……"

狄公看了他一眼："你想说什么？"李元芳看了看外面："大人，章怀太子死得不明不白，难道是他的阴魂不散……"狄公道："怎么你也这么说！"李元芳浑身一抖："还有谁说过这样的话？"

狄公道："皇上。她提到了王皇后和萧淑妃。昨晚她说了很多，那些话本来是不应该从一位君主口中说出的。昨夜，皇上似乎变了一个人，变成了一个女人。"李元芳好奇，问："皇上变成了一个女人！"狄公笑道："这有什么奇怪？她本来就是个女人。"

李元芳道："恐怕天下没有人敢把她当作女人来看待。大人，可否恕元芳直言？"狄公道："但说无妨。"李元芳道："皇上杀人如麻，死在她手中的人不计其数。我想，这会不会是厉鬼前来索命？"狄公笑道："皇上杀戮过重，这是不假，然而，鬼怪之说乃是妄传，人死魂销，岂有鬼哉？如果枉死的人都来寻仇，那世上岂不早已大乱，何来这清平世界，朗朗乾坤？元芳，想不到，你这样一个武艺高强、浑身是胆的大英雄，竟也会如此迷信！"

李元芳觉得不好意思："大人教训得是。"狄公笑道："很多年前，那还是先皇高宗在世时，一次，御驾路经妒女祠，并州长史李冲玄对我说：'凡盛服过祠者，必然引发妒女不快，造成雷电之灾。'因此他要另开道路。你知道我是怎么回答的？"李元芳道："天子之行，风伯清尘，雨师洒道，何妒女避邪！"狄公笑着点了点头。

李元芳道："当时，先帝称大人真大丈夫也！这件事，我还是听张柬之大人对我说起的。张阁老对大人的胆识非常钦佩。"狄公道："人只要正身正行，上无愧于天，下无愧于民，何必有许多杞人之思！鬼怪之说不过是庸人自扰而已。"

李元芳道："大人所言甚是，元芳惭愧！"狄公道："不过，翠蟾之事确实有些奇怪。难道，是有人从中作祟？"

话音未落，狄春快步跑进来，喊声："老爷！"狄公回过头问："怎么了？"狄春笑道："您猜猜是谁来了？"狄公一愣道："这个小鬼头也来考我，让我凭空猜测。你以为我是神仙不成？"

狄春笑望着狄公。狄公沉吟片刻道："看你这个鬼样子，这位客人不但和我很熟，也和你这小家伙很熟，这会是谁呢？——啊，曾泰！快请他进来！"狄春笑着伸出大拇指表示佩服，一面冲外面喊道："曾大人，请进吧。"

脚步声响起，曾泰快步走进书房，双膝跪倒叩下头去："恩师在上，受学生一拜！"狄公笑着将他扶起来。曾泰站起身，对李元芳躬身施礼道："李将军，别来无恙啊！"李元芳赶忙笑着还礼："曾兄自湖州案后，一年之内连升三级，荣任正五品京县县令，真是可喜可贺！我和狄大人都为

347

曾兄高兴啊！"曾泰道："还不是仰赖恩师多方举荐，曾泰才有今日！"狄公笑道："我这也是效春秋祁奚之故事，内举不避亲啊！"

三人开怀大笑。落座后，曾泰道："早就听闻恩师随皇帝驾临东都，几次前来探望，都正逢恩师伴驾出巡，无法得见。"狄公点头："我听府内的家人说起了。"曾泰道："这一次，总算是见到了您老人家，可学生却不是专程前来探望，而是有事来请教。"狄公问："哦，什么事呀？"曾泰道："恩师，学生治下的永昌县出了一桩奇案。"

上阳宫门外，两顶大轿从不同的方向同时抵达这里。左边一顶大轿的轿帘一掀，太子李显下得轿来。右边大轿的轿帘打起，梁王武三思走了出来。二人的目光正好相对，都是一愣。武三思赶忙躬身施礼道："太子殿下。"李显微微一笑，拱手道："梁王可好？"武三思道："承殿下记挂，三思一切安好。"李显看了他一眼："梁王也是进宫问安的吧？"武三思道："啊，是呀。听说昨夜皇上龙体违和，三思心中不安，特来呈进问安。"

李显淡然一笑："梁王的消息可真灵通啊！"武三思反唇相讥，微微一笑道："太子殿下不也一样吗？"二人对视着，发出了一阵会心的笑声。武三思一伸手："太子殿下请。"李显拱了拱手，快步走进宫门。武三思脸上的笑容登时不见了，他轻轻地"哼"了一声，随后而入。

武则天寝宫里，太平公主和武则天坐在床上，说着什么。公主看了看手中的翠蟾，叹了口气："如此看来，真是贤哥的阴魂不散，前来作祟搅闹。娘，有句话不知当讲不当讲？"

武则天道："娘俩之间，还有什么话不能说！"公主道："您虽然贵为天子，百神呵护，可这幽冥之事，却是难讲得很，万不可掉以轻心啊！"武则天浑身一抖，长叹一声，点了点头："我已传下旨意，命国师王知远代朕大做水陆道场，超度亡魂。"太平公主点头："王知远的道行很深，堪当此任。"

正说到这里，内侍进来禀报："太子殿下和梁王殿下听说圣躬违和，前来问安。"武则天一愣，冷笑了一声："这两个人消息好灵通呀！"太平公主笑道："这就叫各怀鬼胎!"武则天笑了笑："叫他们进来。"

太子和武三思走进殿来，躬身问安。武则天坐在床上望着下站的太子李显和武三思，慢吞吞地道："你们看到了，朕的身体无恙，只是最近操劳国事，有些疲乏，故此想休息一下。"

李显道："看到圣躬安康，臣就放心了。陛下勤政爱民，乃万世明君，天下皆仰皇帝圣颜，但盼陛下在操劳国事之时，也要注意龙体，以免群臣不安。"

武三思唯恐落后，赶紧附和道："太子所言极是，这正是臣等的肺腑之言!"武则天道："知道了。朝中之事，太子要多费些心力，遇事多与狄仁杰这些老臣们商量，他们历经两朝，处事谨慎有方。梁王也要倾力相助才是，切不可同床异梦，各怀心腹!"李显、武三思同声道："臣等遵旨。"武则天道："好了，朕累了，你们去吧!"

李显与武三思退出寝宫。武则天冷冷地"哼"了一声，太平公主从帐幔后转出来。武则天道："我还没死呢，这两个人就已经在为今后打算了，说什么注意龙体、肺腑之言，表面上装得谦恭无比，其实还不是来探探虚实!哼，真是其心可诛!"

再回到狄公府上，曾泰道："案发地点是永昌县通往东都的官道之上，两名死者不仅头颅被凶手割下，还失去了左臂。这实在是令人感到匪夷所思。"狄公道："哦?还发现了什么?"曾泰道："在一名死者身上发现了身份文牒，死者叫江小郎，是河南县江家庄人氏。"

狄公点了点头："我记得，河南县是在垂拱四年，也就是六年前分为洛阳县和永昌县的吧?"曾泰点头："正是。大人说得一点不错。"狄公道："那么，这个江家庄到底是归洛阳县治下，还是归你的永昌县治下?"曾泰道："恩师可能还不知道吧，去年十一月，洛阳县和永昌县合而为一，统称永昌县。"

狄公道："哦?啊，我想起来了，当时我正任黜置使在剑南道巡查。如此说来，这个江家庄就在你的治下?"曾泰道："正是。我已派县尉前

349

往江家庄调查。"

狄公点点头:"还发现了什么?"曾泰道:"哦,对了。在官道旁发现了死者生前乘坐的马车,车厢内壁上用鲜血画着一只雄鹰。"狄公霍地从椅子上站起来:"你是说,滴血雄鹰?!"曾泰一惊,赶忙点头:"是啊。怎么,大人您知道?"

狄公的目光转向李元芳,李元芳深深吸了口气。狄公道:"益州、鄯州和蒲州,发生了重大凶案,死者多达七十余人,在现场没有别的线索,只有一只用鲜血绘成的滴血雄鹰。想不到,凶案竟蔓延到了天子脚下的永昌县!"

曾泰吓了一跳:"皇上现在东都,可境内却出了这样的恶性凶案,一旦上达天听,学生实在是吃罪不起啊!这才想请恩师出面勘查推断,以期尽早结案。"

狄公叹道:"永昌县虽然近在咫尺,可此刻我是以内史身份伴驾东都,又没有使职差遣,循例是不能直接干预外官之事的。再者,你的上官乃是洛州刺史,我就算是想要干预,也只能是向刺史询问情况而已,绝不能躬亲查案,否则,必受御史弹劾。"一番话说得曾泰愁眉紧锁,长吁短叹。

李元芳道:"滴血雄鹰一案本已牵涉剑南、河东、陇右三道,现在竟蔓延至天子脚下,又将河南道牵涉在内。一个凶案竟然牵扯了四道十州,二十多个县,不能不令人称奇呀!"说着,他的眼睛望向了狄公。

狄公站起身来,缓缓地踱着,忽然,他停住脚步回身道:"也罢。我就先以私人身份勘察现场,而后,再做区处!"曾泰大喜过望:"太好了!"李元芳笑道:"大人遇到奇案,便如老饕闻到了美味食物,那是绝不肯放弃的!"狄公扑哧一笑:"知我者李元芳也。我们换上便服,立刻出发!"

已是午牌时分,通往东都的官道已被永昌县的衙役捕快和士兵完全封锁。气氛非常紧张。马车车厢壁上绘着滴血雄鹰,暗红的血色弥漫在整个图案中，令人感到触目惊心，毛骨悚然。狄公四下观察着，车厢里干干净净，没有打斗过的痕迹。他转身钻出车厢。

车外的曾泰道："恩师，发现了什么？"狄公摇摇头道："那个叫江小郎的死者尸体在哪里？"曾泰赶忙道："哦，我知道恩师断案的习惯，因此命衙役严格保护现场，尸体现还在案发时的地方，未敢擅动。"狄公点点头："好啊！走，去看看。"

说着，三人来到了现场。李元芳望着官道上一排大如海碗的马蹄印，他蹲下身，张开手掌放入蹄印中，那马蹄印竟比手掌大出一倍还要多！李元芳一愣，轻声嘟囔道："不可能！天下绝不可能有这么大的马匹！"

狄公走到麦地里那稻草人旁，静静地审视着黄衫青年的尸体。站在一旁的县丞俯在曾泰耳旁低声问道："大人，这位老先生是谁呀？"曾泰看了狄公一眼，轻声道："我请来的断案大师。"县丞一愣："断案大师？"曾泰微笑着点了点头。这时，狄公回过身来道："曾泰。"曾泰赶忙上前。狄公问："你说从死者身上搜出了身份文牒？"曾泰道："正是。"狄公道："拿来给我看看。"

曾泰赶忙冲身后的县丞做了个手势，县丞将文牒呈上，狄公接了过来。文牒封皮上的字样被雨水浸得模模糊糊，无法辨认。狄公轻轻翻开文牒，只见主页上写着几行小字："江小郎，隋大业七年生人，河南县江家庄人氏。"

狄公蓦地抬起头，轻声道："隋大业七年生人……"他的目光转向地上的无头尸体，缓缓蹲下身，撩起死者的衣袖，伸手在死者的右臂上轻轻按了按，而后站起身来："怪哉！"一旁的曾泰和县丞对视了一眼道："恩师，有什么发现？"

狄公沉思着没有回答，良久，他抬起头来道："怎么，你们没有发现什么可疑之处？"曾泰一愣，望着身旁的县丞，县丞莫名其妙地摇摇头。狄公道："依这份文牒所写，这个江小郎是前隋大业七年生人，而今已是神龙二年，算起来此人应该已经一百多岁了！"

一阵闷雷滚过天际，发出轰隆隆的巨响。曾泰和县丞猛吃一惊，登时后退了一步："什么?"狄公将文牒递了过来："你们仔细看看!"曾泰赶忙接过文牒，果然上面写着"隋大业七年生人"。曾泰倒抽了一口凉气，抬起头来，望着狄公。

狄公道："按本朝律法，年过九旬的长者就应该赐勋官、加俸禄了。难道县中没有备案?"

曾泰看着县丞。县丞瞠目结舌，结结巴巴地道："永昌县治下共有六位九旬以上的老翁，都……都有记在册呀，可没有一个叫江小郎的。"狄公道："你们再看看死者的尸身，皮肤光滑润泽，富有弹性，这哪里是百岁之人的皮肤! 依我看，死者连四十岁也还不到。"

曾泰和县丞赶忙走到尸体身旁，撩开衣袖。果然，此人的皮肤光滑，肌肉结实，看样子是个身体健康的年轻人。曾泰傻眼了，慢慢站起来："难……难道，这文牒……"狄公摆了摆手："先不要妄下结论。走，到官道上看一看!"

李元芳正站在官道旁，静静地思索着，神色非常紧张，一滴冷汗顺着他的额头滚落下来。天际滚过一阵闷雷，李元芳猛地抬起头来。

狄公走上官道，一双鹰眼四下搜寻着: 官道上的车辙、一排排马蹄印……他循着车辙徐徐向前走着，不一会儿，车辙改变了方向，奔官道旁的麦地而去。麦地的田垄旁，泥土翻了起来，一行脚印向麦田深处延伸，远处，就是那个护田的稻草人，也就是死者陈尸之处。狄公的目光落在了脚印旁一排巨大的马蹄印上，那蹄印的方向与脚印延伸的方向相同。

狄公静静地思索着。许久，他抬起头来问曾泰道："你是何时接到报案的?"曾泰道："大约是辰牌时分。接到报案后，学生便派人将官道封锁起来。"狄公点点头道："案发时间是今日凌晨寅、卯两个时辰之间。"曾泰道："哦? 何以如此肯定?"

狄公指着地上两条清晰的车辙道："你来看，这就是死者所乘双轮

352

马车留下的车辙！"曾泰点点头。狄公道："从目前路面上的情况看来，以死者所乘马车留下的痕迹最为清晰，这就证明从案发到报案，中间这段时间里，没有其他车辆经过。"

曾泰问："为什么？"狄公道："如果案发后有其他车辆经过，那么死者所乘马车的车辙一定会被其他的车辙所覆盖。而现在看来，恰恰相反，是死者马车的车辙覆盖了其他的车辙。"曾泰点头。

狄公继续道："这样我们就可以肯定，从案发到报案，这条路上除了死者的马车，没有其他车辆经过。那么，这条官道直通东都，非常繁忙，什么时间路上没有车辆呢？"曾泰略一踌躇，道："在东都的城门关闭后，路上就没有车辆了。"

狄公道："那么，东都城门何时关闭？"曾泰道："按常理说，东都城门在丑末关闭，辰时开启。"狄公点点头："那中间这两个时辰不就是寅时和卯时吗？"曾泰一拍脑门："卑职愚钝，恩师所言极是！"狄公道："因此，我们可以断定案发时间就在这两个时辰之间。"曾泰连连点头。但忽然，他又摇了摇头："不对……有一点说不通啊？"

狄公问："什么？"曾泰道："既然城门已经关闭，那么死者却为何还要赶往东都？即使他赶到了，也无法叫开城门，这种行为恐怕有些不合情理吧？"

狄公淡然一笑，点点头道："问得好。依你之见呢？"曾泰沉思良久，摇了摇头："还请恩师开导。"狄公道："原因只有一个，那就是，死者有办法叫开城门进入城中。"曾泰一愣："这么简单？"狄公道："有时候，最不可思议的事情，往往是最简单的。"

说着，他对曾泰招了招手："你来看看这三排马蹄印。"曾泰快步走了过来，果然路上清清楚楚地留着三排蹄印。狄公指着靠左的两排道："这是死者的两匹驾辕马留下的。"

曾泰点点头。狄公又指着路右侧的一排大如海碗的蹄印道："这一排，就是凶手的马留下的蹄印。"曾泰一惊，"哦"了一声。

353

狄公走到官道中央，一边演示一边说道："事情是这样的，今日寅末时分，死者乘车前往东都，后面传来了马蹄声，凶手飞马赶到车侧，先杀了车夫。杀人的手法非常简练，一击之下人头落地，因此可以断定，凶手的武器定是一柄长大兵器。车内的人听到声音掀开车帘，看到了车夫的尸体，大惊之下跳车逃生……"

说着，狄公带着曾泰沿车辙来到了麦地的田埂旁，指着道旁被掀翻的泥土道："此人的身体落在这里，而后，翻身而起，向田里跑去……"他又指着脚印旁边的一排马蹄印道："凶手骑马随后紧追，在麦田之中杀死了他。"曾泰长长地出了口气："是这样！"

狄公回头，发现远处官道旁，李元芳正在迈着大步，似乎丈量什么。李元芳以最大步伐向前走着，迈了四五步后，他突然站住，脸色大变，轻声道："不是，绝对不是！"

"什么不是？"李元芳回过头来，狄公和曾泰站在他身后。李元芳指着地上一排大如海碗的蹄印道："大人，您对这一排蹄印有什么看法？"狄公道："刚刚我已看过了，我认为这就是凶手所乘的坐骑。"李元芳不敢相信："是马？"

狄公愣住了："当然是马。除了马还有什么可以充当坐骑？"李元芳苦笑着，摇摇头道："大人，恕卑职直言，凶手所乘的坐骑绝不是马！"狄公一愣："你说什么？"

李元芳道："卑职虽说算不上是相马的大行家，但也略知一二。天下马匹分为多种，以西域马、蒙古马为上品，这两种马也是天下最大的马种。西域马体态雄健，威武高大，一般在军中做仪仗之用；蒙古马体形稍小，但体力充沛，短途冲刺能力极好，因此，在军中做骑兵之用。可这一排蹄印太可怕了，马蹄大如海碗，竟比西域马的马蹄大出两倍！刚才我丈量了蹄印间的距离，大人，你看……"

他指着蹄印之间的间距道："此物步幅如此宽大，是战马的一倍半还要多，这是不可能的！"狄公倒抽了一口凉气："你的意思是……"李元芳摇摇头道："据我所知，当今天下没有一种马能够迈出如此巨大的步伐！"曾泰惊讶得语无伦次："不……不是马，那是什么？"李元芳道："我不知道。除非……"狄公问："除非什么？"李元芳道："除非是妖怪。"

天空滚过一阵闷雷，狄公和曾泰被惊得倒退了一步。天色阴暗下来，轰隆隆的雷声不断地响起。狄公轻声道："一只在天下四道十州出现过的滴血雄鹰；一个生于前隋大业七年的百岁之人；一匹蹄大如碗、步幅奇长的妖兽，这个案子到底有什么玄机？"

一声霹雳，焦雷在头顶上炸响。李元芳和曾泰浑身一抖。狄公抬起头来："暴风雨就要来了。"曾泰道："恩师，您看这件案子……"狄公回过头来："曾泰，上午你曾说起，派县尉到江家庄查访死者江小郎的家人，是吗？"曾泰答道："是。可到现在还没有回来。"

狄公道："这样吧，你马上命人将此蹄印拓下。元芳，你带着拓好的蹄印，持我名帖到殿中省，请人看一看。"李元芳点点头。

夜，大雨瓢泼，惊雷闪电震撼着大地，上阳宫中一片昏黑，只有寝殿中还亮着灯火。武则天望着窗外的大雨，轻轻叹了口气，转身走到梳妆台前，徐徐坐了下来。梳妆镜中映出了她那张苍老、消瘦的面颊。她伸手摸了摸略显斑白的双鬓，无可奈何地摇了摇头。突然梳妆镜上隐约显出一行行小字。武则天不禁吓了一跳。

那字体越来越清晰，是一首诗："种瓜黄台下，瓜熟子离离；一摘使瓜好，二摘使瓜稀；三摘犹为可，四摘抱蔓归。"正是章怀太子李贤临死前留下的那首绝命诗！

武则天浑身颤抖，牙齿发出一阵阵咯咯的打击声。她哆嗦着伸出手，揉了揉眼睛，向梳妆镜看去，镜面上明明白白地写着一首诗！武则天强自压住心神，颤抖着叫了一声："春香。"春香答应着快步走来："陛下。"武则天颤抖着道："你……你看看，看看镜子上有什么？"春香抬起头，向镜子看去："镜子中是陛下的圣容。"武则天的牙关咯咯地响着："还……还有什么？"春香道："没有了。"武则天问："你……你没看到镜子上写着一首诗？"春香莫名其妙，仔细地看了看，摇摇头："没有。什么诗呀？"

"啊"的一声惨叫，武则天的身体沉甸甸地栽倒在地上，不停地抽搐着，像是羊角风突然发作，嘴角渗出了白沫。春香吓得扑通一声跪倒在地，大声呼喊："陛下，陛下！"

深夜，山道中。一个人在大雨中奔跑着，浑身被淋得透湿，他紧紧地抱着包袱，不停地喘着粗气。一道闪电亮起，霹雳凌空击下，那人脚下一滑，重重地摔倒在地。他气喘吁吁地抬起头来，透过雨幕，看到山下不远的地方隐隐露出一点灯火。他挣扎着爬起身，向前跑去。

前面就是恩济庄。闪电照亮了这个只有几十户人家的小山村。虽是初更时分，但村中漆黑一片，只有村西头一座破败荒颓的江家大院里，闪出一点点灯火。

雨夜中，传来一阵粗重的马蹄声。穿着老式虎头镶铁护甲的两只脚，轻轻磕击着马腹。海碗般大小的马蹄踏着小碎步，溅起一片水花，马鼻喷出一道道白气。

一道闪电在院门前亮起，照亮了整个江家大院。这是一个两进的大院落，院墙已几近坍塌，院中的蒿草有一人多高。两排厢房中一片漆黑，只有正房透出一点灯火。房中，一群黑衣人围坐在桌旁，七嘴八舌地低声议论着："为什么要我们到这里来？""说是有紧急任务。""今天我听这儿的村民说，这个江家大院是个凶宅，经常闹鬼。这家的主人几十年前在一夜之间突然暴毙，大小三十余口，都被人砍下了脑袋。""别他妈自己吓唬自己！""真的，我还听说，只要住进这个院子的人，没有一个得好死的。所以，这里才被废弃了。"

屋里没有了声音，黑衣人们面面相觑。忽然，一人道："孙殿臣回东都报信儿，算时间也该回来了吧。"另一人道："不会是出了什么事吧！"屋里的人登时紧张起来。刚刚说话那人道："弟兄们，我看事情不妙，大家撤吧！"众人对视着点头。

忽然，外面传来一声马嘶。屋内登时噤若寒蝉，一个黑衣人立即把灯吹灭。门外响起了沉重的脚步声。穿虎头镶铁护甲的两只脚从马背上跨下来，一步一步地走着，雨水顺着护甲光滑的立面流下来。脚步声在门前停住。黑衣人们静静地听着。为首者一挥手，众人马上拔出钢刀，有的藏身在门口，有的伏在窗前。

大雨如注。一个人影飞跑着冲进村来，正是刚刚山道上的那个行人。他气喘嘘嘘地辨了辨方向，随即朝着村西头的江家大院飞奔而去。那人跑到江家大院门前，一个箭步蹿进了门楼。他喘得上气不接下气，抖了抖身上的雨水。这时，他才发现，院门大开着，院中空无一人。他犹豫了一下，轻轻叫了一声："有人吗？"没有回答。他咳嗽了一声道："小可方根生，路经此地赶上了暴雨，想问主家借宿，不知方便否？"

仍然没有回答。方根生四下看了看，下定决心迈步向正房走去。房里一片漆黑，没有任何声响。蓦地吱呀一声，房门打开了，一阵急雨飘了进来。方根生站在门前轻声问道："请问，主家在吗？"

还是没有回答，屋内死一般的寂静。方根生觉得好生奇怪，他迈步朝屋里走去。猛地脚下一绊，他趔趄了两步，一屁股坐在了地上。出乎意料的是，他的身体倒在一个软绵绵的东西上。他伸手向身下一摸，黏糊糊的，不知是什么东西。他举起手，凑到脸前，一道闪电在窗前亮起，他发现手上竟满是鲜血！他一声惊叫跳起身来。又是一道闪电亮起，身下竟是一具无头尸体！方根生发出一声惨叫。

轰隆，炸雷平地响起。随着巨响，屋内的油灯竟然有人点亮了。方根生浑身颤抖着回过头，他的瞳孔放大了，对面的墙壁上，用鲜血画着一只巨大的雄鹰！

武则天躺在上阳宫宝成殿中。一道道闪电在窗前亮起，霹雳一声巨响，焦雷将宝成殿震得颤抖起来。武则天浑身一颤，徐徐睁开双眼。殿内点着红烛，空荡荡的一个人也没有。武则天轻声道："我，怎么会到

357

了这里。难道又是做梦?"她颤抖着闭上眼睛:"我要回去,我要睡觉。这是梦,是噩梦!"

一道闪电照亮大殿,后面传出了一阵婴儿的啼哭。武则天浑身一抖,睁开眼睛。啼哭声断断续续,时有时无。她站起来,缓缓向殿后走去。哭声从帐幔里传出,武则天轻轻撩起帐幔。帐幔中是一张小床,上面放着一个浑身鲜血的死婴。武则天一声惨叫,猛然回身。闪电亮起,一个人站在她的身后,正是王皇后!

武则天哀叫着喊道:"不,不是我杀的!我没杀自己的女儿,是你,是你这贱人!"王皇后一动不动,双眼望着远方。武则天浑身剧颤,猛地,喉头发出咯的一声,双眼翻白,昏死过去。黑暗中传来一阵阵焦急的呼喊:"陛下!陛下!"

武则天慢慢睁开眼睛,春香和内侍围在她身旁大声叫喊着。春香喊道:"醒了,陛下醒了!"武则天小声问:"又是做梦,对吗?"春香点了点头,擦去了眼角边的泪水:"陛下,您可醒了。刚刚您一直在不停地叫喊。"武则天无奈地长叹一声。春香道:"我已经叫人去请太医了。"武则天摇摇头:"不用了。春香,传旨,请国师王知远即刻进宫。"春香应道:"是。"

此时,狄仁杰正坐在正堂的书案后静静地思索着。门砰的一声打开了,一阵急雨飘了进来。狄公一惊,赶忙站起身走到门前,正要关门。"大人!"门外传来叫声,狄公抬起头,只见院子里,狄春打着雨伞,李元芳和一个陌生人向正堂匆匆走来。狄公赶忙打开门,李元芳、狄春和陌生人走进正堂。

李元芳向狄公介绍道:"大人,这位是殿中省掌管闲厩的飞龙使何云大人。"陌生人躬身施礼:"卑职飞龙使何云参见国老。"说着,便要跪下叩头,狄公赶忙扶住了他:"大人免礼。如此深夜将大人找来,本阁心内不安,快请坐吧。"何云谢过狄公,三人分宾主落座,狄春献上茶来。李元芳笑道:"大人,本来卑职是不敢劳动何大人大驾的,但何大人坚持,

358

一定要见到大人才能道出详情。"狄公一愣:"哦?"

何云从怀里掏出了那张马蹄拓样:"国老,今天下午李将军拿着拓下的蹄印前来找我,也将他的看法告诉了卑职。卑职即刻查看《马经》进行比对,认为此蹄印可以肯定是马无疑,并不是什么妖兽。"狄公吐了口气,脸上露出了微笑。

何云道:"然而,卑职同时也发现了一件可怕的事情!"狄公一惊:"什么事?"何云道:"此马所戴蹄铁乃是隋朝所制!"狄公一惊:"什么?"何云道:"是的,这个拓印上的蹄铁花色,本朝早在太宗皇帝时便已明令兵部驾部、官马坊和闲厩禁绝使用!"

狄公愕然:"禁绝使用?"何云点点头:"是的。因为这种蹄铁花色乃是前隋炀帝骁果军的专用蹄铁,凡打造、使用此种花色者在本朝罪同反叛,按大逆论处。"狄公倒抽了一口凉气:"你是说,这个蹄印上的花色,是前隋骁果军专用的?"

何云道:"正是。当年,太宗圣谕下达后,凡缴获前隋军的马匹,均被换上了本朝所制的护军蹄铁。"狄公问:"那么,这种蹄铁会不会有散落民间的呢?"

何云摇了摇头:"此花色乃是隋朝的禁卫军专用,民间是不可能打造的。再说,蹄铁并非耐用品,需时时更换,从隋末到现在,已将近八十年,一块蹄铁是不可能用这么长时间的。"

一番话把李元芳也惊住了:"何大人的意思是,这块蹄铁是隋末所制?"何云点点头:"正是。此乃江都供械坊专为骁果军打造的。这种蹄花模子早已失传。而且,打造此物乃是大逆之罪,是要夷九族的!因此,卑职想来不可能是今人仿制的。"

李元芳的脸色陡变,他轻声反复着:"骁果军,骁果军……"狄公深深吸了口气,道:"蹄铁是隋末所制,那这匹马……"何云道:"卑职正要对国老说说这匹马。若说蹄铁之事万分蹊跷,那么,这匹马就更加令人不可捉摸了!"

狄公糊涂了："哦，却是为何？"何云道："恕卑职出言无状。这匹马绝不应该是今人所有！"狄公惊讶得张大了嘴："什……什么意思？"何云道："此马应在后汉末年便已绝迹。"狄公越发惊讶了："后汉末年？绝迹？"何云点点头："是的。今天，李将军拿来此马蹄印，卑职一见之下便吃了一惊。查遍了兵部三十六马坊，殿中省官马坊六厩——左飞、右飞、左万、右万、东南内、西南内，殿中省飞龙使六厩——飞龙、祥麟、凤苑、鹓鸾、吉良、六群，共四十八坊马厩的所有马谱，竟没有一匹马与此相同！"

狄公惊讶得目瞪口呆。何云道："国老可能知道，官马坊专门接收河陇骏骑，而飞龙使所辖内厩乃专为皇家驭骑，接收的都是各国进贡的名贵马种，可以说天下无出其右。这里没有的马种，在其他地方就更不可能有！"狄公点点头："这我相信。"何云道："就在此时，卑职忽然想到了一种早已绝迹的马种。"狄公忙问道："是什么？""汗血宝马！"说话的是李元芳。

狄公一愣。何云一惊："怎么，李将军也是这么认为？"李元芳叹了口气："如果一定要说这蹄印是马的话，那么，除了早已绝迹的汗血马，天下绝不会再有其他的马种如此神骏，步幅如此巨大！"何云点了点头："将军所论极是，应该说以蹄印和步伐判断，只有这一种解释。然而，令人不解的是，汗血马早在后汉时便已绝种。"

狄公咽了口唾沫，若有所思，小声重复道："汗血马，汗血马。"何云道："书中记载，汗血马是西域大宛名种，数量极为稀少。它不食杂草，只以苜蓿为食，通体白色，但奔跑出汗时身上变为血红，因此，名叫汗血。此马身强体健，巨大无比，自后汉绝迹后，便再也没有记载。"

第三章　无头鬼遗下无头尸

狄公缓缓站起身来道："隋末的蹄铁，汉代的宝马，这到底是怎么回事？"话音未落，曾泰跌跌撞撞地冲进门来，喘着粗气语无伦次地道："恩……恩师，是……是……"话没有说完，他双腿一软，李元芳抢上一步扶住了他，只见曾泰脸色煞白，身子不停地颤抖。李元芳赶忙扶着他在椅子上坐下。狄公大惊，问道："出了什么事？"

曾泰嘴唇颤抖着，一句话也说不出来。李元芳赶忙将一杯热茶递过去，曾泰连喝了两口热水，这才张开口，结结巴巴地道："恩师，是这么回事。从打我们在官道上分手后，卑职便回到了县衙……"他把当时的情景描画了一番——

曾泰走进永昌县衙二堂，见县尉坐在书案后手持地图在找着什么。曾泰的脸立刻沉了下来，县尉抬起头来，一见曾泰赶忙起身，迎了上来叫声"大人"。

曾泰问："去过江家庄了？"县尉支吾道："还……还没有。"曾泰气愤地"哼"了一声："今日一早，本官便命你前往江家庄调查死者江小郎的亲属，可到现在，三四个时辰过去了，你竟然还在这里逡巡，是何道理？"

县尉很委屈，道："卑职有下情回禀。卑职问遍了县衙中的衙役捕快，大家都说，永昌县内没有江家庄这个地方。"

曾泰道："胡说！难道身份文牒也会写错吗？明明是你躲懒畏难不肯前去，用这等胡话搪塞本官！"县尉吓得后退了一步，苦着脸道："卑职有天大的胆子，也不敢欺瞒大人。刚才大人进来前，卑职正在查看地图，实在是找不到江家庄啊！"

曾泰一愣，走到书案旁，拿起地图仔细地看着。果然，地图上的永昌县境内，没有江家庄这个名字。

众人听罢此言，都目瞪口呆。李元芳纳闷道："没有江家庄这个地方？"曾泰点点头。狄公问道："那后来呢？"

曾泰叹了口气："学生仔细对照了江小郎的身份文牒，那上面写的确实是河南县江家庄。河南县就是永昌县，是几年前才改的名，而那文牒肯定是河南县改名前所发。卑职百思不得其解，找来了很多熟知永昌地理的捕快，大家众口一词，都说没有一个江家庄。"

狄公和李元芳对视了一眼。曾泰接着道："后来，卑职想到，会不会是江家庄改名了，而我们不知道。在县尉的提醒下，我想到了一个人。此人名叫高如进，武德初年便在河南县任县丞，现已年过九旬，乃是永昌六位九旬老翁之一。"

狄公点了点头。曾泰道："于是，我便与县尉赶到高如进家中……"他把亲眼看见的事情描绘了一遍——

　　高如进猛地抬起头："江家庄？"曾泰点点头："是的。前辈可知永昌境内是否有这样一个村子？"高如进的嘴唇有些颤抖，轻声反复着："江家庄，江家庄。"曾泰赶忙问道："前辈知道这个地方？"高如进长叹一声："当然。如果不是太爷今日亲临，老朽一辈子也不敢再想那个可怕的地方！"

　　曾泰一愣："可怕的地方？"高如进点点头，深吸一口气，慢吞吞地道："那是太宗皇帝贞观十年，江家庄中的一户人家，大小三十多口被人杀死在家中，尸体被斩去了头颅和左臂……"

　　曾泰大惊，站起身来："你是说，尸体被人将头颅和左臂斩去？"高如进点头："正是。"曾泰和县尉交换了一下眼色，倒抽一口凉气。高如进感到纳闷，问道："太爷，怎么了？"曾泰赶忙摇摇头："啊，没什么。你继续说吧。"

　　高如进道："当时那个案子正好是老朽经办的。我率人遍查了附近的山峦、村庄，最后在西林中一座荒废的将军庙中找到了死者的头颅和手臂。几十颗头颅、数十条手臂被供在将军庙的神位前！那景象真是惨不堪言，至今思之仍令人不寒而栗。当时，很多同去的衙役回到家后都是噩梦连连。"曾泰道："那么，案子破了吗？"

高如进长叹一声："这是老朽一生中唯一遗憾的事情。此案持续了四个月，竟没有任何进展。后来，一位走方的道士来到县里，对老朽说此乃厉鬼作祟，阴兵杀人。"

曾泰愕然："什么，阴兵杀人？"高如进点点头："是的，当时老朽还不相信。没想到第二天江家庄大火，将一庄之人几乎全部烧死！在我的印象中，活下来的只有四五个不在庄里的年轻人。更为诡异的是，江家庄大火的同时，西林中的将军庙也起火焚烧。当我率人赶到时，那里已经变成了一堆废墟。老朽也因此事受到上封的重责，因而丢掉了官职。"

曾泰问："你知不知道，是什么人将死者的头颅和手臂放在将军庙中？他为什么要这么做？"高如进苦笑了一下："人？太爷您错了，不是人，是鬼，是冤魂厉鬼呀！"

曾泰惊问道："厉鬼？可……可厉鬼为什么要杀死江家庄的人？"高如进摇摇头："幽冥之事，我等凡人怎能知道。老朽后来听说，那座将军庙是为了祭奠死去的前隋骁果军中郎将宇文承都所建。"

众人听罢曾泰的描述，个个瞠目结舌。最后李元芳打破了沉默："曾兄，你刚刚说到，将军庙供奉的是谁？"曾泰道："是前隋骁果军中郎将宇文承都。"

李元芳的脸色变了。狄公的目光转向飞龙使何云："何大人，你刚才说过，蹄印上的花色就是前隋骁果军专用。"何云点头："那花色正是骁果军的专用蹄铁！"

狄公站起身来道："曾泰，你继续说吧。"曾泰点头道："听高如进说完，学生就觉得此事非同小可。几十年前的惨案，竟和今天所发之案惊人的相似！本来学生想马上向恩师禀报，但想到那毕竟是数十年前之事，因此决定还是先找到江家庄和死者江小郎的家人。"

狄公点点头。曾泰接着道："于是，学生问清了江家庄的具体地点，率人匆匆赶到那里……"他将亲眼看见的景象描述了一番——

　　　曾泰率县尉和衙役捕快冒雨登上青阳岗，放眼一看，只见一片片废墟散落在岗上各处，废墟旁是大大小小上百座坟茔。曾泰倒吸一口冷气："这……这哪里是江家庄，明明是一座坟地！"身旁的县尉道："按高如进所说，江家庄位于青阳岗上，这里就是青阳岗。"

　　　曾泰回首向岗下望去，岗下山坳里是一个几十户人家的小村庄，他问道："那个村子叫什么名字？"一名捕快道："回太爷的话，那是恩济庄。"

　　　曾泰点了点头，转身向坟地走去。曾泰仔细地看着，每一座坟包上都立着一块石碑，石碑上所刻名字的姓氏竟然都是"江"！曾泰的目光落在了一块石碑上，上面赫然刻着一行大字："故族长江小郎之墓"。曾泰惊愕得目瞪口呆。

众人都被曾泰的描述惊呆了，屋中一时鸦雀无声。曾泰长叹一声："学生当时是万分惊讶，可转念一想，也许是同名同姓之人。于是，立刻率人赶回县衙，调来了太宗贞观年间的旧档，找到了贞观十年的县志，依高如进所说详加查看，果然找到了江家庄的名字……"

众人顿时活跃起来，问上面有何记载。曾泰道："贞观年间旧档有这样一段记载：'十年七月六日夜，河南县江家庄江家大院屋主江小郎及家中老少三十余口，被戕杀于宅中。尸身被斩下头颅和左臂，疑为厉鬼所为。江小郎是前隋大业七年生人，曾在本朝右卫服役，历任校尉之游击将军，于高祖武德六年归田……'我拿出江小郎的身份文牒比对，文牒上写着'江小郎，河南县江家庄人氏，隋大业七年生人'。二者相符！"

曾泰喘了口气，接着哆里哆嗦地道："学生万万也没有想到，高如进所说数十年前发生在江家庄的惨案，死者竟然就是江小郎！如果……如果这个江小郎已在几十年前便已死去，那么，今天我们在官道旁的麦地里看到的无头尸体又是谁？"

狄公抬起头来，静静地思索着。李元芳道："汉代的宝马，前隋的蹄铁，几十年前便已死去的无头尸体江小郎和那位前隋骁果军中郎将宇文承都，竟然没有一样是当今的人和物！还有，失去的头颅和左臂，这一切竟然都与当年的惨案出奇的相似！"

曾泰颤抖着道："恩师，有一句话学生不知当讲不当讲。"狄公道："说吧。"曾泰道："我们是在替人办案，还是在替鬼办案？"一声霹雳在窗前响起，在场众人都浑身一颤。狄公轻声道："难道这世间真的有鬼怪不成？"忽然他转过身来对曾泰道："明日一早，我们到西林的将军庙！"

雷声、雨声响成一片，伴随着一道道闪电在窗前亮起。武则天静静地靠在床头，春香站在一旁伺候。殿门打开了，一名内侍走进来："陛下，国师到了。"武则天点点头："请他进来。"脚步声响，一位身穿八卦紫金道袍的中年道士走了进来，双膝跪倒，叩下头去："臣王知远叩见陛下，万岁，万万岁！"

武则天点了点头："国师平身，赐座。"内侍搬来一把椅子，王知远缓缓坐了下去。武则天看了他一眼，长叹一声道："知远，你是修行之人，虽身在方外，却一直被朕倚为心腹，专门替朕执行机密要务。"

王知远道："这是陛下对臣的信任，微臣感激涕零。自两年前得陛下密旨，臣不敢懈怠，微躯亲往，已连破十数个逆党团伙，臣已具表详述。"说着，他伸手入怀，拿出一份奏章。

武则天摆了摆手："朕今天叫你来不是为了这个。你的能力朕是绝对信任的。"王知远一愣："哦？那陛下是另有要务委臣去办？"武则天长

365

叹一声："最近朕精神恍惚，心智混乱，几有崩溃之势。朕已经感觉到了，再这样下去，大限不远矣。"王知远猛吃一惊："陛下何出此言？"

武则天摇了摇头，刚想说话，突然王知远身体一晃，喉头发出咯的一声，双眼翻白，身体不停地抽搐着，像是羊角风突发。武则天大惊："你……你怎么了？"王知远一声大叫，扑通栽倒在地，四肢抽动，浑身颤抖。

武则天吓得坐起身来，大叫一声："来人！"殿门大开，春香和内侍一拥而入，武则天惊叫道："快，看看国师怎么了？"话音未落，王知远腾的一下翻身坐起，春香等人停住了脚步。武则天惊道："知远，你这是干什么？"

王知远没有理会她，慢慢站起来，走到寝殿中央，仰起头来对着空气大声道："章怀太子、二位娘娘！皇帝在此，请你们马上离开！"此言一出，在场的人一个个都吓得呆若木鸡。武则天更是浑身打颤，问道："你……你说什么？"

王知远厉声道："此乃大内禁中，天子居所，尔等阴鬼怎能进入！岂不闻阴阳有界，尔等胆敢擅越雷池，作祟宫禁，就不怕被天打雷劈吗？！"一声炸雷响起在殿门前，武则天一声惊叫，上下牙关不停地打架。

王知远大步走到殿下，伸手指向空中，怒喝一声："三位，知远尊尔等生前身份，不愿妄动杀机！听我好言相劝，立刻离开宫中，否则，就不要怪知远无情了！"

武则天怯生生地望着空中，春香和一众宫女内侍，惊疑不走地四下看着。忽然王知远一声大叫，身体重重地栽倒在地。殿中死一般的寂静，只有一阵阵牙关击打的咯咯声，武则天浑身颤抖，冷汗涔涔。

"啊"的一声大叫，王知远翻身坐起，一见殿中情形，便快步走到武则天面前，双膝跪道："陛下，请恕知远无状。"

武则天战栗着道："知……知远，你……你看到了什么？"王知远答道："啊，没……没什么。都是些不干净的东西，陛下就不要问了。"武则天簌簌发抖，问道："你看到了李贤、王皇后和萧良娣，对吗？"王知远猛吃一惊："陛下是怎么知道的？"

武则天急切地问："他……他们走了吗？"王知远点点头。武则天道："你刚刚为什么不作大法除掉它们？"王知远苦笑了一下："臣自幼修得一双阴阳之眼，可见徘徊在三界之中的异物。以臣的道行来说，预测未来、作法度人、攘祸避凶，乃至驱魔逐鬼这些都可以做到，但却无法将鬼除掉。"

武则天问道："为什么？"王知远道："陛下明鉴，鬼乃无形之物，以法驱之则可，却不能将其毁灭，否则，有干天和，必遭天谴。而且，臣也确实没有那么大的法力。臣刚才说的那番话，不过是空言恫吓，暂时将它们吓退而已。然而，以此情景看来，厉鬼已深附宫中，恐怕难以将其驱走。"

武则天不胜惊惧："它们为什么要缠着朕不放，难道真要朕为它们抵命吗？"王知远道："鬼怪之事在凡人看来，恐怖可怕。然而它们却与人一样，有着自己的行为准则和规矩。所谓的厉鬼作祟，一般来说，也不过是死去的冤魂无所依靠，无路可入冥界，往生阳间，这才化作厉鬼搅闹人间。"

武则天道："可有办法化解？"王知远沉吟片刻，道："只要以令符镇住其魂魄，再以水陆道场予以超度，便可使其得到路径，进入轮回。"武则天赶忙道："那么对付李贤三人的鬼魂可不可以用这种方法？"

王知远摇了摇头："刚刚臣曾试过以五雷之法镇住李贤和王、萧二鬼的魂魄，然而却只将三鬼吓退。这就说明，它们的法力足以抵御驱鬼之法，以这种法力而论，完全可以自行找到进入冥界的路径。因此，可以说，它们并不是因无法往生而作祟搅闹，是另有所图。"

武则天吓得瞠目结舌："另有所图？"王知远点点头："是啊。陛下，自今日起，宫中恐怕不会再有安宁之时了！"武则天的脸色登时大变："难……难道就没有办法了？"

王知远长叹一声，没有说话。武则天颤声道："数月来，朕被恶鬼缠身，不得安宁，以致身体羸弱、精神恍惚，严重之时，竟至心智俱丧，倒生昏乱。朕已年过古稀，怎能经得住如此惊吓？再这样下去，只怕会落得形神错乱，就是失心疯了也是极有可能！"

王知远长叹一声，点点头："陛下，能不能容臣几日，想一想办法？"武则天无可奈何地点点头。

夜，东都城内一家客店门前，一辆马车飞驰而来，停在客店门前。车夫纵身跳下车来，伸手打开车门，一个身穿黑色套头斗篷的人，快步走进店内。在一个房间内，四个人围着一张圆桌而坐，宰相张柬之赫然在内。门外脚步声响，门轻轻打开，黑袍人走进来，掀开头顶的风帽，正是太子李显！一见在座众人，李显似乎愣了一下。

张柬之赶忙站起身来："太子殿下。"李显点了点头，他心生疑窦，问："柬之，深夜唤我所为何事？"张柬之没有直接回答他的问题，说道："臣先为殿下介绍几个人。"说着，他一伸手："这位是右羽林卫大将军李多祚大人。"

太子一惊，赶忙拱手道："久闻黄头都督大名，今日得见三生有幸。"李多祚赶忙道："殿下谬赞，末将愧不敢当。"张柬之接着介绍道："这二位是检校羽林卫将军敬晖和桓彦范大人。"二人躬身施礼，李显赶忙还礼。

张柬之道："殿下可曾听说，今夜宫里又出事了。"李显一惊，道："不曾听说。"张柬之道："皇上为恶鬼缠身不能自拔，臣恐她命不久长了。"李显深深吸了口气，缓缓坐在了椅子上："张阁老的意思是……"

张柬之道："我已说动三位将军，一旦皇帝宾天，便立刻动手，除去武氏余孽，还我李唐神器！"李多祚轻声道："末将掌管北衙，负责宫城禁卫。只要皇帝御龙宾天，末将立刻将宫城封锁起来。而后，敬晖和桓彦范二位将军统率羽林卫封闭东都，清除诸武，扶太子登基！"

李显深深吸了口气，目光转向张柬之，迟疑地道："张阁老，这样能行吗？"张柬之微笑道："只要有三位将军支持，一切便万无一失！"李显徐徐点了点头。

与此同时，梁王府后堂坐着几个身着戎装的将官。武三思慢慢踱着，猛地，他回过身道："就这样。一旦皇帝宾天，我们便立刻动手！首先是要清除狄仁杰、张柬之、李多祚、姚崇这些拥唐老臣，而后，逼李显逊太子位，传之与我，这样，便大功告成！"下坐众将徐徐点头。

邙山西林。天色阴晦，乌云四合，空中飘着牛毛细雨。人迹罕至的西林笼罩在阴森的气氛之中。山风吹来，在两侧的山壁间回旋，发出呜呜的鸣响。

一个马队从容地行走在林中，正是狄公、李元芳、曾泰、何云以及永昌县的衙役捕快。狄公四下里观察着。身旁的李元芳道："这个地方端的是鬼气森森！"狄公笑了笑没有说话。后面的曾泰催马赶上来："恩师，刚才捕快说，前面就是将军庙。"

狄公点点头，对身后众人道："大家加快速度！"却说那将军庙，只是一座不大的小庙。庙前怪树横生，蒿莱满地，一片荒颓破败的景象。庙门早已被大火烧得坍塌下来，只剩下几处断壁，一点残垣。远处马蹄声响，狄公率人来到了庙门前。众人翻身下马，快步朝庙内走去。

庙内砖石瓦砾四处堆积，院中立着一棵古怪的老松，枝丫蔓展，好似魔鬼舞动的身躯，一见之下令人心生畏惧。不远处的正殿早已被大火烧得精光，只剩下了一个基座。狄公朝众人一挥手，快步向正殿的基座走去。

基座上干干净净，没有任何东西。狄公、李元芳和曾泰走上去。整个基座用青石铺成，上面刻着一些花纹。狄公蹲下身子仔细地看着，突然他浑身一抖，向李元芳和曾泰招了招手，二人赶忙走到他身旁。狄公指着一块青石道："你们看看，这上面刻的是什么？"

二人蹲下身仔细地观看。曾泰犹豫道："好……好像是一只鸟。"狄公问:"什么鸟?"李元芳道:"好像……是一只鹰。"狄公道:"这只鹰眼熟吗?"李元芳低下头去仔细看了看,突然一声惊叫:"滴血雄鹰!"

曾泰一惊:"什么?"李元芳道:"你仔细看看,这只鹰和车厢内壁上画的那只滴血雄鹰是一模一样的。"曾泰仔细一看,登时浑身发抖,一屁股坐在了地上。

狄公深吸一口冷气:"看来,这只滴血雄鹰与将军庙的主人宇文承都有着极其密切的关系。难道……凶手真的是这位前隋名将的鬼魂……不……不可能,世上没有鬼!"李元芳轻声道:"可大人,这一切,该怎么解释?"狄公咽了口唾沫:"我不知道。"

突然身后发出一声惨叫,狄公一惊,回过头去,只见那棵张牙舞爪的怪松前,一名捕快跪在地上不停地呕吐着。狄公一愣,快步向怪松走去,李元芳和曾泰紧随其后。

捕快拼命地呕吐着,所有的人都围了过来。狄公问道:"怎么了?"捕快用手向松树里面指了指,众人围上去,登时被眼前那恐怖的景象惊呆了。宽阔的树洞里,堆满了人头和手臂,鲜血淋漓,四下漫溢。狄公惊得目瞪口呆,嘴唇轻微地颤抖起来。

忽然,身旁咯的一声,狄公回过头,只见曾泰一把捂住嘴,快步跑到一旁不停地干呕着。这一来,所有的衙役捕快都感到胸中憋闷,腹内翻腾。大家无声地散了开去,霎时间庙中传来一片干呕声。

李元芳回过头来,对狄公道:"是鬼,是鬼呀,大人!"狄公没有说话,他慢慢蹲下身,蘸了蘸地上的血在手里捻了捻道:"是鲜血。也就是说凶手再一次出动了!可是,死了这么多人,为何不见报案呢?"

天空中飘着小雨。恩济庄村西头的院落前站满了村民,大家探头探脑地向院子里望着。院子里,一个人满院疯跑,嘴里不停地喊着:"无头鬼!无头鬼!"此人正是昨晚到恩济庄借宿的方根生。

院外,村民们议论纷纷:"怎么了,出什么事了?""哎,一大早起来就听见有人大喊大叫,我叫了几个人循着声找到这里,就看见这个疯

370

子又跳又喊。""这个人是谁呀，怎么从来没见过？""不知道啊，不是本村的，好像是个外地人。""这家伙跑到鬼宅来干什么？不要命了！"

两个年轻人道："走，咱们进去看看！"一位老汉吓得拉住二人道："你们不要命了！没听老辈人说起过，只要踏进过这座鬼宅的没有一个得好死！给我回去！"两个年轻人嘟囔着道："我就不信这个邪！"

小雨仍在淅沥沥地下着。狄公站在青阳岗上的坟场中，静静地望着江小郎的墓碑。李元芳、曾泰、何云等人立在身后。阴森森的气氛，令每个人的心里都感到分外压抑。良久，狄公徐徐回过头来道："这里就是江家庄的故址？"

曾泰点点头道："学生是依高如进指点找到这里的，应该是确实无疑。而且，恩师请看，远处是一片废墟，正像高如进所说，几十年前，江家庄曾被一场大火烧成了一片白地。"

狄公四下看了看，点点头："一百多座坟茔，死者竟都是江姓。这到底是为什么？几十年前的那桩案子究竟是怎么回事？"曾泰颤声道："高如进说，那是厉鬼作祟，阴兵杀人。"

狄公转过身来，笑了笑，缓缓走出坟地。他扫了岗下的小村庄一眼，问道："这是什么村子？"曾泰道："恩济庄。"狄公点点头道："走，进村去看看。"说着，一行人向恩济庄走去。

鬼宅院里，方根生跪在地上，用头拼命地撞击着地面，号叫道："鬼呀！无头鬼！抓鬼呀！抓鬼呀！"院外，村民们围了一个大圈，边看热闹，边叽叽喳喳地议论。忽然一个中年人对大家道："我说乡亲们，咱们也不能看着这个疯子就这么喊下去呀，总得想个办法！"先前那位老汉道："庞三，这个鬼宅的事情你不是不知道。故老相传，这可是个死宅，沾上家破，挨着人亡，你说咱们能想什么办法？"中年人一拍胸膛："我知道，大家都怕惹上晦气。我庞三不怕，我进去！"说着，他大步向院里走去。

就在此时，院里的方根生猛地跳起身来，呆呆地望着院外围观的人群。忽然他大声喊道："天兵天将来了！抓鬼呀！"说着，向院门外猛冲过来，围观的村民们一声惊叫四散奔逃。

庞三快步迎上去，一把抓住方根生，脚下使绊，将他摔倒在地。方根生号叫着，拼命挣扎。庞三冲身旁的村民喊道："愣着干什么，这又不是在院里，过来帮忙！"

几个小伙子一拥而上，将方根生压在地上。方根生歇斯底里地发作，喊道："放了我吧，无头鬼爷爷，我再也不敢看你了！"庞三道："看来，这是个失心疯子！他怎么会跑到鬼宅来了？"

话音未落，有人高喊道："穿官衣的来了！"村民们往两边一闪，狄公、李元芳、曾泰、何云等人在众衙役捕快的簇拥下，快步走了过来。衙役们一拥而上，推开按压方根生的村民，将他扶了起来。方根生指着一名衙役的鼻子道："嘿嘿，你是玉皇大帝，我是太上老君，咱俩一起去抓鬼，一起去抓鬼呀！一起去抓鬼！"

曾泰看了他一眼，问庞三道："你们这是干什么？"庞三瞥了曾泰一眼："你是什么人？"班头一声怒喝："大胆，这位是永昌县令曾大人！"庞三一惊，赶忙跪倒："太爷，恕小人有眼不识泰山！"曾泰道："起来说。这是怎么回事？"

庞三道："回太爷的话，不知是打哪儿来了个失心疯汉，一早便在这院中又蹦又跳，嘴里高喊'无头鬼'！"曾泰莫名其妙："无头鬼？"庞三道："是呀，他一直在喊'无头鬼'，过了一会儿又喊'抓鬼'，又是什么'天兵天将'，胡喊乱跳，小人等怕他喊脱了力，这才将他制住！"曾泰点点头："是这样。"

狄公问道："这个院子是何人居住？"庞三道："哦，这个院子废弃了几十年了，无人居住。"忽听身旁一声惊叫，众人回头，只见飞龙使何云浑身颤抖，直起身来。狄公问道："怎么了？"何云指着地上道："大……大……大人，您来看看，这是什么？"

狄公、李元芳、曾泰快步走过去，只见泥泞的地面上，散落着村民

372

们的脚印，再往前看，几个海碗大小的马蹄印深深地嵌在泥地中。李元芳惊呼："是他！"曾泰对狄公道："恩师，和官道上的马蹄印一模一样！"狄公快步走过去，何云哆哆嗦嗦地掏出怀里的蹄印拓片，两下一对照，大小花色一模一样！狄公目光望向院中："凶手曾在门前停留过。"说着，他一挥手向院子走去。

李元方马上拔出幽兰，一个箭步蹿到狄公前面，率先冲进院子。后面的庞三"哎"了一声，仿佛想拦阻，可众人已快步走了进去。村民们发出一阵惊叫，争先恐后地围在院门前向里面观望。先前那位老汉摇了摇头道："不知厉害，竟然乱闯鬼宅，日后必遭祸殃！"

庞三瞪了他一眼："什么必遭祸殃！九叔，你老是拿这句话吓唬人，我怎么就从没见过鬼！"九叔轻蔑地"哼"了一声："等你见到就没命了！你们这些年轻人，就知道使混耍横，等祸到临头，后悔就来不及了！"说着，他悻悻地转身离去。庞三一脸的不屑，骂道："真是个老糊涂！"

正房的门虚掩着，露着一条窄缝。李元芳停住脚步，狄公走上前来伸手推开房门，李元芳闪身而入，狄公、曾泰、何云等人紧随其后。房内横七竖八地躺着十几具无头尸体，墙上用鲜血画着一只滴血雄鹰。众人大吃一惊，毛骨悚然。李元芳颤声道："又是滴血雄鹰！"

曾泰咽了口唾沫："没有头颅，没有左臂，和以前一模一样！"狄公站在屋子当中，一双鹰眼四下搜寻着：地上的无头尸体，散落的钢刀，屋中的方桌，围在方桌旁的板凳……他深深吸了口气道："这就是将军庙树洞中那些头颅和手臂的主人。看来，凶犯果然再一次出手了。此人出手杀人，为什么总是围绕在江家庄附近，这里有什么蹊跷？"说着，他走到墙壁前，静静地望着墙上的那只滴血雄鹰。大家的目光都注视着他。

狄公回过身拾起一柄钢刀，看了看，递到李元芳手里道："这种刀叫什么名字？"李元芳看了看道："回手夜行刀。"狄公点点头："使用这种刀的，都是些什么人？"李元芳想了想道："因这种回手夜行刀轻便、锋利，便于携带，所以，使用这种刀的人，一般都是身负轻功绝技、惯于

373

夜间行事的武林好手。"

狄公点点头："你觉得这屋里有什么奇怪的地方吗?"李元芳点头："是的。刚刚卑职正在想这个问题,为什么这间房子让人隐隐感觉到哪里有些不对劲,可又说不出来。"

狄公道："让我告诉你是什么让你觉得奇怪吧。第一,十几个武林好手同时被杀,而屋中竟然丝毫没有打斗过的痕迹,甚至连桌椅板凳似乎都没挪动过地方。"

李元芳恍然大悟,连拍额头："对,对,对。"狄公接着道："第二,遍地鲜血,却没有脚印,这些人好像都是老老实实站在那里,被凶手杀死的。"

李元芳道："对呀。我说怎么觉得这屋里怪怪的!"狄公继续道："这个凶手是个什么样的人?这些死者,又是什么身份?在永昌县发生的两个案件与河东、剑南、陇右三道发生的血案有没有联系?还有,这只滴血雄鹰到底代表了什么?"

李元芳张了张嘴,似乎想说什么,但终于还是没有说出来。狄公看了他一眼："你有什么话要说?"李元芳苦笑着,摇摇头："没……没什么。"狄公对曾泰道："可以让衙役们收尸了。还有,今天晚上,我们下榻恩济庄,你马上去安排吧。"曾泰躬身答道："是。"

狄公慢慢地向门口走去,边走边思索,忽然,他的目光被门外台阶上的一样东西所吸引。这是一根两寸多长的竹管。狄公走过去,俯身拾起竹管,凑到鼻端闻了闻,登时,头部一阵晕眩,他的身体晃了晃。李元芳赶忙扶住了他："大人,怎么了?"狄公摇摇头："啊,没什么,起身猛了些,有点头晕。"说着,他将竹管揣进了怀里。脚步声响,一名捕快飞奔而来,手里托着一个蓝布包袱,对曾泰道："太爷,在院子里的蒿草中发现了一个包裹!"

闷雷滚滚,淫雨霏霏。一具具无头尸体被衙役捕快们抬到了村中的空场上,村民们将场子围得水泄不通,没有人说话,惊惧之情挂在所有人的脸上。庞三站在人群中，脸色铁青，一言不发。忽然，人群一乱，那位九叔在两个儿子的搀扶下挤了进来，一见眼前的景象，顿时浑身发抖，如筛糠一般，埋怨道："我早就说过，它不会放过我们！完……完了！"庞三看了他一眼："九叔，您说谁不会放过我们?"九叔不停地抖动着："鬼，当然是鬼！没想到，时隔六十年，它又出现了！"

一声焦雷在头顶响起，雨大了起来。当晚，狄公一行在恩济庄一个大户人家下榻。这是个两进院落。几名衙役押着胡言乱语的方根生向正房走去。

狄公打开那人的身份文牒，上面写着："方根生，证圣二年生人，江南东道颍县人氏。"狄公抬起头来，看了看桌上放着的蓝布包袱。曾泰会意，赶忙将包袱打开，里面是叠得平平整整的衣物。狄公沉吟着。

门声一响，衙役押着方根生走进来。狄公站起身来，走到方根生面前。方根生嘻嘻地傻笑着："嘿，你这老头儿，胡子好长啊。"说着，他伸手来抓狄公的胡须。一旁的衙役狠狠一击，把他的手打下去，喝道："不得无礼！"

狄公摆了摆手，微笑道："我的胡子好玩儿吗?"方根生傻呵呵地点点头："你是太上老君！"狄公道："嗯，对了，我就是太上老君。"方根生眼露惊恐之色："不，你不是太上老君，你骗我！"狄公道："我没骗你，我真的是太上老君。"

方根生忽然一声惊叫，喊道："你是鬼，你是无头鬼！"扑通一声，他跪倒在地，连连磕头："鬼爷爷，求求你饶了我吧！饶了我吧！"

狄公啼笑皆非，对身旁的衙役使了个眼色，衙役将方根生拽了起来。方根生浑身乱颤，口吐白沫，嘴里不停地念叨着。狄公道："你见到鬼了，是吗?"方根生"啊"的一声大叫，眼睛睁得像铜铃。

狄公问："鬼是什么样子的?"方根生的上下牙碰得咯咯作响："无头鬼，无头鬼！"突然，他挣脱了衙役们的手，和身向狄公扑来，双手死死掐住狄公的脖子，嘴里疯狂地喊道："抓住了，抓住了！我抓住无头鬼了！"

李元芳腾身而起，飞起一脚将方根生踢得飞了出去，重重地撞在墙上。狄公"哎哟"一声坐倒在地，曾泰和何云抢上前去扶起了他。李元芳剑已出鞘，抵住了方根生的咽喉。狄公叫道："元芳，手下留情！他是个疯子！"

李元芳收起了宝剑。只见方根生已在这一撞之下昏厥过去。狄公走过来，蹲下身，抓起方根生的手腕把了把脉，这才长出了一口气，站起身来道："此人肯定是见到了杀人凶手，才被吓成如此模样。"李元芳和曾泰猛吃一惊："他见过凶手？"

狄公点了点头，指指桌上的那个蓝布包袱道："现在已经可以肯定，这个蓝布包袱就是疯汉之物。他叫方根生，江南人。"

曾泰和李元芳对视了一眼，奇怪地问道："何以见得？"狄公道："包袱中的身份牒文上写得明白：'方根生，江南东道人氏。'刚刚我们两人说话时，你们难道没有听出，此人带着浓重的江南口音吗？"曾泰一拍额头："对，对。学生愚钝！"

李元芳道："可，大人，您说他见过凶手，因此被吓成疯癫，这好像有些匪夷所思吧？"狄公道："哦？为什么？"李元芳道："第一，如果我是凶手，被人发现了踪迹，我一定会杀人灭口，岂能容这疯汉活到现在？第二，看此人形貌言语，是个不折不扣的失心疯子，恐怕不会是被吓出来的吧。"

狄公扑哧一笑："好，我回答你的第一个问题，方根生为什么没有被灭口，这是因为凶手故意要让我们见到他。"李元芳不信："这……这怎么可能？"狄公拍了拍他的肩膀道："一切都是有可能的！回答你的第二个问题，如果方根生是一个天生的疯子，出门前怎么会将包袱中的衣物叠得如此平整，又怎么会想到带上身份文牒？"

李元芳被问得哑口无言。狄公道："这一切都说明，这个疯汉方根生本来是一个正常人。昨晚大雨，他跑到恩济庄借宿，不想，正好看到了凶手大开杀戒，斩人头颅，因而，惊恐之下，心智丧失，以致倒生昏乱。"李元芳将信将疑地点点头。狄公道："刚才我给他号了号脉，三脉冲突离乱，这种脉象在《脉经》之中被称作'气迷心'，也叫'痰迷心窍'，是假疯。"

曾泰道："您的意思是，他的疯症能治？"狄公点点头，从怀里取出了一个针盒，拿出一枚银针，淡然一笑："也许，今天夜里，我们就能知道凶手的真面目了。"

第四章　恩济庄再现无头尸

夜，恩济庄。一道道闪电在山顶亮起，雷声滚滚而过，雨越下越大。狄公住处厢房里，方根生静静地躺在炕上，头顶和胸前插满了银针，一名衙役坐在对面的椅子上打盹。

正房内，大雨敲击着窗棂，闪电在窗纸上频频划过，滚滚的雷声似乎为这个小山村带来不祥的预兆。狄公、李元芳、曾泰、何云围坐在方桌旁。曾泰跌足长叹道："短短几天之内，永昌县境内竟接连发血案，学生这京县县令怕是做到头儿了！"

狄公莞尔："发案不怕，只要能破案，你这官就还能往上升！"曾泰摇了摇头："这几桩案子蹊跷诡异，几日调查下来，竟毫无端倪，连恩师出马尚且如此，就不要说学生了。我看，要破此案难上加难！"

狄公问："为什么？"曾泰道："不知怎么回事，学生觉得此案扑朔迷离，好像是冥冥之中有一种无形的力量在支配着。"李元芳抬起头，似乎想说什么，可又咽了回去。狄公猜到了他的心思，看了他一眼道："元芳，你想说什么？"李元芳叹了口气："卑职与曾兄有同样的感觉，一种不祥的预感！"狄公道："哦？说出来听听。"李元芳踌躇道："卑职怕说出来于事无补，反而影响了大人的判断。"狄公破颜一笑："这就是今天你在案发现场欲言又止的缘故？"

李元芳点点头。狄公道："但说无妨。"李元芳咬了咬牙，似乎是下定了决心道："那卑职就说一说。"狄公点点头。李元芳道："我知道，大人从不相信鬼怪之说。但这些天发生的事情，连环相套，奇诡无比，用曾兄的话说，似乎件件都是冥冥之中早已安排好的：从官道上那位早已死去的所谓'死者'江小郎，到前隋骁果军的专用蹄铁，诡异无比的汉代宝马，将军庙中树洞里死者的头颅和左臂，一切都与几十年前发生在江家庄的惨案惊人地相似，这不能不令人不寒而栗啊！因此……"

狄公道："你认为，这一切都是厉鬼所为。"李元芳低下头道："卑职妄言，大人恕罪。"狄公的目光转向曾泰："你也这么看吗?"曾泰点头："以恩师洞察之细、推理之强，竟找不出丝毫人为的破绽，难道这还不说明问题吗?"狄公轻轻叹了口气，没有说话。

曾泰接着道："恩师还记得吧，上午我们在将军庙正殿基石上发现的那个雄鹰花色，竟与血案现场的滴血雄鹰一模一样，这种可怕的巧合，再精明的策划者也是想不出来的！所以……所以，学生认为李将军之言甚为有理。"

狄公问何云道："你说呢?"何云沉吟片刻道："卑职不敢妄言。只是前隋骁果军的专用蹄铁和汗血宝马，用常理是绝对解释不通的。"狄公深吸了一口气，缓缓点了点头，陷入了沉思。

忽然门外响起一阵杂乱的脚步，紧跟着，传来了轻轻的敲门声。曾泰说了声"进来"。一名班头快步走了进来道："奉太爷之命，去请庄中的长者前来问询，可所有人都好像是见了鬼一样，能躲的都躲了起来，躲不了的不是装病，就是推说有事不肯前来。小人无奈只得瞪起眼来，取出铁索，硬拿了三个老汉到此。请太爷恕罪。"

曾泰望着狄公，狄公徐徐点了点头。曾泰道："罢了，请他们进来。"门声一响，几名捕快押着三位老汉走进门来。其中就有那位九叔。曾泰道："去掉铁锁。"班头赶忙取出钥匙将锁打开。

曾泰道："好了，你们下去休息吧。"众捕快一齐退了出去。曾泰看了看三位老汉，板着脸，故意打起官腔道："今天，传唤尔等，乃为昨夜恩济庄中所发之血案，尔等为何百般推诿，不肯前来？"

九叔赶忙道："太爷，草民等非是不肯前来，实在因家中有事。"砰的一声，曾泰狠狠一拍桌子，把九叔吓得浑身一颤。曾泰指着他骂道："大胆刁民！公然抗拒官府查案，难道不知国法森严吗？！"

三位老汉吓得扑通一声跪倒在地，连连磕头："草民不敢，草民不敢。"曾泰看了狄公一眼，狄公微笑着点了点头。曾泰道："起来。"三人战战兢兢地站起身来。

曾泰"哼"了一声："不是看在你三人年迈的分儿上，今天这一顿板子你们算是挨定了。实话告诉你们，庄中发生血案，尔等谁也逃不了干系！说实话的一切都好商量，倘若支支吾吾，藏头露尾，隐瞒真相，那就休怪本官不讲情面！尔等听清楚了吗？"三老汉连忙躬身："草民明白。"曾泰"嗯"了一声，目光望向狄公。狄公轻轻咳嗽了一声道："你们选出一人与本官说话，不足之处另外两人补充。"

三位老汉你看我，我看你，没有一个自告奋勇。曾泰不耐烦了："有什么好看，又不是上刑场。快一点！"那另外两个老汉对九叔道："九哥，你代表吧。"九叔无奈地道："那就由小人回大人的话吧。"狄公点了点头："你叫什么名字？"九叔回道："小人庞九公。"狄公问："多大年纪？"九叔答道："今年七十八岁了。"狄公问："世居于此？"九叔答道："正是。"

狄公道："好，我来问你，这个恩济庄与青阳岗上的江家庄有何关系？"九叔道："回大人的话，恩济庄就是江家庄。"此言一出，所有人都愣住了。狄公道："哦？那么为什么要改名为恩济庄？"九叔道："这可就说来话长了。江家庄原来分为岗上和岗下，岗上所住都是江姓，而岗下所住，都是庞姓。"

狄公点点头："后来，为何改名？"九叔长叹一声："武德六年，庄中失火，将岗上的江家人全部烧死，只剩下了岗下的庞姓村民，至此江家庄才改名为恩济庄。"狄公长长地出了口气："是这样。那么，为何失火？"

379

九叔道："这个草民就不太清楚了。"

狄公冷笑一声："不太清楚？我劝你实话实说，免得皮肉受苦！"九叔的脸色变了，赶忙道："草民真的不知道。"狄公又是一声冷笑："我跟你提一个人，也许你能想起来。"九叔紧张地问道："谁？"狄公道："江小郎。"

九叔一声惊叫，连退数步，浑身不住地打颤。曾泰把脸一沉，道："我看你这老朽是敬酒不吃，吃罚酒啊！"扑通一声，九叔跪倒在地："二位大人在上，不是草民不讲实话，实在是不敢说呀！"狄公道："哦？为什么？"九叔哆哆嗦嗦道："只……只怕会招来恶鬼。"

一声霹雳在门外响起，李元芳、曾泰、何云三人浑身一抖，面面相觑。狄公道："真是一派胡言！你以为如此便可搪塞本官？六十年前，江小郎一家遇害而死，尸体被人斩去了头颅和左臂，后在西林中将军庙的供台前发现。四个月后，江家庄忽然起火，将庄上的江姓村民烧死十九，与此同时，将军庙也失火焚烧，尔等便庸人自扰，说什么厉鬼作祟，阴兵杀人。真真是无稽之谈！"

一番话将九叔惊得坐倒在地："大……大人都知道了？"狄公点点头道："怎么，你还不肯说实话吗？"九叔狠狠地一咬牙："也罢，草民就豁出去了。大人说得一点也不错。草民三人就是青阳岗上那场大火中的江家幸存者！"

所有人都惊得瞠目结舌。狄公问道："你不是姓庞吗？"九叔摇了摇头："草民三人都是江姓的后生，当时十八岁。起火那天晚上，草民三人在岗下贪耍，住在一个庞姓村民的家中，这才逃过了一劫。"狄公点点头："原来是这样。那么，你们为什么要改姓庞？"

九叔的嘴唇颤抖起来。狄公对李元芳使了个眼色，元芳赶忙起身给三位老人端来了椅子。三人坐了下来。狄公道："不要着急，慢慢说。"

九叔摇头叹息："这就要从这江家庄的来历说起了。前隋末年，天下大乱，有一位勇将名叫宇文承都，不知几位大人可曾听说过？"

380

狄公看了看李元芳三人，只见三人面色发绿，李元芳的嘴唇在微微颤抖着。狄公点了点头："宇文承都是前隋炀帝驾下的骁果军中郎将，本官知道此人。"九叔道："我们江姓的族长江小郎就是宇文承都军中的将领。"狄公大吃一惊："江小郎是宇文承都的部下？"

　　九叔点点头："正是。当年，宇文承都率军退到洛阳附近，被窦建德的大军所围，他跨着巨马，挥动掌中的凤翅镏金锏，敌军在他马前一个个倒下，地上血流成河。宇文承都勇冠三军，乃是沙场悍将，几次交战令窦建德损兵折将，于是窦建德便派人暗地潜到营中找到了江小郎……"老人将当年发生的事件描绘了一番——

　　深夜，营帐中。江小郎望着对面的使者："你是什么意思？"使者道："将军，而今你们兵少粮缺，已经被窦王大军所围。宇文承都虽然是勇冠天下，但他即使浑身是铁，能捻几根钉啊！你们的败局已定，只是迟早的事情。将军，应该为自己的后路打算打算。"

　　江小郎道："你到底想说什么？"使者道："素闻将军与承都有隙，不如趁此机会袭杀此贼，投靠窦王，必获重赏。"江小郎道："你要陷我于不义吗？"使者笑道："将军千万不要执迷，目前的状况，你比谁都清楚，如不尽早选择，窦王大军到时，可就是玉石俱焚啊！"

　　江小郎踌躇着。使者望着他。忽然，江小郎道："好，我答应！"使者大喜，轻轻一拍桌子道："好。痛快！俗话说识时务者为俊杰，我马上向窦王报告！"江小郎笑了笑道："贵使不要着急，我的话还没说完呢。宇文承都乃当世勇将，要杀他谈何容易，因此，我要向你借一样东西。"使者道："说吧，不管借什么，我都答应。"江小郎狞笑着："我要借你的项上人头！"使者一愣。没等他反应过来，江小郎纵身而起，寒光一闪，使者人头落地。

九叔道："江小郎持使者的首级去见宇文承都，说明前事。宇文承都深为感动，不但重赏了江小郎，还将自己的贴身卫队交给了他。于是，几天后的一个夜里……"

宇文承都人不卸甲，躺在帐中熟睡，凤翅镏金镗立在一旁。

帐外，值夜的卫士在不停地巡逻。远处，一条人影慢慢地走过来，正是江小郎。两名卫士躬身道："将军。"江小郎点了点头，突然从身后抽出一把钢刀，寒光一闪，两名卫士无声地倒在了地上。

江小郎闪电般蹿进营帐中，来到熟睡的宇文承都床前，慢慢举起掌中的钢刀。就在此时，帐外传来一阵惊天动地的喊杀声，窦建德率大军杀到。宇文承都从梦中惊醒，睁开双眼，见江小郎站在他面前，双手高擎钢刀。宇文承都张大了嘴想说什么，江小郎手中刀猛劈下去。

狄公长叹一声："我明白了。这个江小郎好深的心计呀！"九叔道："江小郎杀死宇文承都后，将首级交给了窦建德。窦王大喜，将承都的首级传令六军，身体埋葬在了西林之中。"

狄公点点头。李元芳问道："西林中的将军庙，真的是宇文承都的葬身之所？"九叔点点头："是呀。当时，窦建德重赏江小郎，并将他留在麾下。听老人说，江小郎杀死宇文承都后，连续数月被噩梦所缠。他请来了一位道士，道士说宇文承都失去了首级，魂魄便无法进入冥界，更无法轮回托生，因此，阴魂不散，化作厉鬼，早晚有一天会回来找他。江小郎非常害怕，急忙派人去找承都的首级，可没想到，首级已被窦建德纵火焚为灰烬。"

狄公道："想来这江小郎弑主求荣，心中不安，才会产生幻象。"九叔一脸认真地道："大人，鬼是真实存在的！"狄公笑了笑："好了，你继续说吧。"

九叔道："后来，窦建德被我大唐所灭，江小郎率部下反正，投入了右卫麾下，积功做到了游击将军。武德三年，天下初定，他便率一些不愿在军中的部下回到了河南县，建起了这座江家庄。当时，他的部下大部分是早年从家乡跟随他出来的江姓本家。建庄之时，又收留了附近的很多庞姓流民。因此，江家庄分为岗上和岗下，岗上是江姓，岗下是庞姓。江小郎就自然成为了族长。奇怪的是，他的家却并不在岗上，而是建在了岗下。"

狄公一惊："哦？就是六十年前发案的那座江家大院？"九叔点点头："正是。今天早晨，你们去过了。"狄公问："你是说，江家大院就是发生血案的那座荒废院落？"九叔惊讶地道："是呀，怎么，你们不知道？"

狄公摇了摇头。李元芳等三人面面相觑。曾泰的手微微发抖，轻声道："太可怕了！"狄公看了三人一眼，轻轻咳嗽了一声问道："这江小郎为何要把院子建在岗下？"

九叔道："我也曾问过父母同样的问题，父亲说他是为了躲避宇文承都的鬼魂前来纠缠，因此，才把家建在庞姓聚集的岗下。没想到，他还是没有逃过厉鬼的追杀。六十年前的一个雨夜里，江家大院三十余口全部被杀，尸体被斩去了头颅和左臂，紧跟着就发生了岗上大火。"

狄公点了点头："江家的族人只活下了你们三个？"九叔长叹一声："是呀。开始，我们还都没有想到是厉鬼作祟，可是，不久县衙中传来消息，捕快们发现江家人的头颅和手臂被供奉在将军庙里宇文承都的神位前。岗下的庞姓人不知内幕，也还罢了，可我们三个仅存的江家后生却忽然想起了老人们生前说过的话：'早晚有一天，宇文承都会回来寻找自己的头颅，杀死所有姓江的人。'这话真的应验了。果然，几个月后，衙门里来人说，这案子是厉鬼复仇，杀死了江小郎和所有江姓族人。"

狄公双眉一扬:"衙门里派来的人是这么说的?"九叔点了点头:"是啊。"狄公道:"你能肯定?"九叔道:"当然。"狄公道:"连岗下庞姓人都不知道宇文承都之事,衙门里的人是怎么知道的?他们不知道宇文承都之事,又怎么会说出厉鬼复仇的话来?"

九叔道:"听说是县丞请来了一位道士,道士请缨占卜后对他说的。"狄公点头:"原来如此。你继续讲吧。"九叔道:"此言一经传开,江家大院立刻就成了村中禁地。老人们说,任何踏入大院之人,都会被厉鬼认为是江家之人而惨遭杀害。也正因如此,草民为怕厉鬼寻仇,这才改了姓氏。"

狄公点点头。曾泰倒抽了一口凉气道:"恩师,一切都明白了。"狄公道:"什么明白了?"曾泰道:"昨晚死在江家大院中的那些人,肯定是为避大雨误入鬼宅,因而被宇文承都的鬼魂认为是江姓之人,这才遭遇不幸的。"

九叔道:"太爷说的极是,草民也这么想。真想不到,时隔六十年,这厉鬼竟然又回来了!"李元芳忽然问道:"那么,西林中的将军庙是何人、何时所建?"九叔想了想道:"据老人们说,将军庙是江小郎亲自率江家族人所建,具体是什么时候草民想不起了。"

李元芳点了点头。狄公道:"你见过江小郎吗?"九叔摇头:"我从没见过他。"狄公道:"哦?他不是你们江姓的族长吗?"九叔道:"此人的行踪非常诡秘,自从建庄后几乎从没在家中住过。因此,除了江姓的老人外,认识他的人可以说是寥寥无几。"

狄公道:"那么,江家大院被杀的三十多口中有他吗?"九叔点点头:"当然有。正是因为他忽然回到了江家庄,厉鬼才会动手的。哼,就是他连累了所有江姓族人一起送命!"

狄公点头道:"好,你说的这些很有价值。多谢三位老人家。这就请回吧。"九叔又惊又喜:"怎么,不……不带我们到衙门去了?"狄公笑了:"无缘无故怎能带你们到衙门,今晚不过是问问情况罢了。来人!"

班头快步走进来。狄公道:"送三位老人家回去。"班头答应着道:"三位请。"九叔等三人起身走出房外。

狄公站起身来,缓缓地踱着步。很久,他回过头来,望着李元芳等三人。只见李元芳两眼望着空气,木然不动;曾泰张着嘴,似乎还没有回过神来;何云的手指在桌上不停地画着,眼光却直愣愣地盯着墙角,一动不动,显然也在沉思。狄公轻轻咳嗽了一声。曾泰一抖,醒过味儿来,他四下看了看:"怎么,他们走了?"

狄公点头:"觉得怎么样?"曾泰的目光看看李元芳:"还是让李将军先说一说吧。"狄公道:"元芳。"李元芳一动不动。狄公提高了声音:"元芳!"李元芳猛醒过来:"啊,大人,恕元芳无礼。"

何云也收回了目光。狄公道:"元芳,你说说,有什么想法?"李元芳叹了口气道:"可怜宇文承都,一代名将,竟惨死在这等宵小之手!"狄公一愣:"这就是你对案子的看法?"李元芳赶忙道:"啊,大人是问这案子?"狄公感到奇怪,看了他一眼:"元芳,你今天是怎么了?"

李元芳道:"没什么,想到了一些往事。"说着,他长叹一声:"大人,事到如今,您不应该再否认厉鬼作祟这个事实。幽冥确实是存在的,鬼怪就在我们身边!"一声惊雷在屋外炸响。曾泰道:"恩师,李将军言之有理呀!事到如今,恐怕只有这一种解释了。"狄公两眼望向窗外道:"难道真的是我错了?不,我还是不相信世上真的有鬼怪存在!"

一道闪电划过窗前,焦雷轰隆隆地响起。大雨哗哗地下着,雷鸣电闪震动着大地。村口,四个马蹄溅起了一片水花。马尾左右甩动,发出一阵轻微的沙沙声。那双穿虎头镔铁护甲的脚轻轻地磕击着马腹。唰的一声,一道青光闪过,半月形的镜头垂了下来,在闪电映照下发出一阵阵寒芒。

马停在一座小院的门口。马上人的双脚重重地落在地上,慢慢地向院门走去。镔铁护甲发出咯吱吱的响声,在这静夜中显得格外恐怖。屋内一片漆黑,九叔早已熟睡,静静地躺在炕上。闪电在窗前骤然亮起,

385

一个无头人影清清楚楚地印在窗上。

狄公住处。厢房中，方根生一声大叫，从炕上坐起身来，两眼惊恐地四下看着，不停地喘着粗气。狄公等三人听到方根生的惊叫声，赶忙打着雨伞走到门前，推门而入。方根生坐在炕上，吓得浑身乱颤，迅速向墙角缩去。狄公和颜悦色道："别害怕，我们只是来看看你。这位就是永昌县县令，曾大人。"

方根生颤抖着望着眼前三人，点了点头。狄公在炕沿上坐下，李元芳回手关上了房门。曾泰走到方根生面前，面带笑容问道："你叫什么名字？"方根生哆里哆嗦地道："小……小人方根生。"曾泰点了点头："哪里人氏？"方根生道："江南东道，颍州人氏。"

曾泰道："来永昌县做什么？"方根生道："到隔壁的来庭县小杨庄投亲。"曾泰道："既然是到来庭县，应该走官道才对，怎么走到了这里？"方根生道："小人听说穿过恩济庄背后的邙山，就到了来庭县。小人贪图近路，这才走到这里。"

曾泰点了点头，目光转向了狄公。狄公轻轻咳嗽了一声道："方根生，昨天夜里，你在村西头的江家大院里看到了什么？"一声霹雳在门前响起，方根生一声惊叫，登时脸色煞白，浑身不停地战栗。狄公安慰他："不要害怕，你现在非常安全。把你看到的都说出来。"

方根生的牙关不停地击打着，哆里哆嗦地道："鬼，鬼，无头厉鬼……"狄公惊呆了，望着李元芳和曾泰。二人轻轻叹了口气。狄公问："你真的看到鬼了？"方根生点点头。狄公又问："鬼是什么样的？"方根生道："没有头颅，穿着铠甲……"

他讲述了昨夜亲历的一幕——

黑夜，大雨倾盆。江家大院正房内一片漆黑，方根生摸黑走了进去。忽然脚下一绊，身体摔在一个软绵绵的东西上。一道闪电亮起，他发现手上竟满是鲜血；又是一道闪电亮起，他身下竟是一具无头尸体！方根生发出一声惨叫。轰隆一声炸雷，屋内的油灯竟然亮了起来。方根生颤抖着回过头，忽见对面墙壁上用鲜血画着一只巨大的雄鹰，墙角边隐隐约约站着一个人。方根生双腿一软跪倒在地，浑身扑簌簌地颤抖着道："小人方根生，路过此地，是……是……是前来借宿的，老爷饶命，饶命啊……"

屋中响起了一阵铁甲磕地的咔咔声。方根生慢慢抬起头来，展现在他眼前的是：老式的虎头镔铁护脚甲、老式的锁叶连环护腿、三层镔铁重铠、老式青铜护心镜、黑色的斗篷。一道闪电划过，方根生看到此人的脖颈上空空如也，没有头颅！方根生吓得魂飞魄散，瞳孔完全散乱。那无头厉鬼静静地站在他面前，手提一柄长大的奇形兵刃。又是一声惊雷。方根生双手抱头，一阵凄厉的惨叫，双眼翻白，昏死过去。

狄公听了方根生的叙述，不胜惊讶，呆呆地站着，一句话也说不出来。方根生轻轻抽泣着："小人当场昏死过去，后来，后来就什么都不知道了。"

李元芳叹了口气，提起桌上的毛笔，在纸上不停地画着。曾泰纳闷道："你在画什么？"李元芳没有回答。不一会儿，他放下笔，将纸递到方根生面前道："你看看这个。"

方根生伸手接了过来，突然一声惊叫，跪在炕上，不停地抖动着。狄公拿起那张纸，只见上面画着一只老式虎头镔铁护脚甲和一柄奇形兵刃。

狄公轻声问道："元芳，这是什么？"李元芳道："那是在南北乱世和前隋时代流行在军中的老式虎头镔铁护脚甲。那件兵刃就是骁果军中郎将宇文承都的成名利器——凤翅镏金镋！大人，您现在明白了吧，这个无头厉鬼，就是宇文承都！"一声霹雳，狄公一惊，手中的纸徐徐飘落在地上。

再说上阳宫武则天寝殿内，红烛高烧，一片光亮。武则天靠坐在床头，已经昏昏然睡去。床旁的椅子上，春香也迷迷糊糊地似睡似醒。殿门轻轻开启，一名内侍轻轻走到春香身旁，拉了一下她的衣袖。春香猛地惊醒。内侍小声道："你怎么也睡着了！赶快叫醒皇上！"

春香一惊，站起身，走到武则天身旁，低声叫着："陛下，陛下。"武则天浑身一抖，惊醒过来："怎么了？"春香赶忙道："皇上忘记了，是您下的旨，只要见到陛下睡着，就立刻叫醒，否则又会被噩梦缠身了。"武则天长叹一声，点了点头："是的，我没有忘。这种日子，什么时候是个尽头啊！"说着，她的双眼望向窗外。

窗外雨声阵阵，东方已经泛起鱼肚白。武则天问："什么时候了？"春香道，已是五更末了。武则天点点头："好了，再过一个时辰，天就亮了，朕终于可以睡觉了！"

恩济庄九叔家门前，小雨不停地下着。村民们将门前围得水泄不通。忽然身后有人喊道："让开，让开！"

李元芳带着几名衙役快步向院里走去。炕上躺着一具无头尸体，正是九叔！先来的狄公和曾泰站在尸体前，静静地望着。曾泰痛心地长叹一声："又是一个姓江的！如果九叔昨夜不和我们说起那番话，也许他就不会死了。好一个恶鬼呀，看来，它绝不会放过任何一个姓江的人！"

话音未落，李元芳快步走进来，他看了看炕上九叔的尸体低声道："大人，昨夜与九叔同来的那两名老者也被杀死在家中！"

狄公的眼中闪烁着愤怒的火焰："什么勇将、名将，我看这宇文承都生前定是大奸大恶之徒，死后也是邪祟厉鬼，阴狠歹毒，只知滥杀这些无辜的村民！"他转过身来，胸有成竹地说道："这厮生前是个为部下所杀的懦夫，死后还能怎样的凶狠？我就不相信，咱们这些活生生、有头有脑的人，会输给一个阴司恶鬼！走！"说着，他一摆手，大步走出门去。

门口黑压压地跪满了人，正是以庞三和几位长者为首的恩济庄村民。一见狄公三人走出门来，村民们高声呼喊着："太爷救命啊！"

狄公愣住了，目光转向身边的曾泰。曾泰赶忙道："乡亲们，你们这是干什么？"一位长者高声喊道："几十年前，恩济庄惨遭恶鬼浩劫，岗上江姓人家一夜之间尽遭厉鬼杀戮！时隔六十年，想不到这个恶鬼又回来了。前天夜里，十几个误入江家大院的外乡人被杀；昨天夜里，庞九公和两位叔公又离奇死去。太爷，流血已经开始了！它绝不会放过恩济庄里的任何一个人，草民肯求太爷想个办法，否则，庄中老少绝无活命之理呀！太爷！"说着，他叩下头去。村民们齐声高叫："太爷救命啊！"

曾泰不知如何是好，面露难色："老人家，不是本县不想管，是管不了啊！此案乃厉鬼作祟，乡亲们可能都听说过，阴阳有别，我一个阳间的官儿，管不了阴间的事呀！"

那位长者苦苦哀求道："难道太爷就要舍我等而去！太爷在这里，厉鬼还如此肆无忌惮地杀人，如若太爷离开，小人们可就性命难保了！太爷，您救命啊！"地上跪着的村民们哭成了一片。曾泰心里非常难受，却束手无策。狄公深深吸了口气，目光望着李元芳。

跪在前面的庞三突然跳起身来喊道："乡亲们，求谁也没用，不如咱们自己组织起来，跟他妈这个恶鬼拼了！"

年轻人立即响应，喊道："三哥说得对，跟他拼了！"长者大声喊道："庞三！你要为村里的老弱孩子们想一想！拼不过，你们这些后生一走了之。可老人们怎么办？娘儿们怎么办？孩子们怎么办？！"说着，他老泪纵横。

庞三也傻了眼，他急道："这也不成，那也不成！到底要怎么样？"狄公缓缓走到人群前："乡亲们，我说两句！"

村民们抬起头来，望着他。庞三看了看狄公问："你也是当官的？"狄公点了点头道："乡亲们，我在这里给大家下个保证，明天我们一定会回到恩济庄，不管这个杀人凶手是人还是鬼，我一定要将他抓捕到案，明正典刑！给死去的人一个公道！让乡亲们安心！"

村民们将信将疑地望着狄公，面面相觑。曾泰、李元芳、何云也都被这番话惊住了，所有人的目光都望着狄公。

庞三道："你是什么人，敢夸这样的海口？连县太爷都管不了的事，你能管？"狄公微微一笑，刚要说话，曾泰斥道："大胆，怎能如此和大人说话！"庞三不禁一惊。狄公对他道："你放心，我说过的话，就是铁板钉钉。我说能管，就一定能管！"

跪在前面的长者看出这位说大话的长者气度不凡，他试探着道："大人，除非您能告诉我们，您是谁，否则草民们不敢相信！"村民们也七嘴八舌地喊道："对，你是谁，凭什么说这样的大话！"

"是不是看我们乡下人好骗，说大话糊弄我们？"喊声顿时响成一片。曾泰立即高声怒叱："大胆！大胆！你们要造反不成！"狄公长叹一声，对曾泰道："就把我的身份告诉他们吧。"李元芳急了："大人，您这次可是私自出京啊，万一走漏风声，被御史得知，那是要挨处分的！"狄公看了看人群道："现在也顾不了这许多了。"曾泰的眼睛望着狄公，狄公徐徐点了点头。他提高了嗓门："大家安静！听本县说话！"

人群慢慢安静下来。曾泰略退了半步，躬身道："这一位就是当朝宰相，狄仁杰，狄大人！"此言一出，不但是下跪的村民们炸了窝，就连曾泰身后的县丞、县尉、衙役捕快也都惊得吐出了舌头。县丞将信将疑，惊问曾泰："这位真的就是大名鼎鼎的狄国老？"曾泰点点头。县丞不禁一怔："大人，狄国老是何等人物，怎能管咱这民间小案？"

县尉道："那还不是咱大人的面子大，能把他老人家请来。"曾泰道："恩师最关心的就是民生之事，他曾说过，民生无小事。只要与老百姓有关，不论事情大小，他都会亲自过问。"县丞和县尉连连点头。这时，长者与狄公已经攀谈开了："宰相大人，草民能不能问一件事情？"狄公道："老人家请讲。"

长者道："十多年前，大理寺曾出了个月断万件积案的司刑卿狄大人，与您是什么关系？"狄公笑了。李元芳道："那就是你面前的这位狄大人！"长者一声惊叫，跳起身来，对村民们喊道："乡亲们，咱们有救了！"

村民们一愣。庞三问道："四叔，为什么？"长者高声道："这位宰相大人就是原来大理寺中的那位神断！我听说他不但能审阳间的案子，还能审阴司，审冥界，审鬼魂！总之不管多难的案子到了他的手里，那都是小菜一碟！而且，狄大人身为当朝宰相，有他老人家撑腰，咱恩济庄的人算是有救了！"说着，他扑通一声跪倒在地，砰砰地磕起了响头。村民们跟着跪下，连连叩头。

狄公道："乡亲们，大家起来！起来！我有话说！"村民们这才站起身来。狄公道："我这次到恩济庄来，乃是私自出京，没有得到皇上的许可。因此，不能久住……"

村民们发出一阵失望的喊声。狄公道："大家听我说完！我现在立刻启程回到东都，向皇帝请旨。明天，最晚后天，一定回来！"

村民们脸上的笑容消失了，你看我，我看你。曾泰赶忙道："这样吧，今天，我把县丞、县尉，以及随行的衙役捕快，全部留在恩济庄，保护乡亲们的安全！与大家一道等候我们回来！"村民们爆发出一阵欢呼，似乎连雷鸣也变得十分微弱了。狄公低声对李元芳道："民心可用啊！"

北邙山，淫雨霏霏，天色阴晦。一顶花呢小轿在一队卫士的簇拥下，沿着山路上的台阶来到一座道观门前的空场上。这道观很宏伟，观门前的牌楼雕龙刻凤，金碧辉煌，中间烫金大字写着："敕建紫霞观"。道观的大门有三个门洞，一高两低，轿子就停在中央最高的那个门洞前。轿帘打开了，一个身穿道服的人快步走了出来，这个人非常眼熟，正是太平公主。她整了整头上的紫金道冠，拂尘轻轻一打，抱在了怀中。

一名道童快步迎了出来："公主。"公主点了点头道："上师在吗？"道童道："正在等着公主。"太平公主快步走进观中。国师王知远正盘膝坐在三清殿上的蒲团上。殿门吱呀一声打开，太平公主闪身进来。王知远睁开双眼。太平公主笑道:"师兄,别来无恙啊。"

王知远笑答:"承公主挂念,知远一切安好。请坐。"太平公主缓缓坐在了对面的蒲团上,微笑着问道:"怎么样了?"王知远诡谲地一笑:"公主真是人中龙凤,女中豪杰,从此事一开始,每一个步骤便都在你的预料之中!"

太平公主笑问:"下面你想怎么办?"王知远微微一笑:"一切都按计划行事!"太平公主点了点头:"你的人都准备好了吧?一旦皇上宾天,我哥哥与武三思的争斗一起,我们就要立刻下手,绝不能有丝毫迟疑!"王知远点头道:"只听公主一声号令!"

第五章　狄公自请"抓鬼大臣"

狄府正堂上,狄公在换官服,狄春手忙脚乱地帮他系着革带。曾泰手托乌纱站在一旁道:"恩师,见到皇上您怎么说呀?"狄公淡然一笑:"你放心,对付皇上我还是颇有心得的。"

李元芳推门进来,手里托着一大摞公文道:"大人,这是河东、陇右和剑南三道刚刚送来的滴血雄鹰案的详细资料。"狄公问:"哦,怎么说?"李元芳道:"资料记载,这三道发生的血案,死者也是被斩去了头颅和左臂。"

狄公愕然:"和这里一模一样?"李元芳点点头。狄公大感不解:"为什么?难道河东、陇右、剑南三道,也有类似江小郎这种情况,因而招致了恶鬼的报复?"

李元芳道:"宇文承都死后,部下散落在全国各处,因此,发生这种情况是极有可能的。"狄公点点头:"看来,这个恶鬼并不太好对付。对了,元芳,还有一件事。"李元芳道:"请大人吩咐。"

狄公道:"你马上到国史馆,找到负责修撰《隋书》的秘书少监郝大人,调集所有与宇文化及、宇文承都父子,以及与前隋骁果卫有关的隋代史料，我晚上要用。"李元芳点头。一名随从从外面走进来报告："大人，轿子备好了！"狄公点点头，走出正堂。

上阳宫武则天寝殿中，武则天靠着床头，眼皮不由自主地耷拉下来，她使劲地睁开，不让自己睡去。春香端起茶碗道："陛下，喝口茶吧。"武则天摇摇头，向窗外看了看："天已大亮，我可以睡了吧。"

春香道："国师说，要陛下巳时安寝，最为安全。现在离巳时还有一会儿。陛下，再等一等吧。"武则天叹了口气，无可奈何地点了点头。此时，在御厨房里，一只手打开一个白纸包，将里面的药末倒进了碗里……又过了片刻，春香站起身来道："陛下，巳时已到，服完安神汤后，您就可以安寝了。"武则天点头。殿门开启，内侍捧着托盘走到御榻前，双膝跪倒："请陛下服用安神汤。"

春香从怀里掏出一面小小的银牌，在汤碗里插了一下，而后端起汤碗递到武则天面前。武则天伸手接过汤碗，一饮而尽。不一会儿，武则天双目紧闭，已经沉沉入睡。春香放下帘幔，轻轻走出寝殿。

通往上阳宫提象门的天街上，两侧的铺户纷纷下板开张。远远地，一顶蓝呢官轿在仆佣的簇拥下径奔提象门而来。狄仁杰坐在轿中沉思着。良久，他张开右手，手中握着那根在恩济庄江家大院正房前捡到的竹管。他的目光望着竹管，眉头凝在了一处。轿帘打开，狄公低头走下大轿，忽然他觉得身前有人，赶忙抬起头来，张柬之站在面前。

狄公一愣："柬之！"张柬之微笑拱手道："怀英兄。"狄公道："你也要进宫？"张柬之点了点头："本来是要到观风殿奏事的，可内侍传旨，说皇上批阅奏章，通宵达旦，刚刚睡下。"

狄公一愣："哦？看来我来得不巧了！"张柬之道："小弟本想回府，正好看到兄台的官轿向提象门而来，因此，特意在此等候。"狄公点了点头。张柬之道："你我二人虽同为宰辅，但一守内史，一守鸾台，相见机会无多，今日恰逢，该当好好倾谈一番。"

狄公抬起头，微笑道："言中有骨。看来你是有话要和我说。"张柬之点点头：“狄怀英果然了得，一目洞穿人心！”狄公道：“今日，皇帝不能听政，最清静的地方就应该是朝房之中了，你我二人就到那里一叙如何？”张柬之道：“正合我意。”

偌大的朝房中空无一人。房门一开，狄公和张柬之走了进来。张柬之关上房门，向尽里面的一间屋子一伸手，微笑道：“还是老规矩，阁房议事。阁老请。”狄公也笑道：“阁老请。”

张柬之道：“阁老资深位重，权掌中书，理当先行。”狄公道：“阁老深孚众望，门下充要，还是你先。”二人哈哈大笑，狄公一把拉住张柬之的手道：“一番繁文缛节，你我弟兄何须如此？走！”说罢，二人携手同时走进阁房。

武则天躺在床上沉睡着，呼吸非常平稳。一阵微风吹来，拂动帐幔。武则天的脸上漾起了一丝微笑。她开始进入梦境。

上阳宫御花园中，春光乍好，群芳争艳，鸟语花香。武则天带同内侍和众臣走在花丛小径上，心情显得格外轻松，不时与身旁的狄公、张柬之、武三思等人说笑闲谈。一片乌云从天际飞来，转眼将阳光遮住。突然平地里一声焦雷，惊天动地，武则天大吃一惊，抬起头来……

睡梦中，武则天的眉头紧紧地蹙在一起。忽然，喉头发出咯的一声轻响，身体抽紧了，武则天又回到了梦境。

明朗的晴空刹那间乌云滚滚，将天空染成一片墨色。武则天脸色陡变，回过头来，正想吩咐内侍回宫，然而，她的身边竟空无一人，群臣和内侍竟在转瞬之间不见了踪影。武则天目瞪口呆，一股凉气骤然间袭上了她的脊背，她浑身一抖，立刻飞跑起来，嘴里高喊着卫士们的名字……

武则天的身体在床上翻动着，手脚不停地在空中抓着、蹬着，嘴里高声叫喊："来人！来人哪！"春香和内侍闻声，一拥而入。春香伸手撩开帐幔，只见武则天在床上不停地翻腾着。春香大惊，连声高叫："陛下，陛下。您醒一醒，醒一醒！"

武则天翻了个身，又陷入梦境中——她飞跑着穿过一道道花丛，花园里竟然没有一个人影，她失声大叫着。一阵阴风悄然而起，风中带来一点隐隐约约的呼喊："陛下，陛下！"武则天猛地停住脚步，高喊道："春香，春香。朕在这里！"忽然，周围响起了一阵恐怖的笑声，武则天猛回头，身后的一朵黄菊竟变成了一张丑恶的脸，两片绿叶在刹那间化作一双怪手，闪电般地缠上身来，将武则天死死地捆住。春香使劲抓住武则天挥舞的双手，不停地喊道："陛下，你快醒醒啊！"她回头对身后的内侍高喊道："快去请太医！"

两名内侍飞跑而去。殿内只剩下了春香和另外一名内侍。武则天的脸憋得通红，手脚不停地挥舞蹬踹，浑身用力挣扎着。春香一个人竟无法制住她。可奇怪的是，床旁的内侍站在一边，面无表情地看着春香一人忙活，竟没有丝毫过来帮忙的意思。

武则天喘了口大气，又翻了个身，继续做她的梦——黄菊顿时化作丑脸慢慢地向武则天靠近，武则天嘴里不停地大叫，拼命挣扎着。那丑脸越来越近……

御床旁那名内侍的丑脸俯在武则天脸的上方，静静地望着。武则天拼命地叫喊，挣扎。内侍的脸上露出一种嘲讽的冷笑："药起作用了！好了，春香，放开她。让她自己玩一会儿吧！"春香微微一笑，放开手。武则天的手脚马上又舞动起来。内侍和春香快步离开寝殿。

梦中，武则天在花园里飞跑着，花园里娇艳的鲜花，竟都变成了鬼怪，狂笑着向她扑来。武则天惊恐万状，拼命地奔跑着，身后，花怪们穷追不舍。忽然面前出现一朵硕大的牡丹，武则天停住脚步，随即身后的声音消失了。她徐徐回过头来，身后的花怪们消失得无影无踪，花园又恢复了正常，鲜花依然娇艳。武则天长长地舒了口气，抬起头望着眼前这株一人高的牡丹道："你救了朕，朕定有封赏。"说着，她伸出手扶着牡丹的花干，大口地喘息着……

武则天渐渐安静下来。一双脚缓缓走到床边，正是春香。她望着床上的武则天，脸上冷若冰霜。忽然，武则天又进入梦境——

武则天手扶花干不停地喘息着，突然手一震，她连忙抬起头来，那牡丹的花瓣竟然慢慢地绽放开来。武则天惊讶地睁大双眼，只见绽放的花蕊上站着一个女人，不是别人，正是武则天自己。

她吓得目瞪口呆："你……你……"花蕊上的武则天板着脸冷冰冰地说道："贱人，还我的女儿！"说着，双手一展，两道红绫急奔而出，缠住武则天的脖子。红绫很快收紧，死死勒住武则天的脖子……

武则天躺在床上，一条枕巾缠在她的脖颈上，两端竟捏在她自己的手里。她的两手不停地抓着，带动枕巾一点点收紧，她的脸涨得通红，呼吸越来越困难。殿门砰的一声打开了，太医风春来在春香和内侍的簇拥下冲了进来。众人奔到床前，立刻看到了眼前的景象。

风春来惊叫道："快，快把枕巾拿下来！"春香和内侍一拥而上，七手八脚地将武则天手中的枕巾扯了下来。然而，武则天仍旧红头涨脸，双手在空中不停地抓挠着。风春来迅速打开医箱，从里面拿出金针。

与此同时，阁房中，狄仁杰与张柬之谈论着武则天的病。狄公猛地抬起头来："什么？皇上又犯病了？"张柬之点了点头："正是。昨天夜里，皇上又被恶鬼缠身，差一点就驭龙宾天了。"

狄公倒抽了一口凉气，忽然，他明白了："柬之，今日你之所以到观风殿奏事，实际用意是来探探虚实，'观观风'的吧？"张柬之伸出了大拇指："狄公神算！"狄公道："难道宫中真的闹鬼？"

张柬之点点头："听说，昨夜皇上急召国师王知远入宫，命他驱鬼镇魔……"狄公问："结果呢？"张柬之冷笑一声："世上岂有鬼哉。所谓鬼怪都来自于人的内心，王知远之流不过是在君前妖言惑众，以博取信任罢了！"

狄公连连点头："柬之此言，深合我心。那么，你说皇上为什么会连连发病？"张柬之道："这还不明白？大限将至。"狄公摇头："还不至于吧。几天前，我为皇帝诊脉，她的脉象可洪博有力得很呀。"

张柬之笑了笑："那都是假象。怀英兄请想，一个身强体健的人，怎么会闭上眼就有恶鬼前来索命，这分明是皇上龙体羸弱，已到了油尽灯枯之时，才会屡生幻象！"

狄公抬起头来道："你的意思是，皇上看到的，都是幻象？"张柬之道："这是当然。以此看来，皇帝时日无多了。我看，你我弟兄也要做好准备。"狄公一惊："此言何意？"张柬之笑了："怀英兄这是明知故问了。"狄公笑了笑："我知道，你是想趁此之时，扶太子正位，还李唐神器。"

张柬之点点头："正是。我已打算好了，一旦皇上宾天，我马上命禁卫军守住宫门，秘不发丧，而后，率兵剿灭武氏宗族，扶太子正位。而今，朝中重臣有很多是兄长的弟子门生，只要怀英兄振臂一呼，众臣会立刻响应，则大事可成。"

狄公点了点头："我明白你的意思，我何尝不想如此。然而……"他深深吸了口气。张柬之道："怀英兄有何顾虑？"狄公抬起头道："现在恐怕还不是时候。"张柬之一愣："哦？为什么？"狄公道："以我看来，此事定有蹊跷。"

张柬之问："蹊跷？"狄公点点头："以我的观察，皇上还远远没到油尽灯枯的地步。她头脑睿智，言辞锋利，条理清晰，绝不是个将死之人表现出来的状态。柬之，我们绝不能轻举妄动！万一堕入他人彀中，你我送命事小，陷太子于死地，那可是万死莫赎了！而今天下，能奉李唐正朔的人已是凤毛麟角，所以，一切要谨慎小心！"

张柬之道："可是，武三思也已经动起来了。"狄公淡然一笑："梁王者，匹夫也！让他先动起来，我们在暗中观察。只要控制住李多祚、敬晖、桓彦范这些禁卫军领袖，就不怕武三思翻起天来。如果皇帝真的宾天了，我们立刻部署行动也不为迟。万一这里面有埋伏，动的是武三思，而不是我们，太子也会平安无事。"

张柬之缓缓点头："有道理！怀英兄，目前皇上的身体状况不明，小弟有一事相求。"狄公道:"让我进宫看一看端倪。"张柬之点头:"正是。你与皇上的交情非比寻常,只有你能胜此重任!"狄公点点头:"我正要进宫面圣。"

寝殿上,太医生风春来将一根金针下在了武则天的眉心处。武则天的双手僵在空中,仿佛死死地抓住了什么,身体木然不动,红头涨脸,嘴角吐着白沫。

风春来坐在一旁,焦急地望着她。忽然武则天大叫一声,头一歪,双手重重地垂了下来。霎时间,一动不动,仿佛铁铸的一般。风春来大惊,跳起身来,手放在她的鼻端,一片冰凉,武则天已没有了呼吸。风春来连退三步,脸如土色,颤抖着道:"皇……皇帝宾天!"

春香和内侍登时跪倒在地,哭声一片。就在此时,一名内侍飞奔进来喊道:"风太医,狄仁杰大人就在殿外!"风春来叫道:"快……快请他进来!"狄公快步走了进来。风春来带着哭音道:"国老,皇上……皇上宾天了!"

狄公大吃一惊,奔到床头,抓起武则天手腕把了把脉,回过身来,一声怒吼:"都给我住嘴!"春香等人立时闭上嘴。狄公伸出手,缓缓拔下皇上眉心的金针,对风春来道:"扶皇上坐起来。"

风春来跑过来,将武则天扶坐起来。狄公来到武则天背后,抡起拳头狠狠地砸在她后心上。风春来大惊:"国老,这……这可是忤逆之罪呀!"狄公没理他,连砸数拳,武则天"啊"的一声,重重地喷出了一口浊气。殿上众人都傻了眼,瞠目结舌,登时一片寂静。狄公对春香道:"取参汤来。"春香飞跑而去。

狄公跟风春来合力将武则天的身体往上拉了起来,武则天靠坐在床头,双目紧闭,呼吸时快时慢。狄公轻声叫道:"陛下,陛下。"武则天一动不动,就像没听见一样。

狄公回过头来问内侍道:"皇上临睡前吃了什么?"一名内侍道:"只……只喝了一碗安神汤。"狄公一怔:"安神汤?喝一碗安神汤怎么会如此昏迷？"

内侍道："这……这……这咱家就不清楚了。"狄公问："药碗在哪里？"内侍四下看了看，指了指桌上。狄公转身走到桌旁，拿起药碗，里面空空如也。狄公从怀里掏出手帕，在药碗里面抹了一下，而后将手帕折起，放入怀中，回过头，对内侍们道："你们到外面守候，不要让任何人进来，我要为皇上治病。"内侍应声赶忙退出去，关上殿门。

狄公望着风春来道："你知罪吗？"风春来如五雷轰顶："国老此话从何说起？"狄公道："皇上明明是闭气引发的昏迷，你身为太医，难道连这都不懂？"

风春来的脸色变了。狄公严辞呵斥道："不望不切，不诊不断，竟在殿中高喊什么皇帝宾天，你是何居心！"风春来扑通一声跪倒在地："卑职该死！卑职该死！卑职是惊恐过度，脑海里一片空白，绝不是有心做这等逆天之事，望国老明察！"说着，他痛哭流涕。

狄公重重地"哼"了一声道："谅你也不敢做这等大逆的勾当！若不是看在你曾救过皇上的分儿上，今天，你这颗项上人头就要搬家了！"风春来连连叩头。狄公转身走到武则天床前道："请皇上醒来。"

风春来猛吃一惊，目光转向武则天。武则天长叹一声，缓缓睁开双眼，望着风春来。风春来的身体颤抖起来，牙关击打，一句话也说不出来。武则天"哼"了一声，又闭上了眼睛。狄公道："陛下，您好一点儿了吧？"武则天点了点头。狄公对风春来道："还不下去！"

风春来这才明白，狄公又一次救了他的性命。他站起身，连忙逃出寝殿。武则天道："怀英，什么也逃不过你的眼睛。你怎么知道我醒了？"狄公微笑道："是陛下的脉象告诉我的。"

武则天微微点了点头："好一场噩梦呀！本想白天睡觉不会受恶鬼所扰，可想不到，这一场噩梦，竟险些要了朕的性命！多亏你及时赶到。看来，这些逆鬼不将我折磨致死是不会罢休的。"

狄公道："我听说，昨夜陛下已召国师王知远进宫了，他有什么办法?"武则天叹了口气,摇了摇头道:"怀英,你是怎么知道我病重的?"狄公道:"臣并不知陛下染疾,而是到宫中找陛下奏事的。"武则天点了点头:"我现在这个样子,连命都快保不住了,哪还有心思听政啊!以后再说吧。"

狄公叹了口气:"宫中恶鬼作祟,宫外冤魂猖獗,这到底是怎么回事?"武则天一愣:"什么宫外冤魂猖獗?"狄公道:"陛下现在身心疲惫,就不用这些琐事来烦您了,以后再说吧。"

武则天道:"不,你说,到底是怎么回事?"狄公道:"永昌境内,出现了一个无头厉鬼,已杀死多人,村民惶惧不已。"武则天倒抽了一口凉气:"有这等事?"

狄公点点头:"有人亲眼见到了这个无头厉鬼。"武则天颤抖着道:"它是什么样子的?"狄公道:"身披重铠,手提金镦,颈上没有头颅。"

武则天吓得魂灵出窍,愣了很久,才道:"怀英,现在你相信世上有鬼了吧。"狄公道:"还是陛下英明啊!怀英心悦诚服。不过,臣今日之所以来见陛下,就是想告诉您一件事。"

武则天问:"什么事?"狄公道:"臣已有抓鬼之法。"武则天一愣:"你开玩笑?"狄公道:"臣岂敢如此忤逆,所言句句是实。"

武则天笑了:"怀英,连国师王知远都对付不了宫中的恶鬼,你却说自己可以抓鬼?"

狄公也笑道:"不如这样吧,而今殿上无人,你我君臣就打个赌,陛下封臣为'抓鬼大臣',到永昌办案。如果臣抓住了作祟的厉鬼,那就说明,臣真的有这个能耐。那么,臣既然能对付永昌之鬼,宫中之鬼就不在话下了!陛下就许臣到宫中捉鬼。如果臣抓鬼失败,甘领重罚!"

武则天被逗得破颜一笑:"君前无戏言!"狄公斩钉截铁道:"臣愿立生死状!"武则天点点头:"也罢,朕就封你为'抓鬼大臣',使职差遣,到永昌办案。圣旨即刻下达。"狄公离座,双膝跪倒:"谢陛下隆恩!"

夜,狄公在自己的府邸埋头于陈旧的史书籍册,仔细阅读着。忽然,他的目光被书上一行注释小字所吸引："骁果军者，隶右屯卫，乃上之亲勋卫率。开皇三年，文皇帝集骁卫与果毅军，并为骁果卫，拣军中壮士充任，以血鹰刺左臂……"狄公抬起头来，轻声道："血鹰，血鹰……"忽然，他的眼睛一亮："滴血雄鹰"！他赶忙低下头继续往下看。

那注释写道："……开皇六年，大将军元胄反，为文皇所执，斫其颅，斩其左臂以祭大纛。骁果卫遂律此……"狄公心里顿时豁然开朗，抬起头，小声道："斫其颅，斩其左臂，以祭大纛！"

门吱呀一声开启，李元芳轻手轻脚地走进来，一见狄公的脸色，他登时一愣，赶忙站住。狄公深吸一口气，放下了手中的书卷道："元芳，进来吧。"李元芳回手关上房门："大人，您是不是发现了什么？"

狄公点点头道："在这本《开皇实录》中，我终于找到了滴血雄鹰！"李元芳一惊："真的？"狄公道："书中记载，前隋文帝开皇三年，杨坚将原来的骁卫和果毅军合并，组成了骁果卫。挑选军中壮士充任士卒，在左臂刺上一只血鹰作为标志……"李元芳愕然："血鹰？"狄公点点头："就是滴血雄鹰！"

李元芳道："啊，我明白了，这就是西林将军庙正殿基石上为什么会有雄鹰花色的原因。这只滴血雄鹰乃是骁果卫的标志！"狄公点头。李元芳道："厉鬼杀人后，在案发现场所绘的滴血雄鹰，就是要告诉人们，它就是骁果卫的领袖——宇文承都！"

狄公轻轻叹了口气："这本书中还说，开皇六年，骁果卫大将军元胄造反，被隋文帝抓住，杨坚斩下了他的头颅和左臂，祭奠骁果卫大旗。从此以后，骁果卫便以此作为一种仪式，只要遇到背叛者，便斩其头和左臂以示惩处！"李元芳一声惊叫："斩人头颅和左臂是……是骁果卫的仪式？！"

狄公点点头："看来，宇文承都的厉鬼正是沿袭了骁果军这一残酷的仪式，将背叛他的人杀死后，斩去头颅和左臂，以奉血食。这个案子每一步都是那么若合符节，毫无破绽。看来，这真是一桩鬼案。"

李元芳咽了口唾沫，没有说话。狄公道："若说官道和恩济庄发生的血案还不足以证明这一点的话，这本《开皇实录》所记，却绝不会有半点虚言！"李元芳问道："大人，我们该怎么办？"

狄公长叹一声："我已在恩济庄的百姓和皇上面前夸下海口，声言自己能够捉鬼。那是因为，我从没相信过，这个案子真的会是一桩鬼案。可我错了，现在看起来，发生在四道十州的滴血雄鹰案就是一桩幽冥厉案！不好啊，我狄仁杰一生谨慎，想不到这一次却要声名扫地了！怎么办？我该怎么办？"

李元芳颤声道："明日到恩济庄，对百姓言明，幽冥之事，有谁能说得清楚。这并不是大人的错。"狄公摇头："就是百姓能够放过我，皇上也不会放过我的。她已下旨封我为'抓鬼大臣'，前往恩济庄办案，如果无功而返，你想她会怎么样……君前无戏言呀！"李元芳开始感到情势极其严峻，但他一句话也说不出来。

狄公站起身缓缓地踱着步。窗外亮起一道道闪电，雷声滚滚而过。狄公收住脚步，嘴里念念有词："左臂！左臂！"

忽然，他的眼前掠过一幅幅画面：官道旁的麦地里，江小郎的无头尸体躺在护田的稻草人下；稻草人那颗用南瓜做成的脑袋……狄公的嘴唇有些颤抖了，他低声道："如果这一次我再出错，那就一切都完了……"李元芳站起身道："大人，您说什么？"狄公抬起头："叫醒曾泰，我们马上出发！"

雨越下越大，伴随着一阵阵惊雷闪电。一辆马车在街道上飞驰着。车内，狄公紧闭双目，静静地思考着。对面的厢座上，李元芳和曾泰惴惴不安地望着他。忽然他睁开双眼，轻声道："应该不会有错。"

李元芳和曾泰会意地互视一眼，笑了笑。不一会儿，马车已经停在永昌的官道旁。官道旁的麦地里，那个护田的稻草人依旧站在雨中，那颗南瓜脑袋已被雨水淋得褪了颜色。一道闪电亮起，南瓜上挖出的嘴和眼睛显得异常恐怖。

狄公走到稻草人面前，静静地望着它。身后，李元芳和曾泰猜不透狄公的意图，一脸茫然。曾泰问道："恩师，我们来这里做什么？"

狄公没有回答，伸手抹去脸上的雨水，慢慢走到稻草人面前，闭上眼睛，似乎是祷告着什么。闪电骤然亮起，狄公的双眼睁开了，他伸出手，插进稻草人的嘴里，不停地掏摸着。李元芳和曾泰大吃一惊，但谁也没敢作声。

狄公的手缓缓抽了出来，手里拿着一块白色长方形的牌子。李元芳和曾泰惊讶得只管瞪大着眼睛。狄公将牌子拿到眼前，就着闪电的光亮辨认。这是一块象牙雕成的腰牌，上面用隶书写着两个醒目的大字"内卫"，背面用楷书写着几个小字"内卫府阁领孙殿臣"。狄公长长地出了口气。大雨落在他的身上，他浑然不觉。

紫霞观正殿外矗立着一根长长的铁棍，铁棍上方缠绕着一圈圈铜丝，铜丝向下延伸着，将到接地之处，便有兽皮包裹，就像是现代的电线一般。长长的铜丝一直延伸进正殿之中。殿内，一个瘦骨嶙峋的年轻人静静地躺在云榻上，头上戴着一个黄铜铸成的网状罩子，包裹着兽皮的铜丝接在罩子上。国师王知远坐在蒲团上，紧张地望着这个年轻人。

殿外，一道长长的闪电凌空击下，正与铁棍相接，嗞啦一声，电流顺着铜丝冒着蓝色的火花向下蹿去。殿内那年轻人身子猛地弹了起来，黄铜头罩发出一阵阵嚓嚓的响声。王知远站起来，快步走到云榻旁，只见年轻人的身体在电流的击打下不停地抽搐着，脸色由白变红，由红变紫。一道闪电掠过，年轻人的身体重重地摔倒在云榻上。王知远伸手探了探他的鼻端，已经没有了呼吸。王知远的脸上露出了满意的微笑。

狄公一行回到书房，从袖子里摸出那块象牙腰牌，李元芳拿到手里一看，不由得一声惊叫："内卫？！"曾泰触电般地跳起来，从李元芳手中抓过腰牌，定睛一看，脸色登时大变："真……真的是内卫！"

狄公缓缓回过身来，说道："这个所谓的死者江小郎，其实是一名内卫首领，他的真名刻在腰牌的背面。"曾泰赶忙翻过腰牌，念道："内卫府阁领孙殿臣。他叫孙殿臣！"狄公点点头："是的。内卫府阁领，官儿不小啊！"

曾泰跟李元芳互相看了一眼，如丈二金刚摸不着头脑。他结结巴巴道："这……这怎么会跟内卫扯上了关系？"狄公道："左臂！是左臂提醒了我。"曾泰越发莫名其妙了，问："左臂？"狄公点点头："是的。你曾做过内卫，左臂上有什么？"曾泰答道："梅花刺青。"

狄公道："这就对了。本来，我已认定此案是厉鬼作祟，可是一道灵光照亮了我的脑海，那就是左臂！当时我想，假设凶手不是鬼，而是人，他假托前隋旧事，以厉鬼为幌子，肯定是企图掩盖事实真相。那么，他要掩盖的究竟是什么呢？"曾泰与李元芳对视一眼，摇了摇头。

狄公道："当然是死者的身份。凶手在杀人后，将头颅斩下，这一点很好理解，是为了令我们无从辨认死者的身份。可是，他为什么还要将死者的左臂斩下呢？"

李元芳跳了起来："因为，死者都是内卫，左臂上有那朵尽人皆知的梅花刺青！一旦被人发现了这朵刺青，那么，死者的身份也就彻底暴露了！"

狄公破颜一笑："不错。想到了这一点，我忽然灵机一动，想到官道上的那名死者临死前一定是为我们留下了什么？"曾泰问："为什么？"狄公道："还记得你我在官道勘查现场时说过的那番话吗？"曾泰想起来了当时与狄公的对话——

狄公道："那么，东都城门何时关闭？"曾泰道："按常理说，东都城门在丑末关闭，辰时开启。"狄公点点头："那中间这两个时辰不就是寅时和卯时吗？"曾泰一拍脑门："卑职愚钝，恩师所言极是！"狄公道："因此，我们可以断定案发时间就在这两个时辰之间。"曾泰连连点头。但忽然，他又摇了摇头："不对……有一点说不通啊？"

狄公问："什么？"曾泰道："既然城门已经关闭，那么死者却为何还要赶往东都？即使他赶到了，也无法叫开城门，这种行为恐怕有些不合情理吧？"

狄公淡然一笑，点点头道："问得好。依你之见呢？"曾泰沉思良久，摇了摇头："还请恩师开导。"狄公道："原因只有一个，那就是，死者有办法叫开城门进入城中。"曾泰一愣："这么简单？"狄公道："有时候，最不可思议的事情，往往是最简单的。"

狄公问曾泰："那么死者用什么办法叫开城门呢？"曾泰摇了摇头。狄公道："那办法就在你的手中。"曾泰低头一看手中握着那面象牙腰牌，这才茅塞顿开："对，用这块内卫腰牌绝对可以在任何时候叫开城门！"

狄公点头："想通了这一点，我越发认定，上一次勘查现场时，一定在哪一点上有所疏漏，致使我们没有发现最重要的证物。于是，我的脑海里不停地过着当时的情景。忽然我想到了一个最可疑的地方。"

曾泰问："什么地方？"狄公道："麦田里的稻草人。"李元芳茫然，好奇地道："稻草人有什么奇怪？"狄公道："稻草人并没有什么奇怪的。奇怪的是，死者在仓皇逃命之时，为什么会停在稻草人的前面？"李元芳一愣："也许是凶手从后面追上了他，将他杀死在稻草人前的。"

狄公斩钉截铁地说："绝不会！如果是你说的那样，死者的尸体一定是面对稻草人扑倒在地的。但是，我们勘查现场时发现死者的尸体却是背对稻草人，这就说明，死者死前是面对凶手而立的。这就说明，他一定是停在了稻草人跟前，迅速将可以表明其身份的东西，就如孙殿臣的象牙腰牌，塞进稻草人的嘴里，而后回过身来，面对已经逼近的杀手。"

李元芳和曾泰惊讶地张着嘴，脸露钦佩之色，专心地听着。狄公继续道："所有这些在我的脑海中都是一闪而过，因此，我做出了再勘现场的决定。其实，我也不敢肯定我的判断就是准确的，所以，并没有告诉你们我要去哪里，去做什么。"

李元芳道："可事实再一次证明，大人推断如神。这一块腰牌的出现，彻底打碎了鬼怪之说。大人，卑职等未经详查，便妄下论断，干扰视听，请大人恕罪！"

狄公笑了笑："畏神惧鬼之心人皆有之。找到这块腰牌之前，我也几乎相信了厉鬼作祟这一推断。可是，最细微的细节却在这时起了决定性的作用，一块内卫腰牌终于令我拨云见日。"曾泰也连忙道："学生万分惭愧！"

狄公道："好了，就不要自责了。此案设计之奇，真是亘古未有。从各个细节入手将人引进幽冥之境，真可以说是大师的杰作呀！"李元芳笑道："只可惜大师碰到了大人！"

狄公淡然一笑。忽然，他沉吟道："内卫是皇上最亲近，也是最信任的贴身侍卫。如果说河东、陇右、剑南三道和这里所发生的血案中的死者都是内卫，那就说明，这个计划是一个针对皇上的大阴谋！"曾泰道："可是恩师，难道说，恩济庄中死去的那三位老者也是内卫？"

狄公摇摇头："绝不会！这个案子另有蹊跷之处。要想查清滴血雄鹰一案，就必须先破解六十年前发生在江家庄的血案！"李元芳和曾泰愣住了。

第六章　狄仁杰鬼村里捉"鬼"

天空飘着小雨，闷雷不停地滚过。恩济庄村口处一条人影边跑边高声喊叫："钦差大人来了！钦差大人来了！大家快去迎接！"

随着一阵阵犬吠，村中登时沸腾起来。家家门户大开，村民们纷纷跑出来争先恐后地涌向村口。庞三抓住对面而来的那个报信村民："小六子，是那位狄大人吗？"村民点点头，庞三拔脚向村口跑去。

锣声阵阵，狄公的钦差大驾摆在恩济庄的村口。仪仗大旗上，红火焰裹着黑字，清清楚楚地写着"抓鬼大臣"。村民们围在队列四周，纷纷议论着："'抓鬼大臣'，这名字真有意思！""狄大人还真来了，咱们恩济庄算是有救了！""是呀。这位大人说话算数，还真把咱小老百姓的事儿放在心上！""听说这位狄大人是两朝元老、当朝宰相，是个大大的忠臣！"

那位村中长者回过身，冲众人高喊道："乡亲们，狄大人为咱恩济庄抓鬼而来，咱们跪下迎接呀！"村民们登时呼啦啦跪了下来，在长者的带领下高喊："恩济庄全体村民，恭迎'抓鬼大臣'大驾！"

钦差队列中，一顶蓝呢大轿的轿帘一掀，曾泰快步走了出来。村民们都愣住了。"不是狄大人！是县太爷！"庞三"哼"了一声道："我就说，人家宰相那么大的官儿，怎么会把咱们小老百姓放在眼里？我看这位狄大人呀，是害怕厉鬼不敢来了，这才让县太爷前来糊弄！"话音刚落，人群中登时发出一阵嘘声。曾泰快步走到村民们面前大声道："乡亲们，大家请起！"

庞三高声喊道："那位狄大人怎么没来？是不敢来了吧！"钦差卫队的队长一声大喝："放肆！还不住口！"庞三冷笑一声，对村民们道："看到了吧，我早就说过，当官儿的不会管我们的，要想活命还得靠自己！"

站在前面的长者犹豫着问曾泰："太爷，狄大人为何没有来？难道，他真的是畏惧厉鬼？"曾泰破颜一笑，摆了摆手，冲大家道："乡亲们，大家听我说，狄大人早就来了！"村民们愣住了。长者奇怪地问："早就来了？"曾泰点点头："正是。他老人家现在青阳岗上，江家庄坟地！"

一阵闷雷滚过天际。一双脚静静地站在江小郎的墓碑前，正是狄公。他的脸色肃然，静静地站在雨中，身后是李元芳和卫士们。狄公轻声道："江小郎，江小郎，你到底是个什么样的人物，竟然如此神秘？今天，该让狄某见识见识了！"李元芳道："大人，动手吧。"狄公点了点头。李元芳冲身后的卫士们一挥手，大喝一声："放倒墓碑，掘开坟地！"卫士们一拥而上，七手八脚，将墓碑推倒……

武则天无精打采地靠坐在床头，双目失神地望向空中。脚步声响，太平公主在春香的陪同下走进殿来。春香刚想张嘴说话，公主轻轻挥了挥手，春香赶忙退出殿去。太平公主走到武则天床前，轻轻叫了一声："娘。"武则天浑身一抖："啊，是你啊。"太平公主问："您在想什么？"

武则天长叹一声："连日为恶鬼所缠，无法入睡。你说，我还能想什么。现在我的脑海里一片空白。"太平公主坐在武则天身前，轻轻叹了口气道："娘，幽冥之事有时是无可奈何的，您可一定要想开呀！"

武则天苦笑道："想开？我早已想开了！我十六岁入宫，从才人做到皇后，历经血腥磨难，最后成为九五之尊。世态炎凉，人心叵测，我早已看得明明白白。什么大奸大恶、酷吏强官，乃至悍将宿敌，一一倒在我的手下！想不到，到了迟暮之年，竟为厉鬼所治，也只好让人贻笑大方，当作笑柄了！"

太平公主道："娘，您别这么说。也许，王知远会想出办法。"武则天摇了摇头："他如果能够想出办法，就不会连续三天无影无踪了。今晨，我派人到他府中传唤，家人说他三天前就不知去向了。想来是无法替我解忧，怕我降罪责罚，故此逃之夭夭。"太平公主倒吸一口凉气："逃走？"

武则天点点头："狄仁杰说他能够抓鬼，现在想来也不过是戏言而已。他宅心仁厚，是为了安慰我罢了。事到如今，我也认命了，娘这一辈子经历了大悲大喜，酸甜苦辣都尝了个遍，可以说死而无憾，只是，有一件事令我放心不下。"

太平公主问："是什么？"武则天道："我死后，谁继大统？"太平公主一愣："当然是太子入统。"武则天摇摇头道："太子懦弱，无能驾驭朝政。"太平公主一惊："您的意思是要废太子，立武三思为嗣？"

武则天苦笑了一声："傻丫头，太子岂能随意废立？而且，朝中众臣还位李唐的呼声一浪高过一浪，我也不能过分拂逆群臣之意。再说，三思是个匹夫，我死后，他怎能对付这些李唐老臣？不说别人，就是狄仁杰、张柬之这二人，一阴一阳，他就无法应付！"

太平公主道："那，您是什么意思？"武则天长叹一声，摇了摇头："我并没有什么意思。有时候，我真想……"她的眼睛看着太平公主。公主问："您想什么？"武则天道："我真想立你为嗣。"

公主愕然，忽而笑道："娘，您开玩笑。"武则天摇了摇头："我的所有儿女中，只有你和我的禀性最为相近，雷厉风行，果敢坚毅。而且，你姓李，也是先皇之女。"

公主低下了头。武则天不无遗憾地说："可你毕竟是个女儿之身，名不正言不顺呀。"公主抬起头来："娘，您也是个女人。"武则天点点头："话虽如此，可事情却没有那么简单。儿呀，如果你是个男人，娘会毫不犹豫地立你为嗣。"

公主笑道："好了，娘，您怎么还当真了。"武则天也笑了，她轻轻拍了拍太平公主的头。脚步声响，一名内侍飞奔而来："陛下，国师王知远在殿外求见！"

武则天一惊，与太平公主对视一眼，冷冷地道："失踪了三天，又突然出现，我倒要看看，他有何话说。叫！"王知远快步走了进来，双膝跪地，叫了声"陛下"。武则天抬起头来："你是说，你已经想到了办法？"王知远道："正是。"武则天的眼睛亮了起来："平身。"王知远站起身。武则天迫不及待地道："快说说看。"

王知远道："这几天，臣回到首阳山中，找到了老师虚谷子，我二人经过慎思，琢磨出了一套驱鬼法器，可使恶鬼无法进入殿中。"武则天问："哦？是什么法器？"王知远道："现在殿外。"武则天大声道："拿进来。"

脚步声响，几名内侍抬着一根沉甸甸的铁棍走进来。武则天一愣：

"这就是法器？"王知远点了点头，接过铁棍，指着缠绕在铁棍上的铜丝道："陛下，现在正是洛阳的雷电之月。臣的这套法器就是要利用这根铁棍，导引空中雷电下击，再通过铜丝传导至殿门之上的磁铁，一旦恶鬼进门，必遭雷电轰击而烟消云散。如此，可保殿内平安。"

武则天与太平公主对望了一眼，将信将疑地道："这能管用？"王知远道："陛下如果不信，可以今晚为限，试验一下。如果平安过夜，就说明此物有用。"武则天点了点头："事到如今，也只有死马当活马治了。你即刻安装吧。"

王知远从怀中掏出了一个黄铜头罩，头罩上贴满了黄纸所绘的驱鬼灵符，对武则天道："陛下，这是我师虚谷子亲手制作的安神罩，上面是李靖、钟馗、姜尚三位前辈大师的驱鬼灵符。临来前，老师吩咐，请陛下入睡前将此物戴在头上，便可以保证陛下远离噩梦。"

武则天一喜："哦，真的就这么灵？"王知远点点头："陛下可以一试。"太平公主赶忙过来接过头罩，递到武则天手中，武则天翻来覆去地看着。王知远道："此物虽不起眼，却能接收天地间的能量，实乃我道家至上法门。"武则天点点头："今晚试一试，但愿能够有用。"

江小郎的墓坑里，楠木棺材被两根粗绳索吊了上来，轰然一声落在地上。李元芳走到狄公身边道："大人，江小郎的棺木已经起出！"狄公大步走过去，一挥手道："开棺！"几名卫士手持利斧走上前去，迅速起下棺盖上的铁钉。吱呀一声，棺盖推开。李元芳和卫士们发出一阵惊呼。狄公走上前看：棺中空空如也，哪有江小郎的尸体！

恩济庄狄公住处，院门外站满了卫士。狄公缓缓地踱着。李元芳和曾泰静静地望着他。狄公停住，回过身来："六十年前的那个夜里，江家大院大小三十余口被杀，可偏偏户主江小郎没有死。这说明了什么？"李元芳沉思着。曾泰一头雾水，摇了摇头："真是不可思议。"

狄公道："案子发生后，县里派县丞前来查案。几天前，你对我说起，

410

那个县丞还活着，是叫高如进，对吧？"曾泰点点头："正是。"狄公道："江家大院的惨案和江家庄的地址就是他告诉你的？"曾泰点点头。

狄公道："那么，这个高如进既然奉命勘查现场，怎么会没有发现尸体中缺了户主江小郎？"曾泰道："想是尸身被斩去了头颅，无法辨认吧。"

狄公摇摇头："不对。据高如进所说，他率人遍查附近的山峦、村庄，最后在西林中一座荒废的将军庙中找到了死者的头颅和手臂。几十颗头颅、数十条手臂被供在将军庙的神位前，那景象惨不堪言，令人寒而栗。高如进是这样对你说的吧？"

曾泰钦佩地道："恩师真是好记性，一字不错。"狄公道："这个高如进既然在将军庙中找到了江家大院中死者的头颅，他就应该发现其中没有江小郎。这一节，他为什么隐去，不对你说？"

曾泰不由得一惊："您的意思是……"狄公摆摆手："我们先不要妄下评断，继续沿着案子的线索向下走。据高如进所说，此案持续了四个月，竟没有任何进展，后来，一位走方的道士来到县里，告诉他此乃厉鬼作祟，阴兵杀人，第二天便发生了江家庄大火，与此同时，西林中的将军庙也起火焚烧。等他率人赶到时，那里已经变成了一片废墟。那么，据他所说，那场大火是在江家大院血案四个月后才发生的，对吧？"

曾泰点了点头。狄公道："于是，这里出现了两个疑点：第一，如果说真的是厉鬼作祟，阴兵杀人，那么，为什么不在屠杀江家大院的同时烧死岗上的江姓之人，而要等到四个月之后才动手？"曾泰点点头。狄公接着道："第二，如果说宇文承都的厉鬼是为了报仇而杀掉了江姓之人，那为什么独独放走了最大的仇家——江小郎？还有，人们修建庙宇就是为了供奉神位香火，如果说宇文承都真有魂魄存在，那么，西林中的将军庙无疑就是他的家。他为什么要把自己的家焚毁？这一切，既不符合阳间的逻辑，也不符合阴间的逻辑。乍听起来并无破绽，似乎还颇为合理，可仔细推敲之下，却是漏洞百出。"

411

李元芳恍然大悟："大人，六十年前的这桩案子也不是厉鬼所为，而是一个杀人灭口的大阴谋！依卑职想来，六十年前的江家庄惨案与最近发生的滴血雄鹰案，一定有着某种关联。"狄公点点头："说得好，与我所想一致。看来，我们要马上行动！"

武则天寝殿外，一根长长的铁棍矗立在雨中，闪电不停地在铁棍上方亮起，铜丝导电，猛击在附着在殿门上的一块磁铁上，发出一阵阵嗞啦啦的响声，冒起一片片蓝色的火苗。殿门上方高悬一面照妖镜，下面贴满了驱鬼符。

殿内，武则天靠在床头，恐惧地望着门前。春香走过来，手里捧着一个托盘，盘上放着一碗安神汤和那个黄铜头罩。春香道："陛下，该安寝了。"武则天点头。春香拿出银牌在汤内试了试，而后将安神汤端了过去。武则天伸手接过，一饮而尽，将空碗放回托盘。春香又递过头罩，武则天戴在头上，长叹一声道："也不知这东西管不管用。"

春香道："陛下放心，婢子就在这里守着，只要陛下再发噩梦，婢子立刻将您唤醒。"武则天点点头，缓缓躺下。当天夜间，武则天静静地躺在床上，睡得非常香甜，发出一阵低低的鼾声。一条人影落在她的身上，正是春香。她静静地望着武则天，脸上露出了一丝冰冷的笑容。

夜，一辆马车飞驰而来，停在史馆门前。狄公和李元芳下了车，快步走进史馆，一名官员将狄公和李元芳迎进正堂。官员双膝跪倒，叩下头去："卑职麟台著作局郎朱洗叩见国老。"

狄公赶忙将他扶起来："请起，请起。"朱洗道："傍晚接到少监大人的通报，得知国老要来史馆查阅旧档，不知国老要看哪一库？"狄公道："武德初年至贞观十年间右卫的档案。"朱洗道："大人请随我来。"

厚厚的大门吱呀一声打开，偌大的旧档库中立着数十个博古架，上面堆满了发黄的档案籍册。朱洗举着风灯寻找着标签，最后将他们俩领到一个格子前，这里存放着武德初年到贞观十年间右卫的旧档。

长条书案上堆积着各种规格的旧档。狄公和李元芳翻阅着。忽然李元芳停下来道："大人，这儿有江小郎的名字。"狄公抬起头道："念。"李元芳道："这里记载，江小郎是高祖武德六年加入右卫的。当时，官拜游击将军。"狄公道："还有什么？"李元芳道："两年后，积功至汉阳将军。太宗贞观初，江小郎忽然失踪。"狄公吃了一惊："忽然失踪！书中没有记载他失踪的原因？"李元芳道："应该有。"说着，他翻过一页，忽然惊叫道："大人，你来看！"

狄公快步走过去。李元芳把书递到他跟前，只见书中竟然缺了两页。狄公倒吸了一口凉气，仔细地看着，纸茬呈锯齿状，一看就是被人撕扯下去的。他摸了摸茬口道："刚撕下没有多久。"

狄公稍一沉吟，接着道："据恩济庄庞九叔所说，江小郎是在贞观初年解甲归田，率旧部建起了江家庄。而档案中所记，江小郎在贞观初年忽然失踪，两下印证，看来江小郎并不是解甲归田，而是因为一个不可告人的原因，从右卫军中逃走，并带走了一批旧部。"

狄公看了看手中的缺页，眼睛一亮："缺掉的这两页，一定就是他逃走的原因。看来，这就是本案的关键！"李元芳感到懊丧，说道："我们的对手很狡猾，抢先我们一步。"

狄公冷笑一声："你错了。他正好传递了一个相反的信息，这个信息将会断送他们的计划！"李元芳一头雾水。狄公淡然一笑："如果不是看到这两张缺页，我是绝对想不到的！"李元芳道："大人，卑职愚钝，不明白大人的意思。"狄公道："到了明天，一切就都清楚了！"

与此同时，曾泰在永昌县衙查阅旧档。公案上的旧档堆积如山，曾泰坐在案后细细地翻阅查找着。地上摊着一片籍册，十几名书吏双膝跪地，不停地检索。忽然一名书吏叫道："太爷，这儿有江小郎的名字！"书吏端着籍册大步走了过来，曾泰迅速接过，仔细地看了一遍，猛地抬起头："备轿！"

狄公和李元芳回到府上，曾泰已经在那里等了好些时候，他焦急地在屋中徘徊着。狄公和李元芳推门进来，曾泰立即迎上来："恩师，您可回来了！我从河南县历年旧档中找到了几点可疑之处！"狄公道："哦？"曾泰道："第一点，是贞观八年，曾有一批右卫军官来到河南县，要求地方官协助其追查江小郎的下落，当时是县丞高如进接待的他们。第二点，江家大院血案发生四个月后，又有一批右卫军官来到河南县，查找上一批军官和江小郎的下落。学生认为，这中间似乎有些不妥。"

说着，他拿起书案上的旧档递了过来，狄公接过，迅速看了一遍，破颜一笑："一切都明白了！看来，六十年前，发生在江家庄的血案，马上就可以结案了！"李元芳和曾泰莫名其妙。

第二天，狄公带着李元芳、曾泰，前去拜访高如进。高家大院前，门吱呀一声打开，一个仆人模样的人露出头来："哟，是太爷呀！"曾泰站在门前，身后跟着狄公、李元芳和几名衙役。曾泰道："前辈在吗？"仆人道："在，在。太爷请到花厅用茶，小人马上去通禀。"说着，打开门，将曾泰等人让进屋里，请他们在花厅里坐下，又赶忙为他们备茶，然后进里面去通报主人。

狄公轻轻啜了口茶，将茶杯放在桌上。曾泰和李元芳心里纳闷，莫名其妙地望着狄公。曾泰低声问道："恩师，到现在学生也不明白，咱们为什么要来找高如进。"狄公道："一会儿，你们就明白了。"

话音未落，脚步声响，高如进在仆人的搀扶下走进花厅。曾泰赶忙起身道："前辈。"高如进赶忙道："不敢劳动太爷，快快请坐。"狄公大刺刺地坐着，一动都没有动，斜着眼看了高如进一眼问道："你就是原河南县丞高如进？"高如进一愣，问曾泰道："这位是……"曾泰道："当今宰辅，狄仁杰，狄国老。"

一听这个名字，高如进登时浑身一抖，颤巍巍地跪了下来，叩下头去："草民高如进，不知国老驾到，有失迎迓，望乞恕罪！"狄公从鼻子眼里"嗯"了一声道："你叫高如进？"高如进赶忙道："是。"狄公一阵冷笑："你不姓高，也不叫高如进。你，是江小郎！"

此言一出，简直就是一个晴天霹雳，将屋中所有人都震惊了。高如进吓得面如死灰，他看了曾泰一眼，强作镇静地道："国……国老玩笑了。"

狄公一声嗤笑："我没有时间，也没有心情和你开玩笑！你就是前右卫汉阳将军、江家庄江姓族长——江小郎！"冷汗从高如进的额头渗下来，他结结巴巴地道："国老，草民原河南县丞高如进，这一点很多人都能做证。"

曾泰转向狄公："恩师，他确实是高如进。"李元芳低声道："大人，是不是搞错了？"狄公徐徐站起来，对高如进道："在贞观初年以前，世上根本没有高如进这个人！"高如进的身体开始发抖。李元芳和曾泰对视一眼，如坠五里雾中。

狄公的目光利剑一般望着高如进："江小郎！贞观初年，你因一个不可告人的目的，率部下逃离了右卫军中，来到河南县，在邙山深处建起了江家庄。当时，除了你的部下外，没有人见过你的真面目，也没有人知道江小郎这个名字。你怕右卫追查，化名高如进，买通当时的官吏，替你增补了身份文牒，将家人留在江家大院，而你便住进了县城之中，再也没有回过江家庄。两年后，也就是贞观三年，你混进县衙，坐上县丞的位子！"

高如进听罢，不寒而栗，但依然佯装糊涂："国老说的，草民不明白。"狄公冷笑一声："是吗？那你可真是贵人多忘事了！是不是因为时间太长，还是你的年纪太大？哼！贞观八年，右卫得知了你的下落，便派出军官前来河南县追捕，没想到的是，接待这些军官的人，竟就是你本人！难道这件事，你也忘了吗？"

这几句话一出，高如进不禁一声惊叫，一屁股坐倒在地，冷汗滚滚而下。五十多年前的那一幕，突然闪现在他眼前——

河南县衙二堂上，高如进和军官们围坐在桌边，高如进看着军官们的公文，而后抬起头道："哦，诸位将军都是右卫军中的监察使？"一名军官点了点头。

高如进问："那诸位，到此何干呀？"军官道："几年前，卫中汉阳将军江小郎率部叛逃，据说是藏在河南县中。因此，我等前来，请县丞大人协助查找。"高如进猛吃一惊，双手颤抖起来，但他故作镇静道："你们怎么知道这个江小郎在河南县？"

军官道："是他的家人通过秘密途径传出的消息。"高如进暗暗一惊，但表面上装作若无其事的样子道："你们认识这个江小郎吗？"几名军官面面相觑，摇了摇头。高如进松了一口气："诸位将军放心，我一定全力协助！"

狄公接着说："过了几天，你声称找到了江小郎的下落，把军官们骗到江家庄，住进了你从没有住过的家——江家大院……"

高如进颤抖着，几十年前腥风血雨的一幕，顿时在他眼前展开——

江家大院正房。高如进对军官们道："诸位将军，已经查清，江小郎就住在这个江家庄里。但是，他现在出门去了，听村里人说明天才能回来。因此，诸位便请在此等候，一旦江小郎回来，我马上前来报信。"军官们点了点头。

当天夜间，一条黑影飞也似的来到一户门前，推开门走了进去。正是高如进。正房中，几个村民打扮的壮汉围坐在炕桌前，低声说着什么。门声一响，高如进快步走了进来，房里的人起身道："小郎，出什么事了？"高如进道："右卫监察使追到了河南县！"

那几人大吃一惊："他们怎么会知道我们的下落？"高如进"哼"了一声："据说是我的家人暗传消息引右卫前来。"那几人大惊："什么？"高如进镇定地笑了笑："别紧张，我已将那几名军官骗到了江家大院中，今夜就要把他们给解决了！"一人问："怎么解决？"高如进咬牙切齿地道："鸡犬不留！"

外面大雨倾盆，雷鸣电闪。几个黑衣人闪到大院门前。为首者轻轻一挥手，几人纵身一跃，跳进院中……

高如进浑身颤抖，上下牙关不停地击打着。狄公轻蔑地一笑道："当天夜里，你的部下趁着大雨潜入江家大院，杀死了院中所有的人！"曾泰和李元芳听得目瞪口呆，张着嘴，一句话也说不出来。

狄公望着高如进："还要我继续说吗？"高如进体如筛糠："别……别说了，我……我就是江小郎！"曾泰和李元芳一声惊叫，不约而同地站起来："你……你真的是江小郎？"高如进点点头："我就是右卫汉阳将军江小郎。"狄公微微一笑："既然你肯承认，就说明还有悔过之心。下面的事，你自己说吧！"

高如进点头："是！是！江家庄血案四个月后，河南县又来了一批右卫军官，他们拿出州刺史行文，严令县里十日之内找到前次失踪的军官和江小郎。我听到这个消息，心中万分惶惧。我想，看来朝廷是绝不会放过我的，连我的家人都出卖了我，住在江家庄中的那些旧部就更不能信任了。他们熟知我过去的一切，一旦露出马脚，我就彻底完了。于是，一条毒计在我脑海中形成了：我先找到一个叫虚谷子的道士，命他散出风去，就说四个月前的江家庄血案是宇文承都的厉鬼所为，因为，我所有的部下都知道我与宇文承都的恩怨。他们闻说此讯后，深信不疑，非常惶恐。我又花大价钱雇来一批职业杀手，而后用计将查案的右卫军官骗到西林将军庙中，将彼等伏杀，而后，放火将庙烧毁，随即又率人趁夜来到江家庄，纵起大火，将住在岗上的所有江姓旧部全部烧死。"

听了江小郎的自述，李元芳不再相信厉鬼报复之说了。他倒抽了一口冷气，愤愤地大叫："杀人灭口！"狄公咬牙切齿地叱道："好歹毒的计策呀，亏你想得出来！"

高如进的头深深地埋在地下："此事结束后，草民心中的惶惧无法用语言形容，这件事折磨了我一辈子呀！"说着，他低声抽泣起来。狄公问："你为什么要从右卫军中逃出来？"

高如进道："贞观初年，军中查出我参与侯君集谋反，因此派人侦讯，我见势不妙，便在营中设伏，杀死了前来侦讯的检校右卫将军孙大晟，而后率部逃走。"

狄公点了点头。曾泰呆了半日，这时才如梦方醒。他长长地吐了一口气："真想不到，六十年前的疑案竟然真的被破解了！恩师真乃神人也！"

李元芳道："大人，您是怎么想到高如进就是江小郎的？"狄公淡然一笑："说起来很简单。本来我并没有想到江小郎还活着，但昨晚我们在麟台查证时，发现涉及江小郎的旧档被人撕去了两页。"

李元芳点点头："而且，是最关键的两页！"狄公问李元芳："他为什么要撕去这两页？"李元芳迷茫地摇摇头。狄公道："我们昨晚到麟台查证，是突然决定的，绝不可能有人知道。这就说明，做这件事的人并不是为了阻止我们查案。那么，他是为了什么呢？"

李元芳双眉紧锁，又摇摇头。高如进忽然说道："是为了要挟草民就范！"李元芳和曾泰一惊，抬起头来。高如进道："半个月前，草民家中来了一个人……"接着，他描绘了当时发生的一幕——

深夜，高家正房，一个紫衣人坐在八仙桌旁，门声一响，高如进快步走了进来。紫衣人问："你叫高如进？"高如进点头："尊驾是……"紫衣人摆了摆手："你不要管我是谁。我来是要给你看一样东西。"说着，他从怀里掏出两张发黄的纸片，放在桌上。

高如进满腹狐疑，走过来拿起纸片，定睛一看，登时双手发抖，呼吸加快。他抬起头来："这……这是什么意思？"紫衣

418

人阴阳怪气地道："江小郎，六十年前，你做的那件事情，以为我不知道吗？"高如进大惊失色，颤声问道："你……你到底是什么人？"

紫衣人道："别紧张，只要你肯合作，我绝不会把你的老底抖搂出来。更不会把你交给官府。"

狄公点了点头："他撕下两页旧档，就是为了以此为据，要挟高如进，迫其就范。我也正是由此判断出，江小郎一定还活着，因为，世上绝不会有人会对一个死去几十年的人发生兴趣。那么既然江小郎还活着，一定已经是九十多岁高龄。这样的人在永昌县只有六个，其中之一便是高如进。他也是唯一与此案有关的人物。果然，当我回到家中，曾泰拿来了旧档，告诉我，当年右卫军官曾到县里追查叛将江小郎，而接待他们的人正是高如进本人！两下印证，于是我断定，高如进就是江小郎。"

李元芳长长出了口气："绝对的推理！"曾泰更是佩服得五体投地，慨叹道："天下能行此事者，唯狄师一人耳！服了，服了！"

狄公的目光转向高如进："那个紫衣人要你怎样与他合作？"高如进道："他让草民将六十年前江家庄血案的细节详详细细地述说了一遍。临行前对我说，一旦有人问起此事，让我一口咬定是宇文承都的厉鬼冤魂所为。他还威胁草民说，如将此事泄露出去，便会将我送交官府！"

狄公点点头："有一件事我不太明白。"高如进道："国老请说。"狄公道："这个紫衣人是怎么知道当年江家庄血案是你做的？"高如进长叹一声道："国老还记得那个帮我散布风声的道士吗？"

接下来，他把事情的经过原原本本地描绘了一遍——

夜，高家正房。高如进小心翼翼地道："我能问个问题吗？"
紫衣人道："那要看我能不能回答了。"高如进问："你们是怎么知道江家庄血案是我干的？"紫衣人笑了："还记得当年那个替

419

你散布风声的道士吗？"高如进猛吃一惊："虚谷子！"紫衣人点了点头："正是。"

高如进发抖了："他……他还活着？"紫衣人点点头："是的，他活得很好。当年事情完结后，你想杀他灭口，没想到被他逃脱了，对吗？"高如进哆哆嗦嗦地点了点头。

紫衣人挖苦道："我真的很佩服你，一件大案作下来，竟没有丝毫破绽！如果你再年轻几岁，我一定会请你出山，重操旧业。"说着，他哈哈大笑起来。

狄公轻声道："虚谷子，虚谷子。"他叫高如进起来，高如进颤巍巍地站起身来。狄公静静地思索着，脑海中飞快掠过一组组画面，忽然，他的眼睛亮了起来……

上阳宫寝殿内，武则天缓缓睁开两眼，轻轻咳嗽了一声。帐外马上响起了脚步声，紧跟着帐幔卷起。春香笑吟吟地望着她。武则天道："什么时候了？"春香笑道："已是午时了！"武则天一惊："我睡了六个时辰？"春香道："是呀。陛下，昨天晚上，您睡得好沉呀，连个身都没翻。"武则天的脸上露出了笑容："我终于睡了个好觉。看来王知远的法器和头罩起作用了！"

春香连连点头："国师的办法真灵！昨天夜里，殿内安静极了。"武则天坐起身来，长长地伸了个懒腰："我要好好封赏王知远！"

恩济庄村前空场，用圆木搭成一座高台。村民们围在台下，议论纷纷："听说狄大人要给咱们一个交代。""难道，他真的抓住杀人厉鬼了？"

庞三挤进人群，向高台上望着，轻轻"哼"了一声道："故弄玄虚！当官的都一样，能为咱老百姓卖力气？我看啊，他这是想不出办法，才搞这个玄虚糊弄咱们！"突然有人喊道："看，来了！"人群争先恐后地向高台拥去。

在钦差卫队的簇拥下，狄公和曾泰大步走上高台。狄公对曾泰使了个眼色，曾泰冲下面一挥手喊道："带上来！"衙役们押解着高如进走上台来。狄公徐徐走到台前，大声道："众位乡亲，今天我为大家带来了一个人。"全场顿时鸦雀无声。

狄公回手一指身旁的高如进："可能你们并不认识他，但是，他的名字对于恩济庄的人来说，却早已是如雷贯耳了！他，就是江家大院的主人——大名鼎鼎的江小郎！"

此言一出，台下登时炸了窝。"什么，江小郎？他不是在几十年前就被鬼杀了吗？""说不定真的是他。听说昨天狄大人在岗上打开了江小郎的坟墓，发现里面是空的！""这到底是怎么回事？"

狄公挥了挥手，人群渐渐安静下来。狄公道："乡亲们，六十年前，发生在江家庄的血案，并不是什么厉鬼作祟，阴兵杀人！那是一场人为的惨祸，一个巨大的阴谋！这个阴谋的主使人，便是江小郎！"

台下，人群又骚动起来。庞三喊道："狄大人，我们怎么知道这个老头儿是不是江小郎？"狄公道："经过审讯，江小郎已对他的罪行供认不讳！"他转向江小郎："江小郎，你亲口对大家说吧！"

高如进道："乡亲们，六十年前，我为杀人灭口策划了江家庄血案，一场大火烧死了一百多口人！我……我是江家庄的罪人！乡亲们，你们杀了我吧！杀了我吧！"说着，他扑通一声跪倒在地。台下顿时大乱。众人边向前拥着边高喊道："打死他！打死他！"人群围上来，砖头瓦块横飞，砸在高如进身上，高如进的额头登时鲜血长流。狄公一挥手，卫士们迅速将高如进围了起来。

狄公喊道："乡亲们，大家冷静！冷静！听我说！"台下渐渐安静下来。狄公道："当年，江小郎为了掩盖犯罪真相，编出一个厉鬼作祟的故事，哄骗村民，致使此案成为一个无头悬案！其实，鬼是不存在的，六十年前是这样，六十年后的今天仍然是这样！"

"难道，那个杀死庞九叔的无头厉鬼也是人吗？"人群中传来一声叫喊，正是庞三。狄公道："当然是人！"庞三冷笑道："大人是无法抓鬼，因此才用这番话搪塞我们吧？！"曾泰一声怒吼："大胆刁民，竟敢如此无礼！来人，给我拿下！"

卫士们一声大喝，冲上前去，将庞三按倒在地，村民们大惊失色。狄公赶忙道："住手！放开他！"卫士们放开了他。狄公微笑着道："你不相信本阁，没有关系。今天我之所以在此筑台，就是要告诉乡亲们，本阁要在恩济庄里抓'鬼'，让你们亲眼看看这个所谓的无头厉鬼，到底是个什么东西！"

第七章　六十年悬案一旦了

武则天靠坐在床头，笑吟吟地望着下跪的国师王知远："知远，你的法器果然是灵验无比。昨夜，宫中一宿无事，几个月来，朕第一次睡了个踏实觉啊。此事你厥功甚伟，朕要好好封赏！"王知远叩头道："圣天子百神呵护，厉鬼自然消退。臣不过是顺天应人，做了一点点小事，何劳陛下赏赐。"

武则天笑着，点点头道："我已下旨，封你为辅国大法师，加金紫光禄大夫！赐金珠一车。"王知远叩下头去："谢陛下隆恩。臣感激涕零。"

李元芳坐在飞龙使府的正堂上，静静地等待着。脚步声响起，飞龙使何云大步走上堂来："李将军。"李元芳赶忙起身，拱手为礼："何大人，狄公请您去一趟恩济庄，说是有重要事情与您商量。"何云略一沉吟道："好，我更衣便来。"

不一刻，二人便到了恩济庄狄公住地。狄公正与曾泰坐在桌前说着话。狄公重重一拍桌子，道："成败在此一举！"曾泰道："恩师放心，我这就前去布置。"说着，他站起身来。门声一响，李元芳带着何云走了进来，曾泰对二人点了点头，急匆匆地走了出去。李元芳奇怪地道："大人，曾兄为何如此匆忙？"狄公笑着站起身来道："今晚，我要在恩济庄抓'鬼'，让他前去布置。何大人，我之所以叫元芳请你前来，就是为

422

了让你亲眼看看这场好戏。"

何云一愣:"抓鬼?"狄公点了点头:"祸乱一方的前隋将军宇文承都的冤魂厉鬼,今夜将要在恩济庄出现!"何云一惊:"大人怎么知道厉鬼会在今夜出现?"狄公破颜一笑:"什么厉鬼冤魂,都是欺世盗名之说。骗得了别人,岂能骗过狄某!"

何云惊呆了:"您是说,所谓的厉鬼作祟,其实都是人干的?"狄公点点头:"我找到了化名高如进的右卫汉阳将军江小郎,六十年前的江家庄血案就是他一手策划和执行的。"何云倒抽了一口凉气:"江……江小郎?他不是早就死了吗?"狄公淡然一笑:"他并没有死,他设下了毒计杀人灭口!几十年来,一直逍遥法外,直到今天,才落入了狄某之手!"

何云结结巴巴地问道:"他……他在您的手中?"狄公道:"正是。我已将他带到恩济庄,命人散出风声。我想,那个所谓的厉鬼一定会前来杀人灭口,这样,我在江家大院巧布机关,静等这个杀人不眨眼的孽畜落入网中!"

何云仿佛恍然大悟:"原来如此!"李元芳道:"大人,如果他不来呢?"狄公神秘地一笑:"他一定会来。"李元芳问:"为什么?"狄公拍了拍他的肩膀道:"到时候你就知道了。"元芳点了点头。狄公笑眯眯地对何云道:"何大人,随着假厉鬼的落网,那匹神秘的汉代宝马也将随之现形。我想,何大人不想错过这个机会吧?"

何云连连点头:"国老已将卑职的好奇心引了起来,我倒要看一看,这个厉鬼是怎生模样。还有,那匹神秘的巨马究竟是何出处!"

夜,恩济庄,大雨滂沱,惊雷摇撼着山岗,一道道闪电划过夜空,使得凄厉的雨夜更增添了几分恐怖气氛。村西头江家大院正房内,一片漆黑,高如进静静地坐在椅子里,失魂落魄地四下望着。一道闪电在窗前亮起,高如进浑身一抖。

此时,狄公正在自己的住处,徐徐地踱着步,他似乎有些焦虑不安。何云坐在对面,神色非常安详,他端起茶杯喝了口茶,目光望向窗外。

江家大院门前，闪电频频，大雨如注。忽然轰隆一声，大院的西墙坍塌下来。高如进的身体蜷缩在墙角，眼中闪烁着恐惧的光。

村庄路旁的民宅内，埋伏着钦差卫队和衙役捕快。狄公仍在踱着步。何云的脸色却似乎有些紧张了，他深吸一口气，伸出手，松了松衣领。屋内一片寂静，静得能够听到人的喘息声。何云看了狄公一眼道："国老，您说他真的会来吗？"狄公停住脚步，反问："你认为呢？"何云想了想道："卑职不敢妄言，只是想问问国老的看法。"狄公自信地道："放心吧。我的计划天衣无缝，他一定会来的！"

漆黑的村路上，大雨打在泥泞的地面上，砸起一片片小小的坑点。一双穿虎头镔铁护甲的脚轻轻地磕击着马腹，马尾不停地甩着，飞起一阵水雾，马鼻中喷出一道道白气。

一名卫士向狄公所在的正房飞奔而来，推开大门报告道："他来了！"何云猛地站起身来。马蹄停在了门前，虎头镔铁护甲翻下马来，双脚重重地落在地上。唰的一道寒光亮起，凤翅镏金镋的镋头垂了下来，在闪电的映照下，发出一道寒芒。

正房门外传来一阵沉重的脚步声。高如进的呼吸急促起来，浑身不停地颤抖，冷汗从前额滚滚而下。狄公坐在桌后，气定神闲地喝了口茶，抬起头，望着面前不停踱步的何云，笑道："何大人，到了此刻，你怎么好像反倒焦虑起来了？"

何云赶忙掩饰："卑职倒是不曾焦虑，只是觉得这种等待太漫长了，令人透不过气来。"话音未落，外面猛地传来一阵喊杀声，声音越来越大，直将雷鸣雨声盖住。何云站定，侧耳倾听。狄公面带微笑，静静地观察着他的表情举动。声音越来越小，渐渐地消失了。何云的脸上变了颜色。院里传来一阵脚步声，紧跟着，房门被推开，李元芳大步走进来："大人！"

狄公问道："怎么样？"李元芳微笑道："一切均如大人所料！此贼刚一进入江家大院，便被钦差卫队所围。然而，此贼力大无比，凶悍异常，连伤数十名弟兄，卑职无奈之下，只得下令将其击毙!"狄公一愣："死了?"李元芳点头。狄公深吸了一口气，重重地吐了出来："我曾三令五申，一定要抓到活口!"李元芳道："此贼过于凶悍，弟兄们治不住他，只能出此下策。卑职无能。"狄公站起身来道："走，去看看!"说着，他快步向外走去。

一具无头尸身横躺在院中，周围污血横流。尸身上插着上百支羽箭，便如刺猬一般。曾泰率卫队站在一旁守卫尸体。衙役们将卫士们的尸体和受伤者用担架抬出院外，进进出出，非常忙碌。

狄公、何云、李元芳快步走进院中。曾泰迎上前来。狄公点了点头，走到无头尸体旁，仔细地看着。只见此人，上身穿老式双层镔铁甲，腿部是老式锁叶连环护腿，脚上套着老式虎头镔铁护甲，外罩黑色斗篷，一条长长的凤翅镏金锏扔在一旁。

狄公叹了口气，站起身来："把尸体抬下去。命仵作马上清理，明天一早我要亲自验尸。"何云忽然问道："那匹马呢?"李元芳道："只顾围攻这无头逆贼，那匹马不知在何时跑掉了。"狄公"哼"了一声道："命卫队立刻在四下寻找!"李元芳应了声"是"，立即布置行动。

小雨淅沥沥地下着，闪电在山顶上频频亮起。狄公住处，院中一片漆黑，正房和东西厢房的灯火熄灭了，只有南头的一间小房中，还隐隐透出一点光亮。何云不停地在屋中踱着步，显得焦虑异常。忽然，他停住脚步，似乎下定决心要做什么事。他快步走到桌前，吹灭了灯火，打开房门，轻轻地走了出去。江家大院门前站满了值夜的卫士。黑暗中，一条人影急急地走过来。卫士大喝一声："站住!"

"是我，何云。"话到人到，何云已经站在了卫士面前。卫士道："哦，是何大人。"何云道："仵作应该已经把那具无头尸体清理出来了吧，我去看看。"说着，迈步就要进院。

卫士伸手拦住了他："何大人，狄国老严令，今夜，任何人不得进入江家大院!"何云道："我看一看马上出来。"卫士摇摇头："除非有国

425

老的手谕，否则，任何人不得进入！"何云无奈地摇了摇头，转身离去。黑暗中一双眼睛静静地望着他。

黑夜，西林将军庙。一道闪电在庙门前亮起，滚滚的雷声由远而近。静夜中传来了急促的马蹄声，一匹马飞驰而至，马上的乘客翻身跃下马背，快步向庙里走去。进得小庙，他走到院中那棵怪松前，抬起手，在松树身上轻轻地敲了几下。吱呀一声，树洞内竟打开了一道门，透出一点亮光。他闪身走了进去。身后，一双眼睛静静地望着他的背影。

恩济庄何云房间。何云躺在炕上，睡得很沉。忽然，窗外传来一阵惊天动地的喊声。何云猛地睁开双眼，坐起来。他浑身一抖，长长地出了口气，起身下地。外面的喊声越来越大，震得窗棂颤动起来。何云惊慌失措，赶忙抓起外衣，披在身上，打开房门快步走出去。

院里的卫士们探头探脑地向村头看着。何云走到院中问道："怎么了？"卫士道："听说狄大人抓到了宇文承都的无头厉鬼，村民们都跑去观看呢！"

何云冷笑一声："是吗？"他轻蔑地摇了摇头，走出院门。小雨不停地下着。何云慢慢地走在村路上，身旁，村民们大呼小叫着飞奔而过。"快，狄大人抓住厉鬼了！快去呀！"何云的脸上挂着一丝不屑的冷笑，轻声道："故弄玄虚，看看你怎么收场！"

他加快脚步，转过一个拐角，一眼就看到了那座圆木搭成的高台。只见高台之上，一个身高丈二、膀阔五停、身披重铠、外罩黑袍的无头之人被五花大绑在高高的立柱上。钦差卫队的卫士们弓上弦，刀出鞘，在一旁紧紧地看押着。

何云突然收住脚步，瞳孔登时放大。再仔细看，只见在高台的西北角下，一匹巨大的黑马被四五条粗绳索拴拉着，不停地奋蹄狂嘶。何云发出一声惊叫，扭身便走，砰的一声，脑袋撞在一个人的身上。何云大惊，抬起头来，正是李元芳！何云的脸色骤变，尴尬地笑道："是……是李将军。"

426

李元芳面带笑容望着他："怎么，何大人，要走？这么好的戏不想看看吗？走吧，我们一同去凑凑热闹！"说着，他挽着何云的手臂向高台下走去。何云的脸就像是被开水焯过的苦瓜一般颜色。

台上，无头将军的身体不停地挣扎着。台下人头攒动，议论纷纷："看，这就是那个无头厉鬼！""狄大人可真了不起，连这么个恶鬼都让他给抓来了！""这回咱们的性命可算是保住了！"

庞三挤了进来，一见台上的情形，登时傻了眼："我的娘啊，这……这就是那个无头鬼吧！"一位村民奚落道："三哥，这次你还有什么话说？还说人家狄大人故弄玄虚糊弄咱们？"庞三顿时红头涨脸："去你的，我也没那么说呀！"那位村民一声嗤笑，高声问众人："大家做证，昨天三哥是不是这么说的？"

身周的人们哄笑："是，他就是那么说的！"庞三一梗脖子道："那……那，我错了还不行吗？一会儿我给人家狄大人赔罪！"背后伸过一只手，狠狠地给了他后脑勺一下子，庞三回过头，正是村中的那位长者，他笑道："你呀，就是个不知好歹的叫驴！"

忽然有人喊道："狄大人来了！"村民们齐刷刷地扭过头向台上望去。狄公快步走上高台，冲村民们挥了挥手喊道："乡亲们！乡亲们！"人群顿时安静下来。狄公道："记得昨天我曾对大家说过，要亲手抓住这个无头厉鬼，让乡亲们看看，他究竟是个什么东西！"台下的村民们高喊道："狄大人了不起，抓到了这个无头恶鬼，救了咱老百姓的命！"狄公大声道："乡亲们，我要告诉你们的就是，他不是鬼，是人！"

说着，他大步走到无头将军面前，一伸手抓住了他的黑袍，狠狠地一扯，唰的一声，令人意外的事情发生了！无头将军的上半身竟被狄公一把扯了下来，露出了藏在下面的一个身高过丈的大汉。只见这个大汉，面如锅底，眼似铜铃，颔下一部短须。人群轰的一声乱了起来。"有头，他有头！""不是鬼，是人！""他娘的，我说这个王八蛋怎么不怕天亮！原来是人装的！"

427

狄公高高举起无头将军的上半身道："乡亲们，大家看，这个上身是用胶泥制成的，将它扣在此人的头顶之上，外面再罩上铠甲和斗篷，不管远观还是近看，都是不露痕迹！但，不管他怎样装扮，他都是一个不折不扣的人！"

忽然台下有人喊道："打死这个王八蛋，为庞九叔和死去的乡亲们报仇！"霎时间，人群暴怒，狂喊着，潮水一般向台上涌来，维持秩序的卫士们被人群冲得连连后退。

狄公高声喊道："大家听我说！乡亲们，听我说！"人群不停地向前拥着，怒骂声、呼喊声响成一片。狄公连连挥手，可村民们红了眼，哪里肯听。就在这紧急时刻，人群中响起了一个粗壮的声音："乡亲们，狄大人为咱们抓了鬼，救了咱的命，咱们应该听狄大人的！大家都别动，听狄大人说话！"正是庞三，他和几个小伙子在人群中连拉带拽，这才将涌动的势头减弱下来。那位村中长者也喊道："乡亲们，乡亲们，大家听狄大人说话！"村民们这才渐渐安静下来。

狄公长长地舒了口气道："乡亲们，国有国法，家有家规。这个凶手虽然罪大恶极，然而要经过官府的审讯方能定罪。如果今天乡亲们在这里将他打死，狄某回朝无法对皇帝交代。而且，此人虽是凶手，但却不是元凶巨恶，他的身后还有主谋！乡亲们，今天诸位让我把他带回朝中，严加审讯。我狄某在此保证，一定要给死去的乡亲们讨还个公道！"

台下的村民们面面相觑。忽然庞三喊道："还有什么可想的！狄大人救了咱恩济庄全村人的命，咱们怎么能恩将仇报，让狄大人背上黑锅！大人，您说得对，国有国法，您尽管将此人带走！"

那位村中长者也喊道："庞三说得对，狄大人救了咱们的命，咱们应该跪下谢恩！"说着，他带头跪了下去，人群登时黑压压地跪倒了一片，在长者的带领下高声喊道："恩济庄全体村民，谢狄大人抓鬼救命之恩！"狄公连连拱手："谢众乡亲爱戴，狄仁杰愧不敢当！"

狄公住处正房内，何云坐在桌旁，脸色惨白。李元芳坐在他的对面，

428

冷冷地望着他。门声一响，狄公和曾泰进来，一见何云，二人对视了一眼，露出了微笑。狄公调侃道："昨夜何大人辛苦，带我们找到了这冒充厉鬼的凶手，真是厥功甚伟呀！"

何云惊慌失措，浑身一抖："大……大人说什么，卑职不明白。"狄公嗤笑一声："不明白，这件事情再没有比你更明白的人了！从庞九叔死的那天起，我就开始怀疑你是幕后操纵无头将军的元凶巨恶。因为，那天晚上，只有我们四个听到了庞九叔的那番言语，也只有我们四个知道他不姓庞，而姓江！"何云浑身哆嗦着，张口结舌，一句话也说不出来。

狄公怒叱道："你为了使我坚信此案是宇文承都的厉鬼所作，于是连夜召来了无头将军，杀死了庞九叔和其他两位老汉，使江姓宗族至此灭绝，真是人面兽心，歹毒之极！"

李元芳道："还有，从案子一开始，你利用我对官道上马蹄印的怀疑，大做文章，装神弄鬼，以前隋蹄铁和汉代宝马两大悬疑将此案引入幽冥。而后，更混淆视听，假借六十年前江家庄惨案宇文承都冤魂复仇这一无稽之谈，企图将我们引入歧途，无法破案！"

何云道："李将军，我不明白你说的话。"狄公嘿嘿一声冷笑，拍了三下巴掌。门外立即响起脚步声，卫士押着高如进走进来。何云登时大惊，面无人色。

狄公问道："高如进，用那两页旧档案威胁你做帮凶的那个紫衣人是不是他？"高如进点点头："回国老的话，正是此人！"狄公点了点头，面对何云："你还有何话说？"

何云一声绝望的惨叫，瘫倒在地。狄公冷冷地道："本来，你们的计划已经得逞，我已完全相信了厉鬼作祟这个说法。但是，你命无头将军在案发现场斩去死者左臂却引起了我的怀疑，于是我二勘官道，发现了这个……"说着，他袍袖一展，仓啷一声，一样东西落在了何云面前：正是那块刻着孙殿臣名字的内卫腰牌。

何云一声惊叫："此……此物你是从何而来？"狄公冷笑一声："当然

429

是从官道旁麦地里护田的稻草人嘴里得到的。孙殿臣临死前将腰牌塞进稻草人的嘴里，而你的无头将军却没有发现。他毕竟是个人，不是鬼！正是这个小小的疏忽，断送了你们的阴谋诡计！"何云如泄了气的皮球一般，软倒下去。

狄公道："于是我顺藤摸瓜，挖出了高如进，并且得知了他的真实身份。这样，一个抓鬼的计划便在我的脑海中形成了。我首先按照方根生所说，打造了一套无头将军所穿的铠甲，而后，用稻草扎成一个假人，选了一匹高头大马，将马脚用胶泥做成海碗般大小。在这一切准备停当之后，我派元芳到东都请你到恩济庄来，告诉你，我设下巧局，无头将军定会中计。你虽心中不信，但也不禁有些惴惴不安。到了夜里，我找人扮成无头将军的样子来到恩济庄……"

狄公把情况描绘了一遍——

静夜，一匹马停在院门前，马上的假无头将军翻身跳下，向院里走去。院中的李元芳等人从黑暗中跑了出来，迅速替假无头将军脱下了身上的铠甲，而后穿在稻草扎成的假人身上。众卫士拔出身后的羽箭插进假人身体中，李元芳提起血浆桶四处泼洒。一切就绪后，李元芳低声道："大家准备，一、二、三！"众卫士突然齐声呐喊，拔出腰间钢刀不停地敲击着。

何云的嘴唇颤抖着。狄公接着道："于是，我带你到江家大院，看到了无头将军的死尸。这个时候，你仍然是半信半疑，因为，无头将军是受你操纵的，没有你的命令，他是不可能行动的。但是，眼前的景象又不能不令你感到害怕，于是你的心中七上八下，趁夜来到大院，想验看尸体，证实一下死者到底是不是你的无头将军。可是守门卫士得到我的严令，任何人不准进入。这更增加了你心中的恐惧，于是，你趁夜骑马赶到了西林将军庙中，去看一看无头将军是否还活着。你来到怪松下，三长两短，轻轻敲了敲，树洞里裂开了一道门，隐隐透出一点灯火，你闪身而入。殊不知在你身后，李元芳正静静地注视着你！"

何云彻底惊呆了。狄公悠闲地踱着步，继续道："等你走后，元芳率人包围了将军庙，经过一番激战，将你的无头将军捉拿归案！"何云无可奈何地长叹一声："为了这个计划，我费尽了心机，从无头将军的人选，到马匹配置，我都是极尽所能，做到滴水不漏……"

狄公好奇地道："哦？我倒想听一听。"何云道："这个无头将军名叫哈斯奴儿，乃是三年前西域小国进贡骏马时跟随的一名马夫。此人天生神力，又是个哑巴，正好为我所用。而那匹宝马名叫混青儿，乃是汗血马和西域马的混种，天下只此一匹，绝无再者。当时，哈斯奴儿和这匹混青儿都在我飞龙使的闲厩之中。于是，我暗中将他们偷出，精心打扮，化装成厉鬼的模样，只要有行动，便听从我的召唤，立刻出击。"

狄公点点头："此计不可谓不巧，用心不可谓不精，然而天网恢恢，疏而不漏，你最终自食恶果！"何云长长地叹了口气道："连这等巧计都能被你识破，此乃时也命也，我没有什么可说的了！"

狄公道："何云，发生在四道十州的滴血雄鹰案，都是你一手操纵的？"何云供认不讳："不错。"狄公道："这是你们假托厉鬼之名，针对内卫进行的一场清洗行动？"何云道："可以这么说。"

狄公问道："你们的终极目的是什么？"何云闭上双眼，不再说话。李元芳一声大喝："说！"何云长叹一声。狄公道："好啊，我今日就回朝，把你交给皇上，看她会怎么处置你！"

何云突然睁开双眼，浑身战栗："你……你要将我交给皇上？"狄公点点头："正是。你知道她老人家的手段，看看你会怎么样，分尸？寸截？还是活剐？"何云吓得魂不附体，体如筛糠，他轻声道："我……我不能说，说了会死得更惨！"狄公嘿嘿一声冷笑道："元芳，备轿，回东都交旨！"

白天，恩济庄。雨越下越大，雷声滚滚而过。狄公一行冒雨向村外走去。土路两侧一个人也没有，冷冷清清。李元芳不无遗憾地道："恩济庄的这些人呀，我看也是穷山恶水出刁民。"狄公看了他一眼："此话怎讲？"

李元芳道："案子没破时，千方百计要大人回来救命。现在案子破了，大人离开，连送行的都没有！"狄公笑了笑："元芳啊，为官者，但求上无愧于天，下无愧于民，至于别的就不必太计较了！"李元芳点点头。

正说着话，一行人转过村前的拐角，狄公和李元芳不由得惊喜交集。远远的村口处，恩济庄全体百姓站在雨中，默默地等候着。一见狄公队列走过来，长者双手托起一把雨伞，高喊着："恩济庄全体村民恭送狄公大驾！"

狄公两行泪水夺眶而出，大步走到长者面前，伸手将他挽起："快快请起！"长者眼含热泪，将伞递了过来："大人走得仓促，村民们不及订做护民伞，这把油布雨伞就请大人收下，聊表恩济庄全体村民的拳拳之意！"

狄公点了点头，接过伞，缓缓举起来："多谢恩济庄父老的深情厚谊！狄仁杰既感且愧！乡亲们，请起吧！"没有人动弹，村民们仍旧跪在地上，静静地望着他。曾泰道："恩师，这是跪送，您不走，他们是不会起来的。"狄公的泪水模糊了双目。他慢慢向前走去，不停地拱手致意。

在紫霞观正殿上，王知远盘膝坐在蒲团上，微合双目。忽然砰的一声，殿门打开了，王知远吃了一惊，睁开双眼。一个身穿黑色套头斗篷的人站在门前。那人伸手掀开风帽，正是太平公主！王知远大惊："公主！"

公主脸罩寒霜："你还有心情在这里闭目养神，狄仁杰已经大获全胜了！"王知远浑身一抖："什么？"公主道："何云、高如进都在他的手上，一旦事情败露，你我死无葬身之地！不能再等了，明天夜里必须动手！"王知远点了点头。

夜，上阳宫武则天寝殿前矗立着一根铁棍，闪电频频亮起，通过铁棍的传导，将电流传至寝殿门前的磁铁上，发出一阵阵蓝色的火苗。殿内，武则天头戴黄铜头罩，已经沉沉睡去。狄公在两名内侍的导引下快步向武则天的寝殿走来。狄公一眼看到了矗立在寝殿之前的铁棍，一愣，问内侍道："常侍，这根铁棍是做什么用的？"

　　内侍道："哦，这是国师王知远进献的驱鬼法器，从空中导引雷电，通过铜丝传导至殿门上方的磁铁，施放电流，使恶鬼无法进入殿中。"

　　狄公点了点头，三人说着话已到寝殿前，一名内侍道："咱家进去为国老禀报，请国老稍候。"狄公点点头，快步走到铁棍前仔细地看着，只见铁棍上缠绕着几圈铜丝，铜丝的接地部分用兽皮包裹着。他抬起头来，一眼就看到了悬在殿门上方的磁铁。他深深吸了口气，摇了摇头。

　　另一名内侍道："国老，皇上请您进去。"狄公快步走进殿内。武则天坐在万象椅上，头戴软纱帽，精神非常好。狄公上前，双膝跪倒："臣狄仁杰向陛下交旨。"武则天微笑道："怀英，听说你在永昌县抓到了一个无头厉鬼呀？"狄公一愣："陛下是听谁说起的？"武则天道："是太平公主告诉我的。"狄公点了点头："臣抓到的这个无头厉鬼，并不是鬼，而是个地地道道的人！"武则天一愣："哦？这倒有趣，改天给我讲一讲。"

　　狄公赶忙从怀里掏出一份奏章道："这是此次永昌抓鬼的经过，臣详详细细地记录了下来，请陛下过目！"内侍接过，呈给武则天，武则天顺手放在一旁。狄公见此情形赶忙道："陛下，您要是无心看阅奏章，臣说给您听也可以，权当解闷。"

　　武则天笑了笑："不必了，我还是看你的奏章吧。"狄公无奈地道："是。这份奏章中有几部分非常重要，望陛下能够细读。"武则天点了点头："我知道了。你先下去吧。"狄公道："是。哦，对了，陛下，有一件事臣能不能斗胆问一问？"武则天道："你说吧。"狄公道："刚刚臣在殿外发现了一根铁棍，内侍说，是什么驱鬼法器？"

　　武则天点点头："正是。自从此物进宫后，我再也没有被噩梦缠身，每晚都能安寝，这实在是个好宝贝呀！哦，对了，还有一个头罩。"说着，她招了招手，春香将头罩拿了过来，递到狄公手中。狄公翻来覆去地看着，最后抬起头道："陛下，这些东西真的管用？"

武则天道："当然，应该说是非常有用。"狄公道："此两样物件是何人所献？"武则天道："这是国师王知远和他的师父虚谷子研磨出来的。"狄公蓦地抬起头："虚谷子？"武则天一愣："怎么，你认识？"狄公道："啊，啊，不，只是觉得名字有些耳熟。"

武则天点点头："这虚谷子乃是首阳山中的道士，道行非常高深，今年已将近百岁，是国师王知远的老师。"狄公深吸了一口气："那，臣就告退了。"说着，徐徐退出寝宫。

一声霹雳，震天动地。大雨倾盆而下。武则天躺在床上，翻阅手中的书籍。狄公在书房里不停地徘徊着。门声一响，李元芳端着茶杯轻轻地走进来。狄公回过头来道："虚谷子，虚谷子。我在哪里听到过这个名字？"李元芳想了想道："嗨，大人，是在高如进家，他说起曾替他散布消息的那个道士，就叫虚谷子！"

狄公一拍额头："是他！"李元芳一愣："大人，怎么了？"狄公没有回答。他双眉紧皱，双眼通红，喘息明显加剧了。李元芳吃了一惊："大人，您怎么了？是不是身体不舒服？"忽然，狄公触电般弹了起来："不好！走！"说着，二人马上整装备马，直奔天牢而去。一路上，狄公连声催促："快，快！晚了就来不及了！"李元芳诧异地望着狄公，一脸的惊愕。

狄公和李元芳心急火燎地冲进天牢。令他们惊讶不已的是，在天字第一号牢房前，竟然没有人守卫！狄公大叫："不好，我们来晚了！"说着一把推开牢门。门后寒光一闪，直奔狄公咽喉而来。狄公一惊，想要躲闪，已经来不及了。

就在这千钧一发之际，一声龙吟，伴随着一道乌光，门后咯的一声，李元芳的剑穿过牢门，刺进了藏在门背后的一名黑斗篷杀手的胸膛。杀手的刀当啷一声掉落地上，躯体重重地栽倒在地。

狄公回过头，一眼看到嘴角淌着鲜血的何云。狄公一步跨过去，抱起何云，连连摇晃。何云微微睁开眼睛，断断续续地道："狄……狄大人，我何某悔不当初啊！"狄公长叹一声。何云道："大人，我们是一个秘密组织，这个组织是奉皇上密旨组……组成的……"

夜，武则天寝殿外，一道道闪电亮起在铁棍的上方，电流传导直击殿门上的磁铁。殿内，武则天长长地伸了个懒腰，对春香道："我要睡了，你们都下去吧。"春香递过黄铜头罩，武则天戴在头上。春香快步退下。

上阳宫提象门前，马车飞驰而至，狄公和李元芳跳下马车，向宫内奔去。守门的羽林卫喝道："站住！"狄公喊道："是我，狄仁杰，你马上通报，就说我有万分紧急之事要见皇上！"卫士点点头，飞奔而去。

武则天的身体缩进被子里。忽然，她的目光落在了床头狄公的那本奏章上，耳畔回响着狄公的话："陛下，这份奏章中有几部分非常重要，望陛下能够细读。"武则天笑了笑，伸手拿起奏章，打开。

就在此时，侍卫飞奔而至。黑暗中传来一个声音："站住！"侍卫停下，春香从偏殿走出来："你要干什么？"侍卫道："狄国老有万分火急之事求见皇上！"春香道："皇上刚刚睡下，就是百万分火急，也不能见他！"侍卫道："可狄国老说，不管怎样都要把皇上叫醒！"春香道："皇上最近被噩梦缠身，本就睡眠不足，你还敢叫醒她，是不是不想要脑袋了！"

侍卫吐了吐舌头："那，我马上转告狄国老。"说着，飞奔而去。春香的脸上露出一丝微笑。狄公和李元芳在提象门外心急火燎地等着。侍卫飞奔而回道："皇上已经睡着了，不见任何人。国老，您明天再来吧。"

狄公绝望地长叹一声道："完了！完了！一切都晚了，我怎么就没想到……"忽然，他抬起头来。李元芳道："大人，您想到了什么？"狄公道："还有最后一线生机。但愿神佑皇上，让她能够看到我那份奏章！"

武则天看着手中的奏章，脸色煞白，猛地从床上坐起来，双手颤抖着大喝一声："来人！"脚步声响，春香快步奔进殿中。武则天道："传狄仁杰、李元芳进宫！"

这时，狄公和李元芳站在大雨里木然不动。守门侍卫道："国老，我看您还是先回去，今晚皇上绝对不会召见了。"狄公长叹一声："有所不为，有所必为。今夜就是冻死，也要死在这宫门之前！"话音未落，一骑马飞驰而出，马上的内侍一眼就看到了提象门前的狄公，他大吃一惊："国老，您怎么在这里？皇上召见！"狄公猛地仰起头来，一声大叫："苍天有眼！"

一条黑影伏在窗外静静地偷听着，殿内透出的光亮照在她的脸上，此人正是春香！殿内，狄公和武则天说话的声音非常低。忽然听到武则天道："好了，你回去吧。"狄公道："是。那微臣告退。"春香长出了一口气，赶快躲进偏殿。门声一响，狄公和李元芳快步走出寝殿。

一道道长长的闪电划过夜空，似乎要将这多诈的人间撕成碎片。寝殿内一片漆黑。武则天头戴黄铜头罩，静静地躺在床上．已经睡去。屋外，铁棍导引着电流发出一阵阵巨响，冒出一片片火花。

吱的一声轻响，门打开了一道小缝隙，一双脚缓缓走进寝殿，慢慢地朝武则天的床走来，一根裹着兽皮的铜丝拖在他身后。武则天床头，一只手撩开了帐幔。武则天沉沉地睡着。那只手将铜丝的头轻轻接在了武则天的黄铜头罩上。

惊雷闪电，动地惊天。铁棍导引电流顺着地上的铜线飞奔着冲进殿内。帐幔里发出一阵嗤嗤嗤的巨响，床在不停地颤动着。紧跟着，一阵轻烟从帐幔中渗了出来。

扑的一声，殿内的风灯点亮了，一双手轻轻撩开帐幔，春香头戴黄铜头罩，脸色铁青躺在床上。她早已死去了。武则天脸罩寒霜，身体不停地颤抖着，她的愤怒已无法用语言来形容。身旁，狄公和李元芳静静地望着她。

武则天咬牙切齿地道："这群逆贼！"狄公长叹一声："这个案子从一开始就是针对陛下的！"武则天猛地抬起头："哦？"狄公道："陛下，您想知道真相吗？"武则天深吸一口气，坐在床上，点点头。狄公道："那微臣就实话实说了。"武则天道："说吧，今晚不管说什么，都没有忤逆之罪，有话只管明言。"

狄公点点头："那就让我从头说起吧。两年前，陛下密令国师王知远和飞龙使何云统率内卫，在江湖上组成一个秘密组织，打着反武的旗号，实际是为了联络隐遁在江湖中的各派反武势力，引蛇出洞，将他们吸引出来，而后将他们一网打尽。臣所说的，没错吧？！"

武则天的脸色有些尴尬，轻轻咳嗽了一声，点了点头。狄公道："然而，王知远却并没有执行陛下的密令。他们联络到了各派反武势力，非但没有将他们一网打尽，反而将之收为己用……"武则天惊得目瞪口呆："收为己用？"狄公点点头："正是，为了他们不可告人的目的。"武则天问："什么目的？"狄公道："谋害陛下，挑起太子与梁王之间的争斗，从中渔翁得利！"武则天道："谁？你说的是谁？"

狄公笑了笑："陛下不要心急，听臣慢慢道来。这两年多来，王知远和何云收留了各派反武势力，使自身的实力迅速壮大。然而，他们手下还有很多忠于陛下的内卫。这些内卫得知了内情，便要向陛下密报，没想到被王知远和何云得知，于是，这二人为了不暴露自己和内卫的身份，又能将异己除掉，便想出了这个假托厉鬼作祟的滴血雄鹰之计，在全国展开了对所有知情内卫的大清洗。河东、陇右、剑南三道连发血案，最后终于到了天子脚下的东都！——内卫府阁领孙殿臣进京密报，被杀死在永昌县通往东都的官道上，这个案子我在奏章中已经写得很详细了。"武则天点了点头。

狄公道："那么，与滴血雄鹰同时进行的，就是宫中闹鬼案。其实，陛下先前所说的噩梦，都不是梦，而是王知远的亲信春香等人做下了手脚……"

狄公将武则天那天晚上从梳妆镜上隐约看到章怀太子李贤的绝命诗后晕倒，以及春香指挥几名内侍将她放进一个大匣子送到宝成殿的事描绘了一遍。武则天听罢，惊讶不已，张大着嘴："是这样？！"狄公点头：

"是的。于是便有了那一场场的噩梦……"

听狄公说到这里，武则天脑海里闪出宝成殿遭遇的画面——

一道闪电照亮大殿，后面传出了一阵婴儿的啼哭。武则天浑身一抖，睁开眼睛。啼哭声断断续续，时有时无。她站起来，缓缓向殿后走去。哭声从帐幔里传出，武则天轻轻撩起帐幔。帐幔中是一张小床，上面放着一个浑身鲜血的死婴。武则天一声惨叫，猛然回身。闪电亮起，一个人站在她的身后，正是王皇后！

武则天哀叫着喊道："不，不是我杀的！我没有杀自己的女儿，是你，是你这贱人！"王皇后一动不动，双眼望着远方。武则天浑身剧颤，猛地，喉头发出咯的一声，双眼翻白，昏死过去。黑暗中传来一阵阵焦急的呼喊："陛下！陛下！"

武则天倒抽了一口凉气，连连点头道："我说怎么每一次噩梦都像是清醒之中一样，历历在目。"

狄公点点头："他们这样做不过是为了使陛下深信闹鬼之事，陷入其中不能自拔，为后面用这套所谓的法器谋害陛下铺平了道路。"武则天沉思着道："既然他们的人已潜入我身旁，为什么不干脆杀了我？"狄公道："恕臣无状。陛下如果真的遇刺身亡，那么您身旁的这些内侍宫女就都成了怀疑对象，只要追查起来，不用一天时间，就会真相大白，揪出元凶，将其绳之以法。"武则天连连点头："有道理！有道理！"

狄公道："而且，陛下身旁前呼后拥，有多少侍卫和内侍，就凭那几个人，也根本无法下手。说到刺杀，恐怕杀手还没到殿前就已经身首异处了。讲到下毒，陛下历来谨慎，举凡饮食，皆以银牌试毒。这一切都令他们无法得手。"

武则天到此恍然大悟："于是，他们想到了这条毒计。知道我自王皇后一事之后便畏惧厉鬼，害怕冤魂，于是，便以我的弱点作为武器攻击我，直将我弄得行将崩溃，王知远再出面献宝，以解我之危为名，在我不察之下，以此雷电之法将我击死，而后通过春香这些贱人之口，说出我是被厉鬼施法所害，顺理成章，没有丝毫破绽。好歹毒的计策呀！我要把王知远千刀万剐，剁成肉泥！"

狄公笑了笑："本来我以为，何云就是元凶，但今天上午，在闲谈中，陛下说出了虚谷子和王知远的关系，让我一下子明白了。这件事的首恶并不是何云而是王知远。于是，我一下子想到了王知远进献的法器。那哪里是法器，明明就是弑君的凶器！我心急如焚，跑到天牢之中找到何云，不想何云已被人投毒，临死前将真相告诉了微臣，臣这才硬闯上阳宫。"

武则天长叹一声："能解如此奇案者，天下只你一人而已！"狄公道："陛下过奖了。但我不得不说，王知远也不是元凶首恶！"武则天点了点头："是的，你刚才曾经说过，这个元凶是想以我之死，挑起太子与梁王之间的争斗。"

狄公点了点头道："是的。如果陛下宾天，太子与梁王两股势力必定拼个你死我活，弄不好最后是两败俱伤。而此时，这个元凶再以其号召力，凭借王知远收罗的那帮反武势力为后盾，出面收拾残局，得渔翁之利。此计不可谓不毒呀！"武则天道："这个人是谁？"狄公道："难道陛下真的想不出吗？"武则天长叹一声，没有言语。

深夜，王知远在紫霞观中，背对殿门，坐在蒲团上，岿然不动。吱呀一声，殿门打开了，狄公和李元芳缓缓走了进来。王知远仍旧一动不动。狄公轻轻咳嗽了一声："国师真是好定力呀，大难临头竟然还是稳如泰山！"没有回答。

狄公长叹一声道："他死了。"李元芳一惊，快步走到王知远身后，轻轻一扒他的肩膀，王知远的身体应手而倒，嘴角边挂着一丝血迹，脸上带着诡异的微笑。李元芳惊问道："谁干的？"狄公笑了笑："当然是那个元凶!"李元芳道:"大人,这个元凶到底是谁?"狄公道:"你真的想不出来?"李元芳摇摇头。

狄公长叹一声:"除了太平公主,还能有谁呢?"李元芳惊得呆若木鸡,许久才问:"皇上知道吗?"狄公道:"她心知肚明,只是不愿承认罢了。"

一道阳光射进殿中,照着武则天那斑白的双鬓。她的全身沐浴在阳光中,一动不动。一顶花呢官轿在上阳宫提象门停下,轿帘打开,太平公主走下轿来。忽然,她发现不远处的朝阳里站着一个人,正在静静地望着她。公主一愣,定睛一看,正是狄公。

狄公缓缓走到公主身前道:"我刚从宫里出来。皇上有一句话让我转告你。"太平公主的面色陡变,轻轻"哼"了一声:"哦,什么话?"狄公轻声道:"世上不会有第二位女皇帝了。"

太平公主登时大惊失色。狄公静静地望着她。太平公主长叹一声,转身走进轿内,大声吩咐手下:"不进宫了。回府!"花呢大轿在卫士的簇拥下离开。狄公静静地站在朝阳里,脸上绽开了灿烂的笑容。